HEYNE

Zum Buch
Clare und Elijah Waddell führen eine glückliche, harmonische Ehe in Good Hope, einer Kleinstadt in Virginia. Doch als das Kind der beiden kurz nach der Geburt stirbt und in Clares Familiengrab beigesetzt wird, kommt es zum Eklat: Die Gemeindemitglieder der Baptistenkirche sind gegen die Bestattung, weil Elijah, der Vater des Babys schwarz ist. Pfarrer Thomas Derby versucht in der Sache zu vermitteln, kann eine Exhumierung des Kindes aber nicht verhindern. In der folgenden Nacht geht die Kirche in Flammen auf, und Elijah, der am Tatort betrunken angetroffen wird, muss sich wegen des Verdachts auf Brandstiftung vor Gericht verantworten. Der Anwalt Nathaniel Deeds, der nach der Trennung von seiner Frau Maeve Good Hope verlassen hatte, kehrt für diesen Fall noch einmal zurück. Als in den Trümmern des Gotteshauses auch noch die Leiche der siebzehnjährigen Amanda, der Tochter von Sheriff Talley, gefunden wird und eine Obduktion Spermaspuren, Gewalteingriffe und Alkohol im Blut nachweist, droht Elijah die Todesstrafe wegen Vergewaltigung und Mord.
Nur Anwalt Nat ist von der Unschuld Elijahs überzeugt. Gegen die rassistischen Vorurteile der Bewohner Good Hopes und die Sturheit des Anklägers Fentress macht sich Nat auf die Suche nach dem wahren Täter und muss erkennen, dass in seiner scheinbar so friedlichen Stadt so manches im Argen liegt.

Zum Autor
David L. Robbins arbeitete jahrelang als Anwalt, bevor er sich 1990 dem Schreiben zuwandte. Mit »Krieg der Ratten« (3-453-19001-7), einem Roman über die grausame Schlacht um Stalingrad, gelang ihm der Durchbruch.
David L. Robbins lebt in Richmond, Virginia.

David L. Robbins

GLUT IN DER ASCHE

Roman

Aus dem Amerikanischen
von Marin Ruf

WILHELM HEYNE VERLAG
MÜNCHEN

Die Originalausgabe
SCORCHED EARTH
erschien 2002 bei Bantam Books

Umwelthinweis:
Das Buch wurde auf
chlor- und säurefreiem Papier gedruckt.

Redaktion: Ralf Dürr

Deutsche Erstausgabe 04/2005

Printed in Germany 2005
Umschlagillustration: photonica/Jake Rajs
Umschlaggestaltung: Nele Schütz Design, München
Gesetzt aus der Minion
Satz: KompetenzCenter, Mönchengladbach
Druck und Bindung: GGP Media GmbH, Pößneck
ISBN: 3-453-87023-9
http://www.heyne.de

Nur was wir verloren haben,
gehört uns für immer.
Henrik Ibsen, *Brand*

Die Grenze zwischen Gut und Böse
verläuft nicht zwischen
Staaten oder Klassen oder Parteien,
sondern direkt durch
das menschliche Herz.
Alexander Solschenizyn

Dieses Buch ist Kindern gewidmet, besonders: Jamie Bacon; Avery und Clara Banks; Jane und Sarah Wilson Dykers; Christian Lowe; Daniel, Audrey und William McMurtrie; Marcus, Adam und Maya Pendleton; Meg und Jeremy Price; Patrick und Abby Poats; Chris Powell; Rebecca und West Redington; Connor Wingo; und Tommy, Annie und Rosemary Barnett-Young.

Ich danke Irwyn Applebaum und Nita Taublib, die bei Bantam erstklassige Arbeit leisten.

Ich danke meinem Lektor Mike Shohl, der aus dieser Mystery-Story ein wirkliches Mysterium gemacht hat.

Ebenso danke ich Tracy Fisher und Owen Laster, meinen Agenten bei William Morris. Ohne sie wäre ich der einzige Übeltäter.

Diese Menschen und viele Freunde begleiten mich und treiben mich an. Ihr wisst, was ihr seid, und ihr wisst, was ihr tut. Wenn ich meine Aufgabe ordentlich erledigt habe, dann wisst ihr auch, wie sehr ich euch schätze.

Allen angehenden Schriftstellern gebe ich diesen zuverlässigen Rat: Schreibt weiter. Arbeitet hart. Sorgt dafür, dass einige kluge Leute in eurer Nähe sind, wie diejenigen, die ich gerade erwähnt habe, und hört auf sie.

Nora Carol

EINS

1

Die Stelle, an der sie liegen und das Kind zeugen, ist eine Augenweide.

Sie liegen in einem Bett aus Farn, das wie ein Federkissen kitzelt. Sie befinden sich nur wenige Schritte neben der alten, unbefestigten Straße unter einer großen Roteiche, die so dick ist wie ein Kamin und die einen Bart aus grauer Rinde trägt; der Baum erfüllt sie mit seiner alten, freundlichen Gegenwart. Die Blätter der Eiche tragen den ersten rötlichen Schimmer des nahenden Herbstes.

Würden sie an dieser Stelle stehen, könnten sie die Felder erkennen. Im Süden liegen vierzig Morgen Bohnen, dicht belaubt und reif für die Erntemaschine, die jetzt, an diesem Sonntagmorgen nach der Kirche, abgeschaltet ist. Hohe Kiefern und Zuckerahorn, dessen Laub sich verfärbt, verwandeln die Wiese in einen grünblättrigen See, der sich unter jeder Brise kräuselt. Nördlich der Straße befindet sich hinter Stacheldraht und Geißblatt das offene Weideland für die Kühe, die im Augenblick nicht zu sehen sind hinter den sanft ansteigenden und abfallenden Hügeln, deren Auf und Ab an die ruhigen Bewegungen des Paares denken lässt, das unter der Eiche liegt.

Er ist ein Schwarzer; er ist schwärzer als alles, schwärzer selbst als die Erde der Straße, schwärzer als alles, bis auf die Kühe. Er heißt Elijah; seine Mutter gab ihm den Namen des lautesten aller hebräischen Propheten, auch wenn aus ihm kein lauter Mann wurde. Er ist so still wie seine Haut, wie das Dunkel eines Brunnens.

Unter ihm liegt seine Frau Clare, die ihn umschlingt wie Wurzeln auf der Suche nach Wasser. Ihre grünen Augen hinter den von blauen Venen durchzogenen Lidern sind geschlossen. Ihr langes, blondes Haar, das ihr bis zur Taille reicht, liegt ausgebreitet auf dem Farn und unter ihrem Rücken. Sie küsst ihn, und ihre Zungen vereinen sich.

Ein Schwarm Sperlinge fliegt über das Feld. Die ebenholzfarbenen Vögel stoßen in der Mitte des Feldes auf etwas Unsichtbares, schwirren auseinander, vereinigen sich wieder und drehen ziellos noch einige weitere Kreise. Clare und Elijah, die schwarz und weiß miteinander verschlungen sind, sind etwas Absolutes; sie sind zugleich die Anwesenheit und die Abwesenheit aller Farben; sie teilen eine ruhige, vollkommene Bewegung.

2

Clare und Elijah leben zwei Meilen entfernt in einer Flintenhütte an der Postal Delivery Route 310. Ihr kleines Haus liegt fünf Meilen östlich von Good Hope, der Hauptstadt des Verwaltungsbezirks Pamunkey County. Hiesige Witzbolde nennen diese einstöckigen Häuser mit schiefem Dach Flintenhütten, weil man jeden, der sich im Haus aufhält, umbringen könnte, würde man sich in die Tür stellen und eine Schrotflinte abfeuern. Clare und Elijah haben das Haus letztes Jahr kurz nach ihrer Hochzeit gekauft. Fünf Monate lang haben sie die Steinkieferböden abgeschmirgelt, neue Küchenschränke eingebaut und die Schindeln gestrichen. Clare wollte die Fassade rosa streichen, doch sie einigten sich auf ein dunkles

Rosenrot. Zum Haus gehören zehn Morgen Land; bis auf Clares und Elijahs Gemüsegarten haben sie alles an einen Farmer verpachtet, der auf beiden Seiten der Straße bis hinunter zum Fluss auf vierhundert Morgen Land Mais anbaut. Maispflanzen umgeben das Haus und den Hof und die staubige Straße von Mai bis Oktober wie eine Mauer, bis die Ernte eingebracht wird. Elijah und Clare genießen die Abgeschiedenheit. Als sie einmal von ihrer Arbeit in der Papiermühle nach Hause kamen, nahm Clare Elijahs Hand und blieb neben dem Briefkasten der beiden stehen; die seidigen Maisquasten überragten ihre Köpfe.

»Es ist, als wären wir Hänsel und Gretel, die das Knusperhäuschen finden?«, rief sie.

Elijah ist zehn Jahre älter als Clare; sie ist zweiundzwanzig, doch die drahtigen, großgewachsenen Körper der beiden ähneln sich. Er hat ein Gesicht voller Rundungen; es ist beweglich, hat große Nasenlöcher, lange Ohrläppchen und gewölbte Brauen über den dunklen Pupillen. Auch Clares Züge sind rund, doch ähnelt diese Rundlichkeit der eines kleinen Kindes.

Wann immer es geht, ist ihre Liebe verschwitzt und schmutzig. Sie jäten den großen Sommergarten und arbeiten am Haus. Sie bringen einander Eistee. Dann lieben sie sich bei Einbruch der Nacht in der geflochtenen Hängematte, wobei sie von der Straße aus ungehindert zu sehen sind; sie fordern es heraus, dass der Feldweg einen Eindringling zu ihnen führt. Im Winter hacken und schleppen sie Holz. Elijah hat eine Wand herausgebrochen und so von einer kleinen Kammer etwas Platz abgezweigt, der dem Zimmer für das Baby zugute kommen soll. Clare bringt den Abfall in einer Schubkarre nach draußen und schaufelt Späne und Holzreste, die zur Müllkippe gefahren werden sollen, in den Pick-up. Sie ziehen ihre Kleider aus und lachen über die schmutzigen Stellen an

Händen, Armen, Hals und im Gesicht, auf ihrer weißen Haut ist der Staub deutlich zu sehen, bei ihm verschmilzt der Dreck mit der Haut. Sie lieben sich auch so, schmutzig von der Arbeit im Haus oder mit dem Gestank der Papiermühle in ihrem Haar und ihren Kleidern. Durch die Arbeit scheinen sie einander zu begehren, als hätten sie Durst.

Clare und Elijah haben einen Hund, einen grauen Cockerspaniel namens Herschel. Es ist Herschel, der Clare im ersten Jahr ihrer Ehe zeigt, dass ihr Mann Orte in sich trägt, die sie bis jetzt noch nicht betreten hat.

An einem Sommerabend liegt Herschel keuchend auf der Hintertreppe des Hauses. Sein Atem rasselt, die Zunge hängt ihm aus dem Maul auf die Bretter. Der Hals des Hundes ist schrecklich angeschwollen, als hätte sich ein Bienenschwarm darin eingenistet. Elijah findet ihn auf der Treppe und ruft Clare zu, sie solle den Pick-up vorfahren. Herschel ist von einer Schlange gebissen worden.

Elijah legt Herschel auf den Sitz, der Kopf des Hundes liegt in Clares Schoß, seine Zunge auf ihrem nackten Oberschenkel. Er fährt schnell zum Tierarzt, der Elijahs Vermutung bestätigt und dem Hund ein Gegengift gibt. Der Tierarzt bittet sie, Herschel über Nacht bei ihm zu lassen.

Als sie wieder nach Hause kommen, geht Elijah vom Pick-up zum Schuppen im Hinterhof. Clare bleibt beim Wagen. Elijah taucht wieder auf und trägt seine hohen Angler-Gummistiefel über dem Arm.

»Da ist noch ein Paar«, sagt er. »Komm mit, wenn du willst.«

Clare sieht ihm zu, wie er das Haus betritt. Kurz darauf kommt er wieder heraus mit seiner alten doppelläufigen Schrotflinte und einer Schachtel Patronen Kaliber zwölf. Sie rennt in den Schuppen, um das andere Paar Gummistiefel zu holen.

Langsam fährt Elijah die Viertelmeile bis zum Ende der unbefestigten Straße hinab, wo er nach links auf den Feldweg des

Farmers abbiegt. Im Schatten der Bäume bringt er den Pickup zum Stehen und sieht Clare mit unbewegter Miene an. Er steigt aus, und Clare folgt ihm. Das Maisfeld ist hier zu Ende, der Rand ist säuberlich gestutzt. Die Luft riecht moschusartig im Unterholz entlang des Flussufers. Vor zweihundert Jahren hat man diese Bäume stehen lassen, als das Land erstmals mit dem Pflug urbar gemacht wurde, denn sie sollten das Ufer befestigen. Die Wurzeln der Bäume, die dem Fluss am nächsten sind, ragen aus der Erde, Hochwasser hat sie freigelegt. Elijah zieht seine Anglerstiefel an, knickt die Schrotflinte auf, schiebt die Patronen hinein, lässt den Lauf offen über seinen Arm hängen und klettert das Ufer hinab, wobei er sich an den Wurzeln festhält. Wo die Wurzeln auf das Wasser treffen und sich wie Arterien verzweigen, befinden sich die Nester der Mokassinschlangen.

Lautlos und ohne Wellen zu schlagen, gleitet Elijah ins Wasser, als wäre er selbst ein Reptil. Clare zieht das zweite Paar Gummistiefel an, was leicht ist, denn sie sind ihr zu groß. Sie watet vorsichtig ins Wasser, doch es gibt trotzdem ein kleines Platschen, als sie hineintritt. Elijah ist dreißig Meter vor ihr, er dreht sich nicht um. Knackend schließt er die Schrotflinte und hebt sie. Er feuert aus einem Lauf, dann aus dem anderen. Die Zweige über ihm schwanken nach dem Knall, und an den Stellen, auf die er gezielt hat, kräuselt sich Rauch über dem Wasser. Etwas wirft sich hin und her. Elijah klappt die Waffe auf und lädt erneut. Wieder feuert er in eine Wurzelkaskade und hinterlässt den gespenstischen Rauch als Markierung.

Die ganze Länge des Feldes entlang, fast eine halbe Meile weit, watet er durch den Fluss, feuert mit der Schrotflinte ins Wasser, gegen das Ufer, unter die Wurzeln. Grüne Patronenhülsen aus Plastik, zerfetzte Schlangenleiber und Rinde treiben in der schwachen Strömung an Clare vorbei. Sie ist überrascht, dass das Wasser vom Blut nicht stärker gerötet ist. Als nach fast einer Stunde die leere Patronenschachtel aus Pappe an ihr vorübertreibt, geht Elijah nicht mehr weiter; er hat die Schrotflinte unter die Achsel geklemmt. Er wendet sich nicht um zu Clare, sondern bleibt stehen und beobachtet die Strömung, die an seinen Oberschenkeln vorbeifließt. Clare klettert aus dem Fluss und geht zum Pick-up zurück. Sie zieht die hüfthohen Stiefel aus und setzt sich in die Fahrerkabine. Elijah taucht nicht auf. Sie überlegt, ob sie hupen soll, lässt es dann aber. Eine weitere Stunde bleibt sie alleine sitzen und starrt auf die gelbe Palisade aus Mais. Ich hatte keine Ahnung, denkt sie, keine Ahnung, wie sehr mein Mann lieben kann.

3

Wenn Sie den Mattaponi überqueren, sehen Sie nicht auf die Brücke oder auf den Wagen vor Ihnen, sondern auf die Mühle. Diese Fabrik ist der riesige, rauchende, mehrstöckige Zenturio der Stadt. Von den fünftausend Einwohnern Good Hopes arbeiten hier dreizehnhundert, und zwölftausend sind es aus dem ganzen Bezirk. Gestank steigt auf aus dem höchsten Gebäude, dem neuen Kessel, über dem ständig ein Dampfkegel schwebt, den alle Bürger der Stadt dazu benutzen, die Windrichtung zu bestimmen. Es riecht nach Schwefel, wenn die Nebenprodukte der Holzfasern voneinander getrennt und die Baumstämme in Pappe und gebleichtes weißes Papier verwandelt werden. »Es ist der Geruch nach Geld«, sagen die Leute aus der Stadt, und für all diejenigen, die auf dem Weg zu ihren Sommerhäuschen an anderen Orten in dieser Flusslandschaft vorbeifahren, ist es nichts weiter als der Geruch nach faulen Eiern. Zwei rote Schleppkähne sind am gemauerten Pier vertäut und warten darauf, die Holzladungen zu dirigieren, die auf dem Wasserweg befördert werden. Schienen kreuzen die Straße, die auf den Holzlagerplatz führt. Ein Schild begrüßt Sie in der Stadt. GOOD HOPE, steht darauf, EIN GUTER ORT, UM ZU ARBEITEN, ZU LEBEN UND ZU SPIELEN.

Im Juli senken sich die Hitze und die Feuchtigkeit des Flusses über die Stadt und tränken trotz des leichten Windes die Erde Tag und Nacht mit diesem Geruch. Clare ist seit sechsunddreißig Wochen schwanger, weswegen sie vom Gabelstapler, mit dem sie im Lagerhaus riesige gebleichte Papprollen transportiert hat, ins Büro übergewechselt ist, wo sie Schreibarbeiten erledigt. Sie schiebt sich vorsichtig an Arbeitsflächen und Schränke heran, so gut es geht. Sie macht sich Sorgen wegen der stinkenden Luft, die über die Nabelschnur bis zu ihrem Baby gelangt.

In der Fabrik wurde die Maschine Nummer 3 abgeschaltet. Nummer 3 ist länger als ein Häuserblock. Während sie ausgeschaltet ist, wimmelt sie von Mechanikern und Wartungsarbeitern. An ihrem nassen Ende, an dem der Holzbrei in den Rachen der Maschine gegossen wird, klettert Elijah eine Leiter hinauf. Brauner Papierschlamm spritzt auf ein Gittersieb und wird durch Hitze, Druck und Walzen über hundertfünfzig Meter hinweg bis zum trockenen Ende der Maschine zu dreilagiger Pappe geformt, wo Männer mit Klingen und pneumatischen Hebegeräten darauf warten. Elijah klettert mit seinen Werkzeugen zu einer Stelle, die »Hölle« heißt. Die Metallleiter ist rutschig von der Schleimschicht aus verklumpten Holzfasern und Dampf. Brauner Papierbodensatz hängt von den Sprossen. Im Schein einer Glühbirne treiben die kleinen Fasern auf dem Dampf dahin. Elijah kauert sich zusammen, um unter den Verstrebungen und Röhren Platz zu finden, von denen Papierbrei herabtropft. Er geht neben einer riesigen Metallwelle in die Hocke und löst die Rohrmuffe, um die

Zahnräder zu überprüfen. Er gießt Kerosin über das Radlager, um das alte Schmierfett abzuspülen, und trägt dann neues Schmierfett auf. Im Juli kann man sich an dieser Stelle in der Mühle den Schweiß nicht schnell genug von der Stirn wischen. Elijahs Schweißtropfen fallen auf das Radlager unter seinen glitschigen, schimmernden Fingern.

Als er fertig ist und in der Werkstatt seine Werkzeuge gereinigt hat, nähert sich ihm sein Vorarbeiter.

»Elijah.«

Elijah blickt auf. Er antwortet nicht.

»Heute Nachmittag um drei findet eine Versammlung in der Baracke auf dem Holzplatz statt. Ich will, dass du hingehst.«

»Ich arbeite bis vier.«

»Das ist in Ordnung. Es ist wichtig für mich, dass du hingehst.«

»Warum?«

Elijah gießt Kerosin über seine Hände, um sich mit einem Lappen das Schmierfett von den Nägeln zu wischen.

»Die Teilnehmer bilden ein Komitee zur Gleichstellung. Das ist das erste Treffen.«

Elijah saugt die Lippen ein.

Der Vorarbeiter lehnt sich mit der Hüfte gegen die Spüle. Er hebt eine Hand; das soll ihm dabei helfen, deutlich zu machen, worum es ihm geht.

»Du bist doch mit Clare verheiratet«, sagt er. »Ich hab mir gedacht …«

Der Vorarbeiter lässt die Hand auf Elijahs feuchten Rücken sinken.

»… weißt du, du könntest ein paar Dinge klarstellen, nichts weiter.«

Elijah sieht blinzelnd auf seine Hände und antwortet nicht. Der Vorarbeiter rückt von der Spüle weg. »Wir alle müssen irgendwie zurechtkommen«, sagt er über die Schulter.

Um drei Uhr ist Clare einer von fünfundzwanzig Menschen bei der Versammlung. Elijah betritt die Baracke. Spöttisch lässt sie ihm gegenüber in gespielter Überraschung ihren Unterkiefer herunterklappen. Sie erhält von ihm ein Kopfschütteln als Antwort. Er setzt sich nicht neben sie. Männer und Frauen, Schwarze und Weiße, zwei Asiaten und ein Latino aus allen Abteilungen der Mühle sitzen auf vier Reihen Klappstühlen. Auf einem Kartentisch gibt es Kaffee und Donuts. Die meisten Arbeiter aus dem Maschinensaal und vom Holzlagerplatz tragen noch immer ihre Schutzhelme und Sicherheitsbrillen. Ein paar Büroangestellte rutschen unruhig auf ihren Sitzen hin und her, besonders die schweren Frauen vom Kundendienst und die Männer in den Anzügen, die zum Management gehören. Clare beobachtet Elijah, der die Hände in seinem Schoß verschränkt und den Kopf gesenkt hat. Er hat seinen grünen Schutzhelm und seine Sicherheitsbrille ausgezogen und sitzt gedankenverloren da.

Sie denkt an die anderen, die ganze Firma betreffenden Komitees, die in den drei Jahren gebildet wurden, seit sie hier arbeitet: Qualitätssicherung, internationale Qualitätsstandards, Sauberkeit, gemeinsame Verhandlungen, Sicherheit. Sie hat sie kommen und gehen sehen, nie kam etwas dabei heraus, und nie zuvor waren sie oder Elijah hinzugebeten worden. Jetzt geht es um Gleichbehandlung, und sie beide sitzen mit am Tisch.

Clare denkt an ihre Mutter, die nicht allzu weit entfernt auf dem Land der Victory Baptist Church beerdigt wurde. Sie fragt sich, was ihre Mutter von dieser Versammlung halten würde. Ihre Mutter war eine gottesfürchtige Frau, Großmutter Epps hat das oft zu ihr gesagt. Ihre Mutter starb vor achtzehn Jahren in North Carolina an Brustkrebs. Großmutter fuhr hin, wiegte ihr einziges Kind im Krankenhausbett in den Armen und sang ihr ein Jesus-Lied vor. Großmutter Epps betraute ein Beerdigungsinstitut in Winston-Salem mit der Überführung ihrer einunddreißigjährigen Tochter über diese weite Entfernung hinweg. Sie nahm ihre vierjährige Enkelin mit, legte ihr eigenes Kind in den Sarg und brachte beide zurück nach Good Hope, Großmutters Heimatstadt, in der Großmutters Mann, Großvater Charles Hutto Epps, begraben wurde. Wenn Clares Mutter hier wäre, was würde sie dann empfinden? Was würde eine gottesfürchtige Frau von diesem Gleichbehandlungskomitee halten? Ihr wäre nicht unheimlich zumute, nicht auf die Art, wie es bei Clare der Fall ist. Wahrscheinlich würde sie alle bedauern, weil sie organisiert und gedrillt werden müssen, nur um miteinander auszukommen. Doch ihre Mutter ist tot, und es ist einfach, die Toten weise sein zu lassen, das weiß Clare.

Ein Mann in einem kurzärmligen karierten Hemd erhebt sich aus seinem Stuhl in der Ecke der ersten Reihe, wodurch schließlich klar wird, wer diese Versammlung leitet. Sein Name ist Sipe, er ist Kranführer in der Abteilung Versand und Materialannahme. Sipe ist braun gebrannt und kräftig, sein Hemd schwappt über seinem Gürtel auf und ab wie ein Wasserballon. Er trägt eine Khakihose und Halbschuhe. Heute ist sein freier Tag. Er ist nur wegen dieser Versammlung gekommen.

»Wie geht's Ihnen?«, fragt Sipe. Rasch und verlegen hebt er seine dicke Hand. Clare ist nicht sicher, ob zur Begrüßung oder um Anworten abzuwimmeln.

»Ich hoffe, Sie wissen alle, dass dies die erste Versammlung des neuen Gleichbehandlungskomitees der Firma ist.« Er grinst schnell, und ein Ausdruck der Kameradschaftlichkeit huscht über sein Gesicht, der andeutet: Ja, ja, ich will genauso wenig hier sein.

»Es hat in der Mühle einen Vorfall gegeben, und die Geschäftsleitung meint, wir sollten darüber sprechen. Jeder von uns wurde dazu bestimmt, Teil dieses Komitees zu sein. So wie die Dinge aussehen, dürften alle recht gut vertreten sein.«

Mutter, beschließt Clare, würde sich vorbeugen, Elijah gegen die Schulter tippen und ihm zuflüstern: Kopf hoch, Liebling. Sie meinen es gut.

Sipe in seinem karierten Hemd verschränkt die Arme und bittet jeden im Raum, sich vorzustellen, und das geschieht auch. Die Ersten stehen schüchtern auf und nennen ihren Namen und ihre Abteilung, die Nachfolgenden erheben sich nur noch halb, halten sich an den Lehnen ihrer Metallstühle fest und lassen sich auf die Sitze fallen, wenn sie fertig sind. Elijah ist der Erste, der sitzen bleibt, und der Rest folgt seinem Beispiel.

Als das vorüber ist, erzählt Sipe, was in der Mühle geschehen ist und warum die Geschäftsleitung ein Gleichbehandlungskomitee für notwendig hält. Vor zwei Tagen trug eine Frau bei der Arbeit ein T-Shirt, auf dem stand: DAS IS NE SCHWARZE SACHE, DAS VERSTEHST DU NICHT. Gestern trug ein Arbeitskollege der Frau als Reaktion darauf ein T-Shirt, auf das er mit einem Leuchtstift ein brennendes Kreuz über den Slogan DAS IS NE WEISSE SACHE, DAS VERSTEHST DU NICHT gezeichnet hatte.

Eine der Schwarzen, die an der Versammlung teilnehmen, sagt: »Wir dachten, es wäre witzig.« Clare vermutet, dass das die Frau ist, die das erste beleidigende T-Shirt trug.

Sipe nickt. »Ja, das haben wir gedacht. Aber ein paar andere fanden das nicht. Und deshalb«, er räuspert sich, »sind wir hier.«

Die Menschen in diesem Raum sind sich einen Augenblick lang einig über die Dummheit dieser beiden, und man ist allgemein der Ansicht, dass ihre Dummheit eine sehr stabile und große Plattform besitzt. Man wirft ihnen nicht vor, dass sie es – selbst wenn sie Freunde sind – hätten besser wissen müssen und einander nicht auf diese Art hätten reizen dürfen, sondern dass sie für die Geburt eines weiteren Komitees verantwortlich sind. Ein Mann in der letzten Reihe murmelt: »Scheiße.«

Sipe streckt die Arme aus. Er hebt die Hände. Clare sieht, dass sie voller Schwielen sind.

»In Ordnung«, sagt Sipe. »Okay. Es ist so. Man hat uns aufgefordert, dieses Komitee zu bilden, und genau das machen wir. Unser Ziel besteht darin, Wege zu finden, um so gut wie nur möglich miteinander zusammenleben zu können. Wir werden über alle Themen sprechen, einen Rundbrief zur Gleichbehandlung verfassen und Arbeitsgruppen zusammenstellen, und in ein paar Monaten werden wir das, was wir gelernt haben, der ganzen Belegschaft vorstellen, und das wird eine große Hilfe sein. Denn eins kann ich Ihnen sagen: Ich hab mir nicht vorstellen können, was für eine große Sache das für einige Leute ist.«

Die Frau, die das T-Shirt mit dem Schwarzen-Spruch trug, sagt: »Und Leute, es geht nicht einfach nur um Schwarz und Weiß. Es geht auch um Männer und Frauen.«

»Das ist richtig.« Sipe nickt und verschränkt erneut seine fleischigen Arme. »Wir müssen Wege finden, um einfühlsamer miteinander umzugehen. Und das dient nicht nur der Mühle. Es dient der ganzen Gemeinschaft.« Clare denkt, dass sie diesen Mann fürchterlich zur Schnecke gemacht haben, denn sonst würde er nicht so reden.

Sipe deutet auf Elijah. »Wir alle müssen Wege finden, um mehr wie Clare und Elijah zu sein. Aufgeschlossener. So wie sie.«

Elijahs Schutzhelm baumelt an seinen Fingern zwischen seinen gespreizten Knien, sein Blick ist auf den Boden gerichtet. Der Schutzhelm kreist in seinen Händen. Er packt ihn, steht auf, setzt den Schutzhelm auf.

Er sieht niemanden an, nicht einmal Clare. »Das ist euer Problem«, sagt er leise.

Knie und Beine rücken zur Seite, sodass Elijah seine Reihe verlassen kann. Niemand schaut ihm ins Gesicht, als er vorübergeht, als fürchteten alle, dort spiegele sich seine Verärgerung wider, denn seiner Stimme war nichts anzumerken.

Die Tür öffnet sich, als breche ein Siegel, und Elijah schließt sie leise. Nachdem er gegangen ist, grübeln die Menschen im Raum wieder über etwas nach, und das ist jetzt Clare. Aber sie hat ein Kind im Bauch, das bald zur Welt kommen wird, also hat sie keine Lust, ihre Nachforschungen zu ertragen. Sie wird ihnen Elijah nicht erklären. Er ist ihr Ehemann und der Vater ihres Kindes, und sie alle, alle anderen Menschen auf der Welt, sind das nicht.

Clare steht auf. Sie hätte gerne einen eigenen Schutzhelm, den sie jetzt aufsetzen könnte.

»Na ja«, sagt sie im Gehen, »Sie alle kennen ihn. Er hat seinen eigenen Kopf.«

Clare greift nach der Türklinke. Ihr Rücken ist dem Komitee zugewandt. Sie dreht sich den Versammelten direkt zu. Auch für ihr zukünftiges Kind gilt das, was sie sagt, bevor sie geht: »Es tut mir Leid. Aber wir sind nicht eure verdammten Rollenvorbilder.«

4

Clare und Elijah mögen es nicht, wenn man ihnen zu verstehen gibt, dass sie sich irgendeiner Sache zum Trotz lieben. Sie sind keine besseren Menschen, weil sie jemanden geheiratet haben, der nicht zu ihrer Rasse gehört. Sie sind nicht tolerant, weil der andere eine andere Hautfarbe hat.

In diesem ersten Jahr ihrer Ehe diskutieren sie genauso wenig über Rassen, wie sie über die Schwerkraft diskutieren.

Dass er schwarz ist und sie weiß, ist ein Thema für andere, die gelegentlich versuchen, diese Angelegenheit voller Neugierde gegenüber Clare und Elijah zur Sprache bringen, die Antworten und Eindrücke suchen, Postkarten von einem Ort, der exotisch und vielleicht tabu ist und den sie selbst niemals aufsuchen werden.

Nur das erste Mal, als sie ihn sieht, ist er ein Schwarzer. Sie ist auf der Aschenbahn der Highschool und dreht ihre Runden. Schließlich geht sie hinüber zum Basketballplatz, um einem Spiel zuzuschauen. Häufig rufen die anderen Spieler Elijahs Namen. »Toller Wurf, Elijah.« »Scheiße, Mann! Halt Waddell endlich auf, mach schon!« Nachdem das Spiel vorbei ist, bleibt er noch und wirft alleine einige Körbe. Sein nackter Oberkörper glänzt vor Schweiß, der an ihm herabrinnt, als gieße man Öl über Kopfsteinpflaster. Er wirft, fängt, wirft erneut. Oft fliegt der Ball durch den Ring und springt zurück zu ihm, als sei er an einer Schnur festgebunden. Sie geht unter den Korb, um den Ball nach seinen Würfen zu fangen. Er sagt nichts, fängt jedoch den Ball, den sie ihm zuwirft, und wirft weiter. Er schafft acht Körbe hintereinander, ohne sie jemals anzusehen, er sieht nur den Ball und den rostigen Ring. Sie weiß, dass er versucht, sie zu beeindrucken. Wenn er danebenwirft, behält sie den Ball, genau wie es der Regel entspricht, und macht ihre eigenen Würfe. Beim ersten Mal verfehlt sie den Korb, aber weil sie noch nicht aufgewärmt ist, wirft ihr Elijah den Ball zu. Als sie zum dritten Mal danebenwirft, behält er den Ball und macht einen Korb. Sie weiß, dass er ihr zu verstehen gibt: Machst du einen Korb, behältst du den Ball. Keine Sonderregeln für Mädchen. Es gefällt Clare, sich gleichberechtigt zu fühlen und nach den gleichen Maßstäben beurteilt zu werden wie er. Als er danebenwirft, bekommt sie den Ball und wirft drei Körbe nacheinander. Beim vierten Mal springt der Ball über den Ring. Er landet unweit von Clare, und sie will ihn haben, stürzt darauf zu, doch Elijah ist bereits zur Stelle. Blitzschnell schiebt er seine Hand unter ihre und dribbelt den Ball von ihr weg. Er grinst über die Schulter, und Clare beschließt, ihn zu blocken. Er dreht sich um für einen Wurf. Sie bleibt neben ihm, sie ist fast so groß wie er, sie springt und hält ihm die Hand vors Gesicht, und er wirft daneben. Sie fängt den Basketball und sieht Elijah an. Er steht da, die Hände auf die Hüften gestützt, und lächelt wieder. Er nickt und sagt nur: »In Ordnung.« Sie wird sich an diesen Augenblick erinnern, in dem Elijahs Schwärze nicht länger ein Zeichen für etwas war, das er entbehrte und das sie hatte, sondern zu einer bemerkenswerten Präsenz wurde, die nicht auf die Hautfarbe beschränkt ist und die man nicht mithilfe der Hautfarbe beschreiben kann. Sie öffnet den Mund in diesem Augenblick der Scham, die zwar rasch vorübergeht und die sie trotzdem trifft wie ein Nadelstich, Scham darüber, jemals jenes hässliche Etwas empfunden zu haben, das sie gerade eben hinter sich gelassen hat. Sie steht da und presst den Ball gegen ihren Bauch, an jene Stelle, wo Elijahs Baby sein wird.

5

Es ist Zeit für das Baby.

Clare und Elijah stehen vor dem Schlafzimmerspiegel und lieben sich. Elijah ist hinter ihr, das Kind vor ihr. Sie stützt sich mit den Handflächen an der Wand auf beiden Seiten des Spiegels ab, um zu verhindern, dass das Baby zu sehr hin und her geschaukelt wird. Doch sie will unbedingt, dass Elijah in ihr ist, und als beide, der Mann und das Kind, in ihr sind, sodass sie sie wärmen und verwöhnen und umsorgen kann, ist Clare glücklich.

Hinterher bleiben sie noch vor dem Spiegel stehen. Ihre Brüste sind fast bis auf die doppelte Größe angeschwollen, doch sonst ist sie nur um den Hals und die Schultern ein wenig dicker geworden. Ihr Haar und ihre Haut sind von einem Strahlen erfüllt. Elijahs Hände kreisen über ihren Bauch. Für Clare liegt etwas Magisches in dieser Geste, als beobachte sie einen Zauberer, der einen schwarzen Umhang trägt und mit den Armen über einer großen, weißen Kristallkugel hin und her wirbelt. Wie sieht die Zukunft aus?, fragt sie sich: Sag's mir, Elijah. Lies sie aus meinem Bauch und sag's mir.

Clare liegt im Luftstrom der Klimaanlage auf dem Bett. Elijah streckt sich neben ihr aus. Sie liegt auf dem Rücken, und nach wenigen Minuten erscheint eine Ausbuchtung über ihrem Nabel.

Elijah rückt näher, um sie genauer zu betrachten. »Es ist ein Knie.«

Clare hebt den Kopf nicht vom Kissen, um nachzusehen; sie lässt ihre Hände neben sich ruhen. Das hier soll Elijah ganz für sich haben.

Die Ausbuchtung verschwindet langsam, und andere Erhebungen folgen, die Elijah allesamt mit seinen Fingerspitzen erkundet und benennt. Ein Ellbogen. Eine Schulter.

Das herumrollende Baby berührt Clare mit seinen Fingern und Zehen, mit dem Schlag seines Herzens und mit einem Tritt. Die Bewegung in ihr verläuft fließend, und sie denkt, dass sie Elijah nicht sagen kann, was sie fühlt, so überwältigend ist es. Sie bedeckt seine Hand auf ihrem Bauch mit ihren Händen und konzentriert sich auf das Kind.

Zwei Stunden später, kurz vor Mitternacht, steht sie auf, um zu pinkeln. Im Badezimmer entdeckt Clare Blut auf dem Toilettenpapier, und sie weiß, dass sich der Schleimpfropf in ihrem Gebärmutterhals gelöst hat.

Sie weckt Elijah nicht. In der Dunkelheit sitzt sie auf einem

Stuhl neben dem Bett, hört dem Summen der Klimaanlage am Fenster zu. Sie ist dankbar für alles, das sie um sich herum spürt. Elijah hört nicht, wie Clare stöhnt, als der erste Krampf kommt. Sie schaut nach den roten Ziffern auf der Uhr neben dem Bett und wartet auf die nächste Welle.

Gegen fünf Uhr morgens bewegt sich Elijah und erkennt, dass sie nicht neben ihm ist. Er setzt sich auf und sieht sie im Stuhl auf einem Handtuch sitzen. Er schaltet eine Lampe ein.

»Wie lange bist du schon auf?«

»Fast seit Mitternacht.«

Elijah beißt sich auf die Unterlippe.

»Mädchen«, sagt er. Dann steht er da, nackt und schön. Er streicht ihr mit einer Hand über die Stirn. »Du willst das hier alleine erledigen«, sagt er scherzhaft. »Ich geh rüber zur Mühle und mache ein paar Überstunden.«

Um sieben ruft Elijah in der Firma an und sagt, dass sie beide nicht zu ihrer Schicht antreten werden. Ihre Wehen kommen alle sechs Minuten. Er ruft Großmutter Epps an, dann fährt er Clare ins Krankenhaus.

Dr. James, ihr Geburtshelfer, weiß, dass sie keine Epiduralanästhesie will, doch sie lehnt noch einmal ab, als er sie jetzt danach fragt. Elijahs linke Hand hält ihre Rechte mit festem Griff, und sie lassen einander nicht los. Alles, wozu Clare ihre rechte Hand braucht, erledigt Elijah für sie.

Im Krankenzimmer hat sie fünf Stunden lang Wehen. Kurz nach zwölf Uhr mittags wird sie in den Kreißsaal gebracht. Sie drückt Elijahs Hand und beißt die Zähne zusammen. Sie wird ihre Augen nicht schließen. Sie beobachtet alles und denkt an ihre Mutter, wünscht sich, sie wäre noch am Leben, denkt an Großmutter Epps, die zu Hause neben dem Telefon auf die Nachricht wartet, dass sie einen Urenkel bekommen hat, und die Dankbarkeit, die letzte Nacht in Clares Schlafzimmer begann, verblasst angesichts einer Liebe, die so tief in ihr verankert ist, dass sie zu einem entsetzlichen Schmerz wird, der sie durchströmt. Sie weint, sie weiß, dass ihr Gesicht rosa ist und so verzerrt wie eine zerquetschte Limonadendose. Elijah wischt ihr mit einem Papiertaschentuch über die Wangen.

Clares aufgeblähte Körpermitte bildet das Zentrum wirbelnder Hände und Gesichter. Die Lampen sind so strahlend hell, dass sich ihr Licht an den Innenseiten ihrer Oberschenkel, die von den Beinschlaufen hochgehoben werden, wie warme Spitze anfühlt. Elijah flüstert ihr zu, »Ja, Baby« und »Gut, Baby«, wischt ihr den Schweiß ab und küsst ihre Stirn. Die beiden Schwestern nicken Elijah aufmunternd zu. »Du machst das großartig, Liebling.«

Dr. James ist ein attraktiver Mann Anfang vierzig, dessen Haar an den Schläfen grau zu werden beginnt. Er hat das magere Gesicht und die reuevollen Augen eines leidenschaftlichen Langstreckenläufers. Clare zuckt zusammen und beobachtet seine Augen.

Der Arzt zählt Clares Wehen mit. »Jetzt pressen. Zuerst ganz vorsichtig. Und los.« Sie kann ihn nicht sehen, während er mit den Händen zwischen ihren Beinen herumfummelt. Sie spürt kaum seine Finger, so angeschwollen sind ihre Nerven und Muskeln dort. Mehrere Minuten fordert sie der Arzt auf, sanft zu pressen. Schließlich sagt er: »Okay. Und jetzt pressen Sie einmal mit aller Kraft. Und los. Auf geht's. Fast ...« Clare schiebt sich nach vorn, presst so heftig mit ihrem Unterleib, wie es die Schmerzen erlauben. Starr richtet sie ihren Blick auf das Gesicht des Arztes. Er sieht, wie das Baby auf die Welt kommt, und auch sie möchte Zeuge dieser Ankunft werden, doch weil sie das nicht kann, wird sie den Mann beobachten, der das sieht.

Plötzlich zucken die Fältchen in den Augenwinkeln des Arztes. Er hält inne, und jede Handlung im Raum kommt zum Erliegen, sogar Clares Pressen. Sie spürt die plötzliche Veränderung. Der Arzt spricht leiser, er wendet sich nicht an Clare, sondern an die Schwestern. »Bringen Sie mir ein Tuch«, sagt er.

Zu Clare sagt Dr. James mit fester Stimme: »Noch einmal pressen. Pressen.« Elijah hält Clares Hand fester. Der Arzt zieht weiter und unterstützt das auftauchende Baby. Seine papierne Gesichtsmaske bläht sich, er hat etwas gesagt, aber nur zu sich selbst.

»Doktor?«, erkundigt sich Elijah.

Dr. James wirft ihm einen Blick zu, der dem eines Mannes ähnelt, der am Fuß eines steilen Hügels steht, den er hinaufrennen muss, und der sicher ist, dass er es nicht schafft. Dann sieht er zu Boden.

Clare kann nicht um ihren Bauch und das ausgebreitete Krankenhausnachthemd herum auf ihr Kind sehen. Elijah umklammert Clares Hand.

Sie presst so heftig, wie sie nur kann. Wenn etwas nicht in Ordnung ist, will sie das kraft ihres Willens und ihrer Anstrengung heilen. Sie und Elijah werden das Kind auf die Welt bringen, selbst wenn der Arzt besorgt ist, selbst wenn er sie nicht mehr ansieht.

Das Kind gleitet in Dr. James' wartende Hände. Er nimmt ein kleines Absauggerät, das aussieht wie ein Fettgießer für Truthahnbraten, und beseitigt damit den Schleim, der die Nasenlöcher des Babys verklebt. Clare hört, wie er das Gerät zweimal in eine Windel entleert. Er nimmt von der Schwester eine Klammer entgegen, klemmt die Nabelschnur ab und durchschneidet sie mit einer Schere. Er lässt sich von der Schwester die Decke reichen und wickelt das Kind ein. Er erhebt sich nicht, um das Neugeborene auf Clares Bauch zu legen, sodass es schon in den ersten Sekunden Liebe empfangen kann, sondern wendet sich von Clare und Elijah ab, während er das Kind in den Armen hält. Clares Rücken brennt von den

Schmerzen der Geburt. Die Decke ist rosa, und der Arzt hat das Baby von Kopf bis Fuß darin eingewickelt. Sie kann ihr Kind nicht sehen.

Noch immer mit dem Rücken zu Clare und Elijah reicht der Arzt das Neugeborene einer Schwester. Während die Frau es in den Armen wiegt, hilft die andere Schwester Clare, ihre Beine aus den Schlaufen zu ziehen. Clare beobachtet die Schultern des Arztes und seine Arme, während er die letzten Arbeiten erledigt, sie sieht, wie er den kleinen Körper mit sterilen Tüchern abwischt, die er in einen Abfalleimer wirft. Sie hört, wie das Baby in den Armen der Schwester hinter dem weißen Rücken des Arztes hustet. Wieder sagt Elijah: »Doktor?« Clare bleibt auf dem Tisch liegen, obwohl sie aufstehen und ihr Kind dem Arzt aus den Händen winden will. Das Kind ist jetzt seit einer Minute auf der Welt. Clare sehnt sich danach, es in ihren Armen zu wiegen.

Sie kann nicht hören, was der Arzt zu der Schwester sagt. Doch die Schwester will nicht machen, wozu er sie auffordert. Sie zögert. Clare hört, wie die Schwester sagt: »Nein, Doktor. Bitte.«

Dr. James tritt zur Seite. Die Schwester nähert sich Clare und Elijah und trägt dabei die rosa Decke. Vor dem Bett weicht sie zurück. Sie legt die Decke nicht auf Clares flache und schlaffe Taille. Die Schwester sagt: »Es ist ein Mädchen.«

Schließlich lässt Clare Elijahs Hand los. Ihre Handfläche ist triefend nass. Sie streckt beide Arme nach ihrer Tochter aus. Die Schwester hält das Kind zurück.

Dr. James spricht vom Fußende des Bettes aus. Er zieht seine blaue Maske herab. Clare sieht die Niederlage in seinem Gesicht. Er ist den steilen Hügel nicht hinaufgerannt, er hätte es nie tun können.

»Clare. Elijah. Warten Sie einen Augenblick.«

»Geben Sie mir mein Baby«, verlangt Clare.

Wieder sagt der Arzt ihre Namen: »Clare. Elijah.« Clare lässt die Arme sinken. Elijahs Hand kehrt zu ihrer Hand zurück.

Dr. James sieht sie eindringlich an. »Ich muss Ihnen zuerst etwas sagen.«

Clare wartet darauf, dass der Mann weiterspricht. In jenen Sekunden fühlt sie, wie sich in ihr eine Mauer aufrichtet, beharrlich und fest, eine Mauer der Liebe und Loyalität gegenüber ihrem Baby. Durch seine Pausen beim Reden und seine gequälten Augen hämmert Dr. James gegen diese Mauer, doch die Mauer hält.

»Es gibt ein schweres Problem«, fährt der Arzt fort. »Mit dem Gehirn des Babys.«

Das Kind quiekt in der rosa Decke in den Armen der Schwester, als wolle es diese schreckliche Bemerkung widerlegen.

Clare schüttelt den Kopf. »Nein. Ich kann sie hören. Es geht ihr gut. Geben Sie sie mir.«

Niemand bewegt sich. Das Kind wird von den beiden fern gehalten. Auch Elijah spricht, seine Stimme ist fest.

»Geben Sie uns das Kind, Doktor. Sie ist unser Kind.«

Der Arzt schweigt und rührt sich nicht von der Stelle, er starrt Clare in die Augen. Dann wendet er seinen Blick Elijah zu und sagt zu ihnen: »Wappnen Sie sich.«

Die Schwester legt das eingewickelte Kind in Clares eifrige Hände. Ohne zu zögern hebt Clare die Decke vom Kopf ihrer Tochter. Sie hört, wie der Arzt sagt: »Es tut mir Leid.«

Über der Stirn des Kindes ist nichts. Die Schädeldecke, die Hirnschale, in der sich das Gehirn befinden sollte, existiert nicht. Stattdessen ist der Schädel flach und von einer warmen, rosa Haut bedeckt; das Kind ist auf grauenhafte Weise unvollständig.

Die Mauer in Clare hält das nicht aus, scharf atmet sie ein, als hätte man sie geschlagen. Elijahs Hand ist auf ihre Schulter gesunken, und dort hält er sie fest. Sie kann nicht ausatmen. Sie schließt die Augen; das Kind in ihren Armen fühlt sich so richtig an, so perfekt, es hat das richtige Gewicht und es atmet und es braucht sie. Clares Brust schmerzt vor Verlangen, es zu stillen. Unter diesem Angriff, dem schlimmsten ihres Lebens, hält die Mauer in ihr irgendwie. Clare stößt einen Schrei aus. Sie öffnet die Augen und weiß, dass sie dieses Kind liebt, genauso, wie sie den Schmerz liebt, der ihre Tochter auf die Welt gebracht hat, ein Schmerz, der nicht aufhörte und der auch jetzt nicht aufhört, da sie da ist. Es ist die Weichheit an der Spitze des Kopfes ihres Kindes, so glatt und flach an Clares Lippen, die ihr das Herz bricht und die die Wand in alle Ewigkeit zementiert. Clare sieht das Haar ihrer Tochter, das so weiß und so dünn sein wird wie die seidigen Maisbüschel, wenn es trocken ist.

Elijahs Hand nähert sich der Wange des Babys. Clare hört, wie er flüstert: »O Gott … Jesus.« Das Baby gurgelt, sucht mit den Lippen die Spitze von Elijahs Finger. Clare lacht und schnappt nach Luft. Ihre Tränen spritzen über das Gesicht des Babys.

»Sie wird nuckeln«, bemerkt die Schwester. »Machen Sie ruhig. Sie wird saugen.«

Nach einer Bestätigung suchend, sieht Clare den Arzt an. Er gibt sie ihr mit straff zusammengepresstem Mund. Clare blickt lächelnd zu Elijah auf. Sie sieht, wie er schluckt. Er hält sich so aufrecht, denkt sie, während Tränen in seinen Augen schimmern. Sie zieht ihr Nachthemd herunter und gibt dem Baby die Brust.

Eine Schwester schaltet die heiße Lampe neben dem Bett aus, sodass nur noch das gedämpfte Licht der Deckenlampe leuchtet. Das Kind saugt. Noch ist keine Milch da, noch ein, zwei Tage lang nicht. Elijah lacht auf, es ist fast ein Weinen, und Clare teilt mit ihm das Gefühl des Verlusts. Er wird den Schmerz aushalten, denkt sie. Ich muss unser Kind halten.

Der Arzt macht einen Schritt zurück. »Es heißt Anenzephalie. Kurz nach der Empfängnis schließt sich die Neuralröhre nicht. Das Gehirn, es … entwickelt sich nie über den Hirnstamm hinaus. Ihr Baby kann saugen, schlucken, auf Reize reagieren, aber mehr wird da niemals sein. Interpretieren sie diese Reaktionen nicht falsch. Sie sollten wissen … »

Zum ersten Mal seit dreizehn Stunden weicht Elijah von Clares Seite.

»Doktor, können wir auf den Gang gehen?«

Außerhalb des Kreißsaals, nicht länger in Clares Nähe, bittet Elijah ihn, mit der Erklärung fortzufahren. Der Arzt spricht vorsichtig und greift nach Elijahs Arm, während er redet.

Anenzephalie, erklärt Dr. James, ist die am meisten verbreitete größere Missbildung des zentralen Nervensystems in den Vereinigten Staaten; sie tritt bei einer von zwölftausend Geburten auf. Babys mit Anenzephalie sterben nach kürzester Zeit – sofern sie überhaupt lebend geboren werden. Weil ihnen höhere neuronale Strukturen fehlen, sind diese Kinder nicht in der Lage, Schmerz zu empfinden oder Aufmerksamkeit zu entwickeln.

»Bei Ihrer Tochter«, sagt der Arzt zu Elijah, »kam es zwei oder drei Wochen nach der Empfängnis zu diesem Problem. Vielleicht hätten wir es mit einem Sonogramm früh entdecken können, aber Sie beide sind ein junges, gesundes Paar, und in Ihren Familien gab es keine Hinweise auf Missbildungen. Wir haben deswegen nie vermutet, dass eine Untersuchung nötig sein könnte. Und selbst wenn wir hätten sehen können, dass es dazu kommt, hätten wir nichts machen können, Elijah. Wir hätten nur zu einer Abtreibung raten können.«

»Was ist der Grund? Bin ich es? Etwas in mir, das nicht in Ordnung ist?«

»Nein.« Der Arzt spricht voller Eifer. Jetzt kann er den Schmerz etwas lindern. »Nein, Elijah. Wir können unmöglich wissen, was genau den Fötus beeinflusst hat. Es könnte genetisch sein, es könnte eine Infektion sein. Es könnte mit der Umwelt zu tun haben.«

»Was meinen Sie damit? Vielleicht die Mühle?«

»Das kann man unmöglich wissen«, antwortet der Arzt. »Geben Sie niemandem die Schuld, das wäre töricht.«

Dr. James löst seine Hand von Elijahs Arm.

»Möchten Sie und Clare weitere Kinder?«

»Ja. Vermutlich. Nachdem …«

»Also gut. Sorgen Sie dafür, dass Clare vor und während ihrer nächsten Schwangerschaft viel Folsäure zu sich nimmt. Also grünes Blattgemüse, Erbsen, Bohnen. Es ist ein Vitamin B. Sorgen Sie dafür, dass sie viel davon bekommt.«

»In Ordnung.«

Der Arzt wartet, bis eine Schwester an ihnen vorbeigegangen ist. Die Frau trägt ein Tablett mit Essen und zitterndem Wackelpudding, Erinnerungen an ein Leben, das anderswo weitergeht, weit entfernt von dieser Tragödie.

»Elijah.« Der Arzt spricht den Namen rasch aus. »Sie müssen wissen, dass Ihre Tochter nicht lange leben wird.«

Mit einem Ruck schnappt Elijah nach Luft. Er nickt.

Dr. James spricht eindringlich weiter. Etwas macht ihm zu schaffen. »Ich muss Sie das fragen, und ich muss Sie jetzt fragen.«

»In Ordnung.«

»Ihre Tochter wird sterben. Vielleicht in ein paar Minuten, vielleicht in ein paar Wochen, aber länger wird es nicht dauern, das verspreche ich Ihnen. So schmerzhaft sich das für Sie auch anhört: Bevor sie stirbt, muss ich Sie an andere Väter und Mütter erinnern, die heute und morgen um ihre Babys weinen, die ebenfalls mit Problemen geboren werden. Aber diese anderen Probleme können wir vielleicht heilen. Wir können einige jener Kinder retten, falls Sie und Clare sich dazu entschließen, die Organe Ihrer Tochter zu spenden.«

Elijah wendet das Gesicht ab. Seine Kiefer mahlen. Er hebt beide Hände vor das Gesicht; sein Atem strömt zwischen den Handflächen hindurch.

Als er die Hände sinken lässt, schimmern seine Wangen. Er hat die Zähne gefletscht.

»Wie lange können Sie warten?«

»Das Kind muss noch am Leben sein. Es ist hart, Elijah. Aber es ist auch für andere Eltern hart. Das ist alles, was ich sagen kann.«

Elijah dreht sich um. Er legt eine Hand an die Tür und senkt den Kopf, als müsse er sich mit Gewalt den Weg in den Kreißsaal erkämpfen, als wöge die Tür mehrere Tonnen. So hält er einen Augenblick lang inne. »Sie warten hier draußen«, sagt er schließlich über die Schulter.

Die Tür öffnet sich. Elijah bleibt stehen. Clares Blick fällt auf seine Augen, und ihr Gesicht ist tränennass. Ihre Wangen leuchten karmesinrot, und ihre hängenden Brüste sind unbedeckt. Die Lippen des Babys liegen nicht länger an dieser trockenen Quelle. Sie hat das Kind in die rosa Wickeldecke zurückgelegt. Die Schwestern weinen und haben sich in die dunklen Ecken des Zimmers zurückgezogen.

Bevor Elijah zu seiner Frau gehen kann, hält Dr. James seinen Arm fest. Noch in der Tür dreht sich Elijah zu ihm um. Der Arzt blinzelt, und die flügelförmigen Falten um seine trauernden Augen sind gespreizt. Diese Tragödie ist vorbei, und jetzt kann er davoneilen, vielleicht zur nächsten Tragödie. Freundlich schüttelt er den Kopf. Nein. Zu spät. Der Arzt geht. Die Schwestern folgen ihm, schieben sich an Elijah vorbei. Auf dem Gang wendet sich eine Schwester um und flüstert: »Wir warten dann draußen.«

Clare greift nicht nach Elijah, sie löst ihre Arme nicht von dem Kind. Elijah sitzt am Fußende des Bettes.

»Wie heißt sie?« fragt er.

Schniefend holt Clare Luft. »Genau so, wie wir es beschlossen haben«, antwortet sie und hebt das leblose Bündel an ihre nackte Haut. »Nora.«

»Nora«, wiederholt Elijah und legt seine Hand auf Clares Bein. »Ja, Baby.«

»Und wenn das in Ordnung ist«, sagt sie, »jetzt, da sie uns doch verlassen hat – da würde ich sie gerne mit zweitem Namen Carol nennen. Nach meiner Mutter.«

Nora Carol. Ihr einen Namen zu geben, ist für sie beide ein Trost, wie die rosa Decke des Kindes. Sie hüllt sie ein und verhüllt alle Mängel. Sie ist der erste Ort, an dem das Kind ruht.

ZWEI

1

Der hoch aufragende Kirchturm der Victory Baptist Church ist schmal und scharfkantig. An seiner Spitze befindet sich ein Kupferkreuz, das einem Widerhaken gleicht, als solle in dem unwahrscheinlichen Fall, dass Gott zur Erde niedersteigt, sein Gewand daran hängen bleiben wie an einer Klette, sodass Er bei Seiner Rückkehr in den Himmel das weiße Schindelgebäude samt der Gemeinde mit sich emporzieht.

Die Victory Baptist Church liegt an der State Route 101, einer kurvenreichen Straße, die über viele Meilen hinweg nichts weiter zu sein scheint als ein asphaltierter Einschnitt zwischen Kiefern, Ulmen und Unterholz. Im Frühling blüht wilder rosa und weißer Hartriegel in den Wäldern, die den grasbewachsenen Kirchhof und den Friedhof umgeben. Die nächsten Gebäude liegen eine Viertelmeile entfernt. Im Osten befindet sich der Bungalow der Finchers mit seiner Sammlung von Wetterfahnen und Kreiseln im Vorgarten. Im Westen liegt das Pfarrhaus auf einem kleinen Cape-Cod-Gelände, das mit grauen Rangiergleisen bedeckt ist; dort nippt Pastor Thomas Derby an diesem Nachmittag an einem Whiskey.

Die Kapelle gibt es seit 1781; sie wurde aus roh behauenen Steinkieferstämmen und -pflöcken errichtet. Sie war schon immer weiß gestrichen, und die Doppeltür an der Vorderseite war schon immer flaschengrün. Das Kirchenschiff bietet bis zu dreihundert Gemeindemitgliedern einen unbequemen Platz auf den hochlehnigen, starren, hölzernen Bänken. Ein abgenutztes Mahagonigeländer teilt die Kirchenbänke in eine rechte und eine linke Reihe. Bis 1967 waren Männer und Frauen während des Gottesdienstes durch dieses Geländer voneinander getrennt. Zweihundert Jahre lang stellten Pastoren und Kirchgänger gleichermaßen Vermutungen darüber an, wer um wen warb, je nachdem, welche Paare Seite an Seite saßen, während das Geländer auf Schulterhöhe zwischen ihnen lag. Die Kirche wird mit einem Ölofen beheizt, der in den 1930er-Jahren eingebaut wurde. Es gibt keine Klimaanlage. Fächer aus zusammengeleimten Eisstielen und Stapel von Weihnachtskarten für Kinder wurden zusammen mit den Gesangbüchern zwischen die Rückenlehnen geklemmt. Wenn sich die Gemeinde im Sommer in der vom Fluss aufsteigenden Feuchtigkeit Luft zufächelt, ähnelt sie von der Kanzel aus einem Schwarm bunter Tauben, der endlos flatternd die Flucht ergreift. Hinter der Kanzel befindet sich das Taufbecken aus Blei. Links steht die Orgel. Über dem Altarraum erstreckt sich eine Empore mit zwei Stuhlreihen, auf denen bis 1865 die Sklaven saßen, die die Kirche ihrer Herren besuchten. 1866, drei Jahre nach der Proklamation der Sklavenfreilassung, bauten die Mitglieder der Victory Baptist für die Schwarzen in diesem Teil des Bezirks eine eigene Baptistenkirche, die Zebulon Baptist, die drei Meilen entfernt an der State Route 101 liegt. 1970 hatte die Gemeinde genügend Geld aufgebracht, um auf dem eigenen Grundstück ein zweites Gebäude zu errichten, ein einstöckiges, ebenfalls weiß gestrichenes Holzrahmengebäude, in dem die Klassen der Sonntagsschule und die Büros untergebracht sind. 1990 erhielt dieses Nebengebäude ein neues Schindeldach.

Mrs. Rosalind Epps war die treibende Kraft zur Finanzierung des neuen Schindeldachs. Seit sechsundzwanzig Jahren hat Mrs. Epps noch keinen einzigen Sonntag in der Kirche gefehlt. Sie überlässt es anderen, sie zu beobachten und ihre Anwesenheit zu zählen. Sie ist Vorsitzende mehrerer Kirchenausschüsse und wird niemals anderen ihr Rezept für Buttermilchkekse überlassen. Ganz im Vertrauen hat sie gesagt, dass sie von ihrer Tochter Carol enttäuscht ist – diese entschied sich dafür, einem Zimmermann nach North Carolina zu folgen, einem Mann, der sie kurz darauf sitzen ließ, sodass sie sich alleine durchschlagen musste –, und dass sie enttäuscht ist von ihrer Enkelin Clare, denn beide haben es an Engagement für die Victory Baptist Church fehlen lassen, in der ihre Vorfahren doch über hundertfünfzig Jahre lang gebetet hatten. Andere sagen über Rosy Epps, ebenfalls ganz im Vertrauen, dass die alte Frau den Gedanken einfach nicht ertragen kann, dass sie ihre Autoriät früher oder später verlieren wird, die dann an andere Familien aus der Kirchengemeinde übergeht.

Vor sechzig Jahren, als Rosalind noch ein achtzehnjähriges Mädchen war, in ihrem ersten Jahr als Sekretärin in der Papiermühle arbeitete und die Abendschule des Gemeinde-Colleges besuchte, traf sie ihren späteren Ehemann Charley. Er gehörte zur Besatzung eines Schleppers, die die Frachtkähne einwiesen, die am Kai vor dem Holzlagerplatz anlegten. Die beiden jungen Leute strahlten sich über das Mittelgeländer der Kirche hinweg an, bis sie 1942 heirateten – acht Monate bevor Charley sie verließ, um als Marineinfanterist gegen die Japaner zu kämpfen. Er fiel 1944 auf Palau und sollte niemals seine Tochter sehen. Sein von der Flagge bedeckter Sarg wurde nach Hause nach Good Hope verschifft und auf dem kleinen Friedhof, der für die Familien der Kirchengemeinde reserviert ist, zur letzten Ruhe gebettet. Regelmäßig ermahnt Mrs. Epps, die seit 1976 Kirchenälteste ist, den Vorsitzenden der Kirchenverwaltung, Mr. Snead, die kleine amerikanische Flagge auf dem Grab ihres Gatten stehen zu lassen, da Charley im Dienst für das Vaterland starb. Die Flaggen werden regelmäßig vom Wind zerfetzt oder von kleinen Kindern aus der Stadt gestohlen.

Mrs. Epps war Pastor Thomas Derbys Lehrerin in der dritten Klasse. Sie hatte ihn noch einmal in der sechsten. In der dritten Klasse schwärmte Thomas Derby für sie und schrieb ihr ein Gedicht. Seit fünfundzwanzig Jahren schickt sie ihm Weihnachtskarten. Weil er so oft umgezogen ist, hat Derby in ihrem Adressbuch eine eigene Seite. Jedes Mal, wenn sie mit dem Bleistift eine weitere Adresse ausstrich, fühlte sie sich stärker an diesen Jungen gebunden. Nachdem er an der Highschool seinen Abschluss gemacht hatte, war er nie mehr in die Nähe von Good Hope gekommen. Zweimal in zwei Jahrzehnten hat er Mrs. Epps Fotos geschickt, und alle paar Jahre hat er sie angerufen, um sie über seinen Lebensweg auf den neuesten Stand zu bringen.

Zum ersten Mal spürte er seine Berufung in New Orleans. Dann besuchte er das Bibel-College in South Carolina. Kurz nach seinem Abschluss kam seine erste Kirchengemeinde, und dann kam eine zweite Gemeinde und eine zweite Chance. Dann stand er kurz davor, das Predigen aufzugeben und sich eine andere Arbeit zu suchen, er traf eine Frau, aber nein, das hat nicht funktioniert. Wieder eine neue Kirche, und jetzt predigt er besser als je zuvor; er weiß, wie es ist, wenn man ein paar Jahre auf dem Buckel hat und der Herr die Dämonen auf einen hetzt, einem aber auch viel Weisheit schenkt; nein, es wurde Zeit, weiterzuziehen. Eine andere Gemeinde möchte ihn haben, sie mögen ihn dort, nein, dort ist er schon nicht mehr, er reist umher. Dann hat Gott wieder gewonnen und ihn zurückgerufen; noch eine Kirche. Nein.

Vor sechs Monaten, als der junge Pastor Bailey und seine Frau Anita an eine größere Kirche im Norden des Staates in der Nähe von Washington, D. C., berufen wurden, sagte Mrs.

Epps, es sei an der Zeit, Thomas Derby nach Hause zu holen. Sie bat die baptistische Missionsbehörde um seinen Lebenslauf. Ihr Antrag wurde bei der ersten Versammlung des Stellenausschusses abgelehnt, bei der zweiten nicht.

Mr. Omohundro beginnt wieder damit, Erde zu schaufeln. Der Klang seines Spatens vermischt sich mit dem von Mr. Sneads eiligen Schritten auf dem kiesbedeckten Parkplatz.

»Punkt sieben in der Kapelle, Pastor«, ruft der Verwalter Derby zu.

»Mr. Snead, können wir darüber reden?«, ruft Derby ihm nach. Er kann nicht glauben, was gerade geschieht.

»Heute Abend.«

Derby wendet sich dem Grab zu. Er lockert seine Krawatte. Er möchte einen Drink. Mr. Snead fährt davon.

Thomas Derby beobachtet, wie die letzte fahle Ecke des Sarges unter der Erde verschwindet. Dieser Augenblick sollte entschieden und endgültig unter dem Lehm begraben werden. Aber so ist es nicht. Er rumort weiter im Rumpeln von Mr. Sneads Wagen, der die Straße hinauffährt, er klebt in der Kehle des Mannes, der diese Drohung ausgesprochen hat.

Derby lehnt sich über Charles Epps' Grab. Er nimmt die langstielige rosafarbene Rose. »Entschuldige, Charley«, sagt er. »Es macht dir doch nichts aus.« Plötzlich ist Derby erschöpft. Er starrt in das Grab des Babys, das sich mit den rostroten Erdklumpen füllt, die von Mr. Omohundros Schaufelspitze fliegen.

Er lässt die Rose in Nora Carols Grab fallen und denkt, dass dies vielleicht ein zusätzlicher Grund dafür sein könnte, das Kind in Ruhe zu lassen.

2

Fünf Minuten nach sieben haben alle dreizehn Kirchenältesten der Victory Baptist Church auf den Kirchenbänken Platz genommen. Ihre Pünktlichkeit ist ein Zeichen dafür, wie ungewöhnlich diese Versammlung ist. Derby sitzt alleine hinten im Altarraum. Der Pastor hat das Recht, bei den Versammlungen der Kirchenältesten zu sprechen, aber er darf nicht abstimmen. Die Kirchenältesten leiten die Gemeinde; der Pastor ist für ihre Seelen zuständig. Derby beobachtet die alten Seilschaften, die man daran erkennen kann, wer bei wem sitzt und wer mit wem redet. Keiner spricht über den Grund, warum alle in die Kirche gebeten wurden. Niemand will seine Meinung sagen, solange er sich nicht hinter den anderen verstecken kann. Die drei Farmer verpassen ihr Abendessen. Dottie Orange und eine andere Frau tragen noch immer ihre Schürzen; sie sind sofort gekommen, nachdem sie das Abendessen vorbereitet haben. Zwei Mühlenarbeiter mussten zuerst noch jemanden finden, der das Ende ihrer Schicht übernimmt. Nur eine Frau, Jeannie Stallings, ist so jung, dass ihr Haar noch etwas von seiner natürlichen Farbe besitzt; sie arbeitet in der Mühle und spricht mit den Männern über die Fehler von jemandem, der neu eingestellt wurde. Die harte Arbeit und das reichhaltige Essen auf dem Land hat sie allesamt stämmig werden lassen, nur Mr. Snead und Jeannie haben schlanke Taillen. Rosy Epps sitzt von den anderen getrennt.

Derby kommt sich vor wie ein Grünschnabel. Diese Menschen gehören hierher; das Echo ihrer Stimmen, die von der Empore und der Galerie zurückgeworfen werden, klingt, als passe es genau hierher. Das sind die Gesichter und die Hände dieser zweihundert Jahre alten Kirchengemeinde. Sie sind der Stamm und die Rinde des Stammbaums; die Kirche ist die Wurzel, und Derby ist nichts weiter als ein Vogel, der auf einem uralten Ast sitzt. Seit vier Monaten arbeitet er im Dienst dieser Kirchenältesten. Sie haben ihre Kindheit zusammen verbracht.

Die Vordertüren der Kirche stehen offen, als sei es Sonntagmorgen, doch das alles geschieht nicht an einem Morgen, sondern an einem frühen Augustabend. Die Kirchenältesten greifen nach den Fächern aus Weihnachtskarten und kühlen sich das Gesicht. Im Feld gegenüber der Straße zirpen die ersten Grillen zur offenen Tür herein. Derby senkt die Arme; er spürt, dass seine Körpersprache so wirken könnte, als sei er abweisend und ängstlich. Er schiebt eine Hand an die andere, drückt die Spitzen seiner Zeigefinger zusammen, sodass sie einen Kirchturm bilden, und wartet.

Ohne dass irgendjemand ein Zeichen gegeben hätte, schweigen alle dreizehn Kirchenältesten merkwürdigerweise gleichzeitig. Das verstärkt Derbys Gefühl, am falschen Ort zu sein und keine Erfahrung zu besitzen, noch mehr. Es hat ein Zeichen gegeben, und er hat es verpasst. Im Kirchenschiff ist es still. Die Grillen verstärken die fast peinliche Stille. Mr. Sneads Bank knarrt, als er aufsteht.

Mr. Snead streckt die Arme aus, die Handflächen nach vorn gerichtet. Er trägt jetzt ein gestreiftes, langärmliges Hemd, am Gürtel prangt eine große Messingschnalle. Seine Haare kleben an seinem Kopf. Mr. Snead ist der einzige Kirchenälteste, der geduscht und sich auf dieses Treffen vorbereitet hat.

»Also gut«, sagt er, »was unternehmen wir in dieser Sache?«

Genau auf den Punkt, denkt Derby. Jeder hier weiß bereits, was Mr. Snead denkt, er hat sie alle am Telefon so sehr bearbeitet, dass er einfach aufstehen und von »dieser Sache« sprechen kann. Der einzige Friede, den Clare und Elijah je haben werden, beginnt und endet mit dem Grab dort draußen. Mr. Snead nennt es »diese Sache«.

Niemand spricht. Einige räuspern sich.

Mr. Snead blickt hinüber zu Rosy Epps, denn er erwartet, dass sie irgendeine einleitende Bemerkung machen wird. Schließlich sind ihre Verwandten und das, was sie selbst getan hat, Thema dieses Abends. Derby sieht Rosys verhärmten Blick, den sie Mr. Snead zuwirft, im Profil; er ist der Grund dafür, dass die Augen dieses Mannes auch weiterhin hin und her huschen. »Wir müssen eine Entscheidung treffen«, sagt Mr. Snead, »und ich glaube, wir sollten sie noch heute Nacht treffen. Sind Sie alle wenigstens darin mit mir einer Meinung, dass wir eine Entscheidung treffen müssen, bevor wir wieder gehen?«

Köpfe nicken, Augen huschen hin und her. Niemand stimmt laut zu.

»In Ordnung«, fährt Mr. Snead fort. »Es ist folgendermaßen.« Derby bemerkt, dass der Mann sein übliches Tempo erreicht hat, jenen Tonfall und jenes Drängen, das Leute dazu bringt, Mr. Snead nur deshalb zuzustimmen, weil sie vermeiden wollen, eine andere Meinung zu äußern.

»Sie alle wissen, was dort draußen auf dem Friedhof gemacht wurde.«

Derby hört »was gemacht wurde« und kann nicht mehr sitzen bleiben. Diese Sache, die da gemacht wurde, hat Namen und eine Geschichte, hat die leblosen Lippen eines kleinen Kindes, die Brüste einer Mutter, von denen nie getrunken wurde, und die leeren Augen eines Vaters. Es ist eine Katastrophe für sie, und sie weiter zu verletzen, ist eine Todsünde. Derby schüttelt den Kopf. Er will nicht so lange warten, bis er gehört hat, wie weit die Kirchenältesten in ihren Ansichten gehen werden. Er steht auf, und seine Bank kündigt an, dass er sich erhoben hat. Die Kirchenältesten wenden sich um, und alle ihre Bänke beklagen sich.

»Pastor, Sie möchten gerne etwas sagen?« Mr. Sneads Worte wirken wie abgeschnitten, als stutze der magere Mann eine lästige Hecke.

Derby wird nicht von hier hinten aus mit ihnen sprechen. Er weiß, dass er vor ihnen stehen muss. Dort, und nur dort, ist sein Platz. Für sie ist er ein neuer Pastor. Diese Menschen haben etwas Gutes für ihn getan und ihm einen Ort gegeben, als es so aussah, als gäbe es für ihn keinen Ort mehr in seinem Leben. Doch was er ihnen sagen muss, ist die Wahrheit, und die Wahrheit ist nicht neu und sie zögert nicht und sie versteckt sich nicht und wartet nicht darauf, was andere sagen. Derby trägt sie feierlich und aufrecht nach vorn.

Er beginnt nicht sofort, als er das Ende der Schranke in der Mitte der Kirchenbänke erreicht, an der die Menschen umeinander geworben haben. Einen Augenblick lang steht er nur da, um deutlich zu machen, wer und was er ist, genauso, wie er das immer am Sonntag macht, wenn er sich an der Kanzel festhält, einen kurzen Augenblick lang ein finsteres Gesicht macht, ein, zwei Sekunden lang lächelt, sie begrüßt und mit einem Nicken an sich bindet. Derby wirft Mr. Snead einen Blick zu. Derby wird nicht sprechen, solange er, der Pastor, nicht der Einzige ist, der noch steht. Mr. Snead setzt sich in der stummen Kirche hin.

»Ich nehme an, Sie alle kennen die Tragödie, die Rosy Epps' Familie heimgesucht hat. Sollte das nicht der Fall sein: Ihre Urenkelin Nora Carol Waddell wurde gestern Nachmittag mit einer schrecklichen Missbildung geboren. Nora Carol starb kurz nach ihrer Geburt. Sie starb in den Armen ihrer Mutter. Liebenswürdigerweise hat Rosy angeboten, das Kind neben ihrem Ehmann Charley und ihrer Tochter Carol hier auf unserem Friedhof zu beerdigen. Dies geschah heute Nachmittag. Es wurde schnell erledigt, ohne das übliche Procedere einzuhalten, wegen der besonderen Umstände. Ich bin dafür verantwortlich. Ich konnte Mr. Snead nicht erreichen, also habe ich mich selbst darum gekümmert. Ich war davon überzeugt, dass die Familie nach einer solchen Tragödie, so schnell es nur geht, die Möglichkeit erhalten muss, mit der Heilung ihrer Wunden zu beginnen. Ich bin sicher, dass Sie das alle verstehen können.«

Derby hält inne. Keiner der Kirchenältesten sieht ihn an. Alle Köpfe sind wie im Gebet geneigt, doch er weiß, dass niemand betet. Alle bitten sie um etwas Zeit; die, die sich den anderen anschließen werden, warten auf ihre Anführer; die Anführer warten auf ihre Chance.

Derby streckt eine Hand aus und schüttelt sie vor den Kirchenältesten, während er spricht. »Sie können Nora Carol nicht wieder aus der Erde holen. Sie ist nur ein armes Baby. Ihre Eltern haben in den letzten zwei Tagen so viel durchgemacht; denken Sie daran, was sie noch durchmachen müssen in den Jahren, die vor ihnen liegen. Wollen Sie ihnen noch mehr aufbürden? Würden Sie Ihnen das antun? Nora Carol hat ein Recht auf ihren ewigen Schlaf. Sie ruht neben ihrem Urgroßvater und ihrer Großmutter. Sie wurde neben ihren Verwandten zur Ruhe gebettet. Sie bittet Sie um nichts, worum Sie einander nicht selbst bitten würden: im Kreis ihrer eigenen Leute vor das himmlische Gericht treten zu dürfen.«

Es ist nicht Mr. Snead, der den ersten Stein wirft, obwohl Derby das erwartet hat. Es ist Dottie Orange.

»Tut sie das, Pastor?«

»Genau. Tut sie das?«, wiederholt Mr. Snead.

Jetzt heben sich die Köpfe.

»Das ist die Frage, nicht wahr?«, sagt Jeannie Stallings. »Sind wir ihre eigenen Leute?«

»Sie ist Rosy Epps' Urenkelin.« Derby schaut zu Rosy. Die ältere Frau hat ihre Lippen zu einem straffen roten Schmollmund verzogen, ein Kreis von Falten umgibt ihre Lippen.

Mr. Street, der Limabohnen und Futtermais auf dem Land anbaut, das gegenüber dem Fluss neben Clare und Elijahs Haus liegt, meldet sich zu Wort. »Nennen wir es doch einfach beim Namen.« Er windet seinen mächtigen Rumpf nach links und nach rechts. »Ihr Vater ist schwarz. Richtig?« Mr. Street setzt sich schwerfällig auf die ächzende Kirchenbank; der Farmer hat ein Samenkorn gepflanzt und ist fertig.

»Ja«, stimmt Derby übertrieben kühl zu, »ihr Vater, Elijah Waddell, ist ein Schwarzer. Und genauso, wie ich das heute Morgen an Nora Carols Grab Mr. Snead gefragt habe, frage ich Sie jetzt: Was bedeutet das?«

Derbys Blick streift über die Kirchenältesten; er wartet nicht auf eine Antwort.

»Bei Matthäus hören wir, wie Jesus uns sagt: Was ihr getan habt den geringsten meiner Schwestern und Brüder, das habt ihr mir getan. Nora Carols Blut ist zur Hälfte schwarz. Irgendwie ist sie dadurch in Ihren Augen nicht berechtigt, auf dem Grund der Victory Baptist Church beerdigt zu werden. Ich sage Ihnen, wenn Sie dieses Baby ausgraben und es seinen Eltern zurückgeben, wenn Sie es zurückweisen aus der Erde Ihrer Kirche, dann weisen Sie Jesus und Gott zurück. Das Mädchen ist *tatsächlich* im Kreise ihrer eigenen Leute, denn sie ist ein christliches Kind.«

Derby schluckt. Seine Augen zucken. »Warum hassen Sie Elijah so sehr?«, fährt er unbeirrt fort. »Ein Kind aus seinem Grab reißen, weil es sein Kind ist? Warum?«

Derby beißt die Zähne zusammen und atmet schwer durch die Nase. Damit zeigt er ihnen, dass er noch mehr sagen könnte, hier aber abbricht, sodass sie sagen können, er muss nicht weitersprechen; jetzt können sie zustimmen, ihre Scham eingestehen und nach Hause gehen.

Niemand sagt ein Wort. Die Köpfe der Kirchenältesten sind nicht gebeugt, sondern starr; alle Augen sind auf ihn gerichtet. Derby, der sie überragt, spürt eine Unterströmung.

Einer der Kirchenältesten, Derby kann nicht sehen, wer es ist, sagt unglücklich: »Oh, Pastor, nein.«

Dottie Orange schüttelt freudlos den Kopf. Auch andere machen das. »Pastor, nein«, wiederholt sie. »Niemand hier hasst Elijah. Niemand hier hasst irgendwen.«

Dann kommen die Stimmen, diejenigen, die heute Nacht entscheiden werden.

Mr. Hillenbrandt steht auf. Er ist einer der stämmigsten und reichsten Männer der Kirche. Er besitzt ein Geschäft, das landwirtschaftliche Maschinen verkauft. Derby mag ihn. Er hat die für einen Verkäufer typische joviale Art. Doch dadurch, dass er aufsteht, um zu reden, fordert Hillenbrandt Derby heraus, und Derby wundert sich kurz über die Komplimente und das freundliche Schulterklopfen der letzten vier Monate.

»Hier geht es nicht um Hass, Pastor. Es ist grausam, so etwas anzudeuten.« Mr. Hillenbrandt bezieht die anderen Kirchenältesten mit ein und formuliert freundlich die allgemeine Meinung. »Ich glaube, die meisten von uns kennen Elijah und Clare, und natürlich kennen und bewundern wir alle Mrs. Epps. Wir würden niemals etwas tun, das sie verletzen würde, wenn wir in der Lage wären, es zu vermeiden. Aber können wir es vermeiden? Was Sie bisher gesagt haben, ist alles gut und richtig, und wir alle stimmen Jesus zu. Doch es gibt gewisse Regeln, und diese Regeln sind heute meiner Ansicht nach zu kurz gekommen. Diese Regeln gibt es aus dem gleichen Grund, aus dem es diese Kirche gibt. Um jemanden zu ehren. Die Kirche ehrt Gott und Jesus Christus. Der Friedhof ehrt jene, die von uns gegangen sind. Und genauso, wie es eine bestimmte Art gibt, in der wir in dieser Kirche den Gottesdienst abhalten, Pastor, gibt es eine ganz bestimmte Art, in der wir unsere Toten beerdigen. Die Art und Weise, in der das geschieht, ist alt, aber, so glaube ich, sie ist noch immer gut.«

Mr. Hillenbrandt unterbricht sich, um weitere Worte zu finden. Unterdessen steht Jeannie Stallings auf. Sie ist so dürr, dass ihre Bank dabei kein Geräusch von sich gibt. In ihrer Hemdtasche steckt eine Sicherheitsbrille; wie Elijah arbeitet sie in der Mühle an den Maschinen.

»Das stimmt.« Ihre Stimme ist fest. Sie ist die jüngste Kirchenälteste, sie wurde ernannt, nachdem Derby an diese Kirche gekommen war. Sie sehnt sich danach, eine größere Rolle zu spielen. »Hier geht es nicht um Elijah.«

»Doch«, antwortet Derby.

»Nein, Pastor, es geht hier um zweihundert Jahre.« Mr. Hillenbrandt sieht ein, dass er nicht mehr zu Wort kommen wird, also setzt er sich. Jeannie Stallings fährt fort. »Die Tatsache, dass Elijah davon betroffen und dass etwas so Trauriges geschehen ist, macht es nur noch schwieriger. Pastor, Sie wissen, dass ich zwei Mädchen zu Hause habe. Sollte ihnen irgendetwas geschehen, würde ich völlig zusammenbrechen. Und es wäre ein Segen für mich, zu wissen, dass sie gleich neben mir beerdigt werden würden. Sie würden neben Menschen beerdigt werden, die diese Kirche seit der Revolution besucht haben; die sie nach dem Bürgerkrieg, nach dem Ersten und nach dem Zweiten Weltkrieg und wann auch immer besucht haben. Und während all dieser Zeit hatte jeder dieser Menschen die Möglichkeit, darüber zu entscheiden, ob Schwarze hier mit ihm zusammen beerdigt werden sollen; und jeder hat das abgelehnt. Nicht aus Hass. Nicht aus Rassismus. Sondern wegen der Gemeinschaft. Wegen dem, was wir sind und was wir schon immer waren. Sehen Sie nach draußen, Pastor. Das sind unsere Namen, die auf den Grabsteinen stehen. Sie sind unsere Vergangenheit und die Geschichte unserer Kirche, unsere Leute. Sie haben die Regeln gemacht, nicht wir, und ich sehe nicht ein, warum wir daran etwas ändern sollten, nur weil etwas Trauriges passiert ist. Jedes einzelne dieser Gräber ist etwas Trauriges.«

Jeannie Stallings setzt sich. Sie hat ein ausgezeichnetes Gespür für Dramatik. Sie weiß, wann sie einen Treffer gelandet hat. Jetzt kann sich jemand anders zu Wort melden. Derby nutzt die Chance, bevor ein anderer in Fahrt kommen kann.

»Ja, ich stimme Ihnen zu, Jeannie. Die Gemeinschaft ist wichtig. Doch vergessen Sie nicht, dass es hier um Mrs. Epps' Fleisch und Blut geht. Auch die Grabsteine ihrer Familie stehen da draußen. Und, Mr. Hillenbrandt, Sie haben Recht. Etwas auf die alte Art und Weise zu tun, ist gut.« Er breitet die Arme aus wie ein Mann, der einen Freund willkommen heißt. »Aber ich erinnere jeden hier daran, dass Mitleid etwas Althergebrachtes ist. Großmut ist etwas Althergebrachtes. Güte ist etwas Althergebrachtes. Und es gibt auch noch ein paar andere Dinge, die alt sind.« Er faltet die Hände vor der Brust und steht da wie jemand, der betet und um Erleuchtung fleht. »Rassismus ist alt. Fragt die Juden. Fragt Jesus. Engstirnigkeit ist alt, aber Christen müssen gegen Engstirnigkeit kämpfen.« Er richtet sich auf. »Ich bitte Sie, das nicht zu tun. Es ist völlig falsch. Ich bitte Sie inständig.«

Derby sucht Unterstützung und blickt zu Rosy Epps. Ihr Blick ist starr nach vorn gerichtet, ihre Lippen noch immer ein Schmollmund. Sie blinzelt nicht; ihr Gesicht ist wächsern.

Sein Blick gleitet über die Kirchenältesten. Viele schwitzen. Derby weiß, dass diejenigen, die sich Luft zufächeln, nicht sprechen werden; sie sind die Schafe. Die Grillen zirpen ungeduldig, sie wollen, dass der Vorhang der Dunkelheit fällt. Da ist noch ein weiterer Kirchenältester, außer denen, die zuvor aufgestanden sind: Mr. Quantrill. Rosy hält seine Hände in ihrem Schoß. Er baut auf den Feldern um Clares und Elijahs Haus Mais an. Seine Familie ist die älteste in der Gemeinde. 1788 war einer seiner Vorfahren zweiter Pastor. Er ist ein nüchterner Mann, der einen Overall trägt und Derby im Vertrauen gestanden hat, dass er Mr. Snead noch nie ausstehen konnte. Er singt die Tenorstimme im Chor.

Derby nickt ihm zu. »Mr. Quantrill, bitte, Sir.«

Mr. Quantrill steht nicht auf, was Derby nur recht ist. Aber Mr. Quantrill schüttelt langsam den Kopf und starrt auf seinen Schoß. Seine Stimme ist ehrlich.

»Wissen Sie, Pastor, ich hasse es, das sagen zu müssen. Aber wenn Sie aus dem Fenster schauen, was sehen Sie dann? Sie sehen eine Welt, die wir zusammen mit unseren Vätern und mit deren Vätern und den Menschen vor ihnen aufgebaut haben, und diese Welt wird jeden Tag kleiner. Heute haben wir Quotenregelungen, Hilfsaktionen und spezielle Rücklagen. Es gibt den Wettbewerb zur Black Miss America, und drüben in der Highschool haben sie die Woche zur Geschichte der Schwarzen. Es gibt den Verband schwarzer Farmer und Verbände schwarzer Geschäftsleute, und im Kongress gibt es Ausschüsse für Schwarze. Und wir verlieren kein Wort darüber. Wir verfolgen unseren eigenen Weg. Wir kämpfen nicht dagegen, wir bilden keine Organisationen gegen sie, wir helfen ihnen sogar, wenn wir können. Vor hundertvierzig Jahren haben ein paar Leute, die jetzt da draußen auf dem Friedhof liegen, etwas weiter die Straße hinauf eine schwarze Baptistenkirche gebaut, sodass die Schwarzen ihren eigenen, privaten Ort hatten, an dem sie den Gottesdienst abhalten konnten, und einen eigenen Friedhof, damit sie dasselbe tun konnten wie wir: im Kreis ihrer eigenen Leute beten und begraben werden.«

Mr. Quantrill hebt den Blick von seinem Schoß. Seine Augen fixieren Thomas Derby. Es ist der Blick eines Mannes, der mit einem Traktor schnurgerade fährt, der einen Nagel mit zwei Schlägen versenkt, der jeden Morgen früh aufsteht. »Deshalb muss ich Sie fragen, Pastor. Wie viel kleiner wird unsere Welt noch werden? Ist sie bereits so klein, dass wir nicht einmal mehr unsere Köpfe mit unseren Leuten zusammen zur Ruhe betten können? Mit Leuten unserer Art? Müssen wir jede Tür öffnen? Ist das so? Ich mag Elijah, bei Gott, ich mag ihn, und ich fühle mich schrecklich, weil ihm das passiert ist. Aber das bedeutet nicht, dass ich zusammen mit ihm oder seiner Familie beerdigt werden will. Dieses arme kleine Baby sollte an einem Ort begraben werden, wo es von seinen eigenen Leuten umgeben ist, und dieser Ort ist nicht hier, er liegt ein Stück die Straße hinauf. Ich glaube nicht, dass es eine Sünde ist, wenn man das dem Mädchen wünscht oder wenn ich mir das für mich selbst wünsche oder für die guten Menschen, die heute Abend hier mit mir zusammen sind.« Mr. Quantrill hält inne und denkt über das nach, was er soeben gesagt hat. »Ich kann's einfach nicht glauben.«

Die Worte des Farmers sind wie ein Pflug, sie haben eine lange gerade Furche gezogen, die so tief ist, dass sich die anderen Kirchenältesten selbst darin pflanzen können. Viele Köpfe sind wie Sonnenblumen in die Höhe geschossen und haben sich Mr. Quantrill zugewandt, der sich nicht in ihrer Unterstützung aalt. Er sieht nur zu Rosy Epps, und weil er ein gerechter Mensch ist, sagt er: »Ich will hören, was Rosy Epps zu sagen hat.«

Die Bänke knarren, als sich die Kirchenältesten jetzt Rosy zuwenden. Die Augen der alten Frau starren auf etwas, das sich vor ihr in der Luft befindet, vielleicht an jenem fernen Horizont, wo die Geister der Toten aus dem Blickfeld verschwinden; vielleicht betrachtet sie eine sepiafarbene Erinnerung an Charley oder eine Szene aus der Kindheit ihrer Tochter Carol oder den kleinen Kiefernsarg in der glühenden Nachmittagshitze. Ihre Kiefer mahlen, ohne dass sie sich nach rechts oder nach links wendet. Leise sagt sie: »Nun ja.« Rosys entrücktes Gesicht bringt auch Derby dazu, seine Gedanken schweifen zu lassen. Er sieht, wie das Gesicht seiner alten Lehrerin wieder jung und hübsch wird. Er sieht sie an dem Tag in der dritten Klasse, an dem er ihr ein Liebesgedicht gegeben und sie es gelesen, dann zusammengerollt und ihm damit auf den Kopf geschlagen hat, während sie so laut, dass die ganze Klasse es hören konnte, sagte: »Thomas Derby, du hast Nerven, so mit einer Witwe zu flirten.« Er lächelt, und auch sie lächelt so, wie sie an jenem Tag lächelte, doch nein, was er da an ihr bemerkt, ist keine Freundlichkeit und kein liebevoller Blick wie in seiner lange zurückreichenden Erinnerung, sondern tiefe Melancholie.

Mit fester Stimme sagt sie: »Ich denke, es ist Zeit für die Abstimmung.« Derby wird klar, dass Rosalind Epps nicht an die Toten und nicht an den Friedhof denkt, wo ihre Familie liegt, sondern an die Lebenden, an die knarrenden Bänke um sie herum, auf denen die Gemeinde sitzt, deren Mitglieder in dieser Kirche jetzt allesamt ihre Augen auf sie richten, wie sie es schon seit Jahrzehnten getan haben.

»Rosy, möchtest du zuerst noch etwas sagen?«, erkundigt sich Derby.

»Ich habe schon alles gesagt, Thomas.«

Vor allen anderen Kirchenältesten nennt sie ihn Thomas, nicht Pastor. Das ist ihre Art, ihm zu sagen, dass es ihr Leid tut.

Mr. Snead steht wieder auf. Mit raschen Schritten geht er nach vorn. Derby möchte weitersprechen, möchte noch einmal die Herzen der Kirchenältesten rühren, bevor sie sich verhärten können. Doch Mr. Snead ist schon vorne angekommen, bevor Derby etwas einfällt, das er noch sagen könnte, sodass er sich zurückziehen und auf seinen Platz nach hinten gehen muss.

»Also gut«, sagt Mr. Snead, »möchte jemand den Antrag stellen?«

Niemand sagt etwas.

»Um Himmels willen, Snead«, sagt Mr. Hillenbrandt, »lassen Sie doch einfach abstimmen.«

»Ich mache das.« Es ist Mr. Quantrill. Seine Stimme ist mild und traurig; es könnte die Stimme Gottes sein, und nicht einmal, wenn es um sein Seelenheil ginge, könnte Derby sagen, ob es nicht die anmutige Stimme Gottes ist, die dieses schreckliche Werk verrichtet. »Alle, die dafür sind, dass das Kind, das heute Morgen auf unserem Friedhof begraben wurde, exhumiert wird, heben bitte die Hand.«

Als lege er einen Eid ab, hebt Mr. Quantrill die Hand, während er diese Worte spricht. Andere Hände werden in die Höhe gestreckt. Alle Kirchenältesten außer Rosy stimmen zu. Am Ende hebt sich langsam ihre Hand. Dadurch ist sie wieder im Kreis ihrer eigenen Leute, sie hat das erreicht, was die Kirchenältesten Nora Carol gerade eben verweigert haben.

Derby kommt es so vor, als blieben die Hände lange oben. Die Hände bleiben oben, als bekräftigten die Kirchenältesten damit ihre Einstellung, als übernähmen sie eine gewisse Verantwortung, doch Derby glaubt, die Kirchenältesten zeigen damit auf jemanden, auf den Himmel und auf ihre Vorfahren, denen sie die Schuld geben. Die erhobenen Hände kommen ihm wie die weißen Grabsteine auf dem Friedhof der Kirche vor, wie der Dampf aus der Mühle von Good Hope, wie die rehbraunen Maisbüschel, wie gelbes Sumpfgras und die Kolben des Schilfrohrs, die am Ufer des Mattaponi River hin und her schwanken. Das ist Derbys Zuhause, und mit diesen Händen hat es sich gegen ihn erhoben.

Die Hände sinken. Die Kirchenbänke knarren. Die Kirchenältesten erheben sich und schlurfen hinaus auf die Gänge, da war wieder ein stummes Zeichen, das Derby nicht mitbekommen hat. Die Versammlung ist vorbei. Mr. Snead wendet sich an die aufbrechenden Leute. »Ich werde mich unverzüglich darum kümmern.« Düster ziehen sie einer nach dem anderen an Derby vorbei, ein paar sagen »Gute Nacht, Pastor«, der Rest geht schweigend. Rosy ist nicht mehr da, Dottie Orange hatte ihr den Arm um die Schulter gelegt. Derby sitzt im leeren Kirchenschiff und hört zu, wie die Pick-ups und die

Autos den kiesbestreuten Parkplatz verlassen. Nachdem sie weggefahren sind, sind die Grillen lauter als je zuvor. In der Kirche brennt kein Licht. Das rosafarbene Helldunkel des schwindenden Tages strömt durch die offenen Türen herein.

Derby bleibt so lange sitzen, bis Dunkelheit den ganzen Raum erfüllt. Lange sitzt er nur da und hört der Musik der Grillen und den in den Gräben quakenden Fröschen zu. Dann steht er auf. Er zieht die Doppeltüren zu, verschließt sie aber nicht. Derby verschließt nie die Türen seiner Kirchen.

DREI

1

Der Tag wird schwül werden. Früh am Morgen drücken die Wolken die brütende Hitze und den Gestank der Mühle zur Erde hinab. Ein schwerer, hüfthoher Nebel schwebt über den Straßen und den Feldern, zwischen den Kiefern, die die Gesellschaft gepflanzt hat, der die Mühle gehört, über unkrautbewachsenen Grasstreifen, über frisch gesprengtem grünem Rasen und über dem alten Friedhof neben der Victory Baptist Church, an der Hilfssheriff Monroe Skelton um 7.36 Uhr morgens vorüberfährt. Der allgegenwärtige Totengräber Mr. Omohundro ist bereits mit seiner Schaufel bei der Arbeit. Der Nebel über dem Friedhof beschwört schwebende Geister herauf, die nicht die Kraft haben, aufrecht zu stehen, sodass sie sich hinlegen und zusehen, wie Mr. Omohundro gräbt.

Zehn Minuten später ist Monroe zu Hause. Das Haus ist ein Backsteinbungalow mit drei Morgen Land, das durch einen dichten Baldachin von Bäumen von der Straße abgeschirmt wird. Der ständige Schatten verhindert, dass das Gras schnell wächst, was gut ist, denn weder gefällt es ihm, den Rasen zu mähen, noch hat er häufig die Zeit dazu. Seine Frau würde nie Rasen mähen; das ist ihre Abmachung. Rey Ann kümmert sich um das Innere des Hauses, Monroe um das Äußere. Er genießt diesen kleinen Vorteil, den der Schatten mit sich bringt. Ann sagt ihm, dass er sich einbildet, besonders schlau zu sein, und findet trotzdem Dinge, die er am Haus erledigen sollte.

Sie ist wach. Als er das Haus betritt, riecht er sie; sie kommt eben aus der Dusche. Zuerst sieht er sie vor seinem geistigen Auge, sieht den gelben Frottee-Bademantel, das Handtuch, das sie wie ein Boxer um den Hals gelegt hat, sieht sie barfuß und mit breiten Hüften. Ihre mandelförmigen, schönen Augen, das schwarze Haar, das kürzer geschnitten ist als sein eigenes, die hohen indianischen Wangenknochen unter der braunen Haut, die von Ölen und Gels geglättet und verwöhnt wird, die in den Modemagazinen für schwarze Frauen als heiße Tipps gehandelt werden. Sie ist die Mutter seines Sohnes und die Lehrerin anderer Kinder, und weil es nur noch wenige Wochen dauert, bis die Schule wieder anfängt, steht sie morgens wieder früh auf. Sie wird aus dem Schlafzimmer rufen – und genau das tut sie jetzt. »Money, setz dich an den Tisch. Ich bin ein bisschen spät dran. Ich komm gleich raus.«

Monroe setzt sich nicht. Er fragt sich, wessen Grab Mr. Omohundro neben der weißen Baptistenkirche an der Route 101 ausgehoben hat. Monroe weiß, dass es unwahrscheinlich ist, dass er etwas darüber hätte hören können. In dieser Woche arbeitet er in der Schicht, die von neun Uhr abends bis sieben Uhr morgens dauert. Sie endet am Freitag, und dann werden drei der elf anderen Hilfssheriffs des Bezirks diese Schicht übernehmen. In diesen Nachtstunden weiß man, wer trinkt, wer zu schnell fährt, wer wen zusammengeschlagen hat und welcher Halunke in einer der drei Zellen des kleinen Gefängnisses schnarcht, aber man erfährt nicht viel über alte Weiße, die sterben.

»Money, setz dich hin«, ruft sie. Auf dem Weg in die Frühstücksnische geht Monroe an einem Foto vorbei, das seinen Sohn in Armeeuniform zeigt und das neben dem Bild eines schlanken Monroe aus seiner Zeit als Ranger in Fort Benning, Georgia, hängt, dreißig Jahre ist das jetzt her. Inzwischen bin ich nicht mehr so schlank, denkt er und fährt mit der Hand über seinen Bauch, der sein braunes Uniformhemd strafft. Monroe hebt die Hand zu einem freundlichen militärischen Gruß gegenüber seinem Sohn, einem kräftigen schwarzen Burschen, der Ausbilder ist und hofft, Berufssoldat zu werden, und der von einem alten Soldaten sicherlich einen zackigeren Gruß verlangt hätte. Monroe betrachtet seine Hand, die von seiner Stirn sinkt. Sie ist immer noch eine mächtige Pranke an einem kräftigen Arm. Er verzieht die Lippen angesichts der verräterischen grauen Haare auf seinem Handgelenk, die zu den verräterischen weißen Streifen an seinen Schläfen und in seinem Schnurrbart hinzugekommen sind. Man macht weiter, denkt er. Zweiundfünfzig. Und immer noch ein Hilfssheriff, der George Talleys Hintern küsst.

»Nein, das bist du nicht!« Ann hatte ihn angeschrien, als er das das letzte Mal vor zwei Jahren laut gesagt hatte. »Du küsst niemandem den Hintern, Monroe Skelton. Ich bin nicht mit einem Mann verheiratet, der irgendeinen Hintern küsst außer meinem. Ist das klar?« An jenem Tag – es war früh am Morgen, so wie heute – war sie mit stampfenden Schritten zum Bild des Soldaten Monroe Skelton gegangen und hatte ihren Finger direkt in das Gesicht gerammt. »Wer, zum Teufel, ist das?«, schrie Rey Ann, ohne dass sie darauf eine Antwort wollte. »Das ist ein Mann! Das ist ein gottverdammter Ranger. Dieser Mann küsst niemandem den Hintern. Dieser Mann *tritt* andere in den Hintern. Dieser Mann marschiert direkt auf George Talley zu und verkündet, ja, verkündet!, dass er sich selbst um den Posten des Sheriffs bewerben wird und dass sich George Talley besser in Acht nehmen sollte. So ist das.« Rey Ann tänzelte umher und versetzte der Luft einige Hiebe. Andere Frauen lieben Elvis, sie liebt Muhammad Ali und den großen George Foreman. Sie zog den Kopf ein, tänzelte auf ihn zu, wich seitlich aus, machte einen Ausfallschritt, verschob ihre Hüfte und vollführte eine Rechts-Links-Kombination.

»Wir haben eine Nachricht für Sie, George Talley«, sagte sie und imitierte den Ansager bei einem Boxkampf im Fernsehen. »Mach dich auf ein Donnerwetter gefasst…« Monroe trat vor seine Frau und nahm den spielerischen Sparringkampf auf, »… denn jetzt geht's um deinen *Kopf*«, sang sie. Er blockte mehr Schläge ab, als er selbst austeilte, bis ihr Morgenmantel aufglitt; sie hatte nichts darunter an. Monroe hob sie hoch. Sie war feucht und roch nach einer Lotion. Er trug sie ins Schlafzimmer.

Jetzt kommt Rey Ann genauso aus dem Zimmer, wie Monroe sie sich vorgestellt hat. Morgens sieht sie immer wie ein Mittelgewicht aus, wenn sie den Bademantel trägt und so lebhaft ist. Monroe ist erschöpft und kaputt, nachdem er die ganze Nacht herumgefahren ist, er ist müde, nachdem er zu zwei Familienstreitigkeiten und einem Ladendiebstahl gerufen wurde, nach Mike Bensons stundenlangem Gerede über Sport und Rob Schultz' Donuts im Gefängnis; er will nur noch ins Bett. Er denkt, dass ihn vierundzwanzig Jahre als Hilfssheriff eigentlich von der Nachtschicht freistellen müssten. George Talley ist zehn Jahre jünger. Soll er sich doch einmal im Monat für eine Woche die Nächte um die Ohren schlagen.

Soll der Sheriff doch mit den anderen jungen Hilfssheriffs zurechtkommen, die gierig darauf warten, jemanden festnehmen und ein paar Leuten die Köpfe einschlagen zu können, die Männer des Gesetzes sein wollen. Aber Talley leitet das Büro und wird gewählt. Talley hat alle Beziehungen zu den guten alten Kumpels im Bezirk und wird immer wieder gewählt. Deshalb schläft Talley, wenn es dunkel ist. Rey Ann geht in die Küche.

»Nicht viel«, sagt Monroe, sein Magen fühlt sich übersäuert an, »nur etwas Milch.«

Sie öffnet den Kühlschrank. Hinter der Tür sagt sie: »Lass die Finger vom Kaffee und den Donuts, dann hast du auch

Appetit, wenn du nach Hause kommst. Ich mach dir ein paar Eier und Toast.«

Monroe will sich nicht mit ihr streiten. »Wer ist gestorben?«, fragt er und lümmelt sich in den Stuhl im Esszimmer. Sie ist hinter ihm eifrig beschäftigt; er hört Schränke und Schubladen.

»Ich habe nicht gehört, dass irgendjemand gestorben ist. Warum? Was hast du gesehen?«

»Omohundro. Er war bei der Victory Baptist.«

»So früh schon?«

»Ja.«

»Es soll heiß werden. Vielleicht will er nur die Hitze vermeiden.« Monroe hört, wie die Bratpfanne auf den Herd gestellt wird. »Dieser Mann«, sagt Rey Ann, »wenn der mal stirbt, bleibt er eine Woche lang auf der Erde liegen. Es wird niemand da sein, der für ihn ein Grab aushebt.«

Monroe antwortet nicht. Er ist müde. Vor seinem geistigen Auge sieht er, wie sich die Leichen nach Omohundros Tod auftürmen. Seine Blick huscht zu dem Foto, das ihn in seiner Armeeuniform zeigt, und er erinnert sich daran, dass er genau das tatsächlich gesehen hat: Haufen unbeerdigter Leichen. Er schluckt und trommelt mit den Fingern auf den Esszimmertisch. Das hilft ihm, sein Denken im Hier und Jetzt zu verankern und nicht in einem Krieg, der dreißig Jahre zurückliegt. Mein Sohn, denkt er und wendet den Blick auf Grovers Bild. Bitte, Herr, lass niemals zu, dass mein Sohn so etwas sieht.

»Warum hast du nichts davon gehört, dass jemand gestorben ist?«, fragt sie. »Du bist das Gesetz.«

»Das Einzige, was ich so spät in der Nacht höre, ist der Polizeifunk und mein Magen.«

Rey Ann ist schnell fertig mit dem Frühstück. Sie stellt einen Teller mit den Spiegeleiern und zwei Scheiben Roggentoast vor ihn. Es ist ein einfacher Augenblick und eine einfache Geste, sie trägt ihren kanariengelben Morgenmantel, ihre Nägel sind rot lackiert, der Teller macht ein metallisches Geräusch auf dem Tisch, die Eier und das Brot sind alltäglich und gewöhnlich. Doch Monroe schmeckt Asche in seinem Mund. Er zuckt zurück, als habe sie ihm etwas Verdorbenes vorgesetzt, und es kommt ihm so vor, als sei das tatsächlich der Fall. Das ist das Beste, was Hilfssheriff Monroe Skelton sich und seiner Frau bieten kann: einen gelben Bademantel, ein Rasen ohne Gras, 7.50 Uhr am Morgen und Verdauungsbeschwerden.

»Ich geh ins Bett.«

2

Monroe fährt mit seinem weißen Streifenwagen des Pamunkey County zur Arbeit. Es ist 8.32 Uhr abends. Am violetten Himmel zeigt sich bereits das vorspringende Kinn des Mondes.

Er fährt zehn Minuten und schätzt, wie viel Land und Wasser er währenddessen sieht und hinter sich lässt. Hunderte Quadratmeilen. Er stellt sich vor, er sei der Besitzer all dieses Landes, und der Teer saust unter seinem Ellbogen im offenen Fenster vorbei. Wie wäre es, wenn man Herr über all das wäre? Monroe weiß, dass er noch eine Stunde lang über diese Nebenstraßen fahren und dass er sogar noch ein Stück auf dem Highway zurücklegen könnte, ohne den Herrschaftsbereich von Sheriff Talley zu verlassen.

George Talley, denkt er. Dieser Hurensohn ist ein Siegertyp.

Einige der zwölftausend Einwohner im Pamunkey County nennen Talley anders. Sie nennen ihn einen Leuteschinder, und das ist er tatsächlich, aber schließlich nennt niemand einen Verlierer einen Leuteschinder. Sie sagen, er sei jemand, der sich schamlos selbst anpreist und einen wahren Handel mit Gefälligkeiten betreibt, und das stimmt, denn in einer Demokratie haben diejenigen, die Abkürzungen suchen, die leicht beeindruckt oder eingeschüchtert sind, auch eine Stimme als Wähler. Man hört von ihm, dass er bei Verbrechen hart, aber gerecht sei, und auch das stimmt, er geht dabei sogar peinlich genau vor, denn dass er auf der Seite des Gesetzes steht, bildet das Fundament seiner Macht. Er ist ein frommer Katholik und ein engagiertes Mitglied der katholischen Kirche St. Bede auf der Main Street. Diese Verbindung verschafft ihm Vorteile in der Politik; Good Hope und Pamunkey County sind wie viele andere amerikanische Orte, die um Fabrikationsbetriebe herum errichtet wurden, im Wesentlichen irisch-katholisch. Also kümmert sich George Talley selbst an Sonntagen um seine Wähler. Monroe hat erlebt, wie Talley Brücken zur afroamerikanischen Gemeinschaft geschlagen hat. Talley hat mehrere schwarze Hilfssheriffs angestellt, und einschließlich Monroe sind drei von ihnen noch immer bei der Polizei. Doch Monroe glaubt, dass diese Bemühungen nicht ernst gemeint sind und es sich dabei nur um politische Brückenköpfe handelt. Wenn ein Schwarzer im Pamunkey County in Schwierigkeiten steckt, schüttelt der Sheriff häufig den Kopf und sagt Dinge wie: »Was sollen wir bloß machen?« Oder er sagt zu Monroe oder einem der anderen schwarzen Hilfssheriffs: »Redet mit ihm. Er ist einer von euch.« Der Name dieses Mannes passt genau: *tally* – Abrechnung. Er ist die Zahl, die unter dem Strich stehen bleibt, wenn man alles zusammengezählt und abgezogen hat. Wenn man fertig ist mit dem, was auch immer man im Pamunkey County gemacht hat, bleibt immer noch George Talley.

In der Pamunkey-Highschool war er ein gefeierter Sportler; Football, Basketball und Baseball – er war Kapitän aller drei Mannschaften. Er war Ministrant in St. Bede. Das Gerücht, dass Talley mit seiner Geschichtslehrerin geschlafen haben soll, brachte ihm eine Zeit lang den Spitznamen »Talleywhacker« ein, Talley, der Wichser. Nach seinem Abschluss verbrachte er drei Spielzeiten in der unteren Spielklasse bei den St. Louis Cardinals als rechter Außenfeldspieler, bis er einem Schlagtrainer, der ihn zu sehr forderte, einen Hieb versetzte. Angeblich traf er nicht, und der Schlagtrainer höhnte: »Kaum überraschend, mein Junge. Wann hast du je etwas getroffen?« Man verzichtete auf Talley. Er kam als stattlicher Held nach Good Hope zurück, der davon erzählen konnte, wie er einfach nur Pech gehabt hatte. Die Mühlenarbeiter verstanden einen Mann, der einem schikanierenden Aufseher einen Schlag versetzt. Mit dreiundzwanzig Jahren begann Talley als Hilfssheriff unter Sam Ralston für das Büro des Sheriffs zu arbeiten, einem Mann, der seit zehn Jahren unauffällig sein Amt versehen hatte, wobei er sich weder besonders auszeichnete noch in einen Skandal verwickelt wurde. Während seiner Amtszeit brachte Ralston bezirksweite Initiativen gegen Alkohol am Steuer und für das Anlegen des Sicherheitsgurts auf den Weg und hielt an der Highschool Vorträge über die Arbeit der Polizei. Nachdem er zwei Jahre bei der Polizei war, kandidierte Talley gegen Ralston und gewann. Ralston verließ unauffällig den Bezirk. An dem Tag, an dem Talley Sheriff wurde, wurde Monroe fünfunddreißig Jahre alt; nach acht Jahren in der Armee, einschließlich zweier Einsätze in Vietnam, war er seit sechs Jahren Hilfssheriff. Als Talley die Wahl gewann, wollte Rey Ann ihren Mann zurechtweisen. »Die Leute respektieren dich«, sagte sie zu ihm, »die Leute mögen dich. Warum hast du dich nicht auch beworben?« Monroe hatte geantwortet: »Wer respektiert wird, kann keinen schlagen, der bekannt ist.«

Es war ein großes Jahr für George Talley. Er wurde zum

Sheriff gewählt, heiratete ein katholisches Mädchen aus dem Ort und bekam eine Tochter. Sechs Jahre später ließ sich seine Frau von ihm scheiden, zog nach Maryland und heiratete erneut. Die Tochter verbringt den Sommer bei ihrem Vater in Good Hope, aber nicht, weil sie ihn liebt, sondern weil sie ihren Stiefvater nicht ausstehen kann, und angesichts seiner offiziellen Verpflichtungen hat Talley nicht viel Zeit für sie, sodass sie häufig allein ist. Das alles ist in Good Hope allgemein bekannt.

Amanda, das Mädchen, ist siebzehn. Monroe sieht sie gelegentlich im Büro oder wenn sie alleine durch die Stadt geht. Er findet sie hübsch; sie hat Georges kantiges Gesicht, sie ist schlank und hat dichtes braunes Haar. Doch sie ist verträumt und mit sich selbst beschäftigt, ein wenig unscheinbar. Ihr fehlt das Feuer ihres Vaters. *Das* gesteht Monroe ihm zu; dieser Mann macht keine großen Umstände. Monroe hat ein Bild seines Sohnes, des Ausbilders bei der Armee, auf seinem Schreibtisch stehen. Talley fragt Monroe nie nach seinem Jungen.

In seinen achtzehn Jahren als Sheriff hat Talley Ralstons Programme fortgeführt. Er hat Computer angeschafft, hat sich für den Bezirk um einige Bundessubventionen beworben und die regionale Zusammenarbeit mit den drei umliegenden Bezirken verbessert. Er hat sämtliche Publicity genutzt, die es in einem ländlichen Bezirk gibt. Er ist immer noch schlank und attraktiv. Mit zweiundvierzig hat Talley noch immer die Arme eines jungen Athleten, Arme, die ungestüm an der Seite seines Rumpfes hin und her schwingen wie zwei mächtige Hunde, die mit ihrem Herrchen Schritt halten. Neben seinem schwarzen Patronengürtel und dem braunen Pistolengriff, der gebügelten Khaki-Uniformhose und der Schlüsselkette aus Messing zeigen seine Unterarme kräftige, sich verzweigende Venen, die blauen Blitzen gleichen. Schüttelt man George

Talley die Hand, ist das eine deutlichere Erinnerung als ein Autoaufkleber.

Nach Sonnenuntergang wird die Brise in Monroes offenem Wagenfenster kühler. Doch auch so ist die Luft so stickig wie der Atem eines Pferdes. Er fährt an der Victory Baptist Church vorbei, und wieder ist dort Mr. Omohundro, der so die große Mittagshitze vermeidet. Seine Schaufel, die er immer bei sich hat wie ein Magier seinen Zauberstab, klopft die Erde über dem Grab glatt, das er heute Morgen ausgehoben hat. Der Totengräber füllt das Grab. Merkwürdig, denkt Monroe, dass er das macht, wenn niemand dabei ist, ohne Zeremonie und so spät am Abend.

In der Stadt parkt Monroe auf dem Parkplatz für die Hilfssheriffs zwischen dem alten Gerichtsgebäude aus Backstein und dem Büro des Sheriffs. Er schiebt die Glastür auf und geht, von angenehm klimatisierter Luft umweht, zu seinem Schreibtisch. Bevor er sich auf seinen Stuhl setzen kann, ruft George Talley vom Gang aus: »Hey, unser Kollege Monroe ist im Haus.« Das ist eine der Arten, in der Talley einen kontrolliert. Er schenkt einem diese kleinen Augenblicke, die so billig und so zahlreich sind wie Wahlkampfbuttons. Und wenn man sich ihm zuwendet, nickt und »Hey, George« sagt, dann hat man sich diesen kleinen Button ans Hemd geheftet.

Zwanzig Minuten später ist Hilfssheriff Monroe alleine im Büro. Hilfssheriff Benson ist in die Arrestzellen gegangen, weil er wahrscheinlich mit einem alten Kerl, der auf seine Verhandlung morgen früh wartet, nachdem er mit gezücktem Messer ein Sixpack und eine Stange Zigaretten gestohlen hat, über Baseball reden will. Der Mann wurde vor zehn Minuten aus dem örtlichen Gefängnis im Rappahannock County überführt und trägt eine Mütze der Atlanta Braves.

Monroe nimmt einen Anruf entgegen.

»Büro des Sheriffs. Hilfssheriff Skelton.«

Es ist eine junge Frau, Clare Waddell. Monroe kennt ihre Großmutter, Mrs. Epps. Er hat Clare schon in der Stadt gesehen, eine große junge Frau mit langem blondem Haar. Draußen ist es dunkel, und sie weiß nicht, wo ihr Mann ist. Schon seit heute Morgen nicht. Seit der Beerdigung nicht. Sie klingt beunruhigt.

»Wurde jemand aus Ihrer Familie beerdigt«, fragt Monroe, »ganz früh heute Morgen bei der Victory Baptist Church?«

Er hört, wie sie die Tränen zurückdrängt. Stockend schnappt sie nach Luft. Sie erzählt ihm, dass ihre Tochter auf dem Friedhof der Victory Baptist begraben wurde, aber nicht heute Morgen, sondern gestern. Heute Morgen wurde sie wieder ausgegraben. Und heute Nacht hat Omohundro seine Arbeit beendet, indem er die Graberde festklopfte.

»Ihr Name war Nora Carol«, sagt sie. »Sie ist zur Hälfte schwarz. Mein Mann Elijah ist Schwarzer.« Monroe antwortet: »Ja, Ma'am.« Er hat Elijah schon gesehen, weiß aber nicht viel über ihn, denn der Mann ist nicht besonders gesellig.

»Das hat schon gereicht«, fährt sie fort, »damit sie sie ausgegraben haben.« Monroe ahnt, wie schwer ihr das Sprechen fällt. Immer wieder stockt ihre Stimme, als bliebe Seide an Dornen hängen.

»Ja, Ma'am. Ich verstehe. Versuchen Sie, sich zu beruhigen, und sagen Sie mir, was geschehen ist.«

Clare ringt um ihre Fassung. Monroe wartet, bis sie sich im Griff hat. Ein schwarzes Kind aus ihrem verdammten Friedhof auszugraben, denkt er. Diese Leute. Verdammt will ich sein. Er greift nach einem Füller und zieht einen Notizblock zu sich her. »In Ordnung, Ma'am.«

Sie erzählt ihm, wie ihr Baby, Nora Carol, geboren wurde; missgebildet, wie sie es nennt. Es starb in ihren Armen im Krankenhaus. Nach nur zehn Minuten. »Es tut mir schrecklich Leid, das zu hören, Ma'am«, sagt Monroe. Wie ihre Großmutter Mrs. Rosalind Epps wollte, dass das Baby neben ihrem

Mann und ihrer Tochter bei der Victory Baptist Church beerdigt werden sollte. »Das war gestern«, sagt Monroe. Er tut das, um Clare Waddell dabei zu helfen, ihre Geschichte zu erzählen. Sie wird zusammenbrechen und weinen, wenn er sie zu lange alleine lässt, ohne dass seine Stimme sie daran erinnert, dass sie nicht nur nachdenkt und etwas emfindet, sondern mit jemandem spricht. Und letzte Nacht, sagt sie, stimmten sie dafür, Nora Carol auszugraben und sie und ihren Ehemann dazu zu zwingen, das Baby heute Morgen irgendwo anders zu beerdigen. Drüben bei der schwarzen Zebulon Baptist Church. Das war nicht richtig.

»Nein, Ma'am. Sieht nicht so aus.« Monroe schweigt. Dann fragt er: »Sie haben also heute Morgen bei der Zebulon Ihren Ehemann zuletzt gesehen?«

Ja, sagt Clare. Sie berichtet ihm, dass die Leute von der Victory Baptist nicht einmal den Kiefernsarg sauber gemacht haben, bevor sie und Elijah kamen, um ihn abzuholen. Er war noch mit Lehm beschmiert. Elijah wollte sein Hemd ausziehen und den Lehm abwischen, doch der Prediger Thomas Derby ging in die Kirche und nahm ein Altartuch und wickelte die kleine Kiste darin ein, sodass sie hübsch und weiß war. Gegen zehn Uhr fuhren Clare und Elijah Nora Carol mit ihrem Pick-up zur Zebulon Baptist. Pastor Derby folgte ihnen in seinem eigenen Wagen. Großmutter Epps ließ sich nicht blicken.

»Wie hat Ihr Mann reagiert? Ich kann mir vorstellen, dass er ziemlich aufgebracht war. Ich vermute, das gilt für Sie beide.«

Ja, sagt sie. Sie sind aufgebracht.

Monroe hört, wie Wut ihre Stimme erfüllt. Während er seine Notizen auf den Block kritzelt, macht er sich gleichzeitig im Kopf eine Notiz über diesen Zug von ihr.

Ein gewisser Mr. Snead rief gegen halb neun an. Sagte ihr, dass die Kirche abgestimmt habe. Mr. Snead täte es Leid, aber Mrs. Epps und Pastor Derby seien nicht berechtigt, das zu tun, was sie getan haben. Die Kirchenältesten müssen über jeden abstimmen, der bei der Victory Baptist beerdigt wird. Das war schon immer so. Seit über zweihundert Jahren, sagte er, als sei das der Punkt, durch den alles einen Sinn bekäme. Snead habe bereits für sie und Elijah den Prediger der Zebulon Baptist angerufen und die entsprechenden Vorbereitungen getroffen, wenn das für sie in Ordnung wäre.

»Arschlöcher«, sagt sie. »Entschuldigung.«

»Das ist schon in Ordnung.«

Elijah habe den ganzen Morgen über keine zehn Worte gesagt. Pastor Derby war wirklich freundlich, blieb bei ihnen, bis Nora Carol neben der Zebulon Baptist ruhte. Der schwarze Prediger dort war ein freundlicher Mann, doch er wollte mit seinem Gebet an Nora Carols Grab einige Dinge besonders herausstreichen und sprach über Vorurteile und Lieblosigkeit. Noch während der Prediger sprach, nahm Elijah dem alten Totengräber die Schaufel ab und begann, die Grube zu füllen. Elijah bekommt dann so einen Blick, berichtet Clare, und der gilt nicht ihr oder den Maschinen in der Mühle oder Nora Carols Grab oder was auch immer auf der Welt vor seinen Augen liegt. Er trägt einen Ort in sich, an den er geht und an dem alles ruhig und glatt ist. Wie ein See. Wenn er so ist, wenn er dort ist, ist er zu allem fähig.

Monroe notiert das. »Was meinen Sie damit – zu allem?«

Sie unterbricht sich. Monroe vermutet, dass sie nicht vorhatte, dies über ihren Mann preiszugeben.

»Clare, sagen Sie mir, was Sie damit meinen.«

Sie ist besorgt. Das ist alles. Einfach nur besorgt. Sie hat ihn den ganzen Tag lang nicht gesehen, nicht seit der Zebulon. Er fuhr sie nach Hause und ging hinaus ins Maisfeld. Er ist nicht in die Mühle gegangen. Niemand hat ihn gesehen.

»Was hatte er an?«, will Monroe wissen. »Geben Sie mir eine Beschreibung.«

Nachdem sie das getan hat, sagt Monroe: »Er macht wahrscheinlich nur einen Spaziergang, um etwas Dampf abzulassen. Wir werden ihn finden und nach Hause bringen. Machen Sie sich keine Sorgen.«

»Hilfssheriff«, sagt sie, und ihre Wut ist verschwunden. »Ich mache mir nicht nur Sorgen.«

»Ja, Ma'am.«

»Ich bin wütend.«

»Ja, Ma'am.«

»Und ich habe Angst.«

3

Monroe fährt im Schritttempo die Main Street entlang. Seine Scheinwerfer bohren sich in die Nacht. Er denkt an Fernsehdokumentationen, in denen Forscher in winzigen U-Booten tief in den Ozean hinabtauchen und mit ihren Lampen mächtige Schiffswracks anstrahlen. Die Wände und die Fenster der Ladenfronten auf der Main Street sind dunkel und stumm wie tote, von Korallen übersäte Planken eines Schiffs. Schwüle erfüllt die Luft. Der Motor des Wagens schnurrt und läuft rund wie ein Propeller. Zweige über ihm verwandeln seinen Weg die Main Street hinab in einen Tunnel, der an das Innere eines riesigen Schiffes denken lässt, das in unendlicher Tiefe auf einem Schiffsfriedhof liegt.

Es ist ruhig. Es ist immer ruhig, denkt Monroe, genauso lange, bis es nicht mehr ruhig ist. Fünftausend Menschen leben in der Stadt und nur zwölftausend im ganzen Bezirk. Da sollte doch jeder Platz haben, genügend Raum, um zu atmen und sich auszustrecken. Genügend Platz, sodass ein trauernder und verletzter Mensch umhergehen kann, bis er sich wieder im Griff hat. Doch es gibt nur eine Art, in der Menschen miteinander leben, nämlich so, dass es zu Schwierigkeiten kommt. Chaos ist das Nebenprodukt der Zivilisation, wie der faule Gestank aus der Mühle. Es ist das Abfallprodukt von guten Absichten, Loyalitäten, Verträgen, Verlangen und Liebe. Wie überall auf der Welt ist es auch in Good Hope und Pamunkey, einer Kleinstadt in einem ländlichen Bezirk, nie lange ruhig und sicher. In den großen, eleganten Häusern und in den bescheidenen Unterkünften der Arbeiter, in den Feldern, am Fluss und an den Eisenbahnschienen hat Monroe das Blut gesehen, das vergossen wird, wenn Menschen versuchen, mit anderen Menschen zusammenzuleben, die Schläge, Diebstähle, Morde, die Verbrechen aus Leidenschaft, die kaltblütigen Verbrechen, die Verbrechen im Suff. Er hat sie in der Armee gesehen. Er hat sie in Indochina gesehen. Auch der Ruhigste von uns, der Einfachste von uns, denkt er, ist ein Pulverfass. In jedem brennt eine Zündschnur. Alle Männer und alle Frauen unterscheiden sich nur in der Länge der Zündschnur.

Es ist halb zwei in der Nacht. Niemand hat etwas von Elijah Waddell gehört oder gesehen. Fast stündlich ruft seine Frau den Dienst habenden Beamten an. Hier ist eine Frau, die gerade ihr Baby verloren hat, nur zehn Minuten lang konnte sie das Kind lebend in ihren Armen halten. Gestern hat sie das Neugeborene beerdigt, doch schon heute Morgen wurde es wieder ausgegraben, als sei das Kind nichts weiter als ein Baumstumpf. Demütigend. Sie sagt, dass ihr Mann sie liebt, sagt, er ist ein guter Mensch, sie haben keine Probleme. Nie zuvor war er in Schwierigkeiten. Monroe hat das nachgeprüft: Es gibt keine Vorstrafen. Doch dieser gute Mensch hat sie an diesem schrecklichen Tag allein gelassen. Warum? Schon sechzehn Stunden keinerlei Kontakt mehr. Monroe spürt, dass Elijah Waddell irgendwo lauert wie ein verwundetes Tier. Sie hat

Recht. Er ist zu allem fähig. Denn welcher Schmerz könnte schlimmer sein als derjenige, den er gerade jetzt empfindet?

Was wäre, wenn ich an seiner Stelle wäre?, fragt sich Monroe. Wenn sie mein gemischtrassiges Kind wieder aus ihrem zweihundert Jahre alten weißen Friedhof herausgeschaufelt hätten? Was würde ich empfinden? Ich wäre sauer. Stocksauer. Monroe spuckt aus dem Fenster auf die Main Street. Diese verdammten Leute.

Er erreicht das Ende des Geschäftsviertels in der Main Street. Neben einigen Veranden sind die Lampen eingeschaltet, Plastikfahrräder schmücken einige Gehwege. Zwei Blocks von der Innenstadt entfernt sind die Häuser größer und im viktorianischen Stil erbaut, die Baumstämme sind dicker. Etwas zurückgesetzt auf einem gepflegten Rasen steht am Ende eines von Buchsbäumen gesäumten Plattenwegs die graue katholische Steinkirche von St. Bede. Sie ist ein Bergfried, gotisch und Unheil verkündend. Nur an Regentagen sieht sie passend aus. Hierher kommen die Geschäftsführer der Fabriken und George Talley zum Gottesdienst. Flutlichter beleuchten das Gebäude; die Stadt schläft, während Gott und Monroe und Elijah Waddell hellwach sind.

Das sind Monroes Gedanken in dieser Nacht. Sein Radio kreischt im gleichen Augenblick, in dem er am Stadtrand die Sirenen hört. Ein Feuer, sagt die Dienst habende Beamtin. Groß. Draußen bei der Victory Baptist Church. Fahr raus, Money.

4

Money kann auf der gewundenen Route 101 schneller fahren als die Löschzüge der Feuerwehr, weshalb er vor ihnen ankommt. Obwohl er noch eine Meile von den Flammen entfernt ist, sieht er das Flackern jenseits der Felder über den Bäumen. Heftig kämpft die Dunkelheit gegen die Flammen und drängt das sich ausbreitende Licht zu einer bernsteinfarbenen Kugel zusammen. Der Rest ist schwarz, von Sternen erfüllt und gleichgültig. Hier draußen auf dem Land weicht die Dunkelheit nicht so schnell.

Er kommt schleudernd zum Stehen. Die Victory Baptist Church ist verloren, das erkennt er sofort. Aus der Rückseite der Kirche schlagen Flammen, die hintere Seite des Daches ist eingestürzt, und der ganze restliche Dachfirst brennt. Bis nach vorn zum Portikus liegen die Holzverstrebungen der Wände frei, die jahrhundertealten Schindeln sind bereits verschwunden, und die darunter liegenden Kiefernstämme, die so dick sind wie ein Mensch, verwandeln sich in schraffierte Holzkohle. Vier der fünf Buntglasfenster auf dieser Seite sind geborsten. Er blickt hinauf zum weißen Kirchturm mit dem Kupferkreuz. Noch sind sie unberührt, als seien sie vor den Flammen geflohen und so weit wie möglich hinaufgeklettert, um nach Hilfe zu rufen.

Monroe steigt aus dem Streifenwagen. Der Hitzeschwall einer Schmiede trifft ihn. Er spürt, wie die heiße Luft seine Augen austrocknet, und er sieht etwas, von dem er am meisten gehofft hat, es neben der Victory Baptist Church nicht zu sehen. Er sieht Elijah.

Der Mann geht mit langen, athletischen Schritten an der brennenden Kirche vorbei. Einer seiner Arme ist abgewinkelt, die Faust ist erhoben und macht pumpende Bewegungen. Elijah trägt kein Hemd, er schimmert vor Schweiß in der Hitze und weil er bis zur Erschöpfung jubelt. Als Monroe näher kommt, bleibt er stehen.

Monroe geht auf das Dröhnen und die Hitze zu. Er ist so nahe, dass er spürt, wie die Flammen ihn versengen, doch Elijah steht mittendrin und scheint nichts davon zu bemerken.

Der Mann hat Muskeln wie eine Statue und ist schweißüberströmt.

Elijah lässt die Hand sinken. Als sie neben ihm herabhängt, schwankt er ein wenig. Monroe sieht, wie müde dieser Mann ist. Elijahs Gesicht ist ausdruckslos, kein Gedanke zeigt sich darin. Schweiß tropft von seinem Kinn und seiner Nase.

Monroe dreht sein Gesicht von den Flammen weg, sodass die Hitze seine Augen nicht erreicht. Er ruft: »Elijah Waddell?«

Elijah nickt.

Monroe möchte aus dieser Hitze heraustreten, um zu sprechen, doch zuerst muss er zusammen mit diesem Mann auf der heißen Erde stehen bleiben, er darf nicht zurückweichen. »Du weißt, dass deine Frau dich den ganzen Tag gesucht hat, mein Sohn.«

Wieder nickt Elijah. Seine Augen sind wässrig und gerötet, während Monroe spürt, wie seine eigenen kochen.

»Hast du getrunken?«

Elijah wendet sich ab und blickt in die rasenden Flammen. Mit Daumen und Zeigefinger macht er ein Zeichen. »Nur ein wenig.«

Monroe wird ihn festnehmen. Er hat genug gesehen.

»Elijah, können wir einen Augenblick hierüber gehen?«

Monroe zieht sich mehrere Schritte weit aus der Hitze zurück. Elijah reagiert nicht.

»Mein Sohn?« Monroe öffnet den ledernen Sicherheitsriemen seines Pistolenhalfters.

Elijah steht immer noch wie angewurzelt da und starrt in die Flammen. »Mein Sohn?«, wiederholt Monroe.

Elijah rührt sich nicht. Langsam greift Monroe nach dem Handschellen-Futteral hinten an seinem Gürtel. Ohne mit den Handschellen zu rasseln, geht er zu Elijah, der nur ein paar Dutzend Schritte entfernt regungslos im Bann der Hochofenhitze steht. Monroe greift nach einer der triefend nassen Hände des Mannes und packt sie mit festem Griff für den Fall, dass Elijah aus seiner von Flammen erfüllten Träumerei aufwachen und davonlaufen sollte.

»Ich muss dich festnehmen.« Monroe weiß nicht, ob Elijah ihn hört. Er tritt hinter Elijah, um dessen rechte Hand zu ergreifen. Er lässt das Metall um das schweißnasse Handgelenk zuschnappen. Elijah, dessen Hände jetzt auf den Rücken gefesselt sind, dreht Monroe den Kopf zu. Sein Gesicht ist ein Wunder an Ruhe inmitten des Knirschens geborstener Baumstämme, der kochenden Luft, der Funken, die versuchen, sich in Sterne zu verwandeln, und dem Sirenengeheul der anrückenden Feuerwehr. Elijahs nasses Gesicht und seine nasse Brust schimmern rot glühend in den bogenförmigen Flammen und den Stroboskoplampen der Löschfahrzeuge. Monroe denkt: Die Hölle hat diesen armen Menschen gezeichnet.

Elijahs Lippen öffnen sich. »Warum?«

Selbst in der ausdörrenden Hitze der sterbenden Kirche umhüllt Biergestank dieses Wort.

»Weil du diese Kirche angezündet hast. Das ist Brandstiftung.«

Monroe legt eine Faust um die Kette der Handschellen, denn so kann er Elijah am besten kontrollieren, sollte er sich zur Wehr setzen. Mit der anderen Hand dreht er Elijah weg vom Feuer, um auf den Parkplatz und den Streifenwagen zuzugehen. Monroe spürt, wie sich Elijahs Arm in seinem Griff spannt. Die Muskeln werden fest wie ein Schlauch, durch den Wasser strömt. Jetzt ist Elijah auf der Hut.

»Ich war das nicht.«

Monroes Hände halten Elijah fester. Er beginnt, ihn über seine Rechte zu informieren. »Sie haben das Recht zu schweigen …« Wieder sagt Elijah, dass er das nicht getan hat. Monroe beendet die Rechtsbelehrung. Ohne Widerstand zu leisten, geht Elijah mit ihm zum Wagen, während er lauscht und sich die Lippen leckt. Die Hitze in Monroes Nacken lässt nach. Junge Feuerwehrleute rennen an ihnen vorbei auf die Kirche zu und rollen Schläuche aus. Monroe hört, wie ein Feuerwehrmann zum anderen sagt: »Scheiße, vergiss es.«

Monroe öffnet die hintere Tür des Streifenwagens. Er drückt Elijahs Kopf hinab, um ihm auf den Rücksitz zu helfen, und schlägt die Tür zu. Monroe klettert auf den Fahrersitz. Er meldet sich bei der Dienst habenden Beamtin des Bezirks, um ihr mitzuteilen, dass er bei der Victory Baptist Church eine Verhaftung durchgeführt hat. Er wird den verhafteten Verdächtigen in das Regionalgefängnis bringen.

Das Regionalgefängnis ist zwanzig Minuten entfernt. Es ist mit vierzig Zellen ausgestattet, wird von den drei Nachbarbezirken gemeinsam benutzt und liegt mitten im Rappahannock County. Monroe fährt vom Parkplatz der Victory Baptist. Der Gestank nach glühender Asche und Feuer hängt im Wagen, er steigt von Monroes Uniform und Elijahs Körper auf. Monroe schaut im Rückspiegel auf den Mann hinter dem Drahtgitter, das den Fond in einen Käfig verwandelt. Er sieht, wie Elijah im gedämpften Licht des Armaturenbretts den Kopf gesenkt hat. Der Kopf schwankt vor und zurück. Elijah sagt zu sich selbst: Nein, nein, nein, nein. In den ganzen vierundzwanzig Jahren, in denen Monroe schon Verhaftungen durchführt, ist er immer wieder bestürzt darüber, dass er im Spiegel einen Menschen sieht, der in diesem Käfig sitzt. Sie sehen wie Tiere aus, immer, entweder aufsässig und einen anblaffend, verängstigt, oder niedergeschlagen wie dieser hier.

»Du musst nicht mit mir reden«, sagt Monroe freundlich. »Du kannst auf einen Anwalt warten. Ist dir das klar?«

»Ja.«

»Aber ich werde dich fragen. In Ordnung?«

»Das ist mir egal.«

»Ist das in Ordnung, mein Sohn?«

»Ja. Was?«

»Du behauptest, dass du das nicht getan hast?«

Elijah antwortet, ohne den Kopf zu heben. »Ich war's nicht.«

»Was hast du dann hier draußen gemacht, wenn du nichts getan hast?«

»Ich war einfach nur da.«

»Einfach nur da«, wiederholt Monroe. »Du hättest bei deiner Frau sein sollen. Sie braucht dich.«

Elijah antwortet nicht. So früh am Morgen sind noch keine anderen Autos auf der Straße. Monroe fährt schnell. Im Rückspiegel sieht er, wie Elijah, dessen Hände auf dem Rücken gefesselt sind, in jeder Kurve hin- und herschwankt. Monroe fährt langsamer.

»Wie viel hast du getrunken?«

»Ich weiß nicht.«

»Clare hat mir erzählt, was passiert ist. Das mit eurem Baby tut mir Leid.«

Monroe sieht, wie Elijah sich verschließt. Der Mann ohne Hemd atmet zitternd ein, presst die Lippen zusammen und schließt die Augen. Hinter dieser inneren Mauer weint Elijah. Monroe denkt an ein Haus, bei dem die Familie die Fensterläden zumacht, die Türen verschließt und alles tut, um den Tumult verborgen zu halten.

Monroe schaut auf die Straße, während Elijah mit seinem Leid ringt. Der Streifenwagen erreicht ein gerades Stück Straße. Es ist breit, und am Straßenrand stehen keine Bäume; links und rechts liegen hunderte Morgen Ackerland. Der Himmel wirkt gewaltig, voller Sommerkäfer und Schwüle und Lichtnadeln. Monroes Scheinwerfer vertreiben einen kleinen Teil der Nacht, durch die er fährt.

Er hat schon zu viele junge Schwarze gesehen, die ihr Leben selbst zerstört haben. Er fragt sich, woran das liegt. Er ist sicher, dass Disziplin fehlt, die Art, wie man früher war, wie ihre Väter waren. Aber er weiß auch, dass das vielleicht nur der Army-Ranger ist, der hier aus ihm spricht, dass es die Gewohnheiten und das Training sind, die Unfähigkeit, lange und schwer erworbene Lektionen hinter sich zu lassen, die Verlockung, eine Pflicht zu haben, die Suche nach Loyalität gegenüber einem selbst und einer Aufgabe. Er denkt an die Holzkirche, die inzwischen von nutzlosem, dampfendem Wasser bedeckt ist. Monroe blickt in den Spiegel und denkt, dass heute Nacht beide, Elijah und die Kirche, völlig sinnlos am Ende sind.

»Elijah. Sprich mit mir.«

Der Mann hebt den Kopf. Er atmet ein paar Mal tief ein, um seine Fassung wiederzugewinnen. Die wässrigen Augen funkeln. Er schließt sie, um die letzten Tränen herauszupressen.

»Was hast du dort gemacht, wenn du die Kirche nicht angezündet hast?«

Elijah lässt den Kopf nicht wieder sinken, sondern hält ihn aufrecht. Im Rückspiegel trifft sein Blick den von Monroe.

»Zugesehen.«

»Nur zugesehen?«

»Ja.«

»Wobei hast du zugesehen?«

»Ich wollte sehen, ob ich sie anzünden würde.«

»So. Hm.« Im Spiegel erkennt Monroe, dass Elijah nicht versucht, den Klugscheißer zu spielen. Kein Grinsen und keine Herausforderung begleiten das, was er gesagt hat. Elijah sieht erschöpft aus.

»Hast du's getan?«, fragt Monroe.

»Nein.«

»Du weißt, wer es getan hat?«

»Nein. Aber ich habe ihn gesehen.«

Jetzt grinst Monroe. »Du hast ihn gesehen.«

»Ja.«

»Du hast den Kerl gesehen, der die Kirche angezündet hat?«

»Ja.«

Monroe beißt zu. »In Ordnung. Sag's mir. Wie hat er ausgesehen?«

»Schwer zu sagen. Es war ziemlich dunkel.«

»Nur so ungefähr«, sagt Monroe. »Wo warst du, als du ihn gesehen hast?«

»An der Straße gegenüber, zwischen den Bäumen. Ich saß auf dem Boden und hab getrunken. Er dürfte mich nicht gesehen haben.«

»Nein. Vermutlich nicht.«

»Ich weiß, dass er eine Baseballmütze aufhatte, und um den Mund hatte er ein großes Taschentuch oder Halstuch oder so etwas. Er trug ein langärmliges Hemd.«

»Welche Farbe?«

»Weiß ich nicht. Ein dunkles Hemd.«

Monroe legt die nächste Meile schweigend zurück. Dann sagt er: »Ein Kerl mit einer Mütze und einem dunklen Hemd kommt aus dem Nichts und brennt eine weiße Baptistenkirche nieder. Du nicht.«

»Ich nicht.«

»Hm. Aber du warst wütend genug, um es zu tun.«

Im Spiegel nickt Elijah langsam.

»Hast du ihn vorher schon mal gesehen? War er weiß oder schwarz?«

»Ich hab's Ihnen doch gesagt, ich weiß es nicht. Könnte sein, dass er Handschuhe getragen hat, ich weiß es nicht. Die Kleider haben alles verdeckt. Ich hab nicht viel gesehen.«

»Groß oder klein?«

»Weiß ich nicht … weder noch. Vielleicht so groß wie ich.«

Monroe weiß, dass er Lügen hört: irgendeinen verworrenen Scheiß. Waddell kann das seinem Anwalt erzählen. Bis zum Regionalgefängnis sind es noch fünf Minuten.

Elijah ist noch nicht fertig. »Er kam aus dem Dunkel. Ging hinter die Kirche. Ich denk mir nichts dabei. Ein paar Minuten später schießen die Flammen heraus, und er verschwindet. Wissen Sie, ich sehe nur eine Sekunde lang, was er anhat, als er im Licht vorbeirennt. Er rannte Richtung Osten, durch den Friedhof. Ich bin einfach nur dagesessen.«

»Ja, das hast du schon gesagt.«

»Was hätte ich Ihrer Meinung nach tun sollen?«

Monroe möchte nichts mehr hören. Auch er ist müde. Die Hitze des Feuers hat bei ihm ein schmutziges, juckendes Gefühl hinterlassen. Er antwortet trotzdem, und weil er wütend wird, ist sein Ton sarkastisch.

»Das wirst du mir sagen. Was hast du gemacht?«

Zunächst gibt Elijah keinen Ton von sich; dann stößt er ein undeutliches Kichern aus.

»Ich habe Gott dem Allmächtigen gedankt. Das hab ich gemacht. Dieses Haus musste niedergebrannt werden.«

Ohne nachzudenken seufzt Monroe reuevoll. Seine Sympathie für der jungen Mann auf dem Rücksitz, der in Schwierigkeiten steckt, hat sich angesichts dieser Geschichte voller Ausflüchte und angesichts dieses kleinen Kicherns erschöpft. Monroe hat das Gefühl der Verschwendung und des Verlusts. »Okay. Halt's Maul.«

Ein Schwarzer hat im Pamunkey County eine weiße Kirche in Brand gesteckt, denkt er. George Talley wird wiedergewählt.

Nat Deeds

EINS

1

Er dachte, er sei fertig mit dieser Stadt.

Sein Telefon klingelt. Es ist Richter Baron vom Bezirksgericht Pamunkey County.

»Guten Morgen, Nat.«

»Richter, wie geht's Ihnen?«

»Mir geht's ausgezeichnet. Wie laufen die Dinge bei Ihnen in Richmond?«

»Sie laufen gut.«

»Ich habe gehört, Sie kümmern sich um Testamente und Treuhandschaften. Sie sind Anwalt für Strafsachen, Nat. Wenn's Ihnen nichts ausmacht, dass ich Sie das frage – was, zum Teufel, tun Sie sich da an mit Testamenten und Treuhandschaften?«

»Ich mach mal Pause, Richter. Einfach, um einen klaren Kopf zu bekommen.«

»Hm. Ja«, sagt der Richter und wartet. Wenn Richter Baron »hm, ja« sagt, klingt das wie »ach was«. Wie wenn er jemanden bei etwas erwischt hat.

Nat unterbricht das Schweigen. »Richter, ich vermute, Sie haben mich nicht angerufen, um zu fragen, wie es mir geht.«

»Es interessiert mich.« Nat glaubt das nicht.

»Was kann ich für Sie tun?«, erkundigt Nat sich.

»Ist Ihr Kopf schon klar genug?«

Richter Baron nimmt kein Blatt vor den Mund. Acht Jahre

lang hat Nat Deeds als stellvertretender Bezirksstaatsanwalt im Pamunkey County mit ihm zusammengearbeitet. Noch nie hat Nat mehr Smalltalk von dem alten Mann gehört. Die beiden haben nie ein Bier zusammen getrunken, sie haben noch nie das Brot miteinander gebrochen.

»Für mich ist es wichtig, dass er klar ist«, sagt der Richter.

»Er ist klar genug für Testamente und Treuhandschaften.«

»Ist das Ihre Art abzulehnen, bevor ich überhaupt frage?«

Nat drückt sich einfach und deutlich aus, denn das ist der Ton, den man gegenüber Richter Baron anschlägt. So bohrt sich der Richter zur Wahrheit durch.

»Ja, Sir. So ist es.«

»Nun, das ist aber schade, denn ich teile Ihnen einen Fall zu.«

»Richter, ich stehe nicht mehr auf der Liste der vom Gericht zu berufenden Anwälte. Ich bin schon seit acht Monaten nicht mehr in Good Hope. Ich lebe in Richmond.«

»Juristisch betrachtet, wohnen Sie immer noch im Pamunkey County, solange Sie nicht ein Jahr irgendwo anders gelebt haben.«

»Richter, das stimmt nicht.«

»Ich habe das Fallrecht in dieser Angelegenheit, Nat. Es ist alt, und Sie können es anfechten, wenn Sie das versuchen wollen. Aber so liegen die Dinge nun mal. Ich setze Sie wieder auf die Liste. Und jetzt hören Sie mir zu. Ich hab's mit Ihnen acht Jahre lang hier drunten am Arsch der Welt aufgenommen. Spielen Sie mir also nicht plötzlich den Anwalt aus der Großstadt vor. So viel schulden Sie mir.«

Nat hält den Telefonhörer vom Ohr weg. Er sieht sich in seinem kleinen Büro um. Es ist ein Desaster. Die Schubladen der Aktenschränke sind offen. Papiere liegen auf dem Boden. Er hat noch nicht einmal eine Sekretärin. Er versucht, hier in Richmond, fünfzig Meilen von Good Hope entfernt, eine beschauliche Kanzlei für Zivilrechtsfälle aufzubauen. Als er den Bezirk verließ, wollte er gleichzeitig die Schauplätze von Gewaltverbrechen, den Abschaum, die Bullen vom Land, wohl meinende Geschworene und sogar den Gedanken an Schuld und Unschuld hinter sich lassen. Aber diese letzten beiden, denkt er, Schuld und Unschuld, oh, die verfolgen einen. Sie folgen einem in den Schlaf, flüsternd dringen sie in jede Erinnerung ein.

»Sprechen Sie weiter, Richter.«

»Danke. Ich habe da so einen Kerl hier, Elijah Waddell, er ist angeklagt, die Victory Baptist an der 101 niedergebrannt zu haben. Er braucht einen vom Gericht zugewiesenen Anwalt.« Der Richter hält inne, um seine Worte wirken zu lassen. »Er ist schwarz, Nat. Er ist ein Schwarzer, der angeklagt wird, eine weiße Kirche in Brand gesteckt zu haben.«

Richter Baron liest ein Memo vor, das an diesem Morgen vom Büro des Sheriffs an das Büro des Staatsanwalts von Pamunkey geschickt wurde. Das Finanz- und das Justizministerium haben vereinbart, eine nationale Sondereinheit zu Brandanschlägen auf Kirchen zu bilden. Sie haben alle Zahlen zu Brandstiftungen in den letzten sieben Jahren zusammengetragen. Im Jahresdurchschnitt gab es landesweit etwa dreihundert verdächtige Brände auf Kirchengelände. Bei dieser Gesamtzahl betrafen fünfundvierzig Prozent schwarze Kirchen, ein unverhältnismäßig hoher Wert, bedenkt man den Anteil der schwarzen Bevölkerung in Amerika. Dreiunddreißig Prozent der Personen, die festgenommen wurden, weil sie schwarze Kirchen niedergebrannt haben, sind Schwarze. Aber die Zahlen weisen nach, dass von denjenigen, die festgenommen wurden, weil sie weiße Kirchen in Brand gesteckt haben, fünfundneunzig Prozent weiß sind.

»Und ich glaube nicht«, sagt der Richter, »dass es unter den fünf Prozent Schwarzen, die weiße Kirchen anzünden, allzu viele gibt, die festgenommen werden, während sie um zwei Uhr morgens direkt neben dem Feuer stehen und über die Flammen jubeln.«

Die Festnahme von Elijah Waddell, schließt der Richter korrekt, ist eine Nachricht.

»Richter, ich verstehe immer noch nicht, warum Sie mich brauchen.«

»Bleiben Sie noch eine Minute dran, es kommt noch mehr. Es scheint, dass dieser Mann und seine Frau diese Woche ein Baby bekommen haben, das unmittelbar nach der Geburt starb. Das Kind wurde vor zwei Tagen auf dem Friedhof der Victory Baptist Church beerdigt. Das Baby war die Urenkelin von Rosy Epps.«

Nat kennt Mrs. Epps. Diese Frau hat wahrscheinlich den halben Bezirk in der Grundschule unterrichtet, einschließlich ihm. Er erinnert sich an sie als eine junge, hübsche Frau und als eine ältere Witwe; immer war sie würdevoll. Sie hatte Pech mit ihrer Familie, über die Jahre hinweg gab es viele vorzeitige Todesfälle. Und jetzt das.

»Rosys Enkelin Clare ist mit Elijah Waddell verheiratet«, fährt der Richter fort. »Ihr Baby war gemischtrassig.«

»Was ist passiert, Richter?«

»Gestern Morgen, vierundzwanzig Stunden nachdem das Baby zur letzten Ruhe gebettet worden war, ließen es die Kirchenältesten aus dem Friedhof exhumieren.«

Das also ist es, denkt Nat. Das Niederbrennen der Victory Baptist Church ist mehr als nur eine Nachricht. Es geht um Rache, um Schwarz und Weiß.

»Sehen Sie, wenn dieser Fall überhaupt zur Hauptverhandlung kommt, dann dürfte Ihnen klar sein, dass ich keinen örtlichen Verteidiger nehmen kann, der im Lebensmittelgeschäft einkauft, sich bei Redd's ein Mittagessen holt und durch die Stadt spaziert. Die Leute hier würden ihn fix und fertig machen. Dieser Fall steckt voller Ressentiments, und ich möchte diesen Leuten so wenig Gelegenheit wie nur möglich geben, sich darüber zu ereifern. Außerdem will ich, dass dieses arme Schwein fair vor Gericht vertreten wird, ohne dass sein Anwalt allzu viel Druck zu spüren bekommt. Es wird hier schon genug Druck geben, bis sich die Wellen etwas geglättet haben. Stimmen Sie darin mit mir überein?«

»Richter, Sie wissen, dass ich meine Gründe habe, warum ich nicht mehr zurückkommen will.«

»Ja, das weiß ich. Und ich habe volle dreißig Sekunden lang gezögert, bevor ich Sie anrief. Aber das hier ist größer als die Gründe von wem auch immer, Nat. Es geht darum, dass Ihre Heimatstadt nicht im Chaos versinkt. Und ich habe acht Jahre lang gesehen, wie Sie arbeiten. Sie kennen das Strafrecht, und Sie kennen diesen Bezirk. Und bei diesem Fall brauche ich gute Anwälte auf beiden Seiten, die mir dabei helfen, dass nicht alles aus dem Ruder läuft. Also helfen Sie mir.«

»Wer vertritt die Anklage?«

»Fentress hat die Sache selbst übernommen.« Nat stellt sich seinen alten Chef, den Staatsanwalt Ed Fentress vor, den bestangezogenen Mann im Pamunkey County. Ed möchte in nicht allzu langer Zeit Senator werden. Er joggt, sodass er allen zuwinken kann; eine Ein-Mann-Parade.

»Sie haben die Kaution bereits festgesetzt?«

»Heute Vormittag. Fünfzigtausend Dollar.«

»Hat Waddell irgendwelche Vorstrafen?«

»Keine. Absolut weiße Weste. Verheiratet. Mechaniker in der Mühle. Lebt seit fünf Jahren hier. Zog von Norfolk hierher.«

»Warum so hoch? Klingt nicht so, als ob Fluchtgefahr besteht.«

»Um ehrlich zu sein: entweder fünfzigtausend für Waddell wegen Brandstiftung oder eine halbe Million für den, der ihm den Kopf wegbläst. Deutlich genug?«

»Ja, Sir.«

»Gut. Er ist im Gefängnis von Rappahannock. Besuchen Sie Ihren Mandanten, Herr Verteidiger. Wir erledigen das heute noch. Ich will nicht, dass sich das über das Wochenende hinzieht. Da Sie eben erst von der Sache erfahren haben, gebe ich Ihnen den ganzen Tag Zeit. Erstes Erscheinen an meinem Gericht Punkt vier Uhr. Sie und Fentress können das Datum für die Voruntersuchung bestimmen. Aber ich will, dass das schnell erledigt wird.«

»Richter …«

»Nat, ich will's nicht hören. Einspruch zurückgewiesen.«

Nat atmet in den Hörer.

»Hören Sie auf, nur über sich selbst nachzudenken, Mr. Deeds.«

Der Richter legt auf.

2

Als er am frühen Freitagnachmittag den Mattaponi überquert, bleibt Nat in einer Wagenkolonne stecken, die sich in Richtung der Wochenendhäuser am Fluss schiebt. Er denkt an Weihnachten.

In diesen Tagen hat Good Hope nichts Weihnachtliches an sich. Hitzewellen schimmern über dem Wasser und der Flusslandschaft. In der Dürre des Augusts haben sich die verdorrten Blätter der Bäume am Straßenrand zusammengerollt. Der Geruch nach Eiern ist nicht süß wie von einem Eierflip.

Vor acht Monaten, an Weihnachten, hat Nat zum letzten Mal diese Brücke überquert, er fuhr in die andere Richtung, heraus aus der Stadt. Als er jetzt wieder nach Good Hope zurückkommt, hat sich seit den letzten paar Meilen auf dem

Highway seine Brust zusammengeschnürt. Während er auf der Brücke hält, an der ersten Ampel müßig seine Gedanken umherschweifen lässt und darauf wartet, dass sich ein mächtiger Holztransporter Zentimeter für Zentimeter rückwärts auf den Holzlagerplatz der Mühle schiebt, wird ihm schwindelig; etwas Wirbelndes strömt auf ihn ein, als hätte er zu lange den Atem angehalten. Die Ampel springt auf Grün, doch noch immer ist der große Lastwagen im Weg. Nat drückt auf die Hupe. Als er sich schließlich wieder in Bewegung setzen kann, vertreiben das Fahren selbst, der dichte Wochenendverkehr und die Bremslichter um ihn herum den Nebel aus seinem Kopf. Er blickt auf die Stadt und erinnert sich daran, wie er sie zuletzt gesehen hat, als sie unter einer dichten Schneedecke lag, die sich über Weihnachten hielt; Good Hope war anheimelnd gewesen. In jener Woche verließ Nat das Büro des Staatsanwalts und übergab seine Fälle an Fentress. Er zog aus seinem Haus und übernachtete bei Freunden. Am Weihnachtsmorgen ging er zum Fluss, machte Schneebälle und warf sie in die grüne Strömung. Als der Schnee in der Stadt schmutzig wurde, die nassen Reifen durch braunen Schneematsch fuhren und die Sonne Nat wieder in aller Deutlichkeit Good Hope zeigte, verließ er die Stadt, um nach Richmond zu ziehen. Er verließ seine Frau.

Er fühlt keinerlei Triumph oder Unabhängigkeit bei seiner Rückkehr. Als er durch die Stadt fährt, hat er das Gefühl, heimlich herumzuschleichen. Er ist ein Verbannter. Nichts hat sich hier verändert – obwohl er Veränderungen erwartet hatte –, und deswegen spürt er einen Stich der Enttäuschung, denn in seinem Leben hat sich so vieles verändert, und das trennt ihn von der Stadt. Während er an der großen Mühle vorbeifährt, am Baseballfeld der Kinderliga, an Straßen, deren Namen er noch in der richtigen Reihenfolge kennt, und an anderen Straßen, die quer dazu verlaufen, findet er keine einzige angenehme Erinnerung. Er presst die Lippen zusammen, und ihm wird klar, dass dieses vergiftete Gefühl gegenüber seiner Heimatstadt ungerecht ist, doch es ist wie bei einer Reihe billiger Weihnachtslämpchen, die alle an einem Kabel hängen: Wenn erst einmal eine Glühbirne flackernd ausgeht, erlöschen alle anderen dahinter.

3

In seinem Kopf ist wieder Weihnachten vor einem Jahr. Er hat das Haus beheizt. Draußen riecht die Luft schon nach Schnee, es ist jener nasse und metallische Geruch, der im Winter im Süden Niederschläge ankündigt. Der Morgen riecht wie Sprühstärke auf kaltem Leinen. Der Duft kommt aus Nats noch weiter zurückliegender Vergangenheit, er ist verbunden mit den Zimmermädchen, die für seine Mutter arbeiteten, als er jung war und seine Familie nur zwei Blocks von dem großen Holzhaus entfernt lebte, in dem er jetzt mit Maeve an der Main Street wohnte. Er hat das Kreosot von der Glastür des Holzofens gekratzt, sodass sie die brennenden Scheite sehen kann, wenn sie von der Mitternachtsschicht in der Notaufnahme des Pamunkey-General-Hospital nach Hause kommt. Die Busfahrt dauert zwanzig Minuten, und ihre Schicht endet morgens um sieben, also saugt er noch einmal für weitere zehn Minuten das Zimmer und rückt die Weihnachtsdekoration auf dem Kaminsims zurecht, bevor sie hereinkommen wird.

Er nennt das im Stillen »einspringen«. Das ist sein Anteil an den Arbeiten im Haus. Er erledigt einige Hausarbeiten am Wochenende, kocht ein oder zwei Mahlzeiten pro Monat, pflanzt im Frühling Tomaten – genügend Dinge, damit er sich einreden kann, dass Maeve ihn hilfreich und geschickt findet, dass er der Mann im Haus ist. Aber er weiß, dass Maeve sich um die Tomaten kümmert und die meisten ihrer Mahlzeiten kocht, dass sie das Haus putzt und vierzig Stunden in der Woche als Krankenschwester arbeitet. Nat versteht die Beweislage, den Weg der Wahrheitsfindung und das Urteil. Das entspricht seiner Ausbildung und seiner Neigung. Maeve versteht sich auf Wunden und Heilungsprozesse.

Er arbeitet viele Stunden als stellvertretender Bezirksstaatsanwalt des Pamunkey County. Er glaubt, dass seine Arbeit Würde besitzt, dass sein Dienst und seine Fähigkeiten gebraucht werden, damit der Bezirk und die Stadt sicher bleiben. Nat ist sich des Opfers bewusst. Er ist ein Kämpfer gegen das Verbrechen, sie ist Krankenschwester; er hält sie beide für ein heroisches Paar. Sie leben in der Kleinstadt, in der er geboren wurde, und dadurch bleibt ihnen etwas Wunderbares und sehr Amerikanisches erhalten. Er kennt den Preis, den er bezahlt, und stellt Vermutungen über den Preis an, den Maeve bezahlt: Sie ist oft allein zu Hause, sie kocht und schrubbt und kümmert sich um Schusswunden und Stichverletzungen und gebrochene Beine und Herzinfarkte, sie lebt mit ihm in diesem Haus in der Nähe der Straße, in der seine Eltern ihn großgezogen haben, und er springt ein.

Er räumt den Staubsauger weg, steht in der kalten Windfangtür und wartet auf Maeve, wartet auf den Schnee. Am anderen Ende der Stadt sinkt bei der Mühle die Dampfwolke aus dem großen Kessel um den Kamin herab wie ein weißer Rock; es gibt keinen Wind über der Mühle, die Luft ist zu nass heute. Es ist so kühl, dass es schneien könnte. Es ist Samstag. Nat denkt an die Männer aus der Mühle, die heute jagen gehen werden, die in ein paar Monaten an wärmeren Samstagen angeln oder vielleicht Softball spielen oder im Sommer ihre Autos polieren und im Herbst zelten werden. Er bewundert diesen Zug an Männern, dass sie Hobbys haben, Dinge, die sie sammeln, Interesse an Sportmannschaften, bevorzugte Golfplätze. Er hat nichts davon, nichts außer Lesen und gelegentlichem Joggen. All das scheint ein Zeitvertreib zu sein, kein wirkliches Ziel. Nat arbeitet. Aber er und Maeve werden heute den ganzen Tag zusammen sein. Nat möchte es sich vor dem Kamin gemütlich machen. Einkaufen gehen. Er ist aufgewühlt und fühlt sich so kurz vor Weihnachten ein wenig melancholisch.

Sie ist zehn Minuten zu spät. Ihr Bus hält am Straßenrand, und sie kommt in weißen Schuhen und einer weiten, einfachen blauen Hose unter ihrem Wintermantel den Gehweg herauf. Ihr Atem hängt ihr wie ein Schleier vor dem Gesicht, im Hof vor dem Haus ist es windstill. Sie ist eine schwarzhaarige Irin; bleiche Haut, dunkle Stirn, dunkle Mähne – ihr pechschwarzes Haar ist zu einem Schwesternknoten zurückgebunden –, Lippen und Wangen, die sich gleichzeitig mit den Eichenblättern röten, wenn es kühler wird. Als sie an diesem Morgen über die Veranda geht, sieht sie müde und erschöpft aus. Es muss eine lange Nacht in der Notaufnahme gewesen sein. Nat wird sie ins Bett bringen und dafür sorgen, dass sie es warm und ruhig hat. Wenn sie will, wird er ihr später sagen, dass ihm irgendetwas Leid tut, gleichgültig, was auch immer sie zur Sprache bringt. Er fühlt ein unklares Bedürfnis, ihr Geschenke zu geben. Buße ist ein gutes Geschenk, denkt er.

Er hält die Windfangtür für sie auf und erinnert sich daran, dass sie schön ist. Merkwürdig, dass das so funktionieren soll, denkt er, aber es kommt ihm wirklich wie eine Erinnerung vor. Vielleicht liegt das daran, dass er sie an einem Samstagmorgen sieht, nachdem er die Nacht zu Hause ohne sie verbracht hat, daran, dass er sie gerade jetzt sieht – was nur selten geschieht –, nämlich aus der Perspektive von jemandem, der auf sie wartet. Heute Morgen ist er noch nicht in seinem Büro, er eilt auch nicht rasch an ihr vorbei auf dem Weg dorthin.

»Wie war es?«, erkundigt er sich.

Sie geht hinein, knöpft ihren schweren Mantel auf, zieht ihn aber nicht aus und schiebt die Hände wieder in die Taschen. Sie setzt sich so, wie sie ist, auf das Sofa im Wohnzimmer und blickt zu ihm auf.

»Nat.«

»Maeve.« Er schließt die Vordertür. Im Haus ist es plötzlich nur noch halb so hell, so wenig Licht kommt wegen der tief hängenden Wolken herein. Er schaltet eine Lampe ein und setzt sich neben sie aufs Sofa. Sie dreht sich nicht zu ihm herum. Sie lässt den Mantel nicht an sich herabgleiten; es ist, als hielte sie eine Wunde in ihrem Bauch zu.

»Maeve, ist alles in Ordnung?«

Sie schiebt sich auf den Kissen weg von ihm. Mit einem tiefen Atemzug wendet ihm seine Frau das Gesicht zu.

»Nat.«

»Liebling.« Er sagt das vorsichtig, als versuche er, sie von einem Felsvorsprung herunterzulocken.

»Du weißt, was ich von kaltem Wasser halte.«

»J-ja.« Immer noch vorsichtig.

»Ich hasse es. Also weißt du auch, was ich mache, wenn ich hineinsteigen will, und das Wasser ist wirklich kalt.«

»Du springst … »

Maeve ist angespannt, sie mustert ihn mit durchdringendem Blick. »Ich springe hinein, ja. Also, Nat.«

Sie holt tief Luft und springt.

»Ich habe mit jemandem geschlafen.«

In diesem Augenblick fühlt er sich wie gelähmt; diese wenigen Worte werden über ihm ausgeschüttet wie Maeves eiskaltes Wasser, und Nat kann sich nicht bewegen. Ein Knacken aus dem Holzofen dringt an sein Ohr, er schiebt es weg, es macht ihn wütend, dass er nach dem, was sie gerade gesagt hat, ein so absolut läppisches Geräusch hören soll. Seine Gedanken versuchen, durch die Hintertür zu fliehen, nicht hier zu sein, nichts zu glauben. Er zwingt sich, seine Aufmerksamkeit wieder Maeve zuzuwenden. Noch immer kann er sich nicht bewegen, und er will es auch nicht. Sich zu bewegen, würde bedeuten, die nächste Sekunde beginnen zu lassen. Wartend starrt sie ihn an. Er findet nichts, mit dem er beschreiben könnte, was er fühlt, außer – und das ist dumm, fast lächerlich, wenn man sich das vorstellt, aber so ist es – der Wüste von Nevada, in der unterirdische Atomwaffen getestet werden in einer von allen Seiten umschlossenen Explosion. Die Schockwellen, die nach der Erschütterung durch die Explosion das Grundgestein durchlaufen, zerschmettern sein Herz; sie dringen hinauf und lassen seinen Atem und sein Gesicht zittern, das dahinschmilzt. Er spürt, wie alles fällt, sein Blick gleitet von ihren Augen weg, sein Mund öffnet sich, sein Kopf senkt sich.

»Nat«, sagt sie leise, »es ist ...«

»Ich weiß, was es ist«, sagt er, aber er weiß es nicht. Er kann das genauso wenig verstehen, wie ein Hase in der Wüste in der Nähe des Explosionszentrums verstehen könnte, was passiert.

Es geht hier nicht nur um ein Ereignis, um eine Handlung; mächtige Vorstellungen spielen ebenfalls eine Rolle. Er ist nicht vorbereitet darauf, hatte nicht vorher schon darüber nachgedacht. Er hat das nie kommen sehen. Er wusste, dass er sich während der letzten Monate in einigen vagen Anklagepunkten schuldig gemacht hatte, vielleicht, weil er zu lange arbeitete, vielleicht, weil er dieses Jahr zu wenig Anteil an Weihnachten nahm, vielleicht, weil er zu wenig romantisch war. Er war wegen irgendeiner Sache in Ungnade gefallen, doch er war darauf nicht näher eingegangen, er hatte sich vorgestellt, sie beide würden sich früher oder später darum kümmern, sie sind seit acht Jahren verheiratet, sie haben sich immer darum gekümmert. Doch diese Strafe? Diese? Er ist verwirrt, mitgenommen, sprachlos, als er hört, dass seine Frau mit einem anderen geschlafen hat. Stumpfsinnig starrt er Maeve an und erlebt diese komische Sache, die passiert, wenn man stirbt: Blitzschnell zieht sein Leben vor seinen Augen vorüber. Er war verheiratet, hatte ein Zuhause und eine Karriere und eine gemeinsame Zukunft; in einer Schublade in der Kommode liegen mehrere Fotoalben aus ihrem Leben als Paar. Er hatte Bilder von ihr in seinem Kopf, die nie irgendeine Kamera aufgenommen hatte, die es trotzdem gab und die er in seinem Gedächtnis gespeichert hatte, Bilder von ihr mit gespreizten Beinen und offenem Mund, das Ehepaar, das schwer atmet und lacht. Das Einzige, dessen er sich jetzt in diesem Augenblick sicher ist, besteht darin, dass er Worte für sie hat, und Worte, über die man nicht nachdenkt, sind sinnlos, und man dürfte sie später wahrscheinlich bedauern. Er kann über diese ungeprüften Gefühle nicht sprechen, sie würde nur hören, wie er das Dröhnen der Explosion wiedergibt.

Während er so dasteht und die Atomexplosion in seinen Beinen fühlt – dieses Bild verwirrt ihn noch immer, aber zugleich gibt es ihm eine Art Halt, ein Muster, und er braucht dringend etwas, dem er folgen kann –, kommt er sich vor wie ein aufsteigender Rauchpilz.

Angesichts seiner Reaktion sieht Maeve aus, als wäre sie das Opfer. Das macht Nat, der sich selbst als das wirkliche Opfer betrachtet, nur noch verbitterter.

»Nat, es ist aus mit ihm. Ich hab's beendet. Es war nur ein Mal.«

Plötzlich löst sich die Metapher der Atombombe auf. Er fügt die auseinander fliegenden Bruchstücke seines Ichs zusammen und ist wieder Nathaniel Deeds, Anwalt, Anklagevertreter. Fest auf seinen Füßen stehend. Seine Frau beginnt ihr Plädoyer: erste Straftat, geringe Strafe, zur Bewährung. Er möchte sie energisch ins Kreuzverhör nehmen: Wer? Wann? Wo? Warum, verdammt noch mal, warum?

Sie sieht seinen starren Blick und löst den Griff um ihren Mantel. Es ist eine elegische Geste, die um Milde bittet, der Mantel öffnet sich, und natürlich trägt sie darunter das einfache blaue Oberteil aus dem Krankenhaus. Nat hält sich für einen präzisen Menschen, aber im Augenblick scheint er in einer einzigen Kette von Bildern festzustecken – er vermutet, dass er in Panik geraten ist –, und deshalb scheint sie blaue Gefängniskleidung zu tragen. Sie ist schuldig, sie wird verurteilt, sie ist verschwunden.

Aber sie ist nicht verschwunden, denkt er. Ich, der ich hier stehe, bin verschwunden. Die Unschuldigen müssen gehen, und die Schuldigen bleiben zurück, so funktioniert das. Er wendet sich ab, um das Wohnzimmer zu verlassen; er hat vor hinaufzugehen, eine Tasche zu packen und sich irgendwohin treiben zu lassen. In sein Büro.

»Nat«, sagt sie, »bitte.«

Warte eine Sekunde, denkt er. Ich will, dass alles verschwindet. Will reden, den Schaden begutachten und erkennen, dass man ihn überleben kann. Will verstehen und vergessen. Doch er weiß nicht, was da in ihm programmiert ist, das ihn so wütend macht. Woher kommt diese Rechtschaffenheit oder Eitelkeit, die zu seiner Verteidigung eilt, während er noch ganz benommen ist vom Eingeständnis seiner Frau; die zwischen ihn und seine Frau eine Mauer zieht, sodass er ihr nicht vergeben kann, und die seine Pläne durchkreuzt? Nats innerer Schwung beginnt, einen Weg um diese Mauer herum zu finden, doch schon eine Sekunde später ist sie zu groß, und es gibt keinen Weg mehr zu ihr. Das macht ihn streng, engstirnig, böse, schlimmer als sie. Einige Finger deuten jetzt auf ihn, die Schuld hat die Seiten gewechselt. Noch mehr Verwirrung kann er nicht ertragen.

Er zieht sich aus dem Zimmer zurück, ohne sich umzusehen. Wieder sagt sie: »Bitte.«

Er antwortet ihr über die Schulter. Es gelingt ihm nur, etwas Selbstsüchtiges und Banales zu fragen.

»Warum, verdammt noch mal, musstest du es mir sagen?«

4

Das Gerichtsgebäude des Pamunkey County ist ein dreistöckiges Backsteinhaus der Bundesbehörde. Der Eingang an der Spitze der breiten Granittreppe wird von weißen dorischen Säulen, die einen Segmentbogen tragen, eingerahmt. Der Schlussstein des Segmentbogens zeigt das Jahr, in dem das Haus erbaut wurde, 1855. Das Gerichtsgebäude weist nur wenige Farben auf. Von den weißen Schiebefenstern und den schwarzen Türen abgesehen, bestimmen Stein oder Backstein die Fassade. Es ist ein streng aussehendes Gebäude, das in den Augen seiner christlichen Erbauer für alle, die daran vorbeigehen, eine beharrliche Lektion über die Unwandelbarkeit des Gesetzes und der Gemeinschaft darstellen sollte und bis heute darstellen soll. Es steht auf einem kleinen Parkgelände und wird von zwei Kanonen der Konföderierten flankiert, die nicht in der Lage waren, das Gerichtsgebäude beim Vormarsch der Nordstaatler auf der Halbinsel Virginia nach Richmond zu schützen. Sechs Monate lang hatten Truppen aus dem Norden das Gebäude besetzt und als Yankee-Krankenhaus benutzt. Jeder, der das weiß, und das ist *jeder* in Good Hope, sieht jedes Mal geisterhafte Tragen und Amputierte auf den Gängen, wenn er das Gebäude betritt.

Das Gerichtsgebäude ist durch einen überdachten Gehweg mit dem Büro des Sheriffs verbunden. Das ist ein einstöckiges städtisches Gebäude, das in den 1960er-Jahren aus leuchtenden, beinahe rosafarbenen Backsteinen errichtet wurde. Nat, dessen Büro im dritten Stock des Gerichtsgebäudes lag, ging nie gerne hinüber ins Büro des Sheriffs. Es ist zu modern, ohne Geschichte. Er kommt sich dabei vor, als ginge er auf dem Campus einer Highschool zum Unterricht. Doch heute am späten Vormittag beeilt sich Nat, unter den Schutz des grünen Wellblechdaches zu gelangen, das den Gehweg zum Büro des Sheriffs überspannt. Es ist so heiß, dass er sich vorstellt, sein Schatten brenne sich in die Erde.

Als Nat die Tür aufschiebt, bildet die klimatisierte Luft beinahe eine Barrikade. George Talley sorgt dafür, dass es kalt ist; seine Hilfssheriffs empfinden es wie das Fleischfach einer Kühltruhe. Talley blickt von einem Computerbildschirm auf. Gleichzeitig erhebt er seine Stimme und seinen Körper.

»Hurensohn! Seht mal, wer da ist. Er ist es höchst persönlich!«

»George.« Nat bleibt stehen. Talley kommt behände auf ihn zu, packt seine Hand und reißt sie auf und ab wie einen Pumpenschwengel. Nat wartet auf das Knacken, und da ist es. Talley gefällt es, wenn er sieht, wie jemand die Augenbrauen hebt, während er ihm die Hand schüttelt.

»Wo warst du? Ich hab alle möglichen Geschichten über dich oben in Richmond gehört.«

»Keine davon ist wahr, George. Ich versuche nur, eine Ein-Mann-Kanzlei zum Laufen zu bringen.«

Talley lässt Nats Hand los. Nats Finger fühlen sich wirklich zerquetscht an. »Was höre ich da? Du machst nur noch Zivilrechtssachen?« Talley deutet auf einen Stuhl. »Das ist reine Talentverschwendung, und du weißt das.« Mit einer Geste lehnt Nat den Stuhl ab. Die Begrüßung des Sheriffs wirkt übertrieben ausgelassen, als wolle Talley Nat abwimmeln, indem er ihn so energisch willkommen heißt. Nat vermutet, dass das möglicherweise nur der Politiker ist, der in diesem Mann steckt und der nie eine Pause einlegt.

»Fentress sagt, dass du Elijah Waddell verteidigst.«

Nat nickt. »Ja. Baron hat mich da reingezogen.«

»Gut«, sagt der Sheriff. Sein Kopf bewegt sich mit dem Wort, als meine er, was er sagt. »Gut.«

Talley spricht weiter, und noch immer ist seine Stimme voller Enthusiasmus und Jovialität. Nat kennt diesen Mann gut, sie beide sind in Good Hope aufgewachsen. Sie haben lange in der gleichen Mannschaft gespielt. In der Kinderliga war Talley der herausragende Werfer und linke Außenfeldspieler. Nat war der dritte Malspieler, denn er hatte Mumm und konnte jeden Wurf in Grund und Boden starren, sogar die ganz scharfen. In der Highschool warf Talley in der Basketballmanschaft als Angriffsspieler die meisten Körbe, während Nat Verteidiger war. Einmal pinkelte Talley in der Dusche gegen Nats Bein, und einmal spannten Talley und Bill Coughlin in der Umkleidekabine ein Handtuch zwischen Nats nackte Beine und hoben ihn hoch, und Nat musste darum betteln, wieder heruntergelassen zu werden. Talley verließ die Pamunkey Highschool, um professionell Baseball zu spielen, während Nat aufs College und später an die juristische Fakultät ging. Talley kam nach Hause und wurde gewählt, um Verhaftungen durchzuführen. Nat war zwei Jahre lang Angestellter im Distrikt Columbia und arbeitete dort später für eine große Kanzlei, bevor er zurückkehrte, um diejenigen anzuklagen, die Talley festnahm. Nat spreizt die Finger, und ihm wird klar, dass er George Talley in den zurückliegenden acht Monaten nicht vermisst hat.

Talleys Stimme klingt nicht mehr ganz so schrill. Sie wird ruhiger, und er spricht leiser. »Es tut mir Leid«, sagt er, »das mit dir und Maeve. Ich hab nie gehört, was falsch lief, aber … es tut mir Leid.«

»Das ist okay.«

»Du kommst gut damit zurecht?« Talley klopft ihm leicht auf die Schulter. »Hey, du siehst gut aus.«

»Es geht so.«

»Eine Scheidung kann ziemlich übel sein. Ich weiß das.«

»Wir haben uns nur getrennt, George.«

»Stimmt.« Talley bemerkt Nats Blick nicht, der andeutet, dass er das Thema wechseln möchte. »Redest du überhaupt noch mit Maeve?«

»Bitte.« Nat fällt auf, wie kurz angebunden er ist, doch er kann nichts dagegen tun. »Ich bin hier, um mit Monroe zu sprechen. Er ist der Beamte, der Waddell festgenommen hat.«

»Klar. Sicher, Nat. Was immer du brauchst.« Talley nickt rasch und voller Hilfsbereitschaft, als rede er mit dem Opfer eines Verkehrsunfalls. »Ich bin froh, dass du wieder zurück bist.«

Ich bin nicht zurück, denkt Nat. Und wir werden noch sehen, ob du froh darüber bist, George. Diesesmal bin ich der Verteidiger.

Talley wendet sich an einen seiner Hilfssheriffs. »Wann kommt Money?«

»Er hat noch bis morgen Nachtschicht.«

»Wahrscheinlich ist er zu Hause«, sagt Talley zu Nat.

»Ich fahr raus.«

»Ich ruf an und sage ihm, dass du kommst. Wenn er nicht zu Hause ist, piepsen wir ihn an und geben ihm Bescheid, dass er dich dort treffen soll. Ist das in Ordnung?« Talley ist überaus zugänglich, er hebt die Hände in einer Pose gespielter Unterwerfung.

»Danke, George. Wir sehen uns später.«

»Bis dann.«

Nat dreht sich von Talley weg, bevor der Sheriff dazu ansetzen kann, ihm zum Abschied die Hand zu schütteln. Nachdem er wieder in seinem Wagen sitzt, fährt Nat in die Außenbezirke der Stadt. Der Verkehr konzentriert sich auf der einzigen Durchgangsstraße, die Mittagspause ist zu Ende, und in der

Papiermühle wechselt die Schicht. Während er sich so langsam voranschiebt wie der Fluss und, wie Treibgut dahinschwebt, spürt Nat den Sog der Gezeiten dieser Stadt. Er fühlt sich fortgespült, er schaukelt auf seiner Erinnerung auf und ab, als sei seine Vergangenheit ein Fluss, der über die Ufer getreten ist und die Straße hinabfließt. Er spült ihn zu jeder Tür hinein, unter Eichen und Ulmen hindurch. Er kann das körperlich spüren, es ist eine Woge, die er durchschwimmen muss hier in Good Hope, seiner Heimat, die er aufgegeben hat, weil er herausgefunden hat, dass es ihm nicht genügt, Wasser zu treten und hier zu bleiben. Und alles ist erfüllt, alles ist durchtränkt von Maeves Gegenwart.

Als er außerhalb der Stadt schneller unter den Bäumen an der Landstraße Richtung Monroe Skeltons Haus dahinfährt, spürt Nat, wie dieses Gefühl zurückgeht; er hat höher gelegenes Land erreicht. Seine Erinnerungen trocknen nach diesem Wasserfall im Stadtzentrum und den Strudeln der Vergangenheit, nach dem Gerichtsgebäude und dem Büro des Sheriffs, den Geschäften und Restaurants an der Main Street, den Alleen, in denen Freunde wohnen, zu denen er keinen Kontakt hat, die nicht wissen, dass er in der Stadt ist, nach der Straße, an der das Haus seiner Eltern liegt, und der Straße, an der sein eigenes Haus liegt, in dem *sie* in genau diesem Augenblick ist – oder auch nicht.

Kurz darauf führt ihn die Route 101 an der Victory Baptist Church vorbei. Nat fährt rechts ran, um sie sich anzusehen. Die Kirche ist eine rußbedeckte Ruine. Nichts steht mehr, außer den Doppelsäulen des Portikus, die in der Hitze Blasen geworfen haben. Das Kirchenschiff ist zu einem verkohlten Haufen zusammengebrochen und liegt unter den vom Feuer zerrissenen Überresten des Daches. Die Buntglasfenster sind geschmolzen oder zersplittert. Der Turm und das Kreuz sind nach vorn gestürzt und liegen zerschmettert und schwarz auf dem Gras, das so stark verbrannt ist, dass es einer Öllache gleicht. Die Zweige der Bäume, die einst den Kirchhof beschattet haben, sind nackt und brüchig, verschmort und verrußt. Graue Rauchfahnen steigen wie kleine Geysire aus der Aschenglut, die immer noch nicht ganz erloschen ist. Vom Wagen aus sieht Nat merkwürdige Teile der Kirche, die überlebt haben, aus dem Schutt ragen: einige Kirchenbänke, das mintfarbene Taufbecken aus Blei, ein Streifen roten Teppichs. Gelbes Absperrband der Polizei mit der Aufschrift BETRETEN VERBOTEN umgibt das Grundstück. Mehrere Autos und Pick-ups parken am Straßenrand. Schaulustige sammeln sich entlang der Straße außerhalb der Absperrung. Einer von Talleys Streifenwagen steht auf dem kiesbestreuten Parkplatz; daneben steht ein Hilfssheriff mit verschränkten Armen, dessen Gesicht von seinem breitkrempigen braunen Uniformhut beschattet wird. Seine Pistole zieht den breiten Gürtel nach unten; es ist die Pose eines Revolverhelden. Neben ihm hält ein weißer Lieferwagen, der gerade erst angekommen ist. Das Fahrzeug trägt die Regierungskennzeichen von Virginia. Nat beobachtet, wie zwei Männer in kurzärmligen weißen Hemden aus dem Lieferwagen steigen und damit beginnen, ihre Ausrüstung auszuladen. Nat weiß, dass das die Jungs von der Abteilung Brandstiftung sind, die aus Richmond angefordert wurden.

Nat fährt weiter. Zehn Minuten später erreicht er Monroe Skeltons Bungalow. Monroe kommt heraus und geht auf ihn zu. Nat denkt an einen Bären, doch der Hilfssheriff schüttelt ihm vorsichtig die Hand.

»Was ist los, Mann?« Monroes Gesicht ist verquollen. Er hat geschlafen, als Talley ihn anrief.

»Money. Wie geht's dir?«

»Wie immer.« Monroe zuckt mit den Schultern. »Was ändert sich hier draußen schon? Nichts.«

Nat blickt hinauf in die Zweige und den Streifen Blau zwischen den Blättern. »Genau«, sagt er. »Deshalb hat's mir auch so gut gefallen.«

Der Hilfssheriff verhakt seine Daumen in den Gürtelschlaufen. »Ja. Ich hab davon gehört. Tut mir Leid, Nat. Du warst so schnell weg, dass ich dir das nie sagen konnte.«

Nat räuspert sich. »Na ja.« Er möchte darüber reden, um Unterstützung zu finden bei diesem Mann, den er schon lange kennt und respektiert, der eine gute Ehe führt und einen stolzen Sohn hat. Nat starrt noch immer zu den Bäumen. Dort ist Maeve nicht, nicht in diesen Bäumen, die in der heißen morgendlichen Windstille nicht rascheln. Er blickt auf den Boden; in den Sonnenflecken im Gras gibt es kein Zeichen von ihr. Wo ist sie? Sie ist hier irgendwo, sie ist hier mehr als irgendwo sonst auf der Welt, und das ist der Grund, warum er zu Baron gesagt hat, dass er nicht zurückkommen will. Bevor sie ihn finden kann oder er sich verirrt auf der Suche nach ihr in der Luft und auf der Erde. Nat beeilt sich, zur Sache zu kommen, obwohl ihm das wie ein Rückzug vorkommt.

Er erklärt, dass er vom Gericht zu Waddells Pflichtverteidiger bestellt wurde. »Bevor ich nach Rappahannock fahre und ihn treffe, dachte ich, ich rede zuerst mit dir und hör mir kurz an, was du von dieser Geschichte hältst.«

Monroe lässt sich auf den Backsteinstufen nieder. »Schieß los.«

»Auf was lasse ich mich da ein?«

»Das kann ich dir ganz klar sagen«, antwortet Monroe. »Der Junge war's.«

Monroe berichtet, wie Clare ihm gestern Vormittag erzählt hat, dass ihr Mann nach dem Begräbnis bei der Zebulon Baptist verschwunden ist. Dass Elijah »zu allem« fähig sei. Dann erzählt der Hilfssheriff, was er nur zwölf Stunden zuvor in den frühen Morgenstunden gesehen hat. Waddell ist betrunken, angesichts des Feuers reckt er die Faust in die Höhe, er sagt, er danke Gott dafür, dass die Victory Baptist in Flammen aufgeht.

»Weißt du von dem Baby?«, erkundigt sich Monroe.

»Ja. Weiß ich.«

»Motiv, Gelegenheit«, sagt Monroe und zählt die Fakten auf, »am Tatort festgenommen, keine Reue.«

»Aber kein Geständnis?«

»Er wird dir sagen, dass er es nicht war. Sagt, er hat irgendeinen Kerl gesehen, der das getan hat. Kann ihn nicht identifizieren. Sagt, der Kerl trug zu viele Kleider, ein Halstuch und eine Mütze, also hat er ihn nicht erkannt. Sagt, er hat diesen Kerl gerade mal eine Sekunde lang gesehen. Behauptet, er saß auf der anderen Seite der Straße im Gebüsch und hat zugesehen.«

Nat rechnet anders als Monroe, nicht was die Fakten betrifft, sondern was andere, menschliche Dinge angeht. Bitterkeit, Stolz, das Umstürzen aller Gerechtigkeit. Elijah Waddells Kind wurde von dieser Kirche zurückgewiesen, und das bedeutet, sie haben auch ihn, den Menschen, zurückgewiesen. Und aus welchem Grund? Weil er ihnen irgendetwas Böses angetan hat, weil er irgendein Gesetz oder Versprechen gebrochen hat? Omohundros Schaufel – Nat weiß, dass es Omohundro war, wer sonst, wenn nicht dieser ewige Totengräber, dieser Spaten des Todes in Good Hope, dieser schwarze Mann aus Nats Kindertagen –, Omohundros Schaufel stieß in die Erde, um das Kind auszugraben, doch genauso gut hätte er Elijahs Herz spalten können, und das nur, weil er und sein Kind schwarz sind. Diese Leute werden Elijah die Schuld geben und nicht sich selbst, denn Elijah hat sich vom Guten losgerissen wie der brennende Kirchturm, der sich in seinem Sturz vom Rest des Gebäudes losriss. Die Leute der Victory Baptist Church und wahrscheinlich auch der Rest der Stadt, der davon hören dürfte, bevor der Tag vorüber ist, haben sich keine Blöße gegeben durch eine so offensichtliche Handlung wie angeblich Elijah. Stattdessen werden sie sich hinter ihrer Güte verstecken und diese als ihren sicheren Hafen verteidigen. Nat weiß, dass nicht Elijah alleine etwas Böses getan hat, sondern auch diese guten Menschen. Elijahs Vergehen bestand darin, dass er über die Grenzen des gesellschaftlich Erlaubten hinaus zurückschlug, und dafür wird er bestraft werden. Doch sein Schlag galt materiellem Eigentum. Ihr Schlag jedoch war eine Beleidigung eines Mannes und einer Frau und eines bedauernswerten Babys. Das Böse, das sie getan haben, entsprang Rassismus, die Tatsache, einen Menschen in zwei Teile zu teilen, in Seele und Haut, und diese Art des Bösen, so denkt Nat niedergeschlagen, liegt nicht mehr in den Händen derer, die offen hassen und zerstören, sodass man es offen bekämpfen kann. Nicht mehr. Erschöpft hat das Böse seine Bemühungen eingestellt, in den Reihen der Bösen zu wachsen. Gestern hat sich in Good Hope, in Nats Geburtsstadt und der Stadt der guten Menschen, gezeigt, dass die Ranken des Bösen unterirdisch weitergewachsen sind, hinein in die Erde der Güte, wo sie Fruchtbarkeit und eine freundliche Aufnahme gefunden haben.

Nat kann die Brandstiftung, deren man Elijah verdächtigt, nicht gutheißen. Doch er versteht, dass ein Mensch einen Schlussstrich ziehen kann, dass er in einer absoluten Art und Weise auf etwas reagieren kann, das ihm als ein himmelschreiendes Unrecht erscheint, das ihm angetan wurde.

»Komm rein und trink ein Bier«, sagt Monroe. Der Hilfssheriff hat anscheinend die Niedergeschlagenheit bemerkt, die in Nats Gesicht zu sehen sein muss.

»Nein, danke«, sagt Nat. »Ich fahre wohl besser zu ihm. Wie geht's Rey Ann?«

Monroe schwankt auf der Treppe hin und her. »Hm. Wie immer.«

Nat gelingt es, den großen Hilfssheriff anzulächeln, der aufsteht, um sich zu verabschieden.

»Du solltest damit keine allzu großen Schwierigkeiten haben«, sagt Monroe, während er Nat zum Wagen folgt. »Der Junge war's. Ich habe diese Scheiße schon so oft gesehen, da erkenne ich so was einfach.«

»Money«, sagt Nat und steigt in den Wagen, »dieses Mal bin ich der Verteidiger, nicht der Ankläger.«

Monroe schließt die Wagentür für ihn. Er fährt mit einer seiner großen, dunklen Hände über den Rahmen.

»Dann hat er einen guten Menschen, der ihn verteidigt.«

Nat fährt los. Da ist ein blinder Fleck, irgendein Tumor, der sich ausbreitet. Er fragt sich: Was ist ein guter Mensch?

5

Nat stellt seine Aktentasche auf den Tisch. Die Wände des kleinen Gesprächszimmers werfen das Echo zurück. Er zieht einen der beiden Metallstühle heran, die Stuhlbeine kratzen über das Linoleum. Das Klacken, als Nat seine Aktentasche öffnet, das Quietschen seiner Schuhsohlen auf dem Boden, sein Räuspern: Die Betonwände beschweren sich über jedes Geräusch, nichts bleibt unhörbar, alles wird zurückgeworfen. Die Tür öffnet sich, und noch mehr Geräusche dringen in das Zimmer ein wie Glasscherben. Ein Gefängniswärter bringt Elijah herein und verschwindet dann. Elijah steht neben der verschlossenen Tür und starrt Nat an. Er trägt triste orangefarbene Gefängniskleidung und Turnschuhe. Nat weiß, dass die Kleider und die Schuhe, die er heute Morgen bei seiner Festnahme getragen hat, ins kriminaltechnische Labor gebracht wurden.

Nat sieht den Schwarzen an. Einige Sekunden lang hört der Raum keine Geräusche, über die er sich beschweren könnte. Über acht Jahre hinweg hat sich Nat daran gewöhnt, solche Menschen mit den Augen eines Anklagevertreters anzusehen. Männer und Frauen, die dieses orangefarbene Clownskostüm und häufig auch Handschellen trugen, begegneten ihm zuerst, platt auf eine Seite gepresst, als Verdächtige in Aktenordnern, und die Vergehen, die man ihnen vorwarf, wurden von Polizeiberichten, Schwarz-Weiß- und Farbfotos, Zeugenaussagen und den Ergebnissen der kriminaltechnischen Untersuchung begleitet. Es war nie seine Aufgabe, sie sich als lebende Menschen mit Namen und Geschichten und Entschuldigungen vorzustellen, sondern immer nur in Form von beweisbaren oder unbeweisbaren Taten. Nats Aufgabe bestand darin, das Beweismaterial gegen diese Männer und Frauen vorzutragen und die Empörung des Bezirks und der Opfer ihnen gegenüber in eine Verurteilung umzumünzen. Wann immer ein Verteidiger ihn davon überzeugen konnte, dass sie Milde wollten und verdienten, empfahl Nat Milde; wenn sie sich kooperativ verhielten, ging er mit ihnen einen Handel ein, und wenn sie gefährlich waren und keine Reue zeigten, griff er sie an, und er gewann immer. Elijah steht unsicher neben der Tür, und für Nat ist er etwas völlig Neues; das ist die Aufgabe, die ihm Richter Baron gestellt hat: diesen Menschen in Orange zu verstehen und ihn zu schützen. Aber wie ein alter Stier sieht Nat nur die Farbe. Er ringt mit dem tief verwurzelten Drang in sich, Elijah eindimensional zu sehen, als strafbare Handlung.

Geräuschvoll zieht Nat den zweiten Stuhl für Elijah heran. Er sieht hinüber zu dem Gefangenen, der immer noch zögert. Nat setzt sich. Er spricht. Elijah hört von der Tür aus zu. Der Gesichtsausdruck dieses Mannes ist düster und stoisch, und er ist verängstigt und ausweichend, wie ein Eichhörnchen, das auf die Rückseite eines Baumstamms huscht, um sich zu verstecken.

»Mein Name ist Nat Deeds. Ich wurde Ihnen vom Gericht als Anwalt zugeteilt.«

Wortlos geht Elijah zum Stuhl und setzt sich. Er zieht den Stuhl nicht vor, als wäre es umso besser, je weniger Geräusche es in diesem Zimmer gibt.

»Ich habe von Ihrer Tochter gehört. Es tut mir Leid.«

»Allen tut es Leid«, murmelt Elijah. »Entschuldigung.«

Nat antwortet nichts auf diese knappe Zurückweisung. Er bemüht sich noch immer darum, einen Zugang zu finden, um diesen unnachgiebigen Mann verteidigen zu können, und etwas, das ihm hilft, an ihn zu glauben.

»Ich kenne Sie«, sagt Elijah. »Ich habe Ihren Namen schon in der Zeitung gelesen. Sie sind von der Staatsanwaltschaft.«

»Das war ich. Ich habe vor acht Monaten aufgehört. Jetzt bin ich Ihr Verteidiger.«

»Wie lange haben Sie für den Bezirk gearbeitet?«

»Acht Jahre.«

»Und jetzt verteidigen Sie einfach so irgendjemanden.«

»Ich werde Sie verteidigen.«

»Hm. Ja.«

Wie bei Richter Baron klingt das »hm, ja« wie »ach was«. Misstrauisch.

Nat holt einen Notizblock und einen Kugelschreiber aus seiner Aktentasche. »Sagen Sie mir, was letzte Nacht geschehen ist.«

Elijah rutscht auf seinem Stuhl hin und her. Er reckt den Hals und blickt weg.

»Lassen Sie mich das wiederholen«, sagt Nat. »Ich bin ihr Verteidiger.« Elijah hat sich noch immer der Wand zugedreht und zieht einen Schmollmund.

»Elijah«, sagt Nat, »Sie sind in Schwierigkeiten. Ich bin hier, um Ihnen zu helfen.«

Das scheint Elijah aufzustacheln. »Verraten Sie mir eins.« Jetzt haben seine Hände einen so lebhaften Ausdruck wie sein

Gesicht. Dieser Mann scheint einen Schalter zum Ein- und Ausschalten zu besitzen. »Wie kann ich in Schwierigkeiten sein, wenn ich es nicht war?«

»Was nicht war?«

»Verarschen Sie mich nicht. Sie wissen, was ich meine. Derjenige, der diese verdammte Kirche angezündet hat.«

»Es spielt keine Rolle, ob Sie das getan haben oder nicht, Elijah. Das müssen Sie verstehen. Es geht einzig und allein darum, ob der Staat vor Gericht zweifelsfrei nachweisen oder nicht nachweisen kann, dass Sie es getan haben.«

»Wie wollen die das machen, wenn ich's nicht getan habe?«

»Sie waren am Tatort, also gibt es kein Alibi. Wenn ich Sie richtig verstanden habe, hatten Sie einen recht zwingenden Grund, die Kirche anzuzünden. Das ist das Motiv. Sie waren betrunken. Hilfssheriff Skelton hat Sie dabei beobachtet, wie Sie hin und her gestapft sind und über das Feuer gejubelt haben. Sie haben ihm im Streifenwagen gesagt, Sie seien froh über das Feuer. Im Augenblick sind Sie der einzige Verdächtige. Man sucht nach keinem anderen.«

Elijah steht auf. Er dreht das Gesicht zur Wand. Er geht von Ecke zu Ecke, was in jeder Richtung nur ein paar Schritte bedeutet. Nats Aufzählung der belastenden Fakten scheint den Raum auszufüllen. Elijah sucht nach einem Ort, an dem er sich vor ihnen verstecken kann.

Von seinem Stuhl aus beobachtet ihn Nat dabei. Seine Intuition als Staatsanwalt rät ihm, jetzt nicht nachzulassen, sondern hart und an unerwarteter Stelle zuzuschlagen.

»Warum haben Sie Ihre Frau gestern den ganzen Tag lang allein gelassen?«

Als schlüge er mit einem Hammer zu, rammt Elijah seine flache Hand gegen die Wand. Plötzlich wechselt die Intensität seiner Handlungen wieder, und er lehnt behutsam den Kopf gegen die Wand, auf den Handrücken.

Einen Augenblick später sagt er leise und seinem Handgelenk zugewandt: »Glauben Sie doch, was Sie wollen. Aber ich habe die Kirche nicht in Brand gesteckt.«

»Wer dann?«

Diese Frage bedeutet nicht, dass Nat ihm glaubt, doch da er bei dieser Art von Verhör so erfahren ist, wirkt sie so. Sie bringt Elijah dazu, sich umzudrehen und ihn anzusehen.

»Irgendein Kerl. Baseballmütze. Langärmliges Sweatshirt. Er war nur eine Sekunde lang im Licht, mit irgendeinem Stofffetzen vor seinem Gesicht. Ich konnte im Dunkeln nicht sagen, wer es war.«

»Was noch? War er groß, klein, dick?«

»Ich weiß es nicht. Vielleicht mittelgroß. Das ist schwierig. Ich war ... wissen Sie ...«

»Wie viel haben Sie getrunken?«

Elijah senkt beschämt den Blick. »Ein Sixpack. Vielleicht noch ein paar, bevor ich hinging.«

»Aus welcher Entfernung haben Sie ihn gesehen?«

»Von der anderen Straßenseite aus. Dann hinter der Kirche. Ich schätze, fünfundvierzig, sechzig Meter.«

»Und dann rannte er davon. In welche Richtung?«

»Nach Osten.«

»Und nachdem er verschwunden war, kamen Sie aus Ihrem Versteck auf der anderen Seite der Straße. Nachdem die Kirche lichterloh brannte, kam Hilfssheriff Skelton und nahm Sie fest.«

»Stimmt.«

Nat unterbricht sich. Er hat sich keine Notizen auf seinem Block gemacht.

Dann sagt er: »Eine nicht identifizierte Person hat es getan.«

Elijah verengt die Augen.

»Das ist Ihre Verteidigung.« Nat sagt das nüchtern, als zähle er Pennys, als wolle er sagen: Mehr haben Sie nicht.

Elijah lässt sich auf dem Stuhl nieder und zieht ihn jetzt nach vorn. Er hebt seinen langen rechten Zeigefinger und zielt damit zwischen Nats Augen.

»Das ist die Wahrheit, Herr Staatsanwalt.«

Elijah senkt die Hand. Er verschränkt die Finger auf dem Tisch und starrt sie an. Wie auf einem Schlachtfeld scheint die harte Schale des Raums nur eine bestimmte Menge Lärm zu verstärken, bevor sie eine Pause einlegt. Nat betrachtet Elijahs Kopf. Er hört, wie der Mann atmet. Sein Blick folgt den verschränkten Fingern. Ein Knöchel an Elijahs rechter Hand ist um einen kleinen Schnitt herum angeschwollen.

»Was ist mit ihrem Handrücken passiert?«

Elijah seufzt verwirrt, als habe er gegenüber diesem Anwalt schon alles ausprobiert außer Geduld und als wolle er es jetzt einmal damit versuchen.

»Ich habe gegen einen Baum geschlagen. Ich war wütend. Ich war betrunken.«

»Warum hatten Sie getrunken?«

Elijah blinzelt. Er leckt sich die Lippen, und seine Nasenlöcher blähen sich.

Nat lässt nicht locker. »Warum haben Sie Ihre Frau den ganzen Tag allein gelassen?«

Elijah öffnet seine auf dem Tisch liegenden Hände. Er starrt seine Handflächen an.

»Ich wusste einfach nicht, was ich tun sollte«, sagt er. »Sie hätten sehen sollen, was die gemacht haben. Was sie Nora Carol angetan haben. Und Clare …« Er atmet stoßweise. Nat sieht, wie er um seine Beherrschung ringt.

»Was ist mit ihr, Elijah?«

»Nichts.«

»Elijah, wenn ich Ihr Anwalt sein soll, müssen Sie mir alles sagen, selbst Dinge, die Ihrer Meinung nach keine große Hilfe sind. Es ist meine Aufgabe, mir von alldem ein Bild zu machen und Sie zu verteidigen. Erzählen Sie mir von Clare.«

Ohne den Blick von seinen Handflächen zu heben, beginnt Elijah zu sprechen. »Sie wollte nicht weinen. Sie sagte immer wieder, dass Dummheit und Hass einfach zu dieser Welt dazugehören, wissen Sie, und dass wir Glück gehabt hätten, dass wir bisher so wenig davon erleben mussten. Selbst nachdem sie Nora Carol zur Welt gebracht hatte und das Kind so war, wie es eben war, wissen Sie, selbst nachdem sie das erst zwei Tage zuvor durchgemacht hatte, war Clare ... sie wollte einfach nicht weinen. Den ganzen Morgen über sagte sie zu mir: Elijah, das sind nicht wir, das sind die. Nicht wir sind es, die so etwas machen, sie sind das. Wir haben kein Baby wieder ausgegraben, wir haben nichts Unrechtes getan. Sie sagte: Vielleicht ist das der Grund, warum Gott uns Nora Carol genommen hat. Um jedem zu zeigen, was hier vor sich geht, dass es immer noch so viel Hass gibt. Vielleicht war es an der Zeit, dass die Leute in ihr eigenes Herz blicken. Vielleicht ging es in Wirklichkeit genau darum.« Elijah schüttelt den Kopf und kann einige Augenblicke lang nicht weitersprechen. Wieder hat das kleine Zimmer mit den harten Wänden genug gehört.

Nat mustert den Mann auf der anderen Seite des Tisches. Er lässt den Kopf hängen, seine Brust ist eingefallen, die Handflächen liegen auf dem Tisch, die Finger zucken unruhig, er sieht aus, als krieche er durch Sand. Nat fragt sich, ob ein Mensch – wie Wasser – verschiedene Formen haben kann: Eis, Dampf, Flüssigkeit. Man betrachte nur einmal diesen Mann hier. Vor wenigen Augenblicken noch versteinert und distanziert, letzte Nacht betrunken und lebhaft, und jetzt diese zuckende, gesprächige Trauer. Nat fragt sich gerade, wie die Antwort bei ihm selbst lauten müsste, als Elijah den Kopf hebt; er hat keine Zeit, diesen Punkt weiterzuverfolgen, denn Elijah fragt: »Mr. Deeds?«

»Sie können mich Nat nennen.«

»Okay.« Elijah nickt und wirkt dankbar für diese kleine Freundlichkeit, und Nat wundert sich über die Stimmungsumschwünge bei diesem Menschen, bei uns allen. Wie kann ein Mensch sich darauf verlassen, was er tun oder nicht tun wird, wenn so viel in ihm steckt, das ihn führen, schubsen und stolpern lassen kann? »Nat«, fragt Elijah, »werden Sie mit Clare sprechen?«

»Ja.«

»Würden Sie mir einen Gefallen tun, wenn Sie mit ihr reden?«

»Welchen?«

»Sagen Sie ihr, dass alles gut werden wird. Selbst wenn Sie nicht glauben, dass das stimmt. Tun Sie das für mich.« Seine Stimme ist ein leises Trommeln. Noch eine neue Form dieses Menschen.

»Das kann ich nicht versprechen.«

Nat wartet. Elijah scheint nicht begreifen zu können, dass sein Anwalt die Wahrheit ihm zuliebe nicht beschönigen kann, nicht einmal gegenüber einer Frau, die gewiss schon genug Leid ertragen muss. Nat hat es abgelehnt, ihm einen Gefallen zu tun, der ihm viel bedeutet. Nat sieht an Elijahs Gesicht, dass er diese Weigerung tief in seinem Innern versteckt.

»War sie hier, um Sie zu sehen?«

»Ja. Heute Morgen. Sie hat mir meine Turnschuhe gebracht.«

»Wie ging's ihr?«

»Sie war okay.«

»Haben Sie mit ihr seitdem gesprochen?«

»Nein. Ich habe nur einen Anruf pro Tag, Mann.«

Nat schließt seine Aktentasche. Das Klacken der Schlösser klingt wie die Schläge mit dem Hammer eines Richters.

»Elijah, ich muss Sie das noch einmal fragen.«

Der Mann schließt die Augen, während er antwortet. Seine Miene wird ausdruckslos. »Nein, ich habe es nicht getan.«

»Warum waren Sie dann dort?«

Er öffnet die Augen. Er war an einem inneren Ort, von dem er jetzt seine Antwort mitbringt.

»Weil jemand dort sein musste. Jemand musste dort draußen sitzen und hoffen, dass die Kirche in Flammen aufgeht. Jemand musste zeigen, was diese Leute getan haben. Ja, deshalb war ich dort und habe gebetet. Und Gott hat mich erhört.«

»Und Er hat diesen Kerl mit der Baseballmütze geschickt.« Jetzt ist Nat derjenige, der das tut: Er hört sich selbst »hm, ja« sagen, und in Wirklichkeit bedeutete es »ach was«.

In zwei Stunden, um vier Uhr, muss Nat vor Richter Barons Gericht erscheinen, Elijah beistehen und sich die Anklage anhören, die gegen ihn erhoben wird. Dann beginnt das Gerangel mit Ed Fentress. Der nächste Schritt ist dann die Voruntersuchung. Damit beginnen die Bemühungen des Staates, Elijah vor Gericht zu bringen. Vor Richter Baron wird Fentress seinen Fall mit minimalem Aufwand darlegen; er wird nur so viel vorbringen, dass es sinnvoll erscheint, den Prozess vor einem Großen Schwurgericht zu führen und den Ort festzulegen, an dem das Bezirksgericht verhandeln wird. Bei der Voruntersuchung wird Fentress Nat gegenüber versuchen, so viel wie nur möglich von dem geheim zu halten, was der Staat gegen Elijah vorbringen kann. Nat fragt sich: Was gibt es da geheim zu halten? Die simplen Fakten, die bis jetzt vorliegen, sind außerordentlich belastend. Vielleicht wird es im Bericht des Sheriffs noch einige Indizien oder konkretes Material geben, die ihn entlasten; vielleicht wird der geheimnisvolle Engel noch eine Kirche anzünden und dabei erwischt werden oder irgendjemand nimmt ihn fest. Vielleicht taucht ein Zeuge auf. Doch es sieht so aus, als sei Elijah schuldig. In Virginia gilt

Brandstiftung an einem Gotteshaus als schweres Verbrechen der Klasse IV. Das bedeutet zwei bis zehn Jahre Gefängnis. Wenn Elijah jetzt ein Geständnis ablegt, kann Nat für eine viel geringere Strafe sorgen; er kann es nicht mehr, wenn er zulässt, dass Ed die umfangreichen Nachforschungen auf sich nimmt, die zur Vorbereitung einer Hauptverhandlung nötig sind, und wenn die ganze Stadt in Aufruhr gerät, die mit dem Fall verbunden ist. Elijah dürfte höchstens ein Jahr Gefängnis bekommen. Nat kann sogar gegenüber Fentress ein paar Strippen ziehen. Er kann sich dafür entschuldigen, dass er Ed vor acht Monaten im Stich gelassen hat. Vielleicht kann Nat sogar verhindern, dass Elijah ins Gefängnis muss. Wenn Elijah vor Gericht sagt, dass es ihm Leid tut, könnte ihm das seine Arbeit in der Mühle retten und verhindern, dass die Stadt ihm und Clare weiter im Nacken sitzt, wenn man alles in Betracht zieht. Eine kleine Geldstrafe, jede Menge gemeinnütziger Arbeit und eine auf fünf Jahre zur Bewährung ausgesetzte Gefängnisstrafe. Elijah kann diese Leute wieder für sich gewinnen, wenn er sagt, dass es ihm Leid tut.

Nat erklärt ihm das und schließt mit den Worten: »Denken Sie sorgfältig darüber nach, Elijah.«

Der Mann steht auf. Nat bleibt sitzen und fragt: »Gibt es noch irgendetwas, das ich wissen sollte, Elijah? Falls es da irgendetwas gibt, was der Staatsanwalt herausfinden könnte, müssen Sie mir das zuerst sagen.«

»Nichts.«

»In Ordnung. Wollen Sie, dass ich mit Fentress rede? Wegen einem Deal?«

Die orangefarbene Gefängniskleidung schwebt vor Nat. Es ist die Farbe von Tomatensuppe, einer Kürbislaterne, irgendeines verblassten, ockerfarbenen Gegenstands. Nat bemerkt, dass sein Verhaltensmuster, mit dem er als Staatsanwalt alles distanziert betrachtet hat, schwächer geworden ist. Es ist noch immer da, doch es hat sich in eine sichere Entfernung zurückgezogen, um nur noch zu beobachten und der neuen, vom Gericht bestimmten Aufgabe der Einfühlung und Verteidigung eine Chance zu geben, sich zu entwickeln. Nat sieht das orangefarbene Hemd an. Dann sieht er in das eisenfarbene, schwarze Gesicht Elijah Waddells.

»Wer unschuldig ist, braucht keinen Deal.«

Nat sagt nichts zu der Farbe Orange, die zu tragen sich Elijah genau in diesem Augenblick entschieden hat.

»Und er muss nicht sagen, dass es ihm Leid tut.«

ZWEI

1

Wenn es nicht bald regnet, ist der Mais verloren. Die Staubwolke hinter Nats Wagen ist die einzige Wolke weit und breit. Zu tausenden ziehen hohe Stängel vorüber, die von der Spitze her austrocknen. Die Maiskolben, die der Niederschlag im Monat zuvor wachsen und anschwellen ließ, brechen und verschrumpeln in ihrer Schale unter einer Sonne, die selbst schon lange nicht mehr gelb ist, sondern weißglühend und sengend. Nat kann die Scholle sehen, in der sich das Wurzelgeflecht ausbreitet wie Bettler, die abgewiesen werden. Ich kann euch nichts geben, sagt die Erde.

Am Briefkasten fährt er langsamer. Ein kleiner grauer Hund mit lockigem Fell und kupiertem Schwanz trottet auf ihn zu, um ihn zu begrüßen. Die Flintenhütte ist in einem Farbton gestrichen, der der Haut eines Menschen ähnelt, der zu lange in der Sonne war. Clare sitzt auf den Stufen der Veranda. Sie ist barfuß, trägt abgeschnittene Denim-Shorts und ein weites, weißes Hemd. Mit den langen, nackten Armen zieht sie die Knie an die Brust. Nat hält, und hinter ihm sinkt der Staub wie ein Maultier auf die Straße, so wenig Wind regt sich. Er lässt seine Aktentasche im Wagen. Er geht los, und der kleine Hund begleitet ihn japsend. Clare drückt die Fersen auf den Boden, steht aber nicht auf. Ihr blondes Haar, das die Farbe von sterbendem Mais besitzt, ist nicht hochgebunden oder zu Zöpfen geflochten, was ihr etwas Kühlung verschaffen würde, sondern fällt lose über ihren Rücken hinab bis auf den Boden der Veranda.

Bevor er sich vorstellen kann, sagt sie: »Hallo, Mr. Deeds.«

»Hallo, Mrs. Waddell.« Er erreicht die Stufen und lächelt zu ihr hinab. »Darf ich Sie Clare nennen?«

»Bitte.«

»Ich heiße Nat.«

Sie nickt.

»Woher wussten Sie, wer ich bin?«, erkundigt er sich.

»Ich höre so einiges«, sagt sie langsam und mustert ihn. »Die Leute.«

Nat sieht in ihrem Gesicht die Züge dieser Landschaft. Da ist der Mond über den Feldern, die Glätte des Flusses, der gelegentliche Schnee in den Kiefernwäldern und die von Bäumen gesäumten kleinen Landstraßen. Ihre Beine sind goldbraun. Sie sind kräftig und schlank, obwohl sie vor drei Tagen ein Kind zur Welt gebracht hat. Unter ihrem Hals, wo sich zwischen ihren Brüsten das Baumwollhemd öffnet, glänzen Schweißtropfen. Wegen der Hitze ist das Baumwollhemd hauchdünn, und Nat sieht ihren weißen BH. Ihre Brüste sind groß, sie passen nicht zum Rest ihres Körpers. An den Brustwarzen ist das Hemd nass. Nat zuckt zusammen. Das ist kein Schweiß, sondern die herauströpfelnde Milch, die kein Kind trinken wird.

»Kommen Sie rein«, sagt sie und steht auf. »Ich mache Eistee.«

Nat, der einen grauen Anzug und eine Krawatte trägt, ist froh, ihr in das Summen der Klimaanlage unter dem Fenster folgen zu können. Der Hund bleibt draußen. Warum nur bei dieser Hitze? Eine Klimaanlage ist eine Sucht, denkt er, sie ist eine Schwäche, und als er Clare ansieht, die draußen in der Hitze sitzen und einen schwarzen Ehemann lieben und ein Kind austragen und den Fluss und den Mond in ihrem Gesicht tragen kann, spürt er, dass sie die stärkere Kreatur ist, ursprünglicher und besser an das Leben auf diesem Planeten angepasst. »Setzen Sie sich«, sagt sie und verschwindet durch die Küche und zur Hintertür hinaus. Nat setzt sich auf ein Plüschsofa und sieht sich rasch im Zimmer um, während sie den Tee zubereitet: niedrige Decke, selbst genähte Vorhänge, die Steinkieferböden sorgfältig abgeschmirgelt und mit dunkler, rostroter Farbe bemalt; die Möbel wirken, als seien sie alle auf einmal im gleichen Geschäft gekauft worden, sodass die schokoladenfarbenen Stoffe und die Möbel mit den schweren Beinen zusammenpassen. Nat stellt sich das junge Paar im Möbelgeschäft vor, stellt sich den Verkäufer vor, der ihnen einen Handel vorschlägt, leicht zu erfüllende Kreditbedingungen, nur sehr wenig Bargeld erforderlich, morgen liefern wir. Clare kommt mit einem riesigen Krug Tee, den sie draußen angesetzt hat, wieder in die Küche. Sie füllt zwei Gläser, in denen Eiswürfel knirschen, und wirft Minzeblätter hinein. Sie setzt sich ihm gegenüber und reicht ihm das Glas. Die Kühle strömt in seine Hand und seinen Arm hinauf.

Sie hält ihr Glas mit beiden Händen und trinkt wie ein kleines Mädchen. Er nippt an seinem Tee. Ihre Blicke treffen sich über den Rand der Gläser hinweg. So vollführt Clare eine Art langsames Ritual; Nat muss sich durch ihre Gastfreundschaft entspannt fühlen, sie beide müssen einen kühlen Schluck trinken, bevor sie die heißen Dinge besprechen können, das Feuer, die Festnahme, Tod und Bösartigkeit. Nat fragt sich, ob sie die Dinge hinauszögert, doch er verneint diese Frage; er entdeckt keinen Widerwillen und keine Angst bei dieser Frau. Sie senkt ihr Glas nach einigen wenig eleganten Schlucken. Sie macht »aaah«, wie ein kleines Kind, das mit dem Trinken fertig ist.

»Wir brauchen Regen«, sagt sie.

»Ja, allerdings.«

Mit einem Klirren stellt Clare das Glas auf der Glasplatte

des Couchtischs ab und lehnt sich zurück. Sie zieht ihre nackten Beine hoch auf den Sessel.

»Danke, dass Sie Elijahs Fall übernommen haben. Ich weiß, dass Sie extra von Richmond hierher kommen mussten.«

»Richter Baron hat mir kaum eine Chance gelassen.«

»Sie hätten ablehnen können.«

»Der Richter schätzt das nicht.«

»Sie leben nicht mehr hier. Sie hätten den Fall ablehnen können. Warum haben Sie es nicht getan?«

Nat blickt zu Boden. Sie forscht ihn aus. Warum fragt sie das? Warum spielen seine Motive eine Rolle? Er kennt die Antwort nicht.

»Behaupten wir doch einfach, ich habe Good Hope vermisst.«

Sie nickt. Nat denkt, dass sie Elijah sehr ähnlich ist. Sie hält sich zurück, ist wachsam, prüft ihn.

»Hat Ihnen die Papierfabrik freigegeben?«

»Die Geschäftsleitung hat mir drei Monate Mutterschaftsurlaub gegeben. Übernächste Woche arbeite ich wieder.«

Nat sagt das Einzige, was er sagen kann: »Es tut mir Leid.«

Wieder nickt sie, und ihr Blick verrät ihm, dass er sie bei diesem Thema nicht erreicht, nicht einmal durch sein Bedauern.

Er blickt auf seine Uhr. »Der Gerichtstermin ist in einer Stunde.«

»Glauben Sie, ich sollte dabei sein?«

»Das ist nicht nötig. Sie könnten nicht mit ihm sprechen.«

»Aber er könnte mich dort sehen.«

»Ich glaube, es ist besser, wenn Sie hier draußen bleiben. Der Richter meint, dass es wegen dieser Sache ein paar Tage lang in der Stadt etwas unruhig sein wird. Halten wir Sie also einfach da raus, solange es geht.«

»Es macht mir nichts aus.«

Nat lächelt. »Das glaube ich Ihnen. Aber machen wir doch Elijah nicht unnötig Sorgen, indem wir Sie gerade jetzt in den Mittelpunkt stellen. Einverstanden?«

»In Ordnung.«

»Er wird sich nicht schuldig bekennen, Clare.«

»Genau das hat er mir heute Morgen auch gesagt.«

»Was halten Sie davon?«

»Was meinen Sie mit dieser Frage?«

Nat stellt seinen Tee auf dem Tisch ab. Jetzt haben beide kein Glas mehr in der Hand; die Zeremonie ist vorbei. »Ich frage Sie nur, ob Sie glauben, er sollte sich nicht schuldig bekennen.«

»Macht man das nicht so, wenn man unschuldig ist?«

»Man macht es, wenn man es beweisen kann.«

Ohne zu blinzeln hört sie zu, während Nat ihr die möglichen Risiken und Folgen erklärt, die sich ergeben, wenn Elijah sich schuldig oder nicht schuldig bekennt – wie er es zuvor schon Elijah gegenüber getan hat. Als er damit fertig ist, hebt er sein Glas, um einen Schluck Tee zu trinken. Und um einen Schlussstrich zu ziehen, um eine Pause zu machen, nach der er alles zusammenfassen wird.

»Wenn er zugibt, dass er es getan hat, kann ich möglicherweise dafür sorgen, dass er noch heute Nacht zu Ihnen nach Hause kommt. Spätestens in ein paar Tagen.«

Sie nimmt dies mit unbewegter Miene auf. Ihr starrender Blick ist beunruhigend.

Er fährt fort. »Die Wogen werden sich ziemlich schnell glätten. Sie und Ihr Mann waren immer gute Mitglieder dieser Gemeinschaft. Ich erwarte, dass die Mühle ihn nicht feuern wird, wenn er etwas Reue zeigt und erklärt, dass er alles nur aus Trauer und Zorn getan hat. Ich kann den Richter und den Staatsanwalt dazu bringen, mit den Managern zu sprechen. Sogar der große George Talley würde sich für ihn einsetzen, wenn er allen einen Prozess erspart. Der allerschlimmste Fall? Er könnte für ein Jahr ins Gefängnis müssen, und ich werde wirklich hart dafür kämpfen, dass das nicht geschieht. Das Gericht wird eine Geldstrafe bestimmen und ihm einige gemeinnützige Arbeiten zuweisen; er wird also vorbestraft sein. Und Elijah wird einiges tun müssen, um die Wogen zu glätten. Die Leute sind verständlicherweise aufgebracht. Aber wenn er sie einfach nur darum bittet, ihm zu vergeben, na ja, dann glaube ich, werden die Leute das auch tun. Und die, die nicht vergeben, werden vergessen. Ich vermute, einige werden ihm dafür sogar auf die Schulter klopfen, bedenkt man, was Sie beide durchgemacht haben.«

Sie bewegt nur ihre Lippen. »Bedenkt man.«

Sekundenlang ist da irgendetwas Stummes zwischen ihnen. Clares Blick konzentriert sich darauf; es befindet sich in mittlerer Entfernung in der Luft. Nat weiß, was sie sieht: einen winzigen Sarg, Mr. Omohundro und seine Schaufel, die tiefe Nacht, die brennende Kirche und ihren Ehemann, der dort ist und die geballte Faust schüttelt. Auch Nat sieht es. Er beobachtet es mit ihr zusammen wie ein Feuerwerk. Und als er wie gebannt dieses Bild des Feuers und des Feuerwerks beobachtet, flackert tief in ihm ein Licht auf – in jenem inneren Tresorraum, den jeder in sich trägt, in dem die kostbarsten und ehrlichsten Dinge hinter den dicksten Barrieren aufbewahrt werden; knirschend öffnet sich die schwere Tür einen winzigen Spalt breit, rasch greift Nat im aufflammenden Licht hinein und zieht eine Wahrheit heraus, die er zuvor noch nicht gekannt hatte. Er ist verwirrt, als er sie jetzt in Händen hält. Und nachdem er sie einmal besitzt, kann er sie nicht mehr zurücklegen; das ist die Regel bei unseren inneren Tresoren.

In Wirklichkeit hofft er, dass Elijah die Victory Baptist Church niedergebrannt hat.

Er möchte glauben, dass sich dieser Mann für ihre Grausamkeit gegenüber seinem Kind, seiner Frau und seinem afrikanischen Blut gerächt hat. Scheiß auf sie, denkt Nat. Sie haben sein Baby ausgegraben. Sie haben auf seine Herkunft gespuckt. Eine nur zu verständliche Reaktion auf ein solches Unrecht.

Nats Augen senken sich wieder auf seine offenen Hände. Er hört seinen eigenen Atem und wirft einen genaueren Blick auf das, was er aus seinem Tresor geholt hat.

Das war nicht die einzige Wahrheit, die er mitgebracht hat. Da ist noch mehr. Dies hier.

Er weiß, dass er es getan hätte.

»Nat.«

Clares Stimme schreckt ihn auf. Er schnappt nach Luft und sieht sie in diesem Zimmer.

»Ja. Äh …«

Sie hat sich nicht bewegt, das überrascht ihn; es kommt ihm so vor, als sei in den letzten Sekunden ein ganzer Tag vergangen.

»Sie glauben, dass er es war, richtig?«, fragt sie.

Nat atmet aus, ein wenig betroffen daüber, dass sie ihn durchschaut hat. »Ich weiß, dass ich wütend darüber bin, was diese Leute Ihnen angetan haben. Ich kann mir vorstellen, wie Elijah sich gefühlt haben muss.«

Jetzt neigt sie ihren Kopf zur Seite. »Tatsächlich?«

»Ja.«

Nat spürt einen kalten Schauder und denkt: Da ist sie. Maeve. Sie ist mir hierher gefolgt, natürlich. Sie hat sich gezeigt. Dort, wo das Feuer war, ist sie durch die Luft geschwebt. Sie war es, die den Tresor öffnete und meinen Kopf hineinsteckte. Ja, Maeve, ich habe unsere Kirche niedergebrannt. In Ordnung? Ich war's. Aber du hast zuerst Schande über sie gebracht.

»Was raten Sie uns?«, erkundigt sich Clare.

Nat versucht, einen klaren Kopf zu bekommen. Seit acht Monaten hat er Maeve weder gesehen noch mit ihr gesprochen. Dreimal hat er ihre Stimme auf seinem Anrufbeantworter gehört. »Nat, wirst du mich anrufen? Nat?«, fragte sie. Und einmal sagte sie zum Schluss: »Das ist nicht fair.« Fair, denkt er. Fair ist wie Gut und Böse, ein bewegliches Ziel. Es kommt darauf an, wo man steht.

»Was raten Sie uns, Nat?«

Maeve wird nicht weichen, also wird er durch sie hindurch sprechen. »Eigentlich bin ich hierher gekommen, um Sie um Rat zu fragen.«

»Mein Mann ist kein ängstlicher Mensch.«

»Nein, das glaube ich auch nicht.«

»Wenn er diese Kirche angezündet hätte, würde er das sagen und die Strafe auf sich nehmen.«

»Ja, Ma'am.«

»Aber er sagt, dass er es nicht war. Und deshalb lautet meine Frage: Können Sie Elijah verteidigen, ohne ihm zu glauben?«

»Ja.«

Clare steht auf. »Ich möchte Ihnen etwas zeigen.«

Sie geht aus der Küche in den Gang. Sie geht in ein anderes Zimmer und kommt mit einer bernsteinfarbenen Flasche voller Pillen zurück, sowie mit etwas, das wie eine durchsichtige Fahrradpumpe aus Plastik aussieht, an der ein kleiner Trichter befestigt ist.

Sie hält beides vor Nat.

»Die Ärzte haben mir diese Pillen gegeben. Parlodel. Es soll die Milchproduktion zum Stillstand bringen. Etwa in zwei Wochen, haben sie gesagt. Und das hier. Das ist eine Pumpe, mit der man die Milch absaugt, bis die Pillen zu wirken beginnen.«

Clare lässt die beiden Dinge neben Nat aufs Sofa fallen.

»Ich will sie nicht«, sagt sie. »Ich will mein Baby und meine

Milch, aber das geht nicht. Und ich will meinen Mann. Können Sie wirklich dafür sorgen, dass er wieder zu mir nach Hause kommt, wie Sie gesagt haben?«

Nat nickt. »Wenn er sagt, dass er schuldig ist und seine Tat bereut. Ja, das kann ich.«

Clare blickt hinunter zu Nat und denkt nach über ihn und darüber, ob er in der Lage ist, das zu erreichen, was er soeben behauptet hat. Sie nickt ihm zu und akzeptiert es auf sein bloßes Wort hin.

»Dann machen Sie das und sagen Sie ihm, er soll sich schuldig bekennen. Fordern Sie ihn auf zu sagen, dass es ihm Leid tut und dass er alles tun soll, was nötig ist, damit er dort wieder rauskommt. Sie bringen ihn zu mir. Genau wie Sie gesagt haben. Sorgen Sie dafür, dass er sagt, er ist schuldig. Ich brauche ihn.«

Clare tritt einen Schritt zurück. Sie erwartet, dass Nat aufsteht. Das tut er auch. Die Pillen und die Pumpe bleiben auf dem Sofa.

Sie begleitet ihn zur Tür und hinaus auf die Veranda. Die Hitze dieses Tages schlägt ihm entgegen. Er geht hinein in diese Hitze und dreht sich nach Clare um, bevor er in seinen Wagen steigt. Sie hat ihren Platz auf den Verandastufen wieder eingenommen, und eine Minute nachdem er davongefahren sein wird, wird sie wieder glänzen vor Schweiß. Wie lange wird sie dort sitzen bleiben? Bis Elijah nach Hause kommt? Wieder hat sie etwas Verschlossenes an sich; sie und ihr Zuhause haben sich nur so lange geöffnet, wie es nötig war, um mit Nat zu sprechen, und das ist jetzt vorbei. Nat fährt von der Flintenhütte los. In seinem Spiegel lässt der Staub sie und den Hund auf den Verandastufen verschwinden.

Die unbefestigte Straße ist voller Furchen. Während sich das Maisfeld neben ihm entrollt wie ein erdfarbenes Pergament, betrachtet er die Reihen durstiger Pflanzen. Dabei schweifen seine Gedanken weiter in Clares und Elijahs Herz und in die Herzen der Kirchenältesten der zerstörten Kirche und hinauf in das trockene Firmament und weiter zu Gott, der das Baby genommen hat, und schließlich erreichen seine Gedanken ihn selbst. Nat Deeds findet überall Widerwillen. Instinktiv spürt er, dass weder die ausgedörrte Erde noch die Menschen darauf so bald tun werden, was Clare möchte, nämlich sagen, dass es ihnen Leid tut, damit die Dinge, sofern das möglich ist, heilen.

2

Es gibt eine ganz bestimmte Art Licht – und dazu muss es nicht so heiß sein wie heute –, wenn das Auge der Sonne vor Überraschung über das, was sie sieht, größer wird. Alle Ränder sind scharfkantig, wie mit einer Schere ausgeschnitten; die Farben wirken elektrisch, und das Auge eines Menschen schmerzt, wenn er irgendetwas zu lange ansieht. In diesem Licht blinzeln wir, blicken zu Boden, schauen weg und wirken nervös. Genau dies fängt die Kamera ein, wenige Augenblicke nachdem Nat Deeds auf dem Parkplatz des Gerichtsgebäudes aus dem Wagen gestiegen ist, und zeigt es in den Nachrichten um sechs und später noch einmal nachts um elf.

Ein Dutzend oder mehr Menschen eilen auf Nat zu, als würde er sich sogleich abwenden und vor ihnen davonlaufen; er tut es nicht. Er bleibt ruhig stehen, doch sie beeilen sich trotzdem. Sie sind wie Sturmtruppen, die eine Küste hinaufströmen, schwerfällig trotten sie über das Gras vor dem Gerichtsgebäude, wobei sie ihre Waffen in den Händen halten: Linsen, Mikrofone, herabhängende Kabel und dicke Batteriegürtel. Frauen in eng sitzenden Kleidern und hochhackigen

Schuhen und Männer in eleganten Anzügen rennen mit dem Rudel; neben ihnen rennen junge Männer in Jeans und mit Schweiß unter den Achseln, die ihre Kameras auf die Schulter gehievt haben wie Bazookas. Nat hält seine Aktentasche in den Händen und lehnt sich gegen seinen Wagen, während sie um ihn herum eine Phalanx bilden. Ihm wäre lieber, sie kämen von der anderen Seite, vom Gebäude statt vom offenen Rasen, wo die Sonne so stark ist, dass seine Augen in den Kameras klein und glänzend wirken werden. In seinen Jahren als stellvertretender Staatsanwalt hat er mehrere spektakuläre Fälle bearbeitet, einige Morde, eine Entführung aus einem der piekfeinen Häuser am Fluss. In der Regel kümmerte sich Ed Fentress um die Presse. Jetzt steht Nat zwar nicht zum ersten Mal im Scheinwerferlicht, doch allzu oft kam das auch noch nicht vor, und er ist sich dessen bewusst, wie er aussehen wird.

Er antwortet nicht auf die erste Runde der Fragen, die ihm zugeschrien werden. Staunend erkennt er die Logos auf den Lieferwägen am Straßenrand vor dem Gerichtsgebäude, die Senderzeichen an den Mikrofonen und auf den Aufklebern der Kameras, die auf sein Gesicht gerichtet sind. Die drei örtlichen Sender sind hier, dazu zwei Reporter von den Kabelnachrichten und zwei Radiosender. Nat denkt, dass er gerade jetzt, da er versucht, in Richmond eine ruhige Zivilrechtskanzlei einzurichten, einen für die Öffentlichkeit überaus interessanten Strafrechtsfall in Good Hope übertragen bekommt. Richter Baron hat den Nagel auf den Kopf getroffen. Offensichtlich spielt es eine große Rolle, welche Hautfarbe die Hand hat, die das Feuer legte, und welche Hautfarbe die Gesichter der Menschen haben, die in der Kirche beteten. Nat bemerkt, dass die Hälfte der Reporter schwarz ist. Auch für sie spielt die Hautfarbe eine Rolle, denkt er, aber nur, weil sie Nachrichtenwert hat, und er bezweifelt, dass das ein Fortschritt ist.

»Mr. Deeds? Stimmt es, dass Waddell noch am Tatort festgenommen wurde?«

»Stecken rassistische Motive hinter der Brandstiftung?«

»Ist Ihr Mandant Mitglied einer Aktivistengruppe?«

Jeder Reporter, der eine Frage stellt, lehnt sich näher, schüttelt das Mikrofon und zieht sich dann wieder zurück, während sich der nächste nach vorne reckt. Sie sind wie Kolben. Nat hebt die Hand und versucht, nicht zu blinzeln. Er hat eine Antwort für alle.

»Mein Mandant … mein Mandant wird um vier Uhr dem Richter vorgeführt werden. Möglicherweise haben wir dann Neuigkeiten für Sie.«

Damit ist niemand zufrieden.

»Können Sie bestätigen, dass Ihr Mandant direkt neben der Kirche festgenommen wurde?«

Ein anderer ruft: »Ein Gerücht besagt, dass Waddell gegen die brennende Kirche urinierte. Können Sie das bestätigen oder dementieren?«

Nat denkt: Was für eine idiotische Frage. Jeder, der einem so großen Feuer so nahe kommt, dass er hineinpinkeln könnte, würde sich den Pimmel grillen. Nat schüttelt den Kopf. »Solange der Bericht des Sheriffs nicht vorliegt, gibt es noch nicht einmal einen Beweis dafür, dass überhaupt ein Verbrechen stattgefunden hat. Ein defekter Sicherungskasten in der Kirche könnte genauso gut dafür verantwortlich sein. Lassen Sie uns alle abwarten, in Ordnung? Jetzt entschuldigen Sie mich bitte.«

»Worauf werden sie plädieren?«

Nat schiebt sich nach vorn. Die Kameras und die mit Schaumgummi umhüllten Mikrofone weichen nicht. Nat weiß, dass er weder groß noch beeindruckend ist, aber er versteht etwas von Wörtern und Betonungen, und ihre Macht stand ihm schon immer zu Gebote. Er bleibt stehen und starrt in eine große, dunkle Linse. »Ich habe einen Mandanten zu verteidigen. Wenn Sie kein besserer Anwalt sind als ich, machen Sie Platz und lassen Sie mich meine Arbeit tun.«

Eine Schneise bildet sich. Nat schiebt sich durch die Reporter. Er bemerkt, dass sie ihre Kameras und Mikrofone nicht senken. Die gefräßige Presse nimmt Bilder und Töne von seinem Hinterkopf auf.

Er geht die neun Granitstufen bis zur Vordertür des Gerichtsgebäudes hinauf. Ihm fällt auf, dass hier niemand von der Kirche oder aus der Stadt ist, keine Demonstranten und keine Transparente, keine Schwarzen und keine Weißen, die sich über den Frontverlauf auf einem Schlachtfeld hinweg anschreien, den die Hautfarbe für sie festgelegt hat. Die Kirche ist heute so früh am Morgen abgebrannt, dass noch nichts davon in den Zeitungen steht, im Bezirk macht die Nachricht bisher erst mündlich die Runde. Die Leute von der Victory Baptist Church halten sich noch bedeckt, und das aus gutem Grund. Es ist immer noch ruhig, doch wenn es nach der Presse und ihren Mikrofonen geht, bleibt das nicht mehr lange so. Weiße Baptistengemeinde exhumiert gemischtrassiges Baby; schwarzer Vater des Kindes angeklagt, die Kirche in Brand gesteckt zu haben; festgenommen, während er den Flammen zujubelte; Einzelheiten heute Abend.

Oben an der Treppe hat George Talley einen Hilfssheriff postiert; der Mann hat die Krempe des braunen Filzhuts tief in die Stirn gezogen, er hat die Arme verschränkt und eine drohende Miene aufgesetzt. Wahrscheinlich geschah das auf Richter Barons Bitte hin, um die Presse nicht in die Gänge des Gebäudes vordringen zu lassen. Streng genommen hat Baron nicht das Recht dazu, er kann nur den Gerichtssaal sperren lassen. Doch der Richter lässt sich nicht durch Konventionen einschränken. Er fordert einen heraus, genügend Kraft aufzubringen, um es mit ihm aufzunehmen; er belehrt einen sogar darüber, dass man gewinnen würde, sollte man das tun.

Im Korridor setzt sich Nat auf eine Bank gegenüber der Tür zum Gerichtssaal. Er sieht auf die Uhr. In einer Viertelstunde tritt das Gericht zusammen. Inzwischen dürften sie Elijah aus Rappahannock geholt haben; er ist wohl in einer der Arrestzellen. Nat denkt, er sollte hinübergehen, um vor der Anhörung mit ihm zu sprechen, doch er will nicht wieder hinaus in die Hitze und sich dem Spießrutenlauf der Presse aussetzen. Er wird mit Elijah reden, nachdem sie ihn in den Gerichtssaal gebracht haben, bevor er sich schuldig oder nicht schuldig bekennt. Er wird den Richter um eine Minute bitten und Elijah mitteilen, worum Clare ihn gebeten hat.

Nat steht auf, um sein Hemd und seine Krawatte glatt zu ziehen. Er erwägt, nach oben zu gehen, um privat mit Ed Fentress zu sprechen, sich ein paar Rippenstöße abzuholen, weil er vor acht Monaten einfach so gegangen ist, und dann herauszufinden, was der Staatsanwalt des Pamunkey County ihm im Austausch für ein Schuldeingeständnis zu geben bereit ist.

Nat geht auf die Treppe zu. Draußen erhebt sich über den Granitstufen der Lärm eines anderen Spektakels. Die Presseleute haben einen anderen am Haken. Nat hört, wie der Hilfssheriff zu ihnen sagt, sie sollen zurücktreten und Platz machen. Knirschend öffnet sich eine der Türen. Die Silhouette einer knochigen Gestalt erscheint vor dem strahlenden Licht. Nat wartet, bis sich die Tür schließt und sich seine Augen von dem Sonnenlicht erholt haben. Die Gestalt kommt mit klackenden Absätzen näher. Das Schattengespinst löst sich vom Gesicht des Mannes, und dieses Gesicht gehört Thomas Derby; es ist, wie es vor mehr als zwanzig Jahren gewesen war.

»Bist du das, Tom?«

Der Mann geht ruhig weiter. Er bewegt sich auf einer schmalen Spur wie auf einem Eisenbahngleis; er besitzt den charismatischen Gang eines Filmstars, und das war schon immer so. Derby ging schon immer, als könne ihn nichts zur

Eile antreiben. Auch jetzt strahlt Thomas Derby Gelassenheit aus. Nat fällt auf, das dies das erste Mal ist, dass er Derbys Schritte hört. Wir werden wohl alt, seine Füße berühren die Erde.

»Nat Deeds«, sagt Derby. »Nat Dirty Deeds.«

Nat streckt die Hand aus. Derby schiebt sich daran vorbei wie bei einem Drehkreuz, um seine Brust an Nats Brust zu drücken und die Arme um ihn zu legen. Derby umarmt Nat zuerst, und dann umarmt auch Nat seinen alten Freund. Nat umarmt zweieinhalb Jahrzehnte. Die Begegnung bringt ihn aus dem Gleichgewicht, es kommt ihm vor, als stecke er in einer Zeitmaschine, obwohl er durch sein blaues Jackett und sein Businesshemd hindurch fühlt, dass Derby immer noch so fit und so straff und so glücklich ist, wie er als Teenager war.

Wie unter Männern üblich, ist ihre Umarmung nur kurz. Sie lassen einander los, doch Derbys Hand berührt noch immer Nats Ellbogen, als könne Nat plötzlich verschwinden. Das ist mir so vertraut, denkt Nat, dass Derby meinen Ellbogen in dieser Weise hält. Es ist etwas Gefühlvolles, etwas, das fünfundzwanzig Jahre zusammenfasst, und das sich jetzt, genauso wie damals, wie ein Bedürfnis anfühlt.

»Tom, es ist …« Nat hebt aufgeregt die Arme, und dadurch gleitet sein Ellbogen aus Derbys Hand. »Es ist gut, dich wiederzusehen. Es hat lange gedauert. Wo hast du gesteckt? Was machst du hier?« Er sagt es schnell, und es klingt glatt und hohl. Nat möchte in einem einzigen Augenblick alles sagen, was es zwischen ihnen zu bereden gibt. Tom Derby ist das Geheimnis, er ist derjenige, der verschwand, derjenige, der Grips und Stil hatte, der diese ganz bestimmte Art zu gehen und die meergrünen Augen hatte und die Lederjacke und die Mädchen. Er war derjenige, der sich um nichts kümmerte, der wie ein Rocker aussah und an der Spitze der Klasse stand, was Noten und was Trägheit anging. Er hat auf die Ehre verzichtet, an der Schule die Abschiedsrede zu halten; er kam nicht einmal zur Examensfeier. Er verschwand in jener Nacht der Talare und der Flutlichter im Footballstadion, und der Mythos begann. Die Gerüchte über Hollywood, Alaska, Tibet.

Zwei Jahre lang war Nat Herausgeber der Schülerzeitschrift der Pamunkey-Highschool. Derby brachte ihm Gedichte zur Veröffentlichung, die mit »Anonymus« unterzeichnet waren. Nat verriet nie, wer sie geschrieben hatte, und gewann so Derbys Vertrauen, eine Trophäe, mit der er überall angeben wollte und die er genau dadurch verloren hätte. Derby besuchte ihn regelmäßig spätabends unter der Woche. Die beiden saßen bei jedem Wetter auf der Veranda, in der Kälte, im Regen, in erdrückender Schwüle. Derby erzählte von älteren Frauen und Bourbon und Wodka, und genau an jenem Ort entwarf Derby seine Gedichte über Sterne, Straßenlaternen und Autoscheinwerfer. Derby sagte, es sei das Licht, das ihn schon immer bewegt habe, aber nicht allein das Licht und nicht allein die Dunkelheit, sondern die Tatsache, dass beide Seite an Seite zugleich miteinander koexistieren und gegeneinander kämpfen als Feinde und als Verbündete. So sprach Derby damals, und wenn Nats Eltern ihn baten, von der Veranda hereinzukommen, fragte er sie, ob er nicht noch ein wenig draußen bleiben könne, und vertraute ihnen später an, dass Tom Derby jemanden brauchte, mit dem er reden konnte.

Derby lächelt. Er deutet nach hinten auf die Türen, hinaus in die Welt, wo die Zeit nicht so wie in der Erinnerung stillsteht. »Die Victory Baptist? Die Kirche, die niedergebrannt wurde?«

»Ja.«

»Ich bin der Pastor.«

»Du?« Der Junge mit den Geschichten und dem heißen, von Schnaps und Zigaretten sauren Atem ein Mann Gottes? Ja, genau dieser Junge mit den Gedichten und den aus der Nacht gepflückten Sternen.

Derby wirft den Kopf zurück. »Schau nicht so schockiert. Das verletzt meine Gefühle.«

Nat lacht. Er möchte Derby berühren und ihm gratulieren – wozu weiß er nicht. Es scheint, dass ein Leben als Prediger nicht zu dem passt, was sich Nat in jenen jungen Jahren für Derby vorstellte, als er selbst und andere sich fragten, wohin Derby wohl gegangen sein und was er erreicht haben mochte. Deshalb wirkt es so, als habe Derby jene Grenzen überwunden, und wahrscheinlich ist es das, wozu ihm Nat gratulieren will. Derby ist frei, und das war es, was er immer am meisten erstrebt hatte – doch Nat hat die ganze Zeit über darauf gewartet, dass Derby wieder Kontakt zu ihm finden würde, und das ist sogar noch jetzt eine Gewohnheit von ihm. »Das ist gut. Gut für dich, meine ich. Ich meine, na ja … es tut mir Leid wegen deiner Kirche.«

Derby zuckt mit den Schultern. »Und du bist der Verteidiger dieses Burschen, der das angeblich getan hat.«

Nat runzelt die Stirn. »Angeblich. Ich kann im Augenblick noch nicht darüber reden.«

Derby macht sich über Nat lustig, indem er ein komisches Gesicht zieht. »Du? Anwalt?«

»Damals hieß es, entweder das – oder die Mühle.«

Derby deutet in Richtung der Kameras und der Meute der Reporter, durch die sie sich beide hindurchschieben mussten. »In der Mühle hättest du dir wenigstens um die keine Sorgen machen müssen. Schwachköpfe.«

»Wann bist du nach Good Hope zurückgekommen?«

»Vor vier Monaten. Mrs. Epps – du erinnerst dich noch an sie? In der dritten Klasse? Sie ist eine der Kirchenältesten der Victory Baptist. Sie hat mich zurückgeholt, als Pastor.«

»Zurück von wo?« Nat möchte etwas darüber sagen, dass jemand fünfunddreißig Jahre lang Kontakt zu seiner Lehrerin aus der dritten Klasse hat, doch er tut es nicht, denn das hier ist der Tom Derby der Reime und der Geschichten, von dem man eine Menge über das Leben lernt – über Teile eines Lebens, das man nie führen wird, und jetzt gibt es dreiundzwanzig weitere Jahre davon –, wenn man einfach nur zuhört und keinen Kommentar abgibt. Nat geht zurück zur Bank und setzt sich. Er sieht auf die Uhr. Er wird mit Fentress im Gerichtssaal reden, bevor sie Elijah hereinbringen. Er stellt die Aktentasche auf den Fliesenboden. Echos jagen den Flur hinab. Der Gang ist lang wie die Erinnerung, und die Echos fliegen lange Zeit dahin. Derby setzt sich neben ihn, und sie sind wieder auf der Veranda. Derby erzählt eine Geschichte, so wie er das immer getan hat; mit seinen Fingern und seinen Augen schafft er Menschen und Dinge aus dem Nichts.

»Du erinnerst dich an Mr. Jacobson, den Nachbarn, der gleich neben mir wohnte.« Derby streckt den Daumen nach hinten, als sei der Nachbar genau dort, auf der anderen Seite des Hofes. »Erinnerst du dich daran, dass er multiple Sklerose hatte?«

»Ja. Netter Kerl. Ich erinnere mich. Hat in der Mühle gearbeitet, bis er wegen seiner Beine in Rente gehen musste.«

»Egal, wie schlimm es um ihn stand, er hat nie einen Rollstuhl benutzt. Es fing schon in der siebten Klasse an. Jedes Mal, wenn es wirklich schlimm wurde und es so aussah, als könne er nicht mehr gehen, sagte er mir, bevor er wieder ins Krankenhaus kam, ich solle mir keine Sorgen machen, er könne noch immer zu Fuß gehen. Und jedes Mal, wenn er ein paar Wochen später wieder aus dem Krankenhaus kam, war er irgendwie noch immer auf den Beinen. Zuerst hinkte er, dann nahm er einen Stock, dann eine Gehhilfe und dann Krücken, doch es war genau, wie er gesagt hatte: Er ging. Und dann komme ich ein paar Tage vor der Schulabschlussfeier nach Hause, und Mr. Jacobson sitzt in seinem Wagen, der in seiner Auffahrt steht. Doch der Motor läuft nicht. Ich gehe hinüber, um Hallo zu sagen, doch er kurbelt das Fenster hoch. Ich tippe dagegen und sage, ›Hi, Mr. Jacobson‹, doch er schüttelt nur den Kopf. ›Mr. Jacobson, was ist los?‹ – ›Ich bin okay, Tom‹, sagt er, ›geh nur.‹ – ›Nein, Sir. Da ist irgendwas. Sagen Sie mir, was es ist. Vielleicht kann ich helfen.‹ – ›Nein, mein Sohn. Das ist was Persönliches. Das wird schon wieder. Geh nur.‹ – ›Mr. Jacobson, hier sind nur Sie und ich. Wenn es etwas Persönliches ist – ich kann ein Geheimnis für mich behalten.‹ Und mit einem Gesicht, als müsse er mir die schlimmste Nachricht der Welt mitteilen, kurbelt er das Fenster runter. Der Geruch nach Scheiße springt mich an wie eine Katze. Er hat sich voll geschissen, während er im Auto saß. Es war die MS. Er hatte die Kontrolle verloren, und er war so schwach, dass seine Beine ihn nicht mehr ins Haus tragen konnten, und jetzt saß er mittendrin. Nat, ich tue alles, um nicht die Nase zu rümpfen, denn es schlägt mir entgegen. ›Mr. Jacobson‹, sage ich, ›da gibt es nichts, dessen Sie sich schämen müssten, Sir. Sie sind der mutigste Mensch, der mir jemals begegnet ist. Wenn es Ihnen nichts ausmacht, bringen wir Sie jetzt ins Haus.‹ Er schüttelt einfach nur den Kopf, er kann mich nicht anschauen, und selbst wenn, würde mein Gesicht absolut nichts verraten. Ich öffne die Wagentür und ziehe den Zündschlüssel ab. Dann schiebe ich meine Hände unter ihn und ziehe ihn aus dem Wagen. Ich wuchte ihn hoch. Er blickt über meine Schulter, um zu sehen, ob uns jemand aus dem Viertel sieht, doch da ist niemand auf dem Bürgersteig, also ist das in Ordnung. Die Scheiße durchtränkt seinen Hosenboden, denn er hat auch gepinkelt, und ich bekomme etwas davon ab, und er beginnt, in meinen Armen zu weinen, während ich ihn zur Vordertür seines Hauses trage. Er ist leicht, viel leichter, als man vermuten würde, wenn man ihn sieht. Und ich denke: Etwas in diesem Mann ist verschwunden, etwas hat sich die Tränen und den Geruch seiner eigenen Scheiße zunutze gemacht, um sich davonzustehlen. Und ich denke: Ich werde genauso lange bei ihm bleiben, bis dieses Etwas wieder in ihm ist. Dieser Mensch, dieser gute Nachbar, dieser ehrliche Mann sollte nicht so leicht sein. Er sagt zu mir: ›Tom, du musst das nicht tun.‹ Er hat Unrecht. Ich muss. Es war die erste Sache in meinem ganzen Leben, von der ich wusste, dass ich sie tun musste. Also trage ich ihn durchs Haus wie eine Braut und setze ihn im Badezimmer auf einen Plastikhocker, der neben der Dusche steht. Ich ziehe ihm die Schuhe und die Socken aus, sie sind triefend nass, und ich ziehe ihm das Hemd und die Hose und die Unterhose aus. Ich packe sie zu einem Bündel zusammen, und allmächtiger Gott, der Geruch, den sie von sich geben. Ich drehe die Dusche für ihn an, klopfe ihm auf die Schulter. Er kann mich immer noch nicht ansehen. Ich trage die Kleider in die Waschküche und stecke sie in die Waschmaschine. Ich habe die Scheiße dieses Mannes unter meinen Fingernägeln und an meinen Armen. Ich wasche mich wirklich gründlich. Dann lege ich ihm frische Sachen aus seiner Kommode zurecht. Ich rufe: ›Bis dann, Mr. Jacobson.‹ Ich nehme einen Schwamm und säubere den Fahrersitz seines Wagens. Und dann gehe ich.«

Das ist Derby, der Geschichtenerzähler. Nat denkt daran, dass er eines Tages vielleicht einmal die Leidenschaft und das Geschick seines alten Freundes in einer Kirche erleben wird. Seine Schäfchen müssen hingerissen sein.

Derby fährt fort. »Also verließ ich Good Hope. Denn etwas hatte mich getroffen. Irgendeine Energie half mir, Mr. Jacobson hochzuheben und zu tragen, als sei er nichts weiter als eine Flickenpuppe. Und ich war stark, Junge, war ich stark. Ich ging fort, um diese Energie zu suchen, um zu sehen, ob ich sie wiederfinden könnte. Ich lieh mir ein paar hundert Dollar von meinen Eltern, trampte nach Süden und landete in New Orleans. Zwei Jahre lang habe ich auf den Ölfeldern gearbeitet, ich hab Öl aus der Erde gesaugt, als sei ich ein Moskito. Manchmal konnte ich sie wieder spüren, ich konnte sie fast hören nachts unter den großen Sternen, während eine Nadel fünf Meilen tief in die Erde stach, bis zum Horizont nichts als Wasser zu sehen war und die Männer sangen. Doch die meiste Zeit über hörte ich nur die Ölpumpen, und die Welt war nichts weiter als die Welt. Und glaub mir, New Orleans ist kein Ort, an den man geht, wenn man etwas in sich selbst sucht. Es gibt zu viel, das von außen auf dich zukommt.«

Ein Hilfssheriff öffnet in diesem Moment die Tür zum Gerichtssaal. Derby sagt: »Dann spürte ich eines Nachts in einer Bar im französischen Viertel meine Berufung. Plötzlich wusste ich Bescheid. Die Macht, nach der ich suchte, war Gott. Sie hat sich mir einfach geöffnet.« Beim Zuhören denkt Nat, dass das weite Öffnen der Tür zum Gerichtssaal eine zeitlich genau passende und schöne physische Metapher ist. Derby fährt fort. »Es ist wie diese Geschichte, in der ein Mann stirbt und mit Gott geht. Er schaut zurück auf die Spur seines Lebens. Er sieht zwei Fußspuren und fragt Gott: Was ist das? Und Gott sagt zu ihm: Ich bin dein Leben lang mit dir gegangen. Dann deutet der Mann auf eine Stelle, an der es nur eine Spur gibt, und fragt: Warum bist Du dort nicht mit mir gegangen? Und Gott sagt zu ihm: Dort habe ich dich getragen.«

Nats Uhr zeigt ihm, dass es Zeit ist, hineinzugehen. Er steht auf.

Auch Derby steht auf. Er streckt die Arme aus wie zwei Stoßzähne, führt vor, wie Gott den Mann aus der Geschichte getragen hat oder wie er seinen Nachbarn hochhob. »Das hörte ich, als ich meine Berufung spürte in jener Nacht in New Orleans. Und weißt du was? Ich hatte die ganze Zeit Unrecht.« Er lässt die Arme sinken. »Ich ging von Zuhause fort, um diese Kraft wiederzufinden. Ich wollte die Kraft besitzen zu tragen. Was ich herausgefunden habe, ist, dass es gar nicht um das Tragen geht. Ich hatte diese Kraft niemals besessen, verstehst du? Das war die ganze Zeit über Mr. Jacobson. Die Kraft besteht darin, zu akzeptieren, dass man getragen wird.«

Derby ist fünf Zentimeter größer. Genauso wie früher, als er mit Nat sprach, wirkt es auch jetzt wieder, da sie beide Männer sind, als spräche Tom von einer Kanzel herab. Nat beginnt zu verstehen, wie passend es ist, dass sein Freund Prediger wurde.

Derby lächelt. »Weißt du, was ich als Erstes tat, nachdem ich meine Berufung spürte?«

Nat lächelt zurück. »Nein.«

»Ich hab meinen Drink geleert.«

Nat genießt das Ende der Geschichte, aber er kann keine Anerkennung oder Neugierde mehr zeigen. Die offene Tür des Gerichtssaals zieht ihn an. Er geht darauf zu. Derbys Hand hält ihn auf.

»Nat, was hast du jetzt vor?«

»Ich werde genau so plädieren, wie Elijah Waddell es haben will.«

»Was sollte er deiner Meinung nach tun?«

»Darüber kann ich nicht mit dir diskutieren. Tut mir Leid.«

»Er ist unschuldig, nicht wahr? Ich kann nicht glauben, dass er es getan hat.«

Nat leckt sich über die Lippen. Er fühlt sich nicht wohl bei dem, was er jetzt sagen muss. »Tom, nach allem, was ich gehört habe, kann ich nicht glauben, was deine Kirche seinem kleinen Mädchen angetan hat.«

Derby lässt den Kopf hängen, nickt und schmeckt diese Bitterkeit.

Er hebt den Kopf. »Ich will, dass du weißt, dass ich es verhindern wollte. Aber der Pastor hat kein Stimmrecht. Das ist die Wahrheit, Nat. Ich war dagegen und bin noch immer dagegen.«

Jetzt ist es Nat, der nach dem Ellbogen seines Gegenübers

greift. Wie bei einem Schalter, der umgelegt wird, hat der wartende Gerichtssaal ihre Rollen vertauscht, denn das Gesetz ist der eine Ort, den Nat betreten darf, während Derby zurückbleiben muss. »Ich muss jetzt da reingehen, Tom.«

»Ich war dagegen«, sagt Derby noch einmal.

Nat wendet sich ab. »Ich bin sicher, du hast das Richtige getan.«

3

Acht Jahre lang saß Nat auf der rechten Seite, am Tisch der Staatsanwaltschaft. Heute Nachmittag zieht er zum ersten Mal den Stuhl unter dem Tisch der Verteidigung hervor, auf der linken Seite. Er legt seine Aktentasche ab, bleibt neben dem Stuhl stehen und nimmt die Konturen und die Farben des alten Gerichtssaals in sich auf. Nach acht Monaten Abwesenheit erkennt er aus diesem Blickwinkel, dass der Raum würdevoll und glanzlos aussieht; es gibt drei Brauntöne: die Geländer und die Richterbank aus Mahagoni, den kastanienfarbenen Teppichboden und die rehbraune Tapete wie auf einer alten Sepia-Fotografie. Das Symbol des Bezirks hängt an der Wand über dem Ledersessel des Richters. Nat fühlt ein unangenehmes Kribbeln, während ihm all das auffällt, als sähe er es wie ein Besucher zum ersten Mal. Das Kribbeln ist da, weil ihm klar wird, dass er tatsächlich nur zu Besuch hier ist, dass er ein Verteidiger aus Richmond ist, der mal kurz im Pamunkey-County-Gerichtsgebäude am linken Tisch erscheint. Das ist nicht das Gericht, an dem er regelmäßig arbeitet, auch wenn ein Gerichtsdiener mit breiten Hüften, der neben der Tür des Richters steht, ihn wiedererkennt und ihm zuwinkt.

Durch die Tür in der gegenüberliegenden Wand kommt Ed

Fentress herein. Fentress trägt einen schwarzgrauen Anzug; er ist eine gepflegte Erscheinung und ein Muster an vorbildlicher Haltung; schwungvoll bewegt er Beine und Hände, und sogar sein grau meliertes Haar besitzt einen munteren Stufenschnitt. Es ist, als sei die Welt eine quadratische Öffnung und er der quadratische Zapfen. Er lässt seine Aktentasche auf den rechten Tisch klatschen und gleitet auf Nat zu. Es ist für Nat ebenso unmöglich, diesen Mann nicht zu mögen, wie es ihm unmöglich ist, ihn zu respektieren. Fentress streckt die Hände aus, was ein stummes »Hey, hey« oder vielleicht ein »Na, na« bedeuten soll, Nat kann das nicht entscheiden, und er denkt an George Talley, der ebenso sehr wie eine kräftige Buchstütze wirkt.

Fentress beugt sich vor, er legt den Kopf auf die Seite. Das Ganze hat etwas Bizarres, Marionettenartiges an sich. »Willkommen daheim, Fremder. Wir haben Sie vermisst.« Fentress wirft einen Blick auf die Empore im Gerichtssaal. Bis auf Tom Derby, der hinten sitzt, ist der Raum leer. Er spricht leiser, sodass der Pastor ihn nicht hören kann. »Du Hurensohn.«

Nat streckt die Hand aus. Fentress stürzt sich darauf, drückt und schüttelt sie, als vollführe er einen Vorhandschlag beim Tennis.

»Ed.«

»Weißt du«, sagt Fentress und legt die andere Hand auf Nats Schulter, sodass Nat, der kleiner ist, sich so vorkommt, als würde er für einen Judowurf in Position gebracht, »weißt du, das tut mir Leid mit dir und Maeve.«

In anderem Ton sagt Nat noch einmal »Ed«, doch Fentress lässt sich nicht beirren. »Wir können später darüber reden. Aber ich bin dein Freund, weißt du? Du hättest mir sagen können, dass du Probleme hast, bevor sie aus dem Ruder laufen.« Nat denkt, dass er gar nicht wusste, dass er und Maeve Probleme hatten. Macht dieses Gerücht etwa die Runde? Was hat

Maeve hier in Good Hope erzählt? Probleme? Fentress fährt fort. »Doch kommen wir zur Sache – was machen wir mit deinem Knaben? Ich habe nicht vor, Waddell völlig fertig zu machen. Er hat ein paar harte Tage hinter sich.«

Nat löst sich aus Fentress' Griff. »Ja, das hat er. Du hast davon gehört?«

»Ja. Talley und Monroe sind gerade raus aus meinem Büro. Sie haben Elijahs Hemd und ein paar Bierdosen im Gebüsch auf der anderen Seite der Straße gefunden. Als Monroe ihn gestern Nacht festnahm, hatte er doppelt so viel Alkohol im Blut wie erlaubt. Die Jungs von der Brandstiftungsabteilung haben mich vor ein paar Stunden vom Tatort aus angerufen. Sie sagen, dass ein Brandbeschleuniger benutzt wurde, um das Feuer zu legen, vermutlich auf Kerosinbasis. Die Stiefel deines Jungen sind mit Kerosin bedeckt. Er war betrunken. Er war wütend. Er war dort.«

»Er arbeitet in der Mühle. Er ist Mechaniker. Um Himmels willen, natürlich muss er Kerosin an den Stiefeln haben. Das nimmt man, um das Schmierfett abzuwischen. Jeder kann sich Kerosin besorgen. Das ist noch kein besonderer Hinweis auf Elijah.«

»Du warst mal bei der Staatsanwaltschaft. Sag du mir, wie viel Spielraum ihm das vor den Geschworenen lässt. Das Zeug war an seinen Stiefeln, egal, ob er nun damit arbeitet oder nicht. Für mich heißt das, er hatte Zugang zu dem Kerosin.«

»Hör zu. Ich werde mit ihm darüber reden, dass er sich schuldig bekennen soll. Was kannst du mir dafür geben?«

»Du bist direkt, Nat. Das hat sich nicht geändert. Ich mag das.«

»Ich habe ihm gesagt, er kann eine Haftstrafe auf Bewährung bekommen. Du kannst bestimmen, wie lange sie dauern soll, Ed. Es ist die erste Straftat dieses Jungen. Er wird nie wieder in Schwierigkeiten geraten. Er hat einmal Dampf abgelassen, und das war's dann auch schon. Gib ihm fünf Jahre auf Bewährung und dazu eine Geldstrafe, aber mach ihn nicht fertig wegen mir. Dazu noch gemeinnützige Arbeiten, dann lassen wir's gut sein, und ich kann wieder zurück nach Richmond.«

»Alles auf Bewährung? Kein Gefängnis? Lass mich das wiederholen. Er war betrunken. Er war wütend. Er war dort. Warum sollte ich ihn einfach so davonkommen lassen?«

»Ich bitte dich. Er ist ein guter Kerl, ein fleißiger Arbeiter, ein Ehemann, ein trauernder Vater. Mach einen Deal mit ihm. Du hast es nicht nötig, dass man dir seinen Kopf auf dem Tablett serviert.«

»Damit du nach Richmond zurückgehen kannst.« Fentress betrachtet ihn und macht dabei ein einfühlsames Gesicht. Er setzt diesen Gesichtsausdruck ein wie einen Puffer, der einen Schlag abfedert. »Warum? Um deine Wunden zu lecken?« Nat blinzelt, als Fentress das sagt, doch der spricht weiter. »Hör zu, wir sind alte Kumpel, aber weißt du, dass du mir wie ein Idiot vorkommst, wenn du vor allem und jedem davonläufst, wie du das schon mal getan hast?«

Fentress meint es gut mit ihm, doch er hat die Freundschaft der beiden überschätzt. »Hey«, fügt er hinzu, als er spürt, wie unwohl Nat sich fühlt, »ich sag dir nur, was ich davon halte.« Und doch war es taktlos, als plappere er jemandem etwas nach wie ein Papagei. Nat, der schon den ganzen Tag auf den Beinen ist, seit Baron ihn heute Morgen anrief, und der aufgeregt ist, seit er diesen Gerichtssaal betreten hat, empfindet Fentress' unbekümmerte Worte wie Salz in der offenen Wunde, die seine Frau hinterlassen hat, als er sie verließ. Im Stillen dankt er dem Staatsanwalt für diese unverblümte Erinnerung. Dies ist ein Gericht, der einzige Ort, der ihm allein gehört, der einzige Ort, an dem Maeve nie war. Auch jetzt kann Maeve nicht hierher kommen, obwohl Ed Fentress versucht, sie heraufzubeschwören. Nat drängt sie zurück, und obwohl sie in seiner Nähe ist – er kann sie nie so weit wegschieben, dass sie ganz aus seiner Nähe verschwinden würde –, umgibt sie ihn doch nicht so wie die Brauntöne, die kunstvollen Holzverzierungen und das Emblem des Bezirks über der Richterbank. Innerhalb eines einzigen heftigen, stummen Augenblicks verwandelt sich der Kampf gegen Maeve in einen Kampf für Elijah.

»Keine Gefängnisstrafen bisher«, sagt Nat.

Der Staatsanwalt schüttelt den Kopf. »Ich bekomme Anrufe.«

Nats Kinn sinkt herab. Fentress antwortet, bevor Nat sprechen kann. »Zunächst einmal vom FBI. Hier geht es um einen Schwarzen, der eine weiße Baptistenkirche angezündet hat. Und bei so etwas steht mit großen Buchstaben ›Verbrechen aus Rassenhass‹ drüber. Dadurch wird es zu einem Fall für die Bundesbehörden. Wenn das Justizministerium den Eindruck hat, dass ich Waddell nicht hart genug anfasse, greifen die ein und hängen ihm eine Klage wegen Verletzung der Bürgerrechte an den Hals. Das würde für mein Büro gar nicht gut aussehen, Nat. Und ich bekomme Anrufe aus der Stadt.«

»Von wem? Von den Hinterwäldlern, die sein Baby ausgegraben haben?« Nat senkt seine Stimme, aber er glaubt, dass Tom Derby ihn möglicherweise gehört hat. »Hör zu, Ed, du willst doch nicht wirklich, dass ich mich auf so etwas einlasse? Du willst darüber reden, dass jemand gar nicht gut aussieht? Ich hole seine Frau, und sie sagt dem Gericht, was sie und ihr Mann bei der Geburt durchgemacht haben, nur um zu erleben, wie die Kirche das Kind einen Tag, nachdem es gestorben ist, wieder aus dem Friedhof ausgräbt. Wenn die verdammten Geschworenen zu weinen aufgehört haben, werden sie rübergehen und selbst auf den Resten der niedergebrannten Kirche rumtrampeln. Wenn ich das mache, gewinnt niemand. Die ganze Stadt wird bei so einem Prozess in zwei Teile gerissen, in einen schwarzen und einen weißen, und wenn die von dir so geschätzten Medien damit fertig sind, wird Good Hope dastehen wie der rassistische Arsch der Welt. Lass mich so plädieren, dass Elijah da noch mal rauskommt. Ich kümmere mich um die Bundesbehörden. Es war ein einmaliger, leidenschaftlicher Akt als Antwort auf einen Akt der Kirche, der selbst von rassistischen Motiven bestimmt und, offen gestanden, verabscheuungswürdig war. Ich sorge dafür, dass das Justizministerium ihn in Ruhe lässt. Und ich sorge dafür, dass du dabei nicht schlecht aussiehst. Du wirst als der große Friedensstifter dastehen, in Ordnung? Mach einfach nur einen Deal mit ihm, damit er wieder zurück zu seiner Frau und seiner Arbeit gehen kann.«

Fentress blickt an die Decke. »Und was sage ich den Leuten, die mich anrufen?«

»Du meinst, den Wählern, die dich anrufen?«

»Touché. Aber es ist nicht meine Schuld, dass diese Leute auch Wähler sind. Sie rufen mich trotzdem an, alter Knabe. Was sage ich ihnen? Es ist immer noch Brandstiftung.«

Nats Blick gleitet zur Wand des Gerichtssaals, hinter der die Presse wartet.

»Ed, es könnte hässlich werden.«

Ed betrachtet den stillen Gerichtssaal, und dann dringt sein Blick durch die Wände bis zu den Kameras und den Mikrofonen und den hübschen Reporterinnen.

Er schiebt seine Unterlippe vor. »Manchmal ist es gar nicht so schlecht, wenn etwas hässlich wird.«

Die Bank, auf der Thomas Derby hinten im Gerichtssaal sitzt, knackt wie eine Kirchenbank. Groß und golden steht er auf. »Erzählen Sie den Leuten, die Sie anrufen«, sagt er und kommt den Gang herauf, »dass sie ihr Haupt voller Scham senken sollen, genauso, wie das auch Elijah tun muss. Sagen Sie ihnen, sie müssen einen neuen Anfang machen, genauso, wie das Elijah und seine Frau tun müssen.« Derby hat seine Stimme nicht erhoben, doch sie füllt den Gerichtssaal aus, der nur ein klein wenig größer ist, als es das Kirchenschiff der Victory Baptist war. Jetzt steht er neben ihnen, das Geländer der Anklagebank reicht ihm bis zu den Knien, er überragt sie wie ein Wasserfall, seine grünen Augen gleichen Wasser und seine Zähne dem Schaum auf den herabstürzenden Fluten. »Sagen Sie ihnen, dass es schon genug Zorn gegeben hat. Es ist Zeit, zu heilen.«

Ed Fentress antwortet nicht; er hebt amüsiert die Augenbrauen. Nat weiß, dass er kein Mensch ist, der Tom Derby anerkennt. Derby ist stattlicher als Fentress, er drückt sich geschickter aus, er gewinnt die gleiche Art Aufmerksamkeit – und von dieser Aufmerksamkeit gibt es nur ein begrenztes Maß; wann immer also Fentress eine Wahl treffen muss, entscheidet er sich für sich selbst. Darüber hinaus ist Tom Derby Prediger. Das Gesetz ist gottlos.

Fentress schiebt eine Hand in den Raum zwischen den drei Männern.

»Pastor Derby. Kennen Sie Nat Deeds? Er ist der Verteidiger. Nat, Pastor Thomas Derby von der Victory Baptist Church.«

»Mr. Deeds und ich sind alte Bekannte.«

»Pastor«, sagt Fentress, »vielleicht wissen Sie, dass einige Mitglieder Ihrer Kirche Kontakt zu mir aufgenommen haben. Sie sind außer sich wegen dieser Angelegenheit.«

»Ich kenne diejenigen, die Sie angerufen haben, Mr. Fentress. Es sind die Kirchenältesten, und sie sind verantwortlich für die Entscheidung, Elijahs Kind aus unserem Friedhof auszugraben. Sie hoffen, dass Sie Mr. Waddell zugrunde richten werden, um so ihre eigene Perfidie verstecken zu können. Sie wollen rechtschaffen wirken, indem sie lauthals die Sünde eines anderen beklagen. Das ist ein alter Trick und kommt nicht unerwartet.«

Derby streckt Fentress seine Handflächen hin. Es ist eine Geste, mit der er sich nicht verteidigt, eine Art Unterwerfung in Miniatur: Sie sind meine Herde, scheint er auszudrücken, und es tut mir Leid um sie. Nat bemerkt die strenge Attitüde eines Predigers, die Derby gegenüber Fentress anschlägt. Jetzt hat er die Rolle eines Pastors angenommen.

Derby fährt fort. »Aber ich habe mit jedem anderen Kirchenmitglied gesprochen, das ich heute erreichen konnte, und das waren eine ganze Menge. Ich darf Ihnen versichern, dass sie, besonders die jungen Mitglieder, genauso verstört über das sind, was die Kirchenältesten Waddell und seiner Familie angetan haben, wie über das, was man Waddell vorwirft, der Kirche angetan zu haben. Ich bin sicher, dass ich, der ich hier stehe, eine große Zahl der Mitglieder der Victory Baptist Church vertrete, wenn ich sage: Ich bitte Ihr Büro inständig, Elijah gegenüber Milde walten zu lassen. Wir können ihn nicht um Vergebung bitten, ohne dass wir ihm zuerst vergeben.«

Fentress nickt und denkt nach. »Na ja, das klingt furchtbar christlich.« Wieder hat Fentress etwas gesagt, das schlau klingen soll, und Nat spürt, wie die Worte herabfallen wie ein abgeschossener Vogel. Ed Fentress kam Nat noch nie so vor wie jetzt: als unpassend, als Clown. Was Ed tat, hatte ihn immer überzeugt; er hatte ihn beobachtet und gefunden, er sei höchst unterhaltsam oder wenigstens geschickt. Er war Nats Vorgesetzter, der sich meist zurückhielt und Nat seine Arbeit machen ließ. Jetzt ist er ein Gegner. Nat ist unschlüssig, was er davon halten soll, doch er fühlt sich auch angespornt.

»Genau das ist es«, sagt Derby.

Der Gerichtsdiener ruft in den Saal: »Erheben Sie sich. Dies ist eine Sitzung des Bezirksgerichts. Den Vorsitz hat der ehrenwerte Richter Malcolm Baron.«

Ohne die beiden anzusehen, geht Fentress zu seinem Tisch. Rasch fährt Nat mit der Hand über Derbys Ärmel. »Danke,

Pastor.« Derby lächelt, als ihm dieser Titel zugestanden wird, und setzt sich.

Richter Baron eilt hinter die Richterbank. Seine schwarze Robe flattert angesichts seiner schnellen Schritte. Er rückt den Ledersessel zurecht und nimmt seinen Platz unter dem großen Emblem des Bezirks ein. Der düstere Blick des Richters gleitet über den Gerichtssaal wie ein Rabe über ein Feld. Seine Haut ist dunkel, er hat pechschwarzes Haar und trägt eine Brille mit ebenholzfarbenem Gestell; ein Schnurrbart verbirgt seine Oberlippe. Nat setzt sich an den Tisch der Verteidigung. Wieder verspürt er einen Stich in seiner Brust, als er alles aus einem so ungewohnten Winkel in diesem Gerichtssaal sieht. Aus seinen schwarzen Amselaugen hinter dem Brillengestell wirft Richter Baron nur einen kurzen Blick hinüber zu Nat.

»Guten Tag, Gentlemen«, sagt der Richter.

Fentress und Nat nicken ihm zu.

»Sheriff, bringen Sie Mr. Waddell herein.«

Der Gerichtsdiener liest von einem Blatt ab. »Der Staat gegen Elijah Waddell.«

Durch die gleiche Tür, durch die auch Fentress gekommen ist, wird Elijah von einem Hilfssheriff in den Gerichtssaal geführt. Der düstere Gerichtssaal saugt Elijahs kürbisfarbene Gefängniskleidung und seine dunkle Haut in sich hinein, als hätte ihn das System bereits verschlungen. Er trägt keine Ketten und hält sich aufrecht, seine Hände sind auf dem Rücken verschränkt. Der Hilfssheriff führt ihn vor Richter Baron. Der Hilfssheriff zieht seine Hand aus Elijahs Armbeuge und tritt zwei Schritte zurück, als habe er dem Richter ein Opfer gebracht; eines, das sich nicht fürchtet.

Nat erhebt sich. Er geht nach vorn, um neben Elijah zu stehen, der Nat den Kopf zudreht, aber ansonsten kein Zeichen des Wiedererkennens verrät. Der Richter blickt über die schwarzen Brillenränder. »Guten Tag, Mr. Waddell.«

Bevor Nat oder Elijah irgendetwas sagen können, springt Fentress auf die Füße.

»Euer Ehren, mit Verlaub. Ich bin von der Presse mehrfach gebeten worden, Sie zu ersuchen, ihnen den Zugang zum Gerichtssaal zu gestatten. Nur Reporter, keine Kameras oder Mikrofone natürlich.«

»Mr. Fentress, Sie kennen meine Abneigung gegen Zirkusveranstaltungen.«

»Ja, Sir. Die kenne ich sehr wohl. Aber wenn ich das Gericht daran erinnern dürfte …«

»Erinnern Sie mich an nichts, Mr. Fentress. Ich habe nämlich nichts vergessen. Wir werden die hoch geschätzten Pressevertreter heute Nachmittag draußen schmoren lassen. Das hier ist nichts weiter als ein erstes Erscheinen vor Gericht, und wenn Sie wollen, können Sie die Reporter selbst danach kurz unterrichten. Sie, ich und Mr. Deeds können uns später darüber unterhalten, wie wir für die Dauer dieses Falles mit ihnen umgehen wollen, je nachdem, welche Zeit er in Anspruch nimmt. Einverstanden, Gentlemen?«

»Jawohl, Richter. Ich danke Ihnen«, sagt Fentress salbungsvoll und mit einem Lächeln, als habe er genau das hören wollen. Er setzt sich. Nat nickt.

»Und jetzt«, sagt der Richter, »guten Tag, Mr. Waddell.«

»Guten Tag, Richter.«

»Mr. Waddell, ich werde die Anklagen gegen Sie verlesen. Falls es irgendetwas gibt, das sie nicht verstehen, oder wenn Sie möchten, dass ich eine Pause machen und etwas wiederholen soll, dann sagen Sie das einfach. In Ordnung?«

»Ja, Sir.« Nat beobachtet Elijahs Gesicht. Der Mann zuckt nicht und blinzelt nicht.

Der Richter liest von einem Blatt ab. »Elijah Waddell, Sie werden im Bezirk Pamunkey vom Staat Virginia der Brandstiftung an einem Kirchengebäude angeklagt.« Der Richter liest Datum, Uhrzeit und Ort der Brandstiftung vor sowie den entsprechenden Paragrafen des Strafgesetzbuches. Die ganze Zeit über betrachtet Nat die Fältchen auf Elijahs Wangen und seinem Kinn und seine Augenlider; er sieht nichts, das ihm verraten würde, dass Elijah begreift, in welcher Zwangslage er steckt, als seien die Nacht im Gefängnis, die Häftlingskluft und dieses Verfahren nur ein Traum. Nat grübelt darüber nach, wo Elijahs Gedanken wohl sein mögen: bei der Seele seines Kindes, bei seiner Frau und seinem Hund, die alleine mitten in einem verdorrten Maisfeld sitzen? Wem auch immer die Gedanken dieses Mannes gelten, ihm selbst und diesem Gerichtssaal gelten sie nicht. Der Richter blickt von seinen Unterlagen auf. Wieder blickt er Elijah über den dunklen Rand seiner Brille hinweg an.

Richter Baron neigt den Kopf. Er sieht Elijahs gelassenes Gesicht. »Dies ist eine ernste Anklage, Mr. Waddell. Es geht um ein schweres Verbrechen. Darauf steht eine Gefängnisstrafe von zwei bis zehn Jahren sowie eine Geldstrafe von bis zu einhunderttausend Dollar. Haben Sie das alles verstanden?«

»Ja, Sir.«

»Mr. Deeds.«

»Ja, Euer Ehren.«

»Hatten Sie ausreichend Gelegenheit, mit Ihrem Mandanten über diese Vorwürfe zu sprechen?«

»Ehrlich gesagt, würde ich gerne über einige Dinge noch ein paar Minuten mit dem Staatsanwalt sprechen. Wir hatten heute Nachmittag nicht viel Zeit.«

»Wie lange brauchen Sie?«

»Nur fünf Minuten.«

Der Richter erhebt sich. »Ich bin in meinem Büro. Sagen Sie dem Gerichtsdiener Bescheid, wenn Sie fertig sind.«

Nachdem Baron gegangen ist, setzt sich Nat an den Tisch der Verteidigung. Er deutet für Elijah auf den Stuhl neben sich.

Der Hilfssheriff, der Elijah bewacht, geht hinüber und lehnt sich an die Wand.

Nat beugt sich zu Elijah hinüber. »Ich werde mit dem Staatsanwalt über einen Deal reden. Wenn ich es schaffe, dass Sie nicht ins Gefängnis müssen und nur eine Geldstrafe und eine Bewährungsstrafe bekommen, stimmen Sie dann zu?«

Elijah blickt ungerührt nach vorn. Es ist eine Art Eisenträger in ihm, ein stählernes Etwas, das verhindert, dass er sich zu Nat beugt oder ihm auch nur den Kopf zudreht. »Nein«, sagt er kurz angebunden.

Nat lehnt sich zurück. Einen Tisch weiter wirkt Fentress ungeduldig und verloren ohne die Kameras, die, wie er weiß, so aufreizend nahe sind, unmittelbar vor der Treppe zum Gerichtsgebäude.

Nat stößt einen Seufzer aus. »Möchten Sie mir sagen, warum?«

»Weil ich es nicht war.«

Das ärgert Nat. Rasch legt er die Hände auf Elijahs Schultern und dreht ihn zur Seite, damit er den Staatsanwalt sieht, dessen Finger auf den Tisch trommeln. Nat flüstert nicht mehr. Er ignoriert die Tatsache, dass Fentress ihn hören wird.

»Hören Sie zu. Sie sehen doch diesen Mann dort drüben. Er glaubt, dass Sie es getan haben und dass er das vor Gericht beweisen kann.« Nat lässt Elijah los. »Und der Richter? Er glaubt, dass Sie es getan haben, sonst hätte er mich nicht aus Richmond geholt, um Ihren Fall zu übernehmen.« Elijah dreht seinen Kopf langsam zu Nat. Er wirkt wie ein Geschützturm, rund und metallisch hart, und ganz unten am Boden des unsichtbaren Schachts liegt eine Sprengladung, etwas, das explodieren kann. Fentress hält seine Hände still auf dem Tisch und sieht ebenfalls hinüber. Nat redet weiter. »Der Mann hinten im Gerichtssaal? Er ist der Prediger der Victory Baptist Church. Er glaubt, dass Sie es getan haben. Elijah, nachdem ich bei Ihnen war, bin ich zu Clare gegangen. Sie will, dass Sie sich schuldig bekennen. Sie will, dass Sie nach Hause kommen, dorthin, wo Sie hingehören. Und ich kann Sie nach Hause schicken. Heute.«

Nat wirft Fentress einen Blick zu. »Ed? Sag mir hier und jetzt, ob wir einen Deal haben.«

Mit seinen Armen macht Fentress die Geste von vorhin: Na, na. Er nickt und sagt: »Sicher. Ich bin der große Friedensstifter.«

Nat sieht Elijah an, der auf seinen Schoß blickt.

Elijahs Stimme ist schwach. »Clare hat zu Ihnen gesagt, sie will, dass ich mich schuldig bekenne.«

»Sie will einfach nur, dass Sie bei ihr sind. Aber sie weiß, dass ich das nicht schaffen kann, es sei denn, Sie bekennen sich schuldig.«

Jetzt hebt Elijah die Augen und sieht Nat an.

Nat fährt fort. »Denken Sie an Clare … wie schwer das für sie ist. Wenn wir uns auf einen Prozess einlassen, wird das Monate dauern, und es gibt keine Garantie dafür, dass Sie freigesprochen werden. Sie könnten viele Jahre ins Gefängnis wandern, weg von Ihrer Frau, Ihrem Zuhause, Ihrer Arbeit. Fentress bietet Ihnen keinen Deal an, weil er glaubt, dass er nicht gewinnen kann. Er will einen Deal mit Ihnen machen, weil ich ihn darum gebeten habe und weil Sie einen verdienen. Akzeptieren Sie ihn, gehen Sie nach Hause und fangen Sie neu an.«

Nat hört, wie aufdringlich er klingt, wie durchschaubar, jedenfalls für sich selbst. Er weiß, dass er ein Blender ist. Sein leidenschaftlicher Einsatz für Elijah ist nichts weiter als der Wunsch, dass ihm, Nat, vergeben wird, ohne dass er selbst vergibt, dass man zugesteht, er habe zwar einen Fehler gemacht, trage aber keine Schuld. Jeder, denkt er, könnte das erkennen, würde er nur hinsehen, würde er auch nur eine Sekunde lang zuhören. Wenn Elijah einfach nur gesteht, dass er die Kirche in Brand gesteckt hat, wenn er dem Richter sagt, dass er schuldig ist und dass es ihm Leid tut, wird er zwar bestraft werden, aber nur geringfügig; dafür hat Nat gesorgt. Elijah wird mehr oder weniger durchkommen mit dem, was er getan hat. Was auch richtig ist, denn er ist eher ihr Opfer, als sie seine Opfer sind. Nat gesteht sich ein, dass er unbedingt genau dasselbe will, dass er das Opfer sein will, das sich von Maeve getrennt hat, nachdem er sie durch seine Kälte genauso verletzt hatte, wie die Kirche niedergebrannt wurde und ihr Ende in den Flammen fand; sodass er nur leicht bestraft wird, dass er damit durchkommt. Was auch richtig ist. Nat hat den Deal für Elijah mit Fentress ausgehandelt; mit wem wird Nat für sich selbst einen Deal machen? Mit Gott? Gott lässt zu, dass solche Dinge Babys, Kirchen, der Liebe, der Unschuld widerfahren. Gott macht keine Deals. Und all das quält Nat, denn er hat sich lange für einen fairen und bedächtigen Menschen gehalten. Damit sollte ein Mann nicht durchkommen.

Elijah atmet tief ein, als wolle er tauchen und etwas mit nach oben bringen, um es Nat zu zeigen. Er schließt die Augen, und dadurch wird der Abstieg in seine innere Welt auch äußerlich sichtbar. Einen Augenblick später heben sich seine Lider, und er spricht mit leiser Stimme. Was er mitzuteilen hat, ist etwas, das ihn bedrängt, es ist privat, es ist nicht für Fentress bestimmt oder für den Mann auf den Zuschauerbänken, selbst wenn der ein Prediger ist. Elijah schiebt das Kinn vor. Nat kann seinen Atem riechen und hören, wie seine Lippen und seine nasse Zunge mit den Worten kämpfen.

»Ich möchte Ihnen etwas sagen. Ich heiße wie ein Prophet in der Bibel. Meine Mutter wollte immer, dass ich so bin wie er. Sie hat immer zu mir gesagt: Werde deinem Namen gerecht, auch angesichts von Schwierigkeiten und angesichts des Todes. Wie soll ich das machen, Nat? Wie soll ich den Namen tragen, den mir meine Mutter gab, wenn ich ihn für den Rest meines Lebens beflecke? Schuldig. Sie erwarten von mir, dass ich sagen soll, genau das bin ich. Schuldig. Sie und Clare. Ich werde Sie nicht anlügen. Ich saß gegenüber der Kirche und wollte sie niederbrennen. Aber ich hab's nicht getan. Begreifen Sie das doch. Ich hätte die verdammte Kirche niederbrennen können, weil die mich beleidigt haben. Ich sage Ihnen hier und jetzt: Ich hätte es tun können, um mit denen quitt zu sein, damit alle wissen, was diese weißen Typen mir angetan haben. Doch am Ende hatte ich keine Möglichkeit, es zu tun.«

Elijah schüttelt den Kopf. Es ist ein ernster, feierlicher Augenblick, voller Würde und aufrichtiger Angst. »Nein, Nat. Ich bin unschuldig. Und weil ich unschuldig bin, werden Sie das beweisen. Sagen Sie das Clare.« Er lächelt nicht, als er hinzufügt: »Und jetzt los. Sagen Sie das dem großen Friedensstifter.«

Fentress, der seine »Na, na«-Pose aufgegeben hat, hört das und knallt die Hände flach auf den Tisch der Staatsanwaltschaft. Er dreht sich um zur Stirnseite des Gerichtssaals.

»Ich hoffe, Sie wissen, was Sie tun«, braust Nat auf.

Jetzt kann Elijah ein nervöses Lachen nicht unterdrücken. »Mann, ich hoffe, *Sie* wissen, was Sie tun.«

Nat hebt die Finger und reibt sich die Augen. Das hat er nicht erwartet. In Good Hope in einen Prozess verwickelt zu werden. Mit der Presse zurechtzukommen. Hier in dieser Stadt, die noch immer Erinnerungen an seine Frau weckt, mehr Zeit verbringen zu müssen. Einen Mandanten zu vertreten, bei dem die Fakten darauf hindeuten, dass er schuldig wie die Sünde ist und der es sich zur Ehrensache macht, zu behaupten, er sei es nicht. Der Richter hatte ihn gewarnt: Der Druck hat noch nicht einmal angefangen. Nat drückt gegen seine Augen und entfesselt ein Kaleidoskop aus Farben und Blitzen hinter seinen Lidern. Er drückt heftiger, und die falschen Lichter erreichen ihren Höhepunkt. Er lässt die Hände sinken, die Blitze verschwinden, und seine Augäpfel schmerzen einen Moment lang. »Gerichtsdiener!«, ruft er.

Der Gerichtsdiener klopft. Einen Augenblick später kommt Richter Baron herein. Der Gerichtsdiener intoniert: »Erheben Sie sich.« Rasch geht Baron zu seinem ledernen Aussichtsposten. Er sieht hinunter zu Nat.

»Mr. Deeds, haben Sie Ihre Unterredung mit dem Staatsanwalt beendet?«

Nat bleibt stehen. »Ja, Euer Ehren.«

»Und haben die Gentlemen irgendeine Verständigung erzielt, über die das Gericht informiert werden sollte?«

Baron ist anzusehen, dass er auf einen Deal hofft. Er zieht einen Schmollmund – ein eindeutiges Zeichen seiner Verwirrung –, als Nat mit Nein antwortet. Baron sieht zu Fentress. Der Staatsanwalt schüttelt mit der spöttischen, entnervenden Geduld eines Vaters den Kopf. Mit geschlossenen Augen fügt er ein herablassendes Schulterzucken hinzu.

Baron seufzt. »In Ordnung«, sagt er. »Tragen wir's in den Kalender ein. Wann würde es dem Büro des Sheriffs passen, Mr. Fentress? Wie lange brauchen Sie, um sich auf die Vorverhandlung vorzubereiten?«

Fentress holt seinen Kalender aus seiner Aktentasche. Rasch sagt er: »Bis Montag sollte genügen, Richter. Oder um ehrlich zu sein, wir könnten gleich jetzt damit anfangen. Wir haben einen hinreichenden Tatverdacht.«

»Mr. Fentress, ich weiß Ihren Enthusiasmus zu schätzen, aber bitte behalten Sie ihn für sich. Mr. Deeds, was meinen Sie zu Montagnachmittag?«

Nat denkt, dass Fentress Recht hat. Der Staat hat genügend Material für einen hinreichenden Tatverdacht, um einen Prozess wegen Brandstiftung zu führen. Es gibt keinen Grund, die Dinge in die Länge zu ziehen. »Soll mir recht sein, Richter.«

»In Ordnung. Bitte klären Sie Ihren Mandanten auf. Gentlemen.«

Nat hebt die Hand. »Richter.«

»Ja?«

»Ich möchte eine Reduzierung der Kaution beantragen.«

»Ich habe sie auf fünfzigtausend Dollar festgesetzt, Mr. Deeds.«

»Ja, Euer Ehren. Doch bei Mr. Waddell besteht keine Fluchtgefahr. Er hat eine Frau, die ihn braucht. Er hat eine Arbeit in der Mühle, die er gerne behalten würde. Er ist nicht vorbestraft.«

Thomas Derby erhebt sich hinten im Gerichtssaal.

»Euer Ehren? Dürfte ich etwas sagen?«

Baron wirkt pikiert. »Sir, ich habe mich schon gefragt, was Sie da in meinem Gerichtssaal machen. Ich dachte, ich hätte angeordnet, diese Anhörung sollte nicht öffentlich sein.«

Derby spricht klar und deutlich. Baron kann ihn nicht einschüchtern. »Euer Ehren, mein Name ist Thomas Derby. Es war meine Kirche, die niedergebrannt wurde. Der Hilfssheriff draußen hat mich reingelassen.«

»Pastor Derby. Nun gut, ich vermute, Sie haben ein persönliches Interesse daran, hier zu sein. In Ordnung. Sie haben etwas, das Sie uns mitteilen möchten?«

Verglichen mit den Stimmen der drei Juristen, die in diesem Gerichtssaal bisher gesprochen haben, klingt Derbys Stimme wie Samt. »Ja, Sir. Die Victory Baptist Church ist übereinstimmend der Meinung, dass man Mr. Waddell erlauben sollte, zu seiner Frau zurückzukehren, wenn das nur irgend möglich ist. Wir glauben, dadurch könnte für alle Betroffenen der Heilungsprozess beginnen. Wir suchen keine Vergeltung, Euer Ehren, nur Versöhnung.«

»Bei allem gebotenen Respekt, Pastor, deshalb gibt es die

Trennung von Kirche und Staat.« Baron kann nicht mehr still sitzen, als er hinunter auf Nat blickt.

»Mr. Deeds, ich betrachte die Frage der Kaution als erledigt.«

Nat hebt die Brauen. »Richter, Sie waren derjenige, der mich gebeten hat, diesen Fall zu übernehmen. Sie mussten wissen, dass ich meinen Mandanten vertreten würde, so gut ich nur kann.«

Richter Baron denkt darüber nach. Er greift nach seinem Hammer. Während er den Hammer in die Höhe schwingt, verkündet er: »Die Kaution bleibt bei fünfzigtausend.« Der Hammer schlägt zu. »Anhörung beendet.« Der Richter steht auf. Mit einem missbilligenden Blick auf Nat und einem weiteren auf Derby sagt er noch einmal: »Gentlemen.« Der Gerichtsdiener hält dem Richter die Tür auf. Baron verlässt die Richterbank, man sieht ein schwarzes Flattern, dann ist er verschwunden, den Gerichtsdiener im Gefolge.

Elijahs Bewacher geht auf ihn zu, um ihn in die Arrestzelle zurückzubringen. Elijah und Nat stehen auf.

Nat wendet sich zu Elijah. »Ich komme in einer Minute zu Ihnen und gehe dann mit Ihnen hinüber.« Zu dem Polizisten sagt er: »Ich bin sofort bei Ihnen. Bringen Sie ihn nicht raus vor die Presse, bevor ich bei ihm bin. Und legen Sie ihm keine Handschellen an, okay? Er wird nirgendwohin gehen.«

Der Hilfssheriff nickt und führt Elijah durch die Tür. Nat dreht sich zu Derby um. »Tom, wir sehen uns später.«

Derby ruft ihm zu: »Ich werde mit einigen Kirchenmitgliedern wegen der Kaution reden.« Derby winkt ihm zu und geht nach draußen. Nat kann nicht widerstehen, über Fentress' Bemerkung – »Das klingt furchtbar christlich« – nachzudenken. Tom Derby ist Christ geworden. Nat vermutet, das alles muss seine Gemeinde auseinander reißen; einige wollen vergeben, andere wollen, dass man bei Elijah dem Motto »Auge um Auge« folgt. Baron hatte Recht.

Im leeren Gerichtssaal trommelt Ed Fentress einen Bongo-Rhythmus auf den Tisch der Staatsanwaltschaft. Noch immer sieht er unverwandt nach vorn, auf den Platz des Richters. »Das ist gut gelaufen. Meinst du nicht, dass das gut gelaufen ist?«, bemerkt er.

Nat setzt sich auf den Tisch. Er spürt Eds rhythmisches Klopfen durch das Holz. Auch Nat blickt zur leeren Richterbank. Beide Männer gleichen zwei nachdenklichen Boxern, die sich Stunden vor dem Kampf den stummen Ring ansehen.

»Von mir aus gilt der Deal noch eine Zeit lang«, fügt Fentress hinzu.

»Danke.«

Nat schwingt die Beine hin und her.

»Ed«, sagt er nachdenklich, »ich glaube, wir haben hier den schlimmsten Albtraum eines Strafverteidigers.«

»Ja.« Fentress knallt mit der Hand auf den Tisch. »Passiert mir nicht zum ersten Mal.«

»Ja«, sagt Nat.

»Und das aus heiterem Himmel. Bei deinem ersten Fall als Verteidiger. Das ist wirklich Pech.«

Einige Augenblicke später lässt Nat seine Füße auf den Boden sinken. Langsam geht er zum linken Tisch und holt seine Aktentasche. Auf seinem Weg zur Tür, neben der Elijah wartet, geht er gemächlich an Fentress vorbei, ohne ihn anzusehen.

»Ja«, wiederholt Nat. »Ich glaube, wir haben einen Unschuldigen.«

4

Die Presseleute haben das Gelände sondiert; sie beobachten alle Türen des Gerichtsgebäudes und lassen einander nicht aus den Augen. Wenn sich einer von ihnen bewegt, bewegen sich auch alle anderen, wie bei den einzelnen Windungen einer Schlange. Ein Kameramann sieht, wie der Hilfssheriff eine Seitentür öffnet und Elijah und Nat ihm hinaus auf den heißen Gehweg unter dem Metalldach folgen, der so lang ist wie ein Häuserblock und zum Büro des Sheriffs führt. Der Kameramann läuft nach vorn, und ohne dass er jemandem ein Zeichen gegeben hätte, heften sich die Übrigen an seine Fersen, wobei sie ihre Kabel und ihre sperrige Ausrüstung mit sich schleppen. Nat fordert Elijah auf, nichts zu sagen und ohne innezuhalten an ihnen vorbeizugehen. »Da werden Kameras sein«, erinnert ihn Nat. »Halten Sie den Kopf aufrecht. Sie sind unschuldig. Sie sollten auch so aussehen.«

Die Presseleute formieren eine Angriffslinie quer über den Gehweg. Der Hilfssheriff will sie zur Seite drängen. Die Reporter weichen zurück, rufen ihre Fragen, formieren sich an der Seite des Weges neu und halten Schritt. Die Mikrofone und Kameras und Hände sind wie ein Dickicht aus Fleisch und Metalldornen, das in Nats und Elijahs Weg hineinragt. Weil sie ihnen so nahe kommen, wird die Nachmittagshitze nach dem kühlen Gerichtsgebäude fast unerträglich.

Noch im Gehen hebt Nat die Hände. »Also gut, Leute«, sagt er.

Das Gekrächze der Presse wird zu einem Zwitschern. Die Männer in den Anzügen rufen mit aufgeregtem Pfeifen den schwitzenden Kameraleuten zu: »Dreh das. Hast du das drauf?«

»Meine Damen und Herren«, erklärt Nat, »vor zehn Minuten wurde Mr. Waddell vom Staat der Brandstifung angeklagt. Es gibt nur diesen einen Anklagepunkt. Wir haben die Voruntersuchung für Montag angesetzt. Dann werden wir Ihnen mitteilen können, worauf wir plädieren, und wir werden weitere Informationen für Sie haben, okay? Das ist alles für heute. Vielen Dank. Wenn Sie uns nun entschuldigen wollen.«

Nats Worte sind für die Presseleute nicht mehr als eine allererste Salve. Geräuschvoll feuern sie ihre Fragen auf ihn und Elijah ab. »Haben Sie die Kirche in Brand gesteckt, Elijah?« – »War Rassismus ein Motiv?« – »Werden Sie mit dem Staatsanwalt über einen Deal reden?« – »War noch jemand daran beteiligt?« – »Gibt es irgendwelche weiteren Verdächtigen?«

Nat antwortet nicht. Ohne innezuhalten, geht er neben dem Hilfssheriff und Elijah weiter. Der Hilfssheriff hat den Kopf gesenkt, ihm ist egal, wie er aussieht, er gleicht einem Rammbock. Nat bemerkt, dass Elijah den Kopf nicht voller Scham hängen lässt, sondern sich aufrecht hält, auch wenn er die Presseleute nicht ansieht. Er blickt über ihre Köpfe hinweg hinüber zum Parkplatz. Ein Dutzend Menschen, alles weiße Männer und Frauen, haben sich dort versammelt, und viele halten Transparente hoch.

KIRCHENBRANDSTIFTER, HÜTE DICH.
HEUTE BRENNEN WIR, IM JENSEITS BRENNST DU.
WIR BAUEN WIEDER AUF, DU VERROTTEST IM BAU.

Als sie Elijah sehen, schwenken sie ihre Transparente. Nat denkt spontan, dass die Farbe Weiß – die Farbe der schwankenden Pappe, die Farbe der sich rötenden Hände, die diese Pappe hochhalten – besonders aggressiv sein kann, dass sie die grellste Farbe sein kann, wie bei weißer Glut, bei einer Infektion und bei zornig hervorquellenden Augen.

Die Tür des Sheriffbüros ist noch zehn Meter entfernt. Der Hilfssheriff beugt sich nach vorn und zieht Elijah mit sich durch die lärmenden Presseleute, die unablässig Antworten verlangen, die sich vorzustellen scheinen, dass irgendetwas nachgeben wird, wenn sie nur lange und heftig genug darauf einschlagen. Nat nimmt Elijahs anderen Arm und schiebt sich zusammen mit dem Hilfssheriff vor, um die wenigen letzten

Schritte hinter sich zu bringen. Elijah kann seine Augen nicht von den protestierenden Kirchenmitgliedern lösen. Er scheint hören zu wollen, was sie ihm über den Lärm der Presse hinweg zurufen.

Unmittelbar bevor er die Tür des Sheriffs erreicht, springt eine hübsche Frau mit einem Mikrofon kühn zwischen Nat und den Türgriff. Sie rammt Elijah das Mikrofon vor die Lippen und fragt herausfordernd: »Haben Sie diese Kirche in Brand gesteckt?«

Elijah bleibt stehen. Zuerst denkt Nat, das geschieht nur, weil er die Frau nicht umrennen will. Aber dann wird ihm klar, dass Elijah gleich etwas sagen wird. Nat zerrt heftig an Elijahs Arm, doch der Mann steht wie angewurzelt da, nur einen Meter von der Sicherheit der Tür entfernt, während die Frau dicht vor ihm steht. Die anderen Presseleute sehen, dass Elijah nicht mehr weitergeht. Auch sie versuchen, sich vor ihn zu quetschen, während die Frau Elijah zurückhält; sie reckt ihm das Mikrofon entgegen wie ein Kreuz einem Vampir.

»Waren Sie's?«, drängt sie.

»Das reicht jetzt.« Nat legt die Rückseite seines Armes gegen ihre Schulter, um sie beiseite zu schieben und nach der Tür zu greifen, doch der Hilfssheriff hat das Mikrofon bereits mit seinem Ellbogen nach unten gedrückt und ihr den Rücken zugedreht, wodurch er Elijah vor ihr abschirmt. Nat greift nach der Klinke und öffnet die Tür. Er schiebt Elijah hinein. Doch Elijah dreht den Kopf nach hinten und blickt über Nats Schulter. Nat kann ihn nicht aufhalten. Die Tür ist noch immer weit offen.

»Diese Kirchenleute«, sagt Elijah zu der Reporterin, die zurück an die Stelle stolpert, an der sie zuvor gestanden hat, »die hätten meinem Baby nicht antun sollen, was sie ihm angetan haben.«

Nat knallt die Tür hinter ihm zu, ohne sich darum zu

kümmern, ob Finger oder Mikrofone im Weg sind. Durch die Tür hindurch hört er die Stimmen. »Welches Baby? Was haben die gemacht?« – »Hast du das drauf?« – »Ja, ja, ich hab's! Los, los!«

Nat stampft auf den Boden. »Verdammt!« Er hält inne und lehnt sich an die Wand; er schlägt mit der flachen Hand dagegen. Elijah und der Hilfssheriff sehen ihn an. Nat wendet den Blick ab. Er sagt zu dem Hilfssheriff: »Bringen Sie ihn in die Zelle. Ich komme gleich.« Der Hilfssheriff schiebt Elijah über den Linoleumboden des Flures. Angewidert atmet Nat tief ein. Er sieht durch den vertikalen Fensterschlitz in der Tür. Die unerschrockene Reporterin lächelt ihn an und zuckt mit den Schultern. Nat bemüht sich mit aller Kraft, ihr einen angeekelten Blick zuzuwerfen. Sie lehnt den Kopf auf die Seite und eilt mit dem Rest der Pressemeute davon, um mit den Leuten zu sprechen, die auf dem Parkplatz die Transparente schwingen. Nat beugt sich nach vorn und sieht, wie sie rennt. Schon haben sich auf dem Parkplatz mehrere schwarze Passanten versammelt und sich zu einer eigenen Gruppe formiert; entweder, weil sie selbst Fragen haben, oder, um ein Gegengewicht zu dem zu bilden, was hier vor sich geht.

Nat geht den Gang hinab zu den Arrestzellen. Die klimatisierte Luft streicht über ihn, sie fühlt sich eiskalt an auf seinen Wangen, und ihm wird klar, dass er schwitzt. Seine Aktentasche scheint seinen Arm mit einem neuen und verwirrenden Gewicht in die Länge zu ziehen. Der Gang ist schmal, die Decke niedrig, und die grünen Linoleumfliesen sind gebohnert und schimmern. Seine widerhallenden Schritte klingen in seinen Ohren wie eine Axt, die in einen Baumstamm schlägt. Er stellt sich vor, dass das Echo seiner Schritte wie das Knirschen großer Holzbrocken ist, die aus seinem Fleisch herausgehackt werden. Wenn genügend herausgeschlagen sind, wird er sich vornüberneigen und fallen und dabei vielleicht den schmalen Gang mit zerbrochenen Zweigen und mit Blättern füllen, die mit der Vorderseite auf dem Boden liegen. Er will nicht in Good Hope sein; es gibt zu vieles, was hier noch ungelöst ist. *Klack.* Die Art, in der Elijah behauptet hat, er sei unschuldig, wirkte auf Nat, als habe er sich gerade vor einem Dutzend Kameras und Mikrofonen selbst belastet. *Knack.* Er ist drauf und dran, in ein rassistisches und religiöses Kreuzfeuer verwickelt zu werden, nur weil Elijah sich weigert, den leichteren Weg zu wählen und nach Hause zu seiner Frau zu gehen. *Rumms.* Wenn der glühend heiße Tag vorbei und der angerichtete Schaden berechnet ist, wird Nat in einem schmalen Bett in einem tristen Appartement schlafen, eine Stunde von der Stadt entfernt, die er nicht mag. *Wumm.*

Der Gang führt an einer Fensterfront vorbei; dahinter befinden sich das Büro des Sheriffs, mehrere mit Papieren übersäte Tische der Hilfssheriffs, Aktenschränke, ein Fahndungsplakat der vom FBI meistgesuchten Verbrecher und eine Schachtel Donuts. Auf der gegenüberliegenden Seite des großen Raumes liegt hinter einem kleinen Fenster, dessen Jalousie halb geschlossen ist, Talleys Büro. Talley ist drin, auf dem Tisch sieht man seine Stiefel.

Nat geht weiter bis zur Tür, die zu den drei Arrestzellen führt. Er bleibt stehen. Noch ist er nicht völlig zu Boden gegangen; noch ist es nicht so weit, ihn wie einen gefällten Baum abzutransportieren. Stattdessen wird er Elijah zurechtstutzen.

Er schiebt die Tür auf. Elijah sitzt in der letzten grünen Zelle auf der linken Seite. Der Hilfssheriff steht neben dem Zellgitter und hält wartend die Tür auf. Nat betritt den Käfig. Der Hilfssheriff lässt die Tür mit dem schweren Sicherheitsschloss zufallen, das ein klickendes Echo von sich gibt.

Der Hilfssheriff verlässt den Raum. Nat wirft seine Aktentasche auf die Pritsche. Elijah sitzt auf einem Hocker. Durch die Gitterstäbe hindurch hat Nat schon oft in diese Zellen geblickt, doch er war noch nie mit einem Gefangenen darin; solange er für die Staatsanwaltschaft arbeitete, gab es keinen Grund dafür. Er spürt, wie bedrückend diese Zwangsjacke aus grünem Metall und Beton ist. Er fühlt die winzigen Dimensionen, sieht die spartanische Pritsche, den Hocker und die eingedellte Edelstahl-Toilette. Was für ein Mensch muss man sein, damit man eine Edelstahl-Toilette eindellt? Nats Wut auf Elijah verschwindet, und er fühlt mit ihm; ihm wird klar: Nur eins ist noch schlimmer, als schuldig und hinter diesen Gittern gefangen zu sein, und das ist, unschuldig hier drin gefangen zu sein.

Nat setzt sich auf den Rand der Matratze, und die alten Bettfedern quietschen. Er blickt in Elijahs rundes, ebenholzfarbenes Gesicht und sucht nach einem Hinweis, nach einem Mittel, diesem Menschen zu helfen, nach einer Möglichkeit, Mitleid mit ihm zu haben und ihn so besser verteidigen zu können, doch da ist nichts von alledem; Elijahs Gesicht ist ausdruckslos.

Nat sieht Elijah direkt in die Augen. »Wissen Sie, was Sie gerade getan haben?«

»Was?«

»Sie haben uns beide in große Schwierigkeiten gebracht. Offen gesagt, Sie haben sich selbst mehr Schwierigkeiten eingebrockt als mir.«

»Wie das?«

»Die Frau, die Sie gefragt hat, ob Sie die Kirche in Brand gesteckt haben, die das alles gefilmt und auf Band hat. Sie hätten nichts sagen sollen, ich hab Sie doch drum gebeten. Aber Sie haben praktisch im Fernsehen gesagt: ›Ja, ich habe diese Kirche in Brand gesteckt, denn die haben's verdient.‹«

Elijahs Gesicht bleibt ungerührt. »Das haben sie auch.« Sogar als er das sagt, klingt seine Stimme mürrisch.

»Das weiß ich. Aber Sie haben dadurch mehrere Dinge getan. Sie haben öffentlich eine Aussage gemacht, die Sie belastet. Es wird schwer sein, das im Prozess wieder zurechtzurücken. Im Gericht werden wir dieses Video etliche Male sehen. Und schlimmer noch, Sie haben die Meute auf diese Kirchenmitglieder gehetzt, als keine Veranlassung dazu bestand. Thomas Derby, der Prediger der Victory Baptist, ist ein alter Freund von mir. Er hat mir gesagt, dass viele Kirchenmitglieder empört waren und dass es ihnen Leid tat, als sie hörten, was die Kirchenältesten Ihnen und Clare angetan haben. Er sagte, er werde sogar versuchen, Ihre Kaution zu stellen. Das alles hätte man im Stillen in die Wege leiten können, Elijah. Vielleicht hätten wir sogar einige Verbündete gewonnen. Aber Sie müssen unbedingt jeden, der zu dieser Kirche gehört, einen Rassisten nennen, nur weil ein paar Arschlöcher Transparente schwingen. Wenn die Presse damit fertig ist, wird es so aussehen, als gäbe es in ganz Good Hope und wahrscheinlich auch im ganzen Pamunkey County nichts als hasserfüllte Hinterwäldler, weil Sie das gesagt haben.«

»Das liegt nicht an den Transparenten, und das liegt nicht an dem, was ich gesagt habe. Das liegt an dem, was die getan haben. Ich hab's Ihnen gesagt, Nat. Ich musste meine Stimme erheben. Jemand muss zeigen, was die sind, und verhindern, dass sie damit durchkommen. Ich habe ihre Kirche nicht in Brand gesteckt, und trotzdem sind sie mir nicht entwischt. Warten Sie, bis die Zeitungen mit denen fertig sind. Verstehen Sie doch, Mann. Es war nicht Ihr Baby, das sie wieder ausgegraben haben.«

»Nein, war es nicht.«

»Es war nicht Ihre Frau, die sie verletzt haben.«

Nat reibt seinen Hals. »Nun, die gute Nachricht ist, dass Sie außerhalb des Bezirks wahrscheinlich als Held dastehen werden.«

»Ja.«

»Die schlechte Nachricht ist, dass Ihre Geschworenen aus dem Pamunkey County kommen werden. Und bis heute Abend wird es in diesem Bezirk keinen einzigen Menschen geben, der noch nicht gehört hat, was Sie gesagt und was die getan haben, und der wegen dieser ganzen Angelegenheit nicht irgendwie sauer ist. Ich vermute, die meisten werden auf alle Beteiligten sauer sein. Ich kann gar nicht erwarten, was Baron dazu sagen wird. Bei Fentress knallen im Augenblick wahrscheinlich gerade die Korken.«

Nat steht auf, als er das sagt. Er greift nach seiner Aktentasche. Er blickt hinunter auf Elijah.

»Okay. Und jetzt sagen Sie mir, dass sie wegen dieser Sache Dampf abgelassen haben. Sagen Sie mir, dass Ihr Mund von nun an verschlossen sein wird, genau so, wie ich es Ihnen geraten habe. Oder wird das noch einmal passieren? Wir können uns das nicht leisten, Elijah. Sie müssen auf mich hören, wenn ich Ihnen helfen soll, in Ordnung? Sie werden nicht träumen, und Sie werden nicht einmal im Schlaf über diesen Fall sprechen. Sie werden nicht einmal mit Clare darüber reden. Sie werden mit mir reden und mit niemandem sonst. Haben Sie das kapiert?«

Nat wartet nicht auf eine Antwort. Er will raus aus dieser Zelle, raus aus Elijahs Welt, die beide zusammenzubrechen scheinen. Nat muss einen Schritt nach draußen machen, muss eine Zeit lang von dieser Welt ausgeschlossen sein. Sogar die Hitze da draußen und die lauernde Presse sind besser als dieses Verließ und dieser Gefangene, der so sehr gewillt ist, hier drinnen eingeschlossen zu bleiben. Nat hat seine eigenen beengenden Mauern, mit denen er fertig werden muss. Morgen ist Samstag. Er wird sich ausruhen und eine Antwort für die Presse – und für den Richter – formulieren, warum Elijah, ein Mann, der inhaftiert ist, mit der Presse gesprochen hat.

Bevor Nat den Hilfssheriff rufen kann, der die Zelle aufschließen soll, wird die Tür zum Gang weit aufgerissen. Nat hört aufgebrachte Stimmen, bevor er sieht, wie George Talley die grünen Gitterstäbe entlang auf Elijahs Zelle zustürmt. Talley folgen der Hilfssheriff mit den Schlüsseln und Monroe Skelton in Zivil.

Talleys Mund ist zu einem dünnen Strich zusammengepresst. Sein Gesicht und seine Unterarme sind rot, überall treten die Adern vor wie angeschwollene Flüsse. Durch gefletschte Zähne sagt er zu dem Hilfssheriff: »Aufmachen.«

Monroe legt die Hand auf Talleys mächtige Schulter. »George, lass es.« Seine Stimme klingt flehentlich. »Bitte.«

Talley wiederholt: »Aufmachen.«

Der Hilfssheriff fummelt nervös mit den Schlüsseln herum, sie rasseln, bis er den findet, der zu Elijahs Zelle gehört. Talley wartet neben ihm. Nat hört den Mann atmen, es klingt wie das Zischen einer Lokomotive, *sch-sch, sch-sch, sch-sch*. Schließlich öffnet der Hilfssheriff das Schloss und schiebt die Tür auf. Talley reißt sich aus Monroes Griff los und betritt die Zelle. Monroe folgt Talley, und jetzt ist die Zelle voller Menschen, aber da ist noch etwas: Wut und Angst.

Talley presst die Augen zu Schlitzen zusammen und sagt zu Nat: »Raus.«

Nats Kiefer zuckt. »George. Was ist los?«

Talley verzieht die Lippen zu einem höhnischen Grinsen und bleckt die Zähne. Er packt Nat mit der Faust am Revers und schleudert ihn nach hinten. Der Sheriff ist viel stärker. Es ist nicht das erste Mal, dass Talley gegenüber Nat handgreiflich wird, doch die Streiche damals, im Umkleideraum, als sie noch Kinder waren, waren nichts im Vergleich hierzu. Talley bewegt sich rasch, bevor Nat wieder sicher auf den Beinen steht. Er drückt Nat gegen Monroe und den Hilfssheriff und benutzt ihn wie einen Rambock, um sie alle aus der Zelle in den Gang zu schieben. Talley knallt die Stahltür zu. Elijah, der sich die ganze Zeit über nicht von seinem Hocker gerührt hat, steht jetzt auf. Talley stürzt sich über die kurze Entfernung hinweg nach vorn. Er legt die Hände um Elijahs Hals und drückt ihn mit einem heftigen Ruck gegen die Betonwand. Die Gitterstäbe der Zellen und die Lampen an der Decke wackeln.

»Du Hurensohn!«, knurrt Talley.

Die Zellenschlüssel stecken immer noch im Schloss. Monroe greift danach und dreht sie um.

»Ich bring dich um. Hier und jetzt«, zischt Talley, und sein Gesicht ist nur Zentimeter von Elijahs Gesicht entfernt. Elijah hat Talleys Handgelenke gepackt, doch er hat keine Chance, sich zu befreien. Talley ist viel zu stark. Mit seinem gesamten Gewicht drückt Talley gegen Elijahs Hals, seine Ellbogen und seine weißen Knöchel pressen ihn gegen die Wand. Elijahs Augen quellen hervor. Monroe reißt die Tür auf und stürmt herein, Nat folgt ihm, der Hilfssheriff bleibt auf dem Gang stehen. Elijah blickt Talley unverwandt in die Augen; würde man eine Hand zwischen ihre starrenden Blicke schieben, könnte man den Tod spüren.

Monroe zerrt an einem der straffen Arme Talleys. Nat reißt an den Fingern des Sheriffs, die Elijahs Hals umschließen. Talley löst den Blick nicht von Elijah. »Ich bring dich um, ich bring dich um!«, brüllt er. Monroe schiebt seinen mächtigen Rumpf zwischen Talley und Elijah und bricht den Griff mit seinem Körper auf. Monroe und Nat schlingen ihre Arme um Talley und drücken ihn an die gegenüberliegende Wand.

»Nein, George!«, schreit Monroe Talley ins Gesicht, auf dem noch immer das Starren des Todes zu sehen ist. »Nein! Das ist nicht richtig! Nein!« Monroe bedeckt den gegen die Wand gedrückten Talley mit seinem Körper, als schütze er seinen Chef vor der Kugel eines Attentäters. »Lass es sein, George. Hör mir zu, Mann, lass es sein.«

Elijah lehnt an der gegenüberliegenden Wand und fährt

sich mit der Hand über die Kehle, sogar unter dem undurchdringlichen Schwarz seiner Haut leuchten die Handabdrücke karmesinrot. Nat steht mitten in der Zelle. Er weiß nicht, was er tun wird, wenn sich Talley von Monroe losreißt und Elijah erneut attackiert. Beim letzten Angriff war er hilflos, aber jetzt bildet er wenigstens ein kleines Hindernis.

Nat, der weder nach sich selbst noch nach einem anderen greift, spürt, dass er wegen seiner Position in der Mitte derjenige ist, der unter all diesen schwer atmenden Männern etwas sagen soll.

»George? Würdest du mir vielleicht verraten, warum du diese Affenscheiße abziehst?«

»Lass mich los, Money«, sagt der Sheriff knapp und ruhiger. »Ich bin in Ordnung. Lass mich los.«

Monroe macht einen Schritt nach hinten und verstellt Talley den Weg zu Elijah. Zwischen dem Sheriff und dem Gefangenen stehend, drängt Monroe Talley aus der Zelle hinaus auf den Gang. Nachdem die beiden Polizisten die Zelle verlassen haben, schließt der Hilfssheriff die Tür wieder und sperrt Nat und Elijah ein. Erschöpft und in sich zusammengesunken, trottet Talley den Gang hinab. Der Hilfssheriff nimmt seine Schlüssel und folgt ihm. Als sie verschwunden sind, lehnt sich Monroe gegen die Zellentür. Sein großes braunes Gesicht und seine breite Brust füllen den Raum zwischen mehreren Gitterstäben. Sein Freizeithemd hängt ihm aus der Hose. Es ist still in der Zelle, doch Nat spürt den Nachhall des Kampfes noch immer in den Wänden, dem grellen Licht, dem keuchenden Atem.

Elijah setzt sich auf die Pritsche. Wieder scheint er an seinen einsamen Ort hinabgestiegen zu sein. Er blickt nicht auf und scheint nicht zuzuhören, als Nat fragt: »Money?«

Der große Hilfssheriff umschlingt die Gitterstäbe mit seinen Pranken. Dadurch sieht es so aus, als sei er in der Zelle und blicke nach draußen, und etwas in seinem Gesicht wirkt wie die düstere Miene eines Gefangenen.

»Es ist nicht gut.«

»Was?«

»Vielleicht sollten wir allein darüber reden.«

»Sag's mir hier und jetzt.«

Einen Augenblick lang kaut Monroe auf dem Gedanken herum; es ist ein großer Brocken, und er kann ihn fast nicht durchbeißen.

Er holt tief Luft. »Vor etwa dreißig Minuten haben mich die Leute von der Brandstiftungsabteilung angerufen.«

Der große Hilfssheriff schüttelt hilflos den Kopf.

»Nat, sie haben ein Mädchen in der Victory Baptist gefunden. Ich bin hingegangen, um mir die Leiche anzusehen. Dann bin ich zu George gegangen und hab's ihm gesagt.«

Elijah rührt sich nicht. Er ballt nur die Faust und hebt die Augenbrauen.

Monroe sieht Elijah an, als er sagt: »Es war die Tochter von George – Amanda.«

Good Hope

EINS

1

An einem anderen Tag hätte Monroe vielleicht ein Bier geöffnet und es auf der von Fliegengittern umgebenen Veranda getrunken. Vielleicht hätte sich Rey Ann zu ihm gesetzt – oder auch nicht. Sie hat eine Art, sich neben ihn zu setzen, dass er sich zugleich getröstet und in Ruhe gelassen fühlt. Paare, die seit ihrer Teenagerzeit zusammen sind, können so etwas. Oder er säße möglicherweise in seinem Streifenwagen und würde die kreischenden Funkgeräusche hören oder er ginge in die Innenstadt, schöbe sich durch die zum Schneiden dicke Hitze. Das ist es auch, woran er jetzt denkt: an andere Tage.

An anderen, noch länger zurückliegenden Tagen in einem anderen Land, in den Schluchten eines Dschungels, wurde er Zeuge solcher Dinge. Er hatte das gleiche verschwitzte, ängstliche und angewiderte Gesicht wie die anderen jungen Soldaten, mit denen er sich in sicherer Entfernung zusammenkauerte, während amerikanische Jets die Erde mit Feuer durchpflügten. Danach ging seine Ranger-Einheit mit zu Boden gerichteten Waffen durch die Dörfer. Entspannt. Nie gab es etwas, das noch am Leben gewesen wäre auf den schmutzigen Straßen und Wegen, die noch immer Hitze ausstrahlten. Doch als Erkundungstrupp hatten sie den Befehl, durch das rauchende und verschmorte Gestrüpp und die verbrannten Hütten zu gehen, wo sie die gerösteten Leichen von Menschen fanden, Leichen, die so verbrannt waren, dass kein Fleisch mehr an ihnen war, die im Feuer so brüchig geworden waren, dass sie eher verkohlten Stöcken ähnelten als Fleisch. Und es gab Hunde, Affen und Hühner, die allesamt von den Flammen getötet worden waren. Die Ranger nannten die Orte dieser Erkundungsgänge Täler des Todes. Die Leichen in den zerstörten Dörfern vor dreißig Jahren sahen nicht besser aus als die eine Leiche, die Monroe heute Nachmittag in der Victory Baptist Church gesehen hat.

Jetzt, später am Tag, nachdem er es geschafft hat, wieder nach Hause zu seiner Veranda und zu seinem Bier zu kommen, gesellt sich Rey Ann zu ihm. Die kalte Flasche ist feucht in seiner Hand. Er drückt sie gegen die Stirn, und die Kälte zieht hinab bis zwischen seine Schulterblätter. Er schließt die Augen. Ihre Hand fährt ihm über das Haar im Nacken, einmal, zweimal. Er ist stark genug, die Augen zu öffnen und sie anzusehen und ihr davon zu erzählen, doch Monroe will dieses Streicheln, selbst wenn er es nicht braucht.

»Hey, Baby«, sagt sie.

»Hey.«

Monroe hört in seinem Kopf, wie die Ehefrauen anderer Männer irgendetwas Dummes sagen, wie etwa: Schlechten Tag gehabt? Nicht so Rey Ann. Sie streicht ihm über die Stirn und wartet.

Sie lässt die Hand sinken. Monroe öffnet die Augen und sieht sie an. Sie sitzt da, die Ellbogen auf den Knien, die Hände verschränkt. Er fragt sich, wie viele Stunden sie wohl schon so verbracht hat, während sie auf ihn wartete. Er blinzelt, um eine Träne zu unterdrücken. Monroe weiß, dass die Leiche des Mädchens daran schuld ist, dass er so emotional reagiert.

Monroe ist der Beamte, der die Festnahme durchgeführt hat in einem Fall, der als Brandstiftung begann und der jetzt ein Tötungsdelikt ist. Der junge Hilfssheriff, der die Bundesbeamten begleitete, die die Brandstiftung untersuchen, hielt sich genau an die Vorschriften des Sheriffs und rief zuerst ihn an, auch wenn Monroe keinen Dienst hatte.

»Jesus«, sagte der junge Bursche auf dem Grundstück der Kirche, als er auf Monroes Wagen zuging; seine Gesichtsfarbe war noch immer grau. »Scheiße noch mal, ich bin fast über sie gestolpert. Ich dachte, es sei ein Stück Holz.«

Monroe begrüßte das Brandermittlungsteam, drei Bundesbeamte in Hemden und Krawatten, Mützen mit Abzeichen und Gummihandschuhen. Einem von ihnen folgte er durch die schwarzen Trümmer, während der junge Hilfssheriff auf dem Parkplatz zurückblieb. Sie gingen nicht weit in die Ruine hinein. Das Mädchen befand sich in der Nähe der Türen an der Rückseite des Altarraums. Alles, was in dieser Kirche einst menschlich war, hatten die Flammen vernichtet; nur Gott war zurückgeblieben, die Bausteine seines Hauses. Die Hitze hatte alle Feuchtigkeit verdunsten lassen, hatte alle Farben ausgelöscht und geschwärzt, hatte die geschnitzten und gehämmerten Formen zu pudriger Asche gemahlen und zu gezackten, geborstenen Kanten zerrissen. Auch das Mädchen war nicht mehr menschlich; Gott und das Feuer hatten sie neu geformt.

Sie lag mit dem Gesicht nach unten. Alle ihre Kleider waren verbrannt, aber wegen der noch erhaltenen Form der Hinterbacken und der schmalen Taille vermutete Monroe, dass es ein Mädchen war. Die Farbe und die Beschaffenheit ihres Rückens und ihrer Beine konnte man nicht von dem verkohlten Holz unterscheiden, zwischen dem sie lag. Das Feuer, das das Mädchen eingeschlossen hatte, musste entsetzlich heiß gewesen sein; es war eine grauenvolle Heimsuchung. Beide Füße waren völlig verbrannt, ebenso die ganze rechte Hand, die neben ihrem Rumpf lag. Auf ihren Schultern und ihrem Kopf lag eine verkohlte Kirchenbank. Sie musste vor dem Feuer oder während es bereits brannte daruntergekrochen sein. Der Ermittler von der Branduntersuchung und Monroe hoben die verkohlte Sitzfläche der Bank vorsichtig an und schoben sie zur Seite. Der Kopf des Mädchens ruhte in ihrer Armbeuge; es war, als schliefe oder weine sie. Ihr ganzes Haar war weggebrannt, und ihre Kopfhaut hatte Blasen geworfen wie kochender Teer. Monroe ging um sie herum und kniete vor sie hin. Er brachte sein Gesicht nahe an den Boden; ihr Geruch war vom allgemeinen Brandgeruch nicht zu unterscheiden. Er betrachtete sorgfältig die Haut, die von der Armbeuge und der Kirchenbank geschützt worden war, und dann wusste er es. Er erkannte Amanda Talley. Unter den Fingern ihrer linken Hand lag ein baptistisches Gesangbuch. Einer der Fächer aus Eisstielen und Grußkarten steckte als Lesezeichen im Buch. Dieser kleine Ring, den der Arm des Mädchens geschaffen hatte und der aus der Haut ihres Gesichts, ihren geöffneten Lippen und dem Gesangbuch mit den Pappkärtchen zwischen den Seiten bestand, schien die einzige Stelle in der ganzen Kirche zu sein, die nicht vom Feuer verheert worden war.

Monroe blieb noch ein paar Minuten. Die anderen Ermittler zeigten ihm, was sie im Gras hinter der Kirche gefunden hatten: eine geschmolzene Milchflasche aus Plastik, die nach Kerosin roch. Sie waren ziemlich sicher, dass das Feuer mit dieser Flüssigkeit an der Rückseite der Kirche gelegt worden war; weder das Mädchen noch irgendjemand sonst hatte in der Kirche Feuer gelegt. Ein rasches Absuchen der unmittelbaren Umgebung brachte keine weiteren Ergebnisse; nur das weiße T-Shirt und die Bierdosen waren heute Morgen im Gebüsch auf der anderen Straßenseite gefunden worden. Wegen der Hitze war der Boden um die Kirche so hart und trocken, dass man nicht nach Fußspuren suchen konnte, und sie hatten nichts weiter entdecken können, das ihnen einen Hinweis geben konnte. Außerdem hatten sie gehört, dass das Pamunkey County den Brandstifter bereits ins Gefängnis gesteckt hätte;

der sei doch schon während des Brandes am Tatort festgenommen worden. »Dumm wie Stroh«, kicherte einer der Ermittler.

Monroe verhinderte, dass die Ermittler das Büro des Sheriffs anriefen. Lasst mich das machen, sagte er zu ihnen. Ich muss das persönlich machen. Stattdessen gab er ihnen die Telefonnummer des örtlichen Leichenbeschauers, der hierher kommen, einen ersten Bericht schreiben und für die Überführung der Leiche ins Büro des staatlichen Leichenbeschauers in Richmond sorgen würde. Noch einmal ließ Monroe seinen Blick über diesen Ort des Todes streifen. Vor seinem geistigen Auge sah er Elijah Waddell, der schwankend neben den turmhohen Flammen auf und ab schritt. Er dachte an Amanda, die unter einer Kirchenbank verbrannte, und wieder spürte er die alte Wut auf das Unsichtbare, das sich junge Menschen als Ziel aussucht. Greif mich an, dachte er, während er zu seinem Streifenwagen ging, greif mich an, du Bastard, wir wollen doch mal sehen, ob ich so leicht zu Boden gehe. Monroe wollte mit seiner Faust nach etwas schlagen. Das Gefühl war so übermächtig, dass er dem Lenkrad einen Hieb versetzte. Die Hupe dröhnte, und die Ermittler winkten ihm; offensichtlich glaubten sie, er habe sich mit einem Hupen von ihnen verabschiedet.

Monroe hat sein Bier ausgetrunken. Er beschäftigt sich nicht mit der Frage, ob Elijah schuldig oder unschuldig ist. Er hat getan, was das County von ihm verlangt, er hat den Hauptverdächtigen hinter Gitter gebracht. Ob der Mann im Gefängnis bleibt oder freikommt, haben andere zu entscheiden. Es ist eine Schande, was hier angerichtet wurde, gleichgültig, wer es getan hat. Wenn Elijah Waddell es nicht war, dann war es ein anderer; ab einem gewissen Punkt läuft das aufs Gleiche hinaus. Rey Ann steht auf, um ihm noch ein Bier zu holen. »Nein, danke, Baby«, sagt er. »Wenn ich noch eins trinke, kann ich nicht mehr fahren, und ich muss nach dem Abendessen wieder zum Dienst.«

Rey Ann setzt sich genauso hin wie zuvor. Sie sitzt auf dem Rand eines Kissens und hat die Finger unter das Kinn gelegt – eine Haltung, als sei sie in Gedanken versunken. Man darf ihr nicht glauben, denkt Monroe. Sie ist alles. Sie hört zu, wenn er das braucht. Spricht, wenn er das braucht. Schreit, wenn es nötig ist.

»George«, sagt er, »George hat das nicht besonders gut verkraftet, wie du dir vorstellen kannst.«

»Nein. Wohl kaum.«

Nichts an der Stimme seiner Frau sagt: Erzähl's mir. Ich bin neugierig. Sie ist nur ein Gefäß für ihn, ein Becken für das, was er auch immer zu waschen hat, eine Zisterne für alles, was er nicht bei sich behalten kann, was aus ihm herausströmt. Er beschließt, die gewalttätige Szene in der Zelle wegzulassen. Der Schmerz soll so gut es geht Talleys Privatangelegenheit bleiben. Wenn andere herausfinden, dass der Sheriff Elijah Waddell bedroht hat, wird diese Information von einem anderen stammen. Außerdem kann Monroe nicht behaupten, er hätte sich unter ähnlichen Umständen besser verhalten, selbst wenn Talley keine besonders enge Bindung zu seiner Tochter zu haben schien, als sie noch lebte.

Als er über ähnliche Umstände nachgrübelt – ein ermordetes Kind, wobei ihm auch Nora Carol, ein zweimal begrabenes kleines Kind, einfällt –, denkt er an sein eigenes Kind; und wie ein Tier, das einen Menschen riecht, spürt er das Unsichtbare wieder, riecht er den Gestank des Bösen auf seiner eigenen Veranda, in seinem eigenen Haus. Er steht auf, beißt die Zähne zusammen, reckt die mächtige Brust und hält die leere Bierflasche wie einen Knüppel in seiner Hand, um es zu vertreiben. Na los, wo bist du? Lass meine Familie in Ruhe, verzieh dich!

»Money?« Er blickt nicht hinab zu Rey Ann. Er fürchtet, dass das Unsichtbare in seinen Augen ist. Dort war es zuvor schon, als er diejenigen tötete, die er sah, und als er einen Blick auf die Folgen dieses Tötens warf, auf das, was er selbst und andere getan hatten. Er fürchtet, dass das Unsichtbare an der Stelle aufflammt, auf die er blickt, und deshalb wendet er sein Gesicht von seiner Frau ab. Er lässt die Flasche auf das Kunststoffkissen hinter sich fallen und geht ins Haus.

Monroe weiß, dass es nur eine Möglichkeit gibt, wie man gegen das Unsichtbare kämpfen kann. Vielleicht ist es genau das, was Talley nicht getan hat, vielleicht ist genau das der Grund, warum seine Tochter dessen Beute wurde, und jetzt ist es zu spät für beide. Monroe hebt den Telefonhörer. Rey Ann bleibt auf der Veranda, während die ersten Anzeichen der Abenddämmerung durch die Fliegengitter dringen, die Hitze ihren Höhepunkt erreicht und die Vögel sich zwitschernd auf die Insekten als letzte Mahlzeit des Tages stürzen, bevor sie sich am Abend auf die hohen Zweige zurückziehen. Er wählt.

Zu der Frau, die seinen Anruf entgegennimmt, sagt er: »Sergeant Grover Skelton, bitte. Ja, ich bin sein Vater. Ich bleib dran.«

Ein Band teilt ihm den Zeitplan regulärer Abläufe in Fort Bragg mit. Er ignoriert es, bis er die Stimme seines Sohnes hört.

»Dad? Ist alles in Ordnung?«

»Ja, Grove, es ist nichts passiert. Deiner Mom und mir geht's gut.«

»Was ist denn los?«

»Ich hab mich nur gefragt, wann du nach Hause kommst und uns besuchst.«

»Dad, du rufst mich deswegen an? Ich bin auf dem Exerzierplatz.«

»Gut. Nimm sie bloß ran. Wann?«

Sein Sohn dreht sich vom Hörer weg, während er lacht; er kann es nicht glauben. Monroe denkt: Er hat ein Auge auf seine Rekruten.

»Grover, komm nach Hause.«

»Sobald ich kann, Dad. Was ist los? Vermisst mich Mom?«

Weil Monroe klar ist, dass das Unsichtbare auch vom Unausgesprochenen lebt, sagt er mit fester Stimme: »Ich vermisse dich, Junge.«

»Okay.« Die Stimme klingt verwirrt, aber Monroe hört, dass sein Sohn immer noch lächelt, dass er immer noch aufmerksam ist.

Jetzt denkt Monroe an die Regel, die er vor langer Zeit in einem feindlichen Land gelernt hat, während er Seite an Seite mit den anderen Jungs zusammen marschierte. Es traf immer die, die allein waren. Sie waren es, die dem Unsichtbaren zuerst begegneten, die seine Höhle ausspähten oder es dabei ertappten, wie es umherschlich, die seine Stärke und seine Position abschätzen konnten.

»Grove?«

»Ja?«

Die Regel bei Aufklärungseinsätzen. Warnt diejenigen, die hinter euch gehen. Und wenn ihr müsst, wenn ihr nicht fliehen könnt – bekämpft es auf die einzig mögliche Art. Zusammen.

Zu seinem Sohn sagt er: »Mein Junge, deine Mutter und ich, wir lieben dich. Mehr, als wir sagen können. Das ist alles.«

2

Nat fährt auf dem Seitenstreifen der schmalen Straße. Er schaltet die Scheinwerfer und den Motor aus und verlässt den

Wagen. Sofort kitzelt die Nacht seine Haut mit schwüler Hitze. Hier draußen auf dem Land ist die Erde noch nicht mit Beton und Steinplatten bedeckt; das Getreide, das hier einst stand, hat man bis auf den Boden hinab abgemäht. Bäume nagen am Himmel, nicht von Menschen aufgetürmte Steine, keine Menschenmassen reiben die Schultern aneinander, nur Grillen ihre Flügel. Hier draußen ist die Luft wie Luft, die über eine Zunge streicht, sie besitzt Fruchtmark und Fruchtbarkeit, die man spüren kann; man kann den Atem des Planeten riechen, das Leben in einem Treibhaus. Nat wischt sich mit dem Handrücken über die Stirn. Vor einer Minute erst hat er seinen klimatisierten Wagen verlassen. Unter den Sternen stehend, starrt er im Licht des Mondes hinüber zu einem Feld, das sich seit dreißig Jahren nicht verändert hat.

Als Junge besaß er einen Metalldetektor. Zur Pflanzzeit im Frühling folgte er den Traktoren, die dieses Feld bestellten auf der Suche nach Artefakten aus dem Bürgerkrieg, die von den Pflügen an die Oberfläche befördert wurden. Während andere Jungen Baseballkarten sammelten und tauschten, hatte Nat Deeds eine Schuhschachtel mit Überresten der Armee der Konföderierten: Koppelschlösser, Messingknöpfe und kleine Kronen als Abzeichen, Patronen, rostige Bajonette und sogar ein Steinschlossgewehr. Er las Berichte über Ulysses Grants Feldzug auf der Halbinsel, den Marsch der Nordstaatler Richtung Westen von der Chesapeake Bay aus zur Eroberung Richmonds, der Hauptstadt der Konföderierten. Zwei Meilen vom Fluss entfernt fand auf diesem Feld ein heftiger Kampf statt; in den Wäldern auf der anderen Straßenseite befindet sich ein langer Schutzwall neben einem verschlammten Bach, der vor hundertfünfzig Jahren eine Redoute der Rebellen bildete. Nat hat dort gespielt, er hat seine Schätze hinter dem Wall ausgebreitet, auf heranrückende, nur in seiner Fantasie existierende Blauröcke geschossen und sich zurückgezogen, um an einem anderen Tag weiterzuspielen. Jetzt ist er älter, und Sorgen belasten ihn. Die Schuhschachtel hat er verloren, sie ist nicht mehr wichtig, seine Eltern sind tot. Doch auf dem perlmuttfarbenen Feld stehen, genauso wie früher, noch immer Luzernen, und auch der Mond ist dort, wo er hingehört, der Schutzwall liegt immer noch hinter ihm zwischen den Bäumen, und wegen der Bäume ist er gekommen.

Er steigt wieder in den Wagen und fährt davon. Das Mondlicht auf seinen Handrücken auf dem Lenkrad ist verwaschen und grau. Er ist über eine Stunde lang gefahren, als bewege er sich wie der Mond an einer Schnur entlang, zuerst in der Stadt und dann hinaus aufs ruhige Land. Nat muss sich bewegen. Die Welt erscheint größer, wenn die Szenerie wechselt, und obwohl er mit allem, was er heute Nacht gesehen hat, innig vertraut ist, ist alles größer geworden, denn er hat es vermisst. Gerade jetzt will Nat, dass die Welt groß wirkt, denn er will die klaustrophobischen Dimensionen von Elijahs Verhängnis abschütteln. Nat wird in Elijah hineingezogen, und dagegen muss er ankämpfen. Als Anwalt bringt er diesem Menschen keinen Nutzen, wenn er sich zu sehr mit Elijahs Schuld oder Unschuld beschäftigt, wenn er weiterhin Parallelen zwischen sich und Elijah sieht. Nats Aufgabe besteht allein darin, die beste Vertretung vor Gericht zu gewährleisten, die Chancen und Risiken dieses Mannes abzuwägen, und das gefährdet man, wenn man sich zu sehr mit seinem Mandanten identifiziert. Also wird Nat genau das heute Nacht tun, nachdem er erfahren hat, dass Elijah am Montagmorgen wieder vor Gericht erscheinen und wegen eines Tötungsdelikts angeklagt werden wird. Noch einmal hat er sich angehört, wie Elijah alles mit knappen Worten leugnete, bevor er in das Gefängnis von Rappahannock zurückgebracht wurde. Während er durch die nächtlichen Straßen seines Heimatbezirks fährt, verlangt Nat die Proportionen seiner eigenen Welt zurück; während er sie jetzt sieht und sich gleichzeitig an sie erinnert, dehnt er sie wieder auf ihre ursprüngliche Größe aus, jenseits der grünen Zellengitter und der Drohung, Jahre dahinter verbringen zu müssen.

Er fährt Richtung Osten an der niedergebrannten, gedemütigten Ruine der Victory Baptist vorbei. Er fährt nicht langsamer, dieser Ort ist bereits Teil der Nacht, er liegt im Zwielicht und ist unberührbar. Eine Viertelmeile später, noch immer auf derselben Straße, biegt er in die Kiesauffahrt ein, die zum Pfarrhaus der Kirche führt. Bevor die Reifen knirschend zum Stillstand kommen, hat Tom Derby die Fliegentür erreicht.

Nat kurbelt das Fenster herunter. »Tom. Ich bin draußen rumgefahren. Ist es zu spät, um vorbeizuschauen?«

Derby hebt einen Finger, was »eine Minute« bedeuten soll. Er verschwindet aus dem Licht der Tür und kommt mit einer Flasche in der Hand zurück. Er schiebt die Fliegentür auf, lässt sie zufallen, schließt die Vordertür nicht ab und steigt zu Nat in den Wagen.

»Fahr los«, sagt er.

Nat fährt in Richtung Stadt. Er mustert das fahle Mondlicht auf Derbys Knöcheln, während Derby den Verschluss von seinem fünften Scotch aufschraubt und den Deckel aus dem Fenster wirft.

Derbys Blick ist verdrießlich. Er hebt die Flasche.

»Was machst du?«, erkundigt sich Nat.

Derby schüttelt die Flasche. »Es ist Freitagnacht, Junge. Ich glaube, wir beide haben das früher schon gemacht.«

»Ich dachte, wenn man Prediger wird, muss man damit aufhören.«

Derby nimmt einen Zug aus der Flasche. Er zuckt zusammen und leckt sich über die Lippen.

»Geh nicht zu hart mit mir ins Gericht, mein Sohn. Ich

betrachte es als meine Pflicht, alles zu teilen, was meine Kirche ertragen muss. Ich denke, ich kann sie am besten führen, wenn ich sie verstehe.«

Nat greift nach der Flasche, die ihm hingehalten wird. »Du hättest Anwalt werden sollen.«

»Ich wäre als Anwalt eine einzige Verschwendung«, sagt Derby und sieht zu, wie Nat trinkt. »Ich bin als Prediger lange nicht so gut wie als Sünder.«

Die beiden fahren schweigend an der verkohlten Kirche und den Feldern vorbei in die Stadt. Sie bedienen sich mit kleinen Schlucken aus der Flasche. Nat dreht die Klimaanlage hoch, als der Mantel aus Scotch ihn von innen heraus Stück für Stück zu wärmen beginnt. Sie unterhalten sich nicht, sondern beobachten die vorübergleitende Straße und das schwach beleuchtete Profil des anderen. Nat spürt diese stumme Vereinbarung, geduldig zu sein, bis sie den Ort erreicht haben, an dem sie miteinander reden werden.

Am Schild des Rotary Clubs vorbei kommen sie in die Stadt. Die Nachtschicht der Mühle sorgt dafür, dass der Kessel ununterbrochen dampft und gewaltige Klumpen Holzbrei zu Papierrollen verarbeitet werden. Glatt und schlammig liegt der Fluss unter dem Mond, nur ein paar Fischer schaukeln im Licht einzelner Scheinwerfer auf und ab. Fledermäuse schwirren über die Sumpfgräser. Nat biegt von der Main Street ab, fährt noch fünf Blocks weiter und hält am Straßenrand unter einem ausladenden Hickorynussbaum, der auch schon das letzte Mal dick und kräftig war, als Nat und Derby unter seinen Zweigen auf der Veranda des alten Hauses seiner Eltern saßen. Dieses Mal bleiben sie bei heruntergedrehten Scheiben im Wagen sitzen.

Nat nimmt die fünfte Flasche. Etwa ein Viertel davon haben sie schon getrunken. Er nimmt einen Schluck und gibt Derby die Flasche zurück. Er wartet darauf, dass Derby etwas sagt, doch der Prediger lässt nur die Flasche gluckern. Das Schweigen auf ihrer Fahrt durch die Stadt scheint eine Eigendynamik angenommen zu haben, die noch nicht zum Stillstand gekommen ist, obwohl der Wagen bereits angehalten hat. Im Augenblick ist die hin und her wandernde Flasche Unterhaltung genug. Nat wartet noch eine Minute, während Derby, von seinen eigenen Gedanken in Bann geschlagen, durch die Windschutzscheibe starrt.

Derby räuspert sich. »Ich habe von dem Mädchen im Feuer gehört.«

Nat ist nicht überrascht darüber. Man gewöhnt sich daran, dass sich in einer Kleinstadt Neuigkeiten so mühelos ausbreiten wie die Morgendämmerung. Er fragt sich zunächst, ob Clare es weiß, und kommt zu dem Schluss, dass sie es wohl weiß; die Nachricht ist inzwischen bis aufs Land vorgedrungen. Am Morgen wird der ganze Staat Bescheid wissen, vielleicht die Nation. Doch im Augenblick ist sie nur hier, in diesem Wagen, der unter einem dunklen, stillen Hickorynussbaum versteckt ist.

»Wie?«

»Einer der Hilfssheriffs von George Talley ist mit der Tochter eines unserer Kirchenmitglieder verheiratet.«

»Ist Amanda jemals in deine Kirche gekommen?«

Derby verzieht die Lippen zu einem Schmollmund und nickt knapp. »Nur ein Mal, soweit ich weiß.«

Nat richtet sich auf. Das ist eine Verbindung. »Wann?«

»Vor drei oder vier Wochen.«

»Wer hat sie mitgebracht? Du weißt, dass ihr Vater ein engagierter Katholik ist.«

»Niemand hat sie mitgebracht. Sie kam einfach selbst. Kam nach dem Gottesdienst zu mir und sagte, es habe ihr gefallen. Sie hatte ein hübsches Lächeln. Sagte, wer sie ist. Das war alles. Drehte sich um und ging genauso davon, wie sie gekommen war … allein.«

»Danach hast du sie nicht mehr gesehen?«

»Nein.«

»Was glaubst du? Was hat sie letzte Nacht in der Kirche gemacht?«

»Ich habe keine Ahnung. Ich war letzte Nacht in Williamsburg, bis nach Mitternacht.«

»Was wolltest du da?«

»Das alles ist ziemlich schwer für mich, Nat. Es war nicht leicht, so von den Kirchenältesten abgelehnt zu werden. Das weckt ein paar schlimme Erinnerungen.«

»Du hast getrunken?«

Derby lächelt ihn an. »Ein wenig.«

»Wie ist das Mädchen in die Kirche gekommen?«

»Ich schließe die Kirchentüren nicht ab. Jeder kann hereinkommen, bei Tag und bei Nacht.«

Nat denkt darüber nach. Warum war George Talleys Tochter nachts um halb zwei in einer kleinen Baptistenkirche, die drei Meilen außerhalb der Stadt liegt? Nachdem Talley im Gefängnis die Nerven verloren hatte, hatte Monroe Nat erzählt, dass er am Tatort sah, wie unter Amandas Hand ein Gesangbuch mit einem Lesezeichen lag. Hatte das Mädchen darin gelesen? War sie einfach durch die offene Tür hereingekommen wie Wochen zuvor zum Gottesdienst? Wollte Amanda Talley Abstand zu Georges eifrigem Katholizismus gewinnen? Ging sie nachts zur Baptistenkirche, um dort nachzudenken? Hat sie im schwindenden Licht das Gesangbuch zur Hand genommen, weil sie lernen wollte, die heiligen Lieder zu singen, die dadurch umso heiliger wurden, weil es ihre letzten sein sollten? Hat sie das Feuer selbst gelegt und war danach in die Kirche gerannt, um zu sterben, und sollte ihr Selbstmord ein Fanal sein? Oder wurde sie von Elijah oder jemand anderem in das Gebäude gezerrt, das er dann um sie herum in Flammen aufgehen ließ? Warum lag sie unter einer Kirchenbank, als man sie fand? Nats Magen revoltiert, als er sich vorstellt, was im Bericht des Leichenbeschauers stehen wird. Er weiß, das wird schrecklich sein, doch möglicherweise kann der Bericht Licht in die ganze Angelegenheit bringen, vielleicht gibt es etwas darin, das Elijah entlastet. Vielleicht auch nicht.

Nat erzählt Derby, was er über Amanda Talley weiß. Es gibt keinen Grund, warum er das tut, so gut kannte er das Mädchen nicht; niemand in Good Hope, glaubt er, kannte sie gut, möglicherweise nicht einmal ihr Vater. Doch es scheint Nat einfach richtig, über Verstorbene kurz nach ihrem Tod zu sprechen. Während er redet, merkt er, dass das fast ein Aberglaube für ihn ist, als sei dies eine Möglichkeit, jene Mächte zu besänftigen, die die Fäden des Schicksals in Händen halten, als könne er dadurch eine Art Guthaben gewinnen, das ihm hilft, einem so grässlichen Schicksal wie dem, das Amanda Talley widerfahren ist, zu entgehen. Das Schlimmste am Tod ist das Schweigen, das ihn umgibt, denkt er. Für die Toten sind die Worte ein Geschenk, mit dem man dieses Schweigen lindern kann; wenigstens für den kurzen Zeitraum, bis man sie vergessen hat.

Amanda Talley war siebzehn, Schülerin im letzten Jahr der Highschool droben in Maryland, wo sie mit ihrer Mutter lebte. Sie mochte Pferde und überhaupt alle Tiere, doch George konnte sich hier kein Pferd halten, das sie hätte reiten können. Während all ihrer Sommer in Good Hope schien Amanda nie einen Freund zu haben, obwohl sie seit der Scheidung jedes Jahr wiederkam. Sie ließ ihr kupferrotes Haar lang wachsen; sie hatte natürliche Locken, die sich in der Schwüle des Flusses verfilzten. Sie hatte etwas leicht Verwildertes an sich, sie hatte lange Beine und war schlaksig, weshalb sie auf ihren einsamen Spaziergängen wirkte wie ein junger Kojote, der vor Menschen auf der Hut ist. Einige Leute aus der Stadt behaupteten, sie sei unnahbar, andere nannten sie faul und einfallslos, und wieder andere meinten, das unbeholfene Mädchen täte ihnen Leid; schließlich hatte sie einen Vater, der die meiste Zeit bei seiner Arbeit oder in der Kirche verbrachte, sodass sie wohl beschlossen hatte, ihm aus dem Weg zu gehen. In der Öffentlichkeit begrüßt George jeden mit lauter Stimme und mit einem Schlag auf den Rücken; wie sanft ging er privat mit seiner Tochter um? »Ich glaube, ich hätte sie besser kennen lernen können«, schließt Nat.

Derby lässt das einen Augenblick lang unkommentiert. Ohne sich Nat zuzuwenden, fragt er schließlich: »Warum sagst du das?«

»Ich weiß es nicht. Es wäre einfach möglich gewesen. Sie war ein Kind. Sie hätte Freunde gebraucht.«

Derby schnaubt verächtlich. »In Wahrheit hat sie dir nichts bedeutet. Sie hat niemandem hier etwas bedeutet.«

»Vielleicht.« Aber das scheint unhöflich, und die Toten und diejenigen, die über sie wachen, vergrößern dein Guthaben nicht, wenn du ohne Liebe über sie sprichst. Nat blickt an Derby vorbei über den schwach beleuchteten Rasen hinweg bis zu den dunklen Verandastufen seiner Kindheit. Das Licht im Wohnzimmer erlischt. Die Menschen im Haus seiner Eltern ziehen sich zum Schlafen zurück. Nat erinnert sich daran, wie er und Derby vor fünfundzwanzig Jahren als junge, hungrige Männer auf den Stufen der Veranda saßen. Damals war Derby wie ein Dynamo, der vor Energie und Ideen sprühte. Nat stellt seinem Freund die Frage so, wie er sie ihm damals gestellt haben würde.

»Wie kann so etwas geschehen? Wie kann der Tod eines gemischtrassigen Kindes zu alldem führen?« Nat zählt es an seinen Fingern ab. »Feuer, Rache, Mord? Wie? Das sind alles gute, durchschnittliche Leute. Das sind keine Kriminellen oder Rassisten.«

Derby nickt. »Du willst, dass ich dir Gott erkläre.«

»Ich bin nicht sicher, was ich will.«

»Ich kann das. Mir ist heute etwas klar geworden.«

Nat sagt nichts, denn das ist seine Rolle, sobald er Derby die Frage gestellt hat. Er greift nach der Flasche. Derby reicht sie ihm und beginnt gleichzeitig zu antworten.

»Verrate mir eins«, sagt Derby. »Was ist die eine Sache, von der Gott am wenigsten weiß?«

»Gott sollte doch eigentlich alles wissen.«

»Alles wissen. Überall sein. Alles tun.« Die Stimme des Predigers hebt sich, als stiege sie die Stufen zum Lesepult hinauf. »Was also weiß Gott nicht? Ich frage mich das schon eine ganze Weile. Ich musste einen Weg finden, um Gott zu vergeben. Aber ich kann Ihm nicht vergeben, wenn Er allmächtig und allwissend ist. Wenn das der Fall ist, haben wir keine andere Wahl, als Ihm für alles die Schuld zu geben, was unserer Meinung nach falsch ist, denn Er hätte es verhindern können. Wenn also Gott irgendetwas nicht weiß, wenn es nur eine einzige Sache gibt, dann können wir verstehen und vergeben. Die eine Sache, über die Gott der Allmächtige vielleicht nichts weiß, ist die, wie es sein muss, nicht allmächtig zu sein. Denk doch mal drüber nach. Gott ist unsterblich, also weiß Er offensichtlich nichts über das Sterben. Er ist ohne jeden Makel und kann sich nicht vorstellen, was es heißt, Fehler zu haben, Versuchungen, Wünsche, Gier, Reue, Misstrauen. Alles, was existiert, liebt Ihn, also hat Er keine Ahnung von Einsamkeit und Verzweiflung und Zorn. Er hat das Universum geschaffen, und deshalb dürfen wir annehmen, dass Er sich nicht wirklich vorstellen kann, was es heißt, schwach zu sein. Kurzum, Gott weiß nicht, was es heißt, ein Mensch zu sein. Aber wir wissen es. Wir sind machtlos und winzig, bösartig und zornig und sterblich. Wir bringen Gott etwas bei über dieses eine schwarze Loch, das inmitten all Seines Wissens existiert. Er wird uns nicht aufhalten oder uns retten oder unseren Schmerz lindern,

Nat, nicht einen Augenblick lang. Wir leiden und gehen vor Ihm zugrunde, damit er etwas über das Leid und das Zugrundegehen lernt; Gott kann das nämlich nicht selbst. Er hat zugelassen, dass dieses arme Neugeborene entsetzlich missgebildet zu Clare und Elijah auf die Welt kam. Dann hat Er sich zurückgelehnt, um zu sehen, was passiert. Er hat meine hasserfüllten Kirchenältesten gesehen, Elijahs Stolz, das Feuer, die unschuldige Amanda Talley, mich, die Leute mit den Transparenten, die Reporter vom Fernsehen. Er hat sogar seinen einzigen Sohn Jesus Christus zu uns geschickt, der wie wir alle die Qualen des Lebens erfahren musste. In gewisser Weise sind wir also alle wie Jesus. Wir alle sind Gottes Kinder und seine Lehrer.«

Derby nippt an der Flasche. Er schluckt den Schnaps, als wäre es Wasser, nichts im Gesicht dieses Mannes verrät, dass es sich um Alkohol handelt, er schnappt nicht nach Luft, er kneift die Augen nicht zusammen.

»Frag nicht Gott, wenn du Antworten willst«, sagt Derby und reicht die Flasche so nachdrücklich hinüber zu Nat, als wäre es Medizin. »Tu das nicht. Denn er will die Antworten von uns.«

Nat hat genügend Scotch gehabt. Er macht eine ablehnende Geste. Derby zuckt mit den Schultern und behält die Flasche.

»Das ist ziemlich düster, oder?«, fragt Nat. »Ich dachte, Gott würde uns lieben.«

Derby spricht leiser. Sein gutturaler Ton ist verschwunden. Jetzt, da es nicht mehr so klingt, als hielte er eine Rede, hört Nat die Trauer, welche die Stimme seines Freundes erfüllt.

»Das tut Er, mein Sohn, das tut Er. Tatsächlich liebt Er uns viel zu sehr, und das ist auch der Grund, warum Er uns nicht berühren kann. Würde Er auch nur einen Finger für uns rühren, ginge Er schon zu weit. Er würde uns verderben, Er würde allen Schmerz von uns nehmen. Wenn Er könnte, würde Er uns hier und jetzt auf der Erde in Engel verwandeln, aber das kann Er nicht. Dann könnten wir Ihm nämlich nichts mehr beibringen. Er leidet mit uns, vergiss das nicht. Und schließlich ist nicht alles schlecht. Er sieht alles, was wir tun. Dazu gehören auch Güte, Mut und Selbstlosigkeit. Er sieht dich, meinen Freund Nat Deeds.«

»Ja, richtig. Mich.« Nat schnaubt. Es ist ein unpassendes Geräusch; es kommt vom Alkohol. Damit er sich nüchterner fühlt, deutet er mit dem Daumen auf die Flasche in Derbys Händen. »Du bedienst dich ganz schön, was?«

Derby ignoriert das. »Er sieht dich, Nat. Du bist ein guter Mensch. Du hättest diesen Fall nicht übernehmen müssen. Du musst nicht hier sein und – wie spät ist es eigentlich? – mit mir trinken und dir Sorgen darüber machen, was zu tun ist und warum all das geschehen ist. Du kümmerst dich wirklich sehr um alles.«

»Ich weiß. Ich muss damit aufhören.«

»Wenn dir das hilft, deinen Job zu erledigen. Aber ich kenne dich, Nat, du hast dich nicht sehr verändert. Ich weiß nicht, was für ein Leben du in den letzten zwanzig Jahren geführt hast, aber das hat es dir nicht genommen. Du hast immer noch die Gabe, die Furchtlosigkeit, die dafür sorgt, dass du dich engagierst, dass du dich für etwas einsetzt. Und so gut kenne ich dich. Wenn dir irgendetwas am Herzen liegt, dann hältst du auch durch. Diese Gabe sitzt genau an der Stelle, an der sie schon immer saß.« Um wegen des vielen Scotchs, den er getrunken hat, einen Halt zu finden, tippt Derby mit dem Finger gegen Nats Herz. »Das wird Elijah von dir brauchen. Genau das. Auch wenn es dich etwas kostet, auch wenn es schmerzt, nimm weiter Anteil. Wenn du nicht alles gibst, sitzt dieser Junge tief in der Patsche.«

Nat würde gerne von genau diesem Haken gelassen werden. Gerade jetzt möchte er Derby nicht all seine Probleme erklären. Es ist spät, und er muss versuchen, nach Richmond zu fahren. Er und Derby können einander später noch ihre Geschichten erzählen, am Tag, wenn sie nüchtern sind. Jetzt möchte er Derby nur von Elijah ablenken und von der Brücke, die sich von selbst in seinem Herzen gebildet hat – an der Stelle, an der Derbys Finger liegt, scheint sein Herz dagegen zu drücken, so voll ist es –, die Brücke, die Elijah und Maeve verbindet.

»Ich dachte, Prediger fluchen nicht.«

Derby zieht den Finger zurück. »Prediger können überhaupt nichts. Ich bin der Schwächste der Schwachen. Deshalb schätzt Gott mich so sehr. Ich bin Sein bester Lehrer.«

Derby hält die Flasche hoch und taxiert im Licht der Straßenlaterne, wie viel Alkohol noch darin ist. Zweieinhalb Zentimeter kristallbrauner Flüssigkeit schwappen auf und ab. Er scheint einen Augenblick lang mit sich zu kämpfen, ob er die Flasche leeren soll, trinkt dann aber nicht. Nat glaubt, Derby will ihm damit zeigen, dass er kein Alkoholproblem hat, dass er dem letzten Tropfen widerstehen kann. Es ist ein sehr bescheidenes Zeichen von Selbstbeherrschung. Nat beschließt, bei einer anderen Gelegenheit darüber zu sprechen, nicht jetzt, da so viel aus dieser Flasche durch seine eigenen Adern strömt.

»Ich möchte helfen«, sagt Derby. »Ich werde bei unseren Mitgliedern Geld für Elijahs Verteidigung sammeln. Du wirst Sachverständige brauchen, eigene Ermittler, ich weiß nicht, was alles, aber ich werde dir das Geld besorgen. Ich kenne viele Menschen, die sich schlecht fühlen wegen dem, was unsere Kirche getan hat.«

»Tom, du hast keine Kirche.«

»Nein, Nat, nein.« Derby sagt das mit weich singender Stimme, sein Kopf bewegt sich kaum wahrnehmbar. »Das war nur ein Gebäude. Du musst verstehen, dass eine Kirche eine Gemeinschaft ist.« Derby tippt sich auf die Brust. »Gleich nachdem ich zurückgekommen war, gab mir Rosy Epps ein silbernes Kruzifix, das sie achtundsiebzig Jahre lang getragen hat. Ihr Mann war tot, ihre Enkelin war tot, und ihre Urenkelin machte sich kaum mehr etwas aus der Kirche. Also gab sie es mir. Sie sagte, sie wolle, dass es bei der Victory Baptist bliebe, wenn sie einmal nicht mehr ist. Doch als das Baby starb, entschlossen wir uns, Clare das Kreuz zu geben. Vielleicht würde sie es Gott näher bringen, vielleicht nicht. Aber selbst wenn Clare das neue Gebäude nie betreten wird, selbst wenn sie dort kein einziges Mal betet, wenn die Kirche wieder aufgebaut ist, ist dieses Kreuz, das mir von Rosy und Clare gegeben wurde, die Kirche. Unsere eigene kleine Kirche. Verstehst du, Nat? Das ist Gemeinschaft. Manchmal gehören zwei oder drei Leute dazu, manchmal hunderte, und manchmal geht es nur um dich allein und Gott.«

Derby dreht die Schulter in den Sitz, um Nat direkt anzusehen. Seine Stimme hat den Predigerton verloren. Doch der Fels, der die Zeiten überdauert, der unerschütterliche Glaube, ist noch immer darin zu hören. Hier spricht der alte, visionäre Tom Derby, der junge Mann auf der Veranda vor dem Haus, der im Leben alles tun konnte und tun würde.

»Ich habe immer noch eine Kirche. Noch immer. Die jüngeren Mitglieder sind wütend auf die Kirchenältesten. Alleine heute habe ich mit fünfzig von ihnen gesprochen. Auch sie glauben, dass Elijah schreckliches Unrecht angetan wurde. Ich glaube, dass viele von ihnen über das, was geschehen ist, auch dann noch beschämt sein werden, wenn sie von Amanda Talley erfahren. Angesichts dieser Tragödie rücken wir zusammen, Nat. Wir werden die Victory Baptist Church wieder aufbauen, und sie wird schöner sein als in den letzten zweihundert Jahren. Wir werden Picknicks veranstalten, bei denen es Spanferkel gibt, wir werden Kuchen und gegrillte Fische verkaufen, wir werden Tombolas machen, und ich werde versuchen, dass die Mühle auch etwas dazu beiträgt. Das Kirchenkomitee Virginias hat mich bereits wegen einer Unterstützung angerufen. Wir werden Gebete und Geld bekommen, und wir werden die Kirche mit neuen Werten und frischerem Blut wieder aufbauen. Wir werden Gott in den Mittelpunkt stellen und den Menschen auf den zweiten Platz verweisen, wohin er eigentlich auch gehört. Und wir werden das neue Gebäude auf der Asche des alten errichten, denn die Asche ist dazu da, die Erde zu reinigen, damit Neues entstehen kann.«

Während seiner Rede hat Derby die letzten Reste seiner Nüchternheit verloren, und jetzt zapft sein Körper einen neuen Tank an, einen bis zum Rand gefüllten Tank, den Scotch. Der feuerköpfige Derby ist verschwunden, ertränkt im Alkohol, die leidenschaftliche Flamme erstickt unter einer unglücklichen Last. Sein Kopf und seine Schultern fallen zurück in den Sitz. Er schließt die Augen.

»Meine Schande«, sagt er, »ist am größten. Ich hatte die Möglichkeit, alldem Einhalt zu gebieten, und ich habe es nicht geschafft.«

Während er das Gesicht zum Wagendach richtet und seine Augen geschlossen bleiben, hebt Derby eine geöffnete Hand. Seine Stimme klingt, als intoniere er einen Segen, seine auf Nat deutende Handfläche gleicht einer kleinen weißen Linse, dem Auge eines wachsam blickenden Gottes.

»Du verteidigst Elijah. Du gibst dir jede erdenkliche Mühe. Ich glaube an dich. Du kümmerst dich um ihn, so gut du kannst, denn es gibt jede Menge Leute, die genau das nicht tun.«

Derby spricht nicht mehr weiter. Die Hand schließt sich und fällt herab in seinen Schoß. Nat verlässt das Viertel und fährt aus der Stadt, um seinen Freund nach Hause zu bringen. Er lässt das Fenster heruntergedreht, denn das hilft ihm, die Wirkung des Scotchs abzuschütteln. Auf den Nebenstraßen hört er zu; das hat er auch bei Derby getan, das hat er den ganzen Tag lang bei anderen getan, und jetzt macht er weiter damit, während Derby benommen ist oder schläft. Nat hört dem Wind zu; Geißblatt raschelt, und der Wind singt ein leises Wiegenlied, es ist ein warmes Rauschen, das seinen Namen kennt. Seine Reifen rollen über die bereitwillige Straße. Unter dem sinkenden Mond, neben den silbernen Feldern und den vorübergleitenden Bäumen und sogar an dem vorbeihuschenden schwarzen Ort des Todes, an dem Amanda Talley starb, fragt sich Nat, ob er heute Nacht, nachdem er Derby abgesetzt hat, die Brücke über den Fluss überqueren und weiter nach Westen in Richtung seines Bettes fahren wird, oder ob er stattdessen die geheime Brücke in seinem Herzen überqueren und noch stundenlang in seinem Wagen sitzen bleiben und vor Maeves dunkler und vertrauter Tür Wache halten wird.

3

Es ist noch nicht Mitternacht, aber bald wird die Nacht diesen Punkt erreicht haben. Clare sitzt auf der Veranda vor ihrem Haus. Der Mond hat seine größte Höhe erreicht. Clare kann keine Sterne sehen, nur Mondlicht, als sei der Mond auf andere Lichter eifersüchtig, als stieße er seine Strahlen hinaus in den Himmel, um alles bis auf sich selbst auszulöschen. Auf der Erde sieht das Maisfeld milchig trüb aus. Im Mondschein wirken die Stauden vor Clares müden Augen wie graue Gespenster, die sich in magerer Gestalt zu Millionen um ihr Haus versammelt haben, um sie auf der Veranda zu sehen, die gekommen sind, um ihr Gehör zu schenken oder um sie zu verhöhnen. Sie wartet darauf, doch die Gespenster sind nichts weiter als Mais und Grillen. Clare leckt sich Salz von der Oberlippe.

Drinnen im dunklen Haus klingelt das Telefon. Es hat den ganzen Tag über geklingelt. Leute aus der Mühle. Zeitungsreporter. Ein Kamerateam fuhr hierher, und Clare versuchte, Herschel auf die Leute zu hetzen, sobald sie aus dem weißen Transporter gestiegen waren, doch der Hund ist zu verspielt. Sie ging nach drinnen und weigerte sich, wieder herauszukommen. Die Eindringlinge riefen nach ihr, kamen auf ihr Grundstück und klopften sogar an die Tür, doch Clare blieb zusammengekauert hinter verschlossenen Gardinen auf dem Sofa sitzen, während das Telefon klingelte.

Jetzt ruft das Telefon Clare von der Veranda nach drinnen. Im Haus brennt kein Licht, denn Clare sitzt seit Einbruch der Nacht hier draußen. Das Telefon klingelt eine volle Minute. Clare steht auf, um zu sehen, wer dran ist – was solche Dinge betrifft, entscheidet sich unser Herz rein zufällig; fünf Minuten zuvor und fünf Minuten danach hätte sie es möglicherweise klingeln lassen und ihre Kraft zu widerstehen mit dem Durchhaltevermögen des mitternächtlichen Anrufers gemessen. Herschel bleibt auf der Veranda; er liegt auf der Seite und schläft.

Sie schaltet keine Lampe ein. Im Haus ist der Mond; über alles gießt er seine Milch, über den Mais draußen, über den Teppich, über das Telefon.

»Ja?«

»Clare, ich bin's, deine Großmutter.«

Clare bleibt stumm.

»Ich weiß, dass es spät ist. Leg nicht auf. Bitte.«

Die Stimme der alten Frau trifft Clare wie ein Stich in die Brust. Seit gestern Morgen, als Nora Carol aus der Erde der Victory Baptist Church fortgeschafft wurde, schwankt Clare in jedem einzelnen Augenblick zwischen heftigen Gefühlen gegenüber ihrer Großmutter hin und her, Gefühle, die nur schwer nebeneinander bestehen können: wilder Zorn, zärtliche, dankbare Erinnerungen, Entfremdung, Verwirrung. Jedes Mal, wenn sie an den Verrat der alten Frau in den Reihen der Kirchenältesten denkt, wird Clare in ihr eigenes verwundetes Herz geschleudert wie in einen Strauch wilder Rosen, bei dem jeder Gedanke an ihre Großmutter Dornen besitzt und nach ihr sticht. Clare hält einen Augenblick inne; die Stimme der alten Frau am Telefon bringt sie dazu, die vielen lieben Menschen zusammenzuzählen, die sie in den letzten drei Tagen einem bösen und gierigen Schicksal vorgeworfen hat: ihre Tochter, ihre Großmutter, bei der sie aufwuchs, ihren Ehemann, vielleicht sogar sich selbst, bevor das alles zu Ende ist. Und wozu? Was hat Clare getan, um auf diese Weise herausgehoben zu werden? Sie wollte ein Baby, das war alles, einfach nur einen Mann und ein Kind und eine gemeinsame Zukunft, wie sie andere Frauen haben. Ein einfaches Verlangen. Aber aus irgendeinem Grund wird sie auf die Probe gestellt. Dabei hat sich gezeigt, dass sie stark ist, das weiß sie. Sie war stark, als sie Nora Carol zur Welt brachte, stark, als sie das Kind begrub und dann noch einmal begrub. Als sie Elijah heute Morgen im Gefängnis besuchte, als Elijahs Anwalt am Nachmittag vorbeikam, als sie vom Schicksal der Tochter des Sheriffs hörte, stark, als die Nacht hereinbrach und nichts enden ließ außer dem heutigen Tag, nicht das Leid. Als Großmutter Epps jetzt am Telefon ist, spürt Clare, was die Einsamkeit und der Schmerz und die unablässige Stärke ihr antun. Sie verändert sich. Sie wird zu einem der Gespenster im Maisfeld. Der Mond, der durchs Fenster scheint und dessen Licht sich auf ihre nackten Arme legt, saugt ihrem Fleisch die Farbe aus; sie wird zu etwas, das nicht von dieser Welt ist. Die alte Stimme am Telefon gehört zur regenbogenfarbenen Welt und der geliebten Vergangenheit, bevor der Tod Clare die Farbe und das Leben nahm.

»Clare?« Großmutter Epps' Stimme klingt ängstlich. »Es tut mir Leid.«

Sie hält das Telefon vom Ohr weg. Sie betrachtet den Hörer. Er hat die Form und die Farbe eines Knochens, als läge der Teil eines Skeletts in ihrer Hand. Großmutter Epps' Stimme erhebt sich rasselnd aus dem Knochen. »Bitte glaub mir. Es tut mir Leid. Clare? Wirst du mit mir reden?«

Die alte Stimme möchte, dass Clare ihr verzeiht. Die Stimme versteht nicht, dass Clare das leicht tun kann und dass sich dadurch nichts ändert. Clare verzeiht Nora Carol, dass sie in einem so armseligen Zustand geboren wurde und sie so bald wieder verlassen hat. Sie verzeiht ihrem Ehemann, dass er letzte Nacht bei der Kirche war, zur falschen Zeit am falschen Ort. Aber Clares Vergebung kann weder ein frisches Grab noch eine Zellentür öffnen. Genauso wenig wie ihre Verzeihung ihr ersticktes Herz gegenüber Großmutter Epps öffnen kann.

Sie hält das Telefon wieder ans Ohr. Der Hörer ist merkwürdig kühl in einer so warmen Nacht. Knochen sind kühl, denkt sie.

Noch spricht sie nicht. Großmutter Epps kämpft noch immer. Clare, mein Liebling, sagt sie, du verstehst das nicht, die anderen in der Kirche, sie wird es Clare gegenüber wieder gutmachen, sie weiß bei ihrer Seele, dass Elijah das nicht getan hat, es tut ihr so Leid, wie die Dinge sich entwickelt haben, sie hätte sich das nie träumen lassen. Clare spürt die Kraft jener fremden Welt in ihrem Arm, der das Telefon hält. Der Hörer saugt auf, was Großmutter Epps sagt, und wird mit jedem Wort schwerer in ihrer Hand, doch mit steinerner Standhaftigkeit hält Clare den Hörer fest und ihre Zunge im Zaum. Nicht, weil er schließlich zu schwer wird, sondern einfach, um an ein Ende zu kommen – und unweigerlich ist Stärke genau das, sie ist die Kraft, diejenige zu sein, die etwas beendet –, spricht Clare.

»Großmutter?«
»Ja, Liebes? Ja, mein Liebling?«
»Es gibt zu viel, was ich dir zu sagen habe.«
»Das weiß ich. Das weiß ich. Das musst du auch.«
»Also werde ich nichts davon sagen. Gute Nacht.«
Clare legt den Hörer auf die Gabel.

4

Das Verschwinden hat begonnen. So schnell, dass Elijah überrascht ist. Das ist die erste ganze Nacht, die er im Gefängnis verbringt. Er weiß nicht, wie spät es ist. Es ist spät, aber wie spät? Zwei, drei Uhr am Morgen? Nachdem er heute Nachmittag vom Gericht in Good Hope wieder in das Regionalgefängnis von Rappahannock gebracht worden war, wurde er von den anderen Gefangenen getrennt. Seine Zelle ist die letzte im zweiten Stock, die letzte vor der hohen Backsteinmauer. Nicht einmal das Licht des »Ausgang«-Schilds reicht bis zu seinen Gitterstäben. Er hat kein Fenster. Hier auf dem Feldbett, auf dem er liegt, ist es so dunkel, dass er genauso gut im Weltraum schweben könnte. Entfernte Geräusche dringen in diesen kleinen, finsteren Raum, doch sie kommen unregelmäßig, sie werden von den Backsteinen und dem Metall zurückgeworfen, sie fliegen und springen so lange durch die Luft, dass er nicht sagen kann, was sie sind und woher sie stammen. Schritte? Stimmen oder Schnarchen? Mechanisch, wie Ventilatoren oder Wasserrohre? Die Welt, die durch die Gitterstäbe auf ihn zustürzt, ist blind und verkrüppelt und verwirrt, alles, was zu ihm durchdringt, ist miteinander verwoben, Geräusche und Zeit und Hitze und Entfernung sind ineinander geflochten wie eine Schlinge. Das ist das Verschwinden, denn wenn man um das Wissen kämpfen muss, wie spät es ist und wo man ist, dann muss man auch bald um das Wissen kämpfen, wer man ist.

Elijah schläft nicht. Sein Pulsschlag ist wie eine Hand, die ihn in jeder Sekunde knufft: He, Kumpel, schläfst du? Seine Augen sind offen, er denkt, dass seine Augäpfel eigentlich austrocknen und rissig werden müssten, so selten blinzelt er. Er sucht nach Sinneseindrücken: Lichtflecken an der Decke, das dicke warme Laken unter seinen Fingern, ein Knopf der billigen Matratze unter seinem Rücken, die Trockenheit in seinem Mund, die sich wie ein Knäuel Baumwolle anfühlt. Er sucht auch nach Gedanken, doch sie alle stehen in Flammen. Plötzlich kann er an nichts anderes mehr denken, als habe er in ein großes Feuer und dann wieder weggeschaut, sodass sich ihm das Bild eingebrannt hat und alles andere überdeckt. Vor seinem geistigen Auge sieht er, wie die Flammen in der Kirche in die Höhe schießen, jubelnd in ihrer Freiheit wie ein Dschinn, der aus der Flasche befreit wird, das Feuer verschlingt alles, aber es will noch mehr, er blickt weg von den Flammen auf den kleinen Friedhof, aber seine Augen tragen die Flammen wie ein Kohlebecken zum Grab, und der rote Lehm über Nora Carol fängt an zu brennen, und jetzt tanzen die Flammen auch dort. Dann blickt er zu Clare, die neben der brennenden Kirche und dem Grab steht, und sein Blick lässt sie auflodern. Panisch sieht er sich um und steckt so die Bäume und die Straße in Brand, der große schwarze Polizeibeamte, der gekommen ist, um ihn festzunehmen, geht in Flammen auf, das Gras brennt wie ein See in der Hölle, und Elijah steht mitten in diesem Inferno, ohne Hemd und betrunken und Tränen vergießend, die auf seinen Wangen zischen und kochen.

Elijah reißt die Augen auf. Er war eingeschlafen. Der Albtraum hat auf ihn gewartet. Die kurze Erleichterung, dass es nur eine Vision war, wird sofort von dem Ort verdrängt, an dem er erwacht, dem Gefängnis. Jetzt, während er sich in der ätherischen Dunkelheit eines Gefängnisses befindet, von der er nicht sicher weiß, ob sie das Ende des Albtraumes bildet, hört er eine winzige Stimme, die wie eine Kerze im Wind flackert. Die Stimme gehört weder zu dem Ort noch zu der Zeit seines Eingeschlossenseins. *Daddy*, sagt sie. *Daddy.*

Nora Carol?

Daddy, Daddy.

Oh, mein Kind. Oh, mein Kind. Ich möchte alles ungeschehen machen.

Daddy.

Und die Stimme geht, sie besitzt Füße und Schritte. Sie kommt näher durch die undurchdringliche Dunkelheit zu seiner Zelle.

Wieder hebt Elijah die Lider.

Vor dem Gitter seiner Zelle schwebt ein einzelnes rotes Auge, eine Kugel aus Wut und Feuer. Einen Augenblick lang glüht die Kugel heißer auf, sie ist jetzt fast orange, dann wird die Farbe stumpf. Kaum erhellter Rauch steigt in Kringeln um diesen Punkt auf.

Elijah hebt den Kopf nicht vom Kissen und bewegt sich nicht auf seinem Feldbett. Wieder glüht der rote Punkt heiß auf wie das Auge eines Drachen und wird dann kühler.

Eine Minute lang hängt der Punkt außerhalb der Gitterstäbe, er glüht auf und wird wieder schwächer, und Rauch umgibt sein Verschwinden. Elijah wartet, er lässt sich nicht anmerken, dass er wach ist, dass er beobachtet, während er beobachtet wird. Dann glüht der Punkt so hell auf wie nie zuvor, ein tiefer Atemzug des Drachen, und das Auge wird, sich überschlagend, zu Elijah aufs Bett geworfen, der sich die Zigarette von der Brust wischt. Eine Rauchwolke schwebt an den Gitterstäben vorbei, als George Talley davongeht.

Amanda Talley

EINS

1

Der Tod von Sheriff George Talleys Tochter hat die Leute aus den Häusern geholt. Nat besucht nicht den Gedenkgottesdienst in der Kirche von St. Bede, aber er fährt die Main Street hinab und sieht über die Kirchenstufen hinweg zur offenen Doppeltür hinein. Die Kirche ist voll bis unters Dach. Menschen stehen auf Zehenspitzen in der Vorhalle. Auf dem Bürgersteig vor der Kirche warten mehrere Fotografen und Kameraleute. Monroe, der den Bürgersteig auf und ab geht, behält sie im Auge. Er winkt Nat an den Straßenrand zu sich. Nat hält. Monroe lehnt sich zum Fenster hinein.

»Verdammte Schande«, sagt der Hilfssheriff.

»Allerdings.«

Nat blickt über die Stufen hinweg in die Kirche.

»Wie kommt George damit zurecht?«

Monroe zuckt mit den Schultern.

Nat hat schon lange bemerkt, dass Monroe Skelton, der fähigste Hilfssheriff des Bezirks, ein zwiespältiges Verhältnis zu George Talley hat. Monroe erledigt seine Arbeit und lässt sich nichts zuschulden kommen. Er grinst, wenn George ihm auf die Schulter klopft, doch Monroe wirkt auch immer ein wenig wie ein Grizzly, wie eine große Kreatur, deren Macht man besser respektiert.

Monroe lässt seine Schultern sinken. »Mann, es ist voll da drin. Gehst du rein?«

»Nein. Ich glaube nicht, Money. Ich bin der Anwalt des Kerls, dem man vorwirft, das Mädchen umgebracht zu haben. Ich glaube, ich bleib heute etwas auf Distanz, du weißt, was ich meine. Ich gehe nach der Kirche auf den Friedhof.«

»Ja. Es gehört schon Mumm dazu, dass du überhaupt kommst, Nat.«

»Vielleicht. Ich kenne George schon lange.«

Monroe erzählt Nat, dass Talley gestern Morgen nach Richmond zum Büro des Leichenbeschauers gefahren ist, um die Tote zu identifizieren. Monroe gibt zu, dass das schrecklich gewesen sein muss. Talley hat bei den Behörden des Staates ein paar Strippen gezogen, damit die Autopsie so schnell wie möglich durchgeführt wurde und er seine Tochter heute nach der Sonntagsmesse beerdigen kann.

»Hast du die Zeitungen gesehen?«, erkundigt sich Nat.

»Ja. Dein Waddell ist inzwischen überall bekannt.«

Berichte über die Brandstiftung und die mutmaßliche Ermordung Amanda Talleys wurden am Samstag und am Sonntag im Fernsehen und in den Zeitungen in Richmond verbreitet und inzwischen wahrscheinlich schon im ganzen Staat. Fotos und Fernsehbilder sprühten das Bild der verkohlten Kirche wie Grafitti auf das Auge der Öffentlichkeit. Einzelheiten über Nora Carols tragische Geburt und ihren Tod wurden gebracht, über ihre Exhumierung durch die Kirchenältesten der Victory Baptist, über das Feuer in der Kirche in den frühen Morgenstunden, über Elijahs Verhaftung, über die siebzehnjährige Tochter des Sheriffs des Pamunkey County, die am Nachmittag darauf in der Asche gefunden wurde. Der ganze Bezirk wird in diesen Artikeln über einen Kamm geschert. Die Wörter *schwarz, weiß, Rasse, Hass, Kummer, angeblich* wimmelten zwei Tage lang über diese Berichte wie wütende Ameisen, und Nat weiß, dass es noch mehr davon geben wird. Er blickt an Monroe vorbei zu den offenen Kirchentüren. Er hört, wie die Orgel Trauermusik spielt. Er denkt an die schwitzenden Leute, die sich auf Gängen und Bänken mit ihren Kränzen um einen mit Blumen bedeckten verschlossenen Sarg drängen; er stellt sich eine einflussreiche Mischung aus Reportern, trauernden Katholiken, zerknirschten Baptisten, loyalen Schuldnern und Freunden George Talleys vor, die allesamt in ihrer Rechtschaffenheit vereint laut weinen oder leise schniefen, allesamt entsetzt über die Umstände, unter denen das Mädchen starb, und verärgert, wenn sie in den im ganzen Land erscheinenden Zeitungen lesen, dass sie nichts weiter als rassistische Hinterwäldler aus einer obskuren Kleinstadt sind. Alle suchen jemanden, dem sie die Schuld geben können, solange es sich dabei nur nicht um sie selbst handelt. Nat hofft, dass Tom Derby ihnen etwas über Buße und Vergebung zuflüstert.

Ein Reporter, der auf den Kirchenstufen lauert, geht auf Nats Wagen zu. Monroe sieht den Blick in Nats Augen. Er dreht sich um und stellt sich dem Mann in den Weg.

»Es ist Sonntag«, sagt Monroe zu dem Reporter. »Lassen Sie's mal gut sein.«

Der Journalist spricht über Monroes vorgeschobene Schulter hinweg. »Mr. Deeds? Kann ich kurz mit Ihnen reden?«

Andere Reporter hören das und kommen näher wie Tauben, wenn es Popcorn gibt. Monroe drängt sie zurück. Er winkt Nat weiter. »Später«, sagt er.

Um eins parkt Nat seinen Wagen vor dem großen katholischen Friedhof außerhalb der Stadt. Der Ort wirkt sehr gepflegt, Topfblumen schmücken die meisten Gräber. Die fahlen Grabsteine wurden flach in den Boden eingelassen, sodass der Ort noch immer wie eine grüne Parklandschaft wirkt. Auf einem niedrigen Hügel in der Mitte des Friedhofs steht ein großes Steinkreuz. Nat geht den Hügel hinauf, um sich unter das Kreuz zu stellen, das keinen Schatten wirft. Im Augenblick fällt das Licht fast senkrecht. Wenn man von hier oben über die Menschen hinwegblickt, die sich zu Ehren Amandas versammelt haben, kann man die Flussbiegung sehen, von der aus das grüne Wasser in Richtung der Chesapeake Bay fließt.

Nat trägt einen schwarzen Anzug, doch ansonsten findet man nicht sehr viel Schwarz bei diesem Begräbnis. Die flirrende Hitze am Grab empfängt jeden, als richte sie selbst und nicht George Talley oder die St.-Bede-Kirche die Trauerfeier aus. Nat schätzt, dass sich vierhundert Menschen über den Rasen verteilt haben. Viele von ihnen tragen kühlere Farben, die Frauen fleischfarbene Pastelltöne, die Männer leichte blaue oder weiße Kleidung aus Leinen oder aus hellbraunem Baumwollkhaki. Schwarz ist eine formelle Farbe; die meisten Menschen aus dem Pamunkey County sind einfache Arbeiter; sie tragen nicht besonders häufig Schwarz. Alles sieht eher wie eine Osterversammlung aus und weniger wie ein Begräbnis.

Maeve trägt Schwarz.

Nat sieht, dass sie alleine dasteht; sie trägt einen breitkrempigen, ebenholzfarbenen Strohhut. Ihr Haar, das so dunkel ist wie ihr Hut, fällt glatt über ihren Rücken, sodass es ausschaut, als trage sie eine schwarze Kapuze. Es ist das erste Mal seit der Weihnachtswoche vor acht Monaten, dass er sie sieht. Während er sie anschaut, spürt er einen Augenblick lang den Schnee, jenen kalten Tag. Vierhundert Menschen umgeben sie dicht an dicht, doch selbst dann fällt sein Blick sofort auf sie, während er vierhundert Meter entfernt auf einem Hügel steht und sie Trauerkleidung trägt und das Gesicht zu Boden geneigt hat.

Nat lehnt sich gegen das Steinkreuz. Es trägt die Hitze des Tages in sich und fühlt sich zugleich leblos und lebendig an. Seit seiner Teenagerzeit hat Nat keine Kirche mehr betreten, um zu beten, und auch damals kam das nur unregelmäßig vor, wenn er an den Feiertagen seine Eltern begleitete, die gegenüber den anderen Familien nicht zurückbleiben wollten, deren Väter im Management arbeiteten. In der presbyterianischen Kirche, die seine Eltern besuchten, murmelte er keine Gebete vor sich hin, um Gott, wie ihm das beigebracht worden war, um etwas zu bitten, um von ihm Weisheit oder Geduld oder Spielsachen oder die Genesung eines kranken Verwandten zu erflehen. Nat sagte zu Gott einfach Hallo. Wie geht's dir, Gott? Wie ist es da oben? Hübsch, hoffe ich. Nat kam es immer wie Borniertheit vor, wenn man von Gott Hilfe oder Belohnungen erbat. Schon als Kind entschied Nat, dass er bereits alles hatte, was er brauchte, und er widerstand der Versuchung, Gott um eine Extraportion zu bitten. So verhielt er sich auch weiterhin, und dadurch verlor er seinen Glauben. Als er jetzt den Hügel hinabblickt, fragt er sich, wie es ist, heute George Talley zu sein. Einen solchen Glauben zu besitzen und ein so großes Bedürfnis nach einem freundlichen, großzügigen Gott zu haben und gleichzeitig eine tote Tochter. Wie kann man beides in Einklang bringen? Dieser Gedanke bringt ihn auf Clare und Elijah – die ihre Liebe besitzen und ebenfalls ein totes Kind haben und Gefängnisgitter, die sie voneinander trennen, und die einer so gefährlichen Zukunft entgegensehen. Er denkt das, während er den Blick nicht von Maeve löst, und er fragt sich, wie es ist, sie zu sein. Als habe er ihr ein Stichwort gegeben, hebt sie den Kopf zum Hügel. Genau in diesem Augenblick *sie* sein. Einen Ehemann haben, der einen verlassen hat, keine Antwort zu erhalten auf die flehentlichen Bitten, er möge nach Hause kommen. Sehen, wie er einen von der Spitze eines Hügels auf dem Friedhof aus beobachtet. Zugeben, dass man im Unrecht war, und sagen, dass es einem Leid tut – und was kann man denn noch tun? –, und trotzdem ohne den eigenen Mann sein.

Nat möchte sich bewegen, sich umwenden, deutlich zeigen, dass er wegsieht, sogar mit den Füßen im Gras schlurfen. Doch er steht reglos da, und Maeve sieht zuerst weg. Sie blickt zu Boden, und die breite schwarze Hutkrempe senkt sich über ihr Gesicht wie die Nacht.

Von seinem Beobachtungsposten aus sieht Nat drei schwarze Fahrzeuge heranrollen. Das erste ist ein langer Leichenwagen; ihm folgen zwei schwarze Cadillac-Limousinen. Die bunte Menge spürt diese Ankunft und drängt näher an den Rand des Grabes. Hier wurde eine kurze Reihe Metallstühle aufgebaut. Maeve verschwindet am Grab. Jetzt kann Nat nur noch die Spitze ihres Hutes erkennen. Die drei Wagen halten. Vier Männer in dunklen Anzügen, die Angestellten des Beerdigungsinstituts, steigen aus dem Leichenwagen und laden den Sarg aus. George Talley steigt aus der ersten Limousine. Seine Exfrau und ihr Mann, möglicherweise ihr neuer Ehemann aus Maryland, steigen aus der zweiten.

Nat fragt sich, ob Amandas Mutter großzügig zugestanden hat, dass ihr Kind hier, in Georges Heimatstadt und dem Ort von Amandas Geburt, beerdigt wird, oder ob es Streit gegeben hat. George und sie sind in getrennten Limousinen zum Grab ihrer Tochter gekommen. Nat vermutet, dass dieser sonnige Tag mit der großen Menschenmenge auf dem Rasen einen Sieg für George bedeutet.

Nat beobachtet die Prozession, die sich zum Grab bewegt. Es ist Zeit, den Hügel hinabzusteigen. Nat rückt vom Kreuz weg; sein Rücken ist schweißbedeckt wegen diesem Ding.

Er macht einen Schritt und bleibt stehen. Es gibt eine ganze Reihe von Gründen, warum er nicht hinuntergehen sollte. Er ist der Anwalt des Mannes, der angeblich das Mädchen umgebracht hat, das heute begraben wird. Er ist der Ehemann, der sich von Maeve getrennt hat, der immer noch unentschlossen und nicht bereit ist, sie zu treffen. Doch der Hügel fällt sanft ab, und er geht leichtfüßig bergab. Nat hat Freunde da unten, Menschen, die froh sein werden, ihn zu sehen. Er kennt George Talley seit vielen Jahren. Er wird niemandem zu nahe kommen, er wird einfach nur am Rand der Menge stehen und George so seine Unterstützung und sein Beileid bezeugen und sich dann still zurückziehen.

Während er den Hügel hinabgeht, beobachtet er George Talley. Der Sheriff umarmt Menschen, klopft ihnen auf den Rücken, schüttelt Hände; es ist eine Wahlkampagne für ihn, nur die fröhliche Stimmung fehlt. Seine Ex-Ehefrau und ihr neuer Mann sitzen mit düsterer Miene auf den Metallstühlen am Grab und warten darauf, dass George sich ihnen anschließt. Nat kann Maeve nicht finden.

Er geht zu einer Stelle, an der viele Trauernde stehen; er ist kaum in Hörweite des Priesters. So viele Menschen fächern sich in der Hitze Luft zu und treten von einem Bein aufs andere, dass er die Worte der Trauerrede kaum hören kann. Er steht alleine für sich.

Hier am Rand stehend, wird Nat klar, dass er die Größe der Menge unterschätzt hat. Es müssen fünfhundert Menschen gekommen sein. Die Zusammensetzung ist ungewöhnlich; da sind Farmer mit kantigen Gesichtern, Mühlenarbeiter mit schwieligen Händen, Männer mit Doppelkinn und Büroangestellte und Polizisten in Uniform aus vier Bezirken. Er sieht mehrere Menschen, die er kennt. Richter Baron putzt seine Brille mit einem Taschentuch. Da sind Nats Nachbarn, die rechts und links von seinem und Maeves Haus leben. Alte Freunde seiner Eltern. Er sieht seinen früheren Steuerberater, der neben Ed Fentress' Sekretärin steht. Monroe und Rey Ann Skelton sind hier. Dr. Charles Jorgensen, sein früherer Arzt und der örtliche Leichenbeschauer, den man bat, Amandas Leiche zu untersuchen. Als örtlicher Leichenbeschauer hat er einen kurzen Bericht verfasst, der zusammen mit der Leiche dem Büro des staatlichen Leichenbeschauers übergeben wurde und der die offensichtlichen Fakten enthält: Weiße weiblichen Geschlechts, in der Kirche verstorben nach mutmaßlicher Brandstiftung; dazu eine Zeichnung, die den Fundort der Leiche skizziert. Der Arzt erhält fünfzig Dollar für das Aufsuchen des Fundorts sowie weitere fünfzig für die Abfassung des Berichts. Nat wird ihn wahrscheinlich am Montag erhalten, vor Elijahs neuer Anklage wegen eines Tötungsdelikts.

Nat denkt, George Talley ist das Gesetz. Das Gesetz sucht jeden Haushalt auf, und heute ist dieser Besuch ein Winken, und alle sind sie gekommen. Nat zuckt zusammen und blickt hinauf zum irdischen Himmel, dorthin, wo sich auch der Himmel befinden soll, von dem die Religion spricht. Diesen zweiten Himmel stellt er sich vor, und er ist froh, dass der Tag, an dem Amanda in diesen Himmel aufsteigt, so klar ist. Doch die Menge, die sich um das Grab versammelt hat, gehört zu ihrem Vater, so viel steht fest.

Er versucht, einige Blicke aufzufangen; so weit von der Stimme des Priesters entfernt, bleibt einem wenig anderes übrig, als zu Boden zu blicken oder sich umzusehen. Der Steuerberater bemerkt ihn und nickt, ohne dass sich sein Gesichtsausdruck ändert; dann blickt er weg und murmelt seiner Frau etwas zu. Nat sieht Dr. Jorgensen an, und der alte Arzt macht dasselbe, er flüstert seiner Frau etwas zu. Sie hört, was ihr Mann sagt, und richtet ihren Blick dann kühl auf Nat; sie wendet sich nicht mehr ab, bis Jorgensen nach ihrem Arm greift und sie zu sich dreht. Der Arzt und seine Frau gehen einen Schritt und blicken in eine andere Richtung.

Nat starrt über die Menschenmasse hinweg. Auf der gegenüberliegenden Seite entdeckt er ein Paar, zu dem er und Maeve ein gutes Verhältnis hatten. Er überlegt, ob er zu den beiden hinübergehen soll, doch dann erscheint es ihm das Beste, ruhig stehen zu bleiben. Er versucht nicht länger, irgendjemanden auf sich aufmerksam zu machen, und blickt auf seine Schuhe. Er gesteht sich ein, dass er enttäuscht ist; er fühlt sich ausgegrenzt und bloßgestellt; er hat jemanden gesucht, der ihn freundlich willkommen heißt.

Langsam und ohne aufzublicken bemerkt Nat, dass eine Bewegung durch die Menge geht, ein lautloses Zurückebben, als habe jemand einen Stein in einen Teich geworfen, in dessen Mitte er selbst steht, und jetzt bewegen sich die Wellen kreisförmig von ihm weg. Er sieht sich um. Viele Augen sind jetzt auf ihn gerichtet, und Geflüster, das er nicht verstehen kann, macht die Runde von Schulter zu Schulter. Eine Minute später sind alle Menschen, die am nächsten bei ihm standen, einen Schritt von ihm weggetreten. Nat versucht, sich zu beherrschen, doch Enttäuschung und Empörung spiegeln sich auf seinem Gesicht. Während die Trauerrede des Priesters, als warmherziges Flüstern zu hören ist, presst Nat die Lippen zusammen und fixiert die Menschen, die sich von ihm zurückziehen.

Von hinten berührt eine Hand seinen Ärmel.

Nat dreht sich um. Mrs. Rosalind Epps weicht einen Schritt zurück. Sie ist über etwas erschrocken, das in seinem Gesicht war, als er sich umdrehte. Die alte Frau fasst in ihr starres blaues Haar, um sich wieder zu beruhigen.

»Entschuldigung, Nathaniel.« Sie spricht zu laut. Nat erinnert sich, dass sie das bei allen ihren früheren Schülern macht, als stünde sie noch vorn an der Tafel, auch wenn das schon dreißig Jahre zurückliegt. Sie fängt sich und senkt ihre Stimme zu einem Bühnenflüstern. »Es tut mir Leid. Habe ich Sie erschreckt?«

»Nein, Ma'am, Mrs. Epps. Wie geht es Ihnen?«

Die kleine Frau streckt die Hand aus. Sie trägt ein pfirsichfarbenes Kleid mit einem Muster aus Gemüsebildern. Das ist keine Trauerkleidung; sie selbst ist ein zusätzliches Blumenarrangement auf zwei Beinen. Nat nimmt vorsichtig ihre Hand, seine Finger unten, sein Daumen oben, wie man das bei einer Matrone macht, die einen in der dritten Klasse unterrichtet hat; es ist eine Berührung wie bei einem Kotillon.

»So gut, wie man erwarten würde bei all dem Leid, das hier zusammengekommen ist. Sie wissen, dass ich Clare Waddells Großmutter bin.«

»Ja, Ma'am. Es tut mir Leid, von Ihrem Verlust zu hören.«

»Vielen Dank. Und jetzt dieses arme Mädchen.«

»Ja, Ma'am.«

»Ich kann mich nicht daran erinnern, dass diese Stadt jemals so viele Tragödien in kurzer Zeit erlebt hat.«

»Nein. Ich auch nicht.«

»Ich habe gehört, dass Sie Elijahs Anwalt sind.«

»Ja, Ma'am, das bin ich.«

»Gut.« In ihrer anderen Hand hält Mrs. Epps ein Taschentuch. Sie wischt sich damit über die Stirn. Nat denkt, dass sie die Sonne nicht besonders gut verträgt. Ihre Hand ist klamm. Er lässt sie los, und ihr Arm schwebt noch immer in der Luft, als hielte er ihn. Es ist die Haltung eines Hundes, sie gleicht einem alten Pointer. Die Falten an ihrem Ellbogen sind rosa; sie hat hohen Blutdruck.

»Ich bin sicher, dass er es nicht getan hat, Nathaniel.«

Sie scheint noch viel mehr sagen zu wollen. Sie sieht ihn an, bewegt Zunge und Lippen, sagt aber nur: »Ich hab gesehen, wie Sie hier ganz alleine stehen, und da dachte ich, ich komme rüber und stelle mich zu Ihnen. Wenn es Ihnen nichts ausmacht.«

»Überhaupt nicht, Mrs. Epps. Vielen Dank.«

Die alte Frau wendet ihr Gesicht der Trauerzeremonie zu. Sie steht neben Nat und sagt kein Wort mehr. Nat blickt zu ihr hinab. Auch ihr Halsansatz, der im Ausschnitt ihres Kleides sichtbar ist, hat sich gerötet. Sie kocht in dieser Hitze.

Nat beugt sich zu ihr. »Mrs. Epps, warum versuchen wir nicht, etwas Schatten für Sie zu finden und eine Stelle, an der Sie sich hinsetzen können?«

Sie schenkt ihm ein resolutes Lächeln. »Mir geht es gut. Es dauert nicht mehr lange. Trotzdem vielen Dank, Nathaniel.«

Wieder blickt sie aufmerksam nach vorn. Nat spürt, dass Mrs. Epps für ihn so etwas wie ein Wachposten geworden ist. Die subtilen Blicke haben nachgelassen; niemand in seiner Nähe versucht, sich mit winzigen Schritten zurückzuziehen. Er beobachtet, wie Mrs. Epps geschickt den Blick zwischen dem Grab und den unruhigen Menschen in ihrer Nähe hin und her wandern lässt.

Aufrecht, stumm und wachsam bewahrt sie Haltung. Obwohl sie gedrungen und alt ist, hat sie sich die Präsenz einer Lehrerin bewahrt, die vor der Klasse steht und sehen will, ob jemand es wagt, direkt unter ihren Augen zu schummeln. Von Zeit zu Zeit wischt sie sich über die Stirn. Der Priester hört auf zu sprechen. George Talley erhebt sich. Seine Stimme klingt gebieterisch. Nat denkt, dass ein Zittern in den Worten zu hören sein müsste, die ein Vater am Grab seiner Tochter spricht, doch George spricht laut und klar. Nat fällt das auf, und er verzeiht ihm; es liegt einfach in Georges Natur, dass er sich in der Öffentlichkeit so wohl fühlt.

Während er Talley zuhört, bemerkt Nat, wie sich irgendetwas in der Menge regt, die ihn umgibt. Alle sind so weit vom Grab entfernt, dass Georges Rede dadurch nicht gestört wird. Rosy Epps' Brust hebt sich.

»Nat, kennen Sie einen Mann aus dem Ort, einen gewissen Mr. Snead?« Er sieht, dass sie beide Hände zu Fäusten geballt hat. Das Taschentuch hängt aus der einen Faust. Die Haut über ihrem Ausschnitt rötet sich noch mehr.

»Nein, Ma'am. Stimmt irgendetwas nicht?«

»Nathaniel Deeds.« Ihr Gesicht ist zugleich süß und niedergeschlagen. »Wir werden uns bald wieder unterhalten, da bin ich mir sicher. Ich danke Ihnen, dass Sie mir Gesellschaft geleistet haben.«

Mit diesen Worten geht Mrs. Epps nach vorn in die Menge; eilig und etwas schwerfällig drängt sie sich an einigen Menschen vorbei. Nat sieht, wie sie geht und frontal mit einem dünnen älteren Herrn zusammenstößt, der, so vermutet Nat, Mr. Snead sein muss. Der Mann scheint eine Gruppe anzuführen, die ihm auf dem Fuße folgt. Rosy Epps stemmt die roten Fäuste in ihre Hüften. Der Mann bleibt stehen, die Gruppe hinter ihm drängt sich zusammen. Einer seiner mageren Finger deutet auf Nat, doch Mrs. Epps sagt etwas, und der Finger sinkt herab. Mehrere Menschen auf dieser Seite der Menge wenden sich von Georges Eloge ab, um zu sehen, was es mit der Unruhe hier auf sich hat. Nat schüttelt den Kopf, er fühlt sich unwohl; wieder wurde vereitelt, was er vorhatte. Wieder gelten die Blicke ihm, glühende, abweisende Blicke. Er macht auf dem Absatz kehrt, um zu gehen.

Da ist Maeve.

Sie steht so da, wie man sie zeichnen würde, hätte man nichts als Papier und Bleistift: ganz in Schwarz, weiche Konturen, weiße Haut. Sie streckt ihm eine Handfläche entgegen. Nat weiß nicht, ob das »Halt« oder »Hallo« bedeuten soll. Sie ist drei Meter entfernt, drei Schritte. Doch drei Schritte werden nicht reichen.

Nat hebt die Hand, seine Bewegung spiegelt ihre. Seine Geste bedeutet »Auf Wiedersehen«.

2

Ein Mann, der einen Ball hoch in die Luft wirft, kann sich kaum auf etwas anderes konzentrieren, während er darauf wartet, dass der Ball wieder in seine Hände fällt. So geht es Nat am Montagmorgen. Alles ist an diesem Tag in der Schwebe, und Nat verbringt ihn damit, dass er zu arbeiten versucht, während er auf den Anruf von Ed Fentress wartet.

Nat wartet auf die Nachricht, dass Richter Baron Elijahs Voruntersuchung wegen Brandstiftung abgesagt hat und dass Elijah wieder vor Gericht erscheinen muss, diesmal wegen einer neuen Anklage. Nat vermutet, dass er jeden Augenblick aufspringen und nach Good Hope fahren muss, sobald er den Anruf erhält. Das hindert ihn daran, sich näher mit den Fällen zu beschäftigen, deren Unterlagen auf seinem Schreibtisch liegen – eine Scheidung, Streitigkeiten wegen eines Vertrags, der Abschluss eines Immobiliengeschäfts. Jedes Mal, wenn das Telefon klingelt, geht es um alle möglichen Dinge, nur nicht um Elijah. Nat isst alleine zu Mittag, er sagt einen für den Nachmittag geplanten Termin ab. Er spricht mit mehreren Reportern, die ihn aus dem ganzen Staat anrufen, aus Virginia Beach, aus Fairfax und sogar aus Roanoke. Er gibt keine Kommentare ab; er sagt allen, dass die Verhandlung öffentlich ist und dass sie nach eigenem Gutdünken die Fakten bewerten können. Einer der Reporter, die anrufen, ist ein Mann, den Nat kennt; Sam Worth schreibt für eine Zeitung aus Williamsburg und hat über einige Prozesse in Good Hope berichtet, als Nat noch bei der Staatsanwaltschaft war.

»Ich bitte dich, Nat. Rede mit mir«, sagt Sam.

Nat sagt: »Inoffiziell.«

»Okay. Inoffiziell.«

»Du bläst diesen Fall zu sehr auf, Sam.«

»Nat, jemand wurde umgebracht.«

»Solange wir den Bericht des Leichenbeschauers noch nicht haben, ist niemand umgebracht worden.«

»Es geht um ein wieder ausgegrabenes Baby, um einen wütenden Vater, der neben einer brennenden Kirche steht. Es geht um die Tochter des Sheriffs.«

»Warum sprichst du es nicht einfach aus? Sei ehrlich. Es

geht um die Hautfarbe. Die Presse bläst das alles maßlos auf.«

»Das ist eine Nachricht, Nat. Wach auf. Es ist das, was die Leute lesen wollen. Und wenn die Leute etwas über Hautfarben lesen wollen, von mir aus. Es ist nicht unser Fehler, wenn die Leute uns bereitwillig dafür bezahlen, dass wir ihre Vorurteile bestätigen. Der Mann auf der Straße glaubt, dass er von allen Seiten bedroht wird, von Schwarzen, von Weißen, von Verbrechern und Terroristen bis hin zum Finanzamt und den Politikern. Er glaubt nicht, dass es irgendeinen sicheren Ort gibt oder dass sein Geld oder seine Wählerstimme oder seine Gesundheit ein Jahr später noch irgendetwas wert sind. Wie soll sich die Presse dabei deiner Meinung nach verhalten? Das ist ein riesiges Geschäft, Nat. Du willst Zeitungen verkaufen? Du willst, dass sich die Leute die Abendnachrichten ansehen? Oh, verdammt!« Der Reporter kichert. »Exhumiere ein schwarzes Baby. Steck eine weiße Kirche in Brand. Bring eine Teenagerin um. Mann, ich bitte dich. Nur für die Leute, die diese Dinge tun oder denen diese Dinge angetan werden, ist das die Wirklichkeit. Für alle anderen ist das nur eine gute Show. Und es hört nicht einfach auf, weil es dabei manchmal unfair und hysterisch zugeht. Und manchmal, das musst du zugeben, stimmt alles haargenau.«

»Was ist, wenn er unschuldig ist?«, fragt Nat. »Hast du darüber schon mal nachgedacht?«

Wieder lacht Sam Worth leichthin. »Auch das ist eine Nachricht.«

»Du kannst dabei nie verlieren, richtig?«

»Exakt. Jeder kann verlieren. Nur wir nicht.«

Der Reporter wartet, er denkt über etwas nach. Nat will gerade auflegen, da sagt er: »Und jetzt werde ich ehrlich sein. Wir verlieren nicht, weil wir nicht spielen. Wir wetten nicht. Wir zählen einfach nur den Punktestand.«

Um fünf geht Nat nach Hause und denkt, er sollte eine Sekretärin einstellen, die sich um die Anrufe kümmert, sobald er sich das finanziell erlauben kann. Er ist angespannt, sein Nacken schmerzt, als habe er den ganzen Tag in seinem Büro damit zugebracht, verkrampft nach oben zu starren und auf den Ball zu warten.

Nur wenige Augenblicke lang setzt er sich der Hitze aus, während er zu seinem Wagen geht. Dann dreht er die Klimaanlage hoch. Nach einer zehnminütigen Fahrt eilt er über den Bürgersteig zu seinem Appartement. Er steckt den Schlüssel ins Schloss, und eine beige Welt empfängt ihn. Er schließt die Tür hinter sich und ist sofort dankbar für die Kühle hier drinnen, doch das ist auch das Einzige, was ihm an dieser Wohnung gefällt. Sein Appartement befindet sich in einem Gebäudekomplex, einem langweiligen Bienenstock für Leute mit besseren Berufen, der einen Swimmingpool und zwei Tennisplätze umgibt. Die Möbel hat er gemietet. Sie sind dunkel- und hellbraun, gebrochen weiß und gestreift, und die Wohnung ist voll gestopft damit. Der Couchtisch und die Beistelltischchen bestehen aus Mahagoni-Imitat, die dazu passenden Lampenschirme sind braun und weiß gesprenkelt und sehen einfach nur schäbig aus. Der Fußboden wird von robusten Teppichfliesen bedeckt, die die Farbe von trockenem Sand besitzen. Das Resopal in der Küche ist fleischfarben. Nichts hängt an den einfachen weißen Wänden. Nat wirft seine Aktentasche auf das Sofa und lässt sich neben sie fallen.

Sein müder Blick wandert an einem Ort umher, an dem er selbst nicht ist, an dem sich nichts von Nat Deeds befindet außer seinem Körper. Von hier aus nicht zu sehen, sind die Kleider in einem begehbaren Schrank und einer Kommode und einige alte Nahrungsmittel im Kühlschrank. Es ist wie eine Irrenanstalt. Er stellt sich vor, dass er seine Schultern gegen die Wände rammt, während seine Hände auf Höhe seiner

Hüften gefesselt sind. Aber das ist die falsche Reaktion auf diesen Ort und seine Stimmung, beide sind niederschmetternd, und deshalb sitzt er da wie unter einem Felsblock.

Wieder spürt Nat das Gewicht, das er gestern während Amanda Talleys Beerdigung empfand, die Last des Verlassenseins. Er ist verloren. Er spürt, dass in den acht Monaten, seit er Good Hope den Rücken gekehrt hat, alle seine alten Grenzen niedergerissen wurden, dass ihm nichts anderes geblieben ist, als in einer Welt umherzuirren, die keine Abgrenzungen mehr besitzt. Er hat keine Frau, keine Freunde, kein Zuhause – dieses Appartement mit den geliehenen Möbeln kann niemals ein Zuhause sein –, und er hat nur wenig Arbeit, die ihn befriedigt. Elijah Waddels Fall. Etwas stimmt nicht. Warum wurde Elijah nicht dem Richter vorgeführt und angeklagt, Amanda umgebracht zu haben? Die Autopsie ist abgeschlossen, die Leiche ist begraben. Warum diese Verzögerung? An diesem Fall ist jede Menge faul, seine Wurzeln sind verrottet, und deshalb hat dieser Fall genauso wie Nat nirgendwo einen festen Halt und treibt genauso umher.

Auf dem Tisch neben dem Sofa und an den tristen Wänden im ganzen Appartement gibt es nirgendwo Fotos von Maeve. Weil das so geplant war, ist Nat sich ihrer Abwesenheit bewusst, und diese Abwesenheit überdeckt alles andere. Neben meiner Hand, denkt er, befindet sich ein Tisch, auf dem kein Bild von Maeve steht. Im Schlafzimmer steht noch ein Tisch, und dort ist sie auch nicht, und auch nicht im Bett. Es war seine Absicht, dass sie nirgendwo in dieser Wohnung ist, und deshalb ist sie unendlich und überall. Nat kämpft nicht gegen diesen Gedanken an, sondern sitzt nur da und erträgt ihn wie ein Brandmal, mit dem er gerechterweise bestraft wurde, denn er glaubt an die Gerechtigkeit.

Sie ist nicht hier. Vielleicht, denkt er, ist das der Grund dafür, warum er selbst kaum hier ist.

Ein Büro ohne Sekretärin. Eine Ein-Mann-Kanzlei für Zivilrecht, die er, wenn er will, rasch abbauen kann. Ein blutleeres Appartement voller gemieteter Möbel. Ein Fall, der ihn nach Good Hope zurückgebracht hat.

Zahllose Beweise.

Nat möchte nach Hause.

Doch er kann nicht.

Was erwartet ihn in Good Hope? Nachbarn, von denen er sich entfremdet hat und die empört sind über Waddells Fall, der nur noch schlimmer zu werden verspricht. Freunde, zu denen er wegen seines achtmonatigen verletzten Schweigens den Kontakt verloren hat. Maeves langer Schatten. Würde Fentress ihm seinen alten Job wiedergeben? Wahrscheinlich nicht, nachdem Nat so überstürzt gegangen ist.

Wie kann das sein?, fragt sich Nat. Nichts mehr zu besitzen in der Stadt, in der er geboren wurde? Wo er den Großteil seines Berufslebens verbracht, wo er geheiratet hat? Nat hält sich für einen freundlichen Menschen, nicht schwatzhaft oder übertrieben munter, aber doch leicht zugänglich. Wie konnten alle diese Menschen gestern bei der Beerdigung vor ihm zurückweichen? Er macht seine Arbeit, sie machen ihre. Hat er in all diesen Jahren in Good Hope keinerlei Loyalität gewinnen können? Oder wurde die ganze Gemeinschaft in ihrer Wut auf Elijah schon vor dem Prozess so sehr zusammengeschweißt, dass sie auch dessen Anwalt im Stich lässt, selbst wenn der Anwalt ein Junge aus der Stadt ist wie Nat Deeds? Baron wusste, dass das geschehen würde. Er hat Nat ausgewählt, weil er überzeugt war, dass Nat schon alles verloren hat, was er in Good Hope verlieren kann.

Nat wird klar, dass die Stadt ihn abgelehnt hat. Das entmutigt ihn. Aber es ist fair. Er hat sie zuerst abgelehnt. Der Gedanke lässt Nats Kopf sinken, er ist eine schwere Krone. Auch ihn erträgt er, denn er scheint gerecht.

Maeve.

Sie hatte sich nicht verändert, als er sie gestern sah. Nat fragt sich, wie lange das dauern wird. Wie lange kann er sich von ihr fern halten und nur das Bild ihrer Schönheit besitzen, bevor er sie eines Tages wiedersieht und entdecken muss, dass sie anders ist als dieses Bild? Obwohl sie dann möglicherweise noch immer schön sein wird, wird ihre Schönheit nicht mehr einer Bleistiftzeichnung gleichen; sie wird wie etwas Schönes sein, das man in Zement gießt: selbst hart und unerbittlich gegenüber ihm. Wenn das geschieht, werden sie nicht mehr nur getrennt sein. Es wird alles vorbei sein mit ihnen.

Dieser Tag wird kommen, Nat weiß es.

Warum kann er ihr nicht verzeihen?

Andere Paare überleben eine Affäre. Sie kommen darüber hinweg. Nat versteht sogar, dass auch er bis zu einem gewissen Grad für ihre Untreue verantwortlich ist. Vielleicht hat er sich nicht genügend um sie gekümmert, sich zu sehr auf seine Arbeit konzentriert. Irgendwie hat er sie dazu getrieben. Wie auch immer. Doch in seinem Kopf hört er ihre Schwüre, nimmt ihre Hände in seine Hände, sie trägt Weiß, er hebt ihren Schleier, um sie zu küssen.

Er liebt sie, er wird sie immer lieben. Aber er kann ihr jetzt nicht mehr vertrauen. Sie sagt, sie hat es nur einmal getan und dann alles beendet. Das ist dasselbe, als würde sie sagen: Ich habe dich belogen und betrogen, aber von nun an kannst du mir glauben. Nat hat zu viele Verbrechen gesehen und zu viele Lügen gehört, als dass er es nicht besser wüsste.

Er weiß nicht, mit wem sie geschlafen hat, und es kümmert ihn auch nicht. Dann würde nur noch ein Gesicht vor seinen Augen schweben, mit dem er sich beschäftigen und über das er sich den Kopf zerbrechen müsste, wenn er den Mann kennt. Dem Mann ohne Namen kann man keine Schuld geben. Nicht er ist Nat gegenüber zur Treue verpflichtet. Maeve hingegen schon. Sie ist es, die zählt. Nat weiß, dass das sexistische Neandertalergedanken sind. Ja, es ist Besitz ergreifend und politisch unkorrekt und unversöhnlich und unchristlich. Aber er ist im Augenblick so niedergeschlagen, dass er sich deswegen keine Vorwürfe macht.

Weil er sich innerlich und in der kühlen Wüste seines Appartements gleichermaßen verloren fühlt, wandern Nats Gedanken zu seinen Eltern. Wie eine Kategorie in einer Gameshow geht ihm das Thema Treue nicht aus dem Kopf. Er ist sicher, dass sein Vater und seine Mutter den Fehltritt seiner Ehefrau mit ebenso viel Abneigung betrachtet hätten wie er. Sie waren zweiunddreißig Jahre lang verheiratet, und nur der Tod konnte sie trennen, als sie im Abstand von zwei Jahren nacheinander starben. Verdammt noch mal, denkt Nat, sie besaßen Disziplin und Selbstbeherrschung, sie haben nicht einfach rumgevögelt. Ein Zyniker in seinem Kopf, der ihn wachsam beobachtet, fragt: Aber was wäre, wenn sie es doch getan hätten und du nur nichts davon weißt? Was wäre, wenn sie es als gute Eltern vor dir geheim gehalten hätten? Nat sagt in Gedanken zur Stimme seines inneren Staatsanwalts: Halt's Maul. Nicht jetzt. Genau genommen nie.

Vorsichtig stöbert er in seinem Gedächtnis und erinnert sich daran, wie er in Utz' Esso-Tankstelle, in der sein Vater jeden Samstagnachmittag Poolbillard spielte, auf einem gekühlten Coca-Cola-Automaten saß, der so rot war wie ein Feuerwehrauto. Die Männer spielten jeweils zu dritt mit acht Kugeln. Sie warfen Nat, der auf seinem Aussichtsposten saß, Zehncentstücke zu. Um sie zu fangen, bildete Nat mit beiden Händen eine Schale, bis er groß genug war, sie mit einer Hand mitten im Flug aus der Luft zu pflücken, was ihm immer gelang. Er steckte die Münzen in den Automaten und zog die kühlen Getränke für die Männer aus den Eingeweiden der Maschine. Manchmal fing er ein Zehncentstück, und einer der

Männer sagte: Kannst du behalten, Junge. Sein Vater war der beste Billardspieler, aber nicht, weil er Talent gehabt hätte, sondern weil er jeden Samstag spielte, gleichgültig, ob es regnete oder ob die Sonne schien; immer hob er Nat hoch und setzte ihn auf den Cola-Automaten. Über die Jahre hinweg wurde der Vater in einige Streitereien in der Mühle verwickelt, nicht allzu oft, aber Anfang der Sechzigerjahre gab es eine Initiative, sich gewerkschaftlich zu organisieren. Zu Hause in der Küche drückte er einen blauen Eisbeutel gegen seine Wange und sagte zu Nat: Mein Sohn, auf dieser Welt musst du dich für gewisse Dinge einsetzen. Davor darfst du nie Angst haben. Wenn du Recht hast, hast du Recht. Mehr gibt es dazu nicht zu sagen. Sein Vater bewahrte in der untersten Herdschublade einen schwarzen Ledergürtel auf, da, wo seine Mutter ihre Eisenpfannen verstaute. Das Ding lag dort wie eine Schlange in ihrem Nest, zusammengerollt und schwarz zwischen den anderen schwarzen Dingen. Meistens musste er den Gürtel nur erwähnen, und Nat wurde still. Die Idole seines Vaters waren Lou Gehrig und J. Edgar Hoover, Männer, die etwas erreicht und lange gelebt hatten. An den Wochenenden warf er für Nat einige Bodenbälle auf ihrem unebenen Hinterhof, er warf mit voller Wucht, und man konnte unmöglich vorhersagen, wo die Bälle zwischen den Büscheln von Fingerhirse und Löwenzahn aufprallten. Er schrie Nat zu: Bleib drunten. Lass sie nicht aus den Augen. Wenn du Angst hast, ist es am besten, wenn du sie fängst. Niemand wird von einem Ball ins Gesicht getroffen, wenn er ihn vorher gefangen hat. Nat hört, wie sich zwanzig Jahre später die Stimme seines Vaters mit Maeves Schwüren vermischt. Nicht ausweichen! Geh in den Ball, Junge! Bei deiner Ehre! Rühr dich nicht von der Stelle! Egal, was kommt!

Im Haus sorgte seine Mutter dafür, dass die selbst gemachten Süßigkeiten in der Blechbüchse auf dem Kühlschrank nie ausgingen. Schokochips oder Haferkekse. Brownies. Deutscher Schokoladenkuchen in Wachspapier. Mit Puderzucker bestäubte Rumkugeln. Das war ein Pakt, den sie mit Nat geschlossen hatte; nie würde die Dose leer sein. Immer wenn er nach der Schule oder nach dem Spielen die Dose herunterholte, war das Gewicht der Dinge darin besser als jede Umarmung und jedes Lächeln; es war ein gehaltenes Versprechen, eine zärtliche Lektion über Zuverlässigkeit. Es war seine Mutter, die die Legenden und Geschichten der Familie an Nat weitergab, jene Erzählungen über die Urgroßväter aus Irland, Polen und Schottland, die nichts weiter als kräftige Arme und Entschlossenheit besaßen, als sie nach Amerika kamen, wobei sie jedoch die Frauen, die diese Männer heirateten und deren Kinder sie zur Welt brachten, kaum je erwähnte. Sie nahm Nat mit ins Kino. Sie sahen heroische Monumentalfilme, *El Cid, Dokor Schiwago, African Queen, Lawrence von Arabien.* In den dunklen Kinosälen legte sie den Arm um ihren Sohn, drückte ihn und erzählte ihm flüsternd von den Tugenden der Filmhelden, die dort zu sehen waren, von ihrer Kühnheit, von den Schwüren, zu denen sie unverbrüchlich standen. Für sie zählten bei einem Mann die gleichen Eigenschaften, die auch für seinen Vater zählten, und in ihrer milderen Art brachte sie Nat die gleichen Lektionen bei. So wurde Nat von seiner Mutter und seinem Vater in eine Männerwelt eingeführt, in der es eine ununterbrochene Vergangenheit, eine Gegenwart und eine Zukunft tapferer und eigensinniger Männer gab, die angesichts der Gefahr nicht mit der Wimper zuckten, die ritterlich und männlich waren. Die Herren im Haus. Voller Achtung gegenüber ihren Frauen. Unbeugsam ihren Überzeugungen folgend. Mythische Riesen. Strafend.

3

Der Anruf des Protokollführers am Gericht des Pamunkey County kommt am nächsten Morgen um neun. Richter Baron hat Elijahs erstes Erscheinen vor Gericht auf zehn Uhr festgelegt.

Nat braucht vierzig Minuten für die Fahrt. Die Zeit verschwindet wie in einer Erinnerungslücke, und plötzlich befindet sich Nat auf der Brücke über den Mattaponi. Er weiß fast nichts mehr über die Fahrt; er weiß nur noch, dass die Sonne an diesem Augustmorgen direkt durch die Windschutzscheibe brannte.

Als er vor dem Gerichtsgebäude hält, sieht Nat, dass das Kontingent der mit Parabolantennen ausgestatteten Übertragungswagen inzwischen größer ist als am Freitag. Mehrere haben Satellitenschüsseln ausgefahren, um direkt vom Schauplatz der Ereignisse aus zu senden. Auf dem Rasen und auf den Bürgersteigen zwischen den beiden Kanonen befinden sich weder Reporter noch Leute aus der Stadt, die Transparente schwingen. Das ist ein schlechtes Zeichen. Fentress muss Richter Baron überredet haben, sie ins Gerichtsgebäude zu lassen.

Nat hat nicht genügend Zeit, um Elijah zu treffen, bevor das Gericht zusammentritt. Sie werden vor Gericht zusammensitzen, sich die neue Anklage des Staatsanwalts anhören, die höchstwahrscheinlich auf ein Tötungsdelikt ohne Vorsatz lauten wird, und dann wird ein neuer Termin für die Voruntersuchung festgelegt werden, die wahrscheinlich morgen stattfindet. Nat wird von Fentress eine Kopie des Berichts des Leichenbeschauers erhalten. Er wird den Bericht mit Elijah durchgehen, bevor dieser wieder nach Rappahannock gebracht wird.

Nat schiebt die Tür zum Gerichtssaal auf. Der Saal wimmelt

von Menschen. Er bleibt stehen, erstaunt darüber, dass es so viele sind. Er holt tief Luft und geht so schnell wie möglich den Gang hinab zum Tisch der Verteidigung. Die Bankreihen rechts und links von ihm sind voll besetzt. Hände, die Kugelschreiber und Notizblöcke halten, wirbeln hin und her, um seine Aufmerksamkeit zu erregen, andere Arme – die meisten sind nackt, sie stecken in kurzärmligen Hemden oder Kleidern und gehören Männern und Frauen aus der Stadt – deuten auf ihn, Finger krümmen sich. George Talley steht alleine an eine Wand gelehnt, er hat die mächtigen Arme verschränkt, sein Blick senkt sich auf Nat. Nat hält den Kopf unverwandt nach vorn gerichtet und versucht, einigermaßen wie ein Anwalt auszusehen, während er weitergeht, doch er weiß, dass er nicht die körperliche Statur eines Ed Fentress besitzt. Also schiebt er sich einfach weiter durch die Arme und die flötenden Stimmen. Er lässt seine Aktentasche hart auf den Tisch der Verteidigung klatschen und sieht hinüber zu dem sitzenden Staatsanwalt, dessen Haltung etwas Katzenhaftes besitzt.

»Was, zum Teufel, soll das?«, schnauzt Nat Fentress an.

Der gepflegte Staatsanwalt zuckt mit den Schultern. »Das Recht der Öffentlichkeit auf Information.«

Nats Kiefer sinkt herab. »Information worüber?«

Der Hilfssheriff, der neben der Tür zum Büro des Richters steht, bellt: »Erheben Sie sich. Dies ist eine Sitzung des Bezirksgerichts. Den Vorsitz hat der ehrenwerte Richter Malcolm Baron.« Alle Bänke im Gerichtssaal knarren, Schuhe kratzen über die Dielen. Obwohl die Stimmen zum Schweigen gebracht wurden, lärmt der Saal hinter Nat. Die Körper so vieler neugieriger Menschen können nicht völlig leise sein.

Der Richter eilt herein. Rasch setzt er sich und sagt: »Nehmen Sie Platz.« Während der Saal seiner Aufforderung folgt, streifen die Blicke des Richters von links nach rechts über die Anwesenden. »Bevor ich heute den ersten Fall aufrufe, möchte ich eine Sache klarstellen. Ich erwarte Ruhe im Gericht. Es wird kein Geschrei und keinen Lärm geben. Wenn irgendjemand auf diesen Bänken mein Verfahren unterbricht, lasse ich Sie alle aus dem Saal weisen. Ist das klar?«

Einige Stimmen – die meisten gehören Leuten aus der Stadt – antworten: »Ja, Sir.«

Der Richter klopft mit den Knöcheln auf den Tisch. »Bitte antworten Sie mir nicht. Sagen Sie nichts und machen Sie nichts. Sitzen Sie einfach nur da. Es ist mir egal, was sie hören.« Er zwängt sich tiefer in den Sessel. »Jetzt.«

Die Frau, die auf der Bank unter Richter Baron sitzt, verkündet laut: »Elijah Waddell.«

Nat blickt an Fentress vorbei, um zu sehen, wie Elijah in den Gerichtssaal geführt wird. Ein Hilfssheriff hält ihn am Ellbogen und begleitet ihn durch die Seitentür. Elijah sieht abgespannt aus. Er hält den Kopf gesenkt, seine orangefarbene Gefängniskleidung scheint nicht mehr so zu leuchten wie früher. Sofort kommt sich Nat kleinlich vor, weil er über seine eigenen Probleme nachgegrübelt hat.

Nat steht auf, nachdem der Hilfssheriff Elijah an den Tisch der Verteidigung geführt hat. Elijah schiebt sich hinten an Nat vorbei, um sich auf den zweiten Stuhl zu setzen. Er trägt keine Handschellen, doch auch so wirken seine Bewegungen, als wäre er gefesselt; er schlurft mit den Füßen.

Elijah setzt sich. Nat beugt sich zur Seite. »Sind Sie okay?«

Elijah hebt nur die Augen. »Mann.«

»Ich weiß, ich weiß.«

Elijah bleckt die Zähne. »Was wissen Sie?«

Nat nimmt die Bitterkeit hin. Er legt die Hand auf den Rücken seines Mandanten. In dieser Gefängniskleidung steckt ein Mensch.

»Ich weiß, dass Sie es nicht getan haben.«

Elijah hebt das Kinn wie zuvor seine Augen. Einer seiner

Mundwinkel kräuselt sich. »Ja? Wie können Sie das wissen?«

Nat deutet auf den Staatsanwalt. »Genauso wie er weiß, dass Sie es getan haben. Ich vermute es.«

Elijah schnaubt kurz durch die Nase. Er schüttelt den Kopf. Nat hat ihn amüsiert.

»Meine Herren Anwälte?« Richter Baron ist bereit. »Können wir fortfahren?«

Gleichzeitig sagen Nat und Fentress: »Ja, Euer Ehren.«

»Gut. Mr. Waddell?«

Nat erhebt sich. Er flüstert Elijah zu: »Aufstehen.«

Der Richter sieht Elijah durchdringend an. »Ich muss gestehen, dass es mir sehr Leid tut, Sie heute Morgen hier zu sehen, Mr. Waddell. Sehr Leid. Ich möchte Ihnen einige Fragen stellen.«

Elijah nickt.

»Sind Sie noch immer mit der Arbeit Ihres Anwalts Mr. Deeds zufrieden?«

»Ja, Sir.«

»Gut. Ich vermute, dass sich Ihre finanzielle Situation nicht geändert hat. Deshalb wird ihn das Gericht verpflichten, Sie auch bei dieser neuen Anklage zu vertreten. In Ordnung?«

»Ja, Sir.«

Der Richter zieht seine Brille bis zur Nasenspitze. Er nimmt einen Papierstapel von seinem Tisch. Ein Flüstern ertönt in den Zuschauerbänken hinter Nat. Er hört, wie die Blätter in der Hand des Richters rascheln, ein kleines Donnern.

Richter Baron liest vor: »Elijah Waddell, Sie werden im Bezirk Pamunkey vom Staat Virginia des vorsätzlichen Mordes und der Vergewaltigung angeklagt. Die Kaution ist hiermit nichtig.«

Nat schwankt, seine Lungen ringen um Luft. Vorsätzlicher Mord? Vergewaltigung? Wann wurde diese Anklage eingereicht? Er hat nichts davon erfahren, absolut nichts. Der Bericht des Leichenbeschauers!

Fentress, denkt Nat. Dieser Hurensohn. Fentress hat es gewusst. Er hat mir diesen Schlag versetzt.

Rasch dreht sich Nat zu Elijah um. Die Beine des Mannes sind unter ihm weggesackt. Er fällt nach hinten, der Stuhl fängt ihn auf. Er sieht aus, als bekäme er keine Luft, sein Mund ist offen, seine Lippen zucken, doch er sagt kein Wort. Elijahs Hände liegen auf dem Tisch, als hielten sie etwas Unsichtbares. Er starrt auf die Stelle zwischen den Händen, als versuche er sich darüber klar zu werden, welches Grauen man ihm zugewiesen hat.

Nat findet seine Stimme wieder.

»Euer Ehren!«

Richter Baron schlägt mit dem Hammer auf den Tisch. Der Knall dröhnt in Nats Ohren, und jetzt hört er, welche Unruhe bei der Verkündigung der Anklage im Gerichtssaal ausgebrochen ist. Immer wieder knallt der Hammer nieder und unterbricht den Lärm im Saal; es gibt einige Beifallsrufe und auch Protestgeheul, vor allem aber zischendes Flüstern.

»Noch ein Ton«, schreit der Richter, und wieder saust der Hammer nieder, »noch ein Mucks von euch«, und Nat hört, wie es leiser wird, wie der Lärm verschwindet wie eine Welle, die sich murmelnd über den Sand zurückzieht, »und ich lasse den Saal räumen.« Ein letzter Schlag mit dem Hammer, und Baron hat dafür gesorgt, dass im Gericht Ruhe herrscht. Seine Stimme besiegelt die Stille. »Ich würde Ihnen raten, mich beim Wort zu nehmen.«

Nat greift nach hinten und legt Elijah die Hand auf die Schulter. Er fühlt fast nur Knochen, kaum Fleisch oder Muskeln, so sehr ist Elijah in sich zusammengesunken.

»Euer Ehren.«

Finster blickt Baron nach unten. »Mr. Deeds?«

»Dürfte ich an die Richterbank treten?«

»In mein Büro.« Mit weit aufgerissenen Augen hinter der Brille wirft Baron Fentress einen Blick zu. »Gehen wir.« Baron hebt die Stimme. »Das Gericht wird sich für fünf Minuten zurückziehen. Und wenn wir zurückkommen, meine Damen und Herren, sollten Sie wissen, dass Sie meine Geduld bereits erschöpft haben.«

Der Hilfssheriff kommt näher, um Elijah aus dem Gerichtssaal zu führen. Elijah steht nicht auf, damit der Hilfssheriff die Hand an seinen Ellbogen legen kann. Der Hilfssheriff zieht ihn hoch. Elijah erhebt sich mit schwankenden Beinen und sagt nur: »Nat.«

»Ich werde herausfinden, was hier vor sich geht, Elijah. Beruhigen Sie sich.«

Der Hilfssheriff führt ihn weg. Elijahs Kopf bleibt Nat zugewandt.

Nat geht an dem Hilfssheriff vorbei, der neben Barons Tür steht. Er folgt Fentress durch die Tür, der Staatsanwalt geht mit hoch erhobenem Kopf; er klopft dem Hilfssheriff auf den Bauch, als er an ihm vorbeikommt. Das ist sein Spielfeld, denkt Nat, aber das bedeutet nicht, dass er zu so schmutzigen Tricks greifen kann. Vorsätzlicher Mord. Es hätte ein Tötungsdelikt ohne Vorsatz sein sollen; über alles andere hätte man Nat informieren müssen. Aber Vergewaltigung und Mord. Fentress hatte noch nie einen Mordfall. Das ist sein erster, also stürzt er sich darauf. Und auf Elijahs Hinrichtung.

Das Büro des Richters hat keine Fenster. Die Wände sind mit dunklem Holz getäfelt und haben allerlei Stuckverzierungen. Federzeichnungen, die Karikaturen von Anwälten darstellen, unterbrechen die Wandflächen. Als der Richter in das Zimmer eilt, hat er Nat den Rücken zugedreht. Er hängt seine Robe an einen Kleiderständer. Fentress hat sich bereits in einen der zimtfarbenen Lederclubsessel gesetzt.

»Richter«, sagt Nat, bevor der Richter sich umdrehen kann.

»Seien Sie still, Nat.« Baron setzt sich in seinen großen Ohrensessel hinter dem Schreibtisch. »Ich kenne Ihre Position bereits. Ich möchte die von Ed hören.«

Fentress ergreift das Wort. »Euer Ehren, was hätte ich denn sonst tun können?«

Baron gibt sein »hm, ja« von sich, das »ach was« bedeutet. Dann sagt er: »Na schön. Als Erstes vielleicht das hier. Als Sie heute Morgen um halb neun zu mir kamen und mir mitteilten, dass sie Elijah Waddell wegen vorsätzlichen Mordes und Vergewaltigung anklagen wollen, hätten Sie mich auch darüber informieren können, dass Sie seinem Anwalt noch nichts darüber gesagt haben.«

»Richter, Monroe fuhr heute Morgen nach Richmond, um den vorläufigen Bericht des Leichenbeschauers abzuholen. Ich bekam ihn selbst erst fünfzehn Minuten vor unserer Unterredung.«

»Genügend Zeit, um den gegnerischen Anwalt anzurufen.«

»Mag sein, Richter. Doch genau dazu dient ein erstes Erscheinen vor Gericht: um den Angeklagten darüber zu informieren, was ihm zur Last gelegt wird.«

»Es ist eine Frage der Höflichkeit, Ed. Das ist nicht das erste Mal, dass ich Sie darüber belehre, dass ich an meinem Gericht auf Höflichkeit und gebührenden Anstand zwischen den Anwälten bestehe. Stimmen Sie mir in dieser Angelegenheit zu?«

»Richter, Nats Verteidigung wurde dadurch nicht beeinträchtigt. Die Anklage wurde ihm rechtzeitig mitgeteilt, sodass er zu einer Einschätzung gelangen kann.«

Nat beißt sich noch immer auf die Zunge.

Baron schüttelt den Kopf. »Sie wurde ihm wie in einer Schmierenkomödie mitgeteilt. Sie haben mich gedrängt, die Presse zuzulassen, und dann haben Sie denen eine Show geliefert. Sie haben für den Schock und die Bestürzung gesorgt, sodass die darüber berichten können. Ich weiß, dass Sie ein gewählter Beamter sind, Ed, und dass Sie sich mit der Presse gut stellen müssen. Doch sie haben es überzogen.«

Fentress drückt die Zunge gegen seine Wange.

»Ja, Sir«, sagt er.

»Ich erwarte«, fährt Baron fort, »dass es das letzte Mal war, dass Sie in meinem Gericht mit dem Feuer gespielt haben, Ed. Und von Ihnen, Nat, erwarte ich, dass Sie ihm das nicht heimzahlen werden. Das war eine einmalige Sache. Ist das klar?«

»Ja, Richter.«

»In Ordnung. Ed, sind Sie jetzt in der Lage, heute Mittag an meinem Gericht eine zügige und effiziente Voruntersuchung durchzuführen?«

»Ja, Richter.«

»In Ordnung. Nat, hören Sie mir gut zu. Ed glaubt, dass er genügend Material für einen hinreichenden Tatverdacht hat, also lasse ich ihm seinen Willen, und heute Nachmittag um vier ist die Voruntersuchung vorbei. Falls Ed Recht hat – und ich sage Ihnen beiden hier und jetzt, dass er wahrscheinlich Recht hat –, dann werde ich diesen Fall zum Prozess an Richterin Hawk weiterleiten, und damit sind Sie beide dann ihr Problem. Aber so lange Sie noch mein Problem sind, laufen die Dinge, wie ich das sage. Nat, Sie werden heute Nachmittag in meinem Gericht sitzen und sich die Ausführungen des Staatsanwalts anhören, und Sie werden das ohne Verbitterung tun. Ed, noch ein einziger mieser Trick von Ihnen, und Sie sind dran wegen Missachtung des Gerichts. Wir werden diese Angelegenheit glatt und zügig auf den Weg bringen. Haben Sie mich verstanden?«

Beide Männer nicken, Nat mit finsterer Miene.

Baron wendet sich an Fentress. »Holen Sie einen Kaffee.« Der Staatsanwalt steht auf und wirft Nat ein entwaffnendes

Lächeln zu. »Tut mir Leid, Kumpel«, sagt er. »Willst du einen Kaffee?«

»Nein.«

Nachdem er das Büro verlassen hat, wirft Richter Baron einen Umschlag auf seinen Schreibtisch. Er rutscht über den Tisch und bleibt vor Nat liegen.

»Das ist meine Kopie des vorläufigen Berichts des Leichenbeschauers. Behalten Sie sie. Ich besorge mir noch eine von Fentress. Sie haben fünf Minuten, den Bericht durchzusehen.« Der Richter erhebt sich. »Ich geh auf die Toilette.« Er greift nach seiner schwarzen Robe, wirft sie sich über die Schulter wie ein gehäutetes Tier und verlässt das Büro durch eine Innentür.

Nat öffnet den Umschlag und zieht drei getippte Seiten heraus. Die erste Seite ist der Bericht von Dr. Jorgensen, dem örtlichen Leichenbeschauer des Pamunkey County. Die beiden übrigen Seiten stammen vom staatlichen Leichenbeschauer in Richmond. Nat sieht auf der letzten Seite nach. Sie ist von der stellvertretenden Chefpathologin Dr. Jacquelyn Kline unterzeichnet. Er kennt Jackie. Ihre forensische Arbeit ist gründlich, absolut zuverlässig. Er überfliegt den Absatz, der die Schlussfolgerungen enthält. Als provisorische Todesursache gibt sie Rauchvergiftung an. Sie wartet noch auf den toxikologischen Befund über den Kohlenmonoxidspiegel. Amandas Kiefer ist auf der linken Seite gebrochen. Und dann die mit gelbem Leuchtstift hervorgehobenen Worte: »Vorläufiger serologischer Bericht lässt auf das Vorhandensein von Sperma schließen. Vollständiger Bericht folgt.«

Das ist es, denkt Nat. Ein gebrochener Kiefer und Sperma. Fentress' Vergewaltigung.

In Virginia gilt ein Tötungsdelikt in Tateinheit mit einem anderen schweren Verbrechen automatisch als Mord.

Nat hat nicht genügend Zeit, um den Rest des Berichts

genau zu lesen; das muss warten. Er schiebt die Seiten zurück in den Umschlag und geht wieder in den Gerichtssaal. Die Wände summen. Fentress steht mit verschränkten Armen da und mustert mit zufriedenem Grinsen die Menge der Reporter wie ein arabischer Fürst, der eines seiner Pferde auswählt. Nat setzt sich. Auch Fentress nimmt Platz; er dreht sich Nat zu. Er hebt die Arme. Nicht schießen, sagt diese Geste, ich bin unbewaffnet.

»Erheben Sie sich.«

Richter Baron kommt herein, wobei er wie stets aussieht wie ein Schwarm tintenschwarzer, flatternder Krähen. Er eilt die Stufen zur Richterbank hinauf und sagt ungeduldig in den Gerichtssaal: »Bleiben Sie sitzen«, als könnten ihn die Menschen, die aufstehen wollen, um ihm Respekt zu erweisen, nicht beeindrucken. Viele im Saal sind bereits auf die Füße gesprungen, andere haben sich noch nicht gerührt, sodass die Wirkung ein einziges Durcheinander ist. »Setzen Sie sich«, weist der Richter sie an, während er selbst in seinen Sessel sinkt.

Baron rückt die Brille zurecht. »Führen Sie Mr. Waddell herein.«

Die Seitentür öffnet sich. Elijah erscheint neben dem Hilfssheriff, der ihn bewacht. Er sieht verwirrt aus. Das langsame Ritual folgt. Er wird zum Tisch der Verteidigung geführt und losgelassen. Nat steht auf, und bevor Elijah sich auf seinen Stuhl setzen kann, sagt der Richter: »Mr. Deeds.«

»Ja, Euer Ehren?«

»Haben Sie einen Blick in den Bericht geworfen?«

»Einen kurzen Blick.«

»Hat er genügt?«

»Ja, Sir. Vorläufig.«

»In Ordnung. Können wir fortfahren?«

Nat wendet sich Elijah zu, der neben ihm steht.

Er erinnert sich an die Überreste der Befestigungsanlagen aus dem Bürgerkrieg in den Wäldern um Good Hope, an die günen, bewaldeten Stellen, die er als Junge mit seinem Metalldetektor abgesucht hat, die übersät waren mit den alten Zeugnissen einer Schlacht. Er erinnert sich an die Romantik der Schützengräben, den Kampf in der Erde, den Willen der Männer, andere Männer zu überleben, die Entschlossenheit der Erdhügel selbst, Natur und Zeit zu überdauern. Nat hebt die Stimme, er spricht lauter und fester; er errichtet ein Bollwerk, um gegenüber dem Richter und Fentress und der Presse und den Leuten aus der Stadt zu verkünden, dass Elijah Waddell einen Verteidiger hat.

»Ja, Euer Ehren. Wir können fortfahren.«

ZWEI

1

Um halb elf dreht der alte West Redd das Schild an der Tür seines Restaurants von »Offen« zu »Geschlossen« um.

Zu Nat sagt er: »Die Typen kümmern mich einen Scheiß.« Er spricht von den Presseleuten, die Nat auf der Main Street nicht von der Seite gewichen sind. »Nur zu. Such dir eine Nische aus. Ich geb dir eine halbe Stunde.«

Nat lächelt den uralten Koch und Besitzer des Diners an. »Du verdirbst dir das Geschäft.«

»Ich bitte dich, Nat.« Der alte Mann wischt die Hände an der Schürze ab. Nat hat keine Ahnung, woher die Flecken auf dem weißen Stoff stammen oder wie lange sie schon da sind. »Wie viele Tassen Kaffee hast du hier in all den Jahren getrunken?«

»Zehntausend. Mehr.«

»Wenn das Schild ›Geschlossen‹ an der Tür hängt und du siehst, dass ich hier drin bin, bleibst du dann draußen?«

»Nein.«

»Von meinen Stammkunden bleibt nie einer draußen. Nur die nervtötenden Typen von außerhalb. Sieh zu, dass du etwas Ruhe bekommst. Der Kaffee ist gleich fertig. Toast?«

»Vollkorn.«

Nat gleitet in eine abgewetzte, vertraute Nische. Das kleine Restaurant liegt einen Block vom Gerichtsgebäude entfernt. Im Augenblick ist es leer. Doch ab elf kommen nach und nach die Rentner, danach die Leute vom Gericht, die hier zu Mittag essen, dann die Mühlenarbeiter und schließlich die Farmer, die in der Stadt Vorräte einkaufen. Doch im Augenblick hat West dafür gesorgt, dass Nat einen sicheren Hafen hat, um den Bericht des Leichenbeschauers anzusehen, den er in der Hand hält. Der alte West stellt Kaffee und Milch auf den Tisch und geht wieder, ohne an dem Fall und den drei weißen Blättern, die Nat vor sich ausbreitet, das geringste Interesse zu zeigen. Seit dreißig Jahren bedient West Anwälte, und er hat gelernt, sie nicht zu stören. Nat beobachtet den weißhaarigen alten Mann, der hinter die Theke humpelt, um den Toast zu machen. Er denkt: Er ist ein Verbündeter. Dabei hatte Nat gedacht, er habe niemanden mehr in Good Hope. Er nippt an seinem Kaffee und senkt den Kopf über die drei Seiten.

Die Leiche wurde am Brandort zuerst von Dr. Charles Jorgensen untersucht. Nat sieht sich den Bericht dieses Mannes an, der mit Bez. Path. Ber. Nr. 1 überschrieben ist. Eine hastig gezeichnete Skizze trägt in der Nähe der Hintertür der Kirche eine Markierung, um die Stelle zu bezeichnen, an der eine weiße weibliche Leiche entdeckt wurde. Jorgensen erwähnt Einzelheiten des Zustands der Leiche, den entsetzlichen Prozentsatz verkohlten Fleisches, beide Füße und die rechte Hand, die vollständig verbrannt sind, das geschützte Gesicht des Mädchens, das baptistische Gesangbuch, das unter ihrer noch erhaltenen linken Hand gefunden wurde. Jorgensen schließt seinen Bericht mit der Bemerkung, dass im Zusammenhang mit dem Tod des Mädchens Brandstiftung vermutet wird.

Bevor er Jackie Klines Bericht ansieht, fragt sich Nat erneut, was das Buch unter Amandas linker Hand bedeutet. Es ist eine einfache Tatsache, doch in Nats Kopf löst sie eine rasende Gedankenfolge aus.

Falls Elijah sie vergewaltigt, ihr den Kiefer gebrochen, sie dabei bewusstlos geschlagen und sie in die Kirche geworfen hat, bevor er das Gebäude in Brand steckte, warum stirbt sie dann unter einer Kirchenbank, während sie das Gesangbuch umklammert? Die Kirchentüren waren nicht verschlossen, Thomas Derby hat das gesagt. Das Mädchen wurde nicht gefesselt. Ihr Gesicht war vor den Flammen geschützt, denn ihr Kopf ruhte in ihrer linken Armbeuge, die Finger ihrer linken Hand lagen auf dem Gesangbuch. All das lässt darauf schließen, dass sie zu einem bestimmten Zeitpunkt bei Bewusstsein war und versuchte, es sich bequem zu machen, vielleicht wollte sie sogar im schwachen Licht der Sterne und des »Ausgang«-Schildes lesen. Das passt nicht zu jemandem, der zusammengeschlagen und bewusstlos in die Kirche geworfen wurde. Wenn sie bei Bewusstsein war, als das Feuer ausbrach, hätte sie leicht fliehen können, denn das Feuer brach an einer Stelle des Gebäudes aus, die dem Ort, an dem sie gefunden wurde, genau entgegengesetzt ist. Doch ihr gebrochener Kiefer und ihr Tod deuteten gewiss darauf hin, dass sie bewusstlos war, als das Feuer begann.

Aber was ist dann mit dem Gesangbuch? Ist sie noch einmal erwacht, nachdem wer oder was auch immer ihr den Kiefer gebrochen hatte? Und erlangte sie ihr Bewusstsein erst wieder, als es zu spät war, um noch hinauszugelangen? War sie durch den eingeatmeten Rauch bereits zu sehr geschwächt, waren die Flammen zu hoch, sodass sie nicht mehr zwischen ihnen hindurchrennen konnte? Hat sie zum Gesangbuch gegriffen, weil es ihr als eine Art Wegbegleiter in den Himmel dienen sollte, und war sie dann in einem jämmerlichen, hilflosen Versuch, sich zu schützen, unter die Kirchenbank gekrochen?

Schnell schließt Nat Selbstmord aus – eine einsame Amanda, die das Feuer selbst legt, in die Kirche geht, das Gesangbuch nimmt und sich niederlegt, um zu sterben. Man hat nirgendwo einen Abschiedsbrief gefunden. Warum eine Baptistenkirche niederbrennen, in der man selbst ist? Wer ist die Person, die Elijah gesehen haben will und die über den Friedhof davonrannte? Nein, sie hat sich nicht selbst umgebracht.

Vor seinem geistigen Auge entwirft Nat weitere Szenarien, eine mögliche Szene folgt auf die andere wie die Bilder bei einer Diashow. Stück für Stück baut er seine Verteidigung auf, stochert in einigen Lücken herum, füllt andere, versucht, einen wirren Flickenteppich aus Fakten und Vermutungen zusammenzunähen, bei dem ein Teil nicht zum anderen passt.

Irritiert schiebt er Jorgensens einzelnes Blatt beiseite. Er wendet sich Jackie Klines vorläufigem pathologischem Bericht zu. Ihre Arbeit ist klar und knapp. Als Todesursache ist Rauchvergiftung angegeben. Man hat Ruß und versengtes Gewebe in ihrer Luftröhre gefunden. Der Blutalkoholspiegel lag bei 0,3 Promille.

Nat hält inne. Amanda hat an jenem Abend etwas getrunken. Sie war nicht betrunken, als das Feuer gegen halb zwei Uhr morgens ausbrach, dazu hatte sie zu wenig Alkohol im Blut. Aber sie war erst siebzehn, und deshalb konnte sie selbst keinen Alkohol kaufen. Früher am Abend hat sie mit jemandem etwas getrunken, und dieser jemand hat den Alkohol besorgt. Wer?

Sperma wurde im Gebärmutterhals an der Rückseite ihrer Vagina gefunden. »Vollständiger Bericht folgt«, schreibt Jackie. Sie meint einen DNS-Test.

So schlimm es jetzt auch aussehen mag – dass Sperma im Körper des Mädchens gefunden wurde, ist eine gute Sache. Wenn Elijah keinen Sex mit ihr hatte – weder mit ihrer Einwilligung noch mit Gewalt –, wird ein DNS-Test schlüssig beweisen, dass er unschuldig ist, was die Vergewaltigung betrifft. Und damit wäre die Mordanklage hinfällig. Es wird sechs bis acht Wochen dauern, bis die Testergebnisse verfügbar sind.

Doch das wird Elijah aufrichten. Zwei Monate kann er im Gefängnis durchhalten.

Nat trommelt mit den Fingern. West taucht neben ihm auf; in der Hand hält er einen Teller mit warmem, mit Butter bestrichenem Vollkorntoast. Nat schiebt ein Blatt aus dem Weg für den sich senkenden Teller. West trottet davon.

Nachdem er die halbe Strecke zurückgelegt hat, ruft der alte Mann: »Lesen Sie das Schild!« Nat zuckt zusammen und dreht sich in seiner Nische um. Draußen in der Hitze starren eine schwitzende Frau und der sie begleitende Kameramann durch die Glastür. Ihr Gesicht sieht verloren aus, als sie Nat erblickt; sie wirkt wie ein junger Hund in einer Tierhandlung, der mit einem gehen möchte. Nat wendet sich wieder seinen Papieren und dem Toast zu.

Amanda hat also mit irgendjemandem in der Nacht ihres Todes Alkohol getrunken. Sie hatte Sex. Irgendjemand hat ihr den Kiefer gebrochen. Alles endet damit, dass sie bei lebendigem Leib in der Victory Baptist Church verbrennt.

Nat fragt sich, ob sie all das – trinken, Sex haben, kämpfen – mit einer einzigen Person getan hat. Oder waren es mehrere, von denen jeder eine Spur hinterlassen hat? Ist sie selbst zur Kirche hinausgegangen, oder hat jemand sie mitgenommen?

Jackie Kline hat ihre sterblichen Überreste geröntgt. Abgesehen von dem gebrochenen Kiefer hat sie zwei weitere Knochenbrüche gefunden, doch sie glaubt, dass keiner von beiden zur Todesursache beigetragen hat. In ihren Anmerkungen spekuliert sie darüber, dass diese Knochen, der linke Oberschenkelknochen und die Speiche des rechten Unterarms, wegen der extremen Hitze brüchig wurden und durch das unwillkürliche Zusammenziehen der Muskeln brachen, was bei Brandopfern häufig vorkommt, auch bei bewusstlosen.

Aber die stellvertretende Chefpathologin hat den gebrochenen Kiefer des Mädchens nicht geröntgt. Warum nicht? Jackies Anmerkungen erwähnen nur, dass der Kieferknochen »sich locker anfühlte und das Fleisch links ein deutlich sichtbares Ödem trägt«. Weil eine Kirchenbank den oberen Teil des Rückens von Amandas Leiche bedeckte, als man sie fand, und weil die Schwellung im Gesicht nicht dazu führte, dass die Haut riss, glaubt Jackie, dass der Kiefer nicht im Feuer brach, sondern wahrscheinlich zuvor gebrochen wurde. Sie schreibt, dass die Verletzung »mit einem harten Schlag einer rechten Faust nicht unvereinbar ist«.

Nat erinnert sich an den kleinen Schnitt und die Schwellung, die er an den Knöcheln von Elijahs rechter Hand gesehen hat. Es ist gut möglich, dass die Schwellung und der Schnitt von einem Schlag gegen einen Baum stammen, wie Elijah behauptet hat. Oder auch nicht.

Nat zählt Vermutungen zusammen und wägt Wahrscheinlichkeiten ab, während er seinen Toast kaut. Vor seinem geistigen Auge bildet sich ein verwischter Schnappschuss von Amanda Talleys letzten Stunden. Früher am Abend hatte sie etwas getrunken. Sie wurde in einen Streit verwickelt und erhielt von einem Rechtshänder einen heftigen Schlag gegen den Kiefer. Sie hatte Sex. Sie ging alleine zu einer Kirche oder jemand brachte sie zu einer Kirche, die drei Meilen außerhalb der Stadt liegt und die sie zuvor erst einmal besucht hatte, was noch nicht lange zurücklag; eine Baptistenkirche, die mit dem eifrigen Katholizismus ihres Vaters absolut nichts zu tun hat. Dort muss sie am Freitag in den frühen Morgenstunden zu einem bestimmten Zeitpunkt bei Bewusstsein gewesen sein, während sie sich noch in der Kirche aufhielt, bevor sie, ohnmächtig auf dem Boden unter einer Kirchenbank liegend, in den Flammen starb, ein Gesangbuch in den Händen.

Nichts davon deutet direkt auf Elijah.

Nichts davon deutet in eine andere Richtung.

Nat isst seinen restlichen Toast. Er blickt auf die Uhr; seine dreißig Minuten Ruhe und Frieden in diesem kleinen Restaurant sind fast abgelaufen. Er steht auf und legt das Geld für Kaffee und Toast sowie ein Trinkgeld auf den Tisch. Er kennt die Gesamtsumme sehr gut. Es sind zwei Dollar fünfzig.

»West«, ruft er, »danke für die Atempause.« Nat sieht aus dem Fenster auf die Main Street. Der Bürgersteig ist leer. »Du kannst wieder aufmachen für den Ansturm der Massen.«

West Redd kommt zu Nat an die Tür. Er legt die Hand auf den Türknauf und hält inne. Seine von zahllosen Fältchen umgebenen Augen blicken Nat freundlich an, sie sind wie zwei Rotkehlcheneier im Stroh.

»Du denkst also darüber nach, wieder in die Stadt zurückzukommen?«

Nats Lippen straffen sich. Er schüttelt West die Hand. »Ich weiß nicht. Ich vermisse sie, das steht fest. Aber bei mir ändert sich so einiges.«

West nickt weise. Sein Haar und sein Bart sind voller Schnee; dieser Mann hat den Winter seines Lebens erreicht. Leise sagt er: »Jetzt auch?«

»Ja.«

West dreht den Türknauf. Stechende Hitze dringt um die Ränder der Tür herein. »Weißt du, ich habe hier schon immer gelebt. Seit ich dieses Restaurant eröffnet habe, höre ich gegen meinen Willen und wider besseres Wissen alles, was die Menschen über mich sagen, und über dich und über Elijah Waddell und über jeden und jedes verdammte Thema in dieser Stadt, in diesem Bezirk, auf diesem Planeten. Du willst wissen, wie ich es geschafft habe, die ganze Zeit über mit all diesen Menschen in Frieden zu leben?«

»Guter Kaffee?«

»Ja. Das und noch etwas.«

West Redd macht die Tür weit auf. Er legt seine gespreizte

Hand fest auf Nats Rücken, wodurch Nat gezwungen ist, einen stolpernden Schritt aus dem Restaurant heraus zu machen.

West grinst, und etwas in den Augen des alten Kochs erinnert nicht an Rotkehlchenjunge, sondern an einen alten, dunklen Fischreiher.

West schließt die Tür, und bevor sie ins Schloss fällt, sagt er: »Es kümmert mich einen Scheiß. War schon immer so. Wird immer so sein.«

2

Nat ist außer Atem, als er die oberste Treppenstufe erreicht. In seiner Wut ist er zu schnell in den dritten Stock hinaufgeeilt. Er bleibt stehen, um Atem zu schöpfen. Er will Ed Fentress' Büro nicht keuchend betreten.

Die Empfangssekretärin ist neu. Sie weiß nicht, dass Nat acht Jahre in dem kleinen Büro zu ihrer Linken verbracht hat. Die Tür zum Büro ist offen. Nat wirft einen Blick hinein, bevor er sich bei der Sekretärin meldet; niemand ist drin, doch an seinem Stuhl und an dem, was auf seinem Tisch ausgebreitet ist, kann man erkennen, dass dort eine neue Karriere ihren Lauf nimmt. Der Rücken eines Bilderrahmens verrät, dass eine andere Familie dem Mann zusieht, der hier arbeitet; oder der Frau. Nat wendet sich ab vom Büro. Das geht ihn nichts mehr an. Sein Leben spielt sich nicht mehr dort ab. Er schiebt die Erinnerungen beiseite; sie fühlen sich an wie die Hände, die vor einer Stunde unten im Gerichtssaal nach ihm ausgestreckt wurden. Sie machen Nat wütend. Ohne ein Wort zur Empfangssekretärin zu sagen, die mit offenem Mund dasitzt, schiebt Nat Fentress' Tür auf.

»Was, zum Teufel, sollte das sein, Ed?«

Fentress dreht sich im Ledersessel hinter seinem Schreibtisch um; er hat zum Fenster hinausgesehen. Unten auf dem Rasen vor dem Gerichtsgebäude hat ein halbes Dutzend Übertragungswagen die Satellitenschüsseln ausgefahren; sie reichen fast bis zu Eds Fenster. Es ist ein unheimlicher Anblick. Sie sehen aus wie lauschende Köpfe.

»Nat. Komm rein.«

»Ich bin drin. Ich habe gefragt, was, zum Teufel, das sein sollte.«

»Oh, um Himmels willen.« Fentress deutet auf einen leeren Stuhl. »Mach die Tür zu. Setz dich.«

Nat schließt die Tür zum Büro und nimmt auf dem angebotenen Stuhl Platz.

Fentress streicht sich die Haare glatt, obwohl das nicht nötig ist. Das ist seine Art, als Erster anzufangen. »Ich bitte dich. Du hast selbst lange für die Staatsanwaltschaft gearbeitet. Sag mir nicht, dass du diesen Trick noch nie benutzt hast.«

»Hab ich nicht. Noch nie.«

»Na ja, hättest du aber machen sollen. Der Trick ist gut. Er ist gemein, aber wenn du ihn zum richtigen Zeitpunkt anbringst, ist er moralisch vertretbar. Knall ihnen direkt vor dem Richter eine neue Anklage um die Ohren. Bring sie auf die Knie. Dadurch weiß der Verteidiger von Anfang an, dass er dich mal kann. Dass du weder ihm noch seinem Abschaum von Mandanten auch nur einen Zentimeter nachgibst. Dass er sich auf einen Kampf mit verdammt harten Bandagen eingelassen hat.«

»Ist es das, was du mir sagen möchtest?«

Fentress wirft ihm einen merkwürdigen Blick zu. »Ja, Nat. Genau das. Kann ich von dir nicht genau dasselbe erwarten?«

»Doch. Kannst du.«

»Na also. Baron hat dich hier reingezogen, weil du nicht sofort in Deckung gehst. Ich kenne dich. Ich habe dich trainiert.

Du schlägst hart zu. Also hab ich mir gedacht, ich ramme dir erst mal kräftig eine in den Magen, damit du nicht vergisst, wer dir das beigebracht hat. Das ist alles. Keine böse Absicht. Und keine Samthandschuhe, nur weil wir so lange befreundet sind. Komm drüber weg.«

Nat mustert seinen früheren Chef. Er kennt Fentress seit Jahren, doch diese Seite hat er noch nie an ihm gesehen. Nat hatte sich immer vorgestellt, Ed sei zu sehr damit beschäftigt, populär und attraktiv zu wirken, als dass er diese Aggressivität hätte entwickeln können. Doch hier, hinter verschlossenen Türen, wo Nat zum ersten Mal als Verteidiger mit ihm zusammensitzt, erkennt er, dass der Staatsanwalt gerissen und außerordentlich mächtig sein kann. Dreh ihr den Rücken zu, und die scheinbar so süße, so herausgeputzte Katze namens Ed Fentress schnappt sich den Kanarienvogel.

»Warum Mord?«, will Nat wissen.

»Wart erst mal ab.« Fentress greift nach einem Stapel Papiere auf seinem Schreibtisch und zieht einen Umschlag heraus. Er lässt ihn durch die Luft flattern; der Umschlag landet in Nats Schoß. »Das ist der Bericht über die Brandstiftung. Lies ihn zuerst. Ich will heute nicht noch mehr Schwierigkeiten mit Baron.«

Nat öffnet den Umschlag. Er entfaltet zwei Seiten mit Diagrammen und eng geschriebenem Text.

»Ich lese ihn später. Was steht drin?«

Der Staatsanwalt deutet mit einem glänzenden Fingernagel auf die Blätter in Nats Hand. »Es steht drin, dass es definitiv Brandstiftung war. Das Feuer wurde an der Rückseite der Kirche mit einem Brandbeschleuniger gelegt, der als Kerosin identifiziert wurde. Der Brandstifter hat das Zeug über die ganze hintere Kirchenmauer und den Boden verspritzt. Am Tatort wurden keine weiteren Beweismittel gefunden.«

Fentress wackelt mit dem Finger in der Luft. »Und auf der

zweiten Seite siehst du, dass die Stiefel deines Knaben mit Kerosin bedeckt waren.« Fentress zeichnet mit seinem Finger einen Strich in die Luft wie einen gewonnenen Punkt auf einer Anzeigetafel.

»Ich hab dir doch gesagt«, entgegnet Nat, »dass er das Zeug in der Mühle benutzt. Gegen Schmierfett.«

»Und ich hab dir gesagt, dass mir egal ist, wo er es her hat. Er hat es. Seine Stiefel, die Umstände der Exhumierung seines Babys aus dem Friedhof der Victory Baptist und die Tatsache, dass er neben der brennenden Kirche festgenommen wurde, in der man dann Talleys tote Tochter fand, sind alles, was ich für einen hinreichenden Tatverdacht brauche. Und mehr brauche ich dir heute nicht zu zeigen.«

»Warum vorsätzlicher Mord?«

Fentress lehnt sich weit zurück in seinem Sessel hinter dem Schreibtisch. Er verschränkt die Finger über seinem Gürtel.

»Du hast den Bericht des Leichenbeschauers gelesen?«

»Ja.«

»In Ordnung. Ganz inoffiziell erzähle ich dir noch ein bisschen mehr, als Ausgleich für heute Morgen. Im Bericht des Leichenbeschauers steht, dass das Mädchen getrunken hat. Gut. Ich habe sechs Bierdosen, die im Gebüsch auf der anderen Seite der Straße gegenüber der Kirche liegen. Keine Fingerabdrücke, zu viel Schweiß und Kondenswasser auf dem Aluminium. Dem Mädchen wurde der Kieferknochen zertrümmert. Ich habe Fotos von Elijahs rechter Hand aus der Nacht, in der er verhaftet wurde und in der er auf irgendetwas einschlug. Ein geschwollener Fingerknöchel, ein kleiner Schnitt. Ich habe Kerosin am Brandort. Ich habe Waddells Stiefel. Ich habe drei Fernsehsender und vier Zeitungen, die eine unglaublich belastende Aussage deines Mandanten gebracht haben, dass die sein Baby nicht hätten ausgraben sollen. ›Die‹ sind die Kirchenältesten der Kirche, die in Brand gesteckt wurde. Bisher hat sich kein einziger Zeuge gemeldet, der uns sagen könnte, wo Elijah in den Stunden vor dem Feuer war. Nicht einmal seine Frau, die Monroe spät in der Nacht anruft und sagt, ihr Mann sei verschwunden; seine Frau, die vermutet, dass ihr Mann in diesem Zustand zu allem fähig sei. ›Zu allem‹, hat sie gesagt, genau diesen Ausdruck hat sie selbst benutzt. Ich habe auch keine Zeugen, die mir sagen könnten, wo Amanda Talley in dieser Nacht war. George sagt, sie verließ das Haus gegen acht Uhr zu Fuß, und danach hat sie niemand mehr gesehen. Also kann man vermuten, dass Waddell und Amanda zusammen verschwunden sind. Ich habe das Sperma. Ich habe die Tochter des allseits bekannten Sheriffs Talley, die auf elende Weise umgebracht wurde. Ich habe einen wütenden und rachsüchtigen Verdächtigen, der am Tatort war, der nicht erklären kann, wo er sich zuvor aufgehalten hat, der in einer Bemerkung gegenüber der Öffentlichkeit seine mutmaßliche Rolle bei diesem Verbrechen angedeutet hat. Ich habe forensische Beweise. Ich habe Indizienbeweise.«

Fentress löst die Finger. Er streckt Nat die Hände entgegen, zeigt seine Klauen. »Und was hast du?«

Nat nickt. »Wenn ich etwas habe, erfährst du es als Erster.«

Fentress zieht noch einen Umschlag aus dem Stapel. Er hält ihn hoch.

»Die DNS ist es jedenfalls nicht, Nat.«

Der Staatsanwalt lässt den Umschlag vor Nat auf den Tisch fallen.

»Nur zu. Schau ihn dir an. Es ist der Bericht des forensischen Labors. Ich weiß nicht, wie George Talley das so schnell geschafft hat. Normalerweise dauert diese Scheiße ein paar Wochen. Aber es war seine Tochter, also vermute ich, dass er Druck gemacht hat, und Richmond hat sich wirklich dahintergeklemmt. Er hat so eine Art an sich, weißt du?«

Nat öffnet den Umschlag. Darin befindet sich eine einzelne

Seite, die von der staatlichen forensischen Biologie gefaxt wurde. Ein einsamer getippter Satz verdirbt die reine weiße Farbe des Papiers. »*Für DNS-Test unzureichende Samenprobe eingereicht.*« Don Lee hat die Seite unterschrieben, der DNS-Spezialist des forensischen Labors.

Fentress legt die Fingerspitzen vor seinem Bauch aneinander.

Er spricht voller Mitgefühl, was Nat ärgert. »Das kam rein, während wir im Gericht waren. Ich habe Don vor zwanzig Minuten angerufen. Anscheinend braucht man wenigstens fünfzig lebensfähige Spermien, um mithilfe der DNS eine Identifizierung durchzuführen. Amandas Leiche war von den Schulterblättern abwärts ziemlich stark verbrannt. Das muss ein gewaltiges Feuer gewesen sein. Die Samenprobe, welche die Pathologin eingereicht hat, besaß nicht genügend überlebende Spermien, mit denen Don hätte arbeiten können. Alle sind erledigt.«

Wieder öffnet Fentress die Hände. Der Staatsanwalt grinst, weil er diesen Ausdruck gleich noch einmal benutzen kann: »So erledigt wie dein Mandant.«

Jetzt umklammert Fentress die Armlehnen seines Stuhls und rückt damit nach vorn. Ihr Gespräch nähert sich dem Ende. »Weißt du«, sagt er, und noch immer spricht er in diesem mitfühlenden Ton, »noch ein oder zwei Tage, dann habe ich die serologischen und toxikologischen Berichte. Ich sorge dafür, dass du sie sofort bekommst, okay? Aber Nat, wenn ich an deiner Stelle wäre, würde ich nicht darauf bauen, dass sich in ihnen eine Zauberkugel finden lässt. Du weißt, was ich damit sagen will.«

»Du sagst, dass er schuldig ist.«

»Ich sage, dass ich alles in meiner Macht Stehende tun werde, dass er vor dem Richter und den Geschworenen schuldig erscheint. Ich habe bereits jede Menge Munition. Ich vermute, ich bekomme noch mehr. Nat, denk nicht über die Schuld dieses Mannes nach. Denk über seine Chancen nach. Das ist alles.«

Fentress steht auf, als er das sagt. Nat bleibt sitzen.

»Ed, tu das nicht. Nicht Mord.«

Der Staatsanwalt schiebt die Hände in die Hosentaschen. Er dreht Nat den Rücken zu und blickt aus dem Fenster über die schimmernden Satellitenschüsseln und die Bäume und die Straßen der Stadt hinweg.

»Weißt du, dass es noch zehn Jahre dauern wird, bis ich den nächsten Mord im Pamunkey County bekomme? Vielleicht nie. Ich danke dir für deinen Rat, aber ich spiele mit den Karten, die ich habe.«

Nat sagt zu dem Rücken des Mannes: »Du kannst ihm das nicht anhängen.«

Seinen Bezirk vor Augen atmet Fentress tief ein. »Warum nicht?«

»Sex und Alkohol und ein gebrochener Kiefer deuten auf eine persönliche Verbindung. Aber du hast keine unmittelbare Verbindung zwischen Elijah und Amanda Talley. Keine Zeugen, keine forensischen Indizien. Elijahs Bemerkung gegenüber der Presse war vage, sie beweist überhaupt nichts. Es ist ausgeschlossen, dass du mit Vergewaltigung und Mord durchkommst. Absolut unmöglich.«

Fentress scheint darüber nachzudenken. Noch immer blickt er aus dem Fenster. »Mach dir keine Sorgen, ich habe eine Verbindung. Ich habe sogar noch etwas Besseres.«

Nat wird es sich anhören, ohne danach zu fragen.

Fentress nimmt die Hände aus den Taschen. Er hält sie hoch, als grüße er mit dieser Geste eine Menschenmenge, die sich unter seinem Fenster versammelt hat.

Als wolle er, dass seine Stimme durch die Fensterscheibe dringt, sagt er laut: »Ich habe die Geschworenen. Sie werden alle aus diesem Bezirk gewählt. Aus diesem alten, etwas rückständigen, tief verletzten und trauernden Bezirk.«

Jetzt steht Nat auf. Er steckt die Berichte in die Umschläge. »Ich werde Richterin Hawk darum bitten, dass ein anderer Verhandlungsort bestimmt wird.«

»Nur zu. Schlag dich selbst k. o.« Fentress dreht sich vom Fenster weg, um zu betonen, was er sagen will. »Die Richterin ist hier aufgewachsen, genau wie du. Sie ist eine Pamunkey-Indianerin, um Himmels willen. Sie wird diese Leute nicht vor den Kopf stoßen. Ich lege Widerspruch ein, und sie wird dem stattgeben.«

»Ich will, dass Elijah aus Rappahannock verlegt wird. Ich will nicht, dass Talley Zugang zu ihm hat.«

Fentress atmet aus. Er hat es satt, immer nur mit Nein zu antworten. Der Seufzer dieses Mannes scheint sagen zu wollen: Bitte mich um etwas, das ich dir geben kann.

»Und ich werde George nicht vor den Kopf stoßen.«

Nat überlegt, ob er Fentress davon berichten soll, wie George Elijah im Gefängnis angegriffen hat, doch Fentress würde den Sheriff trotzdem verteidigen. Er war aufgebracht, würde er sagen. Lass es sein. Nat weiß, dass die beiden gewählten Männer schon lange Verbündete sind.

Nat steckt die Umschläge in seine Aktentasche. Er öffnet die Tür des Büros und bleibt stehen. Die Empfangssekretärin ist zum Essen gegangen. Nats altes Büro ist immer noch leer.

»Was ist deine Verbindung?«

Fentress setzt sich. Nat muss zugeben, dass er selbstsicher und mächtig aussieht. Er fragt sich, ob er in seinen Jahren bei der Staatsanwaltschaft dafür gesorgt hat, dass sich andere Verteidiger beim Verlassen seines Büros – des kleinen Zimmers drei Meter entfernt – so fühlten, wie er sich jetzt fühlt. Überrumpelt. Er hofft es.

Ed Fentress zuckt die Schultern. »Ich stelle mir das so vor.

Ich habe einen Schwarzen, der angeklagt ist, ein weißes Mädchen aus der Stadt vergewaltigt und ermordet zu haben, eines der bekannteren weißen Mädchen der Gemeinde. Die Verbindung, die da besteht, ist meiner Meinung nach die: Wir wissen, dass Weiße Elijahs Kind aus ihrem Friedhof entfernt haben.«

Nat fühlt einen Schauder, der nichts mit der Klimaanlage zu tun hat. »Ja.«

»Für mich sieht das so aus, als wollte es ihnen der gute alte Elijah heimzahlen.«

Nats Mund ist trocken. »Was sagst du?«

»Ich sage, es sieht aus wie Auge um Auge. Aus Rache dafür, dass sein schwarzes Kind wieder aus der Erde geholt wurde, hat Elijah dafür gesorgt, dass ein weißes Kind unter die Erde kommt. Auf verdammt widerliche Art, wie ich vielleicht hinzufügen darf.«

Nat sackt der Boden unter den Füßen weg. Der Schauder hat sich in Eiseskälte verwandelt. Staatsanwalt Ed Fentress sagt, dass er vor Gericht Elijahs Hautfarbe benutzen wird, um zu zeigen, wie plausibel es ist, dass Elijah ein Vergewaltiger und Mörder ist. Ein Raubtier, weil er schwarz ist. Ein Monster, das sich Amanda Talley als Beute ausgesucht hat, weil sie weiß war. Es ist eine ungeheuerliche Unterstellung, die keinerlei Grundlage besitzt. Es ist völliger Unfug. Doch Nat muss sich eingestehen, dass dieses Vorgehen angesichts der Gereiztheit der Leute in diesem Bezirk in diesen Tagen, da Fentress und Talley und die Presse das Feuer schüren, einen gewissen Einfluss haben wird.

Erschrocken starrt Nat an Fentress vorbei durchs Fenster hinaus in den heißen blauen Himmel. Er sieht die körperlosen Köpfe der Satellitenschüsseln. Sie besitzen globale Reichweite, ihre Stimmen überwinden alle Grenzen. Nat denkt: Hier geht es nur um einen einzigen Mordfall in einem ländlichen Bezirk in Virginia; der Fall wird hier gewonnen oder verloren. Aber, so fragt er sich, wann und wo wird die größere Schlacht in Amerika jemals gewonnen werden?

»Ed, das glaubst du doch selbst nicht.«

Fentress lächelt.

»Spielt keine Rolle.« Der Staatsanwalt lehnt sich in seinem Sessel zurück. »Frag mich, ob ich die Geschworenen dazu bringen kann, es zu glauben.«

Noch hat Nat nichts gesagt; noch hat er sich nicht entschieden, ob er wieder in Ed Fentress' Büro gehen und auf den Mann einreden oder ihm Vorwürfe machen soll oder ob er sich umdrehen und in Elijahs Zelle gehen wird, um mit etwas zu beginnen, das jetzt wie eine ziemlich verzweifelte Verteidigung aussieht, da schiebt der Staatsanwalt schon einen weißen Umschlag über den Tisch.

»Oh, und Nat, das hab ich fast vergessen. Dieses kleine Geschenk war vor einer halben Stunde in meinem Faxgerät. Ich müsste dir das eigentlich jetzt noch nicht zeigen, doch ich denke, so kann ich den kleinen Trick, den ich im Gerichtssaal abgezogen habe, wieder gutmachen. Lies es in aller Ruhe.«

Nat geht wieder ins Büro und nimmt den Umschlag. Das Zimmer wirkt wie die Höhle eines Tiers, in deren Mitte Fentress sich herausputzt. Mit dem Umschlag in der einen und der schweren Aktentasche in der anderen Hand zieht sich Nat aus dem Zimmer zurück.

3

Noch bevor Nat auf dem Gang die Stelle erreicht, von der aus er Elijah in seiner Zelle sehen kann, erkennt er die knotigen Fäuste des Mannes, die das Gitter umschlingen.

Der Hilfssheriff schließt die Tür auf und lässt Nat hinein.

Elijah reagiert nicht. Er löst seinen Griff nicht von den grünen Gitterstäben, von denen die Farbe abblättert. Nat geht an Elijah vorbei und setzt sich auf die Pritsche hinter dem Mann. Der Hilfssheriff geht.

»Elijah, reden Sie mit mir.«

Der Gefangene antwortet nicht. Nat sieht, wie die Muskeln in Elijahs Unterarmen und Handgelenken zucken, während er die Stäbe umklammert.

»Elijah.«

»Die sagen, ich hätte sie vergewaltigt und umgebracht.«

»Ja.«

»Und darauf steht die Todesstrafe.«

»Bei vorsätzlichem Mord, ja.«

»Wie kann das sein?« Elijah rüttelt an den Gitterstäben. Sie bewegen sich nicht, sie geben nicht einmal einen Ton von sich.

»Wie kann das sein?«, wiederholt er. »Ich bin einfach nur dort gesessen. Wie können die sagen, ich hätte die Kirche in Brand gesteckt? Dass ich ein Mädchen vergewaltigt und umgebracht habe, dem ich noch nie begegnet bin?«

Der Mann dreht sich um. Der Schock, diese neuen Anklagen zu hören, hat ihn gezeichnet. Sein Gesicht ist grimmig und unbeweglich. Sein Blick ist klar. Er sieht aus, als sei er bereit zum Kampf.

»Zeigen Sie mir, was die in der Hand haben.«

Nat lässt die Schlösser seiner Aktentasche aufschnappen. Er starrt auf das, was sich darin befindet.

»Elijah, erinnern Sie sich daran, dass ich Sie gebeten habe, mir alles zu sagen, was noch herauskommen könnte, alles, was das Büro des Staatsanwalts vielleicht noch über Sie herausfinden könnte? Sie haben mir gesagt, da gäbe es nichts.«

Elijah blickt hinunter zu Nat.

»Warum sind Sie vor fünf Jahren aus Norfolk weggegangen?«

»Ich bin hierher gekommen, um zu arbeiten.«

»Auch in Norfolk gibt es Arbeit. Warum sind Sie gegangen?«

Elijah sagt nichts.

»Heute Morgen hat Fentress von einer Frau in Norfolk ein Fax bekommen. Eine gewisse Mrs. Wingo. Kennen Sie sie? Mrs. Wingo kennt *Sie* jedenfalls.«

»Ja. Sie war eine Nachbarin.«

»Schön. Diese Nachbarin hat dem Staatsanwalt geschrieben, nachdem sie Sie im Fernsehen gesehen hat.« Nat greift nach dem Fax in seiner Aktentasche. »Mrs. Wingo setzt sich für Sie ein. Sie sagt, es ist völlig unmöglich, dass Sie dieses Mädchen verletzt und die Kirche in Brand gesteckt haben. Sie sind nicht der Typ dazu.«

Elijah wartet. Nat spricht mit veränderter Stimme; er klingt wie ein Staatsanwalt.

»Es geht um Folgendes. Sie sagt, Sie hätten sich mit einigen Drogendealern in ihrem Block angelegt. Sie wurden in einen Streit verwickelt. Dann haben Sie die Stadt verlassen. Sie sagt, Sie wären ein guter Mensch.«

Nat zieht das Fax aus der Aktentasche. Er hält es hoch, sodass Elijah es sehen kann.

»Warum sind Sie aus Norfolk weggegangen?«

Elijahs Finger zucken. Er rollt etwas Unsichtbares zwischen den Fingerspitzen hin und her, als klebe Blut an ihnen. »Ich hab einen von denen zusammengeschlagen. Wir kämpfen, und da zieht er ein Messer. Ich hab's ihm abgenommen, nachdem er mich ins Bein geschnitten hat. Dann hab ich ihn ziemlich übel zugerichtet, doch ich hab ihn nicht umgebracht. Keine Bullen. Aber ich bin aus der Stadt raus, bevor die wiedergekommen sind.«

Nat schüttelt den Kopf. »Sie prügeln einen Mann beinahe zu Tode. Ist es das, was Sie mir damit sagen wollen?«

»Er war ein Drogendealer.«

Nat knallt die Aktentasche zu.

»Verdammt! Das ist mir egal! Ich habe Ihnen gesagt, dass Sie mir alles erzählen sollen! Alles, Elijah! Also, was ist da noch? Was werde ich noch alles vom Staatsanwalt erfahren? Welche Scheiße, die ich zuerst von Ihnen hätte erfahren müssen?«

Nat springt auf. Stapfend geht er zwei Schritte auf Elijah zu und schiebt sein gerötetes Gesicht nahe an die dunkle Gestalt dieses Mannes.

»Hm? Sie werden mir jetzt alles sagen, Elijah, denn Sie haben keine einzige verdammte Chance, hier jemals als freier Mann rauszukommen, wenn Sie das nicht tun!«

Elijah lässt einige Sekunden verstreichen; es sind stürmische, aufgewühlte Augenblicke. »Das ist alles, Nat, sonst nichts.«

Nat blickt Elijah ins Gesicht. Er sucht nach der Wahrheit, doch er findet sie darin genauso wenig, wie er zuvor Elijahs Lüge erkannte.

»In Ordnung«, sagt er und setzt sich wieder auf die Pritsche. »In Ordnung.« Elijah lehnt sich gegen das grüne Gitter. Er schiebt die Hände in die Taschen und lässt den Kopf hängen.

Nat versucht, den Schaden abzuschätzen, den diese Enthüllung angerichtet hat. »Nun ja, möglicherweise ist das kein Nachteil für Ihren Fall. Die Frau selbst hat nichts gesehen, sie hat nur gehört, was Sie getan haben, und das ist vor Gericht nicht zulässig. Der Kerl, den Sie zusammengeschlagen haben, wird sich kaum melden. Er ist ein Drogendealer, und deswegen wird ihn Fentress wahrscheinlich nicht in den Zeugenstand rufen.« Doch obwohl Nat es nicht erwähnt, gibt es etwas, das gegen Elijah spricht: Er kann Elijah jetzt nicht mehr uneingeschränkt vertrauen.

Nat breitet die Berichte des Staatsanwalts neben sich aus. Er beruhigt sich und beginnt, Elijah zu erklären, warum der Staatsanwalt auf vorsätzlichen Mord plädiert. Elijah hört zu und blickt mit seinen dunklen Augen auf den Betonfußboden. Er erzählt ihm von dem fürchterlichen Pech mit den Spermien, die durch die außerordentliche Hitze zerstört wurden, sodass nur noch geringe Samenspuren zurückblieben. Von der Position, in der die Leiche gefunden wurde, und den Fragen, die er dazu hat. Dem Kerosin, dem Gesangbuch, dem Alkohol im Blut des Mädchens. Das alles sind nur Indizien. Aber es gibt so viele, und weil Elijah kein Alibi hat, summieren sich alle diese Dinge gegen ihn. Hinzu kommt, dass Elijah aus Norfolk wegging, weil er das Gesetz in die eigene Hand genommen hat, in die eigenen gewalttätigen Hände. Die Anklage des Staatsanwalts gründet sich ausschließlich darauf, dass Elijah hier in Good Hope genau dasselbe getan hat. Es sieht nicht gut aus. Und Nats neue Zweifel an der Aufrichtigkeit seines Mandanten führen dazu, dass er sich fragt, was dieses undurchsichtige und stumme Gesicht wohl noch verbergen mag.

Er bittet Elijah, genau darüber nachzudenken, wo er sich am Abend des Feuers aufgehalten und wo und wann er das Bier und alles Übrige gekauft hat, was er in dieser Nacht getrunken hat. Hat ihn irgendjemand unterwegs gesehen? Hat er mit irgendjemandem gesprochen? Es scheint, als sei in jener Nacht auch Amanda Talley zu Fuß unterwegs gewesen. Nat beschreibt sie ausführlich. Hat Elijah sie gesehen? Hat er mit irgendjemandem gesprochen, der sie gesehen haben könnte?

Keine einzige Antwort Elijahs bringt Licht in diese Angelegenheit. Es gibt zu viele Lücken. Zu lange hat ihn niemand gesehen, während er alleine am Fluss saß, durch die Wälder streifte und trinkend und grübelnd im Gebüsch an der Straße gegenüber der Victory Baptist Church saß.

»Es ist okay«, sagt Nat. »Wenn Sie nirgendwo zu finden

waren, kann auch niemand behaupten, dass er Sie zusammen mit Amanda gesehen hat.«

Nat fragt, wann Elijah ungefähr zur Victory Baptist kam und die Kirche zu beobachten begonnen hat.

»Kurz nach Mitternacht.«

»Und Sie haben niemanden hineingehen oder herauskommen sehen, solange Sie dort waren? Außer dieser Person, die die Kirche gegen halb zwei in Brand gesteckt hat?«

»Nein.«

Das bedeutet, dass Amanda um Mitternacht in der Kirche war. Und sie wurde wahrscheinlich nicht darin zusammengeschlagen und vergewaltigt, denn sonst hätte Elijah gesehen, wie jemand vor dem Ausbruch des Feuers die Kirche verließ.

Nat fragt, ob das Mädchen selbst die Person hätte sein können, die Elijah aus der Kirche und über den Friedhof rennen sah, als das Gebäude bereits brannte. Wieder sagt Elijah, dass er zu weit weg war, dass das Licht zu schwach und das Bier zu stark war, dass die Überraschung ihn ablenkte. Er weiß nur, dass es ein anderer war. Nicht er.

Die Schwellung an seinen Knöcheln? Nat möchte sicher sein, dass die Antwort genauso lautet wie zuvor.

Elijah wiederholt es. Er hat gegen einen Baum geschlagen, wütend, betrunken. Gut.

Nat beginnt, die Dokumente zusammenzupacken.

»Es sind noch nicht alle forensischen Ergebnisse gekommen«, sagt er. »Ich warte immer noch auf eine genauere Blutanalyse. Ich werde den staatlichen Biologen wegen des DNS-Tests anrufen. Auch der gebrochene Kiefer interessiert mich. Ich werde mit der Pathologin sprechen. Und wenn irgendjemand in diesem Bezirk Amanda Talley in jener Nacht gesehen hat, nachdem sie das Haus ihres Vaters verlassen hat, werde ich ihn finden. Und es gibt eine Verbindung zwischen dem Mädchen und der Victory Baptist. Die werde ich mir genauer ansehen.«

»Sagen Sie mir eins, bevor Sie gehen.«

»Was?«

»Sagen Sie mir, dass Sie mich da rausholen.«

Nat sieht, wie sein Klient näher kommt und sich neben ihm auf die Pritsche setzt.

»Nachdem Sie mir eins gesagt haben«, erwidert Nat. »Und ich werde Ihnen diese Frage nur einmal stellen. Sagen Sie mir, dass sie mit alldem nichts zu tun haben. Denn wenn Sie damit etwas zu tun haben, wenn Sie das Mädchen auch nur kennen, wenn Sie jemals mit ihr gesprochen haben oder jemals mit ihr gesehen wurden, wenn Sie jemals mit ihr zusammen etwas getrunken haben, wenn Sie überhaupt irgendetwas – was auch immer – mit ihr zu tun gehabt haben, dann sagen Sie mir das hier und jetzt. Ich möchte es nicht von einem von Fentress' Zeugen hören. Wenn ich heute gehe, will ich sicher sein, dass ich alles weiß.«

»Ich kannte Amanda Talley nicht.«

Nat wartet, aber von Elijah kommt nichts mehr.

»Dann«, sagt er mit ruhiger Stimme, »werde ich Sie da irgendwie rausholen.«

Elijah senkt den Kopf, als er das sagt. Eine seiner Hände bewegt sich auf sein Gesicht zu. Er bohrt einen Knöchel in seine Augenhöhle. Nat fühlt sich unwohl, weil er aus so großer Nähe Zeuge von Elijahs Gefühlen wird. Er weiß, dass dieser Mensch in jeder Sekunde um seine Würde und möglicherweise auch um seine geistige Gesundheit kämpft. Nat bedauert, dass er Elijah gesagt hat, er würde ihn irgendwie freibekommen. Das war unklug. Er weiß, dass sich Clare und Elijah an diesen Satz klammern werden, und möglicherweise wird sich herausstellen, dass das eine sehr dünne Rettungsleine ist. Nat wird klar, dass er das nur aus Stolz gesagt hat, dass das eine lächerliche Bekräftigung seines angeschlagenen Selbstbewusstseins war, dem das unerfreuliche Treffen mit Ed Fentress vor einer halben Stunde so sehr zugesetzt hat. Nat bläht sich vor Elijah auf, er posiert als großer Anwalt, als Ritter in strahlender Rüstung, ja sogar als Vater, der verlangt, dass man ihm vertraut. Doch im Augenblick weiß er nicht, wie er sein Versprechen halten soll.

4

Auch in diesem Totenreich gibt es einen Styx, und der besteht aus Beton. Wenn man den grauen, breiten, flachen Streifen überquert, der von silbernen Rinnen durchzogen wird, befindet man sich mitten unter den Toten. Diese Unterwelt liegt nicht tief in der Erde, sondern direkt unterhalb der Straße. Sie ist nicht düster, sondern von einem fast blendenden Licht erfüllt; die merkwürdige, hell leuchtende Lampe zittert wie eine Seele, die nervös darauf wartet, an diesen Ort hinabsteigen zu müssen. Es ist nicht heiß, es dampft nicht, und kein Gestank wabert durch die Räume; es ist kühl und sauber, die Luft wird gereinigt und desinfiziert. Hier herrschen keine Dämonen, sondern die Lebenden: Es sind Angestellte der Verwaltung und Ärzte.

Nat sitzt an einem von Papieren übersäten Schreibtisch Jackie Kline gegenüber. Gerade jetzt möchte er die stellvertretende Chefpathologin nicht fragen, welche Befunde sich bei Amanda Talleys Autopsie ergeben haben. Er möchte sie fragen, wie sie es schafft, diese Arbeit zu machen. Er möchte nicht auf die Akten auf ihrem Tisch deuten, sondern auf die silbernen Türen der Kühlfächer, die sich hinter ihr in der Wand befinden, und auf das einfache Tuch, das die Konturen einer Leiche bedeckt, die auf einem Chromtisch liegt, der mitten auf dem großen, grauen Fußboden steht. Während seiner Zeit bei der Staatsanwaltschaft kam Nat mehr als ein Dutzend Mal in diesen unterirdischen Raum in Richmond, und immer empfand er denselben Schauder wie jetzt, eine Mischung aus makaberer, kindischer Neugierde und heftigem Widerwillen.

Jackie Kline beendet einen Eintrag auf einem Formular, während Nat wartet. Sie ist mollig und rosa, fröhlich und überaus lebendig, als habe Gott sie absichtlich hierher ans Ende aller Wege versetzt, als solle sie als Zeichen für das dienen, was wir im Leben hätten sein können, nämlich zufrieden und entspannt, gleichgültig, worin auch immer unsere Arbeit und unsere Nöte bestehen mögen. Jackie Kline ist Mitte fünfzig und das genaue Gegenteil des düsteren Sensenmannes. Sie kichert vor sich hin, schiebt sich das weiße Haar hinter die Ohren und rückt ihre Brille zurecht.

»Was ist?«, fragt Nat.

Sie hebt den Blick nicht von ihrem Formular. »Ich weiß, dass Sie immer noch eine Gänsehaut bekommen, selbst wenn Sie nur hier sitzen.«

Er lügt. »Nein. Bekomme ich nicht.«

Jetzt blickt Jackie auf. Ihre Augen funkeln. Nat fragt sich: Wie macht sie das? Sie lächelt. »Ist schon okay, wenn sie eine bekommen.«

Doch er denkt, es ist nicht okay. Es gefällt Nat nicht, dass man ihm sein Unbehagen anmerkt. Irgendwie ist es unmännlich, wenn man dabei ertappt wird, dass man nervös ist, wenn einen Tote umgeben.

Jackie hat ihren Eintrag beendet. Sie nimmt die Seiten des Berichts und klopft mit ihnen auf den Tisch, sodass die Blätter genau übereinander liegen. »Okay. Sie bekommen also keine.« Sie schiebt die Seiten in eine Mappe. Ihre Augen leuchten wie die eines kleinen Kobolds. »Sie wollen also noch ein wenig herumstochern. Ich hab hier ein paar verdammt coole Leichen. Verzeihen Sie das Wortspiel.«

»Nein«, sagt er. Seine Stimme ist besonders ruhig und verrät, dass es ihm nicht gefällt, wenn man sich über ihn lustig macht. »Danke.«

Obwohl sie einen wunden Punkt getroffen hat, grinst Nat. Er vermutet, dass Jackie froh ist, wenn sie jemanden hat, mit dem sie hier unten in ihrer Höhle voller Skalpelle und Stille ein wenig herumplänkeln kann. Er öffnet seine Kopie ihres vorläufigen Berichts.

»Können wir?«

Sie lehnt sich zurück. »Wir können.«

»Amanda Talley.«

Jetzt macht Jackie ein eindeutig angewidertes Gesicht. »George Talley«, sagt sie.

»Was ist mit ihm?«

»Hören Sie.« Jackie schiebt die kräftigen Hände auf der Tischplatte hin und her. »Ich weiß, dass dieser Mann seine Tochter verloren hat. Ich möchte wirklich nicht gefühllos sein, aber letzte Woche hat er sich wie ein Riesenarschloch aufgeführt. Ich bin ihn nicht losgeworden. Erledigen Sie dies für mich, machen Sie das, aber schnell. Als sei dieses arme Kind mein einziger Fall. Na gut, ich hab mir gedacht, er ist ein Sheriff, und ich muss auch in Zukunft gut mit all den Polizisten in diesem Staat auskommen. Wenn ich ihn loswerden will, ist es am besten, ich gebe ihm, was er will. Also habe ich sie an die Spitze der Liste gesetzt.«

»Soll das heißen, er war hier während der gesamten Obduktion?« Nat zuckt zusammen bei dem Gedanken daran, dass jemand sieht, wie die eigene Tochter bei Jackie unters Messer kommt.

»Nein. Er blieb nicht bis zur Obduktion. Aber nachdem er am Samstagmorgen gekommen war und die Leiche identifiziert hatte, bestand er darauf, beim Röntgen anwesend zu sein. Ich sage nur, dass er ganz furchtbar penetrant war.«

Nat hat das Bedürfnis, George Talley zu verteidigen, denn schließlich ist er ein Teil von Nats Geschichte. »Das ist Georges Art zu trauern«, sagt er. »Er will wissen, was passiert ist. George hasst es, einfach nur herumzusitzen. Und er wollte sie am Sonntag nach der Kirche beerdigen. Er ist irgendwie süchtig nach Öffentlichkeit.«

Jackie greift in einen neuen Umschlag. Sie zieht einen kleinen Stapel Polaroidfotos heraus, der von einem Gummiband zusammengehalten wird. Nat sieht nur die dunklen Rückseiten der Fotos, bis Jackie eines vor ihm auf den Tisch wirft.

»Hätten Sie lange dabei sein können, wenn das Ihre Tochter wäre?«

Nat kann das Foto nicht berühren. Das Porträt ist zu entsetzlich, es sieht aus wie ein unregelmäßig geformter Erdhügel, als habe man schwarze Blätter zu einem Haufen zusammengerecht, dessen Umrisse der Gestalt eines Menschen ähneln. Sogar nach Jahren bei der Staatsanwaltschaft denkt Nat, dass dies hier das Endgültigste ist, was er jemals gesehen hat.

Erschüttert schnappt er nach Luft und blickt auf zu Jackie.

»Nein. Nein, das hätte ich nicht gekonnt.« Sein Mund ist völlig trocken.

Sie steckt das rechteckige Foto zusammen mit den anderen in den Umschlag zurück. Nat will sich lieber nicht vorstellen, was auf den anderen Fotos ist. Er blinzelt mehrmals, doch das Bild verschwindet nicht. Sein Mund wird einfach nicht feuchter.

»Merkwürdige Art zu trauern«, sagt sie.

Nat nickt. Er weiß nicht, was er damit anfangen soll.

»Oh, na ja«, sagt sie und fügt mit singender Stimme hinzu, »jeder Tag *auf* der Erde ist ein guter Tag.«

Nat begreift, dass sie mit dieser kleinen Maxime ihre Verärgerung über den Sheriff hinter sich gelassen hat. Doch Nat steht noch immer unter dem Bann des Bildes. Er kann nicht so flink an etwas anderes denken wie sie. Jackie greift nach einer neuen Mappe.

»Bei der serologischen Untersuchung hat es eine Neuigkeit gegeben.«

»Zeigen Sie sie mir.« Nat streckt die Hand nach den Papieren aus. Er ist froh, sich bewegen zu können.

»Sparen Sie sich die Mühe.« Jackie reicht ihm die Mappe nicht. »Die Neuigkeit, die ich bekommen habe, lautet, dass es keine Neuigkeiten gibt.«

»Was meinen Sie damit?« Er senkt die Hand.

»Hören Sie. Die Leiche des Mädchens wurde einer Temperatur von über achthundert Grad ausgesetzt. Weitere sechzehn Stunden lag sie in der Asche. Da bleibt nicht mehr viel übrig. Eine serologische Untersuchung findet auf chemischer Ebene statt, eine DNS-Analyse auf molekularer Ebene. Wenn die Hitze in der Kirche groß genug war, um sämtliche DNS-Spuren in ihrem Gebärmutterhals zu vernichten, können Sie sicher sein, dass nichts mehr übrig ist, um die Blutgruppe dieses Kerls oder andere Sekrete nachzuweisen, die möglicherweise von ihm stammen. Eine so große Hitze ändert alles, Nat. Entschuldigen Sie, dass ich so offen mit Ihnen rede, aber von den Schultern abwärts war dieses Mädchen ein Steak. Und nicht viel mehr.«

Nat kommt in den Sinn, dass in Jorgensens erstem Bericht stand, dass Amandas Gesicht und ihr linker Arm geschützt waren. Dass beide Füße und ihre rechte Hand völlig verbrannt waren. Wenn Amanda in einen Kampf verwickelt wurde, hat sie ihren Angreifer vielleicht mit der linken Hand gepackt, sodass einige Hautzellen oder Kleiderfasern hängen geblieben sind, die unter ihren Fingernägeln die Flammen überlebt haben.

»Was ist mit Fasern, Jackie? Hautzellen? In ihrem Gesicht oder ihrer linken Hand. Egal, was.«

»Absolut nichts. Und Sie sollten da nichts hineinlesen. Es ist keineswegs ungewöhnlich, dass sich unter den Nägeln des Opfers keine Hinweise finden. Es ist trotzdem möglich, dass sie angegriffen wurde, genauso wie es möglich ist, dass sie Sex haben wollte. Das Fehlen von Indizien bedeutet in dieser Hinsicht überhaupt nichts.«

Sie legt die Mappe aus Don Lees forensischem Labor auf den Tisch. Nat nimmt sie nicht. Die Mappe könnte genauso gut leer sein.

»Es war schon ein Glück, dass wir mit Blut aus ihrem linken Arm ihren Alkoholspiegel bestimmen konnten. Wir haben das und die getrockneten Samenreste in ihrer Vagina. Darüber hinaus hat uns das Mädchen nichts verraten.«

Nat nickt angesichts der unbeabsichtigten Genauigkeit von Jackies Bemerkung. Im Leben wie auch jetzt im Tod bleibt Amanda Talley ein Rätsel; ihre Lippen sind verschlossen.

»Was ist mit den Röntgenbildern?«

Jackie steht auf. Sie dreht sich einem breiten Aktenschrank zu, der hinter ihr steht. Sie öffnet eine Schublade und fährt mit den Fingern das Alphabet entlang bis zu Amandas Akte. Die Röntgenaufnahmen rascheln, als sie sie vor Nat auf dem Schreibtisch ausbreitet.

»Da ist nichts. Die beiden Brüche, die ich in ihrem Arm und ihrem Bein gefunden habe, hatten die typischen Anzeichen postmortaler Brüche bei großer Hitze. Rein anatomisch war der Rest in Ordnung.«

»Bis auf ihren Kiefer.«

»Links. Klarer Bruch. Leichte Quetschung und Schwellung. Wie ich in meinem Bericht geschrieben habe: Es sah nach einem Schlag der rechten Hand aus. Der Kiefer wackelte, als ich ihn berührte.«

»Warum haben Sie ihn nicht geröntgt? Sie haben sonst alles dokumentiert.«

Die Pathologin setzt sich.

»Ihr Sheriff Talley ist mir während dem Röntgen keinen Augenblick lang von der Seite gewichen. Er sagte, er will, dass ich mich nur auf die Todesursache konzentriere. Der zertrümmerte Kiefer des Mädchens hatte mit dem, was sie umbrachte, überhaupt nichts zu tun, also habe ich ihn gefragt, ob er will, dass ich das übergehe, und er hat Ja gesagt. Den Kopf habe ich ohne Instrumente in Augenschein genommen. Ich habe das Ödem und den Bluterguss auf der geschützten Seite ihres Gesichts gesehen. Ich habe den Kiefer in die Hand genommen und hin- und hergeschoben. So fiel mir auf, dass er gebrochen war, und dann habe ich weitergemacht.«

»Können Sie abschätzen, wie lange vor ihrem Tod sie diesen Schlag erhielt?«

Jackie schiebt die verstreuten Röntgenaufnahmen zu einem ordentlichen Stapel zusammen. Sie steckt sie in die gelbe Mappe und legt so Amandas eindimensionales Skelett zusammen. Sie denkt nach.

»Wegen der Schwellung wahrscheinlich drei bis sechs Stunden vor dem Feuer. Also zwischen sechs und neun an jenem Abend.«

»Sind Sie sicher?«

»Es ist meine genaueste Schätzung.«

Nat rechnet nach. Wenn Amanda irgendwann am frühen Abend geschlagen wurde, hatte der Kampf möglicherweise nichts mit dem Sex zu tun. Laut Fentress hat George Talley gesagt, dass das Mädchen in der Nacht des Feuers das Haus um acht Uhr verlassen hat. Bis jetzt hat sich noch niemand gemeldet und behauptet, er habe sie irgendwann danach noch gesehen.

Nach Jackies Schätzung ist es immer noch möglich, dass Elijah Amanda um neun Uhr geschlagen, sie vergewaltigt und vor halb zwei Uhr nachts in die Kirche gebracht hat. Doch wenn es sich so abgespielt hat, muss das Mädchen das Bewusstsein wiedererlangt haben, als sie in der Victory Baptist war. Wenn sie nicht gefesselt worden war – und die Position ihrer Arme und Füße deutet darauf hin, *dass* sie nicht gefesselt war –, warum ist sie dann dort geblieben mit gebrochenem Kiefer, vergewaltigt, während das Feuer durch die Wand hinter dem Altar drang? War sie Stunden vor dem Feuer in die Kirche gegangen, nachdem sie missbraucht worden war? Hat sie gebetet und im baptistischen Gesangbuch spirituellen Trost gesucht? War sie dann unter der Kirchenbank eingeschlafen und hatte dösend den Tod gefunden? Die Rauchvergiftung hat dafür gesorgt, dass Amanda nicht mehr aufgewacht ist. Nie mehr.

»Hatte sie wegen des gebrochenen Kiefers große Schmerzen?«

Jackie schürzt die Lippen. »Schwer zu sagen. Wir wissen von Boxern, denen wurde in der ersten Runde der Kiefer gebrochen, und sie überstehen zwölf Runden, während Schläge auf sie niederprasseln. Andere brechen sich einen Fingernagel und rennen in die Notaufnahme. Sie hat sicher gewusst, dass ihr Kiefer gebrochen war. Doch wenn sie auch noch vergewaltigt wurde, muss es vieles gegeben haben, das sie beschäftigt hat. Vielleicht wollte sie die Schmerzen bis zum Morgen ertragen oder so lange, bis sie sich beruhigt hatte. Wer weiß, was im Kopf einer Siebzehnjährigen vor sich geht, die so etwas Schreckliches durchmachen muss? Ich? Ich wäre vielleicht froh gewesen, die Vergewaltigung einfach nur überlebt zu haben. Und dann wäre ich verdammt sauer geworden.«

Jackies Überlegung führt bei Nat zu einem anderen Gedankengang. Laut ihrem Vater ging Amanda Talley zu Fuß, also konnte sie leicht jemandem zum Opfer fallen, der sie gesehen und abgepasst hat. Danach hat sie sich möglicherweise, wie Jackie andeutet, beschmutzt gefühlt und zugleich erleichtert, weil sie diese Tortur überlebt hat. Sie hatte heftige Schmerzen, als sie zur Victory Baptist ging, sich einem neuen Bekenntnis und einer neuen Gemeinde zuwandte, die erst vor kurzem ihre Neugierde geweckt hatten. Sie ging alleine in die Kirche, sie betete, sie schlief ein. Die Kirche wurde in Brand gesteckt – von Elijah oder wem auch immer –, und sie war darin, doch der Brandstifter wusste das nicht.

Lauter gute Theorien, denkt Nat. Keine davon wird durch Beweise gestützt. Keine davon schließt Elijah aus. Wer ist der Brandstifter, wenn nicht Elijah? Mit wem hat sie getrunken, mit wem hat sie gestritten, mit wem hatte sie Sex? Amanda hatte in Good Hope keinen Freund. Die Stadt ist klein. Viele Menschen hätten es bemerkt, wenn sie eine Verabredung gehabt hätte. Fentress' Geschichte von Gewalt und Rache ist genauso gut wie Nats Vermutungen. Besser. Der Staatsanwalt hat eindeutige Fakten auf seiner Seite. Er hat die belastende Aussage von Elijah vor laufender Kamera. Er hat einen Bezirk, der ihm glauben möchte. Nat hat nichts. Kein Alibi, keine forensischen Befunde, keine Zeugen; er hat nichts als Vermutungen.

Vermutungen werden Fentress nicht besiegen, sie werden Elijahs Leben nicht retten.

Nat steht auf. »Danke, dass Sie sich für mich Zeit genommen haben, Jackie.«

Sie erhebt sich. Beide schütteln einander die Hände. Der Griff dieser Frau ist kräftiger als der Nats; er ist mit seinen Gedanken woanders. Er reagiert rasch und drückt fester zu. »Ich hoffe, ich war Ihnen eine Hilfe«, sagt sie.

Nat nickt.

»Das ist Ihr erster Fall als Verteidiger«, sagt sie. »Wie finden Sie es?«

»Gut. Beunruhigend, aber gut.«

»Lassen Sie sich da nicht reinziehen, Nat. Sie nützen Ihrem Mandanten überhaupt nichts, wenn Sie in diesem Morast versinken. Ich leg mich auch nicht zu meinen Kunden auf den Tisch. Ich bleibe auf meinen eigenen Füßen stehen. Immer.«

»Ich werde versuchen, mich daran zu erinnern. Als Staatsanwalt war es leichter.«

Er geht. Ihre Stimme bringt ihn dazu, sich noch einmal umzudrehen.

»Finden Sie einen Ort des Friedens, Nat Deeds. Wenn ich das hier unten schaffe«, Jackie hebt einen Finger, »dann können Sie das auch da oben.«

Nat lächelt. Als er sich von Jackie Kline wegdreht, verschwindet das Lächeln. Er überquert den grauen, niemals fließenden Fluss und geht zurück zu den beunruhigenden Lebenden.

DREI

1

Am Dienstagnachmittag erläuterte Ed Fentress mit großem Brimborium vor Richter Baron den hinreichenden Tatverdacht. Ohne Fanfarengetöse befand Baron den Tatverdacht als gerechtfertigt und überwies den Fall an das Bezirksgericht von Richterin Imelda Hawk.

Jetzt, am Mittwochmorgen, telefoniert Nat mit Richterin Hawk und bittet sie um eine Anhörung *in camera*. Er möchte anlässlich des Mordprozesses gegen Elijah eine Verlegung des Verhandlungsorts beantragen, und für den Zeitraum, bis darüber entschieden ist, möchte er, dass Elijah in ein anderes Gefängnis im Staat verlegt wird. Die Assistentin der Richterin ruft eine halbe Stunde später zurück. Die Anhörung wird heute Nachmittag um drei Uhr stattfinden, noch mehr kann Mr. Fentress Nat nicht entgegenkommen. Dann ruft Nat Hilfssheriff Monroe Skelton an und bittet ihn darum, ihn nach der Anhörung zu treffen.

Nat verbringt den Vormittag damit, die Verfügungen zu formulieren, die notwendig werden, sollte es ihm gelingen, die erstinstanzliche Richterin zu überzeugen. Er erledigt einige Anrufe, die seine wenigen zivilrechtlichen Fälle betreffen. Er ändert die Ansage auf seinem Anrufbeantworter, um mitzuteilen, dass er morgen wieder im Büro sein wird, und fährt nach Good Hope.

Während er mit dem Wagen in Richtung Osten fährt, blickt

Nat auf eine erschöpfte Welt. Er kann sich nicht daran erinnern, wann es zum letzten Mal geregnet hat; es ist offensichtlich, dass die Pflanzen und die Bäume an der Straße verdorren; das Getreide auf den Feldern ist von der Trockenheit völlig ausgedörrt, hängt zu Boden und kann sich genauso wenig an Wasser erinnern wie Nat. Seit fast einem Monat brennt die Sonne erbarmungslos herab.

Nat denkt an Jackies gestrige Ermahnung. Finden Sie einen Ort des Friedens. Er fragt sich: Wo soll der sein unter dieser Sonne? Nat muss diesen Ort finden, doch er ahnt, wie schwer das für ihn werden wird. Ganz von selbst ist Elijahs Fall ein Teil von etwas sehr viel Größerem geworden. Ohne dass Nat das wollte, verknüpft er tief im Innern seine Verteidigung des Angeklagten mit seinem eigenen Freispruch durch seine Heimatstadt. Irgendwie beschwört Elijah auch Maeve herauf und Nats komplizierte Haltung gegenüber dem, was gerecht ist. Der Fall ist wie ein Pol innerhalb eines seltsamen Kreises, als seien Teile von Nats Vergangenheit durch diesen Pol magnetisch angezogen worden: Tom Derby, George Talley, Mrs. Epps, Ed Fentress, die jahrhundertealten Regeln, nach denen man im Pamunkey County lebt. Nat hat sich sogar den Lektionen seiner Kindheit gestellt, der Tatsache, wie ihn seine Mutter und sein Vater mit ihren Vorträgen und Vorbildern zu dem erzogen, was sie für einen guten Menschen hielten, zu jemandem, der mit dem Finger auf Gut und Böse deuten kann und sich dabei seiner Sache sicher ist.

Wo ist dieser Ort des Friedens? Er entzieht sich ihm, er ist nicht da, wenn Nat nach ihm sucht. Nat denkt, dass er diesen Ort vielleicht einmal gefunden hatte, vor acht Monaten erst, als der Kreis seines Lebens aus Maeve, seinem Heim und seiner Arbeit bestand. Vielleicht. Doch unter dieser sengenden Sonne, auf dieser Straße, die ihn in eine Stadt führt, in die er heute nicht mehr gehört, zweifelt er daran. Hatte er hier wirklich Frieden gefunden – oder nur Schweigen? Beide Dinge sind nicht dasselbe, obwohl man sie miteinander verwechseln kann. Hat Maeve ihn in den Jahren ihrer Ehe nur schweigend ertragen? War das Friede? Wie mochte es wohl für sie gewesen sein? Er weiß, dass sie sich an seinem Licht wärmen wollte, aber hat er dieses Licht aus zu großer Entfernung auf sie scheinen lassen? War er für seine Frau nicht mehr als der kühle Schimmer des Mondes? War es Frieden, den er in dieser Gemeinschaft gefunden hatte, oder nur Ferne? Und seine Arbeit. Sie hat ihn verschlungen wie eine zusätzliche Ehe. War das deshalb so, weil diese Arbeit wichtig und er gut darin war, oder war das Büro der Staatsanwaltschaft nicht vielmehr das Zuhause, in dem er sich am wohlsten fühlte?

Nat denkt darüber nach, bis er die Brücke über den Mattaponi überquert und der Geruch nach Eiern in seine Tagträume eindringt. Der große Kessel begrüßt ihn mit einem Salut aus Dampf. Ein hupender Holztransporter blockiert eine Minute lang die Straße, während er zum Entladen rückwärts einparkt. Nat betrachtet einen Gemüsestand, ein Krabben-Restaurant, einen kleinen Lebensmittelladen, das Tor zur Mühle und den Fluss im Rückspiegel, und er fragt alle diese und viele andere Dinge, ob Vertrautheit Frieden bedeutet. Oder bedeutet Vertrautheit nur, dass Fragen unterdrückt werden; ist sie eine Hand, die auf den Mund des Lebens gedrückt wird?

Als der Verkehr wieder fließt, fährt Nat durch die Stadt. Draußen auf den Weiden, wo Pferdebremsen und Stechmücken dem Vieh zu schaffen machen, wirkt die Hitze feindlich. Sogar die Kühe haben genügend Verstand, sich zusammenzudrängen und sich in den Schatten zu legen. Die Erde ist so trocken, dass die Traktoren keine Spuren auf den Feldwegen hinterlassen, die die großen, quadratischen Maisfelder durchschneiden, die Wege sind vollkommen glatt und von orangefarbenem Staub bedeckt. Alles Grün, alle Halme und Blätter werden braun, und die kleinen Hügel ähneln nach und nach Sanddünen.

Als er in die Kurve einbiegt, die zur Victory Baptist Church führt, sieht Nat, dass eine niedrige Wolke über den Bäumen hängt, als brenne die Kirche noch einmal. Im Näherkommen erkennt er, dass der Dunst aus Staub und Asche besteht, die durch einige rumpelnde Bulldozer aufgewirbelt werden. Nat parkt am Straßenrand auf der gegenüberliegenden Seite der Kirche und steigt aus. Die Bulldozer spucken tintenschwarzen Dieselrauch in die Luft und brüllen wie angreifende Stiere. Nat zieht sein Jackett und seine Krawatte aus. Er beobachtet, wie sie große Brocken aus dem Haufen verbrannten Holzes herausbrechen und zu zwei Kipplastern transportieren, die auf dem Parkplatz warten. Riesige ebenholzfarbene Verstrebungen ragen über die Ladeflächen der Lastwägen hinweg wie Dinosaurierknochen, die auf ihren Abtransport warten.

Fünf Tage nachdem die Victory Baptist Church im Feuer starb, soll sie wiedergeboren werden. Ein leichtes Stechen in Nats Brust zeigt, dass er das einigermaßen ungerecht findet; eine Amanda Talley kann man nicht mehr neu aufbauen.

Auf der den lauten Maschinen gegenüberliegenden Straßenseite tritt Nat ins Gebüsch. Er findet die Stelle, an der Elijah in der Nacht des Feuers saß. Sie ist leicht zu entdecken; viele Füße haben das Gras niedergetrampelt, ein Stück gelbes Absperrungsband der Polizei hängt an einem jungen Strauch. Nat setzt sich. Er ist viereinhalb Meter von der Straße entfernt und kann das Kirchengelände deutlich sehen, das ungefähr weitere dreißig Meter von der Straße entfernt liegt. Während er den schweren Maschinen bei der Arbeit zusieht, empfindet Nat das stechende Gefühl der Ungerechtigkeit immer stärker. Doch es gilt nicht Amanda Talley. Obwohl der hohe weiße Kirchturm und der Portikus verschwunden sind und er stattdessen in der Hitze die Rauch ausstoßenden, grollenden Fahrzeuge sieht, beginnt Nat ansatzweise zu ahnen, was Elijah Waddell gefühlt haben muss, als er sich mitten in jener tragischen Nacht hier zwischen Unkraut und Büschen zusammenkauerte.

Meine Tochter, denkt Nat, aus ihrer letzten Ruhestätte wieder ausgegraben. Der Sarg meines Kindes voller Scham in ein anderes Grab gebettet. Meine Hautfarbe bespuckt. Meine Frau gedemütigt. Die Stelle, an der er sitzt, ist voller Macht.

Etwas später bleiben die Maschinen stehen. Die Kipplaster sind voll und fahren weg. Die Fahrer der Bulldozer klettern von ihren großen gelben Rössern. Einer geht ein paar Schritte und setzt sich unter einen Baum. Der andere bleibt stehen und spricht mit Tom Derby, der die Straße heraufgekommen ist.

Nat bleibt einen Augenblick im Gebüsch und sieht zu. Derby sprudelt über vor Energie, er klopft dem Fahrer auf die Schulter. Er reicht ihm eine Thermoskanne, und der Mann füllt einen Becher. Derby winkt dem anderen. Nat überquert die Straße.

»Hey!« Derby winkt ihm zu und dreht sich von dem Fahrer weg. »Was hältst du davon?«

Nat kommt näher und streckt die Hand aus.

»Hallo, Tom. Sieht so aus, als steht sie bald wieder.«

Derby reicht dem Fahrer die Thermoskanne, der Nat zunickt und seinem Freund, der im Schatten ausruht, das Wasser bringt.

Derby klatscht begeistert in die Hände. »Was soll man da sagen? Die Mühle hat etwas lockergemacht. Am Freitag habe ich die Muttergesellschaft in Baltimore angerufen. Ich habe denen gesagt, dass die meisten Mitglieder meiner Gemeinde in der Mühle arbeiten oder bis zu ihrem Ruhestand dort gearbeitet haben. Sie haben mich mit dem Mann verbunden, der für die Öffentlichkeitsarbeit zuständig ist, und er hat gesagt, sie würden sofort zwanzigtausend Dollar spenden, um einen Wiederaufbaufonds ins Leben zu rufen. Wir bekommen vielleicht noch mehr, wenn die Arbeiten angelaufen sind. Die Kirchenmitglieder waren selbst so schockiert, dass sie bereits mehrere tausend Dollar aufgebracht haben. Einer von ihnen hat die Bulldozer und die Lastwagen zur Verfügung gestellt. Der Rat der Kirchen von Virginia wird für uns im Staat und beim Bund Mittel beantragen. Sogar der Gouverneur hat mich gestern angerufen und Hilfe versprochen. Nat«, Derby schüttelt den Kopf, als sähe er zum ersten Mal etwas ganz Wunderbares, »ich hasse es, das sagen zu müssen, aber da wird noch ein verdammtes Wunder draus.«

Nat nickt. »Der Gouverneur.« Er versucht, wegen Derby beeindruckt zu klingen, doch er denkt: Jetzt haben wir noch einen Politiker, der diese Katastrophe in Wählerstimmen verwandelt.

»Das ist schon etwas«, sagt Derby, »die Art, in der diese Gemeinde enger zusammenrückt.«

Nat versucht, seine Skepsis zu unterdrücken und seine Meinung für sich zu behalten, nachdem er gerade an der Stelle gesessen hat, an der Elijah in der Nacht des Feuers saß, während er jetzt sieht, wie glücklich sein alter Freund ist. Er denkt: Vorsicht, Tom. Das ist ein zweischneidiges Schwert. Jedes Mal, wenn sich Menschen so schnell einig sind und wenn sie so entschlossen handeln, können sie sich genauso rasch von dir abwenden, wie sie sich dir jetzt zuwenden. Frag Elijah. Frag mich.

Derby ist auch weiterhin unbekümmert und fröhlich. Er ist glücklich. Die Bulldozer, die verschwindende Ruine und die Aussicht, dass genügend Geld für einen Neuanfang da ist, haben ihn geschwätzig gemacht. Er deutet auf das zu Boden gedrückte Gras, auf dem einer der Fahrer schweigend sitzt.

»Am Sonntag haben wir den Gottesdienst auf dem Rasen abgehalten. Wir haben Zelte aufgebaut. Ich habe jedem gesagt, dass er in Shorts und T-Shirt kommen soll. Nach dem Gottesdienst bin ich mit den jungen Leuten durch den Schutt geklettert. Wir haben alles herausgezogen, was noch zu retten war. Wir werden das alte Taufbecken wiederverwenden, schließlich ist es nichts anderes als eine große Bleiwanne. Wir werden das Kupferkreuz wieder auf dem Kirchturm anbringen. Wir werden die neue Kirche genauso wiederaufbauen wie das Original, denn das ist es, was unsere Gemeinde will – bis hin zum schimmernden Geländer zwischen den Kirchenbänken und der Chorempore. Wir werden sie Second Victory Baptist nennen. Die Leute hier drunten sind nicht besonders scharf auf Veränderungen. Ich denke, wir werden in dem neuen Gebäude einen Schaukasten mit einigen vom Feuer versengten Gesangbüchern und Ähnlichem aufstellen. Zum Gedenken an das alte Gebäude.«

Plötzlich ändert sich Derbys Gesichtsausdruck. Seine Begeisterung ist auf ein Hindernis gestoßen. Nat spricht es nicht aus, aber er sieht, worüber Derby gestolpert ist; die Worte *zum Gedenken* haben ihn ebenso wie Nat an die beiden toten Mädchen Amanda und Nora Carol und an all das Entsetzliche erinnert, was mit dem Tod der beiden verbunden ist. Derby ändert seinen fröhlichen Ton.

»Ich hab dir etwas mitgebracht, Nat. Ich hab mir gedacht, dass wir uns irgendwie treffen. Hier.« Derby greift in seine Hosentasche und angelt nach seiner Brieftasche. Er nimmt einen Scheck heraus und gibt ihn Nat. Die Summe beträgt eintausend Dollar. Er ist ausgestellt auf Nathaniel Deeds und unterschrieben von Reverend Thomas Derby.

Nat faltet den Scheck zusammen.

»Wofür ist der?«

»Du wirst Ausgaben haben, wenn du Elijah verteidigst. Du bist nur sein vom Gericht bestellter Anwalt, Nat. Du hast für die Verteidigung nicht dieselben Mittel, die der Bezirk für die

Anklage hat. Deshalb. Das sollte dir helfen, damit das Spiel etwas fairer wird.«

»Tom.«

»Nimm ihn.«

»Wo kommt das Geld her?«

»Ich würde gerne lügen und sagen, es kommt von der Kirchengemeinde, aber das stimmt nicht. Es ist von mir persönlich. Als die Sache mit der Vergewaltigung aufkam, haben sich viele zurückgezogen, die ihn eigentlich unterstützen wollten. Ich werde mit diesen Leuten nicht streiten. Sie sind völlig durcheinander; sie wissen nicht, ob sie sich selbst oder Elijah die Schuld geben sollen. Also habe ich beschlossen, dass sie sich auf den Neuaufbau der Victory Baptist konzentrieren sollen. Aber das bedeutet nicht, dass wir nicht in seiner Schuld stehen wegen dem, was geschehen ist. Bitte nimm das von mir an, Nat. Ich kann es nicht behalten.«

Nat schiebt den Scheck in Derbys Hemdtasche. Der Pastor rührt sich nicht, doch Nat glaubt trotzdem, dass das Angebot ernst gemeint war.

»Das ist nicht die Art Hilfe, die Elijah brauchen wird.«

Derby antwortet nicht sofort. Er denkt nach. »Was kann ich tun?«

»Besuch seine Frau und rede mit ihr.«

»Mach ich.«

»Und du kannst mir dabei helfen, einige Dinge herauszufinden.«

»Schieß los.«

»Zunächst einmal: Erinnerst du dich an den Tag, an dem Amanda Talley in deine Kirche kam?«

»Einigermaßen.«

»Kannst du dich daran erinnern, ob sie irgendetwas Besonderes gesagt hat? Hatte sie versprochen, an einem anderen Sonntag wiederzukommen?«

»Ich erinnere mich nicht. Sie hat sich bei mir einfach nur für einen netten Morgen in der Kirche bedankt, und dann ist sie wieder gegangen.«

»Allein?«

»Ja.«

»Ging sie zu Fuß?«

»Soweit ich mich erinnere, ja.«

»In Ordnung. Frag in deiner Gemeinde, ob es überhaupt irgendjemanden gibt, der sie gut kannte. Hat sie an dem Tag, an dem sie in die Kirche kam, mit irgendjemandem gesprochen? Neben wem saß sie? Frag rum, Tom.«

»In Ordnung.«

»Und erkundige dich, ob irgendjemand Amanda in der Nacht des Feuers gesehen hat. Ganz egal, wo in der Stadt. Zu Fuß, in einem Auto, wie sie irgendwo saß. Wann der Betreffende sie gesehen hat. Ganz zum Schluss kam sie in deine Kirche. Vielleicht ist sie getrampt, und jemand hat sie hierher gefahren. Vielleicht hat jemand gesehen, wie sie hineinging. Ich muss das wissen. Alles, Tom.«

»Ich werde mich darum kümmern. Weißt du, dass gestern Nachmittag ein Hilfssheriff hier war? Er hat mir fast dieselben Fragen gestellt.«

»Monroe Skelton? Ein großer Schwarzer?«

»Genau der.«

Nat denkt, dass Monroe wahrscheinlich genauso wie er selbst nur in eine Sackgasse rennt. Oder dass er noch mehr Indizien findet, die auf Elijah deuten.

Derby legt die Hand auf Nats Schulter. »Irgendwas wird schon rauskommen.«

»Das hoffe ich.«

Derby drückt Nats Schlüsselbein. »Bist du okay? Das klingt nicht so, als würde es besonders gut laufen.«

Nat reibt sich die Stirn. Seine Finger sind von Schweiß bedeckt.

»Ich will aufrichtig sein. Ich habe nicht viel in der Hand. Ehrlich gesagt, werde ich Elijah nur mithilfe von Fragen verteidigen können. Ohne eine einzige eindeutige Tatsache. Nur mit Lücken und Zweifeln.«

Derby nimmt die Hand von Nats Schulter. »Verstehe.«

Nat erkennt am Gesicht seines alten Freundes, dass dieser ihn tatsächlich versteht.

»Aber du glaubst, dass er unschuldig ist?«

»Ja. Ich denke schon.«

»Du weißt, dass man das in meinem Beruf *Glauben* nennt. Man glaubt und hat nichts als Fragen, an denen man sich festhalten kann. Es gibt in der Geschichte viele Menschen, die bemerkenswerte Dinge vollbracht haben und die mit nichts gerüstet waren als mit Fragen und dem Glauben.«

Derby schenkt Nat ein wissendes Lächeln.

Ein leerer Kipplaster rumpelt die Straße herauf und fährt auf den kiesbestreuten Parkplatz. Die Fahrer der Bulldozer stehen auf. Derby wirft einen Blick auf die neu entstehende Victory Baptist. Um ihn herum ist so viel Aktivität.

Er wendet sich wieder Nat zu. »Ich bin davon überzeugt, dass dir das auch gelingt.«

2

Die Anhörung in Richterin Hawks Büro dauert weniger als fünf Minuten.

Ihr Name bedeutet »Falke«, und er passt zu ihr; sie sitzt da wie ein Raubvogel. Sie blinzelt nicht. Nur manchmal lässt sie langsam ihre Lider sinken, um dann wieder blitzschnell die Augen aufzureißen. Imelda Hawk gehört zum Stamm der Mattaponi-Indianer. Schon seit Urzeiten haben ihre Vorfahren an den Ufern des grünen Flusses gejagt, dessen nährenden Wassern sie die größte Ehre erweisen, indem sie ihren eigenen Namen von dem des Flusses übernahmen. Sie ist klein, schlank und kräftig, hat dunkles Haar und Sommersprossen. Man kann sich leicht vorstellen, wie sie mit rabenschwarzen Federn dahinfliegt. Sie ist mit einem großen Kerl verheiratet, der die örtlichen Getreidekammern betreibt, doch sie hat ihren Geburtsnamen behalten. Alles an Richterin Hawk ist scharf und spitz: ihr Verstand, ihre Nase und ihre Zunge.

Sobald Nat und Fentress sich gesetzt haben, sagt Richterin Hawk: »Meine Herren, ich habe mit Richter Baron über Ihr Verhalten gesprochen. Jetzt, da die Voruntersuchung abgeschlossen ist und die Jurisdiktion für diesen Fall bei meinem Gericht liegt, will ich annehmen, dass Sie alle weiteren Winkelzüge unterlassen.«

Nat macht sich bereit, sofort zu antworten. Er möchte etwas sagen, bevor Fentress eine Entschuldigung oder ein schmeichlerisches Versprechen vorbringen kann. Doch der Staatsanwalt sagt nichts. Er wirkt voller Selbstvertrauen an diesem Morgen. Nat hält sich zurück und nickt gleichzeitig mit Fentress unter Richterin Hawks starrendem Blick.

Die Richterin nickt Nat zu. »Sprechen Sie, Herr Verteidiger.«

Nat stellt den ersten Antrag auf Verlegung des Verhandlungsorts. Als Hauptgrund nennt er die umfangreiche und einseitige Berichterstattung in der Presse, durch die Elijah praktisch schon vor seinem Prozess verurteilt wurde. Zweitens, so erläutert er, ist das Opfer die Tochter eines sehr bekannten und mächtigen Mannes aus der Stadt; es dürfte unmöglich sein, Geschworene zu berufen, die nicht irgendwie mit George Talley in Verbindung stehen.

Imelda Hawk hört zu. Nat greift in seine Aktentasche. »Euer Ehren, ich habe eine Verfügung formuliert, die Sie sich ansehen sollten.«

Sie hebt die Hand und unterbricht ihn. Sie wendet sich an Fentress. »Haben Sie etwas zu sagen?«

Fentress schiebt die Unterlippe vor. »Nein, Richterin. Ich vermute, Sie werden das gleich an meiner Stelle tun.«

Richterin Hawk zögert. Nat bemerkt, dass ihr Fentress' Selbstgefälligkeit nicht behagt, doch die Wähler haben vor zehn Jahren und in jeder Wahl danach dafür gesorgt, dass sie und andere Richter im Pamunkey County mit Ed Fentress zu tun haben. Sie wendet sich Nat zu.

»Ich werde Ihren Antrag auf Änderung des Verhandlungsorts ablehnen. Ich glaube, die Menschen in diesem Bezirk können sich jeden Fall anhören und fair damit umgehen. Ich werde ihnen nicht sagen, dass sie zu dumm oder zu wütend oder von den Medien zu sehr beeinflusst sind, um mit klarem Kopf zu einer Entscheidung zu gelangen. Die Kirche wurde in ihrem Bezirk niedergebrannt. Das Mädchen war eine von ihnen. Elijah Waddell ist ebenfalls einer von ihnen. Das ist eine Angelegenheit des Pamunkey County, und ich denke, die Leute hier sind dieser Sache gewachsen.«

»Euer Ehren.«

»Genauso halte ich das, Nat. Wenn Sie mich umstimmen wollen und mir nicht irgendetwas zu sagen haben, das ich nicht schon gehört habe, dann bleibt es vorläufig dabei. Mag sein, ich ändere meine Meinung. Aber heute nicht mehr. Sonst noch etwas?«

Nat schlägt eine neue Richtung ein. Er weiß, wenn Richterin Hawk fortfahren will, dann kommt man besser nicht auf alte Dinge zurück.

»Ich möchte, dass Elijah aus Rappahannock verlegt wird.«

Wieder ist die Haltung der Richterin eindeutig. »Nein. Sollte ich das zulassen, würde ich dem Bezirk und den Geschworenen, die unweigerlich aus diesem Bezirk kommen, genau das Zeichen geben, das Sie nicht wollen, Nat. Die Presse und das

Fernsehen hätten einen weiteren Grund zu einer Vorverurteilung. Die Leute würden sich vorstellen, dass es bei Elijah oder Talley oder beiden etwas so furchtbar Verdächtiges gibt, dass das Gericht einschreiten muss, um die beiden auseinander zu halten. Nein. Das vernebelt die ganze Angelegenheit nur noch mehr.« Sie wendet sich ab von Nat und richtet sich an Fentress. »Ed, Sie richten George Talley von mir aus, dass mir das mit seinem Mädchen Leid tut. Aber ich werde ihn ausnehmen wie einen Flussbarsch, sollte ich erfahren, dass er auch nur in die Nähe von Elijah Waddell kommt. Ist das klar?«

»Ja, Ma'am.«

»Sonst noch etwas, meine Herren?«

»Nein, Richterin.«

»Na dann, guten Tag.«

Nat und Fentress stehen auf, um das Büro der Richterin zu verlassen. Bevor sie die Tür erreichen, fügt die Richterin hinzu: »Hören Sie zu. Sie beide. Einige Leute in diesem Bezirk haben letzte Woche einige grobe Fehlentscheidungen getroffen. Aber alles in allem sind das gute, gottesfürchtige Menschen. Sie sind keine Heuchler, obwohl die Zeitungen das behaupten, und sie sind keine Idioten. Wir werden ihnen und den übrigen Leuten aus diesem Bezirk bis zum letztmöglichen Augenblick vertrauen. So lange, bis wir ihnen nicht mehr vertrauen können. Und sie beide werden genau diese Marschrichtung vorgeben. Haben Sie das verstanden? Wir werden kein Öl in ein Feuer gießen, das schon brennt. Wir werden keine rassistischen Gefühle anheizen und auch sonst nichts. Und damit guten Tag.«

Auf dem Flur beginnt Fentress zu grinsen. »Hab's dir doch gesagt.« Nat möchte ihn gegen die Wand schleudern. Fentress bemerkt das nicht. Er fragt Nat, ob er einen Kaffee trinken möchte, und Nat wird klar, wie sinnlos es wäre, Ed Fentress gegen die Wand zu schleudern. Der Mann würde es über sich ergehen lassen und dann sein Haar richten.

»Nein danke.« Nat geht schneller, um von ihm wegzukommen. Mit dröhnenden Schritten geht er die Stufen hinab; er fragt sich, wann irgendetwas bei Elijahs Fall einmal günstig für ihn verläuft.

Draußen wirkt die Hitze wie eine Dornenhecke. Gleichgültig, wie lange man auch im Süden lebt, nie gewöhnt man sich an den Wechsel zwischen klimatisierter Luft und Gluthitze. Nat geht unter dem Dach hinüber zum Büro des Sheriffs.

Er findet Monroe an seinem Schreibtisch.

»Money. Bist du bereit?«

Monroe verzieht das Gesicht. »Ich habe ihn angerufen. Er ist zu Hause.«

»Gut. Gehen wir hin.«

Monroe schüttelt den Kopf. »Er will dich nicht sehen.«

»Du hast ihm gesagt, dass wir kommen?«

»Nein. Aber heute ist sein freier Tag. Er will nicht gestört werden.«

»Das ist perfekt. Er wird keine Uniform anhaben.«

»Dieser Mann ist immer in Uniform, Nat. Dazu muss er nicht erst eine anziehen.«

»Ich bitte dich.«

»Ich habe dir gesagt, dass ich mit ihm reden werde. Ich habe nicht gesagt, dass es schon heute sein soll, und ich habe nicht gesagt, dass ich neben dir stehen würde, wenn es dazu kommt.«

»Aber ich möchte heute mit ihm reden.«

»Nur zu. Nutz deine Chance.«

»Ich brauche dich dort.«

»Ich weiß, dass du mich brauchst. Der Mann wird durchdrehen, wenn er sieht, wie du seine Auffahrt heraufkommst. Du verteidigst den Angeklagten. Warum sollte ich mit dir gehen? Ich kann mir den Zeitpunkt selbst aussuchen.«

Nat tritt näher an Monroes Stuhl heran. »Deswegen. Wenn

du dir den Zeitpunkt selbst aussuchst, verbringt mein Mandant einen weiteren beschissenen Tag im Gefängnis. Und weil ich mir sicher bin, dass ich dir irgendwann in unserer gemeinsamen Vergangenheit einen Gefallen getan habe. Du schuldest mir was.«

Monroe tut so, als sei er verwirrt. »So viel schulde ich dir nun auch wieder nicht.«

Nat packt die Schulter des großen Mannes. »Auf geht's.«

Sie fahren in Monroes Streifenwagen zu George Talleys Haus. Unterwegs reden sie nicht darüber, wie sie mit George Talley in seiner eigenen Höhle verfahren werden. Jeder hat zu Talley ein anderes Verhältnis, das sich über viele Jahre gebildet hat. Deshalb haben sie auch nicht die gleichen Sorgen. Sie sprechen auch nicht über ihren Verdacht im Fall Waddell. Nat weiß, dass Monroe Elijah noch nicht abgeschrieben hat. Offensichtlich führt der Hilfssheriff seine eigene Untersuchung durch und versucht, die Lücken so gut zu schließen, wie er kann. Nat erwähnt nicht, dass er von Jackie Kline erfahren hat, wie sich Talley in die Autopsie eingemischt hat. Monroe redet nicht darüber, warum er zugestimmt hat, bei der Befragung seines Chefs dabei zu sein. Aber da ist etwas, das beide Männer von Sheriff Talley erfahren möchten. Nat fragt sich, ob es dasselbe ist.

Der Sheriff wohnt an einer ruhigen Straße in einem Neubaugebiet. Sein Haus ist einer von mehreren Backsteinbungalows. Weil hier nur junge Bäume stehen, gibt es nicht viel Schatten.

Talley kommt an die Tür, als es klingelt. Er ist barfuß und trägt Shorts und ein weißes T-Shirt. »Sieh an, das Überfallkommando«, sagt er. Der Gesichtsausdruck des Sheriffs hat nichts Feindliches. Er scheint ruhig, müde. »Kommt rein.«

Nat und Monroe folgen Talley in die Küche, wo er sich ein Bier holt; auch seinen beiden Besuchern bietet er Bier an. Sie lehnen ab. Talley führt sie hinaus auf die Veranda, die im Floridastil verglast ist. Alle drei setzen sich auf Rohrschaukelstühle.

»Ich glaube nicht, dass du schon mal hier warst«, sagt Talley zu Nat und deutet auf sein Backsteinhaus. »Ich wohne seit drei Jahren hier. Ich war einer der Ersten, der sich in dieses neue Viertel eingekauft hat.« Das klingt einigermaßen freundlich, eine kleine Prahlerei, weil er das Haus günstig erworben hat. Doch es ist ein Tadel, ein Hinweis darauf, dass er Nat heute in seinem Heim nicht als Freund betrachtet: Vier Jahre, und Nat hat ihn kein einziges Mal besucht.

»Es ist hübsch.«

Talley deutet mit seiner Bierflasche auf Monroe. »Aber deswegen hättest du nicht gleich einen Leibwächter mitbringen müssen.« Er lächelt seinen Hilfssheriff an. Es ist ein Witz; George Talley hat hier die Macht, und er weiß das. Nat denkt, dass das auch der Grund ist, warum der Sturm, den Monroe vorhergesagt hat, noch nicht ausgebrochen ist. Talley ist voller Selbstvertrauen.

»George, ich hatte bei der Beerdigung keine Möglichkeit, dir zu sagen, wie Leid es mir tut. Das weißt du.«

»Ja, das weiß ich. Ich habe dich auf dem Hügel gesehen. Du hast wie ein Dichter ausgesehen da oben.«

Nat denkt an das, was geschah, als er vom Hügel herunterstieg, an seine Stadt, die sich vor ihm zurückzog, an die Begegnung mit Maeve. Vorläufig schiebt er das alles weg von sich.

»Ich muss dir ein paar Fragen stellen. Es dauert nur ein paar Minuten.«

Talley nippt an seinem Bier. Er ist bereit.

»Das ist keine Aussage unter Eid.«

»Nein.«

»Was ist es dann?«

»Ich versuche nur, Stück für Stück einige Dinge zusammenzusetzen, die in jener Nacht passiert sind. Das ist alles.«

»Langsam, Nat.« Talley verzieht das Gesicht, seine Augen verengen sich. Jetzt kommt es, denkt Nat. Doch merkwürdigerweise verrät die Stimme des Sheriffs nichts von der Wut, die man in seinen Augen erkennen kann.

Talley deutet mit der Bierflasche auf Nat. »Lass mich Klartext reden. Ich weiß, du respektierst das. Ich bin ein netter Kerl und lass dich in mein Haus kommen. Doch falls du das vergessen hast – auch wenn ich nicht glaube, dass du es vergessen hast –, du verteidigst diesen Hurensohn, der mein einziges Kind vergewaltigt und ermordet hat. Ich werfe dir das nicht vor, denn ich weiß, dass Baron dich da reingezogen hat. Aber bilde dir nicht ein, du könntest mich in meinen eigenen vier Wänden befragen, drei Tage nachdem ich meine Tochter beerdigt habe. In Ordnung? Und Money, was, zum Teufel, machst du eigentlich hier?«

Nat blickt hinüber zu Monroe. Der Hilfssheriff hat die Stirn gerunzelt. Er starrt seinen Vorgesetzten an. Weder Nat noch Monroe haben auf Talleys beherrschten Ton reagiert. Also steht Talley auf. Er stellt die Bierflasche auf den Korbtisch.

»Los, Nat. Komm mit mir. Ich will dir ihr Zimmer zeigen, in dem sie vor ein paar Tagen noch geschlafen hat. Die Kommode, in der Amanda ihre Kleider aufbewahrt hat. Sie hatte auch ein Sammelalbum. Sollen wir es uns anschauen?«

»George.«

»Ich werde dir was verraten. Du gehst jetzt und sagst Elijah Waddell, dass ich sehen will, wie er auf dem Stuhl geröstet wird. Ich selbst werde den verdammten Schalter umlegen.« Talley wirft ihm einen düsteren Blick zu, als er das sagt; die Adern in seinem Hals treten hervor. »Und jetzt begleite ich euch Jungs zur Tür.«

Nat bleibt sitzen. Noch immer spricht er mit milder Stimme. »George, es braucht wirklich nicht so weit zu kommen. Aber du musst wissen, dass ich mir eine Vorladung besorgen kann, und dann musst du diese Fragen unter Eid beantworten. Ich dachte einfach nur, es sei erst mal besser, wenn wir uns privat über diese Dinge unterhalten.«

Talley blickt zu Boden. »Eine Vorladung.«

»George, ich bitte dich.«

»Besorg sie dir.«

Monroe schaltet sich ein. »George.«

»Halt du dich da raus!«, blafft Talley ihn an.

Monroe stützt die Ellbogen auf die Knie. Sein Körper füllt den gesamten Schaukelstuhl aus.

»Nicht nur Nat hat ein paar Fragen«, sagt er. Talley sieht dem großen Hilfssheriff direkt in die Augen. »Ich auch.«

Talley legt den Kopf zur Seite. »Und wer bist du?«

»Ich bin der ermittelnde Beamte in einem Mordfall in meinem Bezirk. Also setz dich jetzt bitte hin und rede mit uns, oder wir kommen heute Nachmittag wieder. Und dann wird dieses Gespräch offiziell.«

George Talley nickt schweigend. Er mustert die beiden Männer, die in sein Backsteinhaus gekommen sind, um ihn zu verhören. Der eine ist sein Angestellter, der andere ist der gegnerische Anwalt. Der Sheriff setzt sich und greift nach seinem Bier. Er schaukelt vor und zurück und schlägt die nackten Beine übereinander.

»Das hier ist zu Ende, wenn ich sage, dass es zu Ende ist. Verstanden? Und jetzt – wer fragt?«

Nat atmet tief ein, er will anfangen. Doch Monroes Stimme erklingt zuerst. Nat wirft dem Hilfssheriff einen Blick zu. Er hat ein kleines Notizbuch aufgeklappt und hält einen Bleistift in der Hand.

»Du hast gesagt, dass Amanda am Donnerstag kurz vor acht von hier zu Fuß weggegangen ist.«

»Das habe ich gesagt. Ja.«

»Hat sie gesagt, wohin sie geht?«

»Nein. Es war nach dem Abendessen. Sie wollte einfach nur einen Spaziergang machen.«

»Hat sie während des Abendessens etwas getrunken?«

»Was meinst du damit? Alkohol?«

»Ja. Hast du ihr ein Bier gegeben? Ein Glas Wein?«

»Nein. Ich habe meinem kleinen Mädchen nie Alkohol gegeben. Nie.«

»Worüber habt ihr euch an dem Abend unterhalten? Beim Abendessen, bevor sie gegangen ist.«

»Über nichts. Das Übliche.«

»Das Übliche was, George?«

»Was Vater und Tochter so reden. Du hast einen Sohn, Monroe. Du solltest das wissen. Man muss sich nicht über irgendetwas Besonderes unterhalten.«

»Nein, das muss man nicht.« Monroe unterbricht sich und schreibt etwas in seinen Notizblock. Nat möchte diese Pause füllen, doch er hält sich zurück und lässt Monroe weitermachen. Der Hilfssheriff scheint von Anfang an auf der richtigen Spur zu sein.

»Gab es in letzter Zeit irgendwelche Spannungen zwischen dir und Amanda? Streit über was auch immer?«

»Nein.«

»Nun, das ist gut. Aber wie du gesagt hast, George, ich habe einen Jungen großgezogen. Er ist ein guter Junge, aber als er in Amandas Alter war, verging kein einziger Tag, ohne dass wir aneinander gerieten. Auch er und Rey Ann. Also was war es, George? Denn da war etwas. Sie verbrachte viel Zeit damit, allein im Bezirk umherzuwandern. Am Donnerstagabend ging sie nach dem Essen zu Fuß von hier weg. Gab es irgendwelche Auseinandersetzungen?«

»Was fragst du mich da, Monroe? Ich will wissen, was du

mich da fragst.« Der Sheriff streckt die Beine aus. Der Schaukelstuhl knirscht.

»Nichts, George. Du sagst, ihr beide hattet keinen Grund, euch zu streiten. Ich will einfach nur sicher sein. Das ist alles.«

Talley bleibt angespannt sitzen. Sein Blick huscht hinüber zu Nat, als wolle er sagen: Halt mir den vom Leib. Aber Nats Gesicht bleibt weiterhin ausdruckslos.

Monroe fährt fort. »Hast du gewusst, dass deine Tochter etwa vor vier Wochen den Gottesdienst in der Victory Baptist Church besucht hat?«

Nat beobachtet Talley. Er ist sich nicht ganz sicher, doch der Sheriff scheint mit der Wimper zu zucken.

»Nein. Das wusste ich nicht.«

»George, eine ganze Reihe von Leuten hat sie dort gesehen. Sie hat mit dem Prediger gesprochen. Du weißt, dass Hilfssheriff Benson die Victory Baptist besucht. Er hat nicht erwähnt, dass er sie gesehen hat? Niemand hat irgendetwas gesagt? Es war etwas ungewöhnlich, dass sie dort war.«

Talley schweigt. Seine Blicke durchbohren Monroe. Der Sheriff scheint die Gefahr abzuschätzen, die von dem Mann ausgeht, der diese Frage stellt, und er kommt zu dem Schluss, dass es keinen Grund gibt, ihn zu fürchten.

»Na ja, ich vermute, dass Amanda mit mir darüber gesprochen hat. Ich hab das nicht besonders wichtig genommen.«

»Warum nicht?«

»Weil sie katholisch ist, Money.« Talley unterbricht sich. Das ist ein Fehler eines ehrlichen, trauernden Vaters. Er senkt den Blick. Kurz darauf korrigiert sich der Sheriff. »Sie war katholisch.«

Monroe gibt Talley ein paar Sekunden, bevor er weitermacht. Er kritzelt etwas in seinen Notizblock. »Aber das war kein Streitpunkt zwischen euch beiden.«

»Wir haben darüber geredet.«

»In Ordnung. Nun, wie oft gehst du in die St. Bede?«

»Jeden Sonntag.«

»Und manchmal auch unter der Woche?«

»Du weißt, dass ich das mache, Monroe. Du kennst meinen Dienstplan genauso gut, wie ich deinen kenne.«

»Das stimmt, George. Wir arbeiten schon lange zusammen.«

»Genau.«

»Wie oft ist Amanda mit dir in die St. Bede gegangen?«

Talley blinzelt. Monroe wartet. Dann sagt er: »George, ich kann in der Kirche nachfragen.«

Talley lässt sich Zeit. »In den letzten zwei Jahren ist sie nicht mehr mitgekommen.«

Monroe benutzt keine Worte, um »Warum nicht?« zu fragen; er streckt Talley nur sein Kinn entgegen. Nat staunt. Er hat Monroe Skelton lange unterschätzt. Wie vielleicht jeder.

Talley zuckt mit den Schultern. »Ich weiß nicht, warum sie nicht mehr hinging.«

»Aber du wolltest, dass sie mit dir zusammen die Messe besucht.«

»Jeder Vater würde das wollen.«

Monroe antwortet nicht.

»Das Mädchen hatte ihren eigenen Kopf«, sagt Talley. »Jeder, der sie kannte, wird dir das erzählen.« Nat bemerkt, dass der Sheriff sich verteidigt, dass seine Antworten gereizt klingen. Er spürt, dass Talleys Kooperation dem Ende naht. Wenn Monroe auf etwas Bestimmtes aus ist, sollte er sich damit besser beeilen. Und genau das tut er.

»Ist es möglich, dass Amanda daran dachte, aus der katholischen Kirche auszutreten und Baptistin zu werden?«

»Nein«, sagt George Talley bissig.

»Aber seit zwei Jahren hat sie die Kirche nicht mehr zusammen mit dir besucht. Und letzten Monat ging sie selbst die drei Meilen zu Fuß hinaus zur Victory Baptist. Sie ging zu Pastor Derby und sagte ihm, dass ihr der Gottesdienst gefallen hat. Dann hat sie dir davon erzählt. Also muss ihr das etwas bedeutet haben.«

Nat erinnert sich an das Gesangbuch, das in der Hand des Mädchens gefunden wurde. In der Nacht des Feuers ging sie noch einmal allein zur Victory Baptist, da ist er sich sicher. Sie ging dorthin, um zu lesen. Um nachzudenken, um sich zu erholen. Doch dieses Mal war es so spät in der Nacht, dass niemand ihr nachspionieren konnte, ihr Vater nicht und auch keiner seiner zahllosen Bekannten aus dem Pamunkey County, der es ihm hätte erzählen können.

Stück für Stück setzt Nat die Ereignisse in seinem Kopf zusammen. Gegen den Willen ihres katholischen Vaters besuchte Amanda Talley vor einem Monat einen baptistischen Gottesdienst. Vier Wochen später geht das Mädchen mitten in der Nacht zur Kirche, die draußen auf dem Land liegt, nachdem sie in einen Streit verwickelt worden war, etwas getrunken und Sex gehabt hatte; vor Mitternacht – bevor Elijah das Gebäude zu beobachten beginnt – öffnet sie die unverschlossenen Türen der Kirche. Sie setzt sich hin, um zu lesen, vielleicht legt sie sich unter die Kirchenbank, um zu schlafen; sie weigert sich, nach Hause zu gehen. Und genau in dieser ereignisreichen Nacht brennt die Victory Baptist nieder.

Monroe hebt keinen Finger, er spricht die Anklage nicht einmal aus, und doch ist sie da; sie hängt wie ein Schwert über Sheriff Talley: Er und seine Tochter haben sich in der Nacht des Feuers gestritten.

Auch Talley weiß, was die beiden Inquisitoren in seinem neuen Backsteinhaus nicht aussprechen. Auch er ist ein Mann des Gesetzes, auch er ist ein geschickter Ermittler. Das Gesicht des Sheriffs wird immer roter; Nat erkennt, dass es diesem Mann jetzt reicht. Es ist Zeit, zu gehen.

Auch Monroe sieht es. Der Hilfssheriff wendet sich an Nat. »Möchtest du noch etwas fragen?«

Nat denkt: Vielen Dank, Money. Du machst ihn fertig und übergibst ihn mir, wenn er kurz davor steht, zu explodieren.

»Nein. Ich glaube, das war's. Danke, George.«

Nat und Monroe erheben sich. Talley steht nicht auf, um sie zur Tür zu bringen. Er bleibt mit hängendem Kopf sitzen und dreht die Bierflasche in kleinen Kreisen in seinen Händen. Sein Blick bohrt sich in den braunen Flaschenhals wie in einen winzigen Wunschbrunnen, dessen Wasser er aufzuwirbeln versucht, damit es ihm zu Hilfe kommt. Nat hört, wie der Atem des Sheriffs laut durch dessen Nase strömt. Sein Nacken ist karmesinrot. Der Mann beißt sich auf die Zunge.

Monroe runzelt die Stirn. »George.«

Talley antwortet ohne aufzublicken. »Verschwindet. Sofort. Alle beide.«

Nat und Monroe gehen nicht durch das Haus zurück; sie verlassen das Gebäude durch die Tür in der verglasten Veranda. Hinter ihnen schaukelt Talley in seinem Stuhl.

Langsam und aufmerksam fährt Monroe den Streifenwagen. Er konzentriert sich auf etwas. Nat mustert den großen Hilfssheriff. »Kommst du mit dieser Sache klar?«

»Womit? Mit George?«

»Ja. Nach dem kleinen Gespräch gerade eben.«

Monroe schnaubt unter seinem Bart hervor. »Ah, mir wird er keine Schwierigkeiten machen. Er wird rumtoben, aber ich besorge George Talley zu viele schwarze Stimmen. Ein sicherer Arbeitsplatz ist einer der Vorteile eines kleinen Bezirks.«

»Hast du deine Meinung über Elijah gändert?«

Monroe stößt eine Art Wiehern mit flatternden Lippen aus wie ein Pferd. »Ich arbeite noch dran.« Der Hilfssheriff wendet seinen Blick nicht von der Straße. Er denkt über die Indizien nach. »Aber das Mädchen im Feuer. Man kann sich deinen

Jungen kaum als Vergewaltiger und Killer vorstellen. Obwohl er natürlich immer noch die Kirche in Brand gesteckt haben mag.«

Dieser kleine Vertrauensbeweis bewegt Nat. Es ist eine Erleichterung, eine weitere Stimme gefunden zu haben, die über die Risse spricht, die in der Überzeugung der Stadt sichtbar werden, Elijah habe einen Mord begangen; besonders, wenn diese Stimme dem ermittelnden Beamten gehört.

Doch noch bleibt ein Berg von Beweisen und Indizien, die auf Elijah lasten, und die kann selbst die Unterstützung des Hilfssheriffs nicht beseitigen. Die Tatsachen und Vermutungen, die gegen Elijah sprechen und die Fentress bereits zusammengetragen hat, ziehen eine nach der anderen an Nats geistigem Auge vorüber. Obwohl die Liste nicht lang ist, fürchtet Nat aufgrund seiner reichen Erfahrung aus der Zeit, in der er mit Ed Fentress für die Staatsanwaltschaft gearbeitet hat, dass sie lange genug sein könnte.

»Freut mich zu hören, Money. Aber es gibt eine Menge Indizien, die gegen ihn sprechen.«

Monroe nickt. »Ja. Aber nicht alle.«

Der Hilfssheriff lehnt sich an Nat vorbei und greift nach dem Handschuhfach. Er öffnet es und holt eine kleine Plastiktüte heraus. Sie ist versiegelt, und darin befindet sich ein silbernes Rechteck. Auf der Vorderseite dieses Rechtecks befinden sich in fünf nummerierten Reihen winzige rote Kugeln unter einem Plastiküberzug. Etwa die Hälfte dieser Kugeln wurde herausgedrückt.

Antibabypillen.

Nats Herz macht einen Sprung. »Amanda Talley?«

»Du sagst es.«

»Wo?«

»Georges Schreibtisch.«

Nat schnappt nach Luft und starrt Monroe an. »Du bist an

den Schreibtisch des Sheriffs gegangen und hast die da rausgenommen?«

»Hm, ja.«

»Weiß er das?«

»Nein. Ich glaube, wenn er sie sucht, wird er sich wundern. Er wird glauben, er hat sie weggeworfen.« Monroe möchte, dass Nat sich das Päckchen ansieht. »Zähl sie. Laut Anweisung soll man damit am ersten Sonntag nach der Periode anfangen. Wenn du mit dem Sonntag zu zählen beginnst, siehst du, dass die letzte an einem Donnerstag genommen wurde.«

»Das Feuer war in den frühen Morgenstunden am Freitag.«

»George hat sie ihr weggenommen.«

Nat betrachtet die Pillen. Rasch formen sich die Möglichkeiten in seinem Kopf. »Sie haben sich beim Abendessen gestritten. Irgendwie hat er sie damit erwischt. George ist katholisch. Er ist durchgedreht, als er herausfand, dass sie Sex hatte und verhütete.« Nat schüttelt den Plastikbeutel. »Money, du weißt, was das bedeutet.«

Monroe nickt. »Amanda hatte möglicherweise einen Freund. Wenn ja, dann heimlich, denn bisher hat sich niemand gemeldet. Ich glaube, ich versuche mal rauszufinden, wo diese Dinger herkommen.«

Nat wirft den Plastikbeutel in die Luft und fängt ihn wieder, ein kleiner Jubel. Er ist sich klar darüber, dass das nur ein Indizienbeweis ist, der kein größeres Gewicht besitzt als der Beutel mit den Pillen selbst. Doch es ist der erste echte Hinweis, der wenigstens ansatzweise zu Elijahs Verteidigung beitragen kann.

»Auch wenn dieser Kerl – wer immer es ist – nichts mit dem Feuer zu tun hat, könnte er vielleicht ein paar Lücken ausfüllen. Er muss mehr wissen als wir, Money. Und wenn wir den Freund haben, ist es sehr viel schwieriger, die Anklage wegen Vergewaltigung aufrechtzuerhalten.«

»Wenn er irgendwo da draußen ist, finde ich ihn.«

Nat reibt sich den Nacken. »Zeig sie Fentress nicht. Zeig sie niemandem. Wenn Talley das herausfindet, vernichtet er möglicherweise andere Beweismittel. Du behältst sie einfach, in Ordnung?«

Monroe lehnt sich vor, um das Handschuhfach zu schließen. »Nein. Du behältst sie. Falls das notwendig sein sollte, werde ich später bezeugen, woher sie stammen.«

Nat kann das nicht fassen. »Sie stammen aus Georges Schreibtisch.«

»Wie ich gesagt habe.«

»Wann hast du sie genommen?«

»Heute Morgen. Es hat mich niemand gesehen.«

»Jesus. Wie bist du darauf gekommen, nach ihnen zu suchen?«

»Ich musste über letzten Freitag nachdenken, über den Morgen nach dem Feuer. George kam in sein Büro, als meine Nachtschicht gerade zu Ende ging. Er war furchtbar schlecht gelaunt. Er war an dem Morgen aufgewacht, und Amanda war verschwunden; sie war die ganze Nacht weggeblieben. Etwa gegen acht begann er, im Büro herumzutoben. Er schickte zwei Wagen los, um sie zu suchen. Versuchte, auch mich loszuschicken, aber ich sagte ihm, dass mein Dienst vorbei sei. Als ich ging, kam ich an seinem Büro vorüber. Ich sah, wie er die Schreibtischschublade öffnete und etwas energisch darin verstaute.«

Nat erinnert sich daran, wie George Talley ihn an jenem Freitag begrüßt hatte. Talley hatte sich wieder im Griff gehabt, er war in freundlicher, angriffslustiger Stimmung. George hatte Nat vor dem Sheriffbüro abgefangen und Nats Hand wie mit einem Nussknacker zusammengequetscht, hatte ihm geschmeichelt und ihn weggedrängt. Nat denkt an Talleys aufdringliches Verhalten gegenüber Jackie Kline.

Monroe wiegt den Kopf. »George ist in Ordnung. Ich kenne ihn schon lange. Aber seit der Beerdigung hat er sich verändert; auch vor ein paar Minuten in seinem Haus war er anders. Er ist nicht durchgedreht, als er uns gesehen hat; er hat sich bis zum Schluss beherrscht. Er verheimlicht etwas. Und er hat uns angelogen, Nat. Er und das Mächen haben sich gestritten wie Hund und Katz.«

»Aber ohne Durchsuchungsbefehl kannst du nicht einfach an seinen Schreibtisch gehen.«

»Bullshit. Ich brauche keinen Durchsuchungsbefehl, um an den Schreibtisch meines Chefs zu gehen. Ich hab einen Füller gebraucht. Laut Gesetz ist jedes Beweismittel, das offenkundig zutage liegt und das ich finde, während ich eine rechtmäßige Durchsuchung durchführe, vor Gericht zulässig.« Der Hilfssheriff grinst und blickt auf die Straße. Er ist zufrieden mit sich. »Ich habe eine rechtmäßige Durchsuchung nach einem Füller durchgeführt.«

3

In jener Nacht gießt Nat in seinem Appartement Scotch über einige Eiswürfel. Mit dem Drink in der Hand setzt er sich auf das gemietete Sofa vor den gemieteten Fernseher. Die Spätnachrichten sind eingeschaltet. Die zentrale Klimaanlage umhüllt ihn mit einem falschen Herbst. Das Glas kühlt seine Hand. Er trinkt nicht, und er achtet nicht auf die Berichte im Fernsehen.

Es war ein langer Tag. Nach sechs ist er aus Good Hope zurückgekehrt und hat weitere vier Stunden in seinem Büro verbracht, um die Arbeiten zu erledigen, die er auch tatsächlich jemandem in Rechnung stellen kann. Jetzt ist es elf. Er wird den Scotch nicht trinken. Er hat ihn sich nur eingeschenkt, um so zu tun, als sei alles normal. Ein Scotch in der Hand kann bedeuten, dass man zufrieden ist. Nat weiß, dass das nur ein Trick ist, und er stellt das Glas auf dem Couchtisch ab.

Dasselbe macht er mit dem Fernseher, er schaltet ihn aus. Das Ding sollte nur etwas Geplauder liefern, sollte ihn wie der Drink davon überzeugen, dass er festen Boden unter den Füßen hat, dass er ein Zuhause hat. Nat legt die Beine auf die Couch und lässt den Kopf nach hinten sinken. Er betrachtet die kitschige weiße Decke seines Appartements, auf der der Verputz winzige, weit verstreute Stalaktiten bildet, was ihn an die Decke einer Höhle im Miniaturformat denken lässt. Doch die Couch ist so lang, dass er sich ausstrecken kann. Er schließt die Augen.

Er weiß, was er morgen zu tun hat.

VIER

1

Nat betritt Richterin Hawks Büro ein paar Minuten nach zwölf, etwas später als die für diese Anhörung vereinbarte Zeit, um die er selbst gebeten hat. Er kommt absichtlich zu spät. Wie alle Richter erwartet Richterin Hawk Pünktlichkeit, aber Nat hat nicht die Absicht, Fentress und George Talley auf dem Flur oder im Treppenhaus des Gerichtsgebäudes zu treffen, sondern erst vor der Richterin. Als er jedoch ins Vorzimmer kommt, das zum Büro der Richterin führt, ist der Sheriff dort; vor dem Tisch der Sekretärin streift er hin und her wie eine Dschungelkatze. Die Sekretärin von Richterin Hawk ist über sechzig. Sie ignoriert Talley, denn sie tippt etwas.

Nat bleibt in der Tür stehen. Talley richtet sich auf und fixiert ihn. Nat macht einen Schritt nach vorn, seine Arme hängen herab. In seiner linken Hand hält er seine Aktentasche. Sollte Talley ihm einen Schlag versetzen wollen, könnte sich Nat nicht verteidigen. Talley stellt sich Nat in den Weg. Nat bleibt stehen. Seine Krawatte ist nur wenige Zentimeter von den Hemdknöpfen des Sheriffs entfernt. Die Sekretärin hört auf zu tippen und sitzt reglos da wie eine Figurine.

»George, ich hab da drinnen eine Anhörung. Bitte.«

Talley ist so weit an Nat herangerückt, dass Nat sieht, wie die Nasenflügel seines Gegenübers zittern. Talley ist fast acht Zentimeter größer und wenigstens fünfzig Pfund schwerer.

Der Mund des Mannes hängt nach unten und sieht aus wie ein Krummsäbel.

Halb flüsternd, halb fluchend, sagt Talley: »Ich schwöre bei Gott.« Das ist kein Zeichen seiner Überraschung oder Bestürzung. Es ist die Einleitung zu einem schrecklichen Schwur.

Nat nickt. Während er dem Mann in die Augen blickt, die von den schweren Lidern halb bedeckt sind, sagt er ruhig: »Ich verstehe, George.« Nat macht einen Schritt zur Seite, während sich der Sheriff so wenig von der Stelle rührt wie ein Baumstamm. »Entschuldige mich.«

Nat greift nach dem Türknauf zum Büro der Richterin. Die Messingkugel fühlt sich glatt an in seiner Hand, seine Handfläche ist schweißnass. Er geht ins Büro und schließt die Tür; er hat das Gefühl, als sei er gerade noch einmal aus einem Tigerkäfig entwischt. Hinter sich hört er die Stimme der alten Sekretärin der Richterin. »Sheriff, bitte setzen Sie sich.«

Fentress dreht sich nicht um, um Nats Erscheinen zur Kenntnis zu nehmen. Der Staatsanwalt hat die Beine übereinander geschlagen, seine Hände liegen in seinem Schoß. Richterin Hawk starrt auf den leeren Stuhl, auf dem Nat seit drei Minuten sitzen sollte.

»Bitte entschuldigen Sie, dass ich mich verspätet habe, Richterin.«

»Setzen Sie sich, Nat. Fangen wir endlich an.«

Nat öffnet seine Aktentasche. Fentress nimmt die Hände aus dem Schoß und legt sie auf die Lehnen seines Stuhls. »Euer Ehren.«

Nat unterbricht ihn. »Ed, wenn es dir nichts ausmacht. Einen kleinen Augenblick.«

Fentress, der Nat immer noch nicht ansieht, verschränkt die Finger.

»Natürlich, Herr Verteidiger.«

Nat holt die Verfügung heraus, die er heute Morgen aufgesetzt hat. Er schließt seine Aktentasche. Er möchte als Erster sprechen.

»Richterin, ich danke Ihnen, dass Sie diese Anhörung so kurzfristig ermöglicht haben.«

»Bedanken Sie sich nicht bei mir«, sagt sie. »Ich stimme Ihnen in allem zu, solange wir nur schnell arbeiten und einen Vorsprung vor der Presse haben. Ich werde dafür sorgen, dass Sie bei diesem Fall die Zeit bekommen, die Sie brauchen, Nat. Das gilt auch für Sie, Ed. Aber nutzen Sie das nicht aus, verstanden?«

Beide Anwälte murmeln: »Ja, Ma'am.«

Richterin Hawk blickt zwischen den Stühlen der beiden hindurch zur Tür, hinter der George Talley wahrscheinlich immer noch unruhig hin und her marschiert, während ihn die Sekretärin anstarrt, weil er sie von der Arbeit abhält. Die Richterin blinzelt langsam und dreht den Kopf Nat zu.

»Fangen Sie an. Und beeilen Sie sich, bevor der Sheriff mein Vorzimmer kurz und klein schlägt.«

Nat räuspert sich. Er verschränkt die Finger in seinem Schoß. Dann bemerkt er, dass er Fentress nachahmt. Er legt die Hände auf die Knie.

»Euer Ehren, ich beantrage, die Leiche Amanda Talleys zu exhumieren.«

Jetzt wirbelt Fentress' Kopf herum. »Warum?«

Ruckartig hebt die Richterin den Finger. »Ed. Lassen Sie mich das nicht noch einmal sagen. Das ist eine Anhörung, und die leite ich.«

Sie wendet sich an Nat. »Warum?«

»Euer Ehren, ich habe mehrere Gründe. Erstens etwas, das Ed weiß, weshalb es mir auch nichts ausmacht, es vor ihm auszusprechen. Bisher gibt es wenig Hinweise, die die Behauptung meines Mandanten stützen, er sei unschuldig. Keine Zeugen haben sich gemeldet. Die forensischen Befunde wurden durch das Feuer zerstört. Die Einschätzung des Staatsanwalts basiert vorwiegend auf Indizien, und ich muss in der Lage sein, sie zu entkräften. Wenn wir annehmen, dass es keine Zeugen geben wird, ist die Leiche des Mädchens das einzige physische Beweisstück, das, so glaube ich, uns noch einige Hinweise geben könnte. Es ist offensichtlich, dass ich sie exhumieren lassen muss, um diesen Punkt weiterzuverfolgen.«

Die Richterin legt die Stirn in Falten. »Es wurde doch eine vollständige Autopsie durchgeführt, oder etwa nicht?«

Ungeduldig wirft Fentress ein: »Ja.«

Die Richterin reagiert nicht darauf. »Wer hat die Leichenschau durchgeführt?«

»Die stellvertretende Chefpathologin Jackie Kline«, antwortet Nat.

»Sie ist kompetent. Ich habe gehört, wie Sie das selbst ein paar Mal vor Gericht gesagt haben, Nat. Wo ist dann das Problem? Warum sollte ich Ihnen erlauben, eine Exhumierung der Tochter des Sheriffs durchzuführen, wenn die Autopsie korrekt erledigt wurde? Ich brauche einen zwingenden Grund, bevor ich das erlaube.«

»Das Mädchen hatte einen gebrochenen Kiefer.«

»Und was ist damit?«

»Euer Ehren, der Bericht der Pathologin weist nachdrücklich darauf hin, dass Amanda Talley in der Nacht, in der sie starb, Sex hatte. Früher am Abend hatte sie etwas getrunken. Ihr wurde der Kiefer gebrochen. Dr. Kline glaubt, dass der Kiefer vor dem Brand gebrochen wurde, wahrscheinlich durch einen Schlag mit der rechten Hand. Ohne Zeugen sind das Sperma und der Alkohol Sackgassen, und Mr. Fentress und ich können nichts weiter tun, als ein paar Vermutungen darüber anstellen. Aber irgendjemand oder irgendetwas hat diesem armen Mädchen ins Gesicht geschlagen. Die Staatsanwaltschaft und der größte Teil des Bezirks halten es mittlerweile für ausgemacht, dass Elijah Waddell das war – mit seiner rechten Hand. Ich glaube, wenn wir ihren Kiefer noch einmal untersuchen, könnten wir alle möglichen Dinge entdecken. Vielleicht wurde sie überhaupt nicht von einer Faust getroffen, sondern von etwas anderem, vielleicht von einer Flasche oder einem Kantholz. Möglicherweise stecken noch Splitter im Fleisch. Sie kann in der Dunkelheit gestürzt sein, während sie eine Straße entlangging. Alles das könnte die simple Annahme der Staatsanwaltschaft, dass Elijah sie geschlagen und vergewaltigt hat, infrage stellen. Je mehr Einzelheiten wir über Amanda Talleys letzte Stunden herausfinden, umso schwerer wiegt die Beweislast des Staates, das Mädchen mit meinem Klienten in Verbindung zu bringen. Vielleicht ist Amanda in jener Nacht jemand anderem als Elijah begegnet, der ihr Schaden zufügen wollte. Vielleicht hat ein anderer etwas mit ihr zusammen getrunken und hatte Sex mit ihr. Vielleicht hat ein anderer die Kirche in Brand gesteckt, genau wie mein Mandant behauptet.«

Wieder senken sich die Lider von Richterin Hawk langsam und nachdenklich. Dann reißt sie sie mit einem Ruck auf. »Und inwiefern soll die Exhumierung der Leiche dazu beitragen, Nat? Sie haben bereits genügend Röntgenaufnahmen des Kiefers, nehme ich an?«

»Nein, Euer Ehren. Vom Kiefer des Mädchens gibt es keine Röntgenaufnahmen.«

Fentress dreht sich um auf seinem Stuhl, sodass er Nat einen Blick zuwerfen kann. Vielleicht ist dem Staatsanwalt diese Lücke im Bericht nicht aufgefallen. Oder reagiert er auf die Tatsache, dass sie Nat aufgefallen ist?

Richterin Hawk tippt mit einem Finger gegen ihre Lippen. Nat schweigt, während sie nachdenkt. »Das ist merkwürdig. Wissen Sie, warum?«, fragt sie schließlich.

Ed Fentress beugt sich vor. »Das ist ganz einfach, Richterin.

Die Pathologin hat nur die Aufgabe, die Todesursache festzustellen. Wie Nat schon gesagt hat, fand Jackie Kline heraus, dass Amanda Talleys Kiefer vor dem Brand gebrochen wurde. Es war also nicht notwendig, dass sie den Kiefer röntgt, wenn der Bruch nicht zum Tod des Mädchens beitrug.«

Fentress' Antwort macht Nat sprachlos. Laut Jackie Kline hat George Talley genau diese Worte benutzt, um sie zu überzeugen, über den zertrümmerten Kiefer hinwegzugehen.

Beinahe platzt Nat mit dieser Information gegenüber der Richterin heraus, während Fentress daneben sitzt und Talley direkt hinter der Tür steht. Doch Nat beherrscht sich. Es ist besser, denkt er, etwas zu wissen, von dem sie nicht wissen, dass ich es weiß.

»Euer Ehren«, sagt Nat, »mein Klient wird in einem Bezirk vor Gericht gestellt, der offensichtlich wegen der Medien und der Bekanntheit George Talleys voreingenommen ist. Man könnte ihn genauso gut gleich kreuzigen. Und er muss in einem Gefängnis bleiben, zu dem der Vater des Mädchens, das er angeblich ermordet haben soll, ungehindert Zugang hat. Ich bitte Sie, Euer Ehren, diesem Antrag auf Exhumierung stattzugeben, damit die Gewichte etwas besser verteilt sind. Richterin, Elijah Waddell hat ein Recht darauf, dass wir jede Möglichkeit wahrnehmen, um seine Unschuld zu beweisen, selbst dann, wenn sich herausstellen sollte, dass diese Maßnahmen schmerzhaft sind. Verweigern Sie ihm das nicht.«

Richterin Hawk denkt darüber nach. »Ed?«

Fentress antwortet trocken: »Das war eine sehr leidenschaftliche Rede, Nat. Zur Hälfte aus der Bibel, zur Hälfte aus der Verfassung. Aber ich glaube nicht, dass dieses Gericht oder mein Büro es darauf anlegt, deinem Mandanten die ihm zustehenden Rechte zu verweigern. Du willst darüber reden, dass wir die Gewichte etwas besser verteilen sollen? Wie wär's dann damit?«

Fentress hebt seine makellosen Hände, als seien sie die Schalen der Gerechtigkeit. Er streckt eine Hand in die Höhe.

»Auf dieser Seite haben wir deine vage Vermutung, dass irgendetwas Entlastendes dabei herauskommt, wenn du den Kiefer des Mädchens röntgen lässt. Wir haben nichts darüber gehört, worauf du deine Vermutung stützen willst. Es ist nur ein Gefühl aus dem Bauch heraus. Dein Mandant ist nicht im Gefängnis, weil er Amanda Talley geschlagen hat. Er sitzt im Gefängnis wegen Vergewaltigung und Mord und Brandstiftung. Der gebrochene Kiefer spielt bei all diesen Anklagen genauso wenig eine Rolle wie bei dem, was zu ihrem Tod geführt hat. Das ist bestenfalls ein Unternehmen, bei dem nichts herauskommt.«

Der Staatsanwalt senkt die Hand; vermutlich befindet sich nicht noch mehr Dreck darin, mit dem er Nats Antrag bewerfen will. Folgerichtig hebt er die andere Hand.

»Auf dieser Seite haben wir die Exhumierung eines erst vor kurzem begrabenen Mädchens, eine emotional äußerst belastende Handlung, die den ganzen Bezirk traumatisieren wird, von ihrem trauernden Vater ganz zu schweigen, der schon seit langem loyal im Dienst der Öffentlichkeit steht. So etwas auch nur zu beantragen, hat dazu geführt, dass der Sheriff außer sich ist, wie du sicher auf deinem Weg hierher feststellen konntest. Nun, Nat, wir beide haben unsere Anweisungen erhalten von Richter Baron und von dieser ...« Der Staatsanwalt unterbricht sich und verzieht sein Gesicht zu einem entschuldigenden Grinsen gegenüber der Bezirksrichterin. Dann fährt er fort: »Und von Richterin Hawk. Wir sollen alles tun, damit dieser Fall nicht zum Flächenbrand wird, der den ganzen Bezirk aufhetzt. Ich sehe nicht, wie die Exhumierung Amanda Talleys sich mit dieser Anweisung vereinbaren lässt.«

Er lässt die Hände sinken. Zu Richterin Hawk sagt er: »Ehrlich gesagt, Euer Ehren, auf mich wirkt dieser Antrag rachsüchtig.«

Nat platzt der Kragen. »Was?«

»Meine Herren.« Richterin Hawk schlägt auf den Tisch.

Nat wirft Fentress einen finsteren Blick zu, doch der Staatsanwalt dreht sich nicht um und sieht ihn nicht. Dieser Mann hat soeben völlig ungerührt den Vorwurf erhoben, Nat habe das anwaltliche Berufsethos verletzt. Nats instinktiver Wunsch ist es, George Talley ins Zimmer zu zerren, Jackie Kline sofort eine telefonische Aussage machen zu lassen und Ed und seinen Kumpel, den Sheriff, darüber in die Mangel zu nehmen, was sie beide über das unterlassene Röntgen des Kiefers und die verdächtig gleich lautende Begründung dieser Unterlassung wissen. Stattdessen begräbt er seine Zweifel. Sie werden ihm als Munition dienen, wenn die beiden glauben, dass er seine letzte Kugel bereits verschossen hat.

Richterin Hawk sieht Fentress an. »Erklären Sie sich.«

»Euer Ehren, der Verteidiger bekommt bei diesem Fall kein Bein auf den Boden. Das hat er selbst vor zwei Minuten gesagt. Der Antrag ist nichts weiter als Nats Art, von der Staatsanwaltschaft einen Deal zu erpressen. Wenn ich zustimme und dic Anklage von vorsätzlichem Mord zurückstufe auf Tötung ohne Vorsatz, dann sollten Sie mal sehen, wie schnell er seine Meinung ändert in der Frage, ob er jedem eine Exhumierung aufhalsen soll. Gewiss, ich weiß die eifrigen Bemühungen meines Kollegen zu schätzen, mit denen er versucht, das Leben seines Mandanten zu retten, aber das ist mehr als nur unangemessen. Es ist ein widerlicher Versuch, zu feilschen.«

Während dieser Worte stellt sich Nat vor, wie er seinen Schützengraben der Konföderierten tief im Wald außerhalb der Stadt mit Truppen ausrüstet und einen Angriff der Blauröcke abwehrt. Jedes Wort von Fentress ist der Schuss aus einer Kanone, der über seinen geduckten Kopf hinwegpfeift. Er beißt die Zähne zusammen, packt die Armlehnen seines Stuhls wie Musketenschäfte und wartet darauf, dass Fentress in seiner Kanonade ermüdet. Nachdem der Staatsanwalt fertig ist, sucht Nat seinen Körper nach Wunden ab. Er entdeckt keine. Er hat sich zusammengekauert und alles überstanden, er hat den Kopf unten gehalten und seinen Mund nicht aufgemacht.

Wieder bewegen sich die Lider der Richterin. Sie lässt sie langsam sinken, fast so, als ordne sie eine Unterbrechung an. Die Atmosphäre in ihrem Büro ist angespannt. Bis sie ihre Lider wieder hebt, wirkt alles wie auf einem zur Ruhe gekommenen Schlachtfeld. »Sind Sie ruhig genug, um mir darauf eine Antwort zu geben?«

»Ja, Ma'am.«

»Dann reden Sie.«

Nat möchte eine Erwiderung formulieren. Doch zu viele Worte konkurrieren gleichzeitig in seinem Kopf. Er kann nicht auswählen unter ihnen und sich für dasjenige entscheiden, das er sucht, sie stürmen so schnell auf ihn ein, dass sie all seine Mühe zunichte machen werden. Also beschließt er, auch dieses Mal zu warten, und sagt nur: »Richterin, ich bitte Sie, die Verfügung zu unterzeichnen.« Nat legt die Papiere auf Richterin Hawks Schreibtisch.

»Ist das alles?«

»Ja, Ma'am. Ich glaube nicht, dass ich meinen Ruf als Anwalt vor Ihnen verteidigen muss. Sie kennen mich. Und was das betrifft, Ed Fentress ebenfalls. Ich werde seine Bemerkungen nicht allzu ernst nehmen, und ich vermute, Sie tun das auch nicht. Und ich glaube nicht, dass es nötig ist, meine Position hinsichtlich der Exhumierung noch einmal neu zu formulieren. Ich habe meine Gründe benannt.«

Die Richterin nickt. »Ich weiß Ihre Knappheit und Ihre Selbstkontrolle zu schätzen, Herr Verteidiger.« Die Richterin drückt auf einen Knopf an ihrem Telefon. »Karen, bitten Sie den Sheriff, zu uns zu kommen.«

Eine Sekunde später wird die Tür aufgerissen. George Talley stürmt herein. Er zittert.

»Nehmen Sie diesen Stuhl dort und setzen Sie sich«, weist ihn Richterin Hawk an.

»Nein, vielen Dank, Richterin. Ich bleibe lieber stehen.«

»Und mir ist es lieber, wenn Sie sich setzen.«

Fentress sagt über seine Schulter hinweg: »George.«

Der Sheriff geht zu einem ledergepolsterten Stuhl an der Wand. Er lässt sich hineinfallen, wirkt jedoch, als könne er sofort wieder aufspringen.

Die beiden gewählten Beamten blicken durch Nat hindurch, als sei er nicht im Zimmer. Die kleine Richterin lässt ihren Blick zwischen den beiden Lagern hin- und herschweifen. Bisher hat sie diese Anhörung mit der Schweigsamkeit einer Indianerin geleitet, ohne eine überflüssige Bemerkung, ohne eine Bewegung zu viel. Sie hat ihre Blicke und ein paar entschiedene Worte so sicher eingesetzt wie eine geborene Waldläuferin, die perfekt einen Schritt vor den anderen setzt.

»Sheriff«, sagt sie, »als engster Verwandter haben Sie das Recht, sich zum Antrag der Verteidigung zu äußern, die Leiche Ihrer Tochter zu exhumieren. Ich habe Sie bis jetzt warten lassen, weil ich wollte, dass die beiden Anwälte ihre Argumente mir vortragen und nicht Ihnen. Ich entschuldige mich dafür, doch ich hielt es für notwendig. Für uns alle, und besonders für Sie, ist das ein aufwühlendes Thema. Verstehen Sie?«

»Ja, Ma'am.«

»Haben Sie irgendeine Frage zu dieser Anhörung, bevor Sie beginnen?«

»Nur eine. Haben Sie sich bereits entschieden?«

Die Richterin denkt nach. »Das ist eine faire Frage, Sheriff. Nein, ich habe mich noch nicht entschieden.«

»Gut. In Ordnung. Ich bin dagegen. Nichts ist heiliger als ein Grab, Euer Ehren. Meine arme Amanda ist unter den schrecklichsten Umständen gestorben, die man sich nur vorstellen kann. Sie wurde vergewaltigt und ist verbrannt. Es war eine Qual für sie, und es wird eine Qual für mich bleiben, bis ich sterbe. Aber jetzt, da sie wenigstens mit dem Segen unseres Herrn in ihrem Grab zur ewigen Ruhe gebettet wurde, können sie und ich damit beginnen, unseren Frieden zu finden, sie im Himmel und ich hier auf der Erde. Wenn Sie sie exhumieren lassen, damit Nat nach irgendetwas herumstochern kann, das ohnehin nicht da ist, dann wird das wenige an Frieden, das Amanda und ich bereits gefunden haben, von neuem in Stücke gerissen.«

Talley unterbricht sich. Er ringt nach Atem. »Deshalb«, sagt er und knirscht mit den Zähnen, »bin ich dagegen.«

Die Richterin wirft Nat einen kurzen Blick zu. Ihr Gesicht ist völlig ausdruckslos. Dann wendet sie sich wieder George Talley zu.

»Sheriff, Sie sprechen über Frieden. Ich weiß das zu schätzen. Und ich wünsche Ihnen diesen Frieden, und ich spreche Ihnen mein tiefstes Mitgefühl angesichts dieser Tragödie aus. Doch ich möchte Ihnen eine Frage stellen. Glauben Sie, dass Sie auf Dauer Frieden finden können, solange die Schuldigen nicht gefasst und bestraft wurden, die für das verantwortlich sind, was Ihrer Tochter angetan wurde?«

Die Miene des Sheriffs verhärtet sich noch mehr. »Nein, Ma'am.«

Die Richterin hakt nach. »Sind Sie hier und heute davon überzeugt, dass der Richtige im Gefängnis sitzt?«

»Elijah Waddell. Ja, Richterin, er ist es.«

»Sind Sie absolut sicher?«

»Ja.«

Rasch dreht sich Fentress auf seinem Stuhl um und legt eine Hand auf Talleys Unterarm. »Richterin, was der Sheriff eigentlich sagen möchte …«

Richterin Hawk wendet den Blick nicht von Talley. »Schweigen Sie, Ed.«

Fentress zieht sich betroffen zurück.

»Sheriff. Die Frage, die ich Ihnen stelle, lautet: Sind Sie sicher, dass Elijah Waddell schuldig ist? Ist die Tatsache, dass er festgenommen wurde, für Sie der erste Schritt auf dem Weg zu Ihrem inneren Frieden?«

Talley ist nicht dumm. Nat kann sehen, wie der Sheriff bemerkt, dass die Richterin ihm irgendeine Falle stellt, dass sie mit dieser Frage etwas Bestimmtes bezweckt. Doch der Sheriff prescht vor, denn er ist George Talley, der Athlet, der Kleinstadtpolitiker, der Rüpel und der trauernde, wütende Vater, der etwas zu verbergen hat.

»Ja, Richterin.«

»In Ordnung, Sheriff. Ich danke Ihnen für Ihre Offenheit. Sie dürfen gehen.«

Talley steht auf. »Was werden Sie tun?«

»Ich werde Sie noch einmal auffordern zu gehen. Wenn Sie so gut sein wollen.«

Jetzt sieht George Talley Nat an, und wieder ist da die Drohung in seinem Blick. Aber da ist noch mehr. Etwas, das längst getan wurde.

Nachdem Talley gegangen ist, wendet sich Richterin Hawk an Nat. »Zeigen Sie mir die Verfügung.«

Wie ein Schwarm Wachteln fliegen Fentress' Hände in die Höhe, während er spricht. »Richterin, ich bitte Sie noch einmal, die Konsequenzen dieses Antrags zu bedenken. Nicht nur für George Talley, sondern für die ganze Stadt.«

Der Blick der Richterin streift über die beiden Seiten. Sie greift nach einem Füller. Sie legt ein Blatt flach auf den Tisch und hält die Spitze des Füllers darüber. Sie blickt auf.

»Ed, ich werde alles vergessen, was Sie bisher hier gesagt haben. Mehr als einmal war Ihr Ton mir gegenüber unangebracht. Auch Ihr Vorwurf an den Verteidiger ist nichts, worauf Sie stolz sein könnten. Doch jetzt muss ich Ihnen etwas sagen, und das sollten Sie sich merken. In den Vereinigten Staaten von Amerika gibt es nur einen einzigen Zeitpunkt, an dem es angemessen ist, zu sagen, ein Mensch sei zweifelsfrei schuldig, und das ist nach dem entsprechenden Prozess vor einem ordentlichen Gericht. Wenn ich nach dem urteilen soll, was ich gerade von Ihrem Sheriff und von Ihnen selbst gehört habe, könnten wir genauso gut auf Elijah Waddells Prozess verzichten. Solange sein Anwalt mir jedoch nicht sagt, dass er genau das will, solange werde ich den Prozess unter der Annahme auf den Weg bringen, dass dieser Mann *unschuldig* ist. Denken Sie immer daran: Sie und George Talley werden Ihre Arbeit für diese Stadt um einiges besser erledigen, wenn Sie sich selbst ein paar Zweifel zugestehen.« Rasch blickt die Richterin zu Nat, doch ansonsten bleibt sie fast unbewegt. »Sie werden diese Exhumierung zügig und diskret durchführen.«

»Morgen früh, Richterin. Ich habe bereits mit Jackie Kline gesprochen. Sie hält sich die Zeit dafür frei, sobald die Leiche eingeliefert wird. Ich werde die übrigen Vorbereitungen mit der Pfarrei St. Bede besprechen, sobald wir hier fertig sind.«

»In Ordnung. Meine Herren, sobald ich diese Verfügung der Protokollführerin aushändige, wird sich die Presse darauf stürzen und nicht mehr davon ablassen. Ich möchte weder lesen noch hören, dass einer von Ihnen das als Plattform benutzt, um es für seine Position auszuschlachten.«

Beide Männer nicken. »Richterin, Sie könnten die Verfügung versiegeln«, schlägt Nat vor.

»Nein. Dieser Fall wird öffentlich verhandelt. Die Menschen aus diesem Bezirk werden sehen, wie Rechtsprechung funktioniert. Das gilt auch für Elijah Waddell und George Talley. Das ist unsere Arbeit, und genau die werden wir erledigen.« Genauso, wie sie das immer macht, wenn sie einen Gedanken oder eine Anordnung zum Abschluss bringt, sagt Richterin Hawk: »Haben Sie mich verstanden?«

Der Staatsanwalt und der Verteidiger antworten, während der Füller die Unterschrift der Richterin aufs Papier kratzt.

2

Da sind Wolken. Es sind nicht diese riesigen dunstigen Gebilde, die so groß sind wie ein Haus und die möglicherweise einen Wetterumschwung ankündigen; es sind nur kleine, vorübertreibende Reisende, die einer nach dem anderen an diesem düsteren Morgen über den Friedhof hinwegziehen, als die Lebenden gekommen sind, um die Toten einem Urteil zuzuführen.

Nat erkennt keinen Regen in diesen Wolken, obwohl er denkt, dass sie nach einer so langen Reihe heißer, trockener Tage eigentlich Regen bringen müssen. Er sieht auch keine Tränen in den Gesichtern der Menge, die Amanda Talleys Grab umgibt, obwohl er denkt, dass es Tränen geben sollte. Hier sind Augen, die nicht weinen. Hier sind die gläsernen Linsen der Kameras und die abgestumpften Augen der Reporter, die schon Schlimmeres gesehen haben. Die alten Augen Omohundros sind ausschließlich auf das niedersinkende Blatt seiner Schaufel gerichtet und auf den Erdhaufen, der nach und nach entsteht. Einige Passanten, die vor dem Friedhof ihre Hunde ausführen, sind stehen geblieben und schauen zu. Ein Dutzend junger Männer und Frauen, die, so vermutet Nat, am liebsten Transparente schwingen, ein Riesentheater machen und den alten Omohundro von Amandas Grab vertreiben würden, sind gekommen; doch es ist zu früh für all diesen Lärm, also starren sie nur herüber, entrüstet über diese ahnungslosen Christen und ihre eigene, unerfahrene Jugend. Ein weiteres Dutzend älterer Leute, die die Chance erkannt haben, bei etwas dabei zu sein, das in den Nachrichten gesendet werden wird, sind heute Morgen mit ihren Frühstückstüten von McDonald's zum Friedhof gekommen. Und George Talley, der alleine für sich steht, reglos wie ein Grabstein.

Leise spricht der Pfarrer von St. Bede mit Monroe. Die beiden überwachen die Exhumierung. Nat wartet neben dem Leichenwagen, der Amanda zurück auf Jackie Klines silbernen Tisch transportieren wird. Der alte Omohundro rammt seine Schaufel in die Erde wie einen Speer in ein wildes Tier. Er ist mit dem Graben fertig. Der Sarg wird mit Seilen und Haken emporgehoben, auf dem Rasen abgesetzt und von Omohundro und dem Pfarrer abgewischt. Als er sauber ist, deutet nichts mehr darauf hin, dass er fünf Tage unter der Erde war, noch immer schimmern die Messinggriffe und das polierte Holz. Es ist ein seltsamer Augenblick. Alles wirkt wie auf den Kopf gestellt, denn der kunstvoll verzierte Holzkasten ruht allein auf dem Gras und auch der strenge Vater steht alleine da – und dabei waren doch George Talley und dieser Sarg, als man ihn zum letzten Mal sah, unter einem heißen, klaren Himmel von so vielen weinenden Menschen und einer bunten Menge in Pastelltönen samt einigen schwarzen Einsprengseln umgeben. Jetzt gibt es nur das Klicken der Kameras, die wie Heuschrecken klingen, einiges Geflüster und Wut, ein Tuch zum Abwischen, kalte Neugierde, Hunde an der Leine und Wolken. Alles wirkt wie auf den Kopf gestellt, als lege man auf Ehre keinen Wert, sinniert Nat. George Talley hat Recht gehabt; Frieden zu finden, wird dadurch verzögert.

Talley bewegt sich keinen Schritt und löst die verschränkten Arme nicht. Monroe schüttelt dem Pfarrer die Hand und geht dann zu den vier Angestellten des Beerdigungsinstituts, die den Sarg zum Leichenwagen tragen. Pressefotografen flankieren die Prozession. Nat geht zu seinem Wagen, um nicht ihre Aufmerksamkeit zu erregen. Die Zeitung aus Richmond hatte heute Morgen auf der zweiten Seite mit großem Getöse die Schlagzeile gebracht: MÄDCHENLEICHE HEUTE MORGEN EXHUMIERT IN MORD- UND BRANDSTIFTUNGSFALL. Nat und Fentress wurden in dem Artikel nicht zitiert; von beiden hieß es, sie »stünden für einen Kommentar nicht zur Verfügung«. Von Talley wurde nichts weiter zitiert als: »Wir werden sehen.« Letzte Nacht erwähnten in den Spätnachrichten aus Richmond drei Sender die vorgesehene Exhumierung in Good Hope, der Stadt mit der Papiermühle. Nat, der sich durch die Kanäle zappte, sah Interviews mit zwei Männern aus der Stadt. Zunächst erklärte Pastor Thomas Derby, dass sich seine Gemeinde der Aufgabe widme, zu verstehen und zu vergeben. Derby sagte dem Interviewer, er sei sicher, es gäbe einen guten Grund dafür, warum man die Leiche des armen Mädchens exhumiere; die Leute sollten versuchen, das Vorgehen des Gerichts zu verstehen. Dann saugte George Talley die Wangen ein auf die Frage, was er von diesem Vorgehen halte. Er sagte in die Kamera genau das, was er auch zur Zeitung gesagt hatte: »Wir werden sehen.«

Nat hätte heute früh nicht nach Good Hope fahren müssen. Monroe hat alles im Griff. Er hätte auf den Anruf von Jackie Kline warten können, die ihm mitteilen würde, wenn der Leichenwagen in der Pathologie eintrifft. Doch er wollte aus erster Hand miterleben, welche Wirkungen, welche Verwerfungen, welche erste Nachrichtenwelle die Exhumierung auslösen würde. Bisher sehen die Leute nur zu und unterhalten sich. Das ist gut, denkt Nat, sollen sie nur reden. Bellende Hunde beißen nicht.

Der Sarg wird in den Leichenwagen geschoben. Nat folgt dem schwarzen Cadillac und Monroes Streifenwagen durch die Stadt und über die Brücke auf die Interstate. Die Sonne steht jetzt höher. Jetzt, da der Sarg unterwegs ist, lösen sich die Wolken auf. Noch ein heißer Tag. Nat fragt sich, ob sich der Lehm an der Unterseite von Amandas Grab kühl anfühlt. Vielleicht hätte sie es vorgezogen, schüchtern im Dunkeln zu bleiben, doch das Mädchen verdient die Wahrheit, gleichgültig, wie auch immer die aussehen mag. Sie muss diese kurze Reise machen. Andere benutzen Amanda, um sich selbst zu schützen, um zugleich mit ihr einige Geheimnisse in ihrem Grab zu verstecken. Diesen Frevel will er verhindern. Was könnte schlimmer für deine Seele sein, wenn Lügen und vermeidbare Schmerzen Unschuldiger sich genau in dem Augenblick an dein Leben heften, in dem du versuchst, dieses Leben loszulassen? Würde ihr ewiger Schlaf durch so eine Last nicht voller Unruhe sein? Ja, denkt Nat wieder. Talley hat Recht gehabt. Hier geht es wirklich um Frieden.

Vor dem Gebäude der Pathologie in Richmond fallen Nat und Monroe in eine Art Gleichschritt mit den Männern, die Amanda tragen. Sie folgen ihnen zur Laderampe, wo die Männer den Sarg absetzen und auf den Schalter am Eingang drücken. Neben den Betonpfeilern und Metalltüren wirkt der Sarg unangemessen festlich und strahlend. Es ist, als fühle sich dieser Holzkasten oberhalb der Erdoberfläche nicht wohl.

Jackie Kline kommt an die Tür. Die Männer, die Amanda tragen, gehen an ihr vorbei; sie wissen, wohin sie sie bringen müssen.

Jackie begrüßt Monroe und Nat. Monroe nickt und folgt dem Sarg. Er will zusehen, wie Amanda herausgehoben und geröntgt wird. Jackie fragt, ob Nat mitkommen möchte.

»Nein.«

»Das ist meine Schuld«, sagt sie und berührt Nats Handgelenk. »Ich hätte nicht zulassen dürfen, dass Talley mich so hetzt.«

Jackie bringt das fertig, denkt Nat. Sie kann einen Fehler

eingestehen und lächeln. Sie schämt sich nicht. Wir irren, solange wir leben. Sie akzeptiert das. Die Toten haben ihr das beigebracht.

»Das ist schon in Ordnung. Ich möchte einfach nur, dass Sie etwas für mich finden.«

»Wenn es etwas gibt, Nat, dann bringe ich es auch wieder ans Tageslicht.«

Sie lässt ihn auf einer Couch außerhalb ihres Labors zurück. Die Angestellten des Beerdigungsinstituts gehen an ihm vorbei hinaus auf die Rampe, um zu rauchen. Mit leeren Händen sind sie einfach nur noch große Jungs in Anzügen, gesprächig und lebhaft.

Nat stellt sich das Schlimmste vor, das knirschende Geräusch, wenn die geschwärzte Amanda aus ihrer Kiste gehoben und auf den Tisch gelegt wird, den Gestank. Nat denkt über den großen afroamerikanischen Hilfssheriff und die engelhafte jüdische Ärztin nach, während er sich selbst abseits hält. Wissen die beiden, dass die Wirklichkeit niemals so schrecklich ist wie unsere Vorstellung? Nat ist in Versuchung, sich die Nase zuzudrücken und durch die Tür ins Labor zu gehen und neben diesen beiden Menschen zu stehen, die er bewundert. Um Amanda persönlich gegenüberzutreten und ihr irgendetwas zu versprechen. Doch er rührt sich nicht von der Stelle. Er riecht Rauch und hört das Geplänkel der vier Männer aus dem Leichenwagen.

Dreißig Minuten später kommt Jackie aus dem Labor. Unter ihrer Nase klebt ein Klecks Salbe, die nach Menthol riecht, um den Verwesungsgestank zu vertreiben. Kleine Flecken Maisstärke haften noch an ihrern Fingern; sie hatte sie damit eingerieben, bevor sie die Gummihandschuhe anzog. Sie hat eine raschelnde Röntgenaufnahme dabei. Nat steht auf.

»Kommen Sie mit nach draußen«, sagt sie, »ich muss Ihnen etwas zeigen.«

Während sie den Flur hinabgehen, fragt Nat: »Ist das heute mein Glückstag?«

»Wenn Sie clever sind«, sagt sie. »Und Sie sind clever, Nat.«

Auf der Rampe sagt Jackie zu den vier Männern, dass die Leiche wieder zurück zum Friedhof gebracht werden kann. Sie beenden ihre Unterhaltung und drücken ihre Zigaretten aus. Sie machen sich für die Aufgabe bereit. Wieder sind sie grimmig und still, vier Männer, die Tote tragen. Jackie gibt Nat die Röntgenaufnahme. Er hält sie über den Kopf, sodass der strahlende Himmel den Hintergrund bildet.

Amanda wurde auf die linke Schulter gedreht, ihr silberner Schädel ist im Profil zu sehen. Nat erkennt den Bruch, bevor Jackie darauf deutet. Er legt die Fingerspitze auf die glatte Aufnahme.

»Genau hier«, sagt er und deutet auf eine Stelle auf dem geisterhaften Kieferknochen, die wie Baumwolle aussieht. »An dieser Stelle ist er gebrochen, richtig?«

»Falsch.« Nat nimmt den Finger von der Aufnahme, und Jackie deutet auf das Bild. »Der Bruch ist exakt hier.« Sie fährt über eine vertikale weiße Linie im Kiefer, die nicht dicker ist als ein Faden.

»Was ist dann diese andere Verfärbung?«

»Das«, sagt die stellvertretende Chefpathologin, »ist Ihr Glückstag. Das ist ein alter Bruch.«

Nat ist sprachlos.

Irgendjemand hat Amanda Talley praktisch an derselben Stelle schon einmal den Kiefer gebrochen.

»Wie alt ist die erste Verletzung?«

Wieder bewegt Jackie Kline ihren Finger zur Erläuterung über die Aufnahme.

»Sehen Sie diesen Bereich? Wenn ein Knochen bricht und verheilt, ist er an der Stelle härter als ursprünglich; es bildet sich eine Knochenschwiele aus Kalzium. Diese Schwellung hier an der Außenseite des Knochens ist ziemlich ausgeprägt. Sie ist normal verheilt. Sie hielt den neuen Schlag gut aus, doch der Kieferknochen brach genau daneben.«

»Wie alt?«

»Schwer zu sagen. Ich schätze drei bis vier Jahre. Vielleicht weniger. Aber nicht mehr. Man kann ein Mädchen, das jünger ist als vierzehn Jahre, nicht mit einer solchen Wucht schlagen – falls es tatsächlich ein Schlag war –, ohne ihr eine ganze Menge mehr als nur den Kiefer zu brechen. Man schlägt ihr die Zähne aus und bricht ihr den Wangenknochen, je nachdem, wie groß die Faust und die Wucht des Schlages ist.«

Nat schüttelt die Röntgenaufnahme. »Kann ich die behalten?«

»Ich hab ein paar gemacht. Behalten Sie sie.«

»Sie könnten mir noch einen Gefallen tun.«

»Welchen?«

»Nehmen Sie sich bis morgen Zeit, bevor Sie den Bericht verfassen. Ich brauche ein bisschen Vorsprung vor Fentress.«

Sie lächelt. »Er kann schon froh sein, wenn er ihn vor nächster Woche bekommt.«

Nat lehnt sich vor und küsst sie auf die Stirn. »Sie retten anderen das Leben.«

Jackie Kline lacht, denn natürlich macht sie das nicht. Sie wendet sich zur Tür an der Rampe, um wieder hineinzugehen. Monroe hält ihr die Tür auf. Er bedankt sich bei ihr und tritt aus dem Gebäude. Der Schnurrbart unter Monroes Nase glitzert von der Salbe.

Der Hilfssheriff zwinkert ihm zu. »Das ist Spekulation, Nat.«

»Ich weiß«, antwortet Nat, »ich weiß.«

Wieder hält Nat die Röntgenaufnahme hoch. Das Bild ist hell, wo es dunkel sein sollte, und umgekehrt. Perfekt, denkt er. Es war ein Tag, an dem alles auf dem Kopf steht.

»Jemand hat Amanda vor vier Jahren geschlagen. Money, du weißt, dass das nicht Elijah Waddell war. Und jemand hat sie in der Nacht des Feuers geschlagen. Ich wette, das war genauso wenig Elijah.«

3

Natürlich war es George Talley, der sie geschlagen hat. Alles, was Nat über diesen Mann weiß, bestätigt das. Nat ist sicher, dass Monroe ihm zustimmt, obwohl Monroe heute Morgen die Pathologie verlassen hat, ohne es auszusprechen.

»Hör zu«, hatte Nat auf der Rampe zu ihm gesagt. »George und Fentress und die Richterin – sie alle werden wissen wollen, was auf dieser Aufnahme zu sehen ist. Kannst du mir eine Atempause verschaffen? Nur heute. Einen Tag lang.«

Monroe setzte seinen steifen Filzhut auf. »Man bittet einen Polizeibeamten nicht um eine Atempause, Herr Rechtsanwalt. Das ist illegal.«

Der große Mann fuhr mit Zeigefinger und Daumen über die Krempe und rückte den Hut zurecht. »Im Augenblick muss ich noch ein paar Sachen in Richmond erledigen. Am späten Nachmittag werde ich zurückfahren. Wahrscheinlich werde ich direkt nach Hause gehen. Ich werde meine Frau in Newport News zum Essen ausführen. Vermutlich werde ich nur schwer zu erreichen sein. Ich gehe nicht ans Telefon, und ich reagiere nicht auf meinen Pieper, wenn ich mit Rey ausgehe, sie würde mich umbringen. Morgen früh werde ich Bericht erstatten. Das ist keine Atempause. Das ist mein Dienstplan.«

Jetzt ist es drei Uhr nachmittags. Die Antibabypillen und die Röntgenaufnahme liegen vor Nat auf dem Schreibtisch.

Sein Anrufbeantworter teilt einer ganzen Reihe von Anrufern mit, dass er nicht zu Hause ist; die meisten von ihnen sind Mandaten, um die er sich in der letzten Woche miserabel gekümmert hat. Zwei Anrufe stammen von Ed Fentress.

Natürlich war es George Talley. Er und Amanda haben sich beim Abendessen gestritten. Worüber? Sehr wahrscheinlich hatte sie einen Freund. Früher an jenem Abend hat sie mit irgendjemandem etwas getrunken, und sie hat wahrscheinlich auch mit ihm geschlafen. Möglicherweise kam sie direkt aus seinem Bett, als sie nach Hause ging. Vielleicht hat George bemerkt, dass sie nach Alkohol roch. Möglicherweise hat er ihr angesehen, dass sie Sex gehabt hatte. Wie auch immer, er hat sie zur Rede gestellt. Weil der Alkohol noch in ihrem Blut zirkulierte und sie die Arme ihres Liebhabers noch auf ihren Schultern spürte, nahm Amanda den Fehdehandschuh auf. Sie hat sich zur Wehr gesetzt, und diese Konfrontation muss etwas in ihr freigesetzt haben, das sie zuvor lange unterdrückt hatte. Sie war geistesgegenwärtig genug, um George zu sagen, wo sie gewesen war und was sie getan hatte, aber nicht, mit wem sie zusammen gewesen war. Das dürfte sie wohl verschwiegen haben. Amanda setzte sich schließlich über die Einschränkungen ihres Vaters hinweg. Schließlich stand sie auf eigenen Beinen. Sie war eine unabhängige junge Frau, die unter den Augen ihres Vaters erwachsen wurde. Der Sheriff wurde wütend. Er entriss ihr die Handtasche oder rangelte mit ihr und griff in die Taschen ihrer Kleider oder ging in ihr Zimmer und durchsuchte ihre Kommode und fand die Pillen; vielleicht hat sie auch damit nach ihm geworfen. Er wedelte mit ihnen vor ihrem Gesicht herum und belehrte sie über die katholische Lehre, an die zu glauben und der zu gehorchen er Amanda, wie er meinte, erzogen hatte. Amanda wandte sich gegen diesen Kanon, der für andere gut sein mochte, aber nicht für sie. Sie erzählte ihm, dass sie darüber nachdenke, Baptistin zu werden. Dadurch wies das Mädchen ihren Vater zurück. Und ihr Vater ballte seine mächtige Hand zur Faust und schlug sie zu Boden.

Sie rannte zur Tür hinaus in die sommerliche Abenddämmerung. Ihr Kiefer war gebrochen und schmerzte. Auch ihr Geist litt, doch vielleicht zum ersten Mal schwang er sich auf zum Himmel.

Voller Scham hielt sie sich versteckt; ihr Kiefer war angeschwollen und hatte einen blauen Fleck. Das ist auch der Grund, warum niemand sie in jener Nacht gesehen hat. Sie ging die drei Meilen zur Victory Baptist Church. Sie ging hinein und setzte sich, um zu lesen und zu beten. Etwas später schlief sie unter der Kirchenbank ein, wobei sie den Kopf auf ihren Arm legte, um die Schmerzen in ihrem Kiefer etwas zu lindern; ihre Hand ruht auf dem Gesangbuch, in dem sie gelesen hat. Sie würde nicht nach Hause gehen. Vielleicht würde sie am nächsten Morgen ihre Mutter anrufen und sie bitten, sie abzuholen und zu sich zu nehmen. Vielleicht würde sie ihren Freund bitten, sie zurück nach Maryland zu fahren. Doch in jener Nacht musste sie sich vor der rasenden Wut ihres Vaters verstecken. Inzwischen durchstreifte Elijah, mit seinem eigenen Elend beschäftigt, die Stadt; auch er sorgte dafür, dass niemand ihn sah. Er erreichte die andere Straßenseite um Mitternacht. Niedergeschlagen und voller Zorn kauerte er sich zwischen die Büsche. Er trank ein Sixpack. Anderthalb Stunden später rannte jemand durch die Dunkelheit, steckte die Kirche in Brand und rannte wieder davon. Elijah sah zu. Oder Elijah überquerte die Straße, zündete das Gebäude an und rannte nicht weg. Wie auch immer, der Brandstifter wusste nicht, dass das Mädchen in der Kirche war. Aber das Feuer wusste, dass sie dort war. Und Amanda starb.

Als George Talley das herausfand, verlor er den letzten Rest Selbstkontrolle. Er griff Elijah im Gefängnis an und ging dann zu seinem alten Verbündeten Ed Fentress. George steckte in Schwierigkeiten. Er erzählte Ed von dem Streit mit seiner Tochter am Abend zuvor. Er sagte ihm, sie sei weggerannt und nicht wieder zurückgekommen. Sie muss in jener Nacht Elijah Waddell begegnet sein. Der hat sie vergewaltigt und die Kirche in Brand gesteckt. Fentress war überaus verständnisvoll; sein alter Freund tat ihm Leid, und im Stillen dachte er: vorsätzlicher Mord. Dann teilte Talley Ed die schlechte Nachricht mit. Bevor Amanda nach ihrem Streit das letzte Mal zur Tür hinausrannte, hatte er sie geschlagen und dabei ihren Kiefer getroffen. Mit großer Wucht. Fentress hörte zu. Talley gab zu, dass er das Mädchen schon einmal geschlagen hatte, vor vier Jahren. Er hatte Angst, dass man bei der Autopsie etwas finden würde. Es konnte seine Karriere ruinieren, wenn etwas herauskäme, bei diesem Thema genügte sogar schon ein Gerücht. Der Staatsanwalt beruhigte Talley. Wahrscheinlich hielt er Talley einen Vortrag, belehrte ihn darüber, was der Zorn bei einem Menschen anrichten kann, ermahnte ihn, diesen Zorn unter Kontrolle zu halten und so etwas nie wieder zu tun. Doch im Augenblick könnten sie mit dieser ganzen Angelegenheit fertig werden. Sie beide. Als Kumpel. Die gleichen Wähler hatten für sie gestimmt, die Wahlurne hatte sie beide vereint. Fentress sagte George, er solle am Samstagmorgen in die Pathologie gehen, um Amanda zu identifizieren. Er wies George an, was er zu sagen hätte, damit Dr. Jackie Kline den Kiefer des Mädchens nicht röntgt. Sag ihr, sie soll sich beeilen. Der Kiefer hat nichts mit der Todesursache zu tun. Verschwenden Sie keine Zeit. Du willst sie am Sonntagnachmittag nach der Kirche beerdigen. Bestehe drauf. Geh erst, wenn sie mit den Röntgenaufnahmen fertig ist.

Spekulation. Genau, wie Monroe gesagt hat. Ein Malen-nach-Zahlen-Bild, bei dem die einzelnen Punkte meterweit auseinander liegen. Doch es ist eine gute Theorie. Die Einzelstücke und die Beteiligten, alles passt zusammen. Aber wo ist der Beweis, damit die Theorie nicht nur stimmig ist, sondern auch vor Gericht standhält? Auch Fentress hat eine Hypothese, und er vertraut darauf, dass er mit ihrer Hilfe die Geschworenen davon überzeugen kann, Elijah zum Tod zu verurteilen. Der Staatsanwalt hat Indizien. Nat hat Spekulationen.

Wieder klingelt Nats Telefon. Er hört sich die Nachricht an. Sie stammt von einem weiteren Reporter. Er ignoriert sie.

Der Beweis, denkt er. Wenn der Sheriff seiner Tochter vor vier Jahren den Kiefer gebrochen hat, muss er sie zu einem Arzt gebracht haben. Jackie Kline hat gesagt, man könne an der Röntgenaufnahme sehen, dass der Bruch normal verheilt ist. Das könnte bedeuten, dass der Kiefer fixiert und vielleicht mit einem Drahtverband verschlossen wurde.

Nat spürt einen Stich im Magen. Die junge Tochter des Sheriffs, die zu diesem Zeitpunkt vierzehn Jahre alt und so verletzlich und auf Hilfe angewiesen war, verbrachte möglicherweise mehrere Monate in Good Hope, während ihr Kiefer mit einem Draht verschlossen war; sie ging am Fluss spazieren und schritt mit hängendem Kopf über die Bürgersteige, und weder Nat noch sonst jemandem fiel das auf. Obwohl sie von Menschen umgeben war, stand sie niemandem so nahe, dass sie mit ihm darüber hätte reden können, und wenn sie darüber sprach, erfand sie möglicherweise eine Lügengeschichte. Welch eine Last für das Mädchen, von ihrem Vater geschlagen zu werden und dann gezwungen zu sein, es vor jedem zu verheimlichen – sogar vor ihrer Mutter –, um ihn zu schützen. Einen Weg finden zu müssen, um ihm zu verzeihen und mit ihm zu leben. So jung zu sein und die gewalttätige Seite der Liebe kennen zu lernen. Mit all diesen Dingen allein zu sein. Das ist furchtbar traurig, denkt Nat. Schande über uns alle, die wir so blind sind und Amanda Talley nicht gesehen haben.

George, du Hurensohn.

Nat ordnet seine Gedanken. Er will von der Empörung und der Enttäuschung über sich selbst loskommen. Sie bringen ihn nur in Schwierigkeiten. Sei vernünftig.

Okay, George, denkt er und atmet tief aus. Du hast eine Spur hinterlassen, irgendwo.

Vor seinem geistigen Auge sieht Nat, wie der große Vater seine junge Tochter schlägt. Er sieht, wie die Wut verschwindet, als das Mädchen auf dem Boden aufschlägt. Er hört die widerlichen Entschuldigungen des Sheriffs. Sieht, wie dieser seine schmerzende Faust reibt.

Er hebt sein Kind hoch. Entschuldige. Es tut mir Leid.

Talley sieht, dass ihr Kiefer gebrochen ist. Er bringt sie zu seinem Streifenwagen, zu einem Arzt.

Und, denkt Nat, wenn du sie zu einem Arzt gebracht hast, gibt es eine Krankenakte.

Die Notaufnahme einer Klinik.

Sicher bist du in ein großes Krankenhaus in Richmond oder Norfolk gegangen, denn du konntest nicht riskieren, dass diese Nachricht bis zu den Wählern in deinem Heimatbezirk durchsickert. Eine Anklage wegen Kindesmisshandlung, und du hättest dich nie mehr um den Posten des Sheriffs zu bewerben brauchen.

Nat denkt über die gewaltige Aufgabe nach, per gerichtlicher Verfügung jede Klinik im Umkreis von fünfzig Meilen um Good Hope zu zwingen, Einblick in sämtliche Akten der Notaufnahmen der letzten vier Jahre zu gewähren.

Dann fällt ihm ein, dass in Virginia jeder Fall von mutmaßlicher Kindesmisshandlung vom aufnehmenden Klinikpersonal gegenüber der Polizei gemeldet werden muss. George hätte Amanda nicht in ein Krankenhaus außerhalb der Stadt gebracht. Nein. Er würde hier geblieben sein, im Pamunkey County, wo er als Sheriff großen Einfluss hat, wo seine Chancen am höchsten sind, den Schaden zu begrenzen und die Krankenakte zu fälschen. Wo er das Gesetz ist.

Nat sieht auf die Uhr. Es ist vier. Sein Telefon klingelt. Sofort hinterlässt eine Stimme eine Nachricht. Wieder ist es Ed Fentress.

Nat nimmt die Antibabypillen und die Röntgenaufnahme, jene schwachen Argumente, die für Elijahs Unschuld sprechen. So viel hat er in der Hand, und er hat sich in eine Idee verbissen. Er fährt nach Good Hope.

FÜNF

1

Manchmal verwandelt sich die Welt, die so hell und weit ist, in einen Tunnel. Nat denkt das. Diese Verengung ist etwas, das man genießen sollte. Es gibt einem Kraft, wenn man einen so genau festgelegten Kurs, ein so scharf ins Auge gefasstes Ziel hat, als sei man ein verwundeter Tiger, ein Lachs auf dem Weg zu seinem Laichplatz, als fixiere man ein Ziel durch ein Fadenkreuz.

Nat sitzt in seinem Wagen vor seinem Haus und wartet auf Maeve. Es ist nach fünf, und es ist heiß. Leute fahren an ihm vorbei auf dem Weg von der Arbeit nach Hause oder zur Spätschicht in Richtung Mühle. Er weiß, dass sie seinen Wagen erkennen, weiß, dass sie ihn darin sitzen sehen. Er hat neben dem Bordstein am Rand seines eigenen Rasens geparkt, in einer Straße, in der er seit acht Monaten nicht mehr war. Jeder weiß das. Die Leute und ihr Tratsch und ihre verschiedenen Meinungen befinden sich außerhalb des Tunnels. Er befindet sich darin und wartet auf Maeve.

Es war leichter, sich in seinem Büro vorzustellen, dass er ihre Hilfe brauchen würde, als hierher zu kommen und sie tatsächlich um Hilfe zu bitten. Am schlimmsten ist das Warten. Nat versucht, in der Dunkelheit des Tunnels auszuharren, und es gelingt ihm; die Welt zieht draußen vorüber, und ob sie dabei murmelt oder nicht, ist ihm gleichgültig. Doch der Tunnel ist nicht völlig dunkel, und das ist das Problem. Er ist mit schimmernden Backsteinen gepflastert, und jeder einzelne von ihnen ist eine bestimmte Erinnerung. Diese Erinnerungen entströmen ganz gewöhnlichen Dingen, die sich in einem Umkreis von fünfzehn Metern um die Stelle herum befinden, an der er jetzt schwitzend sitzt. Der Gartenschlauch, der Laternenpfahl, der Bürgersteig und die leisen, weichen Sohlen ihrer Krankenschwesternschuhe, die darüber gleiten, die Geheimnisse des Hinterhofs. Nat kämpft dagegen an und gegen noch intimere Dinge, denen er seit Weihnachten nicht mehr nahe gekommen ist. Es ist wie eine Szene aus einem Zeichentrickfilm. Die unbelebten Dinge haben sich plötzlich in Bewegung gesetzt und stürmen auf ihn ein, einige weinen, weil sie ihn verfehlen, einige sind wütend über seine Abwesenheit, ein paar sind unentschlossen, denn sie mögen Maeve mehr als ihn; in seiner Fantasie ist es ein ganzes Bataillon. Er schließt die Augen, und das funktioniert. Der Tunnel gewährt ihm Sicherheit. Doch er muss die Augen offen halten. Er möchte Maeve, die von der Bushaltestelle den Bürgersteig heraufkommt, genau in dem Augenblick sehen, wenn sie ihn sieht. Also stellt er sich die Jahreszeiten vor, die ohne ihn auf seinem Hinterhof seit Weihnachten gekommen und wieder gegangen sind; die Vordertür des Hauses öffnet und schließt sich eintausend Mal hintereinander, aber er geht nicht ein einziges Mal hindurch, die Lichter im Wohnzimmer werden jede Nacht von einem schwungvollen Handgelenk gelöscht, und die Lampe oben im Schlafzimmer brennt so lange, bis *sie* zu lesen aufhört und sich schlafen legt.

Das ist der Tunnel, in dem Nat auf Maeve wartet. Er denkt, er würde hier selbst dann noch schwitzen, wenn es mitten im Winter wäre.

Plötzlich ist der Bus da. Sie geht auf dem Bürgersteig nicht weiter. Sie bleibt abrupt stehen, als sie seinen Wagen vor dem Haus sieht. Sie trägt Weiß, ihre Schwesternkleidung. Das ist genau das Gegenteil ihrer schwarzen Trauerkleidung, die sie bei der Beerdigung getragen hat; Nat denkt an das Negativ eines Fotos. Wieder ist er sich der umgekehrten, auf dem Kopf stehenden Eigenartigkeit dieses Tages bewusst. Er steigt aus dem Wagen. Sechzig Meter entfernt, unter einer riesigen Ulme, rührt sie sich nicht von der Stelle. Sie ist wie eine kleine Gestalt, die man um der Perspektive willen in ein Bild eingefügt hat; der Künstler hat so viel Mühe auf den Baum und auf die Straße verwandt, und für sie blieben nur zwei zarte Pinselstriche übrig, einer mit weißer Farbe und ein kleinerer schwarzer Strich für die Korona ihres Haares.

Nat möchte einen Schritt nach vorn machen, doch es hat keinen Sinn, ihr entgegenzugehen und dann den ganzen Weg zum Haus zurückzukommen. Er ertappt sich bei seiner Gewohnheit, allen Dingen zuzuschreiben, ob sie richtig oder falsch, sinnvoll oder unsinnig sind. Er schluckt und geht auf sie zu.

Maeve reagiert nicht. Dieses Weiß bedeutet etwas, denkt Nat, als er die Entfernung zu ihr verringert. Sie trägt die Farbe der Unschuld, und sie scheint ein Recht darauf zu haben. Vielleicht ist das ja wirklich so. Er hat sie an Weihnachten verlassen. Jetzt teilt sie ihm durch ihre Reglosigkeit und die weiße Farbe ihrer Kleidung und ihre Kühle in dieser Hitze mit, dass er es ist, der zu ihr zurückkommen muss. Und deshalb tut er das auch, und während er weitergeht, fragt er sich, welchen Gesichtsausdruck er dabei wohl haben mag.

Er hat sie erreicht. »Hallo«, sagt er.

»Hallo.«

Nat denkt: Das ist ein Trost, dieser simple Anfang. Während sich um sie herum so viel auftürmt, während zwischen ihnen so viel aufragt, gibt es immer noch dieses »Hallo«.

Es ist das erste Mal seit dem Schnee, dass er die Stimme seiner Frau nicht auf dem Anrufbeantworter hört, sondern direkt aus ihrem Mund.

Einen guten Meter voneinander entfernt stehen sie sich gegenüber. Ihre Haltung wirkt ein wenig wie bei einem Duell. Das ist keine Absicht, doch Nat kann es spüren. Er dreht sich zum Haus um, in die Richtung, in die auch sie blickt, und will damit andeuten, dass sie neben ihn treten soll, damit sie beide auf dem Bürgersteig nebeneinander gehen können. Sie macht diesen Schritt, und dann gehen sie Seite an Seite. Ihre Arme schwingen hin und her. Die Gummisohlen ihrer weißen Schuhe verursachen kein Geräusch, ihr weißes Kleid bauscht sich mit jedem Schritt. Nat ist völlig steif und dunkel in seinem Anwaltsanzug und seinen harten Schuhen. Auch er will die Arme hin- und herschwingen, doch das ist nicht seine Art zu gehen. Als sie einander noch bei den Händen hielten, bewegte sich sein Arm, weil der mit ihrem verbunden war. Er bedauert sehr, dass er das jetzt nicht tun kann. Plötzlich kommt es ihm so vor, als seien sie schon zu viele Schritte gegangen, ohne zu sprechen.

»Wie geht es dir?«

»Mir geht's gut, Nat.«

»Du siehst sehr gut aus.«

»Danke.«

Er könnte so weitermachen. Das strenge Protokoll, das zu beachten ist, ist noch länger, es gibt einfache Fragen, die sie einander abwechselnd stellen müssten, Antworten, die sie bekommen sollten, und die Bitte um etwas Zeit. Doch Nat bleibt stehen. Auch Maeve bleibt stehen. Er tritt ihr direkt gegenüber.

»Okay.«

Sie wartet einen Augenblick, dann nickt sie. »Okay.«

Und damit haben sie sich darauf geeinigt, die üblichen Umgangsformen beiseite zu lassen. Vielleicht nehmen sie sie später wieder auf. Das muss erst noch entschieden werden. Im Augenblick aber sagt er: »Ich brauche deine Hilfe.«

Das ist die nackte Wahrheit. Maeve sagt: »Komm ins Haus«, um diese Nacktheit mit nach drinnen zu nehmen.

Nat folgt ihr. Er geht seine Stufen hinauf, berührt sein Geländer, betritt sein Haus. Er zwingt sich dazu, stehen zu bleiben und die Dinge auf diese Weise zu betrachten. Seine Perspektive ist verzerrt, und er lässt sich gehen. Das könnte immer so weitergehen. Er muss sich besser konzentrieren.

Steif sitzen sie auf der Couch. Jeder presst die Knie zusammen und hat die Hände in den Schoß gelegt. Wegen seines Anzugs kommt sich Nat so vor, als verkaufe er Versicherungen.

»Du fühlst dich nicht wohl«, sagt sie. »Es fällt dir schwer, zu mir zu kommen.«

»Ja.«

»Zieh dein Jackett aus. Dann fühlst du dich ein bisschen mehr wie Zuhause.«

Maeve steht auf. Sie streckt die Hände nach dem Jackett aus. Nat streift es ab und reicht es ihr. Sein Hemd ist vom Warten zerknittert und verschwitzt. Er ist unsicher.

Sie hängt das Jackett an die Garderobe. Dann geht sie in die Küche und holt Limonade und Eis aus dem Kühlschrank, dazu Gläser. Nat beobachtet ihre Bewegungen. Ihre Hände sind ruhig wie bei jemandem, der es gewohnt ist, andere zu versorgen. Sie ist klug genug, sich ein paar Schritte zu entfernen, dabei aber in Sichtweite zu bleiben und das Schweigen für ein paar Augenblicke nicht mit Worten, sondern mit angenehmen häuslichen Geräuschen zu überbrücken. Nat lässt seinen feuchten Rücken in die Sofakissen sinken.

Maeve kommt mit der Limonade zurück. Als sie sich setzt, nimmt auch sie eine andere Haltung ein; sie ist entspannter, nicht mehr so stocksteif. Sie nippt an ihrem Glas und wartet.

»Es geht um den Fall«, sagt er.

»Hab ich mir gedacht.«

Er hebt das Glas an die Lippen und nimmt einen Schluck. »Die Limonade ist gut.«

Sie nippt an ihrem Glas.

»Nat?«

»Ja?«

»Frag mich. Du brauchst etwas von mir, und das hat nichts mit unserer Ehe zu tun. Also bist du nicht als mein Ehemann gekommen. Du kommst als Anwalt. Dreh jetzt nicht durch, aber ich bin diese Rolle gewohnt. Es ist in Ordnung. Frag mich einfach.«

Die weiße Kleidung, die sie trägt, das kühle Glas, das sie ihm in die Hand gedrückt hat, die Sanftheit ihrer Stimme, ihre lässige Haltung – da ist etwas. Es scheint richtig zu sein, wenn sie ihn tadelt. Für sie war es leicht, das auszusprechen, und merkwürdigerweise war es leicht für ihn, sich das anzuhören. Nat hat das nicht erwartet, und er hat nicht erwartet, dass es ihm so vorkommen würde, als verdiene er diesen Vorwurf. Er hat nie bedacht, dass Maeve wütend auf ihn sein könnte, auf den Menschen, den sie verletzt hat. Wieder stehen die Dinge an diesem Tag auf dem Kopf. Kräfte sind am Werk. Nat gibt nach.

Er stellt die Limonade auf den Couchtisch. Den Couchtisch, der ihnen beiden gehört.

»Elijah Waddell hat dieses Mädchen nicht vergewaltigt.«

»Du bist sein Anwalt. Ich erwarte von dir, dass du das sagst.«

»Nicht, wenn es nicht wahr wäre. Er war es nicht.«

»Woher weißt du das?«

»Das kann ich dir nicht sagen. Versteh mich nicht falsch, aber gerade jetzt muss ich ein paar Karten ausspielen, die vorher keiner sehen kann. Doch es dauert nicht mehr lange, und dann habe ich einige Dinge herausgefunden, die nicht auf Elijah deuten, sondern auf jemand anderen.«

»Ich werde nicht fragen, auf wen.«

»Ich weiß selbst nicht, auf wen. Nur irgendein anderer.«

»Hat Elijah die Kirche angezündet?«

»Er bestreitet das. Es wird sehr schwierig für ihn sein, die Anklage wegen Brandstiftung zu entkräften. Im Augenblick spricht zu viel gegen ihn. Zuerst einmal muss ich dafür sorgen, dass er nicht in die Todeszelle kommt.«

Maeve stellt ihr Limonadenglas neben seines. Sie reibt mit ihren Handflächen über ihren Rock. »Bevor ich damit einverstanden bin, dir zu helfen, musst du mir etwas sagen.«

»In Ordnung.«

»Ich will wissen, ob du dir deiner Sache sicher bist. Ich will dir nicht helfen, nur damit jemand seiner Strafe entgeht, Nat. Acht Jahre lang war ich die Frau eines Mannes, der für die Staatsanwaltschaft gearbeitet hat. Ich glaube, ich habe von dir gelernt, dass Verbrecher bestraft werden sollen. Dass sie nicht davonkommen dürfen aufgrund eines bloßen Formfehlers. Dass die Ideen über Schuld und Unschuld genauso viel zählen wie die Regeln, an die man sich hält, um beides zu beweisen. Also sag mir, dass das nicht nur eine von Nat Deeds' eifrigen Aktionen ist, um zu gewinnen und um zu beweisen, was für ein guter Anwalt du bist. Wir alle wissen, wie gut du bist. Sag mir stattdessen, dass dein Mandant eines Verbrechens angeklagt wird, bei dem du absolut sicher bist, dass er es nicht begangen hat, und dass du der einzige Mensch bist, der zwischen ihm und einer Ungerechtigkeit steht. Ich habe dich mal gekannt, Nat. Gerechtigkeit hat mehr für dich gezählt als alles andere auf der Welt. Sag mir, dass das immer noch so ist. Dann helfe ich dir.«

»Das ist immer noch so.«

»Gut. Und jetzt sage ich dir, was ich von dir dafür will.«

»Was?«

»Genau dasselbe. Gerechtigkeit.«

2

Ganz zu Anfang ihrer Ehe hat Nat oft ein Spiel gespielt, bei dem es um ihre Schönheit ging. Er wandte seinen Blick von ihr, sah für ein paar Augenblicke etwas anderes an, blickte dann wieder zu ihr hin und genoss das erregende Gefühl, sie zu sehen. Es war, als reinige er seinen Gaumen, bevor er einen guten Wein trinken würde, oder als verließe er einen besonders geliebten Ort auf dieser Welt in dem Wissen, bald wieder zurückzukommen. Und manchmal fuhr er sie zum Supermarkt, blieb im Wagen und sagte ihr, er wolle sich ausruhen oder lesen, solange sie einkaufen würde. Aber wenn sie aus dem Geschäft kam und den Einkaufswagen vor sich herschob, beobachtete er sie und tat so, als kenne er diese hübsche dunkelhaarige Frau nicht. Er beobachtete, wie sie sich seinem Wagen näherte, unaufgefordert und wie durch Magie, wie sie einstieg und sich neben ihn setzte, und ein freudiger Schauder durchfuhr ihn. Das gefiel ihm. Es war Liebe.

Es besteht eine gewisse Gefahr darin, wenn man eine schöne Frau liebt. Man muss sorgfältig darauf achten, dass man den ganzen Menschen liebt, obwohl man seine äußere Erscheinung so hinreißend findet. Man muss sie in sich eindringen lassen und darf nicht ständig darum bemüht sein, in sie einzudringen. Ihr vollendeter Mund hat Worte, ihre wohlgeformten Beine haben Ziele. Sie hat ein Leben, das nicht schön, sondern ganz gewöhnlich ist, genau wie man selbst. Man muss über die Schönheit, die einen anzieht, hinausgelangen und die wirkliche Frau umarmen, die sich dahinter verbirgt, oder man gerät in Gefahr, das Produkt seiner eigenen Fantasie zu lieben. Aber nicht sie.

Jetzt, auf der Couch, sind ihre Knie nur Zentimeter von seinen entfernt. Sie hat sich ihm zugewandt und wartet darauf, zu hören, welche Art Hilfe er braucht. Nat blickt auf die Knie seiner Frau. Aber es ist nicht mehr dieselbe Maeve, nicht die geschmeidige Frau in seinem Kopf und aus seiner alten Ehe, die um ihn war und die unter ihm lag. Das ist jemand, dessen Hände ruhig sind und dessen fester Blick sagt: Vertrau mir, und ich werde dir helfen. Oder vertrau mir nicht; dann kannst du aufstehen und wieder gehen.

»Georges Tochter.«

Schnell nennt sie den Namen. »Amanda.«

»Hast du sie gekannt?«

»Ich weiß, dass sie einsam war. Süß. Ich glaube, hier in Good Hope steckte sie in der Falle.«

Und, denkt Nat, sie starb in der Nacht ihrer Befreiung.

»Sie ging viel spazieren«, fährt Maeve fort. »Sie mochte unsere Straße. Die alten Häuser, die Veranden, die großen Bäume. Wir haben nie miteinander gesprochen. Aber so viel konnte man sehen.«

Nat stellt sich noch eine Szene vor: das umherstreifende Kind, das über den Bürgersteig geht, die ruhige schöne Krankenschwester, die auf der vorderen Veranda sitzt, die beiden, die sich einen Blick zuwerfen. Hätten sie miteinander gesprochen, hätten sie sich möglicherweise gegenseitig helfen können. Aber Maeve kann ihr erst jetzt helfen.

»Als sie nach den Brand gefunden wurde, war ihr Kiefer gebrochen«, sagt er. »Die Pathologin hat Amandas Kopf überhaupt nicht geröntgt.«

»Warum nicht?«

»Das kann ich dir im Augenblick nicht sagen. Aber die Umstände wirken ein wenig verdächtig.«

»Also hast du sie exhumieren lassen.«

Mit dieser Bemerkung gibt Maeve Nat zu verstehen, dass sie seinen Fall in den Medien verfolgt hat.

»Ich habe die Röntgenaufnahmen heute Morgen bekommen. Maeve, die Pathologin glaubt, dass ihr in der Nacht des

Feuers durch einen Schlag mit der rechten Hand der Kiefer gebrochen wurde. Die Aufnahmen zeigen, dass das Amanda möglicherweise vor ein paar Jahren schon einmal passiert ist.«

»Jemand hat sie geschlagen? Als sie noch ein Kind war?« Jetzt ist es Maeve, die Krankenschwester, die darauf reagiert; sie kann es kaum glauben, wenn sie mit Gewalt gegenüber Kindern konfrontiert wird.

Nat hebt den Zeigefinger an seinen eigenen Kiefer, um zu zeigen, was er meint. »Jemand hat ihr den Kiefer gebrochen. An derselben Stelle. Vielleicht als sie dreizehn oder vierzehn war. Ich glaube, es ist möglich, dass dieselbe Person, die sie damals geschlagen hatte, sie auch in der Nacht des Feuers schlug.«

Maeve macht den Mund auf. Ihre Lippen geben ein schmatzendes Geräusch von sich.

»George«, fügt Nat hinzu.

Noch immer bilden ihre Lippen ein überraschtes Oval. Nat fährt fort. »Ich habe eine Theorie. Und ich habe ein paar Dinge, die darauf hindeuten, dass ich auf der richtigen Spur bin. Hör mir zu und sag mir, was du davon hältst.«

Nat stellt die Geschichte von Amandas letzter Nacht dar, wie sie nach und nach erkennbar wurde. Während er Maeve darüber ins Bild setzt, scheint es nicht mehr so schwierig, die einzelnen Punkte zu verbinden. Er verrät nicht, dass Monroe die Antibabypillen an sich genommen hat oder dass sich der Sheriff auf so bizarre Art in Jackie Klines Autopsie eingemischt hat. Doch jetzt erzählt Nat die Geschichte viel flüssiger. Maeve nickt aufmerksam, sie glaubt ihm. An ihrem Gesicht kann er auch ablesen, dass sie aufrichtig schockiert ist, weil ihr Mann gegen Sheriff George Talley ermittelt. Viele Menschen, denkt Nat, werden genau dasselbe empfinden.

»Es ist nur ein kleines Bruchstück«, schließt er. »Aber wenn ich zeigen kann, dass Talley vor vier Jahren seine Tochter geschlagen hat, dann kann ich wenigstens vor die Geschworenen treten und sie auf eine akzeptable Alternative hinweisen. Es muss dann nicht mehr unbedingt Elijah gewesen sein, der sie in der Nacht des Feuers geschlagen hat. Ich brauche nicht mehr zu erreichen als begründete Zweifel. Im Augenblick gibt es nur Indizien, die Elijah mit Amanda in Verbindung bringen. Wenn ich einige Zweifel wecken kann, was den gebrochenen Kiefer betrifft, wird einer der entscheidenden Punkte, die für eine Vergewaltigung sprechen, nicht mehr so überzeugend wirken. Wenn mir das gelingt, gibt es keine Anklage wegen vorsätzlichen Mordes mehr.«

»George wird nie zugeben, dass er sie in der Nacht geschlagen hat. Oder wann auch immer.«

»Das muss er gar nicht.«

»Du kämpfst mit schmutzigen Tricks.«

»Ich kämpfe, Maeve.«

Sie greift nach ihrer Limonade. Sie nippt daran und beendet so einen Teil ihres Gespräches. Den Teil mit dem Plädoyer. »Du brauchst die Krankenhausakten über den ersten Kieferbruch.«

»Ja. Ich vermute, dass er sie ins Pamunkey General Hospital gebracht hat. George hätte so etwas nicht außerhalb der Stadt gemacht.«

Sie denkt darüber nach. Sie stimmt zu.

»Besorg dir doch einfach eine Verfügung. Du brauchst mich nicht.«

»Ich habe meine Gründe, warum ich das ohne Aufsehen erledigen will.«

»Kannst du mir diese Gründe verraten?«

»Schlafende Hunde …«

»… soll man nicht wecken.«

»Genau. Es hat bereits einen Versuch gegeben, Beweismaterial verschwinden zu lassen. Ich will nicht, dass es noch einen gibt. Ich will nicht, dass Fentress oder Talley sehen, was sie von mir zu erwarten haben. Noch nicht.«

Sie setzt das Limonadenglas ab. Ein weiterer Abschnitt ihres Gesprächs ist erledigt.

»Wann?«

Nat hebt sein kühles Glas. Er leert die Limonade mit einem kräftigen Schluck. Die Eiswürfel klirren. Schwungvoll stellt er das Glas ab.

»Jetzt«, sagt er.

3

Das Pamunkey General Hospital verfügt über fünfzig Betten und wurde Mitte der Sechzigerjahre erbaut. Es ist das einzige Krankenhaus des Bezirks und für die Versorgung aller zwölftausend Einwohner zuständig. Weil es sich zum größten Teil um einen ländlichen und dünn besiedelten Bezirk handelt, wird das Krankenhaus nicht voll genutzt. In den letzten Jahren hat der Klinikvorstand angedeutet, das Krankenhaus müsse geschlossen werden, weil es unprofitabel sei. Als die Nachricht publik wurde, begannen sehr rasch die Gelder der Reichen zu fließen, die große Sommerhäuser am Fluss und weiter oben in Richtung der Chesapeake Bay besitzen. Diese Leute, die zumeist aus Richmond stammen, wollen ein Krankenhaus in der Nähe, das sie und ihre Angehörigen aufnehmen kann, und deshalb haben sie begonnen, es finanziell zu unterstützen. Das Pamunkey General ist weder auffällig noch auf dem neuesten Stand der Technik, doch es ist solide und freundlich und ähnelt damit sehr den Menschen des Bezirkes, den es versorgt.

Maeve trägt noch immer ihre weiße Schwesternkleidung.

Nats Anzug ist zerknittert, seine Krawatte sitzt locker. Er folgt ihr durch die zischenden automatischen Schiebetüren. Sobald er sich wieder in klimatisierter Luft aufhält, zieht er die Krawatte straff und knöpft den Hemdkragen zu. Maeve grüßt eine ältere, ehrenamtliche Helferin, die am Tisch der Aufnahme sitzt. Die Frau trägt zur Atmosphäre der Stabilität in diesem Krankenhaus bei. Sie oder jemand wie sie sitzt seit der Eröffnung der Klinik am Tisch der Aufnahme, und irgendwann werden sie das Gebäude um sie herum abreißen. Maeve hat Nat im Wagen darum gebeten, zu niemandem ein Wort zu sagen, sondern ihr einfach nur zu folgen und sich immer in ihrer Nähe zu halten, bis sie gefunden haben, was sie suchen. Nat nickt der alten ehrenamtlichen Helferin zu und schlüpft dann hinter Maeve durch eine Tür, über der ARCHIV steht.

Der Raum ist nicht viel größer als Elijahs Zelle. Er ist im selben Grünton gestrichen, der bei öffentlichen Gebäuden üblich ist. An einer Wand stehen Regale voller Schnellhefter; sie reichen vom Boden bis zur Decke. Sie ähneln Bündeln sterbender Tabakpflanzen und geben dem Raum ein muffiges, nach Papier riechendes Aroma. An der gegenüberliegenden Wand steht ein Schreibtisch. Auf dem Tisch stehen nebeneinander acht graue Metallkästen, wie sie in Bibliotheken für Karteikarten verwendet werden. Jeder Kasten besitzt ein Etikett, auf dem drei oder vier Buchstaben stehen. Maeve setzt sich und hebt einen der Deckel, als öffne sie das Maul eines grauen Alligators. Die Aufschrift auf dem Kasten lautet S-T-U. Nat schätzt, dass sich darin mehr als eintausendsiebeneinhalb mal zwölfeinhalb Zentimeter große Karten befinden.

Er kichert überrascht. »Keine Computer? Gibt es überhaupt keine Computer?«

»Computer stürzen ab. Karteikarten nicht.« Maeve fährt mit den Fingern beider Hände über die oberen Kanten der Karten. Nat sieht zu. Er denkt: Wie geheimnisvoll, keine Computer. Aber ein anderer Teil von ihm mag das, es erinnert einen an die Gesundheitsversorgung aus früherer Zeit, an Hausbesuche und an Aspirin, und er vermisst das Leben in dieser Kleinstadt. Er bekommt eine Gänsehaut, denn er fürchtet, sie könnten in diesem Raum mit den Akten überrascht werden. Maeve hat ihn angewiesen zu schweigen, sollte jemand kommen, solange sie noch mit ihrer Suche beschäftigt sind. Maeve wird sich darum kümmern.

»Was wirst du sagen?«, hatte er sie im Wagen gefragt.

»Ich werde einfach sagen, dass er verschwinden soll.«

Nat gab das für Richter Baron typische »hm, ja« von sich und ließ die Sache auf sich beruhen.

Maeves Finger bewegen sich nicht mehr. Sie halten eine Lücke zwischen den Karten offen. »Da hätten wir's.« Sie zieht die Karte aus dem Kasten.

Nat blickt über ihre Schulter. Die Karte wurde handschriftlich mit einem Füller beschrieben. Oben steht Amanda Talleys Name. Neben ihrem Namen steht die Zahl 31054. Darunter befinden sich am linken Rand der Karte mehrere Datumsangaben; es gibt fünf Zeilen, in jeder steht ein Datum. Neben jedem Datum befindet sich noch eine Zahl. Die ersten beiden Ziffern dieser Zahlen entsprechen ganz eindeutig den entsprechenden Jahren. Der erste Eintrag lautet 92-2003. Jeder Eintrag wurde in einer anderen Handschrift und mit verschiedener Tinte notiert.

»Immer wenn jemand zum ersten Mal ins Krankenhaus kommt, erhält er eine eigene Kennnummer.« Maeve legt den Finger unter die 31054. »Das ist dein Name im Krankenhaus. Jedes Mal, wenn man in die Klinik eingeliefert oder hier behandelt wird, wird diese Nummer angegeben.« Sie tippt mit dem Finger auf die Spalte unter Amandas Namen. »Das ist das Datum bei jedem Klinikbesuch. Neben dem Datum steht die Nummer des Aufnahmeformulars, in das alles eingetragen wird, solange man hier ist. Wenn man sich selbst bei der Aufnahme meldet oder wenn man über die Notaufnahme eingeliefert wird, reißt die Klinikangestellte an der Aufnahme ein Formular von einem Block ab. Diese Formulare sind durchnummeriert wie bei einem Scheckbuch. Mit jedem neuen Jahr wird wieder bei null angefangen. Gleich nachdem das Formular vom Block abgerissen wurde, wird die entsprechende Nummer hier auf diese Karteikarte notiert und das Formular wird der aufnehmenden Schwester gegeben.« Wieder tippt Maeve auf die Karteikarte. Dann hebt sie den Finger, als wolle sie sichergehen, dass Nat aufmerksam zuhört. »Genau diese Formulare suchen wir.«

Maeve fährt mit dem Daumennagel über die fünf Einträge auf Amandas Karte. Unter dem vierten hält sie inne. Er stammt vom 2. Juli 1998. Darunter befindet sich der letzte Eintrag vom 11. August 1999.

»Du hast gesagt, der erste Kieferbruch liegt schon vier Jahre zurück. Es könnte einer von diesen beiden sein.« Sie hält die Karte hoch, damit Nat sie deutlich sehen kann, und deutet auf die letzten beiden Daten vom Juli 1998 und August 1999. »Suchen wir ihre Akte.«

Maeve steht vom Stuhl auf. Sie verliert keine Zeit. Ihre Hände graben sich in die Wand aus gelben Papierbündeln. Nat ertappt sich dabei, wie er nichts weiter tut, als sie zu bewundern. In all den Jahren ihrer Ehe ist er kein einziges Mal in die Klinik gekommen, um zu sehen, wie seine Frau arbeitet, um zu entdecken, wie kompetent sie ist. Sie findet Amandas Akte, noch bevor er die Schwierigkeit dieser Aufgabe begreift; hier gibt es tausende von Akten, die fast vierzig Jahre zurückreichen. Sie befreit den Hefter von seinen Gummibändern und klatscht ihn auf den Tisch. Sie zieht den Stuhl heran und murmelt: »Schauen wir mal, was wir da haben.«

Maeve setzt sich rasch und beeilt sich, die Akte durchzusehen. Nat denkt, dass sie das nicht deshalb tut, weil sie Angst hat, erwischt zu werden; sie ist nicht nervös wie er. Die Nachforschungen geben ihr neue Energie. Sie bricht eine wichtige Regel der Krankenhausethik, indem sie Nat private medizinische Unterlagen ohne Gerichtsbeschluss ansehen lässt. Sie scheint irgendetwas persönlich zu nehmen, doch dabei geht es nicht um Nat oder Elijah. Sie scheint eifrig darauf bedacht zu sein, George entweder von aller Schuld freizusprechen oder ihn festzunageln.

Warum kümmert sich Maeve um den Sheriff? Was bedeutet er ihr?

Nat begreift.

»Er war es«, sagt er.

Maeves Finger bewegen sich nicht mehr über die hingekritzelten Zeilen. Sie hält den Kopf von ihm abgewandt.

»George«, sagt Nat. »Du hast mit George Talley geschlafen.«

Er starrt auf die dunkle Krone ihres Haares und kann es nicht fassen, als er sieht, wie sich dieses Haar langsam auf und ab bewegt. Ja.

»Ich dachte, du wolltest es nicht wissen.«

»Wollte ich auch nicht.«

»Was nun?«

Ihr Hinterkopf rührt sich nicht mehr. Er sieht George Talleys kräftige, von dicken Adern durchzogene Hand, die sich um diesen Kopf schließt und ihn auf ein Kissen legt.

»Warum?«

»Warum George«, fragt sie, »oder warum?«

Er hält inne, verwirrt von dieser Unterscheidung, bestürzt darüber, dass es überhaupt eine geben sollte.

»Warum?«, fragt er. Und dann, weil er sich nicht zurückhalten kann: »Warum George?«

Seine Frau dreht sich um. In ihren Augen stehen keine Tränen, ihr vollkommener Mund zittert nicht. Sie erhebt sich aus dem Stuhl, steht ganz in Weiß da und wirkt wie ein Engel. Nat möchte aufschreien: Nein, halt! Er möchte diese Kühnheit vereiteln, möchte ihr erklären, dass er es doch war, der in seinem Kopf das Drehbuch zu diesem Augenblick immer und immer wieder neu geschrieben hat, seit sie nicht mehr zusammen sind, diese Episode, bei der alles herauskommt, und jedes Mal weinte sie und war zerknirscht und trug nicht Weiß, sondern die Farben der Buße, Braun und Schwarz. Doch seiner Frau tut nichts Leid, überhaupt nichts, und Nat hat seinen Text vergessen.

»Und du willst es jetzt sofort wissen?«, fragt sie.

»Ja.«

Maeve streckt einen Arm aus, als solle sie gleich eine Spritze bekommen. Die Haut an der Innenseite ihres Arms ist weiß, ihr Kleid ist weiß, der Schnee an Weihnachten war weiß, die Wolken über Amanda Talley waren weiß. Wieder denkt Nat, dass die weiße Farbe, die Maeve trägt, etwas bedeutet. Ja. Es ist die Farbe der Kapitulation.

»Fass mich an«, sagt sie. Nat will nicht mitspielen. Sie besteht darauf. »Berühre mich.«

Er legt seine Handfläche auf ihren Unterarm. Weiß. Kühl.

Sie schiebt seine Hand weg. Sie zwickt sich heftig. Das weiße Fleisch schwillt an, wird rot und warm.

»Fleisch und Blut. Das ist alles. Nur ich. Kein Ideal. Keine Figur aus einem Märchen. Nur ich.«

Sie senkt den Arm und hebt ihn sofort wieder in einer anderen heftigen Geste.

»Du willst wissen, warum es George Talley war? Ich war nichts. *Nichts.* Ich war keine Frau, die er sein Leben lang begehrte oder jemand, von dem er sich in seinem Kopf ein Bild zurechtgelegt hätte, oder das Mädchen seiner Träume. Ich war spottbillig, eine Gummipuppe. Ich war nicht einmal eine Krankenschwester oder die Frau von Nat Deeds. Ich war ein Fick.«

Nat zuckt zusammen bei diesem Wort. Es hat harte Konsonanten, Kanten, wie Zähne.

Sie fährt fort. »Nat, das musst du wissen. George Talley war nie dein Freund. Er war jahrelang hinter mir her. Er wollte mich ins Bett kriegen. Das ist alles. Ich weiß nicht einmal warum. Vielleicht, um dir irgendetwas heimzuzahlen, vielleicht macht ihn diese Kleinstadt einfach nur geil. Für mich hat das nie eine Rolle gespielt. Ich habe ihn ignoriert. Aber weißt du was? Ganz am Ende? Nachdem ich jahrelang in der Öffentlichkeit nett zu ihm gewesen war und ihm gesagt hatte, er solle mich privat in Ruhe lassen. Nachdem ich mich monatelang gefragt hatte, wo du in unserer Ehe geblieben warst – du warst da und du warst zugleich weit fort, und das war schrecklich. In meiner Lage sah das so aus, als bedeute dir deine Arbeit mehr, als ich dir überhaupt nur jemals bedeuten könnte. Deine Vorstellung von dir als einem kühnen und guten Kämpfer für die Allgemeinheit, deine Vorstellung von uns als perfektem Paar – das alles bedeutete dir nach und nach mehr als wir beide, die wirklichen Menschen aus Fleisch und Blut, als der wirkliche Mensch, der du bist, Nat, als der wirkliche Mensch, der ich bin, als unsere wirkliche Ehe. Wie auch immer. Nach einem langen, kalten, einsamen Tag ließ ich ihm schließlich seinen Willen. Ich schlief mit ihm. Er hat mich wie einen Gegenstand behandelt, und ich tat genau dasselbe, und einmal, diesen einen und einzigen Abend lang, tat das gut, Nat. Mit George gab es den Druck nicht, mehr zu sein, als ich bin. Ich musste einfach nur daliegen und es tun.«

»Liebst du ihn?«

»Um Himmels willen!« Verwirrt hebt Maeve die Hand, um ihm gegen die Brust zu schlagen, und lässt sie dann frustriert sinken. »Wie kannst du mir nur so eine blöde Frage stellen? Hörst du mir überhaupt zu? Ich liebe dich. Dich. Aber du lädst mir so viel auf mit deinen … deinen überzogenen Erwartungen und deiner ständigen romantischen Scheiße darüber, wer du bist und wer ich bin und was wir darstellen. Es ist, als lebte man in einem Bild von Norman Rockwell. Du hast so viel von mir gehalten, dass du am Ende überhaupt nicht mehr über mich nachgedacht hast.«

Maeve lacht. Sie streckt Nat die Hände entgegen, als habe sie etwas Bedeutendes erreicht.

»Mein Gott, Nat, es war, als ob du dich in eine andere Frau verliebt hättest. Tag für Tag hast du nur das gesehen, was du haben wolltest. Und nicht das, was du tatsächlich hattest.«

Seine Frau lässt die weißen Arme sinken. Ihre Stimme klingt resigniert und ruhig, weil das die Wahrheit ist.

»Mich. Nur mich. Und ich kam mir vor, als sei das selbstverständlich für dich. Ich wurde nicht beachtet und nicht geschätzt. Ich konnte dich nicht verlassen. Aber ich musste die Form aufbrechen, in die ich gepresst wurde.«

Nat fühlt sich bedrängt. Bilder von seiner Frau und Talley stürmen auf ihn ein, als ginge es dabei nicht um zwei Menschen, sondern als wogten tausende heran. Die Wörter *Fick* und *spottbillig* und *daliegen* schießen an ihm vorbei, drücken seinen Kopf nach unten. Er kämpft darum, diese Visionen und diese Wörter zurückzudrängen; er zwingt sich, Maeve durch den Nebel über dem Schlachtfeld hindurch anzusehen, den die emotionalen Waffen und die Erinnerung an den Schnee in seinen Augen zurückgelassen haben. Er sinkt in sich zusammen. Er sieht, dass er nichts mehr hat, mit dem er zurückschießen könnte, kein Banner, keinen Trommler, keine Reservetruppen. Er ist besiegt.

»Du hast mir das Herz gebrochen.«

Maeve legt den Kopf auf die Seite und schaut ihn freundlich an. »Oh, Nat, es musste gebrochen werden.«

Sie greift nach der Hand ihres Ehemannes. Er sieht, wie sie näher kommt, wie sie auf ihn zumarschiert, er lässt zu, dass ihr

Fleisch und ihr Blut seine Befestigungsanlagen überwinden und einnehmen. Sie greift nach seiner Hand.

»Ich liebe dich«, sagt sie. »Und ich liebe deinen ganzen romantischen Scheiß. Ich weiß, ich habe dir das Herz gebrochen. Ich war schwach. Ich gebe es zu. Etwas fehlte mir. Aber dir fehlt auch etwas. Dieser ganze Schwachsinn darüber, was schwarz und weiß und richtig und falsch ist, all die Grenzen, die du ziehst – das ist nichts weiter als eine Rüstung, die du trägst. Du bist so schwach und genauso sehr ein Mensch wie ich, Nat Deeds. Die ganze Zeit über, die wir zusammen waren, hast du dich hinter deiner Arbeit und deinen altmodischen Vorstellungen darüber, was ein Mann und eine Frau und eine Ehe sein sollen, versteckt. Und mir war das lange Zeit nur recht. Ich habe mich in dir versteckt. Aber ich denke, es ist Zeit, dass wir beide mit dem Versteckspielen aufhören. Deshalb werde ich als Erste aus meinem Versteck herauskommen. Ich vermisse dich. Ich liebe dich. Bitte verzeih mir, dass ich dich verletzt habe. Aber du machst mich verrückt, und damit wirst du aufhören müssen.«

Sie lässt seine Hand los. »Das war's. Und jetzt nimm mich bitte zurück.«

Nats Hand schwebt in der Luft, an der Stelle, an der sie sie losgelassen hat. Er schweigt.

»Nat?«

»Was?«

»Kannst du das? Mir verzeihen? Dich für mich ändern? Kannst du mir auf halbem Weg entgegenkommen?«

Nat sieht den weißen Schnee zu Weihnachten, ihre weiße Schwesterntracht und den Nebel über dem Schlachtfeld, und alles löst sich auf und verwandelt sich in das Verlangen zu kapitulieren, verwandelt sich bereitwillig in eine weiße Fahne. Er möchte, dass die Feindseligkeiten enden, er möchte, dass sein Dienst zu Ende geht. Und mehr als alles möchte er diesen

Außenposten verlassen und über die von Einschüssen aufgeworfene Erde der letzten acht Monate zurück zu ihr gehen. Das sind die Dinge, die er wirklich will, doch so schnell kann er die weiße Fahne nicht hissen. Auch wenn die Schlacht vorbei ist, gibt es bei jedem Angriff einige, die weiterkämpfen wollen.

»Auf halbem Weg«, sagt Nat. Er lächelt. »Das sieht ziemlich weit aus.«

Maeve hebt die Arme. Nat wehrt sich dagegen, sich endgültig zu ergeben. Sie wartet nicht darauf, dass Nat sich von ihr umarmen lässt, sondern umarmt ihn selbst und zeigt ihm, dass sie mehr als nur den halben Weg zurücklegen wird, wenn Nat das nicht kann. Sie hält ihn fest. Sie küsst seinen Hals und umarmt ihn einfach noch ein wenig fester.

Dann flüstert sie ihm ins Ohr: »In Ordnung. Sag mir die Wahrheit. Kannst du über George Talley hinwegkommen?«

Nat wendet sich dem Zimmer mit den Akten zu. »Nein.«

Ihr Haar streift über seine Wange. Sie nickt vorsichtig. »Hab ich auch nicht vermutet.«

Maeve schiebt sich weg von ihm und lässt seine Arme los. Sie blickt zum Tisch mit den Akten.

»Nun gut«, sagt sie mit resignierter Stimme und setzt sich. »Wenn du ihm nicht verzeihen kannst, dann wollen wir doch mal sehen, ob wir ihn stattdessen festnageln können. Dann dürfte es dir besser gehen.«

Nat lacht. Er hat noch nie gehört, dass sie sich so unverblümt ausdrückt. Er legt eine Hand auf ihren Nacken. Sie trägt Weiß. Er erinnert sich an ein langes, mit Pailletten besetztes Kleid. Er möchte sie noch einmal heiraten, möchte ganz von vorn anfangen. Irgendwann einmal wird er froh sein, dass er gefangen genommen wurde. Er hat lange einsam Wache gestanden.

Er beugt sich über ihre Schulter und blickt auf die geöffnete

Akte. Nat hofft auf einen weiteren Umschwung, auf die große Wende für George Talley und für Amanda.

Rasch blättert Maeve die Seiten durch, bis sie zu dem Blatt für den Juli 1998 kommt. Sie fährt mit dem Finger darüber. Die Seite ist dreigeteilt. Der erste Abschnitt enthält die persönlichen Angaben über die Patientin, Name, Adresse und was sonst noch nötig ist. Der mittlere Abschnitt wurde von der aufnehmenden Krankenschwester ausgefüllt, die sich zuerst um die Patientin kümmerte. Der untere Teil der Seite ist für den Arzt reserviert, der die Diagnose notiert sowie alle verschriebenen Medikamente, die Behandlung und seine Empfehlungen. Nat folgt Maeves rasch dahingleitendem Finger. Amandas Name steht oben auf dem Formular. Maeve überfliegt die Zeilen bis zur Mitte der Seite. Bevor Nat mehr als ein paar Worte lesen kann, greift sie nach dem unteren Rand des Blattes und dreht es um.

»Nein«, sagt sie und beginnt bereits, die letzte Seite – diejenige vom August 1999 – zu lesen. »Da ging es um eine Glasscherbe, in die sie am Fluss getreten ist. Rechter Fuß mit fünf Stichen genäht, und schon war sie wieder weg.«

»Wer war der Arzt?«

»Jorgensen.« Der Hausarzt, der örtliche Leichenbeschauer, der sich letzte Woche bei Amandas Beerdigung von Nat abwandte.

Maeve lässt ihren Blick über die Seite schweifen. Nat rückt näher heran, um alles besser zu sehen, und er fühlt sich unzulänglich angesichts des Tempos, mit dem seine Frau die Akte durchgeht.

Wieder können seine Augen nicht Schritt halten mit der Geschwindigkeit ihres über die Seite gleitenden Fingers. Er kapituliert, richtet sich auf und entlastet seinen Rücken.

Er legt ihr die Hand auf den Kopf. Während der Sekunden, die sie liest, lässt er sie dort liegen wie eine Mütze. Er betrachtet die Rückseite seiner Finger und seines Handgelenks. Keine kräftige Hand, denkt er, nicht die Pranke eines Athleten. Nicht die Hand eines Helden. Meine Hand. Und wie jeder andere auch trage ich alles darin. Weisheit und Ignoranz, Schlachten und Frieden, Gut und Böse. Es ist die Hand eines Menschen. Zerbrechlich. Gewöhnlich. Fleisch und Blut.

»Hier ist es.«

»Was?«

»Hier ist dein gebrochener Kiefer.«

Nat spürt einen erregenden Schauder. Er hatte Recht. Talley hat Amanda ins Pamunkey General gebracht.

Maeves Finger trommelt rasch über einen hingekritzelten Eintrag. Dann gleitet sie darüber hinweg, über weitere Einträge. Nat kann die Worte nicht so rasch entziffern, aber er versucht es, denn jetzt jagen sie gemeinsam. Maeves Finger hat sich schon weit von ihm entfernt. Sie fährt damit hin und her über die Notizen des Arztes, sie berührt sie sorgfältig, als läse sie Blindenschrift. Dann klopft sie mit ihren Knöcheln auf den Tisch.

»Verdammt. Ihr Fahrrad.«

Nat hört auf zu lesen. Maeve sieht zu ihm hoch. Das Licht explodiert nicht in ihrer beider Dunkelheit, sondern stürzt in sie in Form einer Sternenkonstellation.

»Da steht, sie fiel von ihrem Rad und brach sich den Kiefer.«

Alle Aufregung strömt aus Nat, als habe man einen Stöpsel aus seiner Brust gezogen.

»Nichts über einen Schlag?«

»Kein Wort.«

Nat beißt die Zähne zusammen. Er atmet tief ein und lässt die Luft nur sparsam wieder über seine Lippen strömen, wodurch er dem Leck, das ihn in sich zusammensinken lässt, Ausdruck verleiht.

»Wer war der Arzt? Wieder Jorgensen?«

»Ja.«

»Kann ich mal sehen?«

Maeve steht auf, um mit Nat den Platz zu tauschen. Er setzt sich auf den Stuhl, und sie tritt hinter ihn. Ihm fällt auf, dass sie ihm keine Vorwürfe macht, weil er sich die Akte genauer ansehen will; sie benimmt sich nicht so, als habe er sie beiseite gedrängt. Und doch könnte sie sich so benehmen, denn genau das tut er ja. Sie jedoch handelt kooperativ und verzeiht ihm.

Zärtlich seine Geste nachahmend, legt Maeve Nat die Hand auf den Kopf. Und lässt sie dort. Das ist keine Ablenkung. Nat lächelt und liest.

Langsam gewöhnen sich seine Augen an die schludrige Handschrift. Die Schwester in der Notaufnahme, Hilda Bradford, hatte den schrecklichen Bluterguss links am Kiefer des Mädchens bemerkt sowie einen kleinen Riss an der Stelle des Aufschlags. Der Kiefer war locker und eindeutig gebrochen. Sie merkt an, dass der Vater der Patientin, George Talley, als Unfallursache angegeben hat, dass das Kind vom Rad fiel, nachdem es eine Wurzel überfahren hatte, die aus dem Bürgersteig ragte. Der Sheriff behauptete, seine Tochter sei hart auf dem Boden gelandet, sie sei mit dem Gesicht auf die Bordsteinkante aus Beton gefallen. Jorgensen bestätigte die Beobachtungen der Schwester. Der Arzt machte einige Röntgenaufnahmen, fixierte den Kiefer, indem er den Mund des Kindes mit einem Drahtverband verschloss, und verschrieb ein Schmerzmittel.

Das ist falsch, denkt Nat. Seine Instinkte rasen. Etwas ist falsch. George hat sie geschlagen.

»Eine Sackgasse«, sagt Maeve. Voller Einfühlung massieren Hände seinen Kopf.

Nat antwortet nicht. Noch immer starrt er auf die beschriebene Seite, als würden die Zeilen und Buchstaben eine neue

Reihenfolge für ihn einnehmen, damit er sie als belastende Indizien verwenden kann und – wie er ehrlich zugibt –, um sich zu rächen. Es wäre gerecht, sollte das geschehen. Er starrt darauf, doch die Gerechtigkeit erscheint nicht. Er versucht, sie aus den konfusen Einzelheiten auf der Seite hervorzulocken, er will, dass diese Einzelheiten wie Hornissen über ihr Nest krabbeln und dabei für ihn ein sinnvolleres Muster bilden. Nat weiß aus Erfahrung, dass Verbrecher und Hurensöhne immer eine Spur hinterlassen. Wo ist sie? Nichts. In seinem Kopf hört er, wie Maeve dieses Wort wieder ausspricht. Für George Talley war sie nichts. Nichts. Und genau das hat dieser Mann zurückgelassen.

Dann sieht es Maeve. Nat wäre das nicht aufgefallen. Nie.

»Die Nummer«, murmelt sie.

»Welche Nummer?«

»Mach Platz.«

Er ist langsam, er ist noch immer niedergeschlagen über seine Unfähigkeit, in dieser Akte irgendetwas zu finden, und er ist ein wenig verwirrt.

»Warum?«

»Schau dir das Formular an.« Sie zieht ihre Hand so schnell von seinem Kopf weg, dass sie sein Haar durcheinander bringt. Mit dem Finger sticht sie an seinem Ohr vorbei auf die obere rechte Ecke der Seite. Sie tippt auf die Ziffern, die dort stehen.

»Schau hin. Die Nummer.«

»Sie lautet 99-2309. Was ist damit? Du hast gesagt, alle Formulare sind durchnummeriert, wie bei einem Scheckbuch.«

»Genau das sind sie. Und wie bei einem Scheckbuch muss es eine Erklärung dafür geben, wenn eine fehlt.«

»Okay, aber es fehlt kein Formular. Das Formular ist genau hier.«

Sie zieht den Stuhl zurück. »Mach Platz!«

Nat steht auf. Sie nimmt seinen Platz ein, schnell wie eine Staffelläuferin. Sie klappt den Deckel des langen grauen Karteikastens auf, auf dem S-T-U steht. Wieder greift sie geschickt und mit flinken Fingern in die Karteikarten. Nat hält den Atem an. Wonach sucht sie?

Sekunden später zieht Maeve die richtige Karteikarte heraus. Oben steht Amandas Name. Dann kommt die Reihe der fünf Einträge. Sie holt die weiße Karte so rasch aus dem Kasten, als ziehe sie dem Alligator einen Zahn. Triumphierend hält sie sie hoch.

»Lies die Nummer des Formulars von Amandas letzter Aufnahme.«

Nats Herz zieht sich zusammen. Sein Oberkörper juckt vor Adrenalin. »Sie lautet 99-2308.«

Maeve dreht die Karteikarte um. »Es gibt kein Formular 2308, das für ungültig erklärt worden wäre. Es wurde ausgefüllt, Nat. Und dann wurde es aus irgendeinem Grund durch Formular 2309 ersetzt.«

Maeve steht auf. Jetzt explodieren die Sterne in ihren großen, nachtdunklen Augen. Vielleicht ist es das, was in Nats Brust seine Strahlen aussendet, dieses Funkeln, diese fernen Geheimnisse.

Sie legt ihre Arme um seinen Hals. Sie bringt ihr Gesicht so nahe an seines, dass ihre Augen und ihr Lächeln verschwimmen. Nat zieht den Kopf zurück, um sie wieder deutlich zu sehen. Er erkennt, das Maeves Lächeln wehmütig ist.

Sie hält ihm die Karte hin. »Siehst du den Namen der aufnehmenden Schwester?«

»Ja. Hilda Bradford.«

Maeve seufzt.

»Hilda wird nicht froh darüber sein, uns zu sehen.«

4

Maeve nimmt die Karteikarte und Amanda Talleys Akte. Nat fragt nicht, ob das erlaubt ist. Mit der anderen Hand hält sie Nat am Ellbogen. Sie führt ihn aus dem Zimmer mit den Akten und dann tiefer in die Klinik hinein.

»Warum gehen wir nicht direkt zu Jorgensen?« Nat versucht, das angenehme Ziehen in seiner Brust zu unterdrücken; jetzt hat er etwas in der Hand gegen den Arzt, der ihn brüskiert hat.

»Nein«, sagt seine Frau. »Das ist der falsche Weg.«

»Warum?«

»Vertrau mir, Nat. Wir würden aus Jorgensen nichts rausbekommen. Er ist Arzt.«

Nat unterdrückt das lebhafte Bedürfnis, sich mit ihm zu messen. Ruhig sagt er: »Und ich bin Anwalt.«

Leute gehen vorbei. Maeve antwortet nicht, bis sie verschwunden sind. Nat versucht, noch mehr zu sagen, doch sie hebt den Finger an die Lippen. Sie führt ihn den Flur hinab und bleibt dann an einer Glastür stehen, die auf einen gepflasterten Innenhof führt. Sie tritt hinaus in die Hitze, hält die Tür für ihn auf, und er folgt ihr über die heißen Steine bis in den runden Schatten unter einer großen Myrte. Es ist sechs Uhr. Umgeben von hohen Mauern und Fenstern, welche die angesammelte Hitze abstrahlen, ist der Hof wie ein Backofen. An diesem ummauerten Ort wirkt der Tag erschöpft und wie zerkocht. Nat denkt, dass die Natur klar gemacht hat, was sie will. Genug jetzt, drängt er; es soll endlich regnen. Der Gestank nach Eiern aus der Mühle ist die Mauern der Klinik hinaufgekrochen und senkt sich jetzt in den Innenhof. Am anderen Ende der Stadt beginnen die Fabrikarbeiter ihre neue Schicht. Der Fluss strömt dahin, die Sirenen der Schlepper künden eine neue Fracht Holz an.

Maeve setzt sich auf eine Bank unter dem Baum. Nat setzt sich neben sie. Die Blätter an den unteren Zweigen bewegen sich nicht. Die Steine summen in der Hitze. Niemand außer ihnen ist hier draußen.

»Wenn sich Jorgensen an dem Formular zu schaffen gemacht hat, wird er es nicht zugeben«, erklärt sie. »Niemals. Für einen Arzt ist das völlig unmöglich. Bei diesen Formularen gibt es strenge Regeln. Unsere Akten stellen die Geschichte des Patienten dar. Sie sind alles, was wir haben. Ein Arzt könnte seine Zulassung verlieren, wenn er einen einmal festgehaltenen Eintrag ändert. Falls Jorgensen so etwas getan hat, stand er mächtig unter Druck.«

»Wahrscheinlich von Talley.«

Maeve nickt.

»Aber was ist mit Hilda?«, fragt Nat. »Warum sollte sie sich in so etwas hineinziehen lassen?«

»Hilda Bradford hatte eine Affäre mit Charles Jorgensen.«

Nat reißt die Augen auf.

»Bist du sicher?«

Maeves Gesicht wirkt völlig entspannt. Sie wirft ihm einen Blick zu, der bedeutet: Es ist eine kleine Klinik. Und eine Kleinstadt.

»Wie lange?«

»Jahre.«

»Neunundneunzig bestand diese Affäre noch?«

»Ja.«

»Ist sie vorbei?«

»Ja. Er hat sie beendet.«

Nat schüttelt den Kopf. Er kennt den Arzt schon lange. »Jorgensen und eine Schwester. Das … das kann man kaum glauben.«

Maeve sieht ihm tief in die Augen. »Warum?«

Nat spricht die Antwort nicht aus. Weil ich naiv bin, denkt

er und wendet den Blick von ihr ab. Er möchte seine Frau nicht ansehen bei dem, was er gerade denkt. Wo war er nur die ganze Zeit über gewesen? Hier, in Good Hope. Er ist hier aufgewachsen. Hat dann hier geheiratet, gearbeitet und gelebt. Er war nicht isoliert. Er war immer ein Teil der Stadt. Wie war es nur möglich, dass ihm nichts von den Dingen auffiel, die um ihn herum vor sich gingen? Wie kann er jetzt hier sitzen und immer noch so schockiert sein über Talley, Hilda Bradford, Dr. Jorgensen, die Kirchenältesten der Victory Baptist, den Alkoholiker Tom Derby, Maeve? Nat denkt nach. Er kennt die Antwort und ist verlegen wie ein Kind, das dabei ertappt wird, wie es ein Spiel von Erwachsenen schlecht spielt. Er hat sich versteckt, genau wie Maeve sagte. Nie hat er den verstaubten romantischen Kodex aufgegeben, den er von seinen Eltern übernommen hatte, der vor langer Zeit einmal erfunden worden war, den er auf der Kinoleinwand sah und in sich aufsaugte. Er war ein kleiner Junge, und manchmal wurde auf ihm herumgehackt; also wehrte er sich auf seinem imaginären Schlachtfeld in den Wäldern, verteidigte seine Überzeugung (die Überzeugungen eines Mannes) gegen Schatten. Als Erwachsener fand er ein reales Schlachtfeld und echte Anerkennung. Den Gerichtssaal. Er verfolgte das Verbrechen. Er verteidigte Recht und Gerechtigkeit und zog Scheuklappen an, sodass er nicht bemerkte, wie viele kleinere Verbrechen es überall um ihn herum gab, jene alltäglichen Widerwärtigkeiten, die in Good Hope begangen wurden, in Büros und Schlafzimmern, an Esstischen, hinter dem Rücken der anderen, versteckt unter Masken aus Fleisch. Untreue, Bigotterie, Lügen, Verrat, private Grausamkeiten. Das Gemeine, das Kleinliche, das Unheroische. Er schirmte sich ab vor diesen Dingen, weigerte sich, sie an seinen Eltern, seinen Freunden und seiner Frau zu sehen. So führte er sein Leben: Als Erwachsener spielte er noch immer das imaginäre Spiel des Jungen, verteidigte das Fort der Tugend, das einem Jungen gehörte. Dann schlief Maeve mit einem anderen, und die Mauern, die Nat abschirmten, stürzten nicht ein; sie erhoben sich nur noch mächtiger um ihn. Am Ende trennten sie ihn vollkommen von den anderen. Sie vertrieben ihn von Zuhause. Und bis heute, bis zu diesem Tag, an dem alles auf dem Kopf steht, konnte er sich nicht befreien. Jetzt wirft Nat von außen einen Blick über seine Mauern, von der Position aus, in der Maeve und andere ihn gesehen haben. Es sind Schutzwälle der Feigheit und der bewusst gewollten Blindheit. Verstockter Stolz. Er denkt: Ich bin naiv. Ich schäme mich dafür, dass ich davon überzeugt war und mich so verhalten habe, als stünde ich außerhalb der Welt. Die ganze Zeit über haben mich die anderen gesehen und hinter vorgehaltener Hand über mich gelacht. Ich bin anmaßend. Ich bin ein Clown.

Noch immer sagt Nat kein Wort. Stattdessen hebt er zerknirscht und demütig Maeves Hand an die Lippen. Er küsst die Haut, die weiß ist wie Leinen.

»Es tut mir Leid, dass ich dich verlassen habe. Ich habe in meiner eigenen kleinen Welt gelebt.«

Sie zieht ihre Hand aus seiner, um mit den Fingern über seine Wange zu streichen.

Maeve lächelt nachsichtig. »So klein war die Welt gar nicht. Es gab sehr große Gedanken darin.«

Er schließt die Augen, und dann sieht er sie, seine Beschränkungen.

»Nein. Sie war winzig. Sie bestand nur aus einem einzigen Menschen.«

Er hebt die Lider, und da ist sie und berührt ihn. Er blickt über die Brücke ihres Arms hinweg, die bis zu seinem Gesicht reicht, die die Verbindung zu ihm schafft, die ihn einlädt herüberzukommen.

»Ich möchte hier draußen mit dir leben«, sagt er. »Ich weiß

nicht, ob es funktionieren wird, aber ich werde es versuchen. Du kennst mich, Maeve, ich werde mir Mühe geben.«

Ihre Hand gleitet über seine Wange und zu seinem Nacken. Sie zieht ihn heran und küsst ihn, auch wenn so viele Fenster und die Tür vom Flur auf den Innenhof blicken. Über ihnen befindet sich noch immer der Baldachin des Baumes; einen Augenblick lang bildet er für sie beide eine grüne Nacht.

Sie unterbricht den Kuss nur, um Atem zu schöpfen. »Wir werden uns Mühe geben.« Während sie diese Worte ausspricht, streifen ihn ihre Lippen.

Als sie aus dem Schatten treten und über den Hof gehen, halten sie sich nicht bei den Händen. Im Augenblick haben sie alles getan, was sie für ihre Ehe tun können. Jetzt ist es Zeit für Amanda und Elijah. Aber nicht für Nat, der seiner Frau folgt; die glühend heißen Steine und der modrige Gestank der Mühle scheinen zu einer weiteren Welt zu gehören, die sich zurückzieht. Sein Kopf verschwimmt.

Als sie die Notaufnahme erreichen, ist es dort ruhig. Nat ist froh, dass sie die Krankenschwester nicht suchen müssen. Sie ist da, an einem Tisch, der hinter einem gläsernen Raumteiler steht. Nat spürt eine Bewegung.

Er bleibt stehen und beobachtet Maeve, die den Raum durchquert, um mit Hilda Bradford zu sprechen. Maeve legt Amandas Karte und ihre Akte auf den Tisch. Sie schlägt die letzte Seite auf. Das Gesicht und die Körpersprache der älteren Krankenschwester wirken unwillig, als kämpfe sie mit sich. Nat hat das erwartet. Aus heiterem Himmel hat Maeve Deeds eine Episode ausgegraben, von der Hilda Bradford zweifellos glaubte, sie sei längst erledigt. Und gleichzeitig hat Maeve ein schmerzliches Kapitel in Hildas Leben wieder aufgeschlagen. Eine gescheiterte Affäre, eine Affäre, die so lange dauerte, dass die einsame Schwester sich verlieben und sich Hoffnungen machen konnte. Soll sie auch weiterhin den verheirateten

Mann schützen, der sie sitzen gelassen hat? Einen Arzt, der sie feuern kann? Soll sie sich auf eine Auseinandersetzung mit dem mächtigen Sheriff Talley einlassen?

Maeve sieht Nat durch den gläsernen Raumteiler hindurch an. Das ist sein Signal hereinzukommen. Er schiebt sich an Chromtischen und Lichtflecken vorbei. Seine Schuhe sind nicht leise.

»Hilda«, sagt Maeve zu der sitzenden Krankenschwester, »das ist mein Mann Nat.«

Schwester Hilda Bradford ist eine einsame Frau. Nats aufmerksame, traurige Augen mustern ihr Make-up, ihr getöntes Haar, ihre lackierten Fingernägel und das Feuer, das in ihr schwelt. Sie hat gespielt und Ende vierzig verloren; jetzt ist sie Anfang fünfzig. Es ist offensichtlich, dass Hilda Bradford die attraktive Maeve Deeds nicht mag, und jetzt überträgt sie diese Abneigung auf ihren Mann, den Anwalt, der aus der Hitze Good Hopes hier hereinmarschiert in ihre Notaufnahme und sie auffordert, sich für eine Seite zu entscheiden. Sie hat sich einmal entschieden, denkt Nat, und das war die falsche Entscheidung gewesen.

»Miss Bradford, vielen Dank, dass Sie sich mit mir unterhalten.«

Sie beäugt ihn mit zur Seite gelegtem Kopf.

»Danken Sie mir nicht, Mr. Deeds. Bisher habe ich noch nichts gesagt.« Sie spricht mit einem Akzent aus dem Südosten Virginias, denkt Nat. Sie wurde hier geboren. Sie hat immer hier gelebt.

»Trotzdem«, sagt er freundlich. »Ich muss Ihnen eine sehr wichtige Frage stellen. Ihre Antwort könnte dabei helfen, das Leben eines Menschen zu retten.« Nat hält inne und sieht sich in der Notaufnahme um. Das gehört zu seiner Routine bei Auftritten vor Gericht. »Ich weiß, dass das eine Rolle für Sie spielt. Denn auch Sie spielen eine wichtige Rolle.«

Sie nickt und schluckt das Kompliment trotz ihres Widerwillens.

Nat fährt fort. »Ich bin sicher, Sie wissen, dass ich Elijah Waddells Anwalt bin. Ich glaube, dass er unschuldig ist.«

»Natürlich glauben Sie das.«

»Sie können mir helfen, es zu beweisen, Miss Bradford.«

Sie bleibt stur. »Er hat die Kirche in Brand gesteckt.«

»Das behaupten die Zeitungen.«

»Dieses arme Mädchen war drin. Warum sollte ich Ihnen helfen zu behaupten, dass er das nicht getan hat?«

»Helfen Sie mir nicht. Sagen Sie mir einfach nur die Wahrheit. Ob mir das hilft oder nicht – Sie haben auf jeden Fall ein reines Gewissen. Sie haben nichts damit zu tun. Das ist doch fair, oder etwa nicht?«

»Fair für Sie vielleicht. Aber Sie bitten mich darum, mich gegen Menschen zu wenden, die ich respektiere. Menschen, mit denen ich arbeite. Was ist ihnen gegenüber fair, Mr. Deeds?« Sie spricht von Charles Jorgensen. Nat bemerkt, dass es ihr nicht gefällt, die Geheimnisse dieses Mannes preiszugeben, wie das vielleicht bei einer anderen verschmähten Geliebten der Fall wäre. Hilda Bradford sehnt sich noch immer nach dem Arzt.

»Sie wenden sich mit der Wahrheit gegen diese Menschen. Wollen Sie eine Lüge unterstützen?«, fragt er. »Eine Lüge richtet sich gegen sehr viel mehr als nur ein paar Menschen. Sie wissen das.«

Nat wartet. Die Frau saugt an ihren Lippen. Nat wirft Maeve rasch einen Blick zu, um sie vor dem zu warnen, was er als Nächstes sagen wird.

»Ich weiß, dass Sie von jemandem belogen wurden.« Hilda Bradford erstarrt. Ihr Kopf wirbelt herum zu Maeve, der offensichtlichen Quelle dieser Information. Nat behält den Druck in seiner Stimme bei, um dafür zu sorgen, dass sie sich wieder ihm zuwendet, um sie auf ihrem Stuhl unter seinem Einfluss festzuhalten.

»Sehen Sie sich den Schaden an, der in Ihrem eigenen Leben angerichtet wurde. Was ist ehrenhaft daran, eine Lüge zu vertuschen, Hilda? Was ist gut daran, wenn man sehen muss, wie selbstsüchtige Menschen mit irgendetwas durchkommen, während die Unschuldigen, die Vertrauensvollen, die Kinder dafür bezahlen müssen? Sie wissen besser darüber Bescheid als ich. Geben Sie mir darauf eine Antwort, und ich werde Ihnen keine weiteren Fragen stellen.«

Hilda Bradford sieht Nat nicht mehr in die Augen. Sie blickt an ihm vorbei in die leere Luft, in der sie Bilder sieht. Blinzelnd unterdrückt sie ihre Tränen. Welche unsichtbaren Erinnerungen sieht sie? Was immer es auch ist: Das, was sie sieht, bringt sie dazu, leise zu sagen: »Warum will ihn jeder vernichten? Er ist ein guter Mensch. Ein guter Arzt.«

Maeve legt ihre Hand auf Hilda Bradfords Schulter. Nat sagt: »Das weiß ich.«

»George Talley. Sie. Seine Frau.« Ihr Mund zuckt. »Wissen Sie, seine Frau liebt ihn nicht.«

Nat und Maeve schweigen. Schwester Hilda Bradfords Verletzung gehört zu denen, die am schwersten heilen und die am kompliziertesten zu behandeln sind. Und immer, immer bleiben Narben zurück.

Mit einem tiefen Seufzen atmet sie aus. Es ist ein Seufzen, mit dem sie von den Szenen Abschied nimmt, die an ihr vorüberziehen.

Nat möchte Mitleid mit ihr haben. Doch er kann nicht. Er bedrängt sie weiter. Er beugt sich vor und legt seine Hände auf die Armlehnen ihres Stuhls.

»Hilda, es ist nicht notwendig, dass ich ihn vernichte. Ich bin hierher gekommen, um mit Ihnen zu sprechen. Ganz inoffiziell. Nur unter uns. Alles, was ich von Ihnen will, ist, dass

Sie mir von der Nacht vor drei Jahren erzählen, in der Sheriff Talley seine Tochter hier einlieferte. Sagen Sie mir das hier und jetzt, und ich verspreche, dass ich alles tun werde, damit so wenige Menschen wie möglich etwas darüber erfahren. Glauben Sie mir, ich habe kein Interesse daran, Sie in Schwierigkeiten zu bringen. Charles wird nie erfahren, dass Sie mit mir gesprochen haben. Aber wenn ich mit einer Vorladung wiederkommen und Sie dazu zwingen muss, unter Eid öffentlich auszusagen, dann werde ich das auch tun, Hilda, das schwöre ich. Und ich werde ebenso bei Charles und Talley und jedem anderen verfahren, der mir dabei helfen kann, zu beweisen, dass Elijah Waddell unschuldig ist. Also.«

Nat legt die Hand auf den Schreibtisch der Schwester. Er streicht Amandas Karteikarte und ihre offene Akte glatt. Zuerst deutet er auf die letzte Zeile auf der Karteikarte vom 11. August 1999, die Formular 99-2308 entspricht. Dann deutet er auf das Formular in der Akte selbst. Nummer 2309.

»Was ist mit 2308 passiert?«

Wieder wendet Hilda Bradford ihren Blick ab. Sie sieht ein neues Bild. Ihr Gesicht nimmt einen erschöpften, aber entschlossenen Ausdruck an. Sie senkt ihren Blick auf das Formular.

»Ich erinnere mich, dass es am Spätnachmittag war«, sagt die Schwester gedehnt. »George Talley brachte seine Tochter mit seinem Streifenwagen in die Notaufnahme. Er stürmte an allen vorbei und machte ein Riesentheater, damit sich jemand um sein Kind kümmerte. Ich ging zu ihm. Ich sagte ihm, er solle vor zur Aufnahme gehen und sie dort anmelden. Währenddessen würde ich sie mir ansehen. Er weigerte sich, als sei ich nicht berechtigt, ihm zu sagen, was er zu tun habe. Er sagte, er würde hier bei ihr bleiben. Ich erinnere mich, dass ihr Kiefer auf der linken Seite furchtbar angeschwollen war. Sie musste große Schmerzen haben. Als ich den Kiefer berührte, merkte ich, wie lose er war, und vermutete, dass er eindeutig gebrochen war. Talley würde nicht von ihrer Seite weichen, gleichgültig, was ich auch immer sagen würde, also machte ich einfach weiter. Ich fragte sie. ›Schätzchen, wie ist das passiert?‹ Sofort antwortete Talley: ›Sie ist vom Rad gefallen. An der Straße bei unserem Haus ragt eine Wurzel aus dem Bürgersteig. Sie hat sie nicht gesehen und ist gestürzt. Sie fiel mit dem Gesicht direkt auf den Bordstein.‹ Ich achtete nicht darauf und sah mir das Mädchen von oben bis unten an. Sie trug ein T-Shirt und Shorts. Sie hatte keine Abschürfungen an ihren Schienbeinen oder ihren Knien. Ihre Ellbogen waren nicht zerkratzt, ihre Handflächen waren glatt. Es gab keinerlei Hinweis darauf, dass sie so einen Sturz abzufangen versucht hatte. Er sagte mir wieder, dass sie einfach vornübergefallen und mit dem Gesicht aufgeschlagen sei. Ich fragte sie. ›Schätzchen, stimmt das? Bist du vom Rad gefallen?‹ Sie konnte damals nicht älter als dreizehn oder vierzehn sein. Ich erinnere mich, wie ich daran dachte, dass aus ihr einmal eine hübsche junge Frau werden würde. Falls George Talley überhaupt zulassen sollte, dass aus ihr einmal eine junge Frau wird. Sie sagte: ›Ja, Ma'am.‹ Und sie drehte sich um, sah zu ihrem Vater und zuckte dabei zusammen. Sie zitterte. Nun, als sie das tat, wusste ich, dass er sie geschlagen hatte. Ich sagte ihnen, sie sollten hier warten. Ich ging zur Anmeldung und holte selbst das Formular.«

»Formular Nummer 2308?«, wirft Nat ein.

»Ja. Ich brachte es mit und setzte mich neben George Talley, und ich schwöre, es war, als würde ich neben dem Teufel sitzen. Dieser Mensch schäumte bei jeder Frage, die ich ihm stellte.«

»Was für Fragen?«

»Ob er gesehen hat, wie sie stürzte. An welcher Stelle der Straße es passiert ist. Einfach alles, was mir so einfiel, in aller

Unschuld. Damit er sich vielleicht verriet. Aber er hatte an alles gedacht. Und er hatte das Kind so sehr eingeschüchtert, dass es keinen Ton von sich gab. Er war auf mich vorbereitet. Der Teufel kam vorbereitet.«

Maeve ist neben Nat gerückt. Sie stellt die nächste Frage.

»Hast du das aufgeschrieben? Dass Talley sie geschlagen hat?«

»Ich habe darauf hingewiesen, dass die Geschichte, nach der sein kleines Mädchen angeblich vom Fahrrad gefallen ist, nicht zu den Verletzungen passte, die ich bemerkt hatte. Es gibt nur eine Möglichkeit, dass sie vom Fahrrad fällt und sich dabei ausschließlich den Kiefer verletzt: Ihre Hände hätten auf dem Rücken gefesselt sein müssen. Und daran hatte ich große Zweifel.«

»Also hätte jemand, der Ihren Bericht las, daraus schließen können, dass George sie in Wirklichkeit geschlagen hat.«

»Das war meine Absicht, als ich das Formular ausfüllte, ja.«

»Und Dr. Jorgensen hatte Dienst in der Notaufnahme. Er kümmerte sich als Nächster um Amanda.«

»Ja. Ich brachte das Mädchen zu ihm. Ich gab ihm ihr Formular. Dann machte ich mich wieder an die Arbeit. Ich dachte, wir würden es als Fall von Kindesmisshandlung melden, nachdem sie gegangen waren.«

Maeve kniet nieder. Sie legt ihre Hände auf Hilda Bradfords Knie, um dieser Frau Kraft zu geben, um noch mehr von ihr zu erfahren. Vor seinem geistigen Auge sieht Nat Hilda vor drei Jahren, als sie genauso freundlich mit Amanda sprach, als sie versuchte, die Wahrheit zu erfahren.

»Charles war mit Talley allein?«, hakt Maeve nach.

»Ja.«

»Nachdem er das Mädchen untersucht und mit Talley gesprochen hatte, kam Charles zu dir. Wegen des Formulars.«

»Er hatte ein anderes Formular in der Hand.«

»Nummer 2309.«

»Ja.«

»Was war mit 2308 passiert?«

»Er sagte, er habe versehentlich Kaffee darüber geschüttet. Er sagte, dass er sich bei der Anmeldung ein neues Formular geholt hat.«

»Auf Amandas Karteikarte gibt es keinen Hinweis darauf, dass das erste Formular offiziell für ungültig erklärt wurde.«

Hilda lächelt reuevoll. »Er hat es einfach verschwinden lassen. Du weißt das. Die Ärzte in dieser Klinik wissen überhaupt nichts über unser Ablagesystem. Charles hatte keine Ahnung von der Karteikarte. Nicht sie holen die Akten. Wir machen das. Er hat einfach gedacht, er holt sich ein neues Formular, fängt noch einmal von vorn an und niemand würde irgendetwas davon erfahren.«

Wieder lehnt sich Nat vor. »Was meinen Sie damit? Von vorn anfangen?«

»Als er mit dem neuen Formular zu mir kam, hatte er seinen Abschnitt bereits ausgefüllt.« Hilda nimmt die Akte von ihrem Tisch. Mit dem Finger unterstreicht sie Charles Jorgensens Eintrag auf Formular 2309. »Genau hier. Fahrradunfall. Gebrochener Kiefer. Er hat dafür gesorgt, dass alles ganz simpel und unverdächtig klingt.«

Jetzt führt Nat wieder das Gespräch, nicht mehr Maeve. Seine Frau zieht sich zurück.

»Charles hat Sie aufgefordert, Ihren Abschnitt neu auszufüllen. Mit der Fahrrad-Version.«

»Er sagte mir, ich sei nicht qualifiziert, ein Urteil darüber abzugeben, ob Sheriff Talley seine Tochter geschlagen hat. Er sagte, ich sei keine Psychiaterin oder Hellseherin; ich solle mich einfach nur auf meine Arbeit als Krankenschwester konzentrieren. Er sagte, Talley würde das nie tun. Ich hätte offensichtlich Unrecht. Dann hielt er mir das zweite Formular vor die

Nase, gab mir einen Stift und sagte, ich solle genau das schreiben, was Amanda Talley mir erzählt hatte. Sie sei mit dem Fahrrad über eine Wurzel in der Nähe ihres Hauses gestürzt.« Zitternd unterstreicht Hilda jetzt mit ihrem Finger, was sie selbst geschrieben hat. Sie liest Nat den ersten Satz aus ihrem Bericht vor. »Kiefertrauma verursacht durch Sturz vom Fahrrad.«

Hilda legt die Hände in ihren Schoß. Sie sitzt da wie im Zeugenstand: gesammelt, ängstlich, erleichtert.

»Es steht alles da. Ich habe es genauso hingeschrieben, wie George Talley es erzählt hat. Wort für Wort. Seine Augen sollen verflucht sein.«

Hilda tupft ihre eigenen Augen ab.

Nat tritt einen Schritt zurück. Hilda spricht aus, was Nat durch den Kopf geht.

»Sie wissen doch Bescheid. Talley ist wie der alte J. Edgar Hoover. Er hat gegen jeden in diesem Bezirk etwas in der Hand. Wenn man hier einen falschen Schritt macht, erfährt er davon. Er stürzt sich darauf, als wäre es pures Gold, und er sorgt dafür, dass man das auch mitbekommt. Dann nutzt er es aus, wenn es ihm angebracht erscheint. Er hatte etwas gegen Charles in der Hand. Und das hat er Charles an dem Tag klar gemacht, als er seiner eigenen Tochter den Kiefer gebrochen hatte. Er ist ein Teufel. Genau das ist er.«

Nat hat keine weiteren Fragen an Hilda Bradford. Es gibt auch nichts mehr, das er Charles Jorgensen fragen müsste. Sie hat Recht. Talley hatte irgendetwas gegen den Arzt in der Hand. Es spielt keine Rolle, was das war. Es hätte alles Mögliche sein können, Geschwindigkeitsüberschreitungen, Alkohol am Steuer, vielleicht sogar die Affäre des Arztes mit Hilda. Was auch immer es war, es ist lange vorbei und es wurde nie offiziell. Es bleibt für immer in George Talleys Hosentasche. Und dort wird es auch bleiben. George wird das abstreiten. Charles wird das abstreiten. Und das war's dann.

Vor drei Jahren gab es keine Wurzeln, die in der Nähe von Georges Haus aus dem Bürgersteig ragen konnten. Es gab sie noch nicht einmal letzte Woche, als Nat diesen Mann in seinem Haus besucht hat. Vor drei Jahren, als Amanda angeblich von ihrem Fahrrad fiel und sich den Kiefer brach, war das Stadtviertel nagelneu. In der ganzen Umgebung um Georges Haus waren die Bäume über mehrere Meilen hinweg kaum mehr als Setzlinge. Noch eine aalglatte Lüge. Doch wie bei den anderen wird George dafür sorgen, dass das keine Rolle spielt. Kein Grund, diese Sache weiterzuverfolgen.

Damit ist Nat hier fertig. Er wird die leise weinende Schwester nicht fragen, warum sie Amandas Misshandlung durch Talley nicht gemeldet hat, warum sie Charles Jorgensen gegenüber nicht darauf gedrängt hat, das Formular nicht zu verändern. Nat wird Hilda Bradford nicht dazu zwingen, laut zuzugeben, dass sie Charles schützen wollte, dass sie Charles geliebt hat. Was wir im Namen der Liebe tun, ist genau das, was wir im Namen der Liebe erleiden.

Er wird sie nicht darum bitten, bei der Verhandlung auszusagen. Es wird keine Verhandlung geben.

Er lächelt sie an. »Ich danke Ihnen, Hilda. Sie haben mir sehr geholfen.«

Die Schwester legt die Akte auf dem Tisch, legt die Karteikarte darauf und schiebt beides von sich weg. Sie möchte gleich jetzt Distanz dazu gewinnen.

Maeve nimmt die Dokumente. »Vielen Dank, Hilda. Es tut mir Leid, wenn wir dich so aus der Fassung gebracht haben.«

Hilda blickt nicht auf.

Maeve geht zum Rand des Raumteilers. Nat bleibt einen Augenblick dahinter stehen.

»Hilda, ich werde mein Wort halten. Nichts von dem, was Sie mir gesagt haben, werde ich verwenden, es sei denn, dass ich absolut nicht anders kann. Ich glaube nicht, dass ich es benötigen werde. Aber ich musste sicher sein. Jetzt bin ich sicher. Vielen Dank. Auf Wiedersehen.«

Nat und Maeve sprechen nicht, während sie durch den Flur auf den Tisch der Anmeldung zugehen. Sie bittet ihn, im Empfangsbereich zu warten, während sie die Akte und die Karteikarte zurückbringt.

Als sie wieder aus dem Archiv kommt, tritt sie nahe an ihn heran.

»Nat.«

»Was?«

»Es ist ein bisschen schwer für mich, dich das zu fragen.«

»Okay. Was?«

»Wirst du mit mir zu Abend essen?«

»Nein. Danke. Aber ich muss nach Hause.«

»Musst du wirklich?«

»Nein. Aber ich sollte. Ein gemeinsames Abendessen würde nicht bedeuten, dass wir uns auf halbem Weg treffen. Es wären drei Viertel des Weges in deiner Richtung. Ich brauche in dieser Angelegenheit etwas Zeit. Ich möchte wirklich, dass es klappt. Aber ich weiß, dass ich diesen Weg nicht schnell gehen kann.«

Maeve schweigt. Ihr scheint klar zu sein, dass er Recht hat.

Sie küsst ihn auf die Wange. »Wir werden morgen miteinander reden.«

Völlig geräuschlos bis auf das Rascheln ihres weißen Kleides wendet sie sich auf ihren Kreppsohlen ab und geht davon, treibt dahin wie Wolken.

Nat denkt: Jetzt ist er vorbei, dieser Tag, an dem alles auf dem Kopf steht.

Doch das ist er nicht. Denn draußen auf dem Parkplatz der Klinik lehnt sich Monroe Skelton gegen Nats Wagen und wartet auf ihn.

»Money, was machst du denn hier?«

Diese Frage ist ein reiner Reflex. Nat weiß, dass der Hilfssheriff ihn nur dann suchen und so wie jetzt auf ihn warten würde, wenn es etwas Wichtiges über Elijah gibt.

Monroes Gesicht wird völlig ausdruckslos. Seine Nachricht dürfte nicht gut sein, denkt Nat. Für irgendjemanden ist sie nicht gut.

»Wie hast du mich gefunden?«

»Gute Polizeiarbeit.« Monroe zuckt mit den Schultern. »Ich hab dein Auto gesehen.«

»Also, was hast du herausgefunden?«

Auf dem Parkplatz ist niemand außer ihnen. Trotzdem sieht sich Monroe um, um sicherzugehen, dass sie ungestört sind. Er macht einen Schritt auf Nat zu, und der Größenunterschied zwischen den beiden Männern ist wie Tag und Nacht. Es ist der gleiche Unterschied, der auch für ihre Hautfarbe gilt. Nat hat Monroes Selbstbeherrschung und der Ausdruckslosigkeit seines Gesichts nichts entgegenzusetzen. Dieser Tag hat ihn zu sehr erschöpft, die Enthüllungen Maeves und die Last von Elijahs Fall. Was auch immer Monroe mitgebracht haben mag, könnte Nat umwerfen. »Warte.«

Er nimmt Monroes Platz ein und lehnt sich gegen die in der Sonne heiß gewordene Motorhaube. Monroe verschränkt die Arme vor der Brust. Jetzt spricht der große Hilfssheriff ohne ein Stichwort.

»Ich hab Talleys Exfrau in Maryland angerufen. Hab sie gefragt, ob sie weiß, dass ihre Tochter die Pille nahm. Sie sagte, sie wusste nichts davon, aber sie schien nicht überrascht. Es hörte sich für mich so an, als hätte Amanda weder von ihrem Vater noch von ihrer Mutter allzu viel gehabt.«

»Nein«, sagt Nat.

»Heute Nachmittag bin ich zur Apotheke gefahren. Die Adresse steht auf Amandas Pillen. Sie ist in Hampton. Der Apotheker hat das Rezept herausgesucht. Und den Beleg.«

»Und?«

»Das Rezept kam von einem Arzt aus dem Ort. Aus Hampton.«

Es ist klar, dass Amanda ihr Sexualleben vor ihren Eltern geheim hielt. Nicht ungewöhnlich für einen Teenager.

Wer hat das Mädchen zu dem Arzt in Hampton gefahren?

»Der Beleg?«

Nat kann erraten, was Monroe als Nächstes sagen wird. Seine Vermutung stimmt. Es ist eine Erleichterung und zugleich eine Tragödie, und angesichts dieser Enthüllung ist er froh, dass er sich gegen die Motorhaube lehnt.

»Die Rechnung wurde mit Tom Derbys Kreditkarte bezahlt.«

5

Nat sucht Tom Derby. Er ruft bei ihm zu Hause an und bei Mrs. Epps, und er fährt zum staubigen Bauplatz der neuen Victory Baptist; überall hinterlässt er eine Nachricht. Niemand weiß, wo der Prediger ist. So spät am Nachmittag kann Nat nichts anderes mehr tun, als durch die Gluthitze zurück nach Richmond zu fahren.

Während der vierzigminütigen Fahrt wird Nat immer mutloser. Warum hat Derby Amanda nach Hampton gefahren und ihre Antibabypillen bezahlt? Ist Tom der gesuchte Freund? Oder war Tom nur ein Erwachsener, der Mitleid hatte und der etwas für das Mädchen tat, das Amandas strenger Vater nie für sie getan hätte? In beiden Fällen hat Derby etwas verheimlicht, das für Elijahs Verteidigung entscheidend ist. Er hat sein Verhältnis zu Amanda Talley verheimlicht, er hat Nat geradezu belogen darüber. Nach mehr als zwanzig Jahren versteckt sich

Derby noch immer. Was hat Tom getan? Die Frage beschäftigt Nat so sehr, dass er den größten Teil der heißen Straße fast gar nicht bemerkt.

Als Nat sein Appartement betritt, klingelt sein Telefon. Es ist Derby.

»Nat, ich bin froh, dass ich dich erwische. Du hast überall Nachrichten hinterlassen. Was ist los?«

Nat stellt die Aktentasche ab, setzt sich aber nicht.

»Ich habe heute etwas herausgefunden, das dir nicht gefallen dürfte.«

Derby kichert. »Nur eine einzige Sache? Dann hast du einen guten Tag gehabt.«

Nat antwortet nicht.

»Etwas über Elijah?«

»Über dich.«

Mehrere Augenblicke lang kommt nichts anderes aus dem Hörer als das Geräusch langsamen Ausatmens.

»Erzähl.«

»Du hast in Hampton Amandas Antibabypillen bezahlt.«

Derby wartet. Nat will den Vorwurf gerade wiederholen, da antwortet Derby darauf.

»Ja. Das habe ich.«

»Warum hast du ihr die Pille gekauft, Tom?«

Keine Antwort. Nat bohrt nach.

»Warst du ihr Freund?«

Wieder antwortet Derby nicht. Nat verfolgt weiter seinen Kurs, als sähen ihm die Geschworenen dabei zu.

»Hör mir zu. Genau in diesem Augenblick sitzt ein Unschuldiger im Gefängnis, für den es wichtig ist, dass du mir die Wahrheit sagst. Hast du mit Amanda Talley geschlafen?«

Das Geräusch, als Derby seufzend ausatmet, erfüllt den Hörer in Nats Hand.

»Ja.«

»In der Nacht des Feuers?«

»Ja.«

»Hast du etwas mit ihr zusammen getrunken in der Nacht?«

»Ja.«

»Tom, verdammt noch mal!« Nat kann sich nicht mehr beherrschen. »Verdammt. Warum hast du nichts gesagt?«

»Das ist eine dämliche Frage.«

Nat ist sprachlos, denn er hat nicht erwartet, dass Derby sich durch diese Fragen verletzt fühlen könnte. Er erwartet Beschämung. In den folgenden Sekunden des Schweigens verhärtet sich Nats Haltung gegenüber seinem Freund.

»Tut mir Leid. Das war unangebracht. Es ist nur so, dass ich nicht gerne daran erinnert werde, was für ein Feigling und was für ein Bastard ich bin.«

Das besänftigt Nat. »Das verstehe ich. Aber warum hast du mir nichts gesagt?«

»Zuallererst: Warum habe ich mich nicht von dem Mädchen fern gehalten? Nat, genau der Mann, der mit Amanda geschlafen hat, konnte das auch nicht zugeben, nachdem sie gestorben war. Was hast du erwartet?«

Derby hat Recht. Nat erwartet zu viel, immer zu viel. Maeve hat ihn gebeten, genau damit aufzuhören.

»Was wirst du tun, Nat?«

»Morgen früh werde ich Fentress treffen.«

»Kommt Elijah dann frei?«

»Nein, Tom. Das ist nur der erste Schritt auf einem langen Weg, begründete Zweifel an der Vergewaltigung zu wecken, die man ihm vorwirft. Aber noch immer gibt es nichts, das Elijah bei der Brandstiftung entlastet. Das Mädchen war da drin, als die Kirche angezündet wurde. Und damit haben wir immer noch ein Tötungsdelikt.«

»Nat.«

»Ja.«

»Sie werden mich aus der Kirche werfen.«

»Werden sie«, sagt Nat. »Ja, das werden sie.«

»Was kannst du für mich tun?«

»Ich weiß nicht, ob ich das geheim halten kann, Tom.« Nat leckt sich die Lippen, dann sagt er, was er denkt. »Ich weiß nicht, ob ich es sollte.«

»In Ordnung. Gib mir so viel Zeit wie möglich.«

»Es gibt noch mehr, das ich dich fragen muss.«

»Kann das bis morgen warten?«

Das wäre möglich, doch Nat will es jetzt wissen. Bevor er weitersprechen kann, sagt Derby: »Ich werde morgen mit dir reden, okay? Gib mir nur einen Tag, damit ich selbst da durchblicke.«

»In Ordnung. Weil du es bist.«

»Danke, Nat.«

Bevor er auflegt, sagt Derby: »Elijah hat einen verdammt guten Anwalt.«

Mehrere Sekunden lang bleibt Nat mit dem Hörer in der Hand stehen und hört das Freizeichen. Er ist nicht darauf vorbereitet, die Nacht mit unbeantworteten Fragen zu verbringen. Er legt den Hörer auf die Gabel und bringt so das leise Jaulen zum Schweigen.

Er lässt sich in einen Stuhl am Fenster fallen und beobachtet, wie die Sonne widerwillig untergeht.

SECHS

1

Nat nippt an einem Plastikbecher mit Kaffee. Er sitzt in seinem Wagen, der auf dem Parkplatz vor dem Gerichtsgebäude steht. Er hat die Fenster heruntergekurbelt, sein Ellbogen liegt auf dem Fensterrahmen. Er fühlt sich wie ein Polizist bei einer morgendlichen Überwachung. Es ist acht Uhr.

Die Dampfpfeife der Mühle bläst zum Schichtwechsel, sie ist ein Relikt aus den Zwanzigerjahren. Niemand in der Stadt hat jemals darum gebeten, dass das Pfeifen eingestellt werden soll. Hier ist das etwas Heiliges, man wird zum Dienst gerufen, es ist ein Lebensnerv der Stadt.

Nat liebt diese Stunde, wenn in Good Hope die Vorhänge zurückgezogen werden. Die Hitze hält sich in Grenzen. Das Sonnenlicht ist rosig und klar, es lässt die Parkuhren und Halteschilder lange Schatten werfen. In den Untiefen des Flusses tauchen Seemöwen nach Elritzen, und wenn sie dabei keinen Erfolg haben, fliegen sie durch die Stadt und stürzen sich an der Rückseite der Restaurants auf die Abfälle der letzten Nacht. Maschinen poltern, Hunde werden ausgeführt. Alle Dinge erwachen gleichzeitig hier in Good Hope, als hätten alle wie Geschwister im gleichen Zimmer geschlafen.

Nat lauert Ed Fentress auf. Gestern war nicht mehr genügend Zeit, um für heute Morgen einen Termin zu vereinbaren. Deshalb ist Nat früh losgefahren, und jetzt wartet er auf dem Parkplatz. Das Wichtigste ist, vor dem Staatsanwalt hier zu sein. In seiner Aktentasche sind Amandas Antibabypillen und die Röntgenaufnahme des zweimal gebrochenen Kiefers des Mädchens. Die Dinge in seinem Kopf haben keine klare Reihenfolge. Da sind die Formulare 2308 und 2309; ein Bild des baptistischen Gesangbuchs unter Amandas verschonter Hand; die traurige Hilda Bradford; die Erinnerung an Dr. Jorgensen beim Begräbnis, der seiner Frau, die ihn nicht liebt, etwas zumurmelt, bevor sie sich beide von Nat abwenden; ein neuer, glatter Bürgersteig, der sich über Meilen hinweg hinzieht, ohne dass irgendetwas ein Mädchen, das Fahrrad fährt, aus dem Gleichgewicht bringen könnte, eine schamlose Ausrede. Da sind Visionen von George Talleys großer zuschlagender Faust und George Talleys verbotene zärtliche Berührungen von Maeves nacktem Körper. Da sind Amanda und Derby, die im Wagen der Kirchengemeinde nach Hampton fahren. Da ist Maeves Kuss im Innenhof; er war wunderbar, doch er konnte den Makel nicht verbergen. Aber die Erinnerung und Maeves Versprechen sind groß genug dafür. Ebenso wie das, was Nat mit Talley vorhat.

Um halb neun fährt Fentress an seine übliche Stelle auf der anderen Seite des Parkplatzes. Er bemerkt Nats Wagen nicht und geht die Stufen zum Gerichtsgebäude hinauf. Nat kurbelt das Fenster hoch. Er öffnet seine Aktentasche und nimmt einen dünnen Umschlag heraus. Er schließt die Tasche und lässt sie auf dem Sitz liegen. Er hofft, dass er den Rest des Inhalts heute Morgen nicht brauchen wird.

Eine Minute nach Fentress geht Nat die Treppen hinauf ins dritte Stockwerk. Er trifft Fentress alleine in seinem Büro an. Die Sekretärin kommt nicht vor neun. Nat geht auf ihn zu. Fentress macht Kaffee. Er hat sein Jackett ausgezogen und trägt Hosenträger und gestärkte Hemdsärmel.

Fentress blickt nicht auf. Jovial sagt er: »Der frühe Vogel fängt den Wurm. Bist du gekommem, um einen Wurm zu fangen?« Er hat Nat auf dem Parkplatz gesehen. Nat denkt, dass er Fentress' kühles Auftreten hasst.

Nat geht an ihm vorbei. »In deinem Büro, Ed.«

Fentress wendet sich noch immer seiner Arbeit zu. Man hört seiner Stimme an, wie er grinst. »Möchtest du einen Kaffee, um den Wurm runterzuspülen?«

Nat sitzt gegenüber dem leeren Stuhl des Staatsanwalts und dem aufgeräumten Tisch. Er blickt aus dem Fenster, und die Dampfschwade über der Mühle und einige herabschießende Seemöwen helfen ihm beim Warten, während Fentress sich Milch und Zucker nimmt. Der Staatsanwalt schlendert herein. Er setzt sich, als nehme er vor einer ordentlichen und sorgfältig organisierten Konferenz mit tausenden Teilnehmern Platz. Seine Haltung ist distanziert und zugleich irgendwie intim. Dieser Mann bewegt sich immer in der Öffentlichkeit.

»Ich habe heute Morgen nicht viel Zeit, also wenn es dir nichts ausmacht.« Während Fentress spricht, zieht er mit seinem Finger Kreise durch die Luft, als rühre er seinen Kaffee um. »Was kann ich für Sie tun, Herr Rechtsanwalt?«

Nat fast sich kurz. »Die Nacht des Feuers. George Talley schlug seiner Tochter ins Gesicht. Er brach ihr den Kiefer. Als man am nächsten Nachmittag ihre Leiche fand, ging er zu dir und hat es dir erzählt. Du hast es gewusst.«

Fentress hebt den Kaffeebecher an die Lippen. Das Logo einer Gesellschaft zur Durchsetzung von Recht und Gesetz prangt auf dem Porzellan.

»Davon habe ich nichts gewusst.« Er schluckt. »Das ist eine gefährliche Unterstellung, Nat.«

»Gefährlich für mich?«

»Genau.«

»Ed.«

»Was?«

»Stell diesen verdammten Kaffee hin und hör zu, was ich

dir zu sagen habe. Weil ich es dir nur einmal sagen werde. Danach werde ich es Richterin Hawk sagen, wenn ich muss. Und ich werde ihr alle Beweise vorlegen, die ich dir nicht zeige.«

Fentress fordert Nat heraus. Er nimmt noch einen Schluck.

»Scheiß auf dich, Nat.«

Dann senkt Fentress den Becher. Er legt seine Manschettenknöpfe auf den Schreibtisch.

»In Ordnung.«

Nat hebt einen Finger. Er deutet zum Fenster hinaus zum Gebäude des Sheriffbüros. Er denkt, dass der Geruch nach faulen Eiern in dieser Stadt nicht so sehr von der Mühle kommt, sondern von diesen beiden, Talley und Ed Fentress.

»Vor drei Jahren hat George Talley seiner damals vierzehnjährigen Tochter einen so heftigen Schlag versetzt, dass ihr Kiefer brach. Ich habe Zeugen, ich habe Beweise. Dann, in der Nacht des Feuers, haben sie sich gestritten. Als Amanda nach Hause kam, roch sie wahrscheinlich nach Alkohol. Zwischen ihr und George gab es Streit, und sie erzählte ihm alles, ein für alle Mal. Sie sagte ihm, dass sie einen Freund hat. Dass sie Sex hatte. Dafür habe ich Beweise. Und ich habe einen Zeugen.«

»Du hast den Freund?«

»Ja, den hab ich.«

»Wer ist es?«

Nat hat beschlossen zu tun, worum Derby ihn gebeten hat und seinen Namen so lange wie möglich zu verschweigen. Monroe wird den Tod des Mädchens weiteruntersuchen, also wird Nat seinen alten Freund nicht lange aus allem heraushalten können. Heute jedoch soll Fentress selbst die Detektivarbeit übernehmen.

»Das spielt im Augenblick keine Rolle. Aber ich habe ihn, und er wird als Zeuge auftreten, wenn er vorgeladen wird. George sagte zu seiner Tochter, dass ihr Verhalten die katholische Kirche beleidigt. Amanda antwortete ihm, dass sie erwägt, Baptistin zu werden. Daraufhin brannten bei George die Sicherungen durch, und er schlug sie. Dabei brach er ihr zum zweiten Mal den Kiefer, gut einen Zentimeter von der Stelle entfernt, an der er ihn bereits vor vier Jahren gebrochen hatte. Sie rannte aus dem Haus. Sie ging zur Victory Baptist Church, um allein zu sein und mit sich ins Reine zu kommen. Sie schlief ein. Während sie noch im Gebäude war, brannte jemand die Kirche nieder.«

Fentress schnaubt. »Jemand. Was du nicht sagst.«

»Halt's Maul, Ed. Oder besser, scheiß auf dich, Ed. Jemand hat die Kirche in Brand gesteckt ohne zu wissen, dass das Mädchen drin war. Nachdem am nächsten Tag ihre Leiche gefunden worden war, kam Talley zu dir, um dich um Rat zu bitten. Er sagte, dass er Amanda am Abend zuvor geschlagen hatte und fürchten musste, dass das bei der Autopsie herauskäme. Die Pathologin sieht die alte Verletzung, wenn sie den Kiefer röntgt, sie stellt Fragen, es folgt eine Untersuchung, die Vertuschung wird aufgedeckt, und George gerät mächtig in Schwierigkeiten. Also kam er zu dir und hat dich gefragt, wie er das verhindern könnte. Du hast ihm gesagt wie. Er hat sie geschlagen. Du hast es gewusst.«

»Du bewegst dich auf dünnem Eis.«

»Du hast es gewusst! Elijah hat das Mädchen nicht geschlagen! Er hat sie nicht vergewaltigt, er hat sie nicht einmal gesehen. Du hast die Ermittlungen behindert. Du hast Informationen zurückgehalten.«

»Das reicht, Nat.« Fentress mustert ihn. »Du hast nichts in der Hand, nur Spekulationen. Logische Brüche und an den Haaren herbeigezogene Theorien. Du hast also ihren Freund. Na wunderbar. Das beweist nicht, dass sie nicht vergewaltigt wurde, nachdem sie nicht mehr bei ihm war. Das ist kein Beweis dafür und keiner dagegen. Du hast von Anfang bis Ende nichts als Vermutungen. Du hast mich nicht, und du hast George nicht.«

Nat bewegt sich nicht. Er spricht die Worte mit ruhiger Miene.

»Ich habe heute Nachmittag einen Termin bei Richterin Hawk. Ich beabsichtige, ihr eine Menge Material vorzulegen, das ich dir im Augenblick nicht zeige, wenn ich daran denke, wer deine Verbündeten sind und was du zu verbergen hast. Nun, wenn ich Unrecht habe oder wenn du denkst, ich bluffe, dann gibt es nichts, worüber du dir Sorgen machen müsstest, Ed. Komm mit zu meinem Termin bei der Richterin. Aber wenn ich Recht habe, dann fragst du mich am besten hier und jetzt, was ich will.«

Fentress blinzelt, als blicke er direkt in einen Scheinwerfer.

»Okay. Nur mal ganz theoretisch. Was willst du unterm Strich?«

»Du lässt den Vorsatz fallen. Du plädierst auf Tötung ohne Vorsatz, und Elijahs Strafe wird zur Bewährung ausgesetzt.«

Der Staatsanwalt spielt mit seinem Kaffeebecher. Er dreht ihn zweimal in den Händen, bevor er antwortet. Vor dem Fenster hinter seinem Kopf flattern Möwen im heller werdenden Morgenlicht.

»Du bist verrückt.«

»Soll das heißen, dass du weiter auf vorsätzlichen Mord plädierst?«

»Genau. Und ich werde gewinnen.«

Nat steht auf. Er rückt seinen Anzug zurecht. Er hat diesen ersten Widerstand erwartet. Das Ableugnen. Er spricht den Text, den er vorbereitet hat. »Vielleicht.«

Das Gesicht des Staatsanwalts bleibt ausdruckslos, unbekümmert. »Sogar sicher.«

Nat drückt seine Füße auf den Boden. »Ich muss dir was sagen, Ed. Ich glaube, du hast Recht. Du könntest die Verurteilung bekommen, die du willst. Um ehrlich zu sein, ich mag, wie du zu Elijahs Fall stehst. Ich habe keinerlei Beweise, mit denen ich die Anklage wegen Brandstiftung anfechten könnte, und du weißt das. Elijah war dort. Er hatte ein Motiv, er hatte die Gelegenheit, er war betrunken, er hat diese belastende Erklärung abgegeben, er hat diesen Drogendealer in Norfolk zusammengeschlagen. Er ist schwarz, er hat eine weiße Frau. Du hast ein bekanntes, unschuldiges weißes Opfer, ein junges Mädchen, die Tochter eines Helden der Stadt. Alles passt zusammen. Ganz hübsches Zeug. Die Leute aus dem Bezirk werden es wahrscheinlich schlucken, denn du wirst deine Arbeit so gut machen, dass sie es dir abkaufen. Ich kann keine wirklich großartige Verteidigung aufbauen. Das liegt, wie ich schon gesagt habe, vor allem daran, dass ich kaum etwas habe, worauf ich aufbauen kann, sondern lediglich Spekulationen, wie du gesagt hast.«

»Worauf willst du hinaus?«

»Ich möchte dir nur sagen, was ich tun werde. Ich werde mich auf dich und Talley stürzen. Ich werde euch beide von Kopf bis Fuß mit Blut und Asche beschmieren. Obwohl ich vielleicht nicht so viel in der Hand habe, dass es für Elijah reicht, habe ich eine ganze Wagenladung Material, durch das ich mit dem Finger auf euch beide deuten kann. Wenn ich im Gerichtssaal und vor der Presse fertig bin, dann wartet auf euch beide eine Anklage wegen Behinderung der Justiz. Ich werde beweisen, dass du deinen so wertvollen alten Kumpel, den Sheriff, gedeckt und Beweismittel gefälscht hast, damit er nicht darin verwickelt wird. George wird aussehen wie ein gewalttätiger Bastard, der alle Beherrschung verloren hat. Was er ja auch ist. Und du wirst aussehen wie ein schmieriger kleiner Lokalpolitiker, der mit krummen Tricks Karriere macht. Nach diesem Prozess werdet ihr bei der nächsten Wahl einer für den anderen stimmen müssen, wenn ihr überhaupt noch eine Stimme bekommen wollt. Ich gebe dir mein Wort drauf.«

Fentress fummelt an der Tasse herum. Der Kaffee dampft nicht mehr.

»Du brichst vielleicht nicht zusammen, Ed. Aber ich garantiere dir, dass ich Talley mit dem, was ich gegen ihn in der Hand habe, fertig machen kann. Er wird dich mir zum Fraß vorwerfen, Ed, um so noch ein paar Fetzen seiner eigenen wertlosen Haut zu retten. Ich werde mich auf diesen Handel einlassen. Aber dir wird er nicht gefallen.«

Nat dreht sich um. Er geht einen Schritt auf die Tür zu.

»Vorsätzlicher Mord, aber ohne die Todesstrafe zu beantragen. Mehr kann ich nicht für ihn tun.«

Nat dreht sich um. »Nein. Selbst wenn Elijah die Kirche in Brand gesteckt hat, gab es keinen Mordvorsatz. Du hast keine Indizien, die ihn mit dem Mädchen in Verbindung bringen. Tötungsdelikt ohne Vorsatz. Und eine Bewährungsstrafe.«

»Wie viel zur Bewährung?«

»Er bleibt fünf Jahre im Gefängnis, höchstens.«

Nat greift in die Tasche seines Jacketts. Er wirft den Umschlag auf den Tisch des Staatsanwalts.

»Das ist ein Brief mit einer Vereinbarung über ein Teilschuldeingeständnis. Unterschreib ihn. Du formulierst den Antrag an die Richterin. Ich besuche Elijah.«

Fentress öffnet den Umschlag. »Warum diese Eile?«

»Ich will das aus mehreren Gründen so schnell wie möglich erledigen. Erstens, wenn die Presse das bringt, wird der wirkliche Brandstifter glauben, dass er davongekommen ist. Er wird einen Fehler machen. Er wird es wieder tun, oder was auch immer. Das hier wird dafür sorgen, dass er sich zu erkennen gibt. Meine übrigen Gründe gehen dich nichts an.«

Fentress liest den Inhalt des Briefes. »Wenn die Leute das sehen, werden sie mächtig sauer sein. Vorsätzlicher Mord und Todesstrafe verwandeln sich in fünf Jahre Gefängnis. Ich weiß nicht.«

»Das ist dein Problem.«

Fentress blickt auf das Papier und schnalzt mit der Zunge. »Nat, alter Kumpel, du nimmst mir da einen Riesenfall.«

Nat ist angewidert. »Unterschreib dieses verdammte Ding einfach, damit ich hier rauskomme.«

Er sieht zu, wie Fentress seinen Namen unter den Brief kritzelt. Nachdem er fertig ist, schiebt er die Seite über den Tisch.

Fentress lehnt sich in seinem Stuhl zurück. »Also. Wer ist der Freund?«

Nat antwortet nicht. Der Staatsanwalt sitzt schweigend da und starrt Nat an, der die Vereinbarung in sein Jackett steckt. Dann sagt er: »Mein Gott, warum musst du alles so persönlich nehmen? Dich so mit mir anlegen. Was, zum Teufel, soll das?«

Auch hierauf gibt Nat keine Antwort. Stattdessen tastet er nach der Vereinbarung in seiner Tasche, die sich fest gegen seine Brust drückt. »Da ist noch etwas anderes.«

»Was? Du hast immer noch nicht, was du haben wolltest?«

»Noch nicht.«

Fentress lehnt sich in seinem roten Ledersessel zurück. Er öffnet die Hände, als werfe er Nat eine Geldkassette zu. Nimm, was du willst.

»Ich will den Wurm.«

2

Kinder spielen im Gras, das langsam braun wird. Frauen tauschen Sandwiches und Limonaden aus und passen abwechselnd auf die Kinder auf, wenn eine zur Toilette geht oder frische Windeln aus dem Wagen holt. Sie alle kennen einander. Ihre Männer sind im Gebäude. Sie kommen zu ihren wöchentlichen Besuchen hierher. Einige kommen schon seit mehreren Jahren. Ihre Kinder wachsen hier auf dem Rasen auf oder – im Winter – im grün gestrichenen Wartesaal, wo sie sich zusammenkauern, mit den Beinen strampeln und ermahnt werden, still zu sein, während sie darauf warten, dass eine der Wachen den Namen ihrer Mutter aufruft, sodass sie durch die schwere Tür nach drinnen gehen können. Sie sehen ihre Väter hinter Glas, hören aus warmen, schmutzigen Telefonhörern freundliche oder strenge Ermahnungen. Das ist die große Familie der Gefangenen. Einige Frauen erkennen Nat, sie sagen: »Guten Morgen, Mr. Deeds.« Sie grollen ihm nicht, weil er sich dafür eingesetzt hat, ihre Männer wegzusperren. Ein Kind hält ihn auf der Treppe an. Es ist ein hübsches kleines Mädchen mit Zöpfen, das Perlen im Haar trägt. Das Mädchen hebt zwei leere Hände vor ihm in die Höhe und sagt: »Hier ist dein Geschenk.« Ihre Stimme ist wie ein Band um das Geschenk des Lebens, die Kindheit; der Geschenkkarton ist noch nicht ganz offen, das Geschenk darin muss erst noch ausgepackt werden. Das Kind weiß nicht, dass es sich in einem Gefängnis befindet; das alles ist einfach nur ein langes Versteckspiel, bei dem sich ihr Vater hier drin verbirgt. Nat beugt sich vor und tut so, als nähme er das Geschenk an.

»Vielen Dank.« Er tut so, als stecke er sich den Karton unter den Arm. Eine Mutter lächelt. Das Kind dreht sich um zu einem anderen Kind, einem dicken Baby, und sagt: »Und hier ist dein Geschenk.«

Auch der Gefängniswärter kennt Nat. Er ist ein unglaublich kräftiger Mann. Im Fenster der Tür reckt er den Daumen in die Höhe; der Daumen ist so groß wie eine Stahlniete. Das Schloss summt, und Nat zieht kräftig am Griff. Die Tür ist sehr schwer.

Er spricht durch das kugelsichere Glas des Wachraums und bittet darum, dass Elijah Waddell in eines der Gesprächszimmer gebracht wird. Der Beamte sagt, dass er ihn in Nummer drei bringen wird. Vor einem Gitter wartet Nat auf die Wache, die ihn begleiten wird. Aus Gängen, die er nicht sehen kann, klingen traurige Echos zu ihm herüber. Die Echos hören sich hart an, jeder weiche Klang fehlt ihnen; es sind metallene, blechern klingende Rufe. Sie gleichen ausgeschlachteten Autos; es sind Geräusche, denen alles bis auf das Allernotwendigste fehlt.

Nat wird in dasselbe Zimmer geführt, in dem er vor einer Woche zum ersten Mal Elijah traf. So viel ist seither geschehen. Für Sekunden empfindet Nat nostalgische Gefühle gegenüber diesem Raum. Dann denkt er, dass sich all diese Ereignisse und Veränderungen und Wendungen in seinem eigenen Leben abgespielt haben. Nichts hat sich in dieser letzten Woche für Elijah ereignet; für ihn gab es nur diese eintönig dröhnenden Tage und Nächte und die wachsende Bedrohung. Sorgen und Angst.

Fünf Minuten vergehen. Dann öffnet sich knirschend die Tür; das Quietschen der Türangeln und Schlösser erfüllt den Raum. Elijah wird von einem weiteren Paar fleischiger Arme, die es in diesem Gefängnis gibt, hineingeschoben. Die Tür schließt sich. Elijah wirkt wie eine Pflanze, die Wasser braucht. Er verdorrt. Seine Muskeln erscheinen straffer, die Adern in seinen Armen und seinem Hals sind angeschwollen, als transportierten sie die letzten nährenden Tröpfchen Flüssigkeit durch seinen Körper. Gebeugt steht er da wie verdorrtes Unkraut. Nat erhebt sich.

Die Stühle knirschen. Elijah setzt sich. Auch Nat setzt sich.

»Was haben Sie für mich?« Keine Begrüßung, keine Förmlichkeiten.

Nat greift in die Tasche seines Jacketts. Er legt den unterschriebenen Brief auf den Tisch.

»Einen Deal.«

Elijah wendet den Blick nicht von Nat. Er zieht das Papier zu sich heran.

»Was für einen Deal? Was haben Sie getan?«

»Elijah. Da gibt es etwas, das Ihnen klar sein muss. Auf Sie wartet das Todesurteil wegen Vergewaltigung und Mord. Das zu verhindern, hat für mich Priorität. Ich muss dafür sorgen, dass Sie am Leben bleiben.«

Elijah senkt den Kopf. Er reibt sich über die Stelle zwischen den Augen. »Wissen Sie, ich kann es einfach nicht glauben, wenn ich höre, wie Sie diese Worte sagen. Vergewaltigung und Mord. Todesurteil. Das schaffe ich einfach nicht. Was, zum Teufel, ist nur passiert?«

»Ich weiß es nicht.«

Elijah blinzelt nicht. Seine Augen sind unverwandt auf Nat gerichtet.

»Sie sind mein Anwalt. Sie sollten es wissen.«

Nat ist ehrlich. »Ich versuche, es herauszufinden.«

»Und deswegen haben Sie mir in der Zwischenzeit einen Deal besorgt.«

»Hier ist er.« Nat deutet auf den Brief.

Mit einem Finger dreht Elijah die Seite zu sich um. Er liest schnell. Nat beobachtet, wie der dunkle Finger über die Zeilen fährt, während Elijah die Stirn runzelt.

Elijah blickt auf. »Tötungsdelikt ohne Vorsatz.«

»Ein Tötungsdelikt in Tateinheit mit einem schweren Verbrechen, aber ohne Vorsatz. Das Mädchen starb, weil die Kirche in Brand gesteckt wurde. An dieser Tatsache können wir nichts ändern, und wir können das Gesetz nicht ändern. Man wird Ihnen weder Totschlag noch eine andere, weniger schwer wiegende Anklage zugestehen, Elijah. Dabei bleibt es. Mit dem Vorsatz fällt auch die Anklage wegen Vergewaltigung weg, aber Sie gelten immer noch als verantwortlich für den Tod des Mädchens.«

»Obwohl ich es nicht war.«

Nat nickt. »Obwohl Sie es nicht waren.«

»Und was ist, wenn ich mich auf Ihren Deal nicht einlasse?«

»Dann werden wir es mit Ed Fentress aufnehmen. Wegen vorsätzlichem Mord. Er wird auf einem Prozess vor einem Geschworenengericht bestehen.«

»Und?«

»Ehrlich gesagt, ich glaube nicht, dass wir mit einem Freispruch rechnen können. Im besten Fall erreichen wir Tötung ohne Vorsatz, also genau das, was ich hier für Sie habe. Aber es muss uns im Prozess gelingen, jede Verbindung zwischen Ihnen und Amanda zu kappen. Ich denke, es steht fünfzig-fünfzig, dass wir das schaffen. Fentress wird von einer zufälligen Begegnung in der Nacht des Feuers ausgehen, und das ist so schwer zu beweisen wie das Gegenteil. Sie haben keine Zeugen, und wir haben kein Alibi. Und selbst wenn die Geschworenen nicht an einen Vorsatz glauben, bekommen Sie nicht weniger als fünf Jahre. Ich glaube nicht, dass die Geschworenen so großzügig sein werden. Den schlimmsten Fall kennen Sie. Die Todeszelle. Unterschätzen Sie Fentress und Talley nicht. Die wollen, dass Sie der Böse sind, und sie haben ihre eigenen Gründe. Beide haben eine Menge gegen Sie zusammengetragen.«

»Was habe ich Fentress nur angetan?«

»Sie haben ihm überhaupt nichts angetan. Sie haben etwas für ihn getan. Sie haben ihm die Chance gegeben, dass sein Name im Fernsehen erscheint.«

Elijah leckt sich über die Lippen. Er schüttelt den Kopf. »Scheiße.«

»Ich möchte es nicht mit den beiden aufnehmen, Elijah. Ich habe nichts in der Hand, ich schwöre bei Gott, nichts, mit dem ich Sie wegen der Brandstiftung verteidigen könnte. Die beiden haben einen Fall, der auf starken Indizien beruht. Vor Geschworenen aus diesem Bezirk reicht das wahrscheinlich. Bevor nicht irgendetwas auftaucht, bevor die Person, die die

Kirche in Brand gesteckt hat, sich nicht meldet, werden wir nicht mehr bekommen als diesen Deal. Ich sage, nehmen Sie ihn. Danach werden wir wie verrückt nach dem wirklichen Brandstifter suchen.«

»Wer sucht?«

»Der Hilfssheriff, der Sie verhaftet hat. Monroe Skelton. Ich glaube, er ist auf unserer Seite. Er ist gut, und er ist ehrlich. Er bleibt dran, Elijah. Das ist alles, was ich Ihnen versprechen kann.«

»Sie glauben, er wird denjenigen finden, der das getan hat?«

Nat denkt darüber nach, was dagegen spricht, und schüttelt den Kopf. »Nein. Es sei denn, dieser Kerl legt noch ein Feuer und wird dabei geschnappt. Nein, Elijah, ich glaube nicht. Aber wir werden sehen. Wir müssen einfach nur warten.«

Elijah denkt darüber nach. »Wir werden also warten.«

»Ja.«

»Wo werden Sie warten, Nat? In Ihrem Wohnzimmer? Irgendwo im Urlaub?«

Nat beobachtet Elijah. Es ist offensichtlich, dass dieser Mann aufstehen, den Tisch zertrümmern, Löcher in die Betonwände schlagen und alles und jeden von sich schleudern und als freier Mensch nach Hause zu seiner Frau und dem Hund und dem Maisfeld gehen will. Elijah Waddell möchte nach Hause; dieser Wunsch ist die Flüssigkeit, die nicht mehr in ihm fließt, und dieser Mangel ist dafür verantwortlich, dass er dahinwelkt.

Elijah ringt mit dem dunklen Engel seiner Not. Nat beobachtet ihn weiter. Der Mann blinzelt.

»Elijah.« Das ist alles, was Nat sagen kann.

»Wissen Sie, die haben Clare und mich nie in Ruhe gelassen. Von dem Augenblick an, als Nora Carol geboren wurde. Seit ich Clare geheiratet habe. Vielleicht, seit ich als Schwarzer auf die Welt kam. Sie geben es nicht laut zu. Sie sprechen es untereinander nicht aus. Man liest davon nicht mehr wie früher in den Zeitungen, und es gibt auch keine Schilder mehr in den Toiletten. Sie nennen uns nicht mehr Farbige oder Nigger, und sie glauben, das war's dann, sie hätten alldem ein Ende gemacht. Sie haben uns verziehen, und sie akzeptieren uns, als seien Schwarze Menschen, denen man verzeihen und die man akzeptieren muss. Sie denken, sie haben ihren Teil getan, und jetzt sind sie bessere Menschen, weil sie uns nicht mehr hassen. Aber sie haben nichts weiter getan, als ihren Hass in Angst zu verwandeln. Sie haben immer noch panische Angst vor mir. Ich bewege mich in ihrer Welt. Ich gehe neben ihnen durch die Vordertür, und ich senke den Kopf nicht. Ich habe einen ihrer Arbeitsplätze genommen. Ich habe eine ihrer Frauen genommen. Ich habe eines ihrer Kinder genommen, das zur Hälfte ist wie ich. Deshalb sperren sie mich ein. Sie bekämpfen mich, bis ich den Kopf sinken lasse. Bis ich ihnen alles zurückgebe. Verstehen Sie, ich hatte nämlich nie das Recht, es zu nehmen, es gehörte ihnen, immer, von Anfang an. Und wenn ich meinen Kopf nicht sinken lasse, werden sie ihn so lange zu Boden drücken, bis ich es tue. Und wenn ich nicht alles zurückgebe, werden sie es mir aus den Händen reißen. Sie müssen mich besiegen, Nat. So war es von Anfang an geplant, selbst wenn einige von ihnen sich wünschen, es wäre nicht so. Sie werden gewinnen. Sie müssen gewinnen. Oder alles fällt auseinander.«

Mit großer Geste schüttelt Nat den Kopf. »Nein«, sagt er. »Solange Sie am Leben sind, werden wir verhindern, dass die gewinnen. Solange Sie am Leben sind, kämpfen wir weiter.«

»Am Leben sein bedeutet nicht viel. Am Leben sein bedeutet nicht leben.«

Nat legt die Hand auf Elijahs Faust. »Bitte.«

Elijah mustert Nats Hand, die auf seiner Hand liegt. Die Farben ihres Fleisches sind so verschieden, wie das überhaupt nur möglich ist. Elijah stößt ein trauriges Kichern aus.

»Wissen Sie, was an dieser ganzen Sache wirklich komisch ist? Ich war's nicht.«

Elijah zieht die Hand zurück. Widerwillig legt er einen Finger auf den Brief. »Es ist also ein Tötungsdelikt ohne Vorsatz, das mich am Leben hält. Zwanzig Jahre Gefängnis. Das ist entsetzlich.«

Rasch legt Nat die Fakten dar. »Die Richterin muss sich an das vorgegebene Strafmaß halten. Das bedeutet, sie muss wenigstens zwanzig Jahre verhängen. Aber Fentress hat zugestimmt, dass sie Ihnen fünfzehn erlässt.«

»Wie lange werde ich im Gefängnis bleiben müssen?«

»Ich habe keine Ahnung, was Richterin Hawk tun wird. Sie ist an die Vereinbarung zwischen Fentress und mir nicht gebunden. Sie kann die Dauer so sehr beschränken, wie es ihr angemessen erscheint. Da die Anklage auf Vergewaltigung fallen gelassen wurde, stehen unsere Chancen viel besser. Ich werde mit aller Macht für Sie kämpfen. Es könnte sein, dass Sie viel weniger bekommen. Oder sie könnte die vollen zwanzig Jahre verhängen. Aber was immer die Richterin auch sagt, Sie werden mindestens fünfundachtzig Prozent der Strafe absitzen müssen. In Virginia wird keine Strafe früher zur Bewährung ausgesetzt. Also werden Sie nicht weniger als vier Jahre und drei Monate im Gefängnis bleiben.«

Elijah senkt die Augen. »Vier Jahre, drei Monate.«

Nat nimmt den Brief vom Tisch. Er steckt ihn in die Tasche seines Jacketts.

»Elijah, hören Sie mir zu. Fechten Sie das nicht an. Ich weiß, es ist nicht fair und nicht richtig. Und ich verspreche Ihnen, ich werde von dieser Sache so lange nicht ablassen, bis Sie wieder zu Hause bei Clare sind. Irgendetwas wird herauskommen. Nehmen Sie das Angebot an. Warten wir ab, was die Richterin dazu sagt.«

Elijah sieht Nat nicht mehr ins Gesicht. Er senkt den Blick auf die leere Tischplatte. Elijah weiß, dass Nat ihm etwas geben möchte, dass er Hoffnung auf ihn herabtröpfeln lassen will, dass er ihn damit einreiben will, doch Elijah hat Recht, wenn er sich abwendet. In Nats Augen ist keine Hoffnung, kein Trost. Es gibt nur diesen ungerechten Deal auf dem zusammengefalteten Papier in Nats Tasche, der ihm das Leben raubt.

Nat nimmt Elijahs Schweigen an sich wie ein Kissen und bleibt damit zwei, drei Minuten lang sitzen. Nat wartet und denkt, dass er tatsächlich nach Hause gehen wird, wenn dieser Besuch vorüber ist; und dieser Mann, der das Recht haben sollte, dasselbe zu tun, der die Frau und das Leben umarmen sollte, das er liebt, wird das nicht tun.

Elijah schiebt mit den Kniekehlen den Stuhl nach hinten. Das Knirschen ist so laut, dass die Wache draußen meint, das Treffen sei vorüber. Die Tür öffnet sich, und noch mehr Kratzen und Knirschen ist zu hören. Niemand kommt herein, nur die Tür schwingt auf. Eine düstere, futuristische Gefängnisszene. Nat bleibt sitzen.

»Was ist mit Clare?«, fragt Nat.

»Halten Sie sie da raus.«

»Sie ist Ihre Frau.«

»Und Sie sind mein Anwalt.«

Nat hat nichts mehr zu sagen. Jetzt ist es sein Blick, der sich auf die Tischplatte senkt.

Als Elijah sich von ihm abwendet, hebt Nat die Augen und sieht, wie der Mann in diesem matten Orange auf die Tür zutrottet.

»Nehmen Sie's an«, sagt Elijah ins Zimmer.

3

Nat und Fentress sitzen sich im Vorzimmer von Richterin Imelda Hawk gegenüber. Der Staatsanwalt hat die Beine übereinander geschlagen. Dünne Stretchsocken bedecken seine Fußknöchel, seine Schuhe glänzen. Ein Schuh wippt auf und ab, als ginge dem Mann eine Melodie durch den Kopf. Er blickt Nat mit ausdruckslosem Gesicht an, als mache er einen Schaufensterbummel; da ist nur sein unerschütterliches Lächeln.

Die alte Sekretärin von Richterin Hawk tippt etwas in ihren Computer. Die Richterin lässt sie seit fünf Minuten hier warten, und Nat ist nervös. Er weiß nicht, wohin er blicken soll; Fentress will er nicht anstarren. Seine Hände liegen verschränkt in seinem Schoß; er tippt mit den Daumen gegeneinander, bis ihm klar wird, dass er unruhig hin und her zappelt. Er ist wütend auf sich selbst, weil er so nervös ist, wenn er auch nur neben Fentress sitzt, der mit den Fingern auf die Polsterung des Stuhls trommelt. Nat hört, wie er summt.

Nat blafft ihn an. »Um Himmels willen, bleib ruhig sitzen.«

Der Kopf der Sekretärin schießt nach oben. Fentress schnalzt mit der Zunge. »Was bist du empfindlich.« Der Staatsanwalt summt nicht mehr und hält die Finger still, doch sein von Stoff umhüllter Fußknöchel wippt noch immer auf und ab. Sein Lächeln wird breiter. »Warum bist du überhaupt nervös? Du bist der Mann des Tages.«

Jetzt hat Nat etwas zu sagen: Weil es mir nicht gefällt, einen Unschuldigen ins Gefängnis zu schicken. Und es gefällt mir nicht, dass die Schuldigen draußen bleiben, Ed.

Doch da summt das Telefon der alten Sekretärin, und sie antwortet mit gedämpfter Stimme: »Ja, Ma'am.« Sie deutet auf die Tür der Richterin. »Sie können jetzt hineingehen.« Sie fügt hinzu: »Meine Herren«, was beide nachdenklich stimmt.

Richterin Hawk sitzt hinter ihrem Tisch und hat die Brille auf die Stirn geschoben. Ihre schwarze Robe hängt an einem Kleiderständer neben ihr, der auf der anderen Seite des Tisches von einer amerikanischen Flagge flankiert wird. Ihr Tisch ist leer bis auf das eine weiße Blatt, die Vereinbarung über das Teilschuldgeständnis, das Ed Fentress formuliert und an sie geschickt hat.

Mit einem ungeduldigen Klacken legt sie die Brille auf den Tisch, während Nat und Fentress nebeneinander Platz nehmen. Ihre Blicke wandern zwischen dem Papier und den beiden auf und ab, hin und her. Fältchen zeigen sich auf dem indianischen Gesicht der Richterin, während sie nachdenkt und ihre Blicke umherschweifen. Ihre hohen Wangenknochen wirken neben ihren Augenhöhlen wie Krähenflügel.

Sie wendet sich an Nat. »Sie haben also bei der Exhumierung etwas gefunden.«

»Ja, Richterin.«

»Wie es aussieht, etwas Gutes.« Ihr Blick schießt wie ein Pfeil auf Ed Fentress zu. »Anscheinend etwas sehr Gutes, richtig, Ed?«

»Ja, Ma'am.«

»Gut genug, damit Ihr Büro vorsätzlichen Mord auf ein Tötungsdelikt ohne Vorsatz zurückstuft?«

»Ja, Ma'am.«

»Ich muss Ihnen das sagen. Dadurch sieht das Büro der Staatsanwaltschaft nicht besonders ausgeschlafen aus.«

Fentress antwortet munter: »Nein, Ma'am. Manchmal gewinnt man, manchmal verliert man.«

Richterin Hawk antwortet nicht. Sie wartet. Während alle drei schweigen, werfen sie einander rasche Blicke zu. Ed sieht Richterin Hawk an, Richterin Hawk sieht Nat an. Fentress ist der Einzige, der nach einigen Augenblicken über diese Anspannung kichert.

Die Richterin beugt sich vor. »Das reicht. Möchte mir irgendjemand sagen, was für ein unglaubliches Beweisstück das ist, das dafür sorgt, dass ein Mann, der mir noch vor einer Woche wegen vorsätzlichen Mordes präsentiert wurde, jetzt für weniger als fünf Jahre ins Gefängnis soll? Wer von Ihnen, ist mir egal. Aber jemand sollte etwas sagen, bevor ich Sie beide samt dieser Vereinbarung über ein Teilschuldgeständnis aus meinem Büro werfe.«

Nat schaut zu Fentress hinüber. Der Mann hat ihm das Profil zugewandt, doch Nat weiß, dass sich der Staatsanwalt seines Blickes bewusst ist. Das ist der Handel, auf den sie sich geeinigt haben. Ed Fentress übernimmt das Reden. Nat wird so lange nichts sagen, wie der Staatsanwalt dem vereinbarten Drehbuch folgt.

»Richterin, heute Morgen hat sich in meinem Büro ein beunruhigender Vorfall abgespielt. Sheriff George Talley suchte mich auf und gab zu, dass er vor drei Jahren bei einem Streit seiner damals vierzehn Jahre alten Tochter Amanda einen Fausthieb versetzt hat, und zwar mit solcher Wucht, dass ihr Kiefer brach. Aus nahe liegenden Gründen hatte er das die ganze Zeit über verschwiegen. Auch die Tochter hat mitgespielt und nichts über diesen Zwischenfall verraten. Doch nach der gestrigen Exhumierung dachte George, dass die Röntgenaufnahmen vom Kiefer des Mädchens die alte Verletzung ans Tageslicht bringen könnten. Also kam er zu mir und erzählte mir, was er vor drei Jahren getan hatte. Vermutlich dachte er, wenn er das alles offenbart und die Möglichkeit hat einzugestehen, wie Leid es ihm tut, wäre die ganze Angelegenheit erledigt. Doch ich schöpfte Verdacht. Schließlich zeigte die Röntgenaufnahme, dass seiner Tochter der Kiefer vor drei Jahren fast exakt an derselben Stelle gebrochen worden war wie in der Nacht des Feuers. Deswegen stellte ich dem Sheriff einige Fragen. Zunächst wich George aus, aber ich appellierte an seine Ehre und an die Tatsache, dass ich ihn über viele Jahre hinweg als Freund und als Beamten unterstützt hatte, der wie ich dazu da ist, Recht und Gesetz Geltung zu verschaffen. In aller Eindeutigkeit informierte ich ihn darüber, dass mein Büro es nicht zulassen würde, dass sich irgendjemand an den Beweismitteln zu schaffen macht oder diese verschwinden lässt, auch er nicht. Und ich sagte ihm auch, ich würde sofort eine Untersuchung einleiten, sollte er nicht alles offen legen. Also erzählte mir George, dass er sich in der Nacht des Feuers tatsächlich mit Amanda gestritten und sie wieder ziemlich heftig geschlagen hatte. Mit derselben Faust auf dieselbe Stelle des Kiefers wie vor drei Jahren. Sofort nachdem er mein Büro verlassen hatte, rief ich Nat an. Wir diskutierten die Folgen dieser Enthüllung. Offensichtlich steht der Staat vor gewaltigen Schwierigkeiten, Waddell der Vergewaltigung anzuklagen, wenn George zugibt, dass er seine Tochter in der Nacht des Feuers geschlagen hat. Ohne den gebrochenen Kiefer gibt es keinerlei Hinweise auf Gewaltanwendung. Deshalb bot Nat an, sofort nach Good Hope zu fahren und diese Vereinbarung auszuarbeiten. Wie Sie sich vorstellen können, war er froh, Gelegenheit zu dieser Fahrt zu haben.«

Fentress unterbricht sich. Die Richterin saugt an ihren Wangen. Nat schmeckt die Medizin, die zuckersüße Pille von Fentress Worten, die sie schluckt.

Nat meldet sich zu Wort. »Ed und ich haben beschlossen, dass es für alle Seiten das Beste ist, den Vorwurf der Vorsätzlichkeit bei dieser Tat fallen zu lassen. Es gibt keinen Hinweis darauf, dass das Mädchen vorsätzlich umgebracht wurde, es gibt nichts, was Elijah mit Amanda Talley in jener Nacht in Verbindung bringt. Doch es gibt auch nicht allzu viel, was ihn vom Vorwurf der Brandstiftung freispricht. Das Mädchen starb im Feuer. Mehr wissen wir nicht.«

Richterin Hawk zieht ihre Brille auf. Sie nimmt die Hand nicht von ihrer Schläfe.

»George Talley hat sie geschlagen.«

»Ja, Ma'am«, bestätigt Fentress.

»Und Sie wollen, dass ich Elijahs Strafe um fünfzehn Jahre herabsetze.«

Darauf geht Nat ein. »Richterin, obwohl Elijah diese Vereinbarung akzeptiert, behauptet er weiterhin, das Feuer nicht gelegt zu haben. Wir sind davon überzeugt, dass über kurz oder lang seine Unschuld in allen Anklagepunkten bewiesen werden kann. Doch angesichts der Situation, in der er sich befindet, geht er auf diesen Deal ein.«

Dieses Argument – bekannt als Alford-Plädoyer – beeindruckt Richterin Hawk kaum. Für die Richterin ist Elijah nur ein weiterer Angeklagter, der seine Unschuld beteuert und gleichzeitig einer Teilschulderklärung zustimmt, weil ihm diese eine geringere Strafe einbringt. So etwas passiert ständig.

Nat fährt fort. »Und selbst wenn Elijah die Kirche in Brand gesteckt haben sollte, so stand er immer noch unter dem Eindruck gewaltigen persönlichen Leids. Sie wissen, was die Kirchenältesten der Victory Baptist ihm und seiner Frau angetan haben.«

»Ja. Das weiß ich.«

»Dann können doch gerade Sie, Richterin, mehr als die meisten anderen verstehen, wie wütend ein Mensch deswegen werden kann.«

Damit ist Nat ein gewisses Risiko eingegangen. Das rote Mattaponi-Gesicht der Richterin Hawk und ihre schwarzen Augen, die so dunkel sind wie eine Sonnenfinsternis, verharren absolut reglos. Nat stellt sich vor, wie dieses uralte Gesicht zum Himmel blickt, das Gesicht von Jägern, von Menschen, die die Erde verehren und über sie richten. Er wendet sich an dieses rote und andersartige Gesicht, und noch während er es tut, denkt er: Das ist nur ein weiteres rassistisches Klischee. Die Richterin sieht ihn an und blinzelt. Nat erkennt, dass ihr diese versteckte Anspielung auf ihre Herkunft nicht gefällt, dass sie sie jedoch als relevanten Punkt akzeptiert. Sie nickt, und das Nicken bedeutet: Machen Sie das nicht noch einmal.

Sie wendet sich an Ed. »Sind Sie bereit, wegen dieses Teilschuldgeständnisses Rede und Antwort zu stehen? Die Öffentlichkeit wird wissen wollen, warum Sie bisher eine andere Position vertreten haben.«

Fentress macht einen Schmollmund. »Richterin, ich habe noch nie ein Problem damit gehabt, das zu unterstützen, was richtig ist. Und das hier ist richtig. Die Leute werden das einfach einsehen müssen. Oder eben nicht.«

»In Ordnung. Ich überlasse das Ihnen. Wir werden Mr. Waddell heute Nachmittag um zwei Uhr zur Urteilsverkündung vor Gericht bringen, und dann ist die Sache erledigt. Nat, geht das in Ordnung?«

»Ja, Ma'am.«

»Noch etwas. Ich möchte, dass Sie George Talley da raushalten.«

Nat widerspricht. »Richterin!«

»Nat, schweigen Sie.«

»Richterin, ich muss darauf bestehen, dass gegen George Talley ermittelt wird. Es ist durchaus möglich, dass er die Kirche selbst in Brand gesteckt hat, um zu verhindern, dass seine Tochter der baptistischen Gemeinde beitritt. Ich habe Zeugen und Beweise, die darauf hindeuten. Talley ist ein frommer Katholik. Seine Tochter hat seine Konfession abgelehnt. Ich vermute, das hat bei dem Streit in der Nacht des Feuers eine große Rolle gespielt. Deshalb ist sie zur baptistischen Kirche gegangen, nachdem er sie geschlagen hat. Meiner Meinung nach ist er ein Verdächtiger, und zwar ein verdammt plausibler.«

»Herr Rechtsanwalt, Sie werden leiser sprechen und in meiner Anwesenheit nicht fluchen. Ich begreife, was Sie sagen. Aber halten Sie ihre Zunge im Zaum, verstanden?«

Neben Fentress' Kühle kommt sich Nat vor, als koche er. »Ja, Ma'am.«

»Ed, der ermittelnde Beamte in diesem Fall ist Monroe Skelton, nicht wahr?«

»Ja, Ma'am.«

»Sagen Sie ihm, ich hätte verlangt, er solle völlig geräuschlos und, ohne irgendwelchen Staub aufzuwirbeln, Nats Verdacht nachgehen. Sollte ich von irgendjemandem etwas darüber hören oder in der Presse lesen, dann bekommen Sie Ärger mit mir. Und falls irgendwelche handfesten Hinweise ans Licht kommen, dass George Talley die Kirche in Brand gesteckt hat, will ich, dass gegen ihn Anklage erhoben und er mir so schnell vorgeführt wird, dass er nicht mehr weiß, wo ihm der Kopf steht. Nat?«

Er antwortet mit zusammengepressten Lippen. »Ja, Ma'am.«

»George Talley ist offensichtlich ein kranker Mann. Mir ist heute klar geworden, dass er ein Riesenproblem mit seiner Wut und seiner Ehrlichkeit hat. Aber ihn wegen Kindesmisshandlung vor Gericht zu zerren, macht seine Tochter auch nicht wieder lebendig und mildert seine Trauer nicht. Und nur aufgrund dessen, was Sie mir jetzt vorgelegt haben, kann ich ihn nicht wegen Brandstiftung und Mord anklagen. Alles, was Sie gesagt haben, ist reine Spekulation. Ich werde George Talley nicht von der Presse kielholen lassen, nur um Ihrem überaus feinen Sinn für Gerechtigkeit Genüge zu tun. Das hier ist ein kleiner Bezirk, und so geht man nicht mit einem Menschen um, der viele Jahre loyal im Dienst der Öffentlichkeit gearbeitet hat. George Talley dürfte nicht mehr allzu viel haben, also lassen wir ihm wenigstens das. Seine Tochter ist tot. Ich bin mir sicher, dass er sich deswegen und wegen dem, was er ihr angetan hat, elend genug fühlt. Sie möchten meine Unterschrift auf dieser Vereinbarung sehen? Dann will ich auch etwas von Ihnen. Solange unser Hilfssheriff Skelton keine Hinweise darauf zutage fördert, dass Talley selbst die Kirche in Brand gesteckt hat oder in andere üble Tricks im Zusammenhang mit diesem Fall verwickelt ist, werden Sie ihr selbstgerechtes und fahrlässiges Mundwerk schließen und zulassen, dass der Sheriff bis zum Ende seiner Amtszeit im Dienst bleibt. Ed, Sie wurden für die gleiche Wahlperiode gewählt. Wie lange dauert die?«

»Bis nächstes Jahr im November, Richterin.«

»Und dann?«, fragt Nat.

Richterin Hawk fährt fort: »In den nächsten Tagen werde ich ihn in aller Diskretion wissen lassen, dass er nicht einmal darüber nachdenken soll, ob er noch einmal kandidiert. Seine Tage als Sheriff dieses Bezirks sind vorbei. Ich bin gewillt, ihn mit weißer Weste ziehen zu lassen, aber wenn er mir auch nur einen schiefen Blick zuwirft, werde ich das Büro des Staatsanwalts anweisen, ihn wegen Behinderung der Justiz und Kindesmisshandlung anzuklagen. Das wird ihm bei seiner Entscheidung helfen.«

Nat hört das und ist nicht zufrieden. Dieser Schlag erfolgt nicht rasch und heftig genug. Er ist nicht bösartig genug. Es ist vielmehr kleinstädtische Kumpanei. Er denkt, dass er hinaus zu seinem Wagen gehen, seine Aktentasche holen und Amandas Antibabypillen auf den Tisch von Richterin Hawk schleudern kann. Er kann Hilda Bradford vor Gericht auftreten lassen und ebenso Charles Jorgensen. Tom Derby. Monroe. Jackie Kline. Er kann Talley unter Eid aussagen lassen und ihm an die Gurgel gehen. Die Vorladungen kann er sich besorgen. Nat stellt sich vor, wie er mitten in diesem Gerichtsgebäude steht und Gerechtigkeit und Strafen austeilt, wie ein Rasensprenger

Wasser versprüht. Er kann alles und jeden bis auf die Haut mit dem durchtränken, was er verdient.

Doch Kompromiss heißt das Bett, das er zusammen mit Ed Fentress und der Richterin gemacht hat. Und mit Elijah. Und mit den Geistern seiner eigenen Eltern. Und mit Maeve. Kompromiss heißt der Ort, an dem niederzuliegen er lernen muss.

Nat schluckt.

»Ja, Ma'am.«

4

Jemand hat der Presse einen Tipp gegeben. Vor dem Bezirksgericht schiebt sich Nat durch einen Korridor aus Lampen und Linsen und Mikrofonen. Er geht durch die Türen des Gerichtsgebäudes, und hinter ihm werden die Kameralichter ausgeschaltet. Die Mikrofone werden in den Taschen verstaut, Blöcke und Kugelschreiber erscheinen. Neben ihm schreien Reporter und stürmen in den Gerichtssaal wie Waschbären.

An der Schranke vorn im Gerichtssaal lässt er die Meute hinter sich, sie kann ihm nicht durch die Schwingtür im Holzgeländer folgen. Mittlerweile setzt er sich ganz selbstverständlich an den Tisch der Verteidigung. Seine Aktentasche klatscht auf die Tischplatte. Der geschniegelte Fentress ist auf seinem Platz. Er hebt eine Hand, dreht ihm die Handfläche zu. Hallo, Nachbar. Nat wendet sich dem mächtigen Emblem des Bezirks zu, das hinter der Richterbank an der Wand hängt. Wenn es herunterfallen und auf seiner Kante rollen würde, würde es dann Fentress zerquetschen? Wieder lässt Richterin Hawk sie warten. Nat fragt sich, wer aus dem Gerichtsgebäude den Medien den Tipp gegeben hat. Die Protokollführerin? Fentress selbst? Die brummige Sekretärin von Richterin Hawk? Wer immer es auch war, die Presse kommt hechelnd angetrabt, wenn das Herrchen – die Story – winkt.

Der Gerichtsdiener verkündet die Ankunft der Richterin. Alle stehen auf. Richterin Hawk kommt herein und setzt sich. Sie ist so klein, dass ihr Kopf nicht über die Rückenlehne des Richterstuhls hinausragt. Der Stuhl umrahmt sie – das rote Gesicht, das rote Leder, die schwarze Robe. Alle setzen sich. Die Richterin ergreift das Wort. »Führen Sie den Angeklagten herein.«

Elijah trägt Handschellen, als er in den Gerichtssaal geführt wird. Bevor er an den Tisch der Verteidigung gebracht wird, werden ihm die Handschellen abgenommen. Nat ist klar, dass das ein hässliches Zeichen von Talley ist, Elijah gefesselt vorzuführen und ihm dann vor der Presse, dem Gericht und der Öffentlichkeit die Fesseln abzunehmen. Es ist eine überflüssige und beschämende Prozedur. Nat grübelt über die Rache an George Talley nach, die viel zu viel Zeit brauchen wird, um zu wirken.

Elijah setzt sich neben ihn und reibt sich die Handgelenke. Auf seiner Stirn stehen Schweißperlen, der Halsausschnitt seiner orangefarbenen Gefängniskleidung ist nass. Ed denkt, dass ihn die Hilfssheriffs wahrscheinlich draußen in der Hitze im Transportfahrzeug haben warten lassen, bis er von der Richterin gerufen wurde. Nat betrachtet seinen Mandanten, diesen unglücklichen Menschen, auf den es alle abgesehen haben.

»Sind Sie okay?«, fragt Nat besorgt.

»Fangen wir endlich an.«

Nat versteht das. Elijah kann nicht dankbar sein.

Nat erhebt sich. »Euer Ehren. Die Staatsanwaltschaft und ich haben ein Teilschuldgeständnis ausgearbeitet.« Nat hebt die Seite hoch, die Fentress heute Nachmittag vorbereitet hat. Die Richterin wendet sich mit einer Geste an den Gerichtsdiener. Der Hilfssheriff geht zum Tisch der Verteidigung. Er bringt das Blatt zur Richterbank.

Richterin Hawk liest die Vereinbarung, als sähe sie sie zum

ersten Mal. Von den Besucherbänken ertönt das Rascheln der Presse.

»Mr. Fentress, stimmen Sie dem zu?«

»Ja, Ma'am.«

»Mr. Waddell?«

Elijah steht auf.

»Mr. Waddell, Sie sollen wissen, dass ich nicht an diese Vereinbarung gebunden bin. Diese Vereinbarung über ein Teilschuldgeständnis wurde ausschließlich zwischen Ihrem Verteidiger und dem Staatsanwalt getroffen. Bevor Sie sich heute dieser Vereinbarung anschließen, möchte ich, dass Ihnen klar ist, dass ich jegliche vom Gesetz her vorgesehene Strafe verhängen kann, die mir angemessen erscheint. Haben Sie das verstanden, Sir?«

»Ja.« Nat hört die Stimme, die aus Elijahs innerem Brunnen kommt. Er sieht Elijahs Gesicht, das das Portal dieses Brunnens darstellt; es ist dunkel und tief und nimmt alles auf, was hineingeworfen wird, und es antwortet nur mit einem weit entfernten Klang.

Richterin Hawk hält inne. Sie blickt in Elijahs mattes Gesicht und wartet. Es ist, als warte sie darauf, dass der Klang der Münze widerhallt, die sie in diesen Brunnen geworfen hat. Sie scheint traurig darüber, dass der Brunnen so tief ist. Einen Augenblick später fragt sie: »Sir, haben Sie dieses Dokument gelesen?«

»Ja.«

»Mr. Waddell, sind Sie sich darüber im Klaren, dass Sie mit dieser Vereinbarung auf Ihr Recht auf einen Prozess verzichten?«

»Ja.«

»Und sind Sie sich auch im Klaren darüber, dass Sie mit dieser Vereinbarung auf Ihr Recht auf eine Berufungsverhandlung verzichten?«

»Ja.«

»Protokollführerin.« Die Richterin streckt die Seite nach vorn. Von ihrem Tisch unter der Richterbank aus greift die alte Protokollführerin danach und macht einen Eintrag in ihr Protokoll.

Richterin Hawk verschränkt ihre Finger und stützt sich auf die Ellbogen. Im Gerichtssaal ist nichts zu hören außer dem Gekritzel der Reporter in den Bankreihen hinter Nat. Er denkt an scharrende Hunde.

Richterin Hawk schaut auf. »Mr. Waddell, hiermit stelle ich fest, dass Sie von einem Alford-Plädoyer Gebrauch machen. Das bedeutet, dass Sie den Schuldspruch annehmen, ohne die Brandstiftung im Fall der Victory Baptist Church zuzugeben oder die Verantwortung für den Tod von Amanda Talley zu übernehmen. Es bedeutet, dass Sie diese Vereinbarung über ein Teilschuldgeständnis einfach deshalb akzeptiert haben, weil sie ein Mittel ist, die Anklage wegen vorsätzlichen Mordes zu vermeiden, die Mr. Fentress gegen Sie erhoben hat. Und sie vermeiden eine Verurteilung oder ein Schuldeingeständnis im Falle einer möglichen Zivilrechtsklage. Das ist sinnvoll. Ich vermute, ich und die Menschen in diesem Bezirk werden mit unseren Fragen leben müssen.«

Elijah wendet langsam sein Gesicht Nat zu, dessen Blick ihn erwartet. Wie ein Automat dreht er sich wieder um und sieht die Richterin an. »Ja, Ma'am.«

Die Reporter im Gerichtssaal rutschen auf ihren Bänken hin und her. Nats Magen krampft sich zusammen. Er lässt den Kopf hängen, während Richterin Hawk das Urteil verkündet. Nat kommt sich vor, als sei er Teil von etwas Schmutzigem, Teil eines Systems, das dem brutalen George Talley erlaubt, seine Würde zu bewahren, während andere, bessere Männer und Frauen, nicht über ihn reden oder ins Gefängnis kommen. Das dafür sorgt, dass Ed Fentress unbescholten und lächelnd am

Tisch der Staatsanwaltschaft sitzen darf. Das Clare Waddell fünf Jahre lang ihren Ehemann wegnimmt. Ein System, das dafür sorgt, dass Nat den Kopf sinken lässt.

Richterin Hawk verkündet das Urteil. »Elijah Waddell, hiermit nehme ich Ihr Teilschuldgeständnis in Sachen Brandstiftung und nicht vorsätzlicher Tötung Amanda Talleys an. Nach den Gesetzen des Staates Virginia verurteile ich Sie zu zwanzig Jahren Haft im Staatsgefängnis von Virginia, die sofort anzutreten sind.«

Elijah reißt die Augen auf. Voller Panik dreht er sich um zu Nat. Nat berührt seinen Arm. »Geduld.«

Die Richterin fährt fort. »Mr. Waddell, ich habe mich mit Ihrer Vergangenheit in dieser Stadt beschäftigt. Sie haben sich nie etwas zuschulden kommen lassen. Ich bin mir auch bewusst, welches Leid Ihnen und Ihrer Frau durch einige irregeleitete und grausame Entscheidungen in dieser Stadt zugefügt wurde. Ich entschuldige mich für diese Menschen. Ich kann sie nicht ändern, sosehr ich mir das auch wünsche, und ich weiß auch, dass Sie sich wünschen, Sie könnten Amanda Talley wieder lebendig machen. Doch das, was wir uns am meisten wünschen, können wir nicht, Sir. Wir können diese Welt nicht besser machen. Wir können nur dafür sorgen, dass wir als bessere Menschen auf dieser Welt leben. Wir können nur in sehr begrenztem Rahmen anderen als Beispiel dienen. In unserem Heim, bei unserer Arbeit, in unserer geistigen Einstellung. Wir können nur diejenigen lieben, die Gott uns schickt. Kleine Babys. Brüder und Schwestern jeden Alters, aller Hautfarben, Rassen und Begabungen. Wir können nur das berühren, was in unsere Hände gelegt wird. Diese Stadt hatte Sie in ihren Händen, Mr. Waddell, und unsere Berührung war weder zart noch gerecht. Ich gebe das zu, und es gilt für uns alle. Sie haben ein Recht auf Ihre Wut, Sir. Aber weder Sie noch irgendein Mensch hat das Recht, dieser Wut durch Gewalt Geltung zu verschaffen. Wenn Sie das tun, dann sind Sie nicht besser als Ihre Unterdrücker. Sie opfern die Möglichkeit, die Menschen um Sie herum zu führen, und Sie verzichten auf Ihren Platz als ein guter Mensch in ihrer Gemeinschaft. Mahatma Gandhi hat uns das gelehrt. Martin Luther King hat uns das gelehrt. Ihre Reaktion auf die Kirchenältesten der Victory Baptist Church war falsch, Mr. Waddell. Und sie ging auf schreckliche Weise über das hinaus, was sie selbst erwartet hatten. Es tut mir Leid um uns alle, denn wir haben diese Engstirnigkeit nicht aus unserer Mitte verbannt. Es tut mir Leid um George Talley, denn er hat seine Tochter verloren. Und es tut mir Leid um Sie, um das, was Sie ertragen mussten, und um das, was Sie selbst getan haben. Hiermit erlasse ich Ihnen fünfzehn Jahre Ihrer Strafe. Gerichtsdiener.«

Die Richterin steht auf. Der Gerichtsdiener ruft: »Erheben Sie sich.« Nat und Elijah stehen bereits. Als die anderen aufstehen, besiegelt das Getrampel der Schuhe auf dem Parkettboden endgültig das Urteil der Richterin. Elijah ist eines Tötungsdelikts ohne Vorsatz schuldig. Nat hat keinen echten Plan und keine berechtigte Hoffnung, dass Elijah freikommt oder entlastet wird. Alles stürzt auf ihn ein.

Richterin Imelda Hawk schiebt auf Höhe ihrer Hüften die Fäuste in die Falten ihrer Robe. Sie wendet sich an die Menschen, die im Gerichtssaal stehen.

»Meine Damen und Herren von der Presse. Wenn Sie über den Ausgang dieses Verfahrens berichten, dann berichten Sie bitte auch darüber, dass meine Urteilsfindung nicht nur Mr. Waddell betrifft, sondern auch die Kumpanei im Bezirk Pamunkey, den Staat Virginia und unsere ganze amerikanische Kultur. Bitte beachten Sie überdies, dass ich zwar nur die Macht habe, angesichts dieser Anklage Mr. Waddell zu bestrafen, dass es hier jedoch noch eine ganze Menge Leute gibt, denen ich am liebsten kräftig auf die Finger klopfen würde, wenn ich nur könnte. Ich sage das im vollen Bewusstsein der Tatsache, dass Mr. Gandhi und Mr. King nicht zustimmen würden. Die Sitzung ist geschlossen.«

Richterin Hawk dreht sich um und verlässt die Richterbank. Die Protokollführerin folgt ihr in ihr Büro. Die Presse strömt aus der Tür des Gerichtssaals, angezogen von der Schwerkraft der Neuigkeiten, dem Versprechen der Aufmerksamkeit.

Der Hilfssheriff nähert sich, um Elijah in Empfang zu nehmen. Nat dreht sich um. »Lassen Sie die Handschellen weg, okay? Sie brauchen sie nicht. Begleiten Sie ihn einfach nur hier raus.«

Der Uniformierte schüttelt den Kopf. »Tut mir Leid. Befehl vom Sheriff.«

Der Hilfssheriff lässt die Handschellen in der Luft baumeln. Elijah hält die Handgelenke hin. Er kann den Blick nicht heben. Sie haben Elijah dazu gebracht, den Kopf sinken zu lassen, genau wie er gesagt hat.

»Stecken Sie diese verdammten Dinger weg!« Ed Fentress sagt das, vom Tisch der Staatsanwaltschaft aus. »Sagen Sie dem Sheriff, dass ich das veranlasst habe. Und jetzt begleiten Sie den Mann nach draußen, Hilfssheriff. Ohne Handschellen.«

Nat nickt Fentress zu. Elijah senkt einfach nur die Arme. Für ihn besteht kein Unterschied darin, ob er gefesselt oder nicht gefesselt ist; er ist nicht frei, nicht unschuldig. Der Hilfssheriff gibt nach und steckt die Handschellen ein. Elijah geht an Fentress vorbei, ohne ihn anzusehen. Die Hand des Hilfssheriffs berührt seinen Ellbogen.

Nat bleibt am Tisch der Verteidigung, während sich alle zurückziehen. Sogar Fentress verschwindet kommentarlos. Nat ist allein im Gerichtssaal.

Jetzt, da der Fall abgeschlossen ist, fühlt er die größte Last, als habe ihn das Bezirksemblem aus gehämmertem Kupfer überrollt. Es ist das zerschmetternde Gefühl des Versagens. Er weiß, dass er das Beste getan hat, was für Elijah zu erreichen war. Baron hatte Recht damit, Nat zu rufen; kein Anwalt hätte einen besseren Deal aushandeln können. Nat hat sich auf einen Kampf mit Fentress und Talley eingelassen, und den beiden sind die Beine weggeknickt. Er hat an Richterin Hawk appelliert und ihr Verständnis gewonnen. Er hat seine Arbeit erledigt. Warum fühlt er sich dann so, als fehle ihm etwas?

Er möchte den Gerichtssaal nicht verlassen. Er will nicht mehr von der Presse belagert werden. Er hat Angst vor einem Neuanfang mit Maeve. Was ist, wenn er sie immer noch enttäuscht, nachdem er zum ersten Mal in ihrer Ehe versucht hat, aufrichtig zu sein und er seine alte Anmaßung aufgegeben hat? Was ist, wenn er nicht loslassen, nicht verzeihen kann und ihre Verzeihung nicht akzeptieren kann? Er möchte hier nicht weggehen und Elijahs Frau gegenübertreten. Er möchte nicht sehen, wie Elijah seine Strafe antritt.

Wer hat die Kirche in Brand gesteckt? Wer hat das Mädchen umgebracht?

Wo ist Nats Ort des Friedens?

Er steht auf. Er greift nach der Aktentasche. Zum ersten Mal hat er am Tisch der Verteidigung gesessen. Als er sich jetzt davon entfernt, weiß er nicht, ob er jemals wieder hier sitzen wird.

Bevor er das Ende des Ganges erreicht hat, ruft jemand hinter ihm seinen Namen. Richterin Hawks alte Sekretärin steht in der Tür zum Büro der Richterin.

»Mr. Deeds«, sagt sie und spricht seinen Namen mit ihrem Südstaatenakzent aus. Alles, was sie sagt, klingt wie ein leichter, matronenhafter Tadel. »Da war ein Anruf für Sie.«

»Danke. Von wem?«

»Pastor Tom Derby. Sie können ihn von meinem Apparat aus zurückrufen, wenn Sie möchten.«

Nat folgt ihr durch die Tür. Sie reicht ihm eine Notiz mit der Nummer. Er wartet, bis sie ihn allein lässt, bevor er wählt. Derby meldet sich.

»Tom, hier ist Nat.«

»Hey, tut mir Leid, dich im Gericht zu belästigen, aber ich wusste einfach nicht, wo ich dich sonst in der Stadt hätte erreichen können. Ich hab im Fernsehen gesehen, dass es eine weitere Anhörung über ein Teilschuldgeständnis gab. Ist sie vorbei?«

»Ja.«

»Darf ich fragen, wie sie ausging?«

»Das Gericht hat die Vereinbarung akzeptiert. Tötungsdelikt ohne Vorsatz. Elijah muss fünf Jahre ins Gefängnis.«

Derby scheint bestürzt. »Du hast gesagt, dass das passieren würde. Aber ich dachte …«

»Was hast du gedacht, Tom?«

»Ich dachte, du würdest ihn freibekommen. Du hast immer gesagt, dass Elijah unschuldig ist.«

»Es ist immer noch Brandstiftung, und es gab immer noch einen Todesfall. Bei so etwas kommt man nicht so ohne weiteres wieder frei, Tom. Es ist besser, als unschuldig in die Gaskammer zu müssen.«

»Aber …« Jetzt scheint Derby mit der Tatsache zu kämpfen, dass Elijah im Gefängnis ist. »Aber er wird seine Arbeit verlieren. Er wird vorbestraft sein, wenn er wieder rauskommt. Diese schwachsinnige Idee, dass er dieses Mädchen vergewaltigt haben soll … Das wird ihm immer anhängen. Die Leute hier werden das nie vergessen.«

Nat möchte Derby hier und jetzt Vorwürfe machen. Doch er beherrscht sich und sagt nicht: Wenn du geredet hättest, als du hättest reden sollen, hätte es die Anklage wegen Vergewaltigung nie gegeben.

»Es ist vorbei, Tom. Können wir unser Gespräch jetzt beenden?«

Derby scheint das nicht zu hören. »Nur Gott weiß, wie sehr Clare darunter leiden muss. Wie wird sie es aufnehmen?«

»Es ist vorbei, Tom. Solange kein neues Beweismaterial auftaucht oder der Kerl, der die Kirche in Brand gesteckt hat, nicht gefasst wird, ist das das Ende. Fünf Jahre Gefängnis. Und, ja, ich glaube immer noch, dass er unschuldig ist.«

»Ja. Ich ...« Der Prediger sucht nach Worten. Die Redegewandtheit, die er auf der Kanzel besaß, ist verschwunden. »Ja. Ich denke, es ist vorbei.«

»Wir müssen uns unterhalten, Tom. Jetzt gleich. Wo bist du? Ich komme zu dir.«

Einige Augenblicke lang bleibt das Telefon stumm.

»Das alles hat dich schwer getroffen, Nat, nicht wahr? Niemand scheint das zu verstehen. Du hast viel für diesen Menschen riskiert.«

»Das ist meine Aufgabe.«

»Es ist nicht deine Aufgabe, von deiner eigenen Heimatstadt geächtet zu werden. Du musstest beweisen, dass Elijah unschuldig ist. Vielleicht hättest du dann wieder zurückkommen können. Es wäre leichter geworden für dich.«

»Ich weiß nicht, was ich jetzt tun werde. Ich möchte nicht darüber nachdenken. Wo bist du, Tom?«

»Ich kann nicht mit dir reden, Nat. Nicht im Augenblick.«

»Tom. Du hast es mir versprochen. Dass du meine Fragen heute beantworten würdest.«

»Das werde ich, Nat. Das werde ich. Heute Nacht werde ich dir alle Antworten geben. Das schwöre ich.«

»Ich habe dein Wort drauf.«

Derby hält inne. »Ja. Du hast mein Wort.«

»In Ordnung.«

»Aber da gibt es noch etwas, das du zuerst erledigen musst.«

»Was?«

»Rosy Epps ist in der Klinik. Sie hatte einen Herzinfarkt.«

»Wann ist das passiert?«

»Heute Vormittag. Sie war zu Hause. Sie hat es gerade noch geschafft, meine Nummer zu wählen.«

»Wie schlimm steht es um sie?«

»Sehr schlimm. Ich komme gerade von ihr. Sie liegt auf der Intensivstation. Der Arzt hat mir gesagt, dass sie in den letzten Jahren eine ganze Reihe kleinerer Infarkte gehabt haben muss. Entweder hat sie die selbst nicht bemerkt, oder sie hat nie etwas darüber gesagt. Wie auch immer, jetzt hatte sie diesen großen. Sie haben ihr Medikamente gegeben, um den Blutdruck stabil zu halten. Aber der Arzt sagt, dass es eigentlich nur noch eine Art Totenwache ist.«

»Das tut mir Leid, Tom. Ich weiß, dass sie dir viel bedeutet hat.«

»Ja, das stimmt. Sie ist immer noch bei Bewusstsein. Wir hatten ein gutes Gespräch, und ich habe ihr gesagt, dass ich sicher bin, dass sie bald bei Gott sein wird.«

»Das ist gut.«

»Sie hat mich um einen Gefallen gebeten. Sie wollte, dass ich dir sage, dass du sie bald besuchen sollst. So schnell es geht.«

»Sie möchte mich sehen? Warum?«

»Das wird sie dir selbst erzählen, mein Sohn. Sie wartet. Geh sofort.«

»In Ordnung. Ich …«

Wieder bleibt das Telefon stumm. Dann sagt Derby seinen Namen: »Nat.« Seine Stimme wirkt wie die Sonne, die in der Abenddämmerung sinkt.

»Ja.«

»Du hast alles getan, was du konntest, nicht wahr? Das hast du doch.«

»Ich weiß es nicht.«

»Aber ich. Ich kenne dich, Nat Deeds. Wenn es wirklich

drauf ankommt, tust du alles, was du kannst, nicht weniger. So warst du schon, als wir Kinder waren. Es gibt nicht viele Menschen wie dich. Du setzt dich ein. Und ich weiß, was für ein Mensch der Staatsanwalt ist. Er hätte Elijah an den Daumen aufgehängt, hätte das seinen eigenen Zielen genutzt. Ich kenne solche Menschen. Fett und fromm, die Butter schmilzt nicht auf ihren Zungen. Ich habe zu ihnen gepredigt. Es ist mir nicht gelungen, zu ihnen durchzudringen. Ich habe sie zur Hölle fahren sehen. Aber du hast ihn besiegt. Du hast sie alle besiegt.«

»Nein. Das habe ich nicht.«

»Doch. Das hast du, Nat. Vielleicht weißt du es nur noch nicht.«

Nat hat keine Antwort darauf. Er ist nicht in der Stimmung, sich loben zu lassen, nicht einmal von dem bedauernswerten Tom Derby. Er fragt sich, wie viele Menschen Tom Derby daran zu hindern versuchte, zur Hölle zu fahren. Vielleicht ist es das, was Tom Derby tut. Er stellt sich an das Tor zur Hölle und warnt die anderen.

»Ich sollte jetzt gehen. Mrs. Epps wartet auf mich.«

»Okay. Mach, dass du hinkommst.«

»Wir werden uns später unterhalten. Ich rufe dich heute Abend zu Hause an.«

Doch die Leitung ist tot. Tom Derby ist fertig.

Mrs. Epps und Tom Derby

EINS

1

Alle Scheiben wurden eingeworfen. Überall liegen Glasscherben, die auf der vorderen Veranda und auf dem Rasen wie Tränen funkeln. Hastig wurden mit Sprühfarbe die Worte MÖRDER und SCHULDIG in schwarzen Buchstaben auf die Schindeln geschrieben.

Monroe bringt seinen Streifenwagen auf der unbefestigten Straße zum Stehen. Er wartet hinter dem Steuer, bis die Staubwolke zu Boden gesunken ist, bevor er aus dem Wagen steigt. Als er sich umsieht, spürt er eine alte Regung in seiner Brust. Das ist der Krieger in ihm. Er beißt die Zähne zusammen, um sie in den Griff zu bekommen. Seine Aufgabe ist es, ruhig zu bleiben, während andere wild um sich schlagen. Monroe weiß nicht, ob alle Menschen diesen Krieger in sich tragen. Aber wie kann man sonst in einer Welt leben, die einen verletzt oder beraubt oder tötet, einer Welt, die nicht einmal innehält, um sich nach der schmutzigen Arbeit die Hände zu waschen, bevor sie sich einen anderen vornimmt oder sich noch einmal auf einen selbst stürzt? Wie kann man ein Mensch sein, wenn man diese Regung nicht in sich spürt, jemanden zu finden, den man ganz gewaltig in den Hintern treten kann?

Er schüttelt den Kopf über das, was er da sieht, dieses Haus. Er denkt, das ist wilde, feige Gemeinheit. Ohne Mumm, ohne Verstand. Er greift nach dem Türgriff. Er zwingt sich dazu, sich zu beherrschen, damit seine Wut seine Beobachtungen nicht verzerrt. Er ist ruhig, aber außer Atem, und er fürchtet sich ein wenig vor sich selbst. Er steigt aus dem Wagen. Hier draußen zwischen den Feldern ist die Luft am frühen Abend feucht, heiß und voller Bedeutung.

Kinder haben das getan. Einer der Farmer ist auf einem Pferd die Straße entlanggeritten. Er hat sie gesehen und verjagt und dann das Büro des Sheriffs angerufen. Das muss ein Anblick gewesen sein, als er versucht hat, sie aus dem Sattel heraus zu vertreiben. Überall im Staub sind Abdrücke von Tennisschuhen, Fahrradreifen und Hufeisen. Zerdrückte Stellen in der Mauer aus Mais zeigen, wo die Kinder sich versteckt haben und wohin ihnen der Farmer nachgeritten ist. Als der Farmer die Dienst habende Beamtin anrief, sagte er, er habe nur einen der Jungen erkannt. Der Sohn des Mannes, dem das örtliche Geschäft für Farmmaschinen gehört, Mr. Hillenbrandt. Sein Sohn Daniel. Ein guter Junge. Ein guter Baseballspieler aus der Juniorhighschool.

Monroe geht um das Haus. Jedes Fenster ist zerbrochen. MORD wurde auf die Rückseite des Hauses gesprüht, die gegenüber dem Garten liegt. Er geht die Veranda hinauf und blickt durch ein eingeworfenes Fenster. Er greift hinein, schiebt vorsichtig einen Vorhang zur Seite, um sich nicht an den scharfen Splittern zu schneiden. Steinbrocken liegen auf dem Sofa und auf dem Boden. Der Bildschirm des Fernsehers wurde zerstört. Das zerbrochene Glas liegt wie lange Schwerter und kleine Mosaikstückchen auf dem Teppich.

Die Kinder haben dieses Haus geschlagen wie ein zu Boden gegangenes Pferd: voller Grausamkeit. In seinem Kopf hört er, wie das Glas bricht, das Pferd wimmert und die Jungen einander anfeuern. Monroe vermutet, dass Clare Waddell bei ihrer Großmutter, Mrs. Epps, im Krankenhaus ist. Die alte Dame hatte einen schweren Herzinfarkt. Vor ein paar Stunden hatte er über Funk gehört, wie der Notarzt gerufen worden war.

Kurz darauf hatte ihn die Dienst habende Beamtin ebenfalls per Funk über Elijahs Teilschuldeingeständnis informiert. Tötungsdelikt ohne Vorsatz. Vor zehn Minuten dann erhielt er den Anruf, hierher zu kommen und sich das anzusehen.

Monroe geht zurück zu seinem Streifenwagen. Seine Stiefel knirschen im Staub und auf dem Kies. Als ob Clare Waddell nicht schon genug am Hals hätte. Ihre Großmutter, die Frau, die sie aufgezogen hat, liegt im Sterben. Ihr Ehemann, der möglicherweise unschuldig ist, wird die nächsten fünf Jahre im Gefängnis verbringen. Nur zehn Minuten lang hat sie ihr Kind nach der Geburt in Händen gehalten, dann starb es in ihren Armen. Sie hat das Baby begraben und ansehen müssen, wie es wieder ausgegraben und fortgeschafft wurde. Und jetzt dieser Angriff auf ihr Heim. Monroe erinnert sich an etwas, an eine Redewendung, die behauptet, dass Jesus nur die Last auf unsere Schultern lädt, die wir auch tragen können. Er kann sich nicht vorstellen, wie stark Clare Waddell dann sein muss. Was wäre der letzte Tropfen, der für sie das Fass zum Überlaufen bringt?

Er lehnt sich gegen die heiße Motorhaube und nimmt seinen steifen Filzhut ab. Er hört einen Hund bellen und sieht am Haus vorbei, hin zu der Mauer aus Mais. Dort ist ein kleines graues Hündchen, das ihn noch ein wenig länger anbellt, wobei es bei jedem Bellen die Vorderpfoten vom Boden hebt, bevor es zwischen den Stauden verschwindet.

Er wischt sich mit einem Taschentuch die Stirn ab. Diese Kinder entscheiden sich nicht selbst dafür, so etwas zu tun. Sie haben es zuerst von ihren Eltern gehört. Nat hat mit Fentress einen Deal ausgehandelt, damit Elijah die Todeszelle erspart bleibt. Innerhalb von Minuten haben die Agenturen diese Nachricht ins Fernsehen und ins Radio gebracht, sie haben die Sache maßlos aufgebauscht, damit sie auch wirklich gesendet wird. Und wie haben die Eltern auf diese Berichte reagiert? Was bekam Danny Hillenbrandt in seinem hübschen großen Haus in Good Hope zu hören? Elijah Waddell ist billig davongekommen. Verdammter Mörder. Schuldig, das ist er. Für das, was er getan hat, sollte er auf den elektrischen Stuhl kommen. Kam billig davon. Hat Mr. Hillenbrandt auch gesagt, dass Elijah ein weißes Mädchen geheiratet hat? Hat er gesagt, Elijah ist schwarz, und deshalb haben sie ihn bevorzugt behandelt, es wäre ja nicht das erste Mal? Am Ende wird Elijah Gott nicht entwischen, auch wenn er heute dem Gericht entwischt ist? Haben sie gesagt, jemand wird dafür bezahlen?

So laufen die Dinge. So überlebt der Hass und wird wie ein fliehendes Kinn und Kahlköpfigkeit von Generation zu Generation weitervererbt.

Monroe fragt sich: Wie viel von der Kraft, die diese Steine warf, war rassistisch motiviert? Was war nichts weiter als simples Misstrauen? Was daran war das kranke menschliche Vergnügen, jemanden zu treten, der bereits am Boden liegt? Er denkt: Das alles sind nur Etiketten für ein und dieselbe Sache. Angst.

Er steckt sein feuchtes Taschentuch ein. Er blickt hinüber zum Haus. Wegen dieser Sachbeschädigung wird er keinen Bericht verfassen. Warum noch einen Artikel über diese ganze schreckliche Geschichte in die Zeitung bringen? Warum dem Nahrung geben? Es soll verhungern. Still und privat werden Danny Hillenbrandt und seine Freunde noch vor Einbruch der Nacht wieder hier draußen sein und die Scherben zusammenkehren. Einige Eltern in der Stadt werden neue Fenster und einen neuen Fernseher bezahlen.

Monroe beschließt, dass er selbst es sein wird, der hierher kommt, um die Wände in einem dunklen Rotton neu zu streichen.

2

Nat Deeds ist neun Jahre alt. Er hat den Fängerhandschuh dabei, als er zu einem Baseballspiel rennt. Er hat es als dritter Malspieler in das All-Star-Team der Kinderliga geschafft. Den ganzen Morgen über hat es geregnet, und die Straßen verströmen Hitze. Es ist immer noch bewölkt, es ist nicht der strahlend sonnige Tag, den er sich für sein erstes Spiel bei den All Stars ausgemalt hat. Aber der Stoff, der über seine Haut reibt, wenn seine Knie sich berühren, ist der Stoff eines Trikots der All Stars aus weißer Baumwolle mit großen roten und blauen Buchstaben und einer Paspelierung. Seine Arme sind unterdurchschnittlich entwickelt für einen dritten Malspieler, er ist klein, aber er wird alles stoppen, was auf ihn zufliegt. Sein Schläger hat guten Kontakt zum Ball. Falls er spielt, wird er als Siebter oder Achter schlagen. Er will so früh auf das Spielfeld kommen, dass er den Erwachsenen noch dabei helfen kann, wenn sie das Innenfeld rechen; er möchte sich eine Schaufel nehmen und den trockenen Sand aus dem Schubkarren holen, um ihn um das Schlagmal aufzuschütten. Er möchte dabei sein, wenn die Seitenlinien neu mit Kalk markiert werden. Er selbst wird auf dem Außenfeld einige Sprints absolvieren. Er wird zwei Schläger gleichzeitig halten und sie durch die Luft schwingen.

Nat nimmt eine Abkürzung über ein unbebautes Grundstück. Er rennt. Aber er hat einen Fehler gemacht. Das Grundstück ist morastig. Er tritt in eine Pfütze, die sich in einem Loch zwischen dem Unkraut gebildet und die er nicht gesehen hat. Schlamm spritzt auf seine weiße All-Star-Hose, rote Lehmflecken machen sie bis zu den Knien hinauf schmutzig. Er fühlt, wie der feuchte Schmutz den Baumwollstoff bis zu seinen Beinen durchdringt, als hätte er in die Hose gemacht. Er weint.

Nat verlässt das Grundstück; er ist inzwischen mehr als eine Meile von zu Hause entfernt. Das Spielfeld ist eine weitere halbe Meile entfernt. Würde er nach Hause rennen, damit seine Mutter die Hose waschen kann, würde er verpassen, wie das Spielfeld vorbereitet wird und vielleicht sogar, wie das All-Star-Team sich aufwärmt. Und er würde eine feuchte Hose anziehen müssen, denn seine Mutter besitzt keinen elektrischen Trockner, nur eine alte Westinghouse-Wäschemangel. Die Trainer werden sich fragen, wo er bleibt. Wenn er zu spät kommt, werden sie ihn nicht spielen lassen. Eben noch war er ganz in Weiß gekleidet gewesen. Er war bereit gewesen, sauber. Er wäre früh genug gekommen. Er wäre gekommen, um zu helfen.

Er steht an der Straße. Er weiß nicht, in welche Richtung er rennen soll, nach Hause oder zum Spielfeld. Er schaut an sich herab. Als er den Kopf senkt, landet eine Träne auf seinem Converse-Sportschuh und hinterlässt einen kleinen Krater im Dreck, der dort klebt.

»Nathaniel Deeds?« Die Stimme kommt aus dem Haus direkt gegenüber von dem unbebauten Grundstück. Er steht vor dem Haus von Mrs. Epps. Letztes Jahr, in der dritten Klasse, war sie seine Lehrerin. Sie steht auf den Steinstufen ihres Hauses und hat die Hände auf die Hüften gestützt. Sie ist sehr hübsch.

»Nathaniel, was hast du da bloß angerichtet? Komm her.«

Nat möchte etwas murmeln, doch Mrs. Epps würde ihn nicht hören. Er sagt laut: »Ich bin in eine Schlammpfütze getreten.«

»Das sehe ich. Komm her und lass dich anschauen.«

Er schlurft über die Straße zu ihrem Bügersteig. Bei den ersten Schritten hinterlässt sein Tennisschuh eine schmierige Lehmspur. Mrs. Epps geht ihm entgegen. Sie schnalzt mit der Zunge, als sie sieht, wie schmutzig er ist.

»Das ist ein schönes Trikot«, sagt sie. »Ich wusste nicht, dass du ein All Star bist.«

»Ja, Ma'am.«

»Nun, ich bin nicht überrascht.«

Nat hält den Kopf gesenkt. Die Tränen im Gesicht eines Jungen sind schwere, schwere Steine.

Den Blick auf seinen Handschuh gewandt, sagt er: »Ich muss gehen.«

»Wohin?«

»Ich weiß nicht. Nach Hause.«

»Warum? Weil du in eine Schlammpfütze getreten bist? Nat, du bist unterwegs zu einem Baseballspiel. Du wirst sowieso schmutzig werden. Geh einfach nur zum Spielfeld. Niemand wird sich darum kümmern.«

Nat kann es nicht glauben. Niemand wird sich darum kümmern. Wie ist das möglich? Was sollen dann die weißen Trikots? Er ist ein All Star. Er wird alles stoppen, was in seine Richtung fliegt. Um so etwas muss man sich kümmern.

»Ja, Ma'am.«

Nat wendet sich schwerfällig ab.

»Wann musst du dort sein?«

Er bleibt stehen. Sie war seine Lehrerin. Sie weiß alles Mögliche. Sie ist erwachsener als alle anderen.

»Ich weiß nicht. Bald.«

Sie lacht. »Nat Deeds.«

»Ja, Ma'am.«

»Komm rein, ja? Wir werden dieses Trikot in Ordnung bringen. Ich habe eine Waschmaschine und einen brandneuen elektrischen Trockner. Gib mir fünfzehn, zwanzig Minuten. Du wirst ein perfekter All Star sein, das verspreche ich. Komm rein.«

Sie führt ihn um das Haus herum durch den Hinterhof zur Küchentür. Er folgt ihr und hinterlässt Schlamm auf ihrem

Linoleumboden. Sie verliert kein Wort darüber. Sie legt ihm ein Duschhandtuch auf den Küchentisch und dreht sich um, während er seine Hose und seine Socken auszieht. Sie lässt ihn auf einem gepolsterten Küchenstuhl aus Chrom sitzen; dann schaltet sie die Maschinen ein, die sich surrend an die Arbeit machen. Sie beugt sich über die Knöpfe und stellt sie so ein, dass die Maschinen schnell arbeiten. Sie bringt ihn dazu, über Baseball und das All-Star-Team zu sprechen. Sie ermuntert ihn, von Superman und Batman und Flash und Green Lantern zu erzählen. Kuchen und Milch lehnt er ab. Er achtet darauf, dass das Handtuch, das um seine Unterhose gewickelt ist, an Ort und Stelle bleibt.

Zwanzig Minuten später sind seine Hose und seine Socken strahlend weiß gebleicht. Noch nie wurde seine Kleidung von einem elektrischen Trockner getrocknet, und als er sie jetzt anzieht, ist das so, als ziehe er ein Katzenfell an, die Baumwolle ist warm und flauschig, da ist nur noch eine winzige Andeutung von Feuchtigkeit. Nat kommt sich vor wie neu, wie eine frisch geprägte Münze. Mrs. Epps sagt, dass sie später kommen und sich das Spiel ansehen wird. Sie nimmt ihn mit in ihrem Wagen und fährt ihn die letzte halbe Meile zum Spielfeld. Die Männer sind gerade dabei, den Sand aus dem Schubkarren zu schaufeln. Der Cheftrainer der All Stars schüttet aus einem Sack Kalk in die Markierungsmaschine. Die anderen Spieler sind noch nicht da. Nat springt aus Mrs. Epps' Wagen und vergisst seinen Handschuh. Rutschend kommt er zum Stehen. Er dreht sich um, um ihn zu holen. Sie winkt ihm, wünscht ihm viel Glück und fährt davon.

Nat wird sie nicht lieben. Sein Freund Tom Derby liebt sie.

3

Nat bleibt auf dem Gang vor ihrem Zimmer stehen. Leise Geräusche schwirren durch die Station: die Sprechanlage des Hauses, die nicht lauter ist als nötig, klingelnde Telefone, ratternde Tabletts auf Chromwägen, quietschende Gummisohlen auf dem gründlich gebohnerten Boden. Nat steht im Kielwasser dieser gedämpften Geräusche und wappnet sich, bevor er ihre Tür berührt. Der Tod ist darin. Der Feind ist gekommen. Nat nimmt diesen Augenblick, diese Pause, ernst.

Er atmet tief ein und hält den Atem an, sodass er nicht nach Luft schnappen wird, gleichgültig, was auch immer er zu sehen bekommt. Er schiebt die Tür auf. Im Zimmer sind die Vorhänge zugezogen. Spätes Sonnenlicht tröpfelt um die Vorhangfalten herein; es schimmert nur am Boden und unter der Decke. Die Lampen sind ausgeschaltet. Es ist, als befinde man sich in einem leeren Haus, in dem nur Maschinen laufen. Das Zimmer besitzt das für ein Krankenhaus typische Zwielicht. Grüne elektrische Libellen tanzen auf einem Bildschirm, raschelnde Grillen singen irgendwo einem Computer ihre Geheimnisse vor, das Ende ist in Sicht.

Das Zimmer ist nicht leer. Sie liegt in einem Bett, bei dem der obere Teil der Matratze ein wenig höher gestellt wurde. Die Bettgitter wurden wie bei einer Krippe hochgeklappt. Nat atmet aus, als er sagt: »Hallo, Mrs. Epps.« Da er so tief Luft geholt hat, klingt es jetzt, als seufze er. »Wie geht es Ihnen?«

Die Frage ist schon beantwortet, bevor sie ihre Lippen öffnet. Sie ist aschgrau. Ihr Herz hat aufgehört, ihren Körper in ausreichendem Maße zu versorgen, und wegen dieses Mangels hat sich ihr Fleisch zusammengezogen. Sie ist in ihrer eigenen Haut zusammengesunken; die Haut hüllt sie ein in alten Falten und Millionen von kleinen Runzeln. Nat hat Angst, sie zu berühren; sie könnte auseinander fallen oder abbrechen wie der schwache Streifen Asche an einer brennenden Zigarette.

»Nathaniel Deeds.« Mrs. Epps schlägt die Augen auf. Sie scheint zu schwach, um zu lächeln. Sie richtet seinen Namen übel zu, als sie ihn ausspricht. Ihr Mund besteht nur noch aus Zahnfleisch. Ihre Kiefermuskeln haben sich so sehr zusammengezogen, dass sie ihr Gebiss nicht mehr einsetzen kann. Bizarr und isoliert liegt das Gebiss auf dem Nachttisch. Schläuche ragen aus ihrer Nase und ihren Armen, Drähte ragen aus ihrer Brust; sie ist eine zurückgelehnte, erschöpfte Marionette.

»Danke, dass Sie gekommen sind.« Ihre einst so beherrschende Stimme ist nur noch ein entschuldigendes Krächzen. Sie reicht ihm nicht die Hand, sondern hebt sie nur zitternd wenige Zentimeter über dem Laken in die Höhe. Nat tritt neben dem Bett nach vorn und schiebt seine eigene Hand darunter. Entspannt lässt sie ihre Hand in seine Handfläche sinken. Ihre Hand ist leicht wie eine Feder, als hätte ihre Seele bereits damit begonnen, ihren Körper zu verlassen.

»Mrs. Epps. Es tut mir so Leid, dass Sie krank sind.«

»Nicht krank.« Sie möchte noch etwas hinzufügen, möchte sagen, was sie ist, aber das ist offensichtlich, also lässt sie es bleiben.

Nat nickt. Ihr Haar ist in Unordnung und brüchig und hat denselben Raureifton wie der Kissenüberzug.

»Tom Derby hat mir gesagt, dass Sie hier sind. Ich bin so schnell wie möglich gekommen.«

»Waren Sie im Gericht?«

»Ja, Ma'am.«

»Für Elijah?«

»Ja, Ma'am.«

»Erzählen Sie mir, was passiert ist.«

»Heute Nachmittag haben wir uns eines nicht vorsätzlichen

Tötungsdelikts für schuldig erklärt. Die Bezirksrichterin hat unsere Erklärung akzeptiert.«

»Wird er ins Gefängnis kommen?«

»Er wird mindestens fünf Jahre eingesperrt sein.«

Die Knochen in Mrs. Epps Gesicht – die Augenhöhlen, das Kiefergelenk, die Lücke in den Knochen, aus der die Nase wächst – zeichnen sich alle so deutlich ab, als habe man nur eine dünne Fleischschicht darübergespannt. Es ist unheimlich, dass sie unter dieser Schicht noch am Leben ist. Warum?, fragt er sich. Lassen sie los, Mrs. Epps.

»Das ist nicht richtig«, sagt sie. Ihre Augen sind das Einzige, was noch voller Leben ist. Dort drin ist sie, denkt Nat, und blickt heraus. Ihre blauen Augen huschen flink und scharfsinnig hin und her, bedrückt von den Neuigkeiten, die Nat mitbringt. Wieder sagt sie: »Nicht richtig.«

»Mrs. Epps, es war das Einzige, was wir im Augenblick für ihn tun konnten. Es war die beste Alternative. Glauben Sie mir. Er hätte sich nicht auf einen Prozess einlassen können.«

»Clare.«

»Ja, Ma'am. Ist sie hier im Krankenhaus? Möchten Sie, dass ich sie hole?«

»Nein. Sie war hier. Ich hab sie nach Hause geschickt, bevor Sie kamen.«

»Sollte sie nicht bei Ihnen sein? Sie ist ihre Familie, Mrs. Epps.«

»Ich weiß. Sie wollte länger bleiben. Reden. Aber«, die alte Frau schüttelt den Kopf, »genug.«

»Ich verstehe.«

»Nathaniel Deeds?«

»Ja, Ma'am.«

»Können Sie mein Anwalt sein?«

»Wenn es das ist, wozu Sie mich brauchen. Ja, Ma'am, ich werde Ihr Anwalt sein.«

»Beerdigen Sie mich neben Charley.«

»Ich bin sicher, dass er glücklich ist, Sie in seiner Nähe zu haben.«

»Keine großen Reden. Lassen Sie nicht zu, dass die immer weiter reden.«

Nat lächelt und drückt sacht ihre Hand. »Ich werde darum bitten, dass alles ganz still abläuft. Aber es wird schwierig sein. Viele Leute werden Sie vermissen.«

»Pst.«

»Ja, Ma'am.«

»Clare.«

»Ja, Ma'am.«

»Die Hälfte vermache ich ihr. Die andere Hälfte der Kirche für den Wiederaufbau. Ich habe nicht viel. Gehen Sie auf die Bank. Verkaufen Sie das Haus.«

»In Ordnung.«

»Glauben Sie, dass das okay ist?«

»Wenn Sie das Gefühl haben, dass Sie für Clare gesorgt haben, bin ich sicher, dass das in Ordnung geht. Die Kirche wird dankbar sein für diese Großzügigkeit.«

»Thomas.«

»Ja, Ma'am.«

Es gibt keinen Grund, es ihr zu sagen, denkt Nat. Überhaupt keinen Grund.

»Er ist Ihr Freund.«

»Ein alter Freund. Er hat Sie immer sehr gemocht, Mrs. Epps, das weiß ich.«

Sie wiederholt: »Thomas.« Kein Schaudern ihrer eingefallenen Brust kündet die Träne an. Ihre Augen röten sich plötzlich wie die Zeitrafferaufnahme einer erblühenden Rose. Sie scheint weit an Nat vorbeizusehen. Für einen kurzen Augenblick betrachtet Nat zusammen mit ihr die schönen Tage, die ferne Vergangenheit. Der salzige Tropfen gräbt eine Furche in ihre Wange.

Einen Augenblick später sagt sie: »Versprechen Sie es mir.«

»Was, Mrs. Epps?«

»Versprechen Sie mir, dass Sie Elijah helfen.«

»Das mache ich.«

»Sie werden es beweisen, Nat. Sie werden es Ihnen zeigen.«

»Wenn ich es schaffe, dann werde ich das auch tun.«

»Das ist meine Bitte.«

»Ja, Ma'am.«

Nat hat das nicht bemerkt, während sie sich unterhalten haben, doch der Körper der alten Frau ist straffer geworden. Sie hat den Kopf und die Schultern vom Kissen erhoben, die Sehnen in ihrem Hals stehen hervor. Er legt die Hand an ihr Schlüsselbein, um sie sacht wieder nach hinten zu drücken. Er achtet auf das, was von seiner Hand zurückkommt. Es ist der Schock, wie gebrechlich ihr Körper sich anfühlt.

»Ich habe einen Fehler gemacht«, sagt sie. »Ich … ich hätte es aufhalten können.«

»Nicht, Mrs. Epps.«

»Die hören auf mich.«

»Ja, Ma'am, das machen die.«

»Was wir getan haben. Es war …«

»Sie sollten sich schonen, Mrs. Epps.«

»Es war falsch. Selbstsüchtig.« Ihr Blick fixiert Nat, aber er dringt nicht in ihn ein, sondern bleibt an der Oberfläche haften wie auf einer Kinoleinwand. Ihre blauen Pupillen ruhen im klaren, jungen Weiß ihrer Augen. Nat steht völlig reglos da und spürt Bilder auf seiner Haut. Er wird ihr ihre Schande zeigen, damit sie sie ansehen kann.

»Ja, Ma'am. Es war falsch.«

»Ich habe die Hand gehoben.« Sie nickt entschieden. »Selbstsüchtig.«

Das ist endgültig. Das ist das Urteil, das die Lehrerin über sich fällt. Hausarbeiten für das Leben danach.

Nat bleibt noch länger neben Mrs. Epps sitzen, obwohl sie sich nicht mehr unterhalten. Er geht, als sie schläft, und wieder liegt ihre Hand schwer in seiner. Doch es ist nur noch das Gewicht von Fleisch. Er zieht seine Hand unter ihrer hervor, wirft einen letzten Blick auf die alte Frau, öffnet die Tür zum Gang und lässt Mrs. Epps zurück.

4

Thomas Derby erwacht und sagt: »Ja.«

Es ist, als sei er während seines Nickerchens irgendwohin gegangen, an einen Ort des Friedens und der Träume, gewissermaßen so, wie sich Computer sofort an die Arbeit machen, um etwas zu berechnen, um dann ein Ja oder ein Nein zu präsentieren. Das ganze Leben ist ohnehin binär. Ja oder nein.

Derby sagt: »Ja, okay«, und setzt sich im Bett auf.

Die Sonne ist untergegangen. Es ist nach zehn. Er hat mehr als drei Stunden geschlafen. Er ist noch etwas angeschlagen, aber zugleich entschlossen und euphorisch.

Mit Socken an den Füßen sitzt er auf dem Rand der Matratze. Benommen steht er auf. Die Unsicherheit in seinen Beinen kommt zum Teil von dem langen Nickerchen, von der Verwirrung darüber, so spät am Abend zu erwachen. Und sein Kopf ist ein wenig durcheinander von der Wirkung des Whiskeys, die langsam nachlässt. Er schlurft in die Küche. Das Glas und die Flasche sind noch immer da, wo er sie hingestellt hat. Er ist allein, also sind sie selbstverständlich noch genau dort. Wachposten. Nur Gott hätte sie bewegen können, und Gott hat das nicht getan.

Thomas Derby gießt sich eine weitere ordentliche Portion ein. Er hebt das Glas, um es auf einen Zug zu leeren, hält dann jedoch inne. Er öffnet die Lippen nur ein wenig, nicht um sich den Mund mit Whiskey zu füllen, sondern um ihn zu küssen. Er erlaubt ihm, seine Zunge zu umspülen, den Schlaf und das Schwanken aus seinen Beinen zu vertreiben. Er lässt zu, dass der Whiskey so von ihm Besitz ergreift, wie der Geist das erste Mal von ihm Besitz nahm, mit Feuer und Klarheit. Er denkt, dass der Geist aus ihm entschwunden ist wie der Whiskey im Schlaf: während einer langen, dunklen Zeit.

Er kann von diesem Geist nicht mehr so trinken und sich dabei erneuern, wie er das mit dem Whiskey kann. Dazu jedenfalls hat er sich am Ende entschlossen. Er ist sicher, dass in ihm der Whiskey stärker ist als Gott, denn er wendet sich häufiger dem Whiskey zu, und der antwortet ihm immer, er wärmt ihn und hält alle Versprechen, während Gott Tom Derby warten und grübeln lässt. Derby findet nun mal, dass Alkohol leichter zu schlucken ist.

Er stellt das Glas auf die Spüle. Es ist noch mehr Whiskey in der Flasche, aber er lässt sie stehen. Man kann einmal genug davon haben. Wie vom Leben.

Derby geht zurück ins Schlafzimmer. Er blickt hinab auf seine Füße in den Socken, da sind sie, machen rechts und links ihre Schritte, und einen Augenblick lang hegt er nostalgische Gefühle für seine Füße. Sie sind so weit von seinem Kopf entfernt. Er ist groß, und er fragt sich, ob er ihnen gegenüber freundlich genug war. Den ganzen Spaß hatten sein Kopf und seine Brust und seine Hüften und seine Hände, sie haben gegessen, gelacht und alle Zärtlichkeiten genossen, die es gab. Seine Füße aber haben die undankbare Arbeit erledigt, sie haben ihn von Stadt zu Stadt, von Versagen zu Versagen getragen. Wegen dieses Gedankens wirft er seinen Füßen einen Augenblick später vor, dass sie ihn nicht an bessere Orte geführt haben. Er gibt ein typisches Whiskey-Grunzen von sich und wendet den Blick von ihnen ab. Wie auch immer, denkt er und meint damit seine Füße. Euch trifft vielleicht keine Schuld, nichts von alledem war euer Fehler, aber ihr kommt trotzdem mit mir.

Im Schlafzimmer schiebt er die dünne Schranktür auf. Er nimmt eine Bluejeans vom Haken und zieht sie an. Die Socken an seinen Füßen gleiten problemlos in die Denim-Hosenbeine, und Derby denkt: Ich danke euch, Füße, dass ihr keinen Widerstand leistet. Es tut mir Leid, dass ich auf euch so wütend geworden bin. Es tut mir Leid, dass ein Kerl wie ich euch da mit reinzieht.

Bevor er den Gürtel strafft, zieht er das weiße T-Shirt aus, in dem er geschlafen hat. Er faltet es zusammen und legt es in die passende Schrankschublade. Aus derselben Schublade nimmt er ein neues schwarzes Hemd mit langen Ärmeln. Es wurde kürzlich gewaschen und ist weich. Es riecht wie die frische Luft einer besseren Welt. Er zieht das Hemd über den Kopf, schlüpft in die Ärmel und steckt es in die Hose. Zum Schluss nimmt er ein Paar schwarze Rindslederstiefel vom untersten Schrankbrett, die er vor langer Zeit bei einer Tour durch Texas gekauft hat. Er lächelt seinen Füßen zum Abschied zu. Weil er vornübergebeugt auf einem Stuhl sitzt, um die Stiefel anzuziehen, sind seine Füße nicht weit entfernt. Er streicht sich freundlich über die Zehen, als seien sie zehn winzige Kinderköpfe, bevor er sie alle in die Umhüllung aus altem Leder schiebt.

Bevor er das Schlafzimmer verlässt, nimmt er zwei Gürtel von einem Haken im Schrank. Während die Gürtel in seiner Faust hin und her baumeln wie tote Schlangen, die die Schwänze hängen lassen, geht er durch den Flur zum Wohnzimmer.

Die Absätze seiner Stiefel, die auf dem Kiefernholzboden aufschlagen, sind nicht so rücksichtsvoll wie seine Socken. Die Stiefel klingen wie ein Trommelwirbel, nüchtern und militärisch. Deshalb hält Derby sich aufrecht. Er hängt die Gürtel über die Lehne eines Stuhls, der an seinem Frühstückstisch steht.

Aus einer Schublade in der Küche holt er einen Notizblock und einen Füller. Er setzt sich nicht an den Resopaltisch und geht auch nicht ins Wohnzimmer, um sich auf die Couch zu setzen und am Couchtisch zu schreiben. Er legt den Notizblock auf die Spüle. Er bleibt davor stehen. Ihm gefällt, wie fest die Stiefel unter seinen Sohlen sind. Auf diesen Beinen, die jetzt ruhig dastehen, hat er in guten und in schlechten Zeiten viele Meilen zurückgelegt. Er hat tausende von Predigten gehalten, während er so dastand. Es gefällt ihm, dass er groß ist, dass er die Köpfe der anderen überragt. Er hatte immer noch größer sein wollen, wie ein Berg, hoch aufragend. Berggipfel gehören zu den Orten, an denen Gott am liebsten Wunder vollbringt.

Er berührt das Papier mit der Spitze der Feder. Wenn er diesen Brief erst einmal angefangen und abgeschlossen hat, gibt es keine weiteren Ziele mehr für ihn. Es ist Zeit für seine letzten Gedanken. Wie lauten sie?

Es tut Derby Leid. Es tut ihm Leid, sehen zu müssen, dass seine letzten Gedanken nicht Gott gelten. Stattdessen erhebt sich vor seinem inneren Auge unweigerlich ein Bankett aus Frauen und Alkohol. Das Leben als kaltes Büfett aus verschiedenen Speisen. Er wird die Frauen und den Alkohol vermissen. Aber seine Vorlieben waren genau das, was seinem Leben Bedeutung verliehen hat, sie betrafen die Augenblicke, in denen sein Licht am hellsten leuchtete. Die trällernde Stimme einer Frau, die einen Orgasmus hat, die Zunge einer Frau, die man beim Trinken durch das Glas hindurch sieht, die Zähne einer Frau, die vor Überraschung über Derbys witzigen Verstand lächelt. Nicht die Gesichter aus den Gemeinden, die ihn nicht bei sich aufnahmen, nicht die Menschen und Kirchen, die ihn immer wieder abwiesen, nein, sie nicht, wie freundlich und gut sie vielleicht auch gewesen sein mögen; nicht sie sind da für Thomas Derby, sondern die Dämonen. Die Dämonen, die ihn niemals losließen. Thomas Derby schuldet ihnen etwas für ihre Loyalität. Und jetzt, am Abgrund, sind sie wieder loyal.

Frauen und Whiskey. Derby denkt: Ich bin kein guter Mensch. Ich bin nichts weiter als Fleisch und Blut. Er fragt sich, ob Gott sogar aus einfachem Fleisch und Blut einen guten Menschen machen kann. Oder braucht Gott anderes, robusteres Material für seine guten Männer und Frauen? Muss er sie aus brennender Leidenschaft und einem einzigartigen Tod formen wie Jesus Christus? Oder aus mächtigem Glauben wie Moses und Johanna von Orleans? Oder aus unvorstellbaren Qualen wie Hiob? Diese schrecklichen Dinge verwandeln das Fleisch in etwas Heiliges, das Blut in Geschichte. Wer kann diesen Anforderungen gerecht werden, wer kann so eine Metamorphose ertragen? Wer würde heute ein so großes Opfer bringen, um einer von Gottes guten Menschen zu werden? Wer kommt heutzutage in den Himmel? Wer denn? Vielleicht einer oder zwei in jeder Generation? Sieh dir die Leute an, die glauben, dass ihre Fahrkarte schon abgestempelt ist, die die Tatsache, einer der Guten zu sein, wie einen Titel annehmen und ständig führen, als sei zu den Guten zu gehören, ein Name, den man durch Gerichtsentscheid zu tragen berechtigt ist. Sieh dir an, was sie machen. Weil sie sagen, sie seien gut, und weil sie sich mit anderen zusammentun, die dasselbe von sich behaupten, glauben sie schon, dass das, was sie tun, auch gut ist, als folgten ihnen ihre Taten wie treue Schafe. Aber man kann sich nicht selbst diesen Namen geben. Nur unser Herr kann das. Niemand wollte eifriger gut sein als ich, denkt Derby, niemand wollte eifriger das Brandzeichen tragen. Doch am Ende war ich nicht bereit, dafür genügend zu leiden, ich konnte das Opfer nicht ertragen. Am Ende konnte ich nur das geben, was mir selbst gegeben worden war, mein Fleisch und mein Blut, und die trugen von Anfang an einen Makel, die Schwäche war dem Staub eingeprägt, der ich bin. Ich konnte die Dämonen nicht herausreißen, deren Samen in meinem Fleisch steckten. Ich konnte die Sehnsüchte, die ich in meinem Blut trug, nicht zurückdrängen. Also bin ich wild gewachsen wie Unkraut, fern von Gott. Und was ich wissen will, ist: Wem geht das nicht so?

Thomas Derby schreibt auf den Notizblock:

Ich weiß nicht, ob ich den Mut habe, das hier zu tun und am Leben zu bleiben. Vergebt mir, denn ich war schon immer ein Feigling. Bevor ihr über mich richtet, fragt euch, ob ihr diesen Mut gehabt hättet.

Das ist die Wahrheit über das, was geschehen ist. Ich übernehme für alles die Verantwortung. Gebt mir und nur mir die Schuld.

Vor der Nacht des Feuers in der Victory Baptist Church kam Amanda Talley zu mir. Schon seit Beginn des Sommers war sie immer wieder zu mir gekommen. Ich holte sie um drei Uhr an einer Stelle ab, die wir vereinbart hatten, und dann fuhren wir aus der Stadt. Ich traf sie zum ersten Mal im Juni, als sie zum Gottesdienst kam. Sie wollte mehr über die Baptisten erfahren. Sie mochte unsere Lieder und die Einfachheit unseres Gottesdiensts. Sie dachte, es sei ruhiger hier draußen an unserer kleinen Landstraße, wo manchmal ein Vogel zur offenen Kirchentür hereinfliegt, während wir beten. Amanda besaß einen großartigen Geist, und er wurde unterdrückt. Ich sage nicht, dass er von ihrem Vater oder der anderen Kirche unterdrückt wurde. Sie war jung und suchte Antworten, wie das viele junge Menschen tun. Doch Amandas Geist wurde dadurch ruhig, wie jemand, der Bücher in einer Bibliothek studiert. Ich sage nur, dass sie anmu-

tiger und spiritueller war als jeder von euch Gelehrten. Was alles nur noch trauriger macht.

Bei vielen Gelegenheiten sprachen wir über den Herrn. Sie rief an, fragte, ob sie mich treffen könne, und ich fuhr los und holte sie ab. Wie so viele andere auch, fiel ihr der Weg zu Gott schwer. Ich wollte ihr helfen, diesen Weg zu finden. Es dauerte nicht lange, und unser Verhältnis wurde intim. Wir tranken Alkohol zusammen. Ich sagte ihr, dass sie mir sehr am Herzen läge – und ich bitte euch zu glauben, dass das wirklich so war. Doch so Leid es mir täte, sagte ich, unsere Verbindung musste ein Geheimnis bleiben. Das süße, unschuldige Mädchen ließ sich darauf ein. So wurde jeder von uns das Geheimnis des anderen.

Am Spätnachmittag vor dem Feuer setzte ich Amanda mit dem Wagen ab. Wie so oft zuvor hatten wir einander geliebt und zusammen etwas Whiskey getrunken. Vielleicht trank sie zu viel, bedenkt man, was ihr Vater später tat, als sie nach Hause kam. Wie auch immer. Sie muss von Zuhause fort und zur Victory Baptist gerannt sein. Ich glaube, sie kam, um mich zu sehen. Ich vermute, sie ging zunächst zum Pfarrhaus, doch ich war in Williamsburg und trank. Also ging sie in die unverschlossene Kirche und wartete auf mich; vielleicht würde ich später nach Hause kommen, oder ich würde sie finden, wenn ich am nächsten Morgen in die Kirche ginge. Auf jeden Fall war Amanda dort, als ich die Kirche in Brand steckte. Ich wusste es nicht.

Warum habe ich die Victory Baptist Church angezündet? Warum sollte ein Priester sein eigenes Gotteshaus niederbrennen?

Die Victory Baptist war verdorben. Sie stand niemals auf einem sicheren Fundament, nicht einmal vor zweihundert Jahren. Wie konnten sie nur dem gemischtrassigen Baby seinen Frieden verweigern? Wie konnten sie mir nur ins Gesicht sagen, etwas so Unchristliches wie Rassismus sei eine alte und ehrenwerte Tradition? Die Victory Baptist musste durch die Flammen gereinigt werden. Vielleicht klingt das verrückt, aber so ist es. Ich war nicht verrückt, als ich es tat. Ich war damals und ich bin auch heute davon überzeugt, dass man der Victory Baptist eine so tiefe Wunde zufügen musste, dass sie gar keine andere Wahl hatte, als bei der Heilung etwas Neues entstehen zu lassen.

Und wer sonst hätte das tun sollen, wenn nicht der Pastor?

Und ich musste ihr Pastor bleiben, wenn es zu einer Heilung kommen sollte. Ich wusste das. Die Angst war mir in die Knochen gefahren, ich fürchtete, man würde mich wieder fortschicken. Als die Kirchenältesten gegen meinen Widerspruch einstimmig dafür stimmten, Nora Carol zu exhumieren, wurde mir klar, dass ich sie verloren hatte. Sie waren nicht mehr meine Herde. Nicht einmal die arme Rosy Epps, die sich gegen ihre eigene Familie wenden musste, nur um weiterhin bei der Kirchengemeinde gut angeschrieben zu sein, und die starb, ohne diesen Makel abwischen zu können. Als sich Rosys Hand in jener Nacht beim Treffen der Kirchenältesten hob, wusste ich, dass sie mich nicht länger schützen konnte. Und ich konnte den Gedanken nicht ertragen, schon wieder gehen zu müssen und dieses Mal meine Heimatstadt zu verlieren. Wohin kann ein Mensch als Nächstes gehen, wenn seine eigene Geburtsstadt die Türen vor ihm verschließt? Wie konnte ich sie führen? Wie konnten sie Heilung finden?

Ich saß in Williamsburg, trank und grübelte über all das nach. Ich beschloss zwei Dinge. Erstens, ich würde Amanda nicht mehr treffen. Meine Gemeinde und ich brauchten einander dringender, als Amanda und ich uns jemals brauchen würden. Zweitens, ich dachte mir, dass eine Gemeinde, deren Kirche gerade abgebrannt ist, sich so schnell keinen neuen Pastor suchen würde. Die Krise würde mir eine zweite Chance geben. Also fuhr ich zurück nach Good Hope. Mit Kerosin und einem Streichholz schuf ich diese Krise.

Ich nutzte meine zweite Chance, und es funktionierte. Ich sollte Recht behalten.

Kaum waren die Flammen gelöscht, meldeten sich die jungen Kirchenmitglieder zu Wort. Unter ihrem Druck hat sich die alte Truppe der Kirchenältesten aufgelöst. Wahlen wurden gefordert, um der Kirche neues Blut und frische Energie zuzuführen. Und ich bin mittendrin. In diesem Augenblick – meinem letzten, wie sich zeigt –, etwas über eine Woche nach dem Feuer, werde ich hier dringender gebraucht als während meines ganzen Lebens in irgendeiner anderen Kirche! Schaut euch den Fonds zum Wiederaufbau der Kirche an. Seht euch die Begeisterung über die Erneuerung an. Bitte, Leute, arbeitet weiter daran, die Victory Baptist wieder zum Leben zu erwecken. Doch erfüllt sie dieses Mal mit Respekt und Nächstenliebe. Sorgt dafür, dass sie in den nächsten zweihundert Jahren ein wunderbarer und wichtiger Ort ist. Für jeden.

Ich kam in jener Nacht aus Williamsburg nach Hause. Nachdem ich noch mehr getrunken hatte, ging ich zur Kirche und steckte sie in Brand, und sie war darin. Ich glaube, Elijah hat mich von der anderen Straßenseite aus gesehen, doch er erkannte mich nicht, denn ich hatte darauf geachtet, mich zu vermummen. Nachdem das Feuer erst einmal brannte, rannte ich nach Hause. Den Rest kennt ihr.

Heute hat sich Elijah eines Verbrechens für schuldig erklärt, das er nicht begangen hat. Er hat sich zu einer Zerstörung bekannt, für die ich verantwortlich bin. Ich kann das nicht zulassen. Ich muss das rückgängig machen. Doch wie ich am Anfang bereits darlegte, kann ich so etwas nicht bekennen und am Leben bleiben. Ich habe Amanda Alkohol und Gespräche über Gott angeboten. Ich habe sie vom Glauben ihres Vaters entfremdet. Ich rührte mich nicht, als einem unschuldigen, trauernden Mann sein Heim und seine Frau genommen wurden. Ich habe gewartet, denn ich wollte sehen, ob er freigelassen und ich mit allem davonkommen würde. Jetzt nicht mehr.

Ich weiß, dass das Urteil, das ihr über meine Sünden sprechen werdet, zu schwer wiegt für mich; ich kann mich dem nicht stellen. Es geht nicht um die Gefängnisstrafe. Die könnte ich ertragen. Ich kann nur den Gedanken nicht ertragen, länger zu leben. Ich kann mein beflecktes, zersplittertes Kreuz nicht länger tragen. Und ich kann den Gedanken nicht ertragen, aus meiner Geburtsstadt verbannt zu sein.

Heute vollbringe ich diese eine gute Tat. Ich gebe meine Schuld zu und befreie Elijah Waddell. Aber ich ziehe es vor, dass Gott über mich urteilt, nicht die Menschen. Die Gerechtigkeit, die er mir zuteil werden lässt, wird das sein, was ich am meisten verdiene.

Ich weiß nicht, was vor mir liegt, denn ich beabsichtige, ohne Vergebung und ehrlos zu sterben. Es ist nicht leicht, das zu tun. Ich glaube, ich sollte am besten damit anfangen.

An denjenigen, der diesen Brief findet: Bitte sorgen Sie dafür, dass Rechtsanwalt Nat Deeds ihn sofort zu Gesicht bekommt.

Es reicht nicht, dass mir das alles Leid tut, das weiß ich. Und doch, Leute, es tut mir ganz schrecklich Leid.

Thomas Derby

Derby legt den Füller hin. Die Whiskeyflasche und das Glas stehen neben dem voll gekritzelten Notizblock auf der Spüle in der Küche. Er überlegt, ob er die Flasche leeren soll, damit es ihm leichter fällt, das zu tun, was er tun muss, beschließt dann aber, das letzte Viertel, das sich noch darin befindet, nicht anzurühren und es als eine Art Buße, als letzten Verzicht stehen zu lassen.

Er steckt die Seiten in einen Umschlag, leckt über den Klebestreifen und verschließt ihn. Er nimmt die Gürtel vom Stuhl. Die Gürtel in der einen Hand, den Stuhl in der anderen, geht Derby durch die Hintertür. Im Haus klingelt das Telefon. Das ist Nat, denkt er. Derby hat Wort gehalten. Er hat all seine Fragen beantwortet.

Er stellt den Stuhl unter den dicken Ast einer alten Kiefer im Hof hinter dem Pfarrhaus. Er riecht den ausströmenden Pflanzensaft. Die Feuchtigkeit der Nacht berührt ihn; auf seiner Haut spürt er eine geradezu physische Präsenz, als versammelten sich in der Dunkelheit unter der Kiefer Seelen um ihn. An die körperlosen Wesen, an das Unaussprechliche gerichtet, denkt er: Einen Augenblick noch.

Derby steigt auf den Stuhl und wirft einen Gürtel über den Ast. Als der Gürtel über den Ast herabhängt, macht Derby einen einfachen Knoten. Er glaubt, dass das dicke schwarze Leder nicht verrutschen wird. Die silberne Gürtelschnalle hängt vor seinem Gesicht. Er zieht den zweiten Gürtel durch die zweite Schnalle, um eine Schlinge zu machen. Dann befestigt er den zweiten Gürtel mit den Löchern an der herabhängenden Schnalle. Die zweite Schnalle und der zweite Gürtel bilden einen Laufknoten. Er muss auf den Zehenspitzen stehen, um seinen Kopf durch die Schlinge zu schieben.

Derby fragt sich, ob er etwas bedauert. Ja, das tut er. Er fragt sich, ob er betrunken ist. Nein, das ist er nicht.

Sie werden ihn am Morgen finden, denkt er. Bei Sonnenaufgang.

Er blickt hinab auf das dunkle Gras. Er hat dreiundvierzig Jahre lang auf Gottes Erde gelebt, und er ist Gott nie näher gekommen, als ein Stuhl hoch ist.

Er hebt den Kopf. Das Leder unter seinem Kinn fühlt sich an wie die Schnur eines riesigen Hutes.

Thomas Derby springt hoch. Näher.

Derby fällt.

Clare und Elijah

EINS

1

Nat hat nicht gut geschlafen. Es ist früh, als das Telefon klingelt, kurz nach halb sieben. Das Läuten treibt ihn aus der Tiefe empor, aus jenem verzweifelten Schlaf, in den der Körper sinkt, wenn nach einer unruhigen Nacht nur noch eine ruhige Stunde übrig ist. Der Schlaf fällt widerwillig von ihm ab und lässt Nat trübsinnig zurück.

Monroe entschuldigt sich dafür, dass er so früh anruft. Er bittet Nat, sich aufzusetzen und zuzuhören. Nat bewegt sich nicht. Monroe sagt ins Telefon: Ich mache keine Witze. Nat setzt die Füße auf den Teppich.

Monroe sagt, dass der Fall sich von selbst gelöst hat. Und dass es Nat nicht gefallen wird.

Um acht Uhr sitzt Nat in einer Nische in West Redds Restaurant an der Main Street. Er denkt an den Schock, den ihm Monroe früh am Morgen versetzt hat; doch man kann nicht nur an einen Schock denken, man durchlebt ihn noch einmal, und deshalb zittern seine Hände, die den Abschiedsbrief halten. Ihm gegenüber sitzt Monroe und nippt an seinem Kaffee.

Dieser Beweis von Elijahs Unschuld ist teuer erkauft. Nat kann sich kaum dazu bringen, den Brief als Beweisstück zu betrachten. Wie kochendes Wasser, das man in kaltes Wasser gießt, spürt er beide Gegensätze gleichzeitig. Tom, denkt er, Tom. Er fragt sich, was er hätte tun können, um seinem

Freund zu helfen, wie er das hätte verhindern können; und gleichzeitig weiß er, dass es da nichts gibt. Wie Derby gesagt hat: Kein Mensch hätte irgendetwas tun können, nur Gott, und Gott hat Tom Derby nicht gerettet.

Derby hat gewartet; er wollte sehen, ob Nat Elijah freibekäme. Doch er kannte die Indizien nicht, die gegen Elijah sprachen und die zu einer Vereinbarung über ein Teilschuldgeständnis führen mussten. Er wusste nicht, dass die sterbende Rosy Epps Nat bitten würde, Elijah irgendwie zu entlasten. Er wusste nicht, dass Kinder Steine auf Clares Haus werfen würden. Er hatte nicht damit gerechnet, dass er sich am Ende als so schwach erweisen würde.

Tom.

»Wer außer dir kennt diesen Brief?«, fragt Nat den Hilfssheriff.

»Niemand. Ich habe dich zuerst angerufen. Genau wie er es wollte.«

»Danke, Money.« Nat schiebt das Papier über den Tisch zu Monroe. Im Augenblick muss er es aus den Händen geben, es ist Teil der Ermittlungen. Als er seine Finger vom Rand der gelben Notizblätter löst, will er sie sofort wieder zu sich ziehen, sie zusammenfalten, verstecken und Monroe darum bitten, dass Elijah Waddell die Strafe dieses Mitleid erregenden Menschen auf sich nimmt. Es ist ein falscher, hässlicher Impuls. Nat schiebt den Brief rasch zu Monroe, damit er aus seiner Reichweite ist.

Tom Derby, der im scharfen, schräg einfallenden Licht des Tagesanbruchs hängt. Ohne Ehre. Ohne Vergebung. Gefunden über einem umgekippten Küchenstuhl; der Stuhl lag auf der Rückenlehne, als sei er bei diesem Anblick in Ohnmacht gefallen. Monroe erhielt den Anruf von der Dienst habenden Beamtin, die ihrerseits von Mr. Snead angerufen worden war. Der Verwalter hatte den Pastor im ersten Licht des Morgens entdeckt. Schnell fuhr Monroe hin. Er weckte den Besitzer des Beerdigungsinstitutes und rief dann Nat an. Er wickelte Absperrband um das Grundstück des Pfarrhauses und hielt den Verkehr auf der Straße am Laufen. Niemand durfte gaffen oder den Wagen verlassen, bevor Derby im Leichenwagen abtransportiert und ein anderer Hilfssheriff eingetroffen war, um das Grundstück und das Haus zu sichern. Monroe vertrieb sogar Mr. Snead, der meinte, er habe ein Recht darauf, hier zu sein, denn schließlich hatte er die Leiche gefunden und sei für die Instandhaltung des Pfarrhauses verantwortlich. Monroe fragte den kleinen Mann, ob er dieses Argument auf dem Weg ins Gefängnis weiterverfolgen wolle. Derby ist im Beerdigungsinstitut aufgebahrt. Nat wird sich darum kümmern, dass Derby hier in Good Hope begraben wird. Wenn die Victory Baptist ihn abweist – was möglicherweise der Fall sein wird –, wird ihn ein anderer Friedhof akzeptieren. Nat wird nicht zulassen, dass ihrer beider Heimatstadt Derby zurückweist. Diese eine Furcht Derbys kann Nat zerstreuen.

Monroe steht auf, den Brief in der Hand. Nat sagt: Geh nur, ich übernehme den Kaffee. Monroe sagt: Vielen Dank.

»Ich vermute, dass du die Pillen wieder in Talleys Schreibtisch legen kannst.«

Monroe lacht ein wenig. Nat erinnert sich daran, dass es auf dieser Welt Lachen gibt. Deswegen sollten wir sie auch nicht verlassen wollen. Er möchte mit Maeve sprechen. Er muss ihr Gesicht sehen und sich daran erinnern, dass es auf dieser Welt auch Liebe gibt.

»Ich habe ihm schon gesagt, dass ich sie genommen habe«, erwidert Monroe.

»Was wird er tun?«

»Er hat gesagt, er würde mich feuern. Ich habe ihm geantwortet: Nur zu, George, du findest mich an meinem Schreibtisch. Er würde nämlich erklären müssen warum. Und es könnte sein, dass ich dann selbst einige Dinge zur Sprache bringen muss. Weshalb George und ich einander im Augenblick auch gut verstehen.«

Der große Mann wendet sich ab in Richtung Tür. Nat sieht, wie sich sein Rücken und sein großer Hintern aus dem Restaurant schieben. Er sieht, wie der Hilfssheriff die Krempe seines Hutes herunterzieht und den Bürgersteig entlanggeht, um Talley und Fentress den Abschiedsbrief zu zeigen.

Als er allein ist, stützt Nat einen Ellbogen auf den Tisch. Eine Hand liegt an seiner Stirn. Er schließt die Augen. Hinter den geschlossenen Lidern sieht er Tom. Tom, und sonst gar nichts, kein Luftzug ist da, der ihn bewegt, nur der frettchenhafte Mr. Snead, der ihn zufällig findet. Tom Derby, der alles verloren hat.

Wofür?

Um Elijah zu retten.

Nat stöhnt hörbar in seine Hand, denn möglicherweise hat Derby auch dabei versagt.

2

Um neun Uhr steht nur ein Reporter vor dem Gerichtsgebäude, Sam Worth. Mit dem Filzhut auf dem Kopf und dem zerknitterten, tropisch wirkenden Baumwollanzug sieht er irgendwie altmodisch aus. Er hat ein kleines Ringbuch und einen Stift in der Hand. Er wartet auf der Treppe auf Nat. Nat bleibt vor ihm stehen.

»Wie machst du das nur, Sam? Es ist gerade eben erst passiert.«

»Polizeifunk. Vierundzwanzig Stunden am Tag, sieben Tage die Woche.«

Nat bewundert ihn widerwillig.

»Ich war bereits draußen bei der Kirche und beim Beerdigungsinstitut«, fährt der Reporter fort. »Ich habe dich schon zu Hause und im Büro angerufen. Zwei und zwei macht vier. Ich habe mir gedacht, dass du hier bist.« Er tippt mit der Spitze seines Stifts gegen Nat. »Bingo.«

So wird Thomas Derby wirklich sterben, denkt Nat. Durch diesen Mann und seinesgleichen. Sie werden Derby die Luft zum Atmen abdrücken, nicht die Gürtel. Sie werden ihn begraben, nicht der alte Omohundro. Ihre Worte werden ihn am Ende begleiten, nicht die freundliche Rede eines anderen Gottesmannes, und sie werden den Chor gegen Thomas Derby anführen. Er wird nicht der gequälte und einsame Mensch sein, der er in Wirklichkeit war. Er wird beschmutzt in der Öffentlichkeit stehen.

»Ich habe nichts für dich.«

Sam Worth schreibt trotzdem. Was kann er nur schreiben?

»Hat der Selbstmord des Predigers etwas mit dem Fall Waddell zu tun?«, will der Reporter wissen.

Nat wendet sich nicht ab. Er kann es nicht fassen.

»Ich sagte schon, ich habe nichts für dich.«

»Warum bist du dann hier? Der einzige Fall, den du im Pamunkey County bearbeitest, ist der von Elijah Waddell. Es gibt einen Grund, warum Sie hier sind, Mr. Deeds.« Der Reporter setzt ein gewinnendes Lächeln auf, doch es ist so abgenutzt wie sein Anzug. Auf Nat wirkt der Mann wie ein Taschendieb. Er geht weiter. Der Reporter ruft ihm nach: »Ich bekomme die Story.«

Nat denkt, dass er sie nicht bekommen wird. Niemand wird sie je bekommen. Niemand kann Thomas Derbys Geschichte ergründen.

Fentress ist bereits im Vorzimmer von Richterin Hawk. Dieses Mal winkt sie die alte Sekretärin sofort hinein. Die beiden

Männer rammen fast ihre Schultern gegeneinander, als sie durch die Tür gehen. Nat lässt Fentress den Vortritt. Rasch setzen sie sich. Die Richterin hält die gelben Blätter in den Händen.

»Das ist tragisch«, sagt sie, nicht so sehr zu den Anwälten, sondern vielmehr, um ihre eigenen Geister wissen zu lassen, dass sie bewegt ist. »Das ist ...«

»Richterin ...«, setzt Fentress an.

»Still.«

Nat beobachtet ihre Augen. Sie beginnt oben auf der ersten Seite und liest diese noch einmal.

Nachdem sie den Brief beendet hat, wendet sie Fentress den Blick zu. »In Ordnung, Ed.« Weil das eine Anhörung ist, spricht der Staatsanwalt zuerst.

Fentress sieht geschniegelt aus. Bevor er anfängt, rückt er mit einem Schütteln seines Handgelenks seine Rolex zurecht.

»Euer Ehren, so erschütternd dieser Brief auch ist, als Beweismittel ist er unzulässig, denn es handelt sich um Hörensagen. Warten Sie, bevor sie mir an die Kehle springen. Lassen Sie mich zwei Dinge sagen. Ich gebe zu, dass er nachdrücklich Elijah Waddell entlastet. Alles passt zusammen, alles klingt sinnvoll angesichts dessen, was wir über George Talley und über den Brand selbst wissen. Und ich persönlich möchte keinen Unschuldigen länger im Gefängnis sitzen lassen als Nat oder Sie. Nachdem das gesagt ist, möchte ich wiederholen, dass ich gegen die Zulassung dieses Briefes Einspruch erhebe, denn er ist ein klassisches Beispiel für Hörensagen. Es ist eine nicht vor Gericht gemachte Aussage einer Person, die dem Gericht für eine Befragung nicht zur Verfügung steht. Es gibt nichts, was diese Aussage stützt, und es gibt keine Zeugen.«

»Euer Ehren, das ist ein Geständnis auf dem Totenbett«, wirft Nat ein. »Das Fallrecht bietet genügend Beispiele dafür, dass diese Art von Beweismittel zulässig ist.«

Fentress schüttelt den Kopf. »Keine Abschiedsbriefe bei einem Selbstmord, Richterin. Mündliche Geständnisse, ja, denn es gab immer einen Zeugen des Geständnisses, der vor Gericht treten und unter Eid aussagen konnte.«

»Es gibt keinerlei Streit darüber, dass dieser Brief von Thomas Derby geschrieben wurde. Es ist offensichtlich sein Geständnis. Ein Zeuge ist nicht notwendig.«

»Sie können diesen Brief nicht zulassen, Richterin. Sie wissen, dass Sie es nicht können.« Zum ersten Mal, seit sie sich heute Morgen gesetzt haben, sieht der Staatsanwalt Nat an. »Du weißt, dass sie es nicht kann.«

Nat fängt Fentress Blick auf, als könne er ihn mit seinem eigenen Blick niederringen. »Das ist nicht richtig«, sagt er. »Du weißt, dass das nicht richtig ist. Verdammt noch mal, warum spielt das keine Rolle für dich?«

»Das reicht«, sagt Richterin Hawk. Sie wirft Nat seinen Ausbruch nicht vor. »Nat, ich möchte Elijah Waddell freilassen. Ich glaube, Ed auch. Aber der Staatsanwalt hat eine Aufgabe zu erledigen, und um Ihnen gegenüber ehrlich zu sein, ich glaube, genau das tut er meiner Meinung nach. Wenn ich Ihnen zustimme und diesen Abschiedsbrief zulasse und Ihren Mandanten auf freien Fuß setze – was mache ich dann, wenn morgen genau das Gegenteil passiert? Wenn sich jemand erhängt und einen Abschiedsbrief hinterlässt, in dem er sagt: Ich kann nicht mehr damit leben, was ich gesehen habe, ich habe gesehen, wie Elijah dieses Mädchen vergewaltigt und die Kirche in Brand gesteckt hat. Ist das dann auch zulässig? Nein. Aus genau demselben Grund, aus dem dies hier nicht zulässig ist. Wenn ich Elijah aufgrund dieses Briefes freilasse, wird das Büro des Staatsanwalts Berufung einlegen, und sie werden gewinnen. Sie sind als Anwalt so gut, dass Sie das wissen.«

»Richterin, Elijah ist unschuldig.«

»Das vermute ich. Und ich werde seine Zelle im ersten

Augenblick aufschließen, in dem das Gesetz es mir erlaubt. Aber wenn ich es heute aufgrund dieses Briefes mache, dann tue ich Ihnen und den Menschen im Pamunkey County keinen Gefallen. Gesetz ist Gesetz, Nat. Ich muss gegen Sie entscheiden. Es tut mir Leid.«

Richterin Hawk faltet die Hände auf dem Tisch. Nat blickt von ihr zu Fentress. Der Staatsanwalt und die Richterin sehen ihn an. Sie haben denselben Gesichtsausdruck: nüchtern, ohne Selbstgefälligkeit, zufrieden darüber, hier heute Morgen ihre Arbeit getan zu haben. Aber Nat spürt etwas in der Luft, die sie umgibt, es ist Luft wie aus Katakomben. Tom Derby und Rosy Epps und Amanda Talley und Elijah, der die Hände um die Gitterstäbe schlingt, und die weinende Clare und ein verlorenes Baby. Es gibt nichts, was er noch tun könnte, niemanden, den er wieder zum Leben erwecken könnte, er ist nicht Gott.

»Richterin, es wäre mir recht, wenn Sie diesen Brief versiegeln könnten. Es gibt keinen Grund, ihn zu den Akten zu nehmen.«

»Nat, sind Sie Pastor Derbys Anwalt?«

»Ja, Ma'am. Vermutlich bin ich das.«

»In Ordnung. Ich werde auf Ihre Bitte hin Stillschweigen darüber bewahren. Zusätzlich verpasse ich Ihnen beiden und dem Büro des Sheriffs einen Maulkorb. Wir brauchen keine neue Unruhe in der Stadt, bei der es jetzt um das genaue Gegenteil geht, kein Geschrei darüber, dass wir Elijah freilassen sollten. Deshalb sollte das unter uns bleiben, meine Herren. Ed, Sie werden den Sheriff und seine Beamten darüber informieren. Ich rate Ihnen beiden, mich auch in dieser Angelegenheit so ernst zu nehmen wie immer. Ist das klar?«

Beide Männer erheben sich gleichzeitig. »Ja, Ma'am.«

Der Reporter ist draußen in der Hitze verschwunden. Nat versetzt den fehlenden Berichterstatter in die Katakomben, dort ist genügend Platz. Der Reporter und seine Macht und seine unsichtbaren Kollegen sind allesamt Teil der wirbelnden, launischen Luft.

Nat wird Elijah nichts von dem Brief erzählen, auch wenn sich der Maulkorberlass nicht auf seinen Mandanten bezieht. Er möchte Maeve treffen, doch sie arbeitet in der Klinik und er würde sie nur stören; er kann sie nicht so lange sehen, wie das gerade jetzt nötig wäre. Er möchte nicht nach Richmond zurückfahren, was soll er dort? Im Büro sitzen, Anrufe entgegennehmen und Ratschläge verteilen?

Wie bei einem König, der im Schach steht, gibt es nur einen Ort, an den er gehen kann. Er fährt zum Beerdigungsinstitut, um sich zu verabschieden und vielleicht noch ein paar Worte zu sagen. Denn wenn Gott heute Morgen überhaupt irgendwo ist und zuhört, dann ist Er an der Seite Tom Derbys.

ZWEI

1

Nat und Maeve lieben sich. Nat hat ein Herz mit ins Bett gebracht, das unter Belagerung steht. In seinem Haus schließt er sich ein in die gewohnte Dunkelheit ihres Schlafzimmers. Da gibt es kleine Dinge, die er lange vermisst hat. Das Quietschen der Bettfedern; die Art, in der Maeve ihr Nachthemd auf den Boden fallen lässt; das Wissen, wo sich an der Lampe der Schalter befindet – alle diese Dinge sind wie Druckknöpfe eines Mantels, in den er sich hüllt. Immer noch nähert er sich ihr verstohlen und unsicher, wie ein Mann, nach dem andere auf der Straße Ausschau halten wie eine Art Flüchtling; sie könnte ihn hinauswerfen. Er schmeichelt ihr zu sehr, ist zu freundlich, ist zu erleichtert, hier zu sein. Durch die Art, wie er sie liebt, teilt er ihr mit, dass er froh ist, wieder hier zu sein. Murmelnd erzählt er ihr von dieser Freude. Maeve liegt unter diesem Flüstern; sie scheint selbst dann noch traurig zu sein, als sie zum Höhepunkt kommt. Es ist wie ein heftiges Klopfen an der Schlafzimmertür, als Nat, während er sich bewegt und atmet, an Elijah und Clare denkt, er in seiner grünen Zelle, sie in ihrem zerstörten Haus heute Nacht, und Maeves zarte Haut wird einen Augenblick lang rau wie Sandpapier. Er ist nicht unschuldiger als Elijah. Warum sollte er mit seiner Frau zusammen sein dürfen, Elijah aber nicht? Diese unheimliche Vorstellung weckt Gedanken in ihm, die sich noch weiter von der schwer atmenden Frau unter ihm entfernen, und er denkt an Derby. Wie wurde der stattliche Derby nur so verkommen? Und warum würden die junge Nora Carol und die junge Amanda bis in alle Ewigkeit niemals älter werden? Warum war Gott ihnen allen so fern? Warum war Er Nat so fern? Nat hat keine Antworten, und er denkt, dass er sich möglicherweise genauso fühlt, wie Thomas Derby sich gefühlt haben muss: mit den Fragen allein gelassen. Danach hebt Nat seine Brust von Maeves, doch noch immer sind sie miteinander verbunden. Sie sagt zu ihm: »Ich liebe dich.« Sie hat die Hände über dem Kopf verschränkt, sodass die Arme ihre Augen einrahmen, die dunkel sind und ein nasses Spektrum besitzen, wie Öl; ihre weißen Achselhöhlen sind wie zwei Schalen Sahne. Sie atmet rasch, und in dieses Geräusch hinein sagt er leise: »Ich liebe dich auch.« Sonst nichts. Nat weiß, dass sie einen Fehler gemacht haben und dass sie beide nicht so leicht Vergebung finden werden.

Am Morgen ziehen sie sich für den Trauergottesdienst an; Maeve trägt Schwarz, Nat Dunkelblau. Das Tageslicht in der Küche hilft ihnen mehr als das Zwielicht letzte Nacht im Schlafzimmer. Mühelos gleiten sie aneinander vorbei, während sie Kaffee und Spiegeleier machen und die Sonntagszeitung lesen; sie bewegen sich jetzt geschickter als beim Sex, und jetzt fühlen sie sich als Paar. Immer noch reden sie nicht viel.

Auf der Fahrt zur Kirche kurbelt Nat das Fenster herunter. Er legt den linken Ellbogen auf den Rahmen und steuert mit der linken Hand. Seine Rechte löst sich nicht aus Maeves Hand, die in ihrem Schoß liegt. Ihre Fingerspitzen streichen über seinen Handrücken. Ihr Bein unter dem Kleid fühlt sich unter seiner Handfläche kühl an. Die Luft ist weich, nicht so heiß und schwül. Nat denkt, dass die Welt heute Morgen ihr Fieber überwunden hat. Es hat Verluste gegeben, doch vielleicht hat das ein Ende, und die Verluste werden nicht noch größer.

Von der Victory Baptist gibt es keine Spur mehr. An der

Stelle, an der die Kirche stand, befindet sich jetzt nur noch ein breiter, kahler Fleck aus planiertem Lehm. Die verbrannten Grashalme wurden von Mr. Snead weggeschnitten. Die verkohlten Zweige der nahen Bäume wurden gestutzt und abgedeckt. Überall parken Autos, sogar auf dem Lehm des Kirchengrundstücks. Die Erde ist trocken, und die bremsenden Autos sprühen roten Staub in die Luft. Doch heute Morgen weht eine Brise vom Friedhof her, sodass die versammelten Trauernden davon nicht gestört werden.

Auch bei diesem Begräbnis sind die Farben fröhlich, mit einigen schwarzen Einsprengseln. Über dem Grab wurde ein türkisfarbenes Zelt aufgespannt. Mrs. Epps mochte Flitterkram, und in ihrem schimmernden Sarg dürfte sie das gutheißen, denkt Nat. Es wäre ihm lieber, er und Maeve trügen nicht so deprimierende Kleidung. Er denkt, die anderen kannten sie besser, und deshalb tragen sie ihre hübschesten und leuchtendsten Stoffe. Auch sie war elegant und strahlend, wie konnte Nat das nur vergessen? Er hat nicht einmal Blumen mitgebracht, die er ihr geben könnte. Blumenarrangements wurden unter dem blauen Zelt aufgebaut, der Streifen Erde, der das Grab umgibt, sieht wie ein Siegeskranz aus. Er fühlt Maeves Hand in seiner und wird sich auch der anderen, leeren Hand bewusst, mit der er ihr etwas hätte bringen können, doch er hat in letzter Zeit viel über sich nachgedacht. Vielleicht wird er damit aufhören.

Mr. Omohundro, der einen Overall trägt, lümmelt sich unter einem Baum und bemüht sich nicht, außer Sichtweite zu bleiben oder der Toten seinen Respekt zu erweisen, indem er sich aufrecht halten und nahe herantreten würde. Er darf das, denkt Nat. Er ist der Tod, seine Schaufel ist die Sense, die den letzten Schnitt macht. Nat möchte Omohundro verjagen, mit Gegenständen nach ihm werfen, ihm die Schuld geben. Der alte Mann inhaliert den Rauch einer Zigarette, der kleine qualmende Tod ist so weiß und so dünn wie seine Finger. Nat wendet sich ab und denkt: Der Tod ist überall, du kannst ihn nicht verjagen.

Die Menschenmenge ist nicht so groß wie bei Amanda Talleys Beerdigung. Doch bei Rosy ist die Atmosphäre freundlicher, als sie bei dem armen Mädchen gewesen war. Die Menschen, die hierher kommen, umarmen sich zur Begrüßung und halten einander bei den Armen. Nat wird zur Kenntnis genommen, niemand stiehlt sich davon oder vermeidet den Blickkontakt. Die älteren Gesichter zeigen eine gewisse Zerknirschung, als hätte Rosy Epps diesen Menschen eine letzte Lektion erteilt. Die jungen nicken und lächeln ihm und Maeve zu. Heute sind diese jungen Baptisten die Erben; die planierte Kirche wird nach ihren Vorstellungen neu errichtet werden, die bedeutendste Witwe unter den Kirchenältesten hat ihren Teil dazu beigetragen, und jetzt können sie ihren eigenen neuen Pastor einstellen. Der Weg ist klar, und deshalb können sie Nat zulächeln. Er hofft, dass sie diesen neuen Weg freiräumen werden; genau wie Derby sie gebeten hat.

Die Abwesenheit Derbys ist deutlich zu spüren. Nat wundert sich darüber, dass es kein größeres Unbehagen und nicht mehr Gespräche über seinen Selbstmord gibt. Aus einigen leisen Unterhaltungen hört Nat, dass diese Leute betroffen, aber nicht schockiert sind. Sie wissen nicht, warum er Selbstmord begangen hat, aber sie kennen Thomas Derby; sie wussten von seiner Alkoholsucht, und sie kannten sein feuriges Naturell. Sie flüstern sich zu, dass er brillant, aber unstet war. Diese Eigenschaften, so sagen sie, haben ihn umgebracht. Nat ist in Hörweite, als eine Frau sagt: »Er hat immer alles getan, als ginge er auf rohen Eiern. Vermutlich sind die Eier jetzt einfach unter ihm zusammengebrochen.«

Derby wird heute Nachmittag im kleinen Kreis auf dem Friedhof der Victory Baptist beerdigt. Als sein Testamentsvollstrecker hatte Nat daran gedacht, ihn auf dem Friedhof der drei

Meilen entfernten schwarzen Zebulon Baptist beerdigen zu lassen, wo auch Nora Carol Waddell liegt. Doch einige Mitglieder der Victory Baptist haben Nat im Büro angerufen und gefragt, wo ihr früherer Pastor beerdigt werden würde; auch Mr. Snead gehörte dazu. Nat sagte ihnen, er habe sich für die andere Baptistenkirche als Derbys letzte Ruhestätte entschieden. Mehr nicht. Er wollte ihnen nicht sagen, dass er ihnen nicht genügend vertraute, um Thomas Derby auf ihrem Grund beerdigen zu lassen. Warum sollte er ihnen das antun? Warum auf den Tag warten, an dem bekannt würde, was ihr Pastor getan hatte, nur um zu sehen, wie er verleumdet werden würde? Wahrscheinlich werden sie ihn auch wieder ausgraben. Doch Mr. Snead meldete sich noch einmal und sagte, er habe einige frühere Kirchenälteste und einige der jungen Leute angerufen, die bald in der Kirche eine größere Rolle spielen würden. Sie wollten, dass Derby auf ihrem Friedhof beerdigt wird. Er war einer von ihnen. Nat sagte zu Snead, dass irgendwann einmal ein paar Dinge über Thomas Derby ans Licht kommen könnten, die vielleicht dafür sorgen würden, dass sie ihre Meinung ändern. Snead sagte, er und einige andere vermuten, dass dies der Fall sein könnte, doch zu einer Gemeinschaft gehören alle möglichen Leute. Snead sagte, einer seiner eigenen Verwandten auf dem Friedhof sei ein Pferdedieb gewesen, den man gehängt hatte. Das bedeute aber noch nicht, dass er nicht einer der ihren sei. Deshalb wird Thomas Derby im Kreis seiner eigenen Leute begraben werden, nicht weit von Rosy Epps entfernt. Seine letzte Sorge, dass er ehrlos und ohne Vergebung sterben würde, würde zerstreut werden. Anstelle seines alten, verstorbenen Freundes lächelt Nat über diese Entwicklung. Er fragt sich, wie viele der Menschen, die im Augenblick an Rosys Beerdigung teilnehmen, heute Nachmittag zu Derbys Beerdigung wiederkommen werden. Er ist sich nur bei Omohundro sicher. Er sieht Clare, die unter dem Zelt sitzt und Beileidsbekundungen entgegennimmt. Wer wird kommen, um von Derby Abschied zu nehmen? Zwei Beerdigungen an einem Tag, vier in der Stadt in etwas mehr als einer Woche. Fünf, wenn man Nora Carol zweimal zählt. Das ist viel.

Als Nat die Einzelheiten von Derbys Beerdigung mit Mr. Snead besprach, sagte er, er würde den schwarzen Pastor der Zebulon Baptist bitten, eine Rede zu halten. Snead erwiderte, das finde er ganz in Ordnung; er habe gehört, dass der alte Knabe ein guter Redner sei. Nat war froh. Auch Derby würde es gefallen haben.

Nat folgt der Menge zu Mrs. Epps' Grab. Er möchte die Grabreden hören. Er selbst hat eine lobende Ansprache für Mrs. Epps im Kopf, doch die bleibt seine Privatsache. Aber er schuldet es Tom Derby, näher zu treten und sich anzuhören, was die Leute über sie sagen.

Der junge Pastor, der die Trauerzeremonie abhält, stammt aus einer anderen Baptistenkirche des Bezirks. Vielleicht hilft er hier nur aus, vielleicht bewirbt er sich auch schon um die offene Stelle. Vielleicht heilt die Victory Baptist sehr schnell. Gut, denkt Nat, und wieder denkt er es stellvertretend für Derby.

Clare sitzt auf einem Klappstuhl neben Mrs. Epps' Sarg. Sie ist allein. Mrs. Epps hatte keine weiteren Familienangehörigen außer ihrer Enkelin. Es scheint, dass Clare ihrer Großmutter verziehen hat, wenigstens für den heutigen Tag. Nat versucht nicht, ihren Blick aufzufangen; sie hat das Gesicht gesenkt und blickt in ihren dunklen Schoß. Der Prediger spricht gut unter der blauen Plane. Nat zieht Maeve an der Hand, damit sie weiter nach vorne gehen und die Worte trotz des Raschelns der Kleider und der Insekten hören können. Als sie drei Meter von dem Redner entfernt sind, sieht Nat die Grube, die für Rosy ausgehoben wurde, und zwanzig Meter weiter diejenige für Derby. Beide Gräber haben scharfe rechte Winkel und lotrechte rote Seiten. Der Totengräber Omohundro ist ein Meister seines Fachs. Derbys Grab liegt in der Reihe der früheren Pastoren der Victory Baptist. Immer wird Derby zu ihnen zählen, man wird ihn nie wieder fallen lassen. Rosy wird zwischen ihrer Tochter Carol und ihrem Ehemann Charley beigesetzt. Auf beiden Seiten sind ihre Familienmitglieder nur einen Meter von ihr entfernt. Die Gräber liegen so nahe beieinander, dass der lange verstorbene Soldat hinübergreifen und die Hand seiner Braut halten könnte, während sie die Hand ihrer Tochter hält – wenn so etwas möglich wäre. Neben Carols Grab liegt die leere rote Grabstelle aus fest gebackenem Lehm, die einen Tag lang das Grab von Nora Carol Waddell gewesen war. Nat fragt sich: Wenn es einmal so weit ist, wird sich Clare dann dafür entscheiden, hier auf dem Grund der Victory Baptist beerdigt zu werden? Nein, wahrscheinlich nicht. Ihr Ehemann ist schwarz, und ihr Kind ist nicht hier. Nat hat die Hoffnung – und er spricht sogar ein rasches Gebet –, dass dereinst die hässlichen menschlichen Abgründe überwunden sind und die ganze Familie von Rosy bis zur kleinen Nora Carol zusammen auf diesem Friedhof ruhen kann. Derby hatte über Gemeinschaft gesprochen; vielleicht gelingt es der neuen Victory Baptist Church besser, seinen Worten gerecht zu werden.

Der junge Prediger schließt seine Ansprache damit, dass er verspricht, Rosy Epps werde hier auf der Erde so schnell nicht vergessen werden, nicht solange Menschen Weisheit und Loyalität ehren. Beides gesteht Nat Mrs. Epps zu. Die Ereignisse der letzten Woche sollten nicht die Macht haben, ein ganzes Leben zu zerstören.

Das Beerdigungsinstitut hat einen elektrischen Lift aufgestellt, um Mrs. Epps in Omohundros geometrisch perfektes Grab hinabzulassen. Der Pfarrer tritt beiseite, damit die Menschen an ihr vorbeigehen und ihrer alten Freundin und Kameradin zum letzten Mal ihren Respekt erweisen können. Viele haben eine einzelne Rose dabei, die sie auf ihren Sarg legen. Andere tätscheln nur den schimmernden Sargdeckel und murmeln einen Abschiedsgruß. Nat stellt sich in die Schlange und hält Maeve bei der Hand. Ihm wäre lieber, er hätte seiner alten Lehrerin etwas mehr mitgebracht als nur zwei leere Hände. Doch eine dieser Hände hat fast bis zum Schluss ihre Hand gehalten, und Nat trägt ihren letzten Wunsch in seinem Herzen: einen Weg zu finden, damit Elijah freikommt. Während er sich dem Sarg nähert, fühlt er sich ihr gegenüber dafür verantwortlich, und er wünscht sich, er könnte ihr die juristischen Gründe dafür erklären, warum Derbys Opfer Elijahs Zelle nicht öffnen konnte, und dass er selbst sein Bestes getan hat. Er sieht die Trauernden an und spürt, dass sie alle gegenüber ihrer Lehrerin gescheitert sind und Rosy selbst dazu gebracht haben, zu scheitern.

Vorne in der Schlange, in der Nat und Maeve voranschreiten, tritt Mr. Snead an den Sarg. Er bleibt lange stehen, eine seiner Hände liegt auf dem lackierten Holz. Er wischt ein Schniefen beiseite. Die beiden waren langjährige Gegner in der Kirche, ihr Verhältnis war einzigartig. Während jeder von ihnen in eine andere Richtung zog, sorgten sie dafür, dass bei der Victory Baptist alles im Lot blieb. Nat sieht, wie der alte Herr mit seiner Hand in einer Art und Weise über den Sarg streicht, in der er es nie gewagt hätte, Rosy selbst zu berühren. Nat lächelt über diese Zärtlichkeit. Mr. Snead richtet sich auf, um weiterzugehen. Bevor er das tut, greift er in die Tasche seines Jacketts. Er zieht etwas Langes und Funkelndes heraus.

Es ist ein Kruzifix an einer Silberkette.

Er legt das Kreuz zwischen die Blumen auf den Sarg. Dort ruht es strahlend, ein Leuchtfeuer inmitten der weichen grünen und trauernden blutroten Farben.

Nats Gedächtnis präsentiert ihm die entsprechende Erinnerung, eine Nacht vor ein paar Tagen. Im dunklen Wagen, den er vor dem Haus seiner Kindheit geparkt hatte, eine Flasche, die schnell leerer wird. Derby sprach mit Nat über Gemeinschaft. Jenes silberne Kreuz, sagte er, war eine Gemeinschaft, eine eigene kleine Kirche dreier Menschen. Rosy gab Derby das Kreuz. Derby gab es Clare. Dadurch wurden sie vereint.

Nat drückt Maeves Hand.

»Bleib hier. Ich bin gleich wieder da.«

Er verlässt die Schlange und entschuldigt sich bei mehreren älteren Kirchenmitgliedern, die zwischen ihm und dem Sarg stehen. Er erreicht Mr. Snead, der sich langsam vom Grab entfernt und auf eine Gruppe seiner bedrückten Freunde zugeht.

»Mr. Snead. Sir, entschuldigen Sie.«

Mr. Snead dreht sich um, als er die Stimme hört, und sieht, dass sie dem Anwalt gehört, dem er sich erst vor einer Woche bei Amanda Talleys Beerdigung in den Weg stellen wollte. Doch seither hat er sich beruhigt, und er hat zugelassen, dass Nat Pastor Derby auf seinem Friedhof begräbt. Snead ist verlegen. Er möchte, dass der junge Mann, der da auf ihn zukommt, auch weiterhin gut von ihm denkt.

»Ja, Sir, Mr. Deeds. Schrecklicher Tag.«

»Ja. Wirklich«, stimmt Nat zu. Er greift nach Mr. Sneads Ellbogen und dreht ihn von seinen alten Freunden weg, die auf ihn warten.

»Mr. Snead, ich habe gesehen, wie Sie ein Kruzifix auf Mrs. Epps' Sarg gelegt haben.«

»Ja, Sir.«

»Dürfte ich Sie fragen, wo sie es herhaben?«

»Aber sicher. Es gehörte Rosy. Viele Jahre lang. Schon seit wir Kinder waren. Es hat ihr immer gehört.«

»Wie haben Sie es bekommen?«

Snead wendet sich halb um und deutet auf den Streifen aus rotem Lehm, auf dem die alte Kirche stand. Die Erde ist glatt. Der Mann hat sie sauber gestutzt. Sie ist eine offene, wartende Handfläche.

»Bevor sie kamen und die Überreste des alten Gebäudes wegschafften, habe ich die Ruine nach irgendwelchen Dingen durchsucht, die in der neuen Kirche in einem Glaskasten ausgestellt werden sollten, um an die alte Kirche zu erinnern. Ich habe ein paar Kelche gefunden, einige ziemlich verbrannte Gesangbücher, Stoffstreifen …«

Nat ist ungeduldig. »Sie haben dieses Kreuz gefunden.«

»Ja, Sir, das habe ich. Ich wusste sofort, dass es Rosy gehörte. Die Symbole der zwölf Apostel sind da drauf. Sie hat es jeden Tag getragen, bis sie es schließlich vor ein paar Monaten Pastor Derby gab, nachdem er wieder hierher gekommen war.«

»Nachdem Sie es gefunden hatten, haben Sie es dann irgendjemandem gezeigt? Der Polizei oder Pastor Derby?«

»Ja, Sir. Am Morgen, an dem ich es gefunden habe. Ich brachte es Pastor Derby. Ich fragte ihn, wie es seiner Meinung nach in das Feuer geraten konnte, und er sagte, er hätte es ausgezogen und in der Nacht vor dem Feuer in der Sakristei liegen lassen. Er war froh, dass ich es gefunden hatte. Er sagte, er hätte es vermisst. Das war keine große Sache für mich, und ich habe mich nicht weiter darum gekümmert. Ich habe es ihm zurückgegeben.«

Der Mann fährt fort, eifrig darauf bedacht, alles zu erzählen, mit allem ins Reine zu kommen, ohne die Bedeutung dessen, was er da sagt, zu begreifen.

»Wissen Sie, an dem Tag, an dem Rosy starb, am Nachmittag, bevor der Pastor sich erhängte, kam er zu mir und gab mir Rosys Kreuz. Er sagte, ich solle es heute hierher bringen und es ihr wieder zurückgeben. Also habe ich das auch getan. Ich glaube, er wusste zu dem Zeitpunkt schon, dass er nicht hier sein würde, um es selbst zu tun.«

Nat tätschelt Mr. Sneads Ellbogen, bevor er zurück ans Grab eilt. Er muss in die Schlange zurück, bevor der Sarg versenkt wird und Erde darauf zu fallen beginnt. Hinter ihm jammert Mr. Snead: »Ich habe doch nichts Falsches gemacht, oder?«

Die richtige Antwort darauf ist: Doch, das haben Sie. All diese elenden Ereignisse begannen mit Snead und seiner verdammten Engstirnigkeit, aber Nat ist nicht mehr bei der Staatsanwaltschaft, und deshalb ruft er über seine Schulter zurück: »Nein.« Alle alten Kirchenmitglieder sind an Rosy vorbeigegangen und haben einen Augenblick mit ihr geteilt. Niemand ist mehr übrig außer einigen jungen Leuten, einige Mädchen im Teenageralter, die sie vermutlich in der Bibelklasse unterrichtet hat. Nat tritt hinter sie. Er ist der Letzte in der Reihe.

Noch immer ist das silberne Kreuz deutlich auf dem Sarg zu erkennen. Alle Blumen und aller Farn wurden sorgfältig daneben abgelegt. Nat stellt sich neben Mrs. Epps, jetzt ist er allein mit ihr.

Er hebt das Kruzifix von dem gewölbten Holz und ballt die Faust darum. Es kümmert ihn nicht, ob andere es bemerken oder nicht. Er legt die andere Hand flach an eine Stelle auf den Sarg, wo er glaubt, dass sich ihr Arm befindet. Er stellt sich vor, dass er die Hand der alten Frau hält.

Der junge Prediger stimmt mit der Menge ein Kirchenlied an. Von der Musik umgeben, bewegt sich Nat einen Augenblick lang nicht. Dann macht er einen Schritt weg vom Sarg. Zwei große Männer vom Beerdigungsinstitut senken Mrs. Epps mit ihrer Maschine in Mr. Omohundros Meisterwerk.

Nat schaut auf und sieht Clare an. Die junge Frau starrt zurück.

2

Tatsächlich besuchen einige Menschen Thomas Derbys Beerdigung. Nat weint, als er sie sieht, er unterdrückt seine Tränen nicht. Mr. Quantrill ist da und Dottie und Elmo Orange und einige der jüngeren Gemeindemitglieder, die Derby ermutigt hatten, sich an der Leitung der Victory Baptist zu beteiligen. Insgesamt haben sich etwa zwei Dutzend Menschen um Toms Grab versammelt. Eloquent hält der schwarze Prediger seine Ansprache. Die Stimme des Mannes erhebt sich, einige seiner aufsteigenden Wendungen sind voller Vibrato. Hauptsächlich spricht er von Trauer, »unsere Trauer, Thomas Derby verloren zu haben, und seine, uns verloren zu haben«. Auch Derby bekommt ein Lied. Es ist schön, und Nat nimmt seine Hand nicht aus der Maeves, um die Tränen abzuwischen. Er lässt zu, dass sie fließen und Derbys schmucklosen Lehm tränken. Nachdem die Zeremonie beendet ist, gehen er und Maeve an den Gräbern des Epps-Clans vorbei, an deren Ende das leere Grab von Nora Carol liegt. Nat denkt, dass sie einen Tag lang in dieser Grube gelegen hat, also kann sie ihn vielleicht immer noch hören, obwohl sie jetzt ein paar Meilen entfernt in einem anderen Grab ruht. Sie war nur ein Baby, und er hatte sie nie kennen gelernt. Er sagt ihr, dass ihr Vater bald kommen und sie besuchen wird. Er spricht es laut aus. Maeve hört es und fängt an, ein wenig zu weinen. Er küsst seine Frau auf die Wange, und dann fährt sie nach Hause zurück. Er hat Maeve nicht gesagt, warum das Kreuz in seiner Tasche steckt. Nat weiß das selbst erst, nachdem er von Derbys Beerdigung kommt.

Clare wartet auf ihn auf ihrer vorderen Veranda. Es ist nicht die heißeste Zeit des Tages, die Sonnenstrahlen fallen bereits schräg. In zwei Stunden wird die Abenddämmerung purpurn sein. Alle Dinge beginnen jetzt, die angesammelte Hitze des Tages abzustreifen. Die Erde unter Nats Schuhen strahlt, die Zikaden zirpen im verdorrenden Maisfeld. Clare sitzt hier draußen wie ein Eiszapfen auf ihrer Veranda, kühl, blond und weiß. Auf den Stufen neben ihr hechelt der Hund.

Nat wartet nicht auf die Einladung, sich zu setzen. Clares

Blicke folgen ihm, während er sich ihr gegenüber auf die Stufen setzt und sich an den Verandapfosten lehnt.

Clare bietet ihm weder Limonade noch ein anderes Zeichen der Gastfreundschaft an. Nichts ist im Gesicht der jungen Frau zu erkennen, nicht einmal Schweiß wegen der Hitze.

Nat schaut sie eindringlich an. »Ich frage mich, ob Sie es zufällig fallen gelassen haben. Oder ob Sie es hineingeworfen haben.«

Die junge Frau löst ihren Blick nicht von Nats Augen.

»Ich glaube, Sie haben es hineingeworfen. Sie waren in letzter Zeit ziemlich wütend auf Gott.«

Clare blinzelt. Nat spürt, dass sie nicken will. Aber die junge Frau hat sich entschlossen zu schweigen, und wie die Hitze und die Dürre in Good Hope bleibt sie dabei.

»Was hatten Sie gedacht, Clare? Dass man es nie finden würde? Ich glaube, sie hatten damit sogar Recht. Wer konnte schon ahnen, dass der alte Snead die Asche so gründlich durchstöbern würde, wie er das dann getan hat. Oder vielleicht haben Sie gedacht, dass es schmelzen würde. Ich weiß auch nicht, warum es nicht geschmolzen ist.« Jetzt greift Nat in seine Tasche. »Aber da ist es.«

Nat hebt das Kruzifix an der Kette hoch. Snead hatte den ganzen Ruß aus dem Feuer abgewischt und das Silber gründlich für Rosy poliert. Ihr Name ist auf der Rückseite eingraviert, die Zeichen der Apostel funkeln auf der Vorderseite. Clare wendet den Blick von Nat ab, um zu sehen, wie es hin und her schaukelt.

»Sie haben nicht gewusst, dass Elijah in jener Nacht dort sein würde. Sie wussten nicht, dass Amanda Talley in der Kirche war. Sie wussten nicht, dass so etwas geschehen würde. Alles ging auf grässliche Weise schief, Clare. Aber jetzt wird es Zeit, dem ein Ende zu machen. Und genau das werden wir tun. Ich will einige Antworten. Ihre Antworten nehme ich mit, wenn ich zur Richterin gehe, oder ich nehme die mit, die ich selbst im Kopf habe. Das entscheiden Sie.«

Clare wendet sich wieder Nat zu, als er die Kette in seine Faust gleiten lässt.

»Weiß Elijah Bescheid?«

»Ja.«

»Sie haben es ihm gesagt, als Sie am Morgen nach seiner Verhaftung zu ihm gingen.«

»Ja. Aber er wusste vorher nicht, was ich tun würde. Als er in jener Nacht fortging, wusste ich nicht wohin. Doch er ging zur Kirche und dachte dasselbe wie ich. Der Unterschied ist, ich habe sie angezündet und er nicht.«

»Warum haben Sie das getan?«

Clares Antwort ist so direkt wie die Frage. »Um es ihnen heimzuzahlen.«

Nat nickt. »Warum haben Sie kein Geständnis abgelegt? Warum haben Sie zugelassen, dass Elijah ins Gefängnis muss?«

Clares Augen verengen sich angesichts dieses Vorschlags. Nat hört, wie sie ihre Wut im Zaum zu halten versucht.

»Mr. Deeds, nur zu Ihrer Information. Elijah hat mir gesagt, ich solle mich da raushalten, als ich zu ihm ging und ihm sagte, was ich getan hatte. Er wollte, dass ich zuließ, dass er die Schuld auf sich nahm. Er sagte, ich hätte gerade erst ein Baby verloren. Und er dachte, es sei viel leichter, zu beweisen, dass er unschuldig ist, als das bei mir der Fall wäre, denn er hatte es ja nicht getan. Also haben wir unsere Chance genutzt und es so gemacht, wie er das wollte.« Sie starrt Nat an. »Wir haben wirklich an Sie geglaubt, Nat.«

Die Vorstellung, an etwas zu glauben, bringt Nat dazu, das Kruzifix fester zu fassen. Muss Gott damit zurechtkommen, mit dieser Art Druck?

»Ja«, sagt er, »das haben Sie.«

Clare steht auf. Sie trägt Jeans und ein T-Shirt. Ihr Haar ist zu einem Knoten gebunden. Zum ersten Mal sieht Nat, dass sie es auf diese Weise hochgesteckt hat.

»Ich bin bereit«, sagt sie. Auch der Hund steht auf. »Wird Elijah früh genug nach Hause kommen, sodass er sich um Herschel kümmern kann?«

Nat steht nicht zusammen mit ihr auf. Er lehnt mit dem Rücken weiterhin gegen den Pfosten und reibt mit dem Daumen über das silberne Kreuz. Weil Mr. Snead es poliert hat, ist es ganz glatt.

»Warum hat Pastor Derby gesagt, dass er die Kirche in Brand gesteckt hat?«, fragt sie.

Nat kennt die Antwort nur vom Hörensagen. Tom ist nicht hier, um selbst zu antworten. Trotzdem ist Nat sicher, dass er es weiß. Als Snead ihm das Kruzifix zeigte, fand Derby heraus, wer die Victory Baptist in Brand gesteckt hatte. Er hatte alle Teile des Puzzles beisammen. Er sah, wohin sein Teil gehörte, und er konnte es nicht ertragen.

»Tom wollte helfen, Clare. So einfach ist das. Er dachte, das sei er Ihnen und Elijah schuldig. Er hatte Ihnen nicht helfen können, als Sie das erste Mal mit Nora Carol zu ihm kamen. Das war seine Art zu versuchen, es Ihnen gegenüber wieder gutzumachen.«

Und in gewisser Weise, denkt Nat, hat Derby versucht, auch ihm zu helfen. Tom wurde klar, wie wichtig es für Nat war, Elijah zu entlasten, um so seiner eigenen Schuld ein Ende zu bereiten und wieder nach Hause zu kommen.

Clare blickt auf zum Maisfeld. Die Stauden waren der Wall, der hier draußen ihr Leben mit Elijah umgab. Sie scheint sich von ihnen zu verabschieden, bereit, sie durch etwas anderes zu ersetzen.

An den dunkler werdenden Himmel gerichtet, sagt sie: »Danke, Prediger. Tut mir Leid, dass es nicht geklappt hat.«

»Setzen Sie sich, Clare.«

»Warum?«

»Setzen Sie sich.«

Die junge Frau beugt ihre Knie. Der Hund scheint erleichtert, dass sie nirgendwohin geht.

Stattdessen steht Nat auf. Das silberne Kreuz verschwindet wieder in seiner Tasche.

»Als Tom Derby starb, wollte er diese eine letzte gute Tat vollbringen. Er wollte, dass Sie und Elijah zusammen sind. Er hat Ihnen vergeben, dass Sie seine Kirche niedergebrannt haben. Und ich glaube, er wusste irgendwie, dass ich derjenige sein würde, der das herausfindet. Er hat mir diese Entscheidung anvertraut. Er hat darauf vertraut, dass auch ich ihm vergeben werde. Und das tue ich.«

Clare starrt ihn ungläubig an.

»Tom wollte es so, Clare, es sollte seine eigene Buße sein, und die werde ich nicht zunichte machen. Sie sind keine Gefahr für die Gesellschaft. Sie werden so etwas nie wieder tun. Und ich werde Ihnen die Wahrheit sagen. Obwohl ich nicht gutheißen kann, dass Sie die Kirche niedergebrannt haben, hatte Derby in gewissem Sinne Recht. Die Victory Baptist brauchte einen Neuanfang. Amandas Tod war ein Unfall. Es ist entsetzlich, dass das passiert ist, Clare. Aber es war ein Unfall.«

Nat geht die Treppe hinunter auf seinen Wagen zu. Clare rührt sich nicht und sagt kein Wort. Nat fährt davon und zieht eine geisterhafte Staubwolke hinter sich her.

3

Ed Fentress hat am nächsten Morgen nichts dagegen, dass das Kruzifix als entlastendes Beweismaterial zugelassen wird. Nat und der Staatsanwalt treffen Richterin Hawk vor dem Mittagessen. Fentress sagt nichts, als Nat Richterin Hawk bittet, Elijah Waddell freizulassen. Nat bittet die Richterin ebenfalls darum, auch weiterhin über Derbys Abschiedsbrief Stillschweigen zu bewahren. Er führt an, dass das Silberkreuz den Abschiedsbrief als Beweismaterial ersetzt und dass nichts damit gewonnen wäre, würde der Brief publik werden. Die Richterin stimmt zu, dass schon genügend schlimme Dinge geschehen sind. Fentress behält seine Meinung für sich. Der Staatsanwalt scheint die Unschuld Elijahs genauso leidenschaftslos hinzunehmen wie zuvor die Aussicht auf Elijahs Schuld. Für sich genommen, scheinen ihm beide Vorstellungen gleichgültig zu sein; sie zählen nur als politische Hilfsmittel. Als Ed Fentress klar wird, dass es ihm keine weiteren Vorteile bringt, wenn er sich widersetzt, wird er schwach. Er ist wie eine Heldin aus alten Filmen, die am Ende bekommt, was sie will, indem sie ohnmächtig in die starken Arme des Helden sinkt. Doch mit ihrer abschließenden Bemerkung verhindert Richterin Hawk Nats letzten Versuch, Derbys Abschiedsbrief unter Verschluss zu halten. Die Medien, sagt Richterin Hawk. Sie werden eine Klage anstrengen, um den Abschiedsbrief als Beweismaterial und öffentlich zugängliches Dokument zu Gesicht zu bekommen, und sie werden gewinnen. Also bringen wir das lieber gleich hinter uns. Elijah soll am Nachmittag entlassen werden.

Am Abend holt Monroe Elijah noch vor dem Abendessen im Regionalgefängnis von Rappahannock ab. Monroe isst mit Clare und Elijah auf der vorderen Veranda zu Abend und blickt über das Maisfeld hinweg. Die seidigen, bernsteinfarbenen Stauden schwanken in der einbrechenden Abenddämmerung; mit dem Sonnenuntergang ist eine südwestliche Brise aufgekommen. Clare geht nach drinnen, um sich ein Sweatshirt zu holen. Monroe und Elijah einigen sich darauf, das Haus noch dieses Wochenende zu streichen. Es wird etwa eine Woche dauern, bis die neuen Glasscheiben zugeschnitten sind und geliefert werden.

An diesem Abend, als Elijah freikommt, besucht Nat mit Maeve ein Restaurant in Good Hope. Danach fährt er allein nach Richmond. Am Morgen danach bringen drei Zeitungen die vollständige und erweiterte Geschichte von Elijah und Nora Carol Waddell, Rosalind Epps, George und Amanda Talley und Thomas Derby. Nur drei Menschen kennen die ganze Wahrheit, und sie werden nie darüber sprechen. Doch die Wahrheit formt aus diesen dreien eine Gemeinschaft, eine kleine Kirche mit einem eigenen Heiligen.

4

Am Donnerstagmorgen geht Nat Deeds in Ed Fentress' Büro. Der Geruch nach Kaffee hängt in der Luft. Nat schiebt sich hindurch; das Aroma ist so stark, dass er sich vorstellt, er selbst ziehe einen Schwall Luft hinter sich her, die nicht nach Kaffee riecht. Fentress sitzt an seinem Schreibtisch. Nat verachtet Hosenträger, Wäschestärke und Manschettenknöpfe. Haarspray. Selbstgefälligkeit.

»Ed.«

»Nat. Dachte ich mir doch, dass du noch eine Weile hier bleibst. Wenigstens so lange, bis Baron dir noch einen Fall als Pflichtverteidiger besorgt, für den du dich engagieren kannst. Das war gute Arbeit.«

»Danke.«

»Setz dich. Worum geht's? Ich bin beschäftigt, aber ein, zwei Minuten habe ich für dich.«

»Es dauert keine Minute.«

Der Staatsanwalt bemerkt die Schärfe in Nats Tonfall. »Dann vermute ich mal, dass du dich auch nicht zu setzen brauchst.«

»Ich ziehe wieder nach Good Hope.«

Fentress hakt die Daumen unter seine Hosenträger. Das ist eine genau berechnete Bewegung aus längst vergangenen Tagen und eine Beleidigung für jeden, der sie aus längst vergangenen Tagen kennt.

»Wunderbar. Dann klappt es also wieder mit dir und Maeve.«

Nat legt den Kopf zur Seite und gibt Fentress zu verstehen: Sie geht dich nichts an.

»Schön. Willst du deine alte Stelle wieder, oder versuchst du es mit einer eigenen Kanzlei?«

»Weder noch.«

»Ich hör wohl nicht richtig. Du wirst tatsächlich nicht mehr als Anwalt arbeiten?«

»Nein, Ed. Du weißt, dass ich das nicht aufgebe.«

Fentress nickt. Er hört auf, an den Hosenträgern zu ziehen, und lässt die Hände sinken. »Das wird mir aber gar nicht gefallen, Nat.«

»Vermutlich nicht.«

»Du wirst gegen mich kandidieren.«

»Werde ich.«

»Und du glaubst, du schaffst es? Wirklich?«

»Ich und Monroe. Er kandidiert als Sheriff.«

»Du hast schon mit ihm darüber gesprochen?«

»Ja.«

»Na ja, er ist ein guter Mann. Ich glaube, ich werde mit ihm zusammenarbeiten können. Nach den Zeitungsberichten gestern braucht Talley schon viel Glück, um auch nur diese Amtszeit zu Ende zu bringen.«

»Ed.«

»Was?«

»Du kannst mich nicht schlagen. Kandidiere nicht.«

Fentress genießt das. Nat kann erkennen, dass er nicht gründlich genug über das nachgedacht hat, was Nat ihm sagt, um ehrlich zu lachen. Es ist nur ein Reflex.

»Würdest du mir bitte eins verraten? Warum glaubst du, dass du diesen noblen Sessel gewinnen kannst, in dem ich sitze, einen Sessel, in dem ich nun schon seit zehn Jahren sitze? Bitte. Denn falls dir das noch nicht aufgefallen ist: Ich bin in diesem Bezirk ziemlich beliebt, mein Junge.«

»Sie mögen dich, wie sie George Talley gemocht haben. Du bist die Art Übel, das die Leute notwendig nennen. Bis sie das nicht mehr müssen.«

»Das dauert länger als eine Minute, Nat.«

»In Ordnung. Du hast die Rechtsfindung behindert. Du hast dich in die Ermittlungen in einem Mordfall eingemischt, indem du Informationen über Talley zurückgehalten hast. Du hast Amtsmissbrauch begangen.«

Fentress legt die Fingerspitzen aneinander. Seine Augenbrauen ziehen sich zusammen. Diese beiden Dinge und sein wegwerfendes Lachen sind die einzigen sichtbaren Reaktionen auf Nats Anklage. »Du wirst nie beweisen können, dass auch nur ein einziges Wort davon wahr ist.«

Nat schiebt seine Manschetten aus den Ärmeln seines Jacketts. Nach seinem nächsten Satz wird er gehen. Er drückt die Fußballen fest auf den Boden, um sich rasch umdrehen zu können. Er will, dass seine Drehung wie ein Schlag wirkt. Diesen Mann hat schon lange niemand mehr geschlagen.

»Macht nichts«, sagt Nat Deeds. »Frag mich, ob ich die Wähler dazu bringen kann, es zu glauben.«

5

In den frühen Morgenstunden regnet es. Nur wenige Menschen im Bezirk sind wach und können es sehen. Zuerst hören sie es, das Klopfen auf ihren Dächern oder das Gurgeln in ihren Abflussrohren, dann kommen sie aus den Betten, um es sich anzusehen. Die Arbeiter in der Spätschicht der Mühle wissen es nicht; sie sind in der Fabrikhalle und stellen Papier her. In der Klinik sehen mehrere Schwestern und Ärzte mit verquollenen Augen die Tropfen und legen eine Pause ein.

Die Erde ist völlig ausgedörrt; in den ersten zwei Stunden des Regens wird sich kein Schlamm bilden. Der Boden möchte trinken, doch auf den Feldern bildet der Regen Pfützen auf dem hartnäckigen Sand, bevor er versickert.

Auf den Straßen und den Dächern der Schindelhütten springen die Tropfen in die Luft. Im Fluss bilden sich Milliarden Kreise auf dem dunklen Wasser, die alle gleich groß sind.

Trotzig und ununterbrochen steigt der Rauch aus der Mühle in den Regen auf, ein von Menschen geschaffenes Etwas, das typischerweise sagt: Meine Wolke war zuerst hier. Meine Wolke ist immer da für diese Menschen, und sie wird auch bei Tagesanbruch noch da sein, wenn deine Wolke verschwunden ist.

Hunde im Freien werden durchnässt, Katzen suchen einen Unterschlupf. Würmer erscheinen zitternd auf den Bürgersteigen; sie glauben nicht, dass der Regen anhalten wird, und dann bohren sie sich ganz aus der Erde, um ihren Teil zu trinken, bevor die Nässe wieder verschwindet.

Die größten Bäume ignorieren den Regen. Ihre Wurzeln reichen so tief, dass sie das Wasser aus dem letzten Frühling trinken können. Doch die kleineren Bäume werden gerettet.

Der Regen kommt nicht wie ein Anfall, er ist kein leidenschaftlicher Ausbruch des Himmels. Er ist einfach nur Regen, der fällt, undramatisch und unausweichlich.

Nat schläft.

Der Regen bedeckt alles, was nicht selbst bedeckt ist. Und in dieser Hinsicht ähnelt der Regen der Liebe so sehr.